掀过一页

韩秀峰新闻作品选

上册

图书在版编目（CIP）数据

掀过一页：韩秀峰新闻作品选：全2册 / 韩秀峰著. —西安：西安出版社，2016.10

ISBN 978-7-5541-1654-8

Ⅰ. ①掀… Ⅱ. ①韩… Ⅲ. ①新闻—作品集—中国—当代 Ⅳ. ①I253

中国版本图书馆CIP数据核字(2016)第246941号

掀过一页：韩秀峰新闻作品选（全2册）

Xianguoyiye: Hanxiufengxinwenzuopinxuan

著　　者：韩秀峰
责任编辑：原煜媛　潘　高
责任校对：张爱林　陈　辉　张忝甜
装帧设计：艺杰设计
责任印制：宋丽娟
出　　版：西安出版社
　　　　　(西安市长安北路56号)
电　　话：(029)85253740
邮政编码：710061
发　　行：西安曲江出版传媒股份有限公司
　　　　　(西安曲江新区雁南五路1868号影视演艺大厦14层11401、11402室)
印　　刷：陕西龙山海天艺术印务有限公司
开　　本：787mm×1092mm　1/16
印　　张：50.75
字　　数：800千
版　　次：2016年10月第1版
　　　　　2016年10月第1次印刷
印　　数：5000
书　　号：ISBN 978-7-5541-1654-8
定　　价：210.00元

記者之路

雷珍民

作者像

韩秀峰，陕西蒲城县人，1965年1月出生，1983年10月参加工作，华中科技大学在职研究生毕业，陕西省作家协会会员，现为陕西日报高级记者、陕西日报新闻调查部主任。

出版有《别样人生》《群星璀璨》《潮头英豪》《莽莽雪原写风流》等著作；一次获全军好新闻一等奖、报告文学一等奖，两次获西安青年文学奖，五次获陕西新闻一等奖；曾获三次军功及老山战区优秀新闻工作者荣誉，2009年度荣膺陕西省优秀新闻工作者称号。

内容介绍

《掀过一页·韩秀峰新闻作品选》一书，是作者从事新闻工作30多年的作品选辑。她虽为一人之作品，但却记录着我们整个时代前行的脚步。在书中，既有金戈铁马的军旅记录，又有硝烟弥漫的战地生涯；既有莽莽雪原的风流书写，又有往事越千年的历史回望；既有改革大潮的英豪雄姿，又有大地上躬身耕耘的沧桑影像；既有作者对伟大祖国的忠诚倾诉，又有对脚下这片土地的深情眷恋……

透过这些军旅故事、中国故事、陕西故事的字里行间，我们不仅可以真切地看到一位新闻工作者的跋涉成长历程，而且还能真切地感受到作者奔涌在胸的激情、燃烧于心的火焰、思考在怀的哲理，还有作者的脚步、真情、歌唱、忧思乃至呐喊。

一生做一事，笔下涌真情。可以看见，作者的一生都在痴痴地守望着新闻的天空，三十余载，从青春俊少到满面沧桑，作者老而弥坚，脚步不停，激情不减，此种痴心痴情令人感佩，更值得从业者学习。

目　录

序　言

军旅岁月篇

当代雷锋篇

风云年代篇

雪域高原篇

在新世纪篇

序言一

江湖上的背影

卢 萌

卢萌，陕西日报记者。从业30年，写作新闻之余，偶尔也写点闲淡文章。其文风自由，行笔随意，属于胸无大志、安于现状者流。

没有这本书，很多事可能就淡了、忘了，就像不觉间遗漏的许多光阴一样。

但现在，我不得不让思绪回到曾经的某个时段，回到往事里。曾有的快乐、美好，裹挟着曾有的坎坷与苦痛，一并复活，栩栩而来。

所以，我突然有些嗔怪起老韩的好意来。为什么一定要邀我的文字呢？要知道，对一个挂剑已久的侠者来说，江湖早已成为不愿走近的另一个世界。

我想老韩一定是犹疑了许久才给我电话的。一定是经过了再三的踟蹰，才发觉这本书里应该有上我的只言片语，才能完整回忆里的某个章节。他也一定因为我的这些文字而身陷回忆，所有的快意恩仇一并袭来，不复唏嘘。而我，恰恰也在那些回忆里，就像当初他去《劳动周报》当总编，非得拉了我给他当副总一样，他需要的是一个帮手，需要的是不寂寞。现在也一样，他让我的文字去他的书里，仍然是不想让他的文字过于寂寞。

我担心自己会辜负他的期许，因为我对他的认知与记忆，其实都与文字无关。他在我的脑海里，永远活跃的都是文字以外的东西。比如他那看似光滑而智慧的额头，如今的将军一样的肚腩以及文人夹杂着土匪一样的性格。这样的性格，有我喜欢的很多东西：张扬，狂妄，自信，大度，不拘小节，信口开河，有时又温文尔雅、文质彬彬。我第一次见他，就被这样的性格吸引，并认定斯人会是一个不错的朋友。若干年后，每当我回忆起第一次见他的情景，老是会莫名地幻想出武侠小说里的一些场景：夕阳远去的漠漠黄沙里，两柄长剑，一壶热酒，煮酒论剑，随风而舞。侠客的世界，快意的画面。

那时我们都很年轻，都被理想鼓舞着，现在想来有点被书本裹挟的味道。曾狂妄地以为，我们的联手，真的就能做出长安城里一份一流的报纸。凡是经历过那段岁月的人，一定都体验过自由媒体时代那种残酷的竞争。至今我都记得报社第一次发工资时，去老韩办公室看到的那一幕。第一次在老韩的脸上看到了只有老人才会表露出的某种迟钝表情。而当时，他才 33 岁，正是一个人最为光彩的年龄。他怔怔地看着我，半天才回过神。我问怎么了，他幽幽地说：狗日的报纸，原来这么费钱啊！我们的那张报纸，属于有人生没人养的“蛮娃”，报纸的经营全凭自己化缘。老韩野心大，报纸扩版，一次就招进了 500 多名发行员。第一次发薪，老韩化来 60 万元，编辑记者一分钱没领，60 万元就没了。老韩瞪大了眼睛不相信。我陪着他喝茶，一边喝，一边安慰他：一切都会好起来的，面包会有的，黄油也是会有的！

遗憾的是，一切并未如我所愿地好起来。尽管报纸办得很不错，影响也越来越大，可就是只赚吆喝不赚钱。尽管报纸发行量一天大似一天，可挣钱的广告硬是不见起色。在我的记忆里，从来都是大手大脚、不为金钱发愁的韩秀峰，在我们一起办报的那段时间里，好像一直深陷在财务的危机里，办了两年报，化了两年缘，到处找钱，到处借债。最艰难的时候，我们被迫搬了两次家，换了两家印刷厂。因为没钱支付印刷费，没有印刷厂愿意承印我们的报纸。经营最惨淡的时候，我们三个老总不得不拿自己的钱给员工发工资。最可怜的是秋乡，儿子在国外读书，月月要寄钱，常常捉襟见肘，就这，也一样贡献了5万元。这5万元填进去，就像打了水漂，一丝涟漪都未起。报纸的危机越来越重，直到我们离开，直到今天，这5万元我们都没能要回来。5万元在当时是一个不小的数目，足够我在当时的长安城里买一套小居室的单元房。

福无双至，祸不单行。突然间的一个早晨，我们三个老总就被集体罢官了。36岁，当别人还在雄心勃勃地奋斗时，我已经被人打进了十八层地狱，没有这种经历的人，无法体会那种灵魂的被煎。后来，曾有好心人邀我出山，我一概地回绝了。既然被我重看的老韩都未能让我如愿，我能相信不会再有另一次的击倒么！在被免职的很长一段时间里，我曾做过认真的反思，老是想不通，三个志同道合的人，心怀梦想，呕心沥血，怎么就那样不堪一击地失败了呢？想不通，以豪爽著称、人脉活泛的老韩，为什么偏偏没能摆平很多看起来很容易摆平的事？我在想，他只要轻轻收敛一下他的行伍作风，只要稍稍地俯一下头颅，降低一下说话的分贝，就完全可以改善我们的生存环境。可他偏偏不愿意，偏偏不愿意服软，偏偏不愿意说软话。一切都是命里注定，三个不愿意用尊严、用清高换取生存的家伙，凭什么获取世俗的成功呢？

后来老了，想通了很多事，悟出了许多道理。觉得人的成熟是要付出代价的，就像不栽跤就不会走路一样。小二十年过去后，如果不是这本书，先前的很多事不会再被记起，更不会梗于胸中，久不释怀。我自愿地远远躲在乡下，日复一日，陪自己老去，活着以外的任何事，都懒得再去提及。

欣慰老韩未能堕落如我，人虽岁老，激情却依旧在。我再看他，熟悉的许多东西都还在，增添的只是几许老道。30岁时，我看他写西藏高原，文字虽然激情张扬，但却少了今天他笔底里的厚重。一样的新闻，一样的文字，我更喜欢他现在的味道。他把书稿寄来，我挑了几篇去看，看着看着，就替他可惜，这么好的才华，硬生生地被耽搁了十多年啊！他把这些文字聚在一起，显然想说明些什么。这样的想法，我当然支持，一个从事了半生的文字匠，总该留一些得意的篇章怀旧。只是我觉得仅仅这样非常不够，除了文字，其实还有很多更重要的东西需要存留，就像我前面拉拉杂杂说过的一些不中听的话一样。因为学会忘记是一件很难的事情，忘记快乐不容易，忘记痛苦也不容易。它们都是陪伴我们走过那段岁月的最珍贵的记忆。

我这样说，一点也不意味着办报的那段岁月真的就是不幸，真的就是一无所获。至少，我们是收获了友谊的。友谊是无比值钱的东西，没有它，在我身患癌症被推进手术室的那个瞬间，老韩就不会在医院的过道上，像一个孩子一样地痛哭失声。那一哭，为我赢得了无数羡慕的目光，让我的形象瞬间高大起来。

为了这一哭，我一直想当面地谢谢老韩。可惜一直无有机会。现在，趁着这本书的出版，我想真诚地用书面的语言说声：兄弟，谢谢！

序言二

敬礼韩秀峰

——写在《掀过一页》出版之际　范超

范超，陕西礼泉人，1975年生人，毕业于陕西师范大学，法学学士，文学硕士。全国青联委员、中国作家协会会员，西安市“德艺双馨”文艺工作者，西安市青年岗位能手（标兵），陕西省和西安市签约作家，西安市百名骨干艺术家，陕西省委命名的首批青年文艺家等，作品被译介到美国、英国、瑞典、韩国、新加坡等。现任职于西安曲江新区管委会。

丙申“八一”前后，顷接韩秀峰先生来电，言称新作《掀过一页》即将上市，可否赐稿一二？“赐”字不敢当，稿约有旧盟。嘤嘤其鸣友声，我必允诺以慷，当下为之击掌，欲做桴鼓相应。恰如匆匆那些年月，效命于其麾下听令于其帐前，呼啸间同赴文会一般激奋。

韩秀峰先生，真个是大忠至纯大笑江天的七尺英雄汉！他少年从戎报国，一身帅气；中岁办报惠民，铁肩道义。他立时力拔天骨，风神俊朗；灵动则怀柔抱甲，书侠精当。如此智勇双全人物，很是为我敬慕。我自幼体弱，却喜拳脚，观影便爱武打和军事题材，看罢就在月下演练，因成痼习。然今生无缘铁马冰河，上苍安排我做个文化人，看来已是板钉铁局，终日里纸上谈兵，终没见写出个弘文来，就在我徒叹奈何之际，峰回路转出现在我从事新闻业的后半段转型期，韩秀峰先生劈面而来照亮了我，蒙他引荐，我以文相会了诸多文武兼备的新友，颇为风光了一段时日。他们胆识过人，谈话间樯橹灰飞烟灭，各种运筹帷幄之中决胜千里之外都深切肯綮着"久思词笔换兜鍪"的我之情结，一时也预备着要上马去保家卫国，觉得那才是雄姿英发的男儿所为。

在这些群星璀璨、风流俊彦荟萃的大场面里，秀峰先生往往为稳坐中军帐定盘树旗牌之不二人选。其状貌昂然，落落荡荡；其文华粲然，炳炳烺烺；其声调慨然，铿铿锵锵。他镇守过边防，为人却直率仁厚得对谁都从不设防。他是冲天剑气、填胸豪情、义士重江湖、眼里揉不进一粒沙子的怒目金刚；他是宽容大度、笑自由衷、无邪无私的能打一锅正宗搅团、维护一团谐调和气的让人易亲近的欢喜弥勒；他更是见不得好人作难，英雄轻故乡却总思量着回归故园跪拜在父母膝前尽孝，拥有着一副软软的古道热肠的低眉菩萨。我常见他性情中发，头脑风暴豁豁，电光雷火彭彭，达观雄峰巍巍，坐视云秀腾腾，岁月冰心，涵咏难忘。那满堂的潮头豪英与他一起共谱锦绣，那满腔的本色血性随他一道同励前程，往往类似这般长安夜宴浩浩豪谈罢，诸位登车揽辔依次散去时，益增有自我归零、澄清明天之志。

而就中之我，与高人贵人交，自不会空手而归。见贤思齐，尺蠖求伸，感叹过往恍如一梦，长沟流月去无声，此身虽在，夜半常醒，遂纠结着以树为家还是以天作路？丈夫志，当景盛，耻疏闲！从此抉择选定后便更是紧紧追随着韩秀峰先生的仗义援引，一切在他或许是天性使然不经意为之，但于我却是咔吧一下调整了思路探到了一条出路。他的提携于某个瞬间的共鸣里唤醒了我，帮助我拨动了心结，触及了灵魂，廓清了迷雾，打开了视阈，放大了格局，待组织上派人来要考察我，又是他挺身驰援热情迎迓，那起首爽快的一句：欢迎你们啊，来自大唐的朋友——至今为我的同事们津津乐道。

当我离开他的直接领导，开始别样人生，在文化产业的广阔天地大施拳脚时，一繁忙就常常疏于问候，偶尔想起好久没有见他了，心里就很是想念，感恩着他在关键时刻对我的至诚关照和至深影响。现在听说他的作品集即将付梓，接着又看到他从“家国天下”邮箱所发给我的大量校稿，我是高兴得快要额手称庆了，因为我将之珍视为文缘所赐予我的，一个又可以聆听他教诲、学习他风范的大好机会啊！

捧读秀峰先生大著，手不释卷，不觉语罢暮天，诸神充满。二十多年前，秀峰先生即已誉满业界，鼎鼎有名，多年来不间断的名作刊布于杂志报端，学员众而影响著。但他始终不忘自己做记者忠实记录的初心，秉持定要书写让受众记着之文的抱负，坚持职业原理，拒绝案头窥灯，深扎基层在路上，驰而不息；勤访精研于民间，进而不已。他识见高超，考证确凿，理境澄澈，长爱浓厚，绘人啧啧称赞，析事缕缕研臻，陈情丝丝中意，弘道切切琢磨，承古剀剀辐辏，开新环环相扣，可见生活的能量精足，生命的气象精广，生产的密度精深，笔下的大块文章无一不是有面子、有里子、有根子，呕心沥血，画梁杰构，格调平朴而庄重，表率正量又发人，堪类新一例“事业存钟鼎，仪型照简编”的新闻史册和乡邦文献啊！掩卷冥思，亦颇感他使命在身，忧乐在民，那些泱泱厚土飞、莽莽雪原驰、烈烈古风扬、郁郁文情长，是他布衣飘飘里用心鼓努的慷慨吁呼，更是他情怀殷殷中积极矫世变俗于乡邑的宏愿达成！

博虎功勋家国安，雕龙文笔济世宁。秀峰先生有此卷在手，便可一举扫清云海天涯两渺茫，顺遂了快意平生事也！那么，且待明日一纸风行，醉笑陪公三万场，酒酣胸胆且开张，鬓微霜，又何妨？会挽雕弓如满月，西北望，射天狼！

此正是——

昔年李白曾有句：

生不用封万户侯，但愿一识韩荆州！

今我不才抒真言：

掀过一页开新局，庆幸一识韩秀峰！

8月6日夜9至11点半草于曲江池畔，8日晨起改定

序言三

风雨·书 风云·人

——《掀过一页·韩秀峰新闻作品选》读记 张念贻

张念贻，1975年生，陕西省西安市人。2000年开始从事新闻工作，受聘兼职高校任教8年，二十多次荣获各类新闻奖，先后荣获“陕西日报名编辑”、“三秦都市报名编辑”及“陕西省优秀新闻工作者”荣誉。四十余次参与主导陕西各行业新闻培训，多次参与省委推出的全国重大典型工作，撰写城市宣传片十余部，编著有《实用报纸编辑学》《新闻传播基础》等多部新闻学专著。陕西省散文学会秘书长、陕西省传播学会副秘书长，现供职于三秦都市报。

掀过一页，何等雄浑，何等壮阔，几多温暖，几多豪迈。

风云这一页，纵横三十载。这样一部新闻激情勃发、新闻思想敏锐的作品选，就我所见，可以说，目前在陕西还绝无仅有。作者心境只是淡然，他说，这是在知天命节点的一次结扎，掀过而已。

毋庸置疑，《掀过一页》绝对称得上为新闻从业者树立了一个标杆，一面旗帜，一种深度、高度与厚度，从中你会深切地体会一个新闻工作者的岁月历程、风雨来路。

韩秀峰，一个刚柔并济的名字，一份铁血柔情的情怀，一个集秦人、军人、文人于一身的热血男儿。

他的新闻生涯，起始于金戈铁马的军旅、血与火的战场；他的新闻历练，成熟于清与正的党报；他的新闻挑战，对决于权与利的都市报；他的新闻境界，升华于回归党报后的情与思的探索。

在属于他的新闻大道上，不断开始，接受考验，从容应对，处之泰然。一个执着、坚韧、不屈、无畏的探索者、挑战者、追求者，一部大气、严整、饱满、劲健的新闻集、作品集、智慧集，终成一册河山、一幅画卷、一部长诗。

——这便是《掀过一页·韩秀峰新闻作品选》给我的初始印象。

三十年，一场沉潜。人生最为宝贵的时间，韩秀峰同志接受了由战场新闻到市场报业的命运考验，在三秦都市报担任副总编期间，深耕于夜班，做着为人做嫁衣的工作。在与秀峰兄共事的十年里，在无数个不舍昼夜的日子里，在无数个凝聚才思的报纸版面里，一种从未消钝、始终饱满的新闻激情、新闻热力盈盈在怀，我不知道他的过去，更无法预料他的未来。

直到《掀过一页》——一个全面的、完整的新闻作品集展现在我面前。阅读这本书的过程，像是一场历经硝烟、洞穿命运、反思问题、探求本真的过程，我时常将这些作品回归到时代最深处的图景中，回想作者采访、调研、写作这些作品过程中的繁杂、艰辛、思辨与不易。

无大经历者不足以更坚实，无大视野者不足以更开阔，无大格局者不足以更高洁，无大胸怀者不足以更深远。从八十年代的军旅岁月，到九十年代的雪域高原，这部新闻史书中，所沉淀的时代人物，背影虽已远去，读来依旧鲜活，边防前线的“陕西愣娃”到莽莽雪域的“秦川牛”，英雄、功臣、烈士到当代雷锋、时代楷模、社会精英，作为一名职业新闻工作者，韩秀峰同志紧紧抓住、深深挖掘的是时代深处的那些人，那些可歌可泣的人，那些可亲可敬的人，那些脚踏土地的人，无论是个体还是群像，他们都鲜活着、站立着、生动着。

跨世纪的新闻生涯，在回望过去的同时眺望未来，起笔于新世纪，韩秀峰同志并未沉湎于历史的功勋簿上，春风中一路走来，春耕、夏暑、秋霜、冬雪，头顶烈日，不惧风雪，走在乡野的泥泞里，走在山涧的冰雪里，走在人生的年轮里，走在时代的轨迹里；寄望于变革、寄情于变迁、寄言于变化；八百里秦川，三十年家国；生为故乡人，应知故乡事。祖籍渭南蒲城的韩秀峰，在回归陕西日报新闻调查部后，一面激情守望三秦大地，一面深情回望东秦故土，他把欣喜与忧患揉在一起，用极具新闻思考张力的笔触，紧紧扎根于乡土中国、城市中国的根部，倾力描绘一个生动多彩的新陕西、新家园。

从一个积极的实践者到一个沉稳的思考者，再到一个具有家国情怀的探索者，韩秀峰同志的新闻之路渐入佳境、渐入阔境，历久弥新，老而弥坚。他的新闻视野几乎是全景式的，从对秦人的强烈关注，到对秦地变迁的热烈聚焦。走在新世纪的征程上，韩秀峰以一个党报新闻工作者对职业的高度敬畏、高度担当，深情备至。

这部作品集中收录的每一篇几乎都是精心采写的上乘佳作。

——从“人的观念”到“人的价值”，他热切关注、深情鼓呼。如《让新风的种子播撒进每一个心灵》《走在建设精神家园的前列》《民之所需就是警之所向》《让父老乡亲荣耀地活着》《让每一位患者病得所医》《美丽家园的幸福感觉》等。

——从“社会变迁”到“生态变迁”，他视角独特、思考深刻。如《绿的西安》《让美丽在每一寸土地上绽放》《种在大地上的美景》《在逆势中豪迈前行》《你近在咫尺　却美到天涯》《火车向着大荔跑》等。

——从“陕西意识”到“国家意识”，他深度忧患，笔力千钧。如《陕南蜂患之痛》《自由恋爱时代的“买卖婚姻”》《旱魔骚扰下的陕西》《辣椒与老陕，值得一说的故事》《北京时间　从蒲城发出》《大地原点　你不知道的故事》《因

为有你　中华绵延五千年》《巍巍的秦岭憨憨的你》等。

特别值得一提的是，这些作品中，倾情与思辨建立在扎实的行走与采访的前提下，政治、经济、人文、地理、历史多重时代风景、社会命运的构建，显示出作者超强深厚的新闻功力，“陕西标识”“雄关漫道”两辑中，他将目光投向了三秦大地的远方，投向了往事越千年的深处。从对多个点的深度透视，到聚焦一个点的全方位挖掘，不仅大气豪迈，而且深情辽阔，使这些“陕西故事”的讲述更动人、更精彩。这些篇目发表之时，就收获了非同寻常的社会反响，重读的过程，使人再次萌生出震颤心灵的感动。

在电脑写作的年代里，韩秀峰同志的写作仍离不开笔，他更多的是用笔思考，用笔表达，看上去似乎是拒绝流行的任性，实际上是“不忘初心”的实践延续。

今天的新闻，明天的历史。人言新闻尽道速朽，谁都不能掩盖在国家时代社会深处，那些令人动容的记忆。一支不老的笔依旧延续着雄浑的书写，虽名《掀过一页》，但依旧无法掩饰其光辉所在——这，风雨之书；这，风云之人。

序言四

用激情点燃新闻的天空

韩秀峰

也许，这是一本平庸的书。

即便这样，它还是出笼了，连平庸也无法阻挡。

因为，在任何时代，平庸者都占绝大多数。

也许，这是一本平庸中也夹带着一些不太平庸的书。因为它凝结着一名新闻工作者三十多年的心路历程与不懈追求。同时，也以一叶之秋，记录了时代前行的脚步。

从这个意义上讲，它并不完全是一本无用的书，起码不是一本废书。

记者，是一个神圣的职业。就中国而言，大概从唐代的邸报开始，它就越来越近、越来越多地与大众相关联，直至成为一个专门的行业和领域，成为如今社会须臾不可脱离的重要枢纽。

做一名记者一直是我的梦想，幸运的是我实现了这个梦想，虽然它使我千辛万苦劫波渡尽。在实现了当记者的梦想之后，我一直追寻的是做一名特色记者，做一名有味道的记者，做一名与众不同的记者。为此，虽然奋斗了三十多年，仍觉得还有相当的距离。

回过头去看，除过这个行当，自己真还做不了什么事。

因为做不了其它的事，也就只剩下这唯一的饭碗，所以也只有卖力地工作。

记者是一个很光荣的职业，因为它的每一天都是新的。记者的每一次采访都是面对着一个新的世界，每一篇文章都凝结着记者的汗水与新的思考。

记者又是一件很辛苦的差事，那辛苦非亲历不能体验。许多人羡慕记者，只是看到了它风光的表面，而不为人见的孤独与寂寞，苦思与冥想，黑夜与白昼，迷茫与压力，则是外人所不可知的。

记者行业又是很令人骄傲的，它容易使人产生成就感，而这种成就感往往成为你不断前行的刺激。

记者，是一个“行”的职业，也是一个“悟”的职业，也就是行走的艰辛与思考的煎熬。当然，要做到天马行空去采访、行云流水来写作，那是一种至高的境界。

记者的“行”不是旅者的行，也不是行者的行。记者的“行”是到现场的行，观察者的行，搜集者的行，感悟者的行，甚至是从头来一遍的行。记者的“悟”也不是指一般的觉悟或是修行者的悟。记者的“悟”是立足于现场或是人物的内心，将自己对事件和人物的思考与感悟揉碎在文章里，告诉读者，而不是自己游离于文章之外的干巴巴的说教与旁白。

有人常问我，如何使文章有激情？我不知道别人怎么做，我认为文章要有激情，记者必须有真情。用真情去采访、去体验、去感知、去思考，达到与采访对象心与心的交流、情与情的交融，这样才能为激情的迸发打好底稿，做好铺垫；

文章的激情需要孕育与蓄势，更需要知识的累积支撑。激情是真情的相融喷发与持续，是共鸣后的自然喷发，绝非无病呻吟的之乎者也。

我庆幸，在新闻的天空下，我经历过不同的领域，从军旅到地方，从战争到和平；跋涉了更多的山水，从西北高原的戈壁沙漠到血火边关的南疆前线，从雪域莽莽的青藏高原到美丽多彩的三秦大地；接触过各类采访对象，他们的人生故事，他们的一言一行，他们的一点一面，都成为我学习和矫正自己的镜子，他们给了我无尽的营养。

所有这些曾经堆积成我当初的万般艰辛，当我用岁月和意志一步一步跨过时，那种经历的感觉充满了人生百味，充盈了我的人生内容，拓宽了我的知识结构，提升了我的人生感悟，给我的写作平添了许多难得的人文情愫与思想火花。

在太多的经历中不间断地煎熬思索过后，自会感悟到人生的真谛，哪怕只是感悟到这真谛的丝毫，只要你能握在手中，她也会为你点亮人生的路灯。而将这些融入文章，你的文章就不乏真情，自然也会充满激情。如此，你的文章才会生动，才会鲜活。

不论是酷暑难耐还是风雪弥漫，辽阔平原还是荆棘山涧，披星戴月还是饥肠辘辘，三秦大地都是我深深的依恋，她是我生命的家园，也是我灵魂的依托；她洗涤着我沧桑的灵魂，滋养了我匮乏的营养，点燃了我蓄积于心的激情。

作为一名党报记者、一名年过五旬的新闻工作者，清净的心中早已无有世俗的杂念，余生所想，只剩下走遍三秦大地，吟唱三秦父老……

军旅
岁月篇

他的英魂与贺兰山同在

——记为抢救战友而光荣献身的班长张录

8 月，贺兰山北麓，秋风萧瑟。

一座简陋的礼堂里，哀乐低回。某部队炮营的干部、战士，怀着悲痛的心情，悼念在国防施工中为抢救战友而光荣献身的班长张录同志。

墨色的挽幛上，是素洁的挽联："烈士英名永世长存，献身国防虽死犹生。"

是的，张录同志没有死，他还活着，他永远活在贺兰山人的心里。

死神扑来的一刹那

公元 1985 年 8 月 22 日夜，绵延五百里的贺兰山就像奔驰了一天的骏马，拖着疲惫的躯体进入了梦乡。一 OO 炮连的地窝子里，指导员郭保华在分配任务。他知道，连队有三名风钻手骨干，两个正在医院养伤。派谁去呢？郭指导员自然而然地想到了一班班长张录，但当他记起张录最近右膝三次受伤、又连续24小时没合眼时，就对他说："你休息吧，让两个战士上。""两个人打风钻，人手太少，我和他们一块上吧。"张录哀求地说。望着他布满血丝的双眼，指导员深情地点了点头。

晚上11时，休息了不到4小时的张录带领本班战士宇文亮、南永杰来到某坑道2号沿口。只用了两个多小时，62个通风槽炮眼就出现在洞内左侧。在打洞口左侧的进风门炮眼时，张录用棍子排头顶上的险石，石头没有掉下来。为了不耽误施工，他让南永杰当观察员，严密注视险情，自己和宇文亮打风钻。进风门九个炮眼打完了，险石仍然没有掉落。这时，张录让两个战士打洞口右侧扩展沿口的最后一个炮眼，他自己担任观察员，并对抱风钻的南永杰说："我在你身后，如有情况就推你一把。"

当两个战士打完最后一个炮眼，正向外拔钻杆时，洞口左上方的险石由于长时间的震动，突然下塌。张录看在眼里，一把将正在拔钻杆的南永杰推倒在一边。南永杰脱险了，而张录却被一块约85公分长、55公分宽的石头砸中了头部……

张录同志为了抢救战友，用自己的身体挡住了死神的进攻，保住了战友的安全。

"高台荣光"铸心中

张录，1962年3月出生于甘肃省的高台县。

高台，是一个具有光荣革命历史传统的地方。1936年，红军西路军董振堂部曾在这里和敌人展开血战，为高台县城、为中国历史写下了悲壮的一页。红军战士为人民利益贡献出自己一切的高尚品质，永远激励着高台人民，"高台为你著荣光"便是人民给予他们的最好评价。

小时候的张录经常听大人和邻村的老红军讲述西路军的故事。每年清明节，他就和家人或同学一起去烈士陵园扫墓，听那里的老红军讲故事。英雄的事迹感动了他，英雄的形象在他心中深深地扎下了根。那是1974年夏日的一天，一个小姑娘不慎掉入村边的水渠，而不会游泳的张录却跳了下去，硬是一手抓住渠边的树根，一手揪住小姑娘的辫子，把她救了上来。

入伍以后，张录时时处处以革命先烈为榜样，无论何时何地，他首先想到的是别人。他经常说："在生与死的危急关头，最能检验一个人品德的高下。"去年 2 月，张录和八名战士在石炭井一矿学习坑道掘进技术。一天下午，他们在井下 103 巷道掘进作业完毕回到井上时，张录发现新战士王元清没有上来。这时

在云南，战前战友留影

103巷道正在装药，准备放炮，在这危急时刻，张录主动向排长要求下井找人。当他深一脚、浅一脚地跑到103巷道口时，放炮手正在接线，他边跑边喊，向巷道深处奔去。由于里面没灯光，他不慎从通风室的台阶上摔了下去，扭伤了左手腕。他不顾疼痛，一心只想着战友的安全，爬起来继续寻找，最后终于在掌子面前侧堆放的石料上找到了因疲劳过度而正在酣睡的小王……

去年5月，在某地坑道掘进中，由于石质差，经常出现塌方冒顶。每当有危险时，张录总是把安全让给战友，把危险留给自己。一天晚上，连长周志平带领战士们在洞内打风钻，张录突然发现坑道顶部有塌方迹象，他迅速报告连长，在人员撤离时，连长让他离开，但他放心不下，和连长一起排除了险情，避免了一起恶性事故的发生。

同年7月，张录同一排长张国华正在坑道掘进，突然，洞顶掉下沙子，张录一把拉过排长，紧接着三块水桶大的石头砸了下来……

张录同志就是这样，在战友的生命遭到威胁时，总是挺身而出，奋勇抢救，把自己的一切置之度外。也许在有的人看来，这不过是简单的一推一拉而已，但就是在这一推一拉中，包含着多么高尚的道德情操啊！

无坚不摧的“金刚钻”

张录同志是一名风钻手，但人们说他本身就是无坚不摧的“金刚钻”。

去年，在某山沟坑道掘进中，为了加快施工进度，保证军区现场会的顺利召开，他和全班战士想方设法缩短掘进时间，提高掘进速度。打风钻，他一抱就是12小时，有时甚至16小时。一天晚上，风钻打完后，他顾不上休息，又带领两名风钻手帮助出渣组出渣。由于一天的劳累，两名风钻手躺倒在地上起不来，张录要他们回去休息。两名风钻手爬起来说：“要走一块走。”推起车子又和班长一道出渣。在他的带动下，全班战士你追我赶，不怕疲劳，提前三个多小时完成了出渣任务。在上级一再追加任务的情况下，他们担负的国防施工任务也高速优质提前完成，受到上级领导的表彰。

2月，贺兰山正是北风呼啸、滴水成冰的季节，抱风钻、扶钻杆喷水大，一班下来溅在身上的水结成了冰。而张录不是抱风钻，就是扶钻杆，经常内衣一身水，外衣一层冰，手冻得又红又肿，脸上裂出一道道口子，但他从未说过一个“苦”字。在掘进中，由于只有一个坑道口，跨度 5.1 米，高度 3.7 米，风钻打炮眼难度大，效率低。张录总是抢着打危险性大、质量要求高的顶部眼和周边眼，还常常连续几班作业。打一个作业面，其他班要五六个小时，而他们班只用三个多小时就完成了。去年坑道掘进开始后，光爆形成差，他就和连队干部一起，想办法，找原因，分析研究石质、孔距、装药量，根据石质的硬度走向，确定孔距、装药量、放炮序列，改变装药方法，提高了光爆成形度。

张录同志不仅把自己的智慧和技术献给了国防，而且把自己强壮的身体也交给了人民的事业。施工两年多来，他七次受伤，多次染病，但他从未因自己的伤情而耽误工作。去年 7 月，施工正处于掘进的紧张阶段，张录因劳累过度身患重病，但他一声没吭，坚守在工作岗位上，直到高烧 40 多度，才在领导的护送下住进医院。病还未好，他又偷偷跑到工地，抱起了风钻……一次，在掘进中，他的右膝被石头砸伤，大家劝他休息，他还是一拐一拐地爬上工地，带伤坚持掘进。一天晚上，在掘进中，因钻杆折断，无法作业，他考虑到天黑路滑容易出事，劝阻了别人，自己摸黑下山去取钻杆。当他走到陡壁下坡时，不慎摔了下去，又碰伤了右膝，回到工地他一声没吭，和大家一起坚持到打完最后一个掌子面。下班回到班里洗刷时，大家才发觉他的腿青一块紫一块。连队领导知道后，让他在家休息，当大家上工地后，他又悄悄地爬了上来……

张录同志因为长时间打风钻，患了耳鸣、头疼和胸疼病，常常呼吸都有点困难。他牺牲后，战友们在整理他的遗体时，发现他右膝关节又红又肿，四肢布满了摔伤、擦伤、碰伤的痕迹。看着这些，战友们流着眼泪悲痛地说：“平时班长是以多么顽强的毅力战胜伤疼病痛的啊，他真不愧是‘金刚钻’！”

一封没有发出的信

父亲、母亲及全家：

好久没有通信了，儿十分想念。今天给家里写信，可以说是最后一封信了吧？！ 当兵已经五年了，没有能合家团聚，今年就要回去了，时间也就还有四十天，有什么事来信写明。我这里一切都好。自从带完新兵以后，部队上山施工，很紧张，我身体没有以前壮了。其他方面都好，不必担心。由于一年不写字，手有点生，字写得不好，请原谅。见信回音。

此致

敬礼

儿 张录

1985 年 8 月 20 日

这是张录同志牺牲后，战友们在他的遗物中发现的一封没有发出的信。谁也没有料到这封家书竟成了他对亲人的最后问候。它虽然没有战地家书的壮烈色彩，但却同样催人泪下，给人以启迪和思考。

那么，透过这封普通的家书，我们看到了什么呢？张录同志虽然只是个预备党员，但他在处理个人利益和革命利益的关系上，却做出了一个合格党员所应做的抉择。他弟妹年幼，家中近 30 亩责任田，全靠 58 岁的父亲和患有心脏病的母亲耕种。1983 年 9 月，服役期满的张录接连收到家里和未婚妻的来信，要他一定复员回家，一来早点结婚，二来可减轻父母的负担。当时部队已经确定 1984 年搞国防施工，有的人担心施工任务重，打坑道危险，寻情钻眼闹着要求复员。当组织征求他的意见时，他说："家里是有实际困难，但走与留是组织上的事，我服从组织上的决定。"在 1984 年施工中，他吃苦耐劳，任劳任怨，被部队评为施工标兵。到临近复员时，一些好心人劝他："你党也入了，服役期也超了，施工那种苦滋味也尝了，还是早点回去好。"连里考虑到 1985 年继续施工，张录技术比较全面，是施工骨干，准备再留他一年。这时，父母也再三来信要他复员，未婚妻也向他发出了“最后通牒”。可张录却又一次留队了。未婚妻因此与他分道扬镳了。

为了搞好国防施工，两年来，张录四次推迟休假和婚期，表现出了一个革命战士的高尚情操和宽阔胸怀。1984 年施工结束后，在他继续留队的情况下，家里又给他找了一个对象，要他回去办理婚事，当时他正负责新兵训练。训练结束后，就上山盖地窝子准备施工了，休假的事一直没顾上。今年 7 月，连队掘进任务完成后，家里再次来信催他尽快回家办理婚事。部队领导知道后，批准他立即回家。当他从工地回到营房开通行证时，看到连长、指导员家属来队，工地上只有副连长一人，而且工程正处在被复紧张阶段，他连通行证也没开，又回到了工地，副连长问他怎么没走，他说：“你一人在工地，骨干又少，我还是等施工结束后一起复员回家吧！”就这样，他又一头扑人紧张的施工中……

魂系贺兰

有的人活着
他已经死了
有的人死了
他还活着
…………

张录同志在人生的道路上，只走过了短短的 23 个春秋，就在他即将复员回家之前，在将要结婚的时候，在施工接近尾声的当口，在就要成为中共正式党员之际，他却匆匆地去了。

他去了，带着他还没有做完的青春之梦，留给战友和亲人的是绵绵无尽的怀念，留给世人的是一串串关于人生问题的思索。

他去了，挂念着他年迈的双亲和贫寒的家境，然而，他留给家里的却是找对象欠下的两千多元的债务，那是家人从牙缝里挤出来的啊！

他去了，被他所抢救的战士南永杰以悲伤和负疚的心情，像亲儿子一样侍奉着来队接他骨灰的年迈的双亲……

他去了，虽然还没来得及写党员转正申请书，但他壮烈的举动已为组织、为人民书写了一份合格的、绝好的转正申请书。他不是贺兰山人，但他的英魂、精神将和五百里贺兰山同在！永存！

——原载《人民军队》1985 年 9 月

曾经的军旅荣誉

在艰苦奋斗的旗帜下前进

——人民解放军红军师侧记

公元 1935 年，一支红军部队在鄂豫皖革命根据地和党中央失去联系，他们靠吃树皮、草根，喝南瓜汤为生，取得了一个又一个的胜利。之后，这支部队又在抗日战争、解放战争、抗美援朝和老山地区对越防御作战中为新中国的创立和社会主义建设立下了赫赫战功。他们，就是今天坚守在西北千里边防线上的兰州军区某红军师。

半个多世纪以来，红军师继承和发扬红军老前辈的光荣传统，无论何时何地，始终坚持以艰苦奋斗为核心的传统教育，培养了一代又一代“四有”新人，涌现出了一大批人民功臣和模范单位。

九连，仍是红军作风

红军师有个“铁锤团”，“铁锤团”有个红九连。红九连诞生于大别山区，几十年来，养成了一股战无不胜、攻无不克的革命精神，曾先后获得“战斗模范连”、“生产模范连”和“功臣连”等荣誉称号。1986年，在老山前线对越防御作战中全连官兵机智灵活，英勇顽强，艰苦奋战，顶住了敌人数万发炮弹的轰击，出色地完成了出击作战任务，被中央军委授予“攻坚英雄连”荣誉称号；原副连长赵怡忠烈士和战士栾智平分别被中央军委和成都军区授予“战斗英雄”称号。

1987年，九连担负全训任务。他们针对一些战士在商品经济的冲击下怕苦怕累、追求享受的思想实际，进行连队红军传统教育和老山英烈事迹展览，在全连提出了“前辈创下英雄史，发扬光大在今朝”的口号，激发战士艰苦创业、爱军习武的精神。“战斗英雄”栾智平已经超期服役两年仍然是个战士，他不以英雄自居，严格训练，严格要求，严格生活，拒绝了部队在生活工作上对他的照顾，受到战士和各级首长的好评。

去年，连队党支部被总政治部树为“先进党支部”，连队被兰州军区评为“基层建设先进单位”和“达标先进单位”，在军区组织的“西部—88”演习中，九连又荣立集体二等功。

像这样的连队，在红军师又何止一个、两个……

没有放弃的阵地

在老山前线的两年中，红军师官兵把前辈们用鲜血和生命换来的艰苦奋斗的光荣传统化作“奉献我青春，强盛我中华”的实际行动，用热血换来了祖国的安宁、人民的幸福，谱写了一曲曲催人泪下的赞歌，赢得了祖国和人民的嘉奖。

然而改革开放和商品经济的发展，使图享受、高消费等不良风气严重冲击着各个角落，也给刚刚回到后方的红军师带来了一系列新情况。

某团对204名战士做了一次调查，发现125人有借款，最多的300元，最少的68元。

某连九十多个小板凳一周内全部“失踪”；战士抽烟档次普遍比干部高，至于下饭馆，更是家常便饭。

某团二连战士王晓勇，一年中，津贴花完，又花掉家里1700元，而且连自己的军装、鞋子也卖掉了，最后发展到偷盗，被开除军籍。他父母亲痛心地说：“我供一个当兵的比供一个大学生还难呀！”

某连一名新战士，在火车上丢了 1200 元钱，他却说：“无所谓！”

这一系列的新情况，使红军师曾一度困惑。去年，师首长带领机关干部深入四个团队调查摸底，重点解剖了 26 个连队，针对战士成才、价值、享受、奉献、民主和人际关系等观念的变化，在全师大张旗鼓地开展了商品经济与观念更新、义务与奉献、价值与利益、习武与成才、法纪与民主、道德与行为、奋斗与享乐、正常交往与庸俗关系八个专题的“军营与青春”系列教育，抓住大家普遍关心的问题，澄清了思想上的模糊认识，收到了比较理想的效果，被兰州军区政治部推广。

炮兵团一OO 滑膛炮连是 1932 年创建的红军连队。连队有一把锥子是红军的前辈们留下来的。新中国成立后，锥子作为连队的一面旗帜和传统的象征被保存了下来。然而，随着商品经济大潮的冲击，这把传了 17 代人的锥子却被战士扔掉了。指导员知道后，给大家讲述了这把锥子的来历。他说，现在我们虽然不用这把锥子了，但它永远是连队建设的精神支柱。

于是，战士们又将锥子捡了回来。

几年来，炮兵团始终坚持艰苦奋斗传统，从确立人生观、世界观入手，对战士进行自立自控、自尊自爱教育，把战士的超前消费引向合理消费，把生活消费引向智力投资，把追求享受引向艰苦创业。

今年 4 月，炮兵团组织 426 名新战士参观了驻地山区 57 户连温饱问题还没解决的贫困户一个土豆一顿饭的艰难生活。参观之后，全团开展了“父母养育之恩知多少”“算算我的经济账”等大讨论，使战士们受到了一次艰苦奋斗的生动教育。

如今，炮兵团 17 个连队全部恢复了“小银行”，存款金额达 3 万多元。曾一度停办的养鸡场、养猪场也重新开办起来了。

“钢铁团”榴炮一连创建于 1947 年，42 年来转战 21 个地区，不断光大艰苦奋斗的光荣传统，始终做到任务变、条件变、环境变，艰苦奋斗的作风永不变，干部战士换了一茬又一茬，艰苦奋斗的传统代代相传，连队保持了 42 年无案件和

部队的新闻同行

政治事故。

1982 年，连队在破烂不堪的平房中编写出了《艰苦奋斗一百例》。在该连连部，我们有幸翻阅了这本难得的传统教材，里面有《廉洁奉公“一班人”》《“铁公鸡”》《六块补丁》《十元钱的婚礼》《节约箱的来历》等故事，透过这些，我们仿佛看到了昔日的军魂……

艰苦奋斗在红军师形成了一种风气，正如政治部副主任杜灿说的：“我们一直坚守着艰苦奋斗这块阵地，不想放弃这块阵地，因为这是我们提高战斗力、完成各项任务的基础。”

艰苦奋斗的含义——创业

1985 年，刚刚组建的红军师高炮团开赴老山前线，在炮火连天的战场上，他们利用战斗间隙组建的“猫耳洞之声”乐团曾在首都北京风靡一时，将艰苦奋斗的老山精神播向全国，受到了全国人民的钦敬。

1987 年 6 月，全国人民熟悉的、经受了两年艰苦战争锤炼的高炮团又开进了同样遍布艰苦的腾格里沙漠驻防。

面对荒凉的沙漠，背对商品经济的大潮，大多数干部战士要求转业复员调走。团里想大搞农副业生产，一些人认为："斤半加四两"，主要靠部队补，农副业生产已不适应，加之现在的战士是想享受，有谁还愿意养猪种菜打猪草？一句话，就是怕吃苦、不想创业。面对这种无形的抵触情绪，团领导在全团进行了"接过红军的接力棒"和老山精神教育，开展为什么要搞农副业生产大讨论，在干部战士中树立起了穷则思变、艰苦创业的精神，向各营连下达了农副业生产收益过万的任务。

在团首长的带领下，全团官兵发扬艰苦创业精神，起早贪黑，风吹日晒，开荒 304 亩、整修渠道 5000 米，积肥近千方；团里还拿出 14 万元，帮助营连发展农副业生产。

创业，使高炮团发生了巨变，给部队和战士带来了甜头，带来了希望。现在，这个团队养猪 510 头、羊 500 只、鸡鸭 1500 余只，养鱼 16 亩，种蘑菇 500 平方米，种菜、瓜等 304 亩，15 个连队去年收益全部超过万元。今年 7 月中旬，宁夏银南地区处以上干部慕名来到高炮团参观，他们看到猪羊满圈、鸡鸭成群、蔬菜瓜果庄稼遍地飘香，感慨地说："这里真是塞上南泥湾呀！"

艰苦创业，确实成为红军师的一种精神。有人激动地说："来到红军师，我们好像见到了当年的红军。"

某红军团创建于 1933 年，在战争年代，曾荣获"金刚钻"的称号，50 多年来，团党委时时处处向官兵灌输红军的传统，出色地完成了各项任务，邓小平、胡耀邦同志曾两次视察该团。他们"没有完成不了的任务，没有克服不了的困难，没有战胜不了的敌人"的口号，已经成为各级对他们的评语。

去年 8 月，红军师五千官兵、近千台车辆开赴腾格里沙漠，开始了为期两个月的"西部—88"演习。首长和全师官兵一起，在大沙漠里风餐露宿，同吃同住同训练，圆满地完成了演习任务，受到迟浩田总参谋长的高度赞扬。

红军师的领导们

红军师官兵之所以能在“思想上艰苦奋斗、生活上艰苦朴素、工作上艰苦创业”，最重要的也是我们在采访中感受最深的就是领导带头艰苦奋斗、清正廉明。

今年初，师党委从师团领导开始，狠抓廉政建设，制定下发了《师团领导廉政守则》。最近，根据这个《守则》的执行情况，编写了《团以上干部为政清廉三十例》，下发部队。

在师首长家中，我们看到最豪华的物品就是彩电，多数首长连一套像样的家具都没有；令我们惊讶的是，师首长至今还住在窄小、低矮、阴暗的平房里；全师百余名师团干部中，购置电冰箱的不足 15%。

去年 8 月，师长马殿魁上任时，随行人员看到连风扇也没有的寒酸的房间，讥讽地说：“没想到师长的房子这样穷，需不需要我们赞助点？！”

今年 7 月，参谋长傅金保为儿子结婚，没请部队一个人，并在司令部会上明令：“不准任何人以任何形式送礼！”

政治部主任李德胜始终保持着陕北人民的艰苦作风，星期天找来工具，自己一个人修鸡棚，警卫员要干也被他赶了回去。

尽管首长们这样艰苦，然而去年以来，全师拿出近百万元，用于部队训练、后勤建设和改善物质文化生活，受到战士和基层的欢迎。

师政委张海阳说：“国情不允许我们忘记艰苦奋斗，军队的性质要求我们时刻准备艰苦奋斗。没有艰苦奋斗，提高战斗力就是一句空话，所以，我们要牢牢守住这块阵地！”

我们坚信，红军师的官兵一定会把艰苦奋斗的精神发扬下去，一定会做到“人在阵地在”！

——原载《中国青年报》1989 年 9 月

他们，从黄土地上走来

——云南边防前线“陕西愣娃”英雄形象剪影

走近你
我的红土地呵
我像个伟丈夫
比秦始皇兵马俑
更忠实更强悍的丈夫
守护着你广袤而深沉的魅力

——摘自《镌刻在焦土上的诗行》

“陕西愣娃”这个雅称起源于何时何地，属褒属贬，笔者无从考究。只是到了硝烟弥漫、血火交融的老山前线，在猫耳洞里接触认识了许多之后，得出了这样一个结论：“陕西愣娃”名不虚传，国不可少！不信请看：

“愣娃”之一——美元难买中国心

河山只在我梦萦
祖国已多年未亲近
可是不管怎样也改变不了
我的中国心
洋装虽然穿在身
我心依然是中国心
…………

这豪迈激越的歌声，是万千海外赤子用热血谱写的一首对祖国魂萦梦绕的心曲。这首歌张建宁不知唱了多少遍，然而此刻，当他戎装裹身、持枪屹立在老山前沿阵地的哨位上时，唱起来却是那样的悦耳动听，催人泪下。看到这幅画面，战友们都说：“他有一颗心—— 一颗美元买不走的中国心！”

国庆节前夕，在老山前线某高地的猫耳洞里，我见到了这位前线新闻人物。20 岁的张建宁，中等个儿，瘦弱的身材，从被硝烟和炎热熏得黝黑的脸上，不难看出他往日皮肤的白皙，裸露的胸前挂着一枚“光荣弹”，如同团徽一般光彩夺目。因为是同乡，他便毫无拘束地和我聊了起来。

张建宁不仅有一个温暖的家庭，更有一个使众多崇洋者垂涎的“海外关系”。他的父亲和弟弟在中国科学院陕西天文台工作；伯父张金泰是海外一家饮食服务公司的总经理，拥有百万美元的资产；伯母是陕西省政协委员。生活在这样的家庭，对张建宁来说，那实在是太幸福了，当然，这种幸福是党的十一届三中全会之后才有的。

4 年前，张建宁告别了八百里秦川东端温暖的家，应征入伍。到部队后，他无论是政治思想还是军事训练，都取得了显著的成绩，先后四次受到嘉奖，并光荣地加入了共青团。

“十字路口”，每个人在生活中都会遇到，然而，各人选择对待的方式却不尽相同。那是 1985 年秋天，面临复员的张建宁收到了父亲给他转寄来的伯父的一封信。信中写道：

…………

虽然我思乡心切，今生回归故里看是没指望了。我已年逾古稀，膝下既无子女，身边又无亲人，唯一的希望就是让长侄建宁速来海外继承我的全部家业，切切！

…………

这封不寻常的海外来信，在绿色的军营引起了强烈反响。有人对建宁说："这实在是千载难逢的好机会呀，多少人挖空心思还出不去呢，你再不用在军营受苦了。"机关的一位同乡向他透露了一个"内部消息"：部队要上前线，要他抓紧时间办理复员手续。

这一说不要紧，却在小张的心中掀起了狂澜。是呵，他多么想出国呀，倒不是因为美元的诱惑，而是为了离别故乡 38 载、年逾古稀又无子女的伯父。然而，部队要打仗，军人的使命告诉他，此时离开部队无异于逃跑，有志的热血男儿有谁愿意做逃兵呢？！

夜很深了，小张躺在床上，翻来覆去不能入眠。床前的月光，英模报告团的余音，南疆的炮火，国家的危难，强烈地震撼着张建宁那颗年轻的中国心。他想起了《十五的月亮》，想起了硝烟弥漫的老山前线，想起了在故乡多次参拜的黄帝的坟墓——那是自己的祖先、自己的根呀！想到这里，他摸出日记本，借着月光写下了一首诗：

> 放弃百万继承权，
> 精忠报国到云南。
> 宁可自己骨肉碎，
> 不让祖国寸土丢！

这不仅是一首诗——一首战士的诗！也是一首歌——一首赤子唱给母亲的恋歌！！更是一颗心——一颗不为金钱所动的"中国心"！！！

在老山前线，小张放弃了待在连部的机会，七次申请坚决要求到最前沿最危险最艰苦的阵地。在前沿阵地，他不以老兵自居，和战友们啃压缩干粮，在雷区为部队开辟通路、背水背粮站哨作战……上阵地以来，张建宁和战友们先后打退敌人 14 次猖狂进攻。6 月 17 日，敌军大约一个班向阵地摸来，正在站哨的张建宁和新战士张献宝机智灵活地躲过了敌人扔来的炸药块，英勇顽强地用手榴弹和冲锋枪打退了敌人，受到部队党委的通报表彰。

临别，我问起了他以后的打算，小张笑着说："巨额美元丢掉之后，好多人说我身上愣气冲天，从头愣到脚跟，有福不会享；后方几位青年朋友来信说，雷锋是'傻子'，我们送你一个别号'愣子'吧！我想，'愣子'就'愣子'，总比逆子好吧，人活着为的是灵魂而不是金钱！"是啊，笔者相信，无论何时，我们的国度都不需要逆子，而是需要千千万万个"傻子""愣子"，唯有这样的公民才能撑起共和国雄伟的大厦！

在前沿阵地上与双胞胎兄弟合影

“愣娃”之二——将军故乡两壮士

当我浑身沾满红泥巴，汗流浃背地站在红七连前沿阵地的一个猫耳洞前时，愣住了，甚至怀疑自己的视觉是不是出了故障。然而事实否定了我的错觉，我眼前的确是两个小伙子——从身高到头发，从衣服到笑容，甚至皮肤的黑白细腻程度都一模一样的两个小伙子。看着他俩，我笑了。

呵！原来这是一对孪生兄弟：老大胡广田，老二胡广元。

我随兄弟俩躬身钻入猫耳洞之后，才发现了他俩的区别：老大持重、成熟；老二则热情、直爽。

望着洞口放置的供做饭用的煤油炉、水、面粉和餐具，我笑着说：“你们可真是情同手足呀！”

“这叫兄弟双双保边关！”老二广元开玩笑地说道。老大只是随和地笑着。

这天晚上，在那个窄小潮闷的猫耳洞里，我与二胡兄弟合衾而卧，谝得很久、很多亦很远……枪声、手榴弹的爆炸声不时在附近响起，尖啸着的炮弹间或飞过头顶，爆炸声此起彼伏，仿佛一曲混合而又近似疯狂残暴的音乐在为我们伴奏似的。

1963 年正月初三，在庆贺春节的鞭炮声中，二胡兄弟降生到了人间——陕西蒲城县永丰公社唐堡大队，距杨虎城将军的故居不到十里地。他俩还在牙牙学语的时候，就从长辈那儿听到了许多关于杨将军为国为民的传奇故事。中学时代，兄弟俩怀着敬意阅读了《杨虎城传》等介绍将军的书籍，并接触认识了该书的作者——他们的教导主任。几年的中学生活，使兄弟俩不仅学到了文化知识，而且奠定了自己的人生观：像将军那样，做一个有益于国家和民众的人！

1983 年秋，二胡兄弟没有因为高考落榜而懊悔，双双报名从军，这可急坏了社队干部和亲戚朋友：“你们的父母亲都上了年纪，弟妹又小都还在上学，你们俩都走，留下两位老人忍心吗？”在众人的商议下，老二广元被定为留守“候选人”。老二得知后，暴跳如雷，愣气大发：“要走一块走，要留一块留，何必另眼相看？！”最后，这个“愣娃”警告众人：“如若不允，一切严重后果由你们负完全责任！”就这样，他如愿以偿。临走那天，亲友和社队干部几十人开着拖拉机将他俩送到县城，县长高兴地和他们合影留念，照片还张贴在县城的宣传栏呢。

不久，在他俩的请求下，兄弟双双来到了老山前线，分配在战斗任务较重的某“钢铁团”红军七连，一个当步兵，一个当通信兵。

巍巍老山群峰记录着两位壮士卫国戍边的足迹；滔滔盘龙江水向人们夸耀着心疼自己的儿子。

9 月 18 日夜，很少看到的十五的月亮给翠绿的边关洒上了一层银白色的光。胡广田无暇体味一年一度的中秋佳节，一双敏锐的大眼机警地巡视着安静起伏的边境线。忽然，左前方不远处传来树枝碰撞的声音，借着月光，胡广田隐约看见有七八个人影向阵地摸来，他立即用暗号向班长报告了敌情，全班迅速做好了战斗准备。近了，敌军兵分两路，向阵地夹攻。15 米！“打！”随着班长一声命令，广田和战友们将早已准备好的“中秋月饼”送给了敌军。敌人惨叫着，但不甘心失败，一枚枚手雷、炸药块在阵地前爆炸，火光映红了半边天空，使柔和的月光也变得冷酷起来……

30 分钟后，敌人终于拖着几具尸体狼狈溃逃了，广田和战友们唱起了《十五的月亮》，跳着、笑着，欢度着这不寻常的中秋月夜。

比起老大，老二广元看起来好像轻松多了，轻松得让人嫉恨。然而，不然！这位无线电副班长也有一本难念的经。他除保证自己的电台不出问题外，还要负责其他阵地的电台。10 月 3 日夜半时分，在疯狂的炮击中，七连 A、B 两个阵地北侧同时发现越军进攻，电话线被炸断，两个作战分队全部用电台同指挥所联络。不料，B 阵地的电台发生故障，无法与指挥所互通情报，情况万分危急。这时，副班长胡广元挺身而出：“连长，让我去！”不等连长回话，他已冲出了连部。15 分钟后，电台里传来了 B 阵地发来的战斗情报，急得满头大汗的连长高兴地一拍大腿：“这小子，我要为他请功！”

回到指挥部，我才发现采访本里有一张字条：“请转告我们的亲人，10 月 1 日，在党旗下，我们兄弟俩庄严地宣誓了！”

这肯定是老二的手笔！我的眼眶有点湿润了！

“愣娃”之三——化作红泥壮军魂

共和国南部，一座被洪水阻隔的大桥边上，三班长崔俊峰赤着脚、光着背，在瓢泼的大雨中，紧紧抓着一辆“东风”牌汽车的后厢板，声泪俱下地向车上的人哀求着：“首长，让我去吧，让我去吧，他是我的排长呀！”说完，泣不成声，跪在泥水中，疯狂的雨滴拍打着他的头，从光着膀子的上身直浇着脚上。他的脸上分不清是雨水还是泪水，仿佛双眼都无力睁开了，他的心湿了。

这一幕，发生在今年7月24日上午的老山前线某条公路上，车上停放着崔俊峰所在红二连的一排长——王晓强同志的遗体。

1962年11月，王晓强出生于陕西绥德县城郊的一个知识分子家庭。60年代的经济困难，没有埋没小王那颗好学上进的心。1980年夏，他谢绝了众多人的劝说，以优异的成绩走进了西安陆军学校的大门；三年后的7月，被分配到训练先行连——战功卓著的红军二连任一排长。从此，这个大学生排长将自己的全部身心倾注在了国防事业上，开始谱写着自己军营里绿色的青春之歌。

“排长就是排头兵！”王晓强将自己在军校学到的知识用于带兵和战术研究。他带领全排多次为军师团各级表演战术科目，受到首长的一致好评，集团军还总结推广了他的经验。

在工作上，王晓强像一只猛虎；可在关心战士的生活上，却俨然是一位可亲可敬的兄长。“排长把自己的心都掏给了我们！”这是全排战士泪水般的追忆。今年初，一班长田耀军的父母先后患病住院，两个妹妹年龄尚小，经济窘迫已极，小田思想压力很大。王晓强在将自己仅有的50元钱寄给田耀军家的同时，又在全连开展了“战友家中有困难，我们应该怎么办？”的活动，在他的带动下，全连干部战士共捐款150元、粮票70斤，及时解决了小田家的经济困难。两位老人感动万分，出院后，在给部队的感谢信中写道：“孩子在你们这样的连队当兵，我们一百个放心！”并寄来了40斤花生，表示他们的一点心意。

类似这样的感人事例，一排的战士人人都能随口说出几件。战士赵永奇患病25天，仅买营养品王晓强就花去了107元。有困难的战士家里，都有他寄去的汇款单。笔者无法知道，在他参军直至牺牲的整整三年中，自己花费了多少？又给了抚养他长大成人的双亲多少？然而，在自己的同志和战友身上，他却是那样的慷慨大方，这样的排长，战士们怎能不爱呢？！

“宁为玉碎，不为瓦全”，这是王晓强写在《决心书》上的一句话。上阵地以来，他和全排战士顽强地打退了敌人11次猖狂进攻，毙敌13人，伤敌24人，牢牢地坚守在神圣的国土上，全排荣立了集体一等功。

1986年7月23日夜，老山经受着百年不遇的暴雨和敌军炮弹的双重袭击。王晓强冒雨坚守在自己的阵地上。翌日凌晨，敌军打来的六发炮弹先后在阵地前沿爆炸，王晓强命令8名战士进洞躲避，自己在洞口观察敌情。

1时10分，一发炮弹在离防炮洞二三米远的地方爆炸，接着工事往下掉碎石，并伴有轻微的断裂声。王晓强顾不上思考，大喊：“要塌方，快撤！”战士们奔跑着，就在王晓强将最后两名战士——田耀军和樊建强推到洞口时，工事倒塌了……

消息通过电话迅速向各个方向传递……

一排的战士奔来了，赤着脚、光着身子，在大雨的袭击下，用双手刨着工事的废墟，寻找着，寻找着他们的排长……战士们的手指划破了，血迹斑斑；碰肿了，钻心的疼，但没有一人停下流血的手。

一个半小时过去了，在两块巨型钢架工事下面，王晓强艰难地躺着，胳膊向前伸着，紧紧握在手里的手电筒还发着亮光……

这是手电光么？不！这是王晓强青春的躯体里迸发出的生命之光！这束光里，浓缩了老山精神的全部内涵！

这是普通的光么？不！这是一束为战友指示生命之路的光！这束光里，凝聚着他对战友赤诚而纯真的挚爱！

8名脱险的战友，全连参加抢救的战友，肃立在自己排长的遗体前。军医不相信这血的事实，注射了强心针，一次，一次，又一次地做着人工呼吸。年近四十的张凤辰政委拄着半根树枝上来了，两腿泥巴，浑身雨水，在遗体前，脱下了庄严的军帽……

9月18日——中秋佳节。我怀着崇敬的心情，来到血火边关，来到这位英雄排长、一等功臣壮烈献身的地方——某前沿高地。在 15 平方米的红土地上，粗糙的花环上寄托着战友们深沉的怀念，白色的挽幛上书写着几个墨黑的大字：“王晓强烈士永垂不朽！”

我缓缓地摘下熏满硝烟、落满征尘的军帽，按照家乡的习俗，朝着花环、朝着英灵，长长地跪拜下去，将一盒“金丝猴”香烟点燃在英雄倒下的红土地上……

——原载《陕西日报》1986 年 11 月 24 日

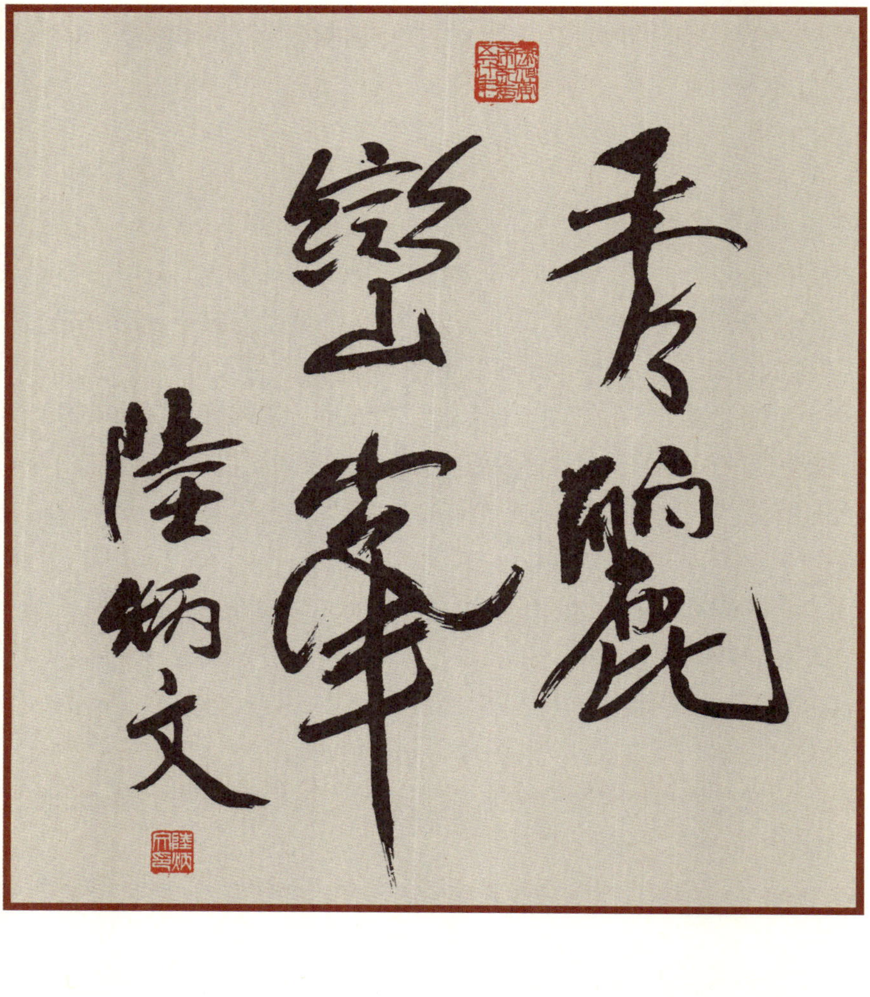

愿将此身长报国

——记一等功臣、优秀共青团员张振明

脚下，是一片炸焦的土地。在这不足 10 平方米的“死亡地带”上，某部二连十一班的 4 名勇士，像一个个巍峨的山魂，镇守在祖国神圣的土地上。

4 月 26 日清晨，大雾笼罩了整个阵地，这是埋设地雷的好时机。

“谢向东！”

“到！”

“带上地雷跟我来！”

班长朱存成一道命令之后，彪悍的张振明腾地从地上跳了起来。

“为什么不让我去？！”

“服从命令，让你留下有用。”

“不行，我是老兵，军事技术不比谁差，入党申请书交得最早，这次我非去不可！”

“啰唆，你身体有病，别逞强！”朱存成说着跨出了洞口。张振

明唰地跃到班长面前，拦住他的去路，声音颤抖地说：“班长，还是你留下组织班里战斗，这次就让我去吧！”他跺着脚，焦急地哭了起来。

望着眼前这位倔强的战士，朱存成再也无法控制自己的感情，他搂住张振明的肩膀，叮咛说：“快去快去，多保重！”

他和战友小谢趁着大雾，摸到敌人的鼻子底下布雷。谁知，雷没布完，雾却散了。他俩完全暴露在敌人的火力之下。这时，疯狂的敌人朝他俩实施炮击。张振明冷静地与谢向东弓着身子，在仅有的一条退路上，交替后撤。蓦地，堑壕断了，前方有一段“百米生死线”，敌人狙击步枪手常在这里打黑枪，张振明一把将小谢推在自己前面，他跟在后面，掩护小谢冲过了死亡线。

这天夜里，细雨霏霏。暮色像多情的恋人一样，紧紧依偎着美丽神圣的国土。张振明和他的战友们趴在哨位上密切注视着前沿阵地的一草一木、一声一响，不时窜过来的老鼠、飞虫、小鸟在他们的身上、头上乱哄哄地骚扰。尽管这里的夜是寂寞的、难熬的，但他们仍然感到自豪，因为能来这里为祖国站岗放哨，是军人才有的“特权”，这责任比什么都神圣。

等待着，潜听着。不知多长时间过去了，张振明抬起手腕一看，时针正指向凌晨 4 点。突然，阵地东南侧、南侧不远处传来撞击树枝的声响，朦胧中还有一丝亮光，张振明一边向班长报告，一边拧开手榴弹盖，准备战斗。

大约过了 10 分钟，狡猾的敌人用猛烈的炮火向我坚守的阵地前沿轰击。与此同时，敌人大约一个加强排的兵力在炮火的掩护下，分两路向我前沿阵地迅速逼近……

张振明按照班长的命令，迅速占领了大树右侧射击位置，阻击从左边迂回过来的七八个敌人。他端起冲锋枪一阵猛扫，两名敌人应声倒下，其余的躲在石头后面不动了。张振明瞄准方向，憋足劲，接连向石后的敌人投去七枚手榴弹，炸得敌人叽里呱啦乱喊乱叫。

正当小张打得过瘾时，恼羞成怒的敌人扔来一颗手榴弹，落在班长和两名战士的身后，“嗞嗞”地直冒着青烟。站在大树后边的张振明在大喊“卧倒”的同时，一个箭步冲上去，向即将爆炸的手榴弹扑去。就在他捡起手榴弹正要往外扔的瞬间，手榴弹爆炸了，三位战友脱险了，张振明却倒在了血泊之中。

班长朱存成爬过去，将他扶起，准备背他下阵地。张振明却艰难地摇摇头，翕动那血糊糊的嘴唇，用微弱的声音，断断续续地说：

“别管我，先……消灭敌人，先……消灭敌人……”

说着，一股鲜红的热血，从伤口向外涌……

谢向东急哭了，扑上去要包扎，张振明一把拦住他的手，用力地招了招左臂，示意小谢快回哨位。

张振明喘着气，想用尽全身力气，作最后的冲刺。然而，还没等他动，只见草丛里钻出三名敌军，正借着手电微光向我战斗小组的后侧摸来。他明白，这是狡猾的敌人在企图包围我哨位的战友。张振明咬着牙，拖着带伤的身子，一寸一寸地挣扎着向一箱手榴弹蠕动。他爬过的地上，鲜血染红了泥土……终于，他抓住了手榴弹把柄。他将手榴弹夹在腋下，用左手使劲拧开弹盖。待敌人离自己还有 15 米时，一枚、两枚……张振明一连向敌人投去三枚手榴弹。随着轰轰的爆炸声，两名敌人上了“西天”，剩下一名逃窜了。

战友们闻讯赶来。张振明已经昏了过去，只见他左手还紧紧握着一枚未投出的手榴弹，血肉模糊的脸上、身上、手上还在流血。大家围住他齐声呼唤。声音飞出密林，回荡在哨所，将爱与恨的种子播进了每个中国军人心灵的深处。

经过一个小时的紧张战斗，张振明和战友们取得了毙敌 5 名、伤敌 8 名的战果，击退了敌人 3 次排规模的进攻。在战地救护所里，医护人员从他身上发现了 80 多块弹片。望着这位刚强坚毅的战士，在场的人都流泪了。

救护车渐渐远去了，战友们却陷入了深沉的追忆之中……

4 月 21 日深夜，雷声滚滚，电光刺人，倾盆大雨从黑黑的天空飞泻而下，抛洒在南疆的山山岭岭、田间沟壑。

在一条崎岖峡谷的小路上，穿行着一群荷枪实弹、威武雄壮的突击队。这是张振明和他的战友们，奉命向最前沿的某高地开进。

眼前，带形的“豆角”路弯弯曲曲，三座独木桥、两道“百米生死线”、几公里的炮火封锁区露出狰狞的面目。

走在队伍最前面的张振明背着湿漉漉的背包和弹药，浑身上下淋得像个落汤鸡。他看到战士谢向东人小体单，就把几十斤重的无后坐力炮抱过去扛在自己肩上。班长几次要换他，他都不许，硬是一个人呼哧呼哧地扛着向上登攀。豆大的汗珠夹杂着雨水从他的头上直往下滴，倏忽，张振明眼前有些晕，他几乎支撑不住了。跟在张振明身后的战友们望着张振明坚毅的身姿，心中涌动着一股无限的力量。他们谁也没想到，张振明竟是从医院里赶回来的“逃兵”，他身上还带着没有痊愈的疟疾和脱肛病。

经过5个小时的艰难爬行，他和战友们终于登上了前沿高地。没等卸下背包，他却扑通一声跪在了地上，他实在太累了，太累了……

张振明所在的十一班坚守的阵地，位于80年代“上甘岭”的东南侧，三面受敌，地形复杂，敌情多变，周围的山全被炮弹炸成了粉末、石碴，连空气里都散发着火药味。

就是在这种环境中，张振明忍着病痛和战友们顽强地战斗着。雨季，猫耳洞里闷热潮湿，他本身就很瘦弱的身体又患上了烂裆病。整日整夜的奇痒难眠、食欲下降，这些他都隐瞒了，天天照常下山背水背粮、站岗放哨、埋设地雷……

4月24日，军医上阵地检查身体。张振明怕军医知道他的病情，让他下阵地治疗，便悄悄地溜了。军医和其他几个战士到处追寻，在另外一个猫耳洞里找到了他。军医逼着他脱掉裤子，发现他的短裤和肉粘在一起，慢慢撕下裤头，只见裆部已全部溃烂，红丝丝的肉露了出来，脓水和血糊成了一片。军医不忍心正眼多看，眸子发涩。

“不碍事，上一点药就好了。”张振明咧着嘴对军医说。

“不行，立即下阵地住院治疗！”军医板起了流泪的面孔，小张默默地低下了头。末了，他又用恳求的口吻对军医说：“请替我保密，眼下哨位上人少，听说敌军这几天又要搞偷袭，让我多待几天吧，求求你了。打完这一仗我一定下阵地治疗。”军医见他这么倔强，鼻子一酸，点了点头。临走时，他给张振明留了些药，叮咛他过几天一定得下阵地治疗。

南疆的盛夏，烈日当头，火辣辣的太阳烤得人皮肤疼，阵地上又断水了。

张振明班所处的哨位距水源五里之遥，每背一趟水都要付很大代价。这天，张振明刚一吃完午饭，又要下山去背水，班里几名新战士拦住他，他却说：“听我的，我是老兵，这里的地形我比你们熟悉！”说着他把水袋朝背上一背，一溜烟地下山去了。

一趟一趟攀上跑下，80 斤重的水袋压在张振明瘦弱的身上，使他喘不过气来。他咬紧牙关，四肢并用，一步一步向山顶艰难地挪动着……当他刚踏上第四道天梯时，只觉眼前一黑，脚下一滑，整个身子失去了重心，连人带水摔了下去……

在昆明医院，张振明拖着疲惫的身体像进入了梦乡，又像似睡非睡地回忆……

那是谁，佝偻着身子在干什么？噢，是父亲正在收割责任田里黄黄的麦子，汗水溢满了他额头深邃的皱纹。那一起一伏的，黄黄的，就是家乡的秦岭山脉么？怎么没有老山好看呢？

谁在叫我，好像还有笑声？是父亲。父亲怎么知道我负伤了？朦胧中，张振明睁开左眼，只见父亲正坐在他的病床边，眼里含着泪花。

“爹，你啥时候来的，四年不见了，刚见面怎么就哭了呀？”

“振明，爹有哪点对不住你呀？调到参战部队上前线这么大的事，事先也不给爹通个气……”还没等父亲把话说完，张振明又说：“爹，我永远忘不了父母对我的养育……这次我从其他部队调到参战部队，之所以没给家里任何人讲，是怕家里操心挂念啊！”

军医查房来了，见他父子俩聊得热乎，对老人说：“您老有福气，养了一个好儿子，他不仅在战场上很勇敢，而且在病床上也很坚强……”

这是多好的奖赏呀！听着军医的赞扬，张振明的父亲欣慰地点了点头。

夜已很深了。张振明翻来覆去睡不着。他的心绪回到了哨所，又回到了家里。

张振明的母亲过世早，是父亲把他拉扯大的。他高中毕业后就参了军，这几年不仅没有给父亲帮上一点忙、挣过一分钱，还让父亲为他操心。

去年，张振明原来所在的部队老兵临近复员了，哥哥托熟人给他在县城找了个开车跑运输的差事，每月薪金 300 元，亲戚朋友们都来信劝他早日回去，一来发家致富，二来孝顺年逾花甲的父亲。恰在这时兄弟部队要抽调一批汽车司机参加对敌作战，张振明高兴得走路都跳。为了不失去这个杀敌立功的机会，小张五次找领导，终于来到了参战部队；到新的单位后，他又嫌开车在二线打仗机会少，三次写申请调到了任务最艰巨、最危险的二连。

父亲走了，张振明躺在病床上心如火燎。他想到了连队，想到了战友。他多想给医生说：“请给我加大些用药量，让我早点出院，重返前线吧……”

5月4日，多么令人难忘的一天。某部党委收到了张振明在昆明医院病床上用左手写的来信：

敬爱的首长：

你们好！

我是一名普普通通的战士，所做的一切都是应该的。参战前我这样想过，自己虽不能像那些政治家、科学家那样，为祖国为人类做出巨大的贡献，但我能在战场上为祖国做点力所能及的事，也不枉活一生，即使牺牲了也能含笑九泉。可万万没想到，未经几次应战，自己的愿望还没实现就致残了。真不知道如何来安慰自己。

现在，我没有别的要求，只希望能与分别已久的战友早日重逢，并肩战斗在自己曾经拼杀过的阵地上！虽然我的右手只剩下大拇指了，可它还能扳动枪机，照样能消灭敌人。希望首长能满足我的要求。

此致

敬礼

一个平凡的战士　张振明

为了表彰张振明的英雄事迹，部队党委收到信的当天，做出了“关于开展向优秀共青团员张振明学习活动的决定”。

5月8日，营党委吸收张振明为中国共产党预备党员。

6月下旬，上级党委给他荣记一等功。

——原载《人民军队》1986年

曾经的风华

位卑未敢忘忧国

——记“全国拥军模范”张月好

世界上最反对战争的是母亲，然而为了祖国的安宁和幸福，最愿意把儿子送上战场的也是母亲。

——一位战士母亲的话

掌声雷动，经久不息。

报告会结束，来自西北五省区的300多名先进妇女代表呼啦一下，把她围得水泄不通。

——年逾古稀的老将军，激动地夸赞道：“你做得好哇，不愧是当代的佘太君、子弟兵的好妈妈。”

——参加会议的代表们拉着她的手，连连说：“老大姐，你是我们的好典范，咱军人家属的优秀代表！”

——年轻的战士们伸出大拇指感叹：“我们为祖国有这样伟大的母亲而骄傲、自豪！”

一片赞誉，一片褒奖。她——全国爱国拥军模范、三八红旗手张月好，事迹传遍西北、传遍全国，萦绕在老山前线的猫耳洞、隐蔽部……

送子尽忠心比石

张月好的童年是辛酸的。回味那些年啃树皮、吃野菜的滋味，一丝淡淡的苦涩便会浸入她的心里。

那是20年代初期，张月好一家吃了上顿没下顿，日子过得好苦哟。年仅四五岁的她跟着父母风里雨里，赤脚逃荒要饭，受尽了折磨和苦难。15岁那年，父母不忍心再让瘦弱的女儿受那般罪，把她许配给了忠厚老实的庄稼人赵水清成了家。

时间飞速流逝，三十多个春秋过去了。1963年，已有七个儿子的张月好与老伴商量：旧社会咱当牛做马没活过半天人样，现在能养活这么多孩子，全托共产党的福！要是能瞅个空儿，送他们去参军保国，该有多好哇！

一天夜里，张月好听村上说“部队来人征兵了”，高兴得眼睛笑成一条缝。第二天一大早，张月好就拉着两个儿子报了名。结果二儿子如愿以偿，大儿子因身体不合格，没有走成。

天有不测风云，人有旦夕祸福。1979年，已有四个儿子在部队服役（老五正在对越自卫反击战的前线）的张月好，家中连遭不幸：婆婆肝病恶化，卧床不起；丈夫患直肠癌到了后期，没治了。那些天，病中的婆婆不停地念叨说：“我不行了，再能见上孙子一面，死了也会合上眼了。”邻居们劝张月好给四个儿子发电报，让他们回来和两位老人打个照面。张月好摇头说：“眼下还是不告诉为好，要难过就我一个人难过吧，别让孩子也跟着难过，在部队加心思。”他给每个儿子的信报的都是“平安”。后来，婆婆和丈夫经多方治疗无效，十天内相继离开了人间。这是多么大的打击呀，她心如刀割，悲痛得水米不进……不久，一年一度的征兵工作又开始了，张月好忍住悲痛，把六儿子叫到身边说：“眼下你爹和奶都下世了，我的身子骨还硬朗，你年龄刚够，今年报名参军去吧！”当兵，对于高中毕业的老六登山来说，当然是向往已久的，但他操心家里，怕母亲在家挺不住。母亲看出儿子的心思，再三劝说道：“家中有事娘顶着，你用不着担心，

来自北京的荣誉

你到了部队上只要好好干就行。”说完，领着六儿子报了名。

临走那天，张月好把儿子送到村口，反复叮咛他不要挂念家里的事。登山望着两鬓染霜的母亲，含着眼泪，使劲点点头：“娘，你放心，我一定好好干。”

送走老六以后，家庭的重担几乎全落在了她的肩上。每天清早，天麻麻亮，张月好就起床忙着烧饭、喂猪，收拾停当，下地干活；晚上，她又飞针走线纳鞋底、做衣裳。1983 年秋收季节，在外地当教师的大儿子工作忙，回不来；小儿子又患了感冒、发高烧，起不了床。一天，张月好带着儿媳妇去掰责任田里的玉米棒。棒子掰了一堆又一堆，忽然天变了，下起子瓢泼大雨，张月好和儿媳浑身被雨淋透，瑟瑟发抖。她们婆媳俩，踩着黏糊糊的稀泥，呼哧呼哧地上山下山，把三亩多地的玉米棒子，一背篓一背篓地背回家里……

这年秋后的一天，村里来了一个部队同志，张月好一打听是征兵的，赶忙带着七儿子全山到大队去报名。村上人见她身边一个后生都不留，跑来劝她说：“全山他娘，孩子大一个，你送一个，现在已经有五个当兵了，眼下你家里还少劳力，剩下全山一个还是留在你身边吧。”张月好笑着说：“家里需要他们，国家更需要他们，只要对国家有好处，个人损失点值个啥。”她照例送老七参军到了部队。

“奶奶，我也要去当兵。”前年 10 月份，张月好 18 岁的孙子赵召东整天缠着她，吵闹着也要当兵。张月好同大媳妇商量，大媳妇说：“几个叔叔都当了兵，要是再让召东去，家里就剩下咱婆媳俩了，这日子可够难撑的。”“孩子要当兵是好事，咱当母亲、奶奶的，就是剩下孤儿寡母，自己苦一点，也要遂了娃的心愿。”她说服了大媳妇，又让孙子参了军。

新兵欢送会上，公社和大队领导称赞张月好说：“您送了儿子送孙子，真是新时代的‘佘太君’啊！”

情洒南疆壮军威

有人说：伟人的身后都站着一位坚强的女性，不是妻子，便是母亲。自喻为“小草”的南疆勇士，他们或许算不上什么伟人，但是，在他们身后的确站着一群坚强、伟大的母亲。张月好就是这些母亲中的一位。

1985 年初，小儿子赵全山要随部队开赴南疆前线，投身血与火的战场了。张月好听到这个消息，心里高兴得不知如何是好，特地赶到部队为儿子送行。晚上，他们娘俩心里话说了半夜。张月好抚摸着儿子的头说：“山子，咱家你们弟兄七个，就你吃了偏饭，运气好哇，年龄最小碰上个杀敌立功的机会。到了前线后得朝前面去闯、去干，多拿几个立功喜报回来，让娘也高兴高兴……”

来部队第三天，张月好听人讲，与她同村的高旗、秋阳、春生等九名战士，也在全山所在团当兵。她让儿子买了几斤糖果，一个一个去探望。见面后，张月好笑嘻嘻地说：“孩子，你们辛苦了，咱们是老乡，我来看望你们。家乡亲人听说你们要上前线，都很高兴，也很支持。”末了，她还鼓励孩子们到了前线好好打仗，为亲人争光。分手时，九位小老乡腮边闪着泪花，依依不舍地送她走了一程又一程。

时间过得好快哟。眨眼离部队出发的日子只剩下几天，张月好要做的事情太多了。她跑出跑进，与家属院里的 42 位“半边天”商量，用四天时间加班加点，为干部战士拆洗被褥、缝补衣服，赶做了 2600 多条短裤、60 多个行军背囊。

在前线，理解是一种热源。这一点，张月好七年前就从参加自卫反击战的五儿子福山那里知道了。那时候，人们对理解只不过不像这么叫罢了。

从全山那儿回到家里，张月好怎么也放心不下，她一直惦记着在部队见到的那几位小老乡。为了不让他们的父母操心挂念，她用三天工夫出东家、进西家，登门看望，向他们讲述孩子在部队吃的、穿的、身体、工作等情况，介绍部队领导对他们的关怀和照顾。战士小五的母亲起初对儿子上前线很担心，张月好就多次耐心开导她说："孩子能长大成人，全靠党的培养教育，咱们做父母的，也得为国家想想，就是万一孩子有个三长两短，那也是为国尽忠，也是光荣的哩！"后来，小五的母亲紧锁的眉头渐渐舒展了，让村上人代她给儿子写了信，鼓励儿子安心在前方打仗，家里的事不用操心。

今年元月，村上有四位军属盖新房，人手不够。张月好得知后，拉着大儿子、儿媳妇，天天去帮忙。儿子年轻有力气，一天三晌拉土、和泥，样样活儿争着干。她干不成重体力活，就整天围着锅台帮着烧火、做饭，一家三口人忙乎了七八天。后来，人家心里过意不去，提出要给她付报酬，张月好说："你家我家都是军属一家，报酬说啥我都不要。"

襄汾县地处山区，土地分布高的高、低的低，很难耕作。1982 年，政府奖给张月好一头骡子。为了替军属们分忧解愁，张月好把骡子牵回家里，由自己喂养，供大伙使用。她用这头骡子为二十多户扶贫对象、前线家属犁地、种麦、送肥、植棉，从未要过一分半厘。

前方后方息息相连，战士母亲心心相通。张月好帮助前线将士的桩桩好事传到南疆，赵全山和他的战友们一片欢腾，陶醉在理解之中，颗颗红心化成山一样的巍峨屏障，经常冒着敌人密集的枪弹越雷区、攀陡坡、扛弹药、背水送粮。尖利的岩石划破手指，岩缝里，留下了他们点点血迹；哨位上，记载着他们的汗水、功勋和自豪……

效国视利淡如水

张月好，这个苦水里泡大的女性，既有泉水般的温柔，又有岩石般的坚硬。乡亲们看到她为了支撑这个家，春夏秋冬没日没夜地劳累，身子瘦了，头发白了，心疼地对她说："你都六十好几的人了，家里的活，说一声，大伙都会给你帮忙的。"这哪儿行啊？张月好心里思忖着，如今农村地分到家，牲口分到户，各家里里外外都有一摊活，自己怎好意思再给别人添麻烦呢？平时，一些邻居见她劳动一天回来，像扒了层皮似的难受，好心地劝她说："你六个儿子在外当兵，家里劳力少，责任田又是山地不好种，就找领导说说，把它包给别人去种吧！"张月好听了这话，笑着说："那不成，村上十多户军属哩，大伙如果都要求照顾，把责任田推出去，群众会怎么看呢？"她照例像往常一样，精耕细作。去年，她家种的三亩小麦获得丰收，她把 1000 多斤颗粒最饱、品种最好的麦子，交售给了国家，超额完成了任务。

1983 年，襄汾县民政局为了表彰张月好爱国拥军的事迹，奖给她一台彩电。乡上派人把电视机送到家里，张月好说啥也不收。她对送电视机来的同志说："我是一个普通的农家妇女，送几位亲人参军不算啥。党和人民已经给了我那么多荣誉，我咋能好意思再伸手？"县上的同志好说歹说，拗不过她，最后只好将电视机抱了回去。今年春上，张月好家的几间旧房因年久失修，不能再住人了，她考虑添几间瓦房，有人对她说："像你这种困难户，在咱村也是数一的，趁这个机会要求照顾点也不过分。"还有人说："你个人是典型，儿子又在前线打仗，这种特殊情况向上级反映反映，国家会照顾的。"张月好却说："哪一家没有个难处。孩子在前线打仗，叫我借故伸手要照顾，我一来张不开这个口，二来孩子脸上也不光彩呀！"买瓦和木头的钱不够，她就将自家养的猪、鸡大大小小赶到集市上卖了，一分一分凑钱，把五间新房盖了起来。

23 个春秋过去了，张月好用自己仅有的"权力"送子送孙参军参战，爱国拥军心如一。党和人民没有忘记这位英雄妈妈，给了她很高的荣誉。山西省和山西省军区授予她"模范军属"光荣称号，选她为省人大代表，光荣出席了全国双拥大会，受到了李先念、邓颖超等党和国家领导人的接见。民政部、总政治部还授予她"爱国拥军模范"称号，全国妇联树她为全国三八红旗手，授予她家"五好家庭"称号。1983 年 7 月，年满花甲的张月好光荣地加入了中国共产党。她去部队服役的七位亲人有四人入了党，两人被评为优秀义务兵，两人被送到军事院校培养，当了干部。

张月好，多么崇高伟大的女性啊！脱稿停笔，我临风而立，思绪万千。透过她留下的足迹，我仿佛窥见并真正认识了一大群战士的母亲：她们为了祖国的安宁和幸福，佝偻着身躯，用自己瘦弱的肩膀，紧拉生活的纤绳，一步一步，步步登高……这些了不起的母亲啊，是她们，和自己的亲人一起，在祖国神圣的领土上，架起了一道又一道坚不可摧的钢铁防线……

——原载《解放军报》1986 年

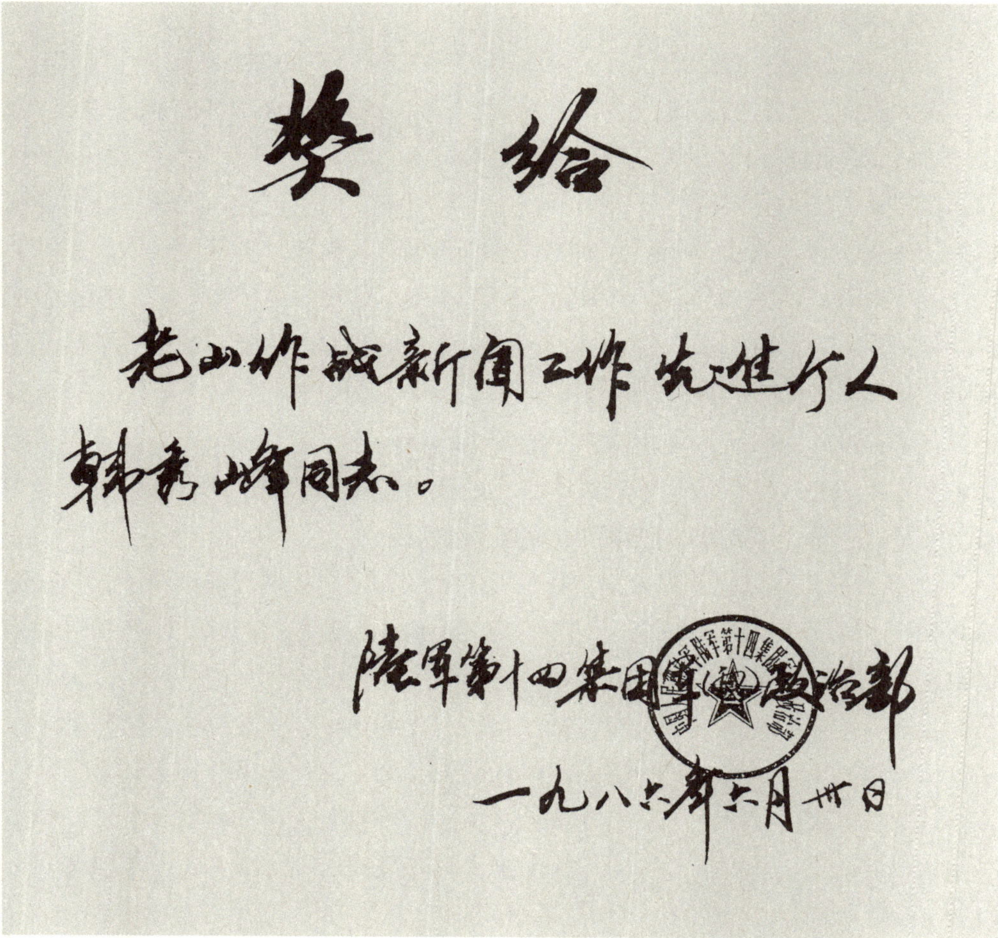
奖给

老山作战新闻工作先进个人
韩秀峰同志。

陆军第十四集团军政治部
一九八六年六月卅日

脊　梁

——烈士之父王满绪在前线侧记

如果说母亲是我们中华民族赖以生存繁衍的血，那么父亲则是我们中华民族永不弯曲的脊梁。

——采访手记

巍巍老山群峰，每天都有炮弹轰鸣、子弹呼啸、地雷飞迸；滔滔盘龙江水，每时都有战士的热血涌入、汗水抛洒、眼泪流淌。这块弹丸之地，以它特有的价值和方式每天都在影响着共和国亿万高喊着“战士万岁”的民众的喜怒哀乐。

公元 1986 年 7 月 24 日凌晨 1 时，敌军猛烈的炮火和百年不遇的特大暴雨同时袭击着这块被战火烧焦了的热土。某“钢铁团”红二连一排排长王晓强同志，为抢救八名战友，壮烈牺牲。

四个月后的 11 月 24 日，《陕西日报》以头版头条位置将这位英雄排长、一等功臣的感人事迹报告给了三秦大地的父老乡亲，同时也将巨大的悲痛呈现在他的亲人——绥德县城郊二中王满绪老师一家的面前。

对于一个国家来说，失去一名战士大概是微不足道的；而对于一个家庭来说，失去一个儿子却绝非“微不足道”四个字所能了结的。

就在我准备动身前往陕北老区看望英雄的亲人时，部队首长告诉我：“王晓强烈士的父亲王满绪老师已经动身到前线来了。”

这是一位饱经沧桑的老人，光秃的额头标志着他的辛劳，枯涩的眼睛隐藏着他巨大的悲哀。

3 月 17 日上午，某前沿阵地，战友歌舞团慰问演出即将开始。作为“特别观众”的王满绪老师就坐于主席台上，当政治处主任唐志强介绍“这位是千里迢迢刚从家乡赶来的王晓强的父亲王满绪老师”时，雷鸣般的掌声骤然响起，经久不息。眼眶已经湿润的王老师站起身，向战士们、向他儿子的战友们深深地鞠了一躬；数百名来自前沿阵地的战士不约而同地全体起立、脱帽致哀。这是战士们对王晓强烈士——他们的战友最深切的哀悼和追念，也是对烈士父亲的最高奖赏和由衷感激。这个场面，王老师久久不忘，以至在以后的几天中，他不时向我说起这个令人感动的场面。

是夜，在我那窄小的猫耳洞里，我与王老师促膝交谈。这时我才知道，他今年 52 岁，大学毕业后一直耕耘在学校这片沃土上，为国家培养了数以千计的栋梁之材，真可谓“桃李遍天下”。他的女儿已从学校毕业，分配在县医院工作；他的小儿子正在延安大学就读，家中只有他和老伴两个人。谈到晓强时，王老师悲痛地说：“我们是从陕报上知道晓强牺牲的消息的，当时我们全家人的心都碎了，痛断肝肠呀！学校的老师没有不哭的，一边看报一边流泪。谁也不相信这是真的，因为他才 24 岁呀！”说到这里，王老师已哽咽至极，不能言语。我的眼前也涌起一片潮雾。是啊，战友间的生离死别，也常常泪洒征衣，何况离去的是自己的亲生骨肉！“不过，”王老师擦了一下眼睛，“陕报的文章给了我们全家极大的安慰，从中知道我的儿子是为祖国和人民堂堂正正献身的，他用一人的死换来了八人的生，以一家的痛苦换来了八家的欢乐(其实何止八人又何止八家？)。他走了，在物质上没有给我留下什么，却给我留下了宝贵的精神财富。他是光荣的、伟大的，他没有给陕北老区的父老乡亲丢脸。”透过泪水，我仿佛看到了这位父亲脸上自豪而坚定的笑容。噢，我们民族可敬的父亲哟！

3 月 18 日上午，一辆军用吉普车在前沿阵地某山脚下戛然而止，从车上走下了王老师、政治处副主任、杨干事等，在山下等候已久的连长刘继成、指导员马文山快步迎上前去，举起了庄严的右手，迎接烈士父亲的到来。在通往高地的崎岖山路旁，肃立着全副武装的战士，他们面容憔悴，神情严肃，仿佛既是对烈士父亲的欢迎，又是对自己排长的崇敬。我们搀扶着王老师，从一个个塑像般的老山战士面前走过，艰难地向山顶爬去。

“到了，到了！”我在心里悲凄地说着。还是这块红土地，也许是战士的鲜血流得太多的缘故，比我上次来时显得更红了。在竹子围成的栏杆中间，是战友们用小草野花做成的花环，一张简易的小桌上，点着三根洁白的蜡烛，供放着香火、纸钱、祭酒、香烟、饭食。全排战士以及团营连的代表肃立在烈士的灵前，副主任代表团党委致了悼词，介绍了王晓强烈士的生平，高度赞颂了他的英雄行为。在肃穆庄严的气氛中，王老师缓缓走上前去，深深地埋下了他斑白的头。良久，他像为儿子壮行似的说：“晓强儿，爸爸代表你母亲、你妹妹毛女、你弟弟晓辉，千里迢迢来到老山前线悼念你。（听到这里，我已无力举起手中的相机，眼前一片模糊，只听到一个沉重而古老的声音在耳畔回响）你是为国捐躯的，你的牺牲是壮烈的。我们十分悲痛。但是，你立的功这么大，我们也感到骄傲和光荣。我们一定化悲痛为力量。希望坚守在高地上的全排战士，一定发扬我军的光荣传统，英勇杀敌，为国立功，早日凯旋。”

这是白发人给黑发人、父亲给儿子、后方亲人给前线战士的一篇悼文、一支壮行曲、一封致敬信！从耳畔不时响起的炮声中，从弥漫在眼前的硝烟里，从一滴滴晶莹的泪光中，我看到了共和国千万个父亲伟岸的身躯——王成的父亲、毛岸英的父亲，还有朱自清关于父亲的颂歌——《背影》……

王晓强抢救的八名战士，垂手站在烈士父亲的面前，王老师激动地说：“晓强牺牲后，我们全家更关心的是你们的安全，现在看到你们还在这里顽强战斗着，我十分高兴。晓强在信中多次讲到，他最大的心愿就是将全排 36 名战士安全地带回去。在此，我代表我们全家、我们家乡的人民感谢同志们在这里守卫祖国的领土；希望同志们站好最后一班岗，戴着军功章回到家乡，与亲人团聚。”

今天，直到今天，我才真切地看到了、感受到了陕北这块热土——中国革命的圣地，之所以能孕育培养无数像王晓强这样的新一代，与他们的父辈是无法分开的。因为他们，中国革命才得以成功；也因为他们，祖国的今天才得以昌盛！

18 日晚，正在打点行装准备翌日返回家乡的王满绪老师突然接到通知：师政委明天上午要专程来看望他。

望着师政委张海阳年轻的面庞，握着他有力的双手，王老师久久说不出一句话，泪水顺着面颊无声地淌了下来。好久，他激动地说："我万分感谢部队首长对我的关怀，从你们身上，我看到了我儿子晓强的形象，他虽然只活了 24 岁，但党和人民没有忘记，给了他很高的荣誉。我今年 52 岁了，就是再活 50 年，死了以后也不会有这么多的人怀念我。这次前线之行，我一辈子也忘不了。回去以后，我一定将在老山前线的见闻感受如实地讲给我的家人、亲朋、学生和地方政府，希望他们都来理解前线战士，做你们的坚强后盾。"这就是我们的父亲——民族的脊梁！记得鲁迅先生曾说："唯有民魂是最可宝贵的，只有它发扬起来，中国才有真进步。"

在一册特制的影集扉页上，年轻的师政委挥笔写下了前线将士对这位烈士父亲的祝词："我们永远怀念晓强，我们深深感谢您为国家和军队培养了一个好儿子。"

是啊，自古以来，人们唱给母亲的歌甚多，而拉给父亲的曲却极少；然而，父亲为人类、为民众所做的贡献、抛洒的汗水、经受的艰辛、付出的牺牲绝不在母亲之下，特别是在我们中华民族生息的这片多灾多难的国土上。就是泪水，我们的父亲也流得够多了，只是或不轻弹或流往心里。老山前线，这块被炮火和硝烟烧焦熏黑的弹丸之地，也不知融进了多少父亲的牺牲、奉献、难言、泪水和艰辛。基于此，我——一名共和国的年轻儿子，在离开这片热土之际，怀着虔诚的心愿，将这支发自内心的"英雄交响曲"含泪弹奏给王晓强烈士的父亲，弹奏给我可敬可亲可泣可歌的共和国的父亲们，还有他们引以为豪的儿子。

——原载《人民军队》1986 年 12 月

时刻准备着

长歌当哭祭英魂

——凭吊麻栗坡烈士陵园

你们活在我们的记忆中，
我们活在你们的事业中。

——朱德

很早了，大概是在我懂事的时候，就千百次地祈祷着、盼望着有一天能走进烈士陵园，跪在烈士的坟茔前，为共和国的英灵献一束花、点一支烟，表达我纯真的敬仰、无尽的哀思，还有一颗洁白的童心。

很迟了，当我怀着虔诚的敬意、沉痛无比的心境第一次步入这庄严肃穆的殿堂，竟是在我人生道路上的第 24 个年头——1987 年清明节。徘徊于一座座大理石墓碑前，我的内心不知道是负疚、忏悔还是痛楚……

然而，我还是来了。披着硝烟、带着征尘，揣着战友的哀思和追念，还有我们频频胜利的捷报，来自你们——我的战友曾经战斗过的老山前沿阵地。

踏入麻栗坡烈士陵园庄严沉重的大门，呈现在眼前的是一排排、一层层整齐的墓碑，我的心中陡然一惊，一种凝重、肃穆、洁净的感觉涌入心扉。陵园正中，耸立着一座高大的汉白玉石纪念碑，正面是毛泽东同志手迹“人民英雄永垂不朽”，两侧乃石砌的碑文。陵园四周，卉美花香，苍翠点点，绿挺的松柏、俊秀的云杉，还有墓顶上不知名的小草，迎霜斗雪；熏满硝烟的老山兰、象征英雄形象的红艳艳的攀枝花，都向人们显示着这片红土地的常青与不朽。

纪念碑前，一队队扫墓祭奠的人接踵而来，献花、默哀、悼念、留言、扫墓、照相……有部队的，有学校的，有地方党政机关、厂矿企业的；有附近的老百姓，有从前线奔来的战友，也有千里迢迢从后方老家赶来的父老乡亲；有集体组织的，也有自行前来的……

陵园内，花圈越堆越高，人越来越多，几乎成了花和人的海洋。

一年多的战地生活，我的眼泪已经流尽了。然而，当我肃立在这片白茫茫的世界里时，泪水还是不能自已地涌出眼眶。面对这些长眠的战友，我的心情是极其复杂而沉重的。作为战争的幸存者（至少现在），对于先走一步的战友，我唯一能做、能解脱痛苦的莫过于对他们的哀悼了。虽然我们并不相识，但报国之心是相通相同的。

伴着如泣如诉、催人泪下的《血染的风采》的旋律，我缓缓走过一座座英雄的墓碑，用心、泪水、香烟向他们表达我无限的崇敬、深切的哀悼和思念。他们大多是我的同龄人，有的还不满 18 岁，参军几个月就走入了保卫祖国的神圣行列。他们走了，带着洁白的多彩的梦，还有那未来的“十五的月亮”，那样匆忙又那样安详。而他们当中 27％的人连一个三等功也没有。看着这些，我不由想起了喊自前线的无私奉献的“老山精神”，还有人民授予的“战士万岁”的不朽称号。

在一座墓碑前，端坐着一位五十开外的老师傅，我的眼睛投向墓碑：顾勇烈士，贵州省开阳县人，1964 年 5 月出生，高中文化程度，1982 年元月入伍，1984 年 4 月 28 日在老山地区防御作战中英勇牺牲，荣立二等功，中共党员。碑前摆放着香烟、花圈、水果。经询问方知这位老师傅就是顾勇烈士的父亲顾怀鑫，贵州开阳磷矿工人。他在这里已经坐了整整三天了。老师傅告诉我："我是第三次来看望儿子，因为今年是儿子的三周年祭呀。"看着老师傅饱经风霜的面庞，斑白的双鬓，干涸的眼窝，我虔诚地献上唯一能表达我心情的礼品——香烟。

陵园的工作人员告诉我，在这55亩的山坡上，安放着937位烈士的年轻英魂，他们来自全国18个省市的19个民族。是呵，我们的民族类别不同，但我们却拥有一个最响亮的共同的名字——中国！唯有各民族联合起来，我们才能强盛，才能无敌于东方、无敌于世界！

绕过一堆堆流泪的人群，在陵园右侧的一座墓碑前，一个小姑娘正跪着在笔记本上记着什么，我低头细看，只见上面已抄了好多烈士的事迹，小姑娘纯净的泪滴不住地掉在本子上，刚抄好的字又模糊一片。我问了几句，她未回答，却失声痛哭。我拿起本子，才知她叫依芳，新街中学初三学生。我掏出钢笔，含泪写下了"童心可贵"几个字。归还了笔记本，我又记起了前线流传的一首诗："我不能后退／因为我后退一步／就是课桌／就是教室……"是呵，为了这些祖国的花朵、民族的未来，我的战友没有后退半步，而宁肯自己长眠南疆。然而战友们，从这个小妹妹身上，你们看到了什么呢？！

审视每一块墓碑，我才懂得了小草的内涵；透过整个烈士陵园，我仿佛看到了万里长城，看到了秦始皇兵马俑！他们虽然死了，却还像活着一样，排着整齐的队伍，组成巍峨的南疆长城之魂，接受祖国和人民的检阅！

安息吧，我可敬可亲可歌可泣的同壕战友，是你们用鲜血和生命换来了"战士万岁""理解万岁"的旗帜，书写了"老山精神"的扉页。

安息吧，战友！从络绎不绝的人群里，在素洁白净的花环上，在小学生的笔记本上，在摩登女郎的盈盈泪水里，从父老乡亲千里迢迢的艰辛中，我真切地看到了你们生命的价值和为之献身的事业的伟大、崇高和永恒！

我就要告别老山、告别你们回后方了，我亲爱的战友，离别之际，我将这篇悼文作为我们分别的礼物呈献给你们。每年的今天，不！每年的每一天，我——你们的战友，都会怀念你们，讴歌你们，珍惜这血、汗、泪染成的五彩的时光，直到与你们九泉相会。

再见了，我自豪的战友；
安息吧，我亲爱的兄弟。

——原载《人民军队》1987 年

战场归来

记录当兵历史　再现鱼水深情

——品读韩秀峰《掀过一页》之“军旅岁月篇”

陕西日报评报员　秦东风

如果说前些年我为“蒲城精神”撰稿时，对什么是蒲城精神的了解还只是一些皮毛、碎片的话，读了韩秀峰《掀过一页》之“军旅岁月篇”，我对蒲城精神的了解便有了好的注脚。现在若有人问我什么是蒲城精神，我的回答便是：大气、厚德、勤勉、求真、务实、善为。这些在秀峰本人及其笔下的人物中不难找到答案。

与秀峰相识，缘于我们共同喜爱的《陕西日报》，他在报社新闻调查部任主任，我在央企工作，是一万余名《陕西日报》通讯员之一，更是陕报的“铁杆读者”。通过电话、通联会上见过秀峰、给他发送过稿件，仅此而已。当饱蘸秀峰主任智慧与汗水的《掀过一页》即将付梓之时，我有幸品读其初稿，常常是高兴着作者的高兴，激动着作者的激动，读着读着，不知怎的，有时我的鼻翼竟是酸酸的，眼眶也是润润的，可以说是秀峰的文笔触动了我，也可说是秀峰笔下的人物激励着我，让我感到了榜样力量的震撼力与语言文字的无比魅力。

我与秀峰皆为“生命中有过当兵的历史”的人，我改革开放时来到兰州军区第47军，他晚些时候入列21军，现在我们服役的部队都归属西部战区。后来他转业到了陕西日报社这个神圣的单位，而我也复员到了一个神秘的单位——中国航天科技集团公司第六研究院。他写作是职责所在，我写作是兴趣使然。

信马由缰，扯得有些远了。言归正传，还是谈《掀过一页》之“军旅岁月篇”吧。7篇文章既有牺牲战友的回忆录，也有红军师培育新人的篇章，那些从黄土地走来的西北汉子，更是显现了爱国、爱民、爱家之情。把六个儿子送到军营的张月好，是一位典型的爱国拥军模范，当了解到小儿子要上前线的消息后，她组织来队家属为即将开赴老山前线的将士赶制了2600多条短裤、60多个行军背囊，她把省上奖励给她的骡子无偿给乡亲们使用；烈士父亲王满绪在儿子墓前的一席话更是让人潸然泪下，作者采访这位伟大的父亲，犹如看到了王成的父亲，想到了朱自清的《背影》，这是这篇文章的高潮部分，也是文章最精彩的部分，而秀峰主任给我们呈现的则是人世间满满的正能量。

记叙作者1987年清明节凭吊麻栗坡烈士陵园的那篇《长歌当哭祭英魂》，一下把人们带到了烈士陵园，面对一块块大理石墓碑，何止是作者有负疚、忏悔，也有痛楚，面对烈士的英灵，活着的人们又能想些什么、做些什么呢？作者由衷发出感慨：55 亩的山坡上，安放着 937 位烈士的年轻英魂，民族不同，但拥有一个共同的名字——中国！唯有各民族联合起来，我们才能无敌于世界！这一感慨振聋发聩，这一感慨启迪人们放弃幻想，干好工作，充分体现个人的人生价值。

曾有言道：“撼山易，撼人民军队难！”我们这支军队走过了 89 年的历史，与人民大众的鱼水深情是众人皆知的。秀峰主任的作品让我又想起了那段难忘的军旅生涯。是啊，“生命中有过当兵的历史，一辈子都不言悔”。秀峰主任的作品所以感人，当然是“三贴近”的结果，其不断学习、善于驾驭语言文字、善于捕捉新闻素材、忠于职守、敢于碰硬、谦虚低调、与时俱进的作风，让我们领悟了做人、作文的许多真谛。

掩卷长思：伟大的时代造就伟大的人物，伟大的人物托举伟大的时代。祝秀峰主任笔健，期盼他能有更多的佳作赞美我们的党、祖国、军队和人民，也希望有更多的读者能够爱上他的作品，毕竟这是一篇篇与他灵魂碰撞而后产生火花并被众人认可的佳作。

当代
雷锋篇

赤诚的奉献

——“当代新雷锋”李润虎

1990年2月5日，北京。解放军总政治部的一间办公室，来自西北军营的几位干部正在汇报一位普通士兵的学雷锋的事迹。汇报结束后，总政的同志十分激动，说：“听了介绍，可以说李润虎是一个学雷锋先进典型的突出代表。在他身上，集中体现了革命战士无私奉献的精神。这种精神是雷锋精神在新形势下的体现，是革命军人价值观的核心。”

三天之后，在共青团中央的会议室里，当团中央领导同志听了同样的汇报后，也发出了由衷的赞叹：学雷锋，出“雷锋”。你们兰州军区出了李润虎这么一个好“雷锋”。

李润虎究竟是怎样的一个人，会得到这样高的评价？

李润虎是兰州军区某红军师军械修理所的一个志愿兵。在兵的岗位上，他已经生活了18年。18年来，李润虎迎着风风雨雨，坚定不移地学习和发扬雷锋精神，在人生道路上执着追求，赤诚奉献，在平凡的岗位上做出了不平凡的成绩。曾先后 5 次荣立三等功，21 次受嘉奖，21 次被师以上单位评为“优秀党员”“优秀修理工”“优秀志愿兵”“学雷锋标兵”；担任班长 8 年，全班 5 次荣立集体三等功……

这些荣誉，这些数字，当然不能说明李润虎这个人。还是让我们沿着李润虎的足迹，去领略他为社会主义赤诚奉献的军人价值观吧！

“八朝元老”与普通一兵

40 岁的李润虎在修理所一蹲就是 18 年。这期间，和他一起入伍的同学当团职干部的就有五六个，修理所的领导换了八茬。而他，还是一个修理工，一个兵。不知是出于对他的同情还是尊敬，战友们很少有人直呼其名，或叫“老李”，或叫“老班长”，或称“八朝元老”。总之，不忘带一个“老”字。

老兵李润虎不是没有提干的机会，也不是没那能耐。凭他的干劲，凭他的技术，早在 1975 年就被列为提干对象，可是三次都没提成。第一次是 1976 年，他当炊事班长，伙食变样，节煤有功，各方面条件具备，上级确定提他为司务长，并正式填了《战士提升干部报告表》。不料这时师里小农场撤销，有名现职干部没地方安排，到修理所顶了司务长的职务。

第二次是 1978 年初，有位排长调走，位置空缺，经支部研究，李润虎被报请提升为枪械技师兼排长。不料在体检之前，为抢修高炮，一个新兵不慎把高低机螺丝卸掉，导致炮身自滑砸在李润虎的腰上，一诊断是“腰脊变形”，住了三个月的院，又没提成。

第三次是 1979 年初，对越自卫还击战开始，要求全师落实编制，战士可直接提干，这时所里刚好缺编一名高炮技师，支部研究后又把他报到师里。可是，又一个“不料”，部队暂时不上前线了，李润虎又没提成。

对这一个个的“不料”，李润虎不是一点想法也没有，用他的话说，“真有点不是滋味”。提干，不管从个人的发展前途来说，还是从改善家庭生活条件来说，都是至关重要的“大事”。然而，倘若李润虎只是一个劲儿地品个人的“滋味”，那就不是我们所要写的李润虎了。在个人坎坷的经历面前，李润虎自觉服从大局，表现出了极大的自我牺牲精神。还是用他的话说："干没提成，组织上还是想到了咱，还怨啥哩。不当干部也照样干。"话不闪光，却实实在在。

提干不成，士兵的本色不变。早上出操，他早早地站在操场上；打扫卫生，他抢先拿起了扫把；日常着装，部队发啥他穿啥。这是些微不足道的小事，然而，年年月月如此，容易吗？别的不说，光是那胡子拉碴的脸与那没有花花的肩章，是多么的不协调啊！对这些，所里领导既佩服又欣慰：有老李在，督促人，要求人，声音都壮。老李早早地站在操场上，谁好意思不出操！

李润虎这个兵有普通的一面，也有特殊的一面。他把本职岗位作为实现人生价值的最佳场所。他拿的是兵的津贴，干的却是一般士兵难以干的工作。战友们给他概括了"三个最"：技术最好，干活最多，贡献最大。

说技术。军械修理的钳、刨、铣、磨、焊等"十八般武艺"，他样样精通；部队装备的 19 种兵器的性能、构造、修理，他样样熟悉。1978 年军里组织尖子比武，蒙住参赛人的眼睛，分辨 19 种兵器分解后的零件。李润虎不慌不忙，一摸一个准，一答一口清，在场的领导高兴得直拍巴掌：这愣娃行！在这样的比武中他先后夺得 3 个第一名。

讲贡献。战友们说，要论李润虎的贡献，套用报纸上的一句话："像天上的星星，数也数不清。"好统计的有两个数字，1980 年以来，他和所里同志一起搞"光学无弹校枪仪""八管手榴弹抛射器"等 5 项革新，有 3 项获得军区颁发的科技成果奖；1977 年以来，他十多次担任军械修理培训班的教员，带出徒弟 300 多名。

论干活。李润虎常对人说，我父亲给生产队当了 26 年饲养员，他一辈子最爱的牲口是牛，说牛的耐力大。李润虎干起活来，真有股秦川牛的劲头。武器发蓝，换句话说，就是给磨损的武器"刷漆上光"，这是个技术活儿，也是修理工最苦的差事。发蓝用的大锅，里面的温度高达 180℃，稍不留意，药水溅到身上，不是起泡，就是掉层皮。每到武器发蓝，李润虎总是挑头干。他们搭起帐篷，从盛夏干到入秋。每次武器换上新装，李润虎都要瘦一圈儿。回想那光着膀子干活的情景，战士们没有一个不佩服的。

宣传李润虎留影

负重的骆驼，总是默默跋涉

李润虎倘若是光棍一条，他的工作精神也许不会引起那么强烈的反响。问题是，他有一个家，一个令人牵肠挂肚的家。

李润虎家在陕西农村，远没有达到富裕的水平。家里的房子是实行生产责任制时买队里的保管室，地势低洼，年久失修，每逢下大雨，水就朝屋里涌。全家最值钱的家当要数那台 12 英寸的黑白电视机——那是李润虎的妻姐最近以 160 元钱转让给他的。李润虎的妻子沈群英长期患有神经性偏头痛，既要照顾年老多病的父亲，拉扯孩子，又要耕种 5 亩责任田。家里没架子车，每到夏秋农忙季节，都要等晚上别人不用车时，才借来下地干活儿。小伙子不敢去的野地，她也得去。他们结婚 14 年，她只到部队来过 5 次，最长的是 30 天，最短的只有 5 天。尽管李润虎的妻子是刚强的，吃了许多别的女人没有吃过的苦，没有过多的怨言，然而，她毕竟是人，刚强也有一定的限度。她除了暗自流泪，也盼望李润虎早点回到身边，不再离去，相互有个照应。

面对家庭的困难和服役年限的临近，李润虎也考虑过自己的归宿，也有过三次转业的机会，但每次他都以“小家”服从了部队这个“大家”。

1984 年 8 月，李润虎服役将满，休假时到县民政局联系工作。民政局给他联系到商业局，工作是材料保管员。他回部队把情况告诉所里后，军械科长舍不得他走，要他再干两年。李润虎感到领导这样信任自己，就留了下来。

1985 年 8 月，所里同意李润虎转业。他带着商调函回去联系工作，结果认识的那个民政局长调走了，费了九牛二虎之力，好不容易在县供电局找到了一个工作。当他兴冲冲地赶回部队办手续时，部队已接到赴滇参战的预先号令。他想，养兵千日，用兵一时，转业的事不能提了。

1988 年 5 月，县武装部缺一名枪械修理工，经人推荐，找上门来要李润虎，还答应解决家属户口。刚好这一年师里接受了新的战备任务。他去军械科办手续时，科长考虑了半天，对他说：“老李，所里现在是最需要你的时候。当然，你真要走，我们也不好意思再留了，希望你再考虑考虑。”

那天夜里，李润虎来回在营区转悠。他想到了家，想到了多病的父亲，想到了月夜下拉车送肥的妻子，该走；想到了自己的年龄，想到了联系工作的不易，该走；但他又想到了部队面临的任务，想到了自己的作用，不该走；再想想猛地要脱掉军装，真是舍不得。思前想后，掂量再三，他还是决定留下来。在他的心里，祖国的利益、军队的需要永远在个人利益、家庭利益之上。

这里，我们想再说说李润虎的妻子。她有过泪水，但更多的是自豪。李润虎的战友看望她时，她说：“娃她爸当兵 18 年。能当这么长时间，说明领导舍不得他走。”她给孩子的帽子上别了个红五星帽徽，想的是咱李润虎的娃有这个宝贝。这种自豪，加深了她对润虎的思念与理解，冲淡了日常的忧思与愁绪。

说实在的，每当提起李润虎的这些事，我们就想到了跋涉于茫茫大漠中的骆驼。骆驼是负重的，因而总是默默的。我们的主人公，不正是那“走着漫长的、艰苦的道路，没有休息、享受，没有个人任何计较”的骆驼吗！

在共和国召唤的时候

自古道：“忠孝难两全。”对一个军人来说，忠与孝的抉择会更尖锐地摆在面前。

1985 年，李润虎所在师要上前线了，领导让他到兵工厂领器材，顺便安排一下家里的事情。到家后，李润虎才知道在另一个部队当兵的弟弟也要参战，并已回家告别。李润虎感到自己参战的事不好再给父亲讲，晚上就告诉了妻子。妻子流着泪说：“你打仗走了，爹要有个好歹叫我怎么办？”李润虎说：“爹的棺材已经买好了，万一有个不幸我回不来，你就找几个兄弟帮忙，把后事处理了。”谁料，他的话让睡在外屋的父亲听到了。天快亮时，老人说睡不着，让孙女给他取安眠药。不一会儿，听到女儿大喊：“爸、妈，你们快来，爷爷吃药吃一把咧！”李润虎和妻子赶紧跑过去，见父亲把一瓶安眠药正要往嘴里塞，李润虎一把抓住父亲的手，喊着：“爸，你千万不能这样……”他妻子一下子就给父亲跪下去，哭着说：“爸，我们不管吃多大苦，受多大累，也要伺候好你，求你老人家一定给媳妇和润虎一个面子。”

饱经风霜的老人懂得养儿报国的道理，可两个儿子都上前线，特别是润虎有个三长两短，留下孤儿寡母怎么办？再想想自己久病的身体，老人流下了泪水：“都怪我拖累了你们，钱都给我吃了药，连房子也修不起，我对不住你们。不如死了，免得你们兄弟俩上前线老牵挂我。”李润虎和妻子苦苦说服，父亲才答应不那么做了。

精忠报国，这是我们中华民族的传统和美德。尽管老人、尽管李润虎的妻子有这样那样的忧愁，但是在国家召唤的时候，他们都把忧愁埋在心底，以不让亲人牵挂的笑容送走了李润虎。

在血与火的战场上，李润虎没有忘记父亲和妻子送别时的笑脸，也深知其中的含义。

刚上老山，他带领两个战士看弹药库，负责全师的弹药保障。这工作的危险程度是可以想象的，稍微有个闪失，一座山都会炸成平地。领导信得过他，委以重任。李润虎的态度是：“领导对咱绝对信任，咱对组织绝对负责。”

在前线，李润虎奉献着汗水，更奉献着智慧。

在猫耳洞投手榴弹，投不远；跃出洞外投掷，又容易被敌人发现，遇到山坡还很难甩出去。在所长的带领下，李润虎和其他两名同志起早贪黑，不顾危险地琢磨、试验。两个多月后，“手榴弹单管抛射器”试制成功了。把这种抛射器安置在冲锋枪上，通过击发空弹壳的推动力，可多角度地将手榴弹抛射出去，不受地形限制，准确性好，还可以在敌人的头上爆炸。经上级鉴定，这种抛射器配发一线所有猫耳洞，对有效地杀伤敌人、保存自己起到了很大的作用。

挂在战友心上的军功章

多年来，李润虎对妻子、对家庭最大的宽慰是那一张张的立功喜报，然而，在血与火的老山前线，他却无立功的记载。他让妻子失望吗？不！这无“功”之举更让他妻子感到欣慰和富有。

“见困难就上，见荣誉就让”，这是李润虎长期学雷锋形成的行为准则。在战场上，他更是如此。战友中至今还流传着李润虎三次让功的佳话。

第一次是李润虎在保障一线弹药供应中，完成任务出色，后勤部领导指名给他记三等功。但李润虎却想到了和自己一起工作的战士卞启宏。小卞踏实肯干，在“手榴弹抛射器”试验中还负过伤。李润虎便竭力推荐，把功让给了小卞。后来小卞当了班长，多次带领班里战士勇敢地深入一线阵地，出色地完成了运送炮弹的任务。

第二次是在某团阵地抢修火炮。那是在一次战斗的前夕，阵地上的一门火炮发生故障，其他同志没能修好，李润虎主动要求前去修理。上阵地后，他仅用半天时间，就修好了这门炮，为这次战斗的胜利尽了应尽的责任。战斗结束后，团里特意上报师后勤部请求给他记功。李润虎感到和自己一同参加抢修工作的农村籍战士池成很能吃苦，每次在一线阵地抢修火炮都很勇敢，于是又把这个功让给了池成。

第三次是 1987 年 4 月，部队完成作战任务后进行战评时，所里官兵一致要给李润虎请功，说他把两次到手的功都让出去了，这次再不能让了。但李润虎却坚持要把功让给1983年入伍的农村籍战士孙志强。理由是这个战士参战前后表现都很好，在全所初评的立功人员中就有他，后来因为名额有限才拉下来了。李润虎终于说服了大家，再一次将三等功让给了战友。

一位所领导过意不去地对李润虎说："老李，打仗一年，你为咱所出力最大，但一次战功也没立上，真有点亏了你。"他回答说："亏啥哩！看到生死与共的战友得到了荣誉，我心里比啥都高兴。给我少记一次功，对我这个已立过五次功的人来说算不了什么。可对他们，立了功却是人生的一个加油站，能够激励他们更加不懈地去拼搏！"军功章，挂在战友的身上，也挂在了战友的心上。

钱，不是冰冷的

1984年6月，李润虎的妻子发来"女儿病危住院"的电报，李润虎从部队赶回蒲城县医院，看望昏迷之中的女儿。当天晚上8点多钟，李润虎听到门外一阵急促的脚步声，只见一对中年夫妇抬着一个孩子来医院抢救。那男孩左胳膊被电磨绞断，血肉模糊，痛得都哭不出声。但孩子家长还差200元治疗押金，急得直掉泪。李润虎望着娃娃还在流血的胳膊，似乎什么都没有想，便把带来给女儿看病的200元钱掏出来，交给了男孩的父亲，又跑来跑去帮他们办手续。医院为小孩做了截肢手术，小孩的命总算保住了。这男孩叫冯海亮，当时14岁。

出院后的小海亮，由母亲带着，多方打听，找到了李润虎的家。他们还了钱，却感到无法还润虎的救命之恩。朴素的农家妇女想的是，为孩子认干爹。这时的李润虎却早已回到了部队。

像这样的事，何止一次。1987年7月，李润虎在探家期间陪父亲去西安看病。由于在长途汽车上摇了百多公里，父亲的心脏病突然加重，被送到西安医学院附属医院急救室抢救。第二天凌晨1点，守护父亲的李润虎见几个人抬着一个满嘴白沫、昏迷不醒的妇女闯进急救室，一问，才知道是陕南的一名个体户，来西安进货，为生意上的挫折一时想不开，吃了安眠药寻短见。当时医院让交500元押金，几个人东拼西凑才凑了100元，一个个束手无策。

人命关天。李润虎顾不得多想，又毫不犹豫地从自己为父亲准备的住院的钱中掏出 400 元，交给了那几个急得跺脚的人。那位生命垂危的妇女立即被送上了急救床。

天亮后，医生通知李润虎的父亲转院治疗。他把父亲抬上车准备离开时，那几个人中的一位急急忙忙赶来，抱歉地说：“解放军同志，你走得这么急，我刚才出去找人借钱，只借到 200 元，你先拿上。你把地址留下来，回头我把那 200 元给你寄去。”李润虎说：“只要命得救了，钱算个啥！”他没留地址，收下那 200 元就走了。

据不完全统计，这些年李润虎光为别人慷慨解囊就达 1500 多元。

在李润虎的身上，用“慷慨解囊”这个词，我们觉得似妥又不妥。用这个词表现李润虎的救人之举，并不为过，然而，他毕竟囊中羞涩。李润虎的父亲从 1982 年患病，连续四次住院，花了六七千元。从 1986 年以来，老父亲每天输两次液，每天要服药，一年下来也要花 2000 多元。这些年，为了给父亲治病，他已欠账 1100 多元。

说来也许有人不信，他们结婚 14 年，他还没到商店给妻子买过一件衣服。有一年探亲，他实在过意不去，就趁部队交旧领新的机会，价拨了两身军装，送给

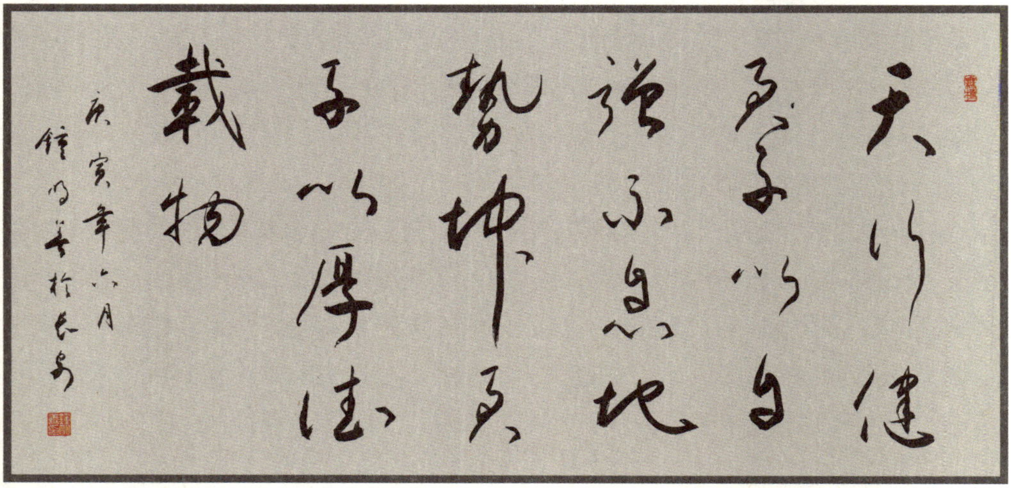

妻子穿。他还给女儿买过一件裙子，有意买得长了些，想叫娃多穿几年。

李润虎家的日子过得紧巴巴的，他自己更是省吃俭用。入伍 18 年，也可以说是他来到这个世间的 40 年，从来没穿过一双皮鞋，买过一双丝袜，买过一件毛线衣，穿过一件的确良衬衣。在部队唯一的一条便裤，还是 1982 年他在天水气象局抢修高炮对，地方上送给他当工作服用的。

李润虎是在家庭经济十分困难的情况下慷慨解囊的！是在他父亲、爱女最需要钱的时候慷慨解囊的！是在"一切向钱看"的思想腐蚀社会风气的情况下慷慨解囊的！他给人的是钱，更是一颗火热的心！他给了群众温暖、信心，给了人间真情！

不知被救的人是否知道李润虎的窘况。如果知道，他们对"子弟兵"这三个字的理解，会充满怎样的深情！

钱，带着人间真情的钱，不是冰冷的！

切莫捂着鼻子讲卫生

面对社会上一些人思想道德水准的下降，群众中曾流传过"五十年代人帮人……八十年代各人顾各人"的顺口溜。这顺口溜未必妥当，却从一个方面反映了人们对我国那个时代社会风尚的看法，反映了人们对当今社会上一些不良风气的鞭挞。

面对资产阶级自由化的泛滥造成的精神滑坡，李润虎坚持从自我做起，救人于危难之中，帮人于急需之时，以自己的炽热之心、无华之行，传播新风。

1989 年 3 月，李润虎奉命到某军械库接炮。在秦岭车站等车皮时，看到一位农民模样的人在站台上守着一具尸体失声痛哭。这是怎么回事？死者是什么人？他为什么哭得那样伤心？当一些人捏着鼻子疾步躲开时，好事的李润虎却走上前去，轻声询问。

他终于弄明白，这位农民是四川的，前不久与妻弟一块去河北邯郸走亲戚，返回时，妻弟在车上得急症人事不省。车到秦岭站，他背上妻弟下车抢救，结果还没出站，人就死了。他一个人在这人地生疏的地方不知怎么办才好。

李润虎想，一个远在异乡的农民，遇到了这么不幸的事情，是多么需要有人帮他一把啊！哪怕是安慰几句，或者是出个主意，想个办法，都不知会在他身上产生多大的力量。于是，李润虎说：“老乡，你别急，这两天我没事，帮你照看，你赶紧回去叫人处理。”

老乡为难地说：“我现在身上只有几角钱，连回也回不去了。”说着，又哭了起来。

李润虎摸摸口袋，说：“车票不愁，我给你买一张。”

李润虎不但给老乡买了车票，还领他到饭馆吃饱了饭，又买了五个大饼做干粮，把老乡送上火车。

送走老乡后，李润虎将尸体安放好，盖上篷布，然后在装炮的箱子上坐下守候着。

3月的秦岭，满山积雪，春寒料峭。秦岭车站上，人烟稀少，野狗成群。到了深夜，野狗嗅到了尸体的气味，哀嚎着一次次围上来，李润虎一次次把它们撵走。冻得不行了，他才到车站值班室的火炉旁站一会儿。值班的老师傅望着眼前这位满脸黑胡茬儿的老兵，关切地说：“你的任务不轻啊！冷了，就进来暖一暖……”

李润虎忍饥受冻在站台上守了三天四夜，直到那位农民领着家人赶来，他才悄悄走到了一边……

过后有人问李润虎：“这种事情，有人躲都躲不及，你为什么还去揽呢？”

李润虎说：“当时我有公务，不管也说得过去。可是当一个人有了困难，需要帮助时，作为一名受党教育多年的老兵，怎能袖手旁观呢？”

又有人问：“‘好事’为什么都让你碰上了？”

李润虎笑笑说：“这有什么奇怪的，大千世界，你想做好事，‘好事’就向你走来；见了该做的事情绕道走，‘好事’就远离而去。”

不良风气，犹如垃圾一堆。你捂着鼻子走过来，他捂着鼻子走过去，垃圾还是垃圾；如果你铲一锹，他铲一锹，就能见到洁净的土地。与其一味地埋怨风气不好，不如从我做起传播新风。

无权有威

李润虎当兵18年，一直定格在“兵”的位置上。可以说，在李润虎手中，除了掌握一套修枪修炮的工具外，再无丁点权力。

然而在修理所，李润虎却是个威信极高的人物。新班子上任，师军械科的领导都要给新班子成员反复叮嘱：“你有事情就去找李润虎。”李润虎成了修理所的骄傲、修理所的依托、修理所的支柱，一些棘手的事情由他出面处理，效果都比较灵。

1982年老兵复员时，战士柯玉成和李文发因没入上党想不通。一天晚上会餐后，他俩借着酒气，把指导员从电视室里叫了出去。

李润虎一见情况不对，立即从电视室里跟出来，连劝带拉地把两名战士叫到了自己屋里，进屋后，李润虎严肃地说：“你们要干什么？！”“我们的入党问题解决不了，就是指导员不同意。”“不光指导员不同意，作为支委，我也不同意。”李润虎说。两个战士一愣，说：“老班长，你平时对我们挺好的，怎么会不同意？”“好归好，不同意归不同意。”接着，李润虎心平气和地说：“入党，

与李润虎在八达岭

并不是一两个人能定的事，关键要够党员标准。”说着，给他们讲了江姐的故事，说：“入党，一定要有为党的事业奋斗终生的理想和信念。只要你们好好干，在生活中实实在在地做人，条件成熟了，到哪里党组织都会考虑的。”一直谈到深夜两三点钟，这两位战士终于愉快地回到了宿舍。

李文发回到地方后当了个体户，给李润虎来信说：“老班长，当时要不是你耐心劝阻，我们真会干出蠢事，毁了自己。”

二班战士巨永福从老山前线回来后，带回一把匕首，想做个纪念。所长几次找他谈话，他都不交，谎称“没那玩艺儿”。

李润虎找上了门来，耐心地对小巨说：“咱们在前线带武器，为的是对付敌人；现在回来了，你还留那做啥？如果想留个纪念，我看你胸前挂的老山作战纪念章就很好。再说你性子急躁，要和人吵架什么的，动起刀子来，不就捅出了大娄子？”经过半晚上苦口婆心的谈话，小巨不仅痛快地交出了刀子，还主动交出了他私藏的一枚手榴弹。

小巨在过后讲到这件事时说：“我相信老班长，经他一点拨，没有想不通的事。”前年 10 月，小巨入了党，去年被评为“优秀士兵”，成为修理所的一名骨干。

李润虎这位普普通通的志愿兵，为什么会有这么高的威望？这是因为，他对战友有颗温暖的心。

1988 年 3 月，志愿兵苏学才的家从陕西富平搬迁到华阴县后，分了 20 多亩只适合种花生的沙土地。由于缺钱，买不起种子，小苏接到信后急得打转转。这事被李润虎知道了，他像对待自己的家庭困难一样对待小苏的困难。他把自己 400 元的积蓄，再加上一个月的工资，凑了 500 元，交给小苏说：“地是命根子，不能叫荒着。”

小苏流泪了，说：“老班长，现在借给我五百，到时我还你一千！”

秋后，小苏家花生丰收，卖了上万元。他果真拿来 1000 元，说：“老班长，这钱你拿去盖房用吧，现在我家富裕啦！”

李润虎说啥也不肯收，推让不过，他只好留下了借给小苏的那 500 元。

今年春节过后，探家归来的苏学才特意给李润虎带来了一包花生。由于当时李润虎不在所里，小苏没有能够表达他全家对老班长的一片深情。正巧这时有位上级机关的同志要回师部，苏学才抱上这包花生跑到车跟前，含着泪花说：“首长，请你一定把这包花生捎给我们的老班长尝一尝啊！”这位同志替李润虎接过了这不同一般的花生。

李润虎威信高，还在于他有一颗公正的心。

1976 年他当炊事班长时，针对伙食管理漏洞大的问题，明确规定：干部家属临时来队期间，最多只能在灶上平价购买4斤清油、50斤大米、一袋面粉。一次，有位副所长的家属来队时，开了一张票，在几天内却连着领了两次东西。李润虎发现这个问题后，立即来到副所长的家里问是怎么回事。副所长支吾说：“哎呀，这个情况我不知道，是不是家属搞错了？”

李润虎接上话茬：“既是搞错了，那我就把这些东西拿回去了。”就这样，他把副所长家第二次领的粮油全部扛回了炊事班。

有人知道了此事，对李润虎说：“你现在正在提干的节骨眼儿上，别人巴结领导都来不及，你还愣头愣脑地叫副所长下不了台，以后有你倒霉的时候！”

李润虎却说：“我不能白白看着公家受损失！”他根本就不去想个人的得失，也从不为这些在坚持原则上发生动摇。

李润虎用他一颗温暖的心、公正的心，赢得了全所干部战士的信赖。他先后帮助 25 名后进战士有了明显进步。在战士心目中，他成了“半个指导员”。

他至今不忘父亲那一巴掌

回眸李润虎漫长的学雷锋之路，人们不难看出，李润虎能成为今天这样一位学雷锋典型，是有着坚实的思想基础的。

入伍前，他就在一个枯井里救出过一名儿童，精心照料过本村两位孤寡老人，从一场大火中救出过两名社员。中学时期，他担任校团委副书记，先后出席了蒲城县和渭南地区学雷锋先进个人表彰大会。入伍后，他得到组织的教育、帮助和党的关怀更直接了。他除了比较全面系统地学习了雷锋以及其他英模人物的思想和事迹，接受了延安精神等光荣传统的教育以外，还学习了《毛泽东选集》

《共产党宣言》《国家与革命》等马列著作，担任过所里的理论辅导员。这些对于李润虎由学做雷锋那样的事到做雷锋那样的人，无疑都起了极其重要的作用。

在李润虎的成长进步中，当然还包含着中华民族传统美德的熏陶。他至今没有忘记父亲打他的那一巴掌，没有忘记这位关中老农给他的训诫。

那是三年经济困难时期，那年他 10 岁。

不太懂事的小润虎饿得实在受不了，跑到饲养室吃了一把牲口料。当饲养员的父亲发现后，狠狠地打了他一巴掌。父亲是县上的劳模，不管是谁，损害集体利益，就等于戳他的心尖子，从不容忍。

打过之后，父亲含着泪说："娃呀，一个牲口一天才半斤料，它们天天要拉犁拉车干重活，你怎好偷吃呢？记下，以后对公家的东西莫眼馋。"从此，这话就在李润虎心中生了根。

修理所的家业很大，钢筋、角铁等材料有的是，利用工作之便为自己做个床架、台灯、脸盆架什么的不是难事。但李润虎从不这样做，还耐心劝阻别人。每次干完活，他总是把剩余的边角料交回仓库，哪怕是 10 厘米长的废料。

去年 8 月，部队装备整顿时所里搬迁仓库。四大间库房的整箱和大件器材、备件搬完后，剩下一些零散件，有个战士嫌麻烦，要当垃圾废物清除。李润虎心疼地说："这愣娃，这钉钉铆铆的都是国家财产，白白扔掉多可惜。"他带领几名战士，用了几个晚上的时间，把这些零件一一拣出来，然后分门别类，包上塑料袋，入到库房里。近年来，他带领战士在两次大的仓库清理中，捡出各种遗弃散件一万余件，为国家节约资金一万多元。

李润虎就是这样一个人，他的事迹，像一座宝山似的没有穷尽。

有人曾为李润虎付出的太多、得到的太少而感到不理解。李润虎却毫无失衡的感觉。他说："人的价值就在于付出。每一个人都该尝一尝付出的幸福。况且当我为别人付出的时候，我也同时在得到别人的帮助。我的小孩病危住院，就是一辆接新娘的车送的。"这就是说，付出不在多少，正如鲜花不在大小，只要一朵一朵连成片了，就构成了一个美好的春天……

——原载《人民军队》1990 年 3 月 4 日

“秦川牛”

——记新时期的活雷锋李润虎

1989年10月，解放军报社收到一封寄自黄土高坡某红军师军械修理所63名官兵的联名信，要求宣传一个叫李润虎的志愿兵的事迹。来信措辞恳切，且几近愤愤不平：我们的李润虎，简直就是条“秦川牛”，为什么就不能宣传？！待信发出，他们又后悔：这样责怪报社不对，没人写稿子去，叫报社咋宣传呢！

但不管咋说，提这个要求是有充分理由的。这个李润虎，一上学就赶上了当年的学雷锋活动，从小学到高中，都是品学兼优的好学生。上高中时担任校团委副书记，出席过蒲城县和渭南地区的“学毛著学雷锋先进表彰大会”，会上介绍了他学习毛主席著作、做雷锋式的好青年的事迹。

李润虎1972年入伍后，事迹更是过硬。18年来，他让出了3个三等功，还立了5次三等功，21次受嘉奖；他担任班长8年，班里5次立集体三等功，8次受嘉奖；他21次被师以上单位评为“优秀修理工”“模范党员”“优秀志愿兵”“学雷锋标兵”；他在军内外做了大量好事，拿出 1500 多元扶贫济困；他带过的 50 名战士，有 4 人提干，25 人入党，自己却至今仍是一个年近 40 岁的兵。

让我们先献出一点爱—— 润虎，你相信人间有真情

李润虎周围的同志，几乎都接受过他的关照和体贴。大家的共同感受是：老李帮人是动真的，一点也不做作，能让人暖到心窝里去。

1982 年秋，战士王天西的父亲得了败血症，家里来信要钱买药。天西没有积蓄，急得吃不下饭。最先知道天西心事的李润虎，劝慰了几句，就揣上仅有的 50 元钱去了邮局。填写汇款单的时候，他在附言栏里写道：

“父亲，请您保重！”

他看着自己写下的这句话，猛然觉得，在这个世界上，他又多了一位父亲！他自己也激动了，每个战友的父母就是我的父母，我就是他们的儿子，就该这样！

他把天西的境遇告诉全所战友，为的是让大家知道：我们就是要亲得像兄弟一样，谁也不能离开谁，谁也不能不管谁。他对战友们说：“哪位父亲对儿子开口要钱，都是迫不得已的。父亲收到我们的钱，不光感到我们在孝顺他，还会觉得心里踏实，觉得娃在部队好着咧，娃懂事会顾家咧；如果收不到，老人就会对自己向儿子要钱的举动感到内疚，还替儿子处境担忧，是不是？”

战友们听了这一番动情的话，无不心里热乎乎的，纷纷对天西解囊相助。

不知从什么时候起，李润虎形成了一种心理习惯：看见同志有困难，不帮不管就感到心里难受，只要看见了听见了，他就会有钱帮钱，有物帮物，没钱没物也要给人一颗兄长的心。他说：“尽心比尽力更重要。”

为此，李润虎曾三次把战功让给战友。

第一次，因他带领两个战士出色地完成了一线弹药保障任务，师后勤部领导指名要给他记功一次，他便竭力推荐，把功让给了一位战士。第二次，因他带领战友在火线修炮做出了突出贡献，兄弟部队领导为他请功，他又硬是把功让给了

一位战士。第三次，完成任务后评功时，全所官兵一致给李润虎请功。名单报上去，因超了比例，要刷下来一个战士。李润虎坚决不干，磨破了嘴皮，说服领导和同志们，把自己刷下，让那位战士立了功。

所领导记得李润虎当时是这样说服他们的：我知道战功比什么都金贵，但对我只是一个荣誉，对这几个战士，可就是人生前途！他们新兵娃子，刚刚起步，我们应该让他们尝尝活在人前头的滋味，让他们早些走上大路！

这么坦荡，这么诚恳，谁能不依他呢？后来，三个战士果真高高地扬起人生的风帆，一个比一个出息。

黄河不择溪流—— 润虎，你觉得你的努力于世有补！

当有些人以非地球人的身份说这世道如何如何的时候，李润虎根本不予理睬。他说，他的能量虽不大，但他相信，只要默默地干，执着地干，总可以有所作为。

他曾花 20 元钱买回一个“公道”。

营房旁的自由市场上，常有小青年滋事占便宜。这天年轻人在一个老汉的瓜摊上挑了一个瓜，打开一看是生的便连砸了几个西瓜，分文不给就扬长而去。目睹此景，李润虎大喝一声：“站住！你碰上个生瓜就有理咧，看我当兵的不敢管你？”小青年被镇住了。李润虎训了他一顿，小青年便软了下来。李润虎让小青年给老汉赔钱。小青年翻遍几个兜，没钱。于是，令小青年无地自容的一幕出现了：李润虎掏出 20 元钱，塞给他，拉着他来到老汉跟前，赔钱，道歉。

此事当即传遍市场，引起不小的轰动。不久，这小青年的父亲知道了此事，当面向李润虎致谢。所里领导谈到这件事的影响时，归纳为三条：教育了一个青年，温暖了一个老汉，买回一个公道。

李润虎曾用 400 元钱证明革命人道主义有人信奉。

1987 年 7 月，李润虎带着借来的几百元钱送心脏病突然加重的父亲去西安某医院救治。入院第二天清晨，几个人抬着一个满嘴白沫、昏迷不醒的妇女来到急救室。这妇女是个个体户，来西安进货，带的 800 元钱被人骗走了，还受到侮辱，便服安眠药寻短见。医院要收 500 元押金才救人，事主好歹才凑够 100 元，急得直跺脚。李润虎料想说情也不管用，便掏出 400 元替他们交上押金。急救室的门，终于开了。天刚亮，医院通知李润虎的父亲转院看病。此时，父亲已病得大小便失禁，急需换下内衣。囊空如洗的润虎，无钱到咫尺之外的商店去为父亲买内衣，便把自己的内衣脱下，给父亲穿上，自己穿着空空荡荡的单军衣，为父亲四处奔走。

至今，李润虎也不知道那个妇女姓甚名谁，家住哪里；那个妇女及其家人也不知道李润虎的单位地址。也许，这个妇女的一家至今还在打听这个军人的下落；润虎呢，则在远方遥祝她们家生意好起来。

李润虎还曾用一碗面条为一个村庄赢得声誉。

这年秋天，李润虎探亲在家。一天，从地里忙活回家正在吃饭的润虎，听见一位老汉向他的女儿讨水喝。老汉是采药的，满口嚼的干馍直掉渣，说是在上村，没弄到一口水，正胀气哩！润虎给老汉冲了一碗橘汁，又夺下老汉的干馍，给做了一大碗面条。吃饱喝好，老汉捋着银须笑了：“你娃好，陈庄好！”

采药老汉走到哪就讲陈庄好。陈庄人都高兴了，说：“润虎为俺陈庄争了大脸面。”

在修理所内，对那些有关“风气”的事，李润虎几乎认真到了神圣的程度。妻子叫他做一个煤铲，所里边材料多的是，他不用，从垃圾堆捡来了破饭勺砸了砸，还说挺好。帮厨时炊事班长看他被油烟熏得不行，给他个水果罐头，他硬是不吃，说吃就得先收钱。有人多领走一袋面粉，他愣是跑到人家门上，不顾人的脸色把面粉又扛回来。

凡该做的事 我都是主人——润虎，好事为什么总让你碰上？

李润虎曾从枯井里救出一个奄奄一息的儿童。

李润虎曾从砖窑里救出两个遇难社员。

李润虎曾从塌方的水道中救出两个民工。

李润虎参与救人于水火的事 12 次，捡回人命 6 条。他还救过一头牛。

在他的事迹材料中，有这样一个数字：“他利用自己的技术专长，先后为部队驻地群众修理拖拉机、自行车、架子车、炉灶具、桌椅等 7600 件。”

姑且把这些都看作“正常情况”。李润虎还总是能碰上些令人感到“邪乎”的、一般人碰不到的情况。他在秦岭替人守尸便是一例。

1989 年 3 月 8 日，李润虎一个人去秦岭火车站领取装备。在那里等车皮时，他看到一个农民模样的人在站台上守着一具尸体痛哭。

润虎走上去询问，这位名叫陈四化的农民像见到亲人一样，向他诉说了不幸：他和妻弟杨水明(死者)，从四川威远县高石乡到河北邯郸走亲戚。返回途中，妻弟在火车上不幸被人推倒在地，快断气的时候车过秦岭站，送下车抢救，没出站便死了。陈四化现在身上只有几角钱，真是呼天不应、叫地不灵，人生地不熟，不知怎么办。

润虎替他张罗起来。先跑到派出所，找到所长报案；再给陈四化买饭，再替他买好去成都方向的火车票，连同买来的一袋干粮塞给陈四化，让他赶回内江报信处理。

难办的是尸体，谁来管？润虎说：“有我哩！”

位于秦岭深处的这个小站人烟稀少，到了夜晚，寒风刺骨。李润虎怕尸体被野狗咬了，就找来篷布和席子，一个人把尸体端端正正地安置在有积雪的地方，自己裹着大衣看护尸体。

在车站等车皮的李润虎，硬是忍受着饥饿寒冷，整整守尸三天四夜。铺满积

与主席合影

雪的站台上，布满了他踱步的脚印。12日早上，陈四化领着家人赶回了秦岭。当他们围着遗体痛哭的时候，李润虎才悄悄地离开了车站，没有留下地址，也没有留下姓名。

李润虎的村子里有位老人叫李树仁，得了一种可怕的传染病，卧床不起，人们也避而远之，老汉唯一的儿子拉着架子车来回往县医院跑。李润虎看他太累，就接过这个活，每星期拉着老人去县城一次，一个往返就是五十多公里。有人对他说："你年纪轻轻的，染上那病咋办！"李润虎答道："都是乡里乡亲的，哪能见死不救？"

后来，李老汉的儿子也被传染上了，这样，李润虎的架子车由拉一个人变成了拉两个人。他不论晴天雨天，仍然每周一次，往返于县城。黄土高原崎岖的山路上，他像一头牛，拉着架子车，艰难地前进着。

这样一直坚持了两个多月。

村里有个人死了，按当地习俗办丧事总得请人吃个饭，可这户人家只买得起5斤肉，却要安排8桌饭，请哪位厨师，哪位厨师都不干。李润虎探家知道此事，就找上门来，说：“我来吧。”他使出浑身解数，做出了8席。润虎忙活一天，只吃了人家一碗清水面就回了家。

润虎说，他不喜欢有关他的事迹材料中那种“假如那是我的亲人，假如那是……”之类的说法，也不同意“他走到哪里好事就做到哪里”的说法。他说：“我只是碰上了才做好事的，在每件该做的事面前，我都应该是主人。”

给钱加点温——润虎，你是不是穷惯了？

李润虎比身边任何一个士兵都多一重身份——“义父”。

1984年5月，李润虎接到女儿李娜“病危住院”的电报，带了300元赶到县人民医院。当天夜里8点多钟，他正守候在昏迷中的女儿床头，忽听楼道里人声嘈杂。李润虎到楼道一看，见一块门板上躺着一个左臂渗血不止已昏迷的男孩。他叫冯海亮，左胳膊是被电磨轮子绞断的，他父母挣死扒活把他抢送到医院，不料因差200元的押金，好说歹说也进不了手术室。两口子看着孩子血肉模糊的胳膊，急得直发抖。

此时，李润虎口袋里只剩下200元钱，那是明天一早就要用的，医生刚刚打过招呼，让他准备几百元钱，明早要给娜娜输血！可润虎没有迟疑，掏出这200元钱就交给冯海亮的父母。这对濒临绝望的中年夫妇接过还带着润虎体温的这叠钱，当即就要给润虎下跪。李润虎赶紧扶住他们，忙不迭声地说：“使不得，使不得！”之后，他又帮他们跑前跑后，直到孩子上了手术台。

娜娜因血液中毒，皮肤上的斑块越来越大，越来越黑，输血要交现款，可润虎没了钱！妻子和妻姐搂着孩子直掉泪。

他带着几分感慨，对昏迷中的女儿只说一声：“孩子，爸对不起你，先救了你一个哥。爸这就去借钱，输血！”

冯海亮出院后，其父母放不下一桩心思，他们七查八问，终于找到李润虎家，执意要孩子拜润虎为义父。润虎说：“年纪倒相当，可我是军人，使不得！”可不管润虎同意不同意，冯海亮每年都要来润虎家看望干爹。于是，人间多了一份温暖，多了一份亲情。

这年头，有大钱的人，甩出去几百元还没什么，可李润虎穷。他一份工资要养活 5 口人，家里的几张年历画上，记的都是欠人的账，仅 1984 年那张年历画上，就排写了 14 行这样的数字。他拿工资也有十好几年了，抽的烟还是 10 年没换过牌子的两角六分一盒的“大雁塔”。

但李润虎知道巴尔扎克笔下那些资本主义金钱社会的许多悲剧，知道巴尔扎克“金钱永远是冰冷的”这句话，他说他就是“要给钱加点温”，就是要让人感到“钱从一个共产党员、一个革命军人手里花出去，它就不是冰冷的”！

去年春播前夕，从陕西富平移民至华阴县的战士苏学才的父亲给苏学才来信，说是分得二十多亩地，只能种花生，需要儿子筹借 1000 元买种子，借不着就让儿子去贷私人的，秋后翻番还钱，还说移民都这么干，为的是花生卖价好，错过一秋损失太大。

李润虎在司务长那里存有几百元钱，是准备盖房用的。知道小苏家的情况后，他叫小苏别那么干，自己凑了 500 元给了他。小苏知道，李润虎的房子一拖 8 年没盖成，1 万块砖折腾得只剩下 5000 块了，执意不收。润虎说：“再等下年吧，你先把这钱寄回去。”秋后，小苏家花生大丰收，父亲寄来整整 1000 元，让儿子交给李润虎，还解释说支援李润虎盖房才给这些钱的。润虎火了：“小苏，你把我当成啥人了！”硬是只收了 500 元。

奉献者是最理智的——润虎，你并不像别人说的那样“活得很累”

李润虎是负重奉献的。

他家的房子破烂不堪，年年打算修，年年修不起。怕塌了，他就把女儿托付在亲戚家住。他爹从 1982 年开始，患了“慢性支气管炎”“肝淤新生物”“肺传导阻滞”3 种病，仅 1986 年 4 次住院就花掉 6000 多元。从此至今，老人还要经常输液和吃一种叫“救心喘定丸”的成药，一天就要花掉 2.8 元。谁也不知道李润虎欠下多少钱，只知道他家连架子车都没有。长期患有偏头痛的妻子沈群英，每到农忙时都是到晚上等别人的架子车闲下来，才借去下地干活。结婚 14 年，她只来过 5 次部队，最长待 30 天，最短待 5 天，家里委实是太忙了，离了她真不行。

天上月

为此李润虎曾几次下过转业的决心，也曾得到过 3 次转业的机会。但权衡来权衡去，每次都以一个奉献者的理智，做出了更有利于党和人民军队的选择。

促使李润虎第一次下决心转业，背景是这样的：

1981 年，父亲的病明显严重起来，母亲和妻子也开始得病，弟弟也参军去了。这年春节，含辛茹苦的妻子拖着病身子，东凑西拼地张罗，安排好一切。初一这天，她把两位老人安顿好，给娜娜穿上新衣服打发她去给亲人们拜年，就再也撑不住了，自己一个人在屋里放声痛哭。公公婆婆不忍心去敲门，请来儿媳的 3 个好姐妹，来劝慰她和陪伴她。半晌，她对姐妹们说："哭哭就好了，谁叫我跟了他当兵的哩！"她擦干泪，像没事一样，又忙活开了。

润虎探家听说了这一幕，这个硬汉子，眼泪止不住地流下来，就在这一刻，他第一次下了转业的决心。

这时候，他已经满了服役期。他跑到县里找到素不相识的民政局长联系工作。他对局长讲了他的一些技术专长，局长又实地考核了一下他的本事。第四天，局长通知润虎：尽快办手续，到县商业局报到。他兴冲冲回到部队，隐去家里的困难，讲了自己的打算。军械科长讲了些实际情况，不同意他走。润虎抽了几支闷烟，就毅然答应留下了。

李润虎第二次下定转业决心并获得转业机会的背景又是什么呢？

1985 年 8 月，所里同意他转业。李润虎在县供电局联系好工作归队办手续时，部队接到了执行紧急任务的号令。他别的话没说，要求留队。所里给他一个领料的机会，好让他路过家里安顿一下。不料，他在家却经历了意想不到的一幕：

润虎到家才得知，弟弟也要去执行特别重要的任务。他决定对父母瞒住自己执行任务的事，凌晨把这事告诉了妻子。妻子流着眼泪听润虎安排着家事：借钱，为父治病，准备爹出现万一后的棺材，孩子的吃住……

事情全赶到了一起，天一亮娜娜大叫："快来呀，爷爷吃了一大把药哩！"夫妇二人赶进去，只见父亲正把安眠药往嘴里填，润虎扑上去夺下药，群英的一下跪在公公炕前："求您老人家给我和润虎一个面子吧！"父亲老泪纵横："是我的病拖累你们太久了，还不如现在……"

润虎动情地说："爹，你都想到哪里去了。有你在，我们才高兴哩！我们还想让你听听我们的胜利消息哩！”经过润虎这一劝慰，老人动心了，决定再难也要活下去，并说：“润虎啊，你就放心地去吧，爹不会再做蠢事的。”

这就是我们的军属！一个好的士兵，身后必定有一个不屈的家庭；一支好的军队，后面必定有一个不屈的民族！

第三次转业是 1988 年 5 月，李润虎所在县人武部要求调李润虎，还答应给群英安排工作。由于部队的需要，润虎还是没走成，群英的工作自然也只好搁置一边了。但李润虎想得开。他说：“为了部队建设吃亏值得，看到我为部队做成的那些事，我也感到快慰。”

后来，师里想解决一下李润虎的家庭困难，决定让群英随军。李润虎却坚决不同意。他说：“哪有志愿兵家属随军的！不能为了我，坏了部队规矩。困难，总会克服的。”

李润虎在和困难斗，他负重向前，英姿勃发，并不像有些人说的那样“活得很累”。

不“滑丝”的螺钉—— 润虎，你曾否设计过你的人生？

经历过梦幻般的青春梦的李润虎，也曾编织过人生自我设计的花篮。

入伍第二年，一份党表便落到他的手上。他把这个好消息告诉了一起参军的同乡，并掏出了心里话：“入了党，明年就复员，让村里推荐咱上大学，把握就大咧！”

同乡把这话反映给领导，指导员罗永昌断然收回了他的党表，并找他谈心，批评他的入党动机不纯。

又过了 8 个月的考验期，李润虎才入党。罗指导员在通过他入党的支部大会上，又给李润虎端出一壶。他说，要从思想上入党，仅仅 8 个月的考验是不够的；要把自己的一生交给党安排，今后的路更长，考验更艰巨。

这番话深深地镶在李润虎的脑海里。从此，他认准了一个理，此生此世，实现自己人生追求和价值的舞台，是党和人民分派的岗位，舍此别无他求。

谁都知道搞汽车修理比搞枪械有前途，不知是有意考验他还是确属工作需要，在家就搞过拖拉机修理，打算再学学汽车修理的李润虎，被改行分配去搞军械修理了。

服从不是没有出息。李润虎坚信，在组织安排的岗位上照样可以干出一番事业，他抱来《钳工》《刨工》《铣工》《磨工》《材料》《制图》《枪械、火炮的理论与维修》等一大摞专业书籍，一本接一本地啃下去，写出8万多字的学习笔记。操作上有机会就练就问，技术水平节节上升，成了全师同行业出类拔萃的尖子：先后5次参加军、师组织的专业技术比赛，3次夺得金牌，两次分获第二、第三名；进而他又当了教员，14次全师军械修理培训班都是他任教。

1980年至1986年，他多次承担了师里、所里交给的革新项目，和大家一起研制成功了“光学无弹校枪仪”“手榴弹抛射器”“自动报靶仪”“自动缠簧机”等，其中两项获大军区科技奖，两项得到上级的肯定推广，在训练和实践中发挥了重要作用。

李润虎的人生路程，真是好事多磨。他没有按自己的愿望来“自我设计”，就连组织上替他所做的设计也都未能实现。三次提干未成，便是明证。

1976年，上级确定提升他为司务长，并正式填写了《战士提升干部报告表》，不料师小农场撤销，多出的一名现役干部顶了司务长的缺。1978年1月，后勤部又上报提升他为枪械技师兼一排长，正待此时，一个新兵不慎把高低机平衡螺丝卸掉，炮身下滑砸伤了李润虎的腰，住院3个月，错过了机会。1979年初，部队准备执行一项紧急任务，要提升一批干部，所里正缺高炮技师，党支部又把他报上去，正办手续时，紧急任务解除，又没提成。这样，他才于同年3月改了志愿兵。大家都为他惋惜。可润虎并不把这看作是命运的捉弄，而是看作对一个党员、一个军人、一个“螺丝钉”的考验。他泰然处之，依旧埋头于本职工作。

润虎这颗螺丝钉总是一会儿被拧在这里，一会儿被拧在那里，怎么拧也不“滑丝”，越干越有成就：当炊事员和炊事班长，在全师伙食比武中获8项第一；当班长，班里荣立集体三等功；当分队长(代理排长)，3个班5次立三等功；他还是3级厨师、6级钳工……

后 记

上级机关在整理李润虎的事迹中，许多同志苦于找不到能直接反映他闪光思想境界的材料，诸如日记、笔记、读过的政治理论书籍等等。找他“挖思想”，他又总是说：“没啥，很简单的事，没啥！”

抱憾之至的，是李润虎的小战友司书强和祝宏涛。李润虎十几年来所写的日记、笔记和大量作过批注的政治理论书籍，都被这两个战友给扔掉了！一次是在执行紧急任务前夕搞文件资料清理，润虎也不在家，祝宏涛又替他清理掉一批。

司书强和祝宏涛今天才知道这意味着什么。他俩痛心地对一位将军说：“相信我们吧，老李有日记，有笔记，是我们屈了他！”

将军激动了，当即赋诗一首：

历做好事广誉称，
几问原因不答声。
负重如牛做奉献，
境界尽在行动中。

——原载《解放军报》1990 年 3 月 4 日

朝霞

众人争赞“秦川牛”

——李润虎事迹报道续篇（一）

被誉为“秦川牛”的李润虎的事迹在本报刊登后，我们本来以为可以对当初写信要求宣扬李润虎的战友们有个交代了，没想到却落了一顿抱怨：“我们肚里装的好些个事，你们都给漏了。”接着，他们如数家珍地点出几件，的确使我们产生愧悔之感。

说实在的，尽管我们进行了为期两个多月的采访，但至今仍不敢说，对李润虎做过的好事已掌握了十之八九。他的好事真是不挖便罢，越挖越多。这里再写出几件，权作弥补。

“珐蓝李”

李润虎会修汽车、摩托、自行车；

李润虎能捣鼓雷达机；

李润虎的炊事技术上了等级；

李润虎爱给人敲打锅、碗、瓢、盆。

但最叫大伙儿佩服的还是他的老本行。在军、师乃至军区，老军械们都知道，红军师有个“珐蓝李”。

武器珐蓝，是个技术要求上很“娇气”的活儿，也是个既苦且累又脏的活儿。领教过一次的战士，再次上场心里也还发怵。但从 1975 年至今，李润虎从新战士成了志愿兵，全师的军械干部和修理工也换了十几茬，武器珐蓝次次离不开他挑头干。

珐蓝都是在夏季进行。驻地的盛夏，赤日炎炎，干热干热。润虎带着战友们来到营区外的山窝空地上，顶着毒日头架起 7 口大锅，加水、加油、加腐蚀性药剂。有的锅里药水还要加火烧到 180℃。李润虎和战友们光着膀子，把拆开的武器大小零部件，一件一件除锈、除油、珐蓝、清洗、皂化、蘸油。他们头顶烈日，身挨炉火，还得小心翼翼，稍不注意，不是太过，就是不及，毛毛糙糙还会烫伤蚀烂身体，真是急不得也慢不得。这样，一个团一个团铆着劲儿干，两个月也下不来，身上非脱几层皮、掉几斤肉不可。

让李润虎感到欣慰的是，每次珐蓝结束，师以上各级机关检查验收，他挑头珐蓝的武器都是第一流的。“珐蓝李”的美誉历久不衰。

身在一线的“二线兵”

1985 年秋，已经确定转业、找好单位、就差办手续的李润虎，突然中途“变卦”，毅然随部队执行紧急任务。

来到新的驻地后，上级业务部门见李润虎年岁与师后勤部领导一般大，就把他调去专管弹药库。润虎是个遇事朝上冲的人，他不甘心在二线待着，总想为一线的战友们分担点什么。

平时，他把弹药库整理得井井有条，晚上连灯都不点，就能发放弹药。一有时间和机会，他便爬上前边来拉弹药的车，一趟一趟向一线阵地送。装满弹药的车，在崇山峻岭中逶迤穿行是很危险的。这些润虎都清楚，但他全然不顾。

一天，某团的一门迫击炮坏了，直接影响了部队的行动。两个上级修械单位都拿它没办法，上上下下为此急得搓手顿足。润虎听到这消息更急，他主动要求前去抢修。有的战友提醒他说："修这门炮责任重大，你是咱所老'状元'，万一上去没拿下来，脸也没处放。"润虎说："没看这是啥时候，还管自个儿脸不脸的！"

李润虎到阵地一看，原来这炮在部队正常训练中淘汰多年了，他也有好几年没摸过了，但他还是凭着以往练就的技术，在保障条件简陋的情况下，仅用了1个小时就使这门老炮恢复了战斗力。为这门哑炮愁了好些日子的官兵们，纷纷打电话到师机关给李润虎请功。

润虎有个深明大义的家庭。作为孝顺的长子，作为争气的丈夫，作为有责任和义务的爸爸，他深得一家老小的喜爱。润虎去执行紧急任务，深深牵动着关中道上那个黄土屋中的三代人的心。然而，作为人子、人夫、人父、人兄的李润虎，又何尝不牵念黄土屋里的老少亲人？但他想得更多的是履行一个共产党员和军人的职责。

一段时间，为解决执行紧急任务的战士投手榴弹的难题，李润虎带着两名年轻战士研制起手榴弹抛射器来。驻地没有充裕的书刊资料，缺少应有的机械装置，他和战友们一起，不分昼夜地制图、加工、试验、修改，一遍又一遍。两个多月后，一种特殊的手榴弹发射器终于试制成功。尔后，他又一鼓作气加以改制，获军区科技成果奖。

执行紧急任务中，"二线兵"李润虎经常身处一线，忙得连张像样的纪念照都没拍下。军械所官兵都推他立头功，可他三番五次让给了在人生道上正起步的年轻战友。

"同志大哥"

在军械所，不论是新一点的义务兵，还是老一些的志愿兵，日常生活中直呼李润虎姓名的不多，相处短的喊他"老班长"，处久了的都管他叫"李大哥"。

战友们称他为"李大哥"，不仅是因为他兵老胡茬黑，更是出于对他的尊敬和爱戴。为此，还闹过一些误会。

前年夏秋时节，战士郧建斌在地方宾馆学习炊事技术，带他的特二级厨师胡师傅，见润虎常来宾馆看望小郧，见面后问这问那，情同手足，小郧又不时地大哥长、大哥短地叫他，满以为润虎是小郧的胞兄，便对小郧说："你大哥待你可真不错。"小郧解释说："他是我的同志大哥。"接着，他向胡师傅说了"李大哥"扶帮自己的一段事。

那年春节，小郧回陕西长武老家探亲，从大年初一到正月十五的短短半个月内，爷爷、奶奶接连去世，家里连办两个老人的丧事，欠下几千元的债。就在这时，他接到所里发来的"速归队退伍"的电报。当时一场大雪正铺天盖地下个不停。小郧冒雪步行 40 多公里，又倒了 3 次车，以最快的速度返回所里，赶忙把家里发生的一切先倒给了平时知冷知热、兄长一般待他的润虎。李润虎想，小郧几年来工作不错，这次明知归队要退伍，还冒雪赶回，眼下让他身无薄技地回去，明摆着生活上困难不小。如果能留一留，对部队建设和他个人前途都有好处。于是李润虎跑遍司、政、后三大机关，改变了原定安排，把小郧留了下来。后来，部队选派一些战士到地方宾馆学习炊事技术，身为支委的李润虎又积极建议派小郧去，还掏出 30 元给他交学费。

在军械所，像郧建斌这样的事又何止一件。战士们说，我们谁都得到过"李大哥"的帮助。十几年来，先后有 25 名后进战士在他的指点下迈出了新步，其中 19 人立功，10 人当了班长。

"我不同意你们入党"

李润虎对战友的帮助不仅表现在生活和工作上的关心爱护，也体现在政治上的严格要求。

有一年老兵退伍时，战士小柯、小李会完餐后，脸红脖子粗地来到电视室，把指导员叫了出去，气冲冲地说："我俩入党的事听说就你不同意，今晚你不说个明白，咱就没完！"

润虎赶忙从电视室里跟出来，对小柯、小李说："你俩到我的宿舍，我给你们说个明白。"

进屋后，李润虎神情严肃地说："谁讲的是指导员一个人不同意你们入党？首先是我不同意你们入党！"小柯和小李一听怔了，满肚子怨气又冲向他："老班长，你平时可待我们不错，怎么关键时候不给说句话？"李润虎毫不客气地问："你们俩看看自己够不够党员标准？"

一句话，把两个战士说得低下头来。李润虎转而心平气和地说："入党不是靠关系凭感情去办的事。党组织又不是'自由市场'，谁想来就来！"接着，他又给他们讲了自己入党时指导员"卡"了 8 个月党表，教育自己认清党的性质的经历，讲了江姐在敌人严刑拷打下忠于党的事迹，直说得他俩心服口服。

小李退伍回乡后，当了个体户，他怀着感激的心情来信对李润虎说："老班长，那晚要不是你的严厉批评，我们真会糊里糊涂干出傻事。现在回想起来，我觉得自己离党员标准差得远。今后我还会努力……"

——原载《解放军报》1990 年 3 月

吾爱真理，吾更爱吾家

在“秦川牛”耕耘过的土地上

——李润虎事迹报道续篇（二）

只爱耕耘，不问收获，这是“新时代的活雷锋”李润虎的座右铭。他相信，自己的辛勤劳作，对社会、对人民是有益的。但做了几十年的好事，桩桩件件，到底于于世人有多少裨益？润虎自己压根儿没有算计过。

寻踪觅迹，我们对“秦川牛”李润虎耕耘过的几方土地略作考察，从他当年的“收成”中，看到了一个小人物的能量。

一位退伍战士的夙愿

先从新近发生的一件事说起。

我们到李润虎所在的军械所采访，听到的第一件有趣的事，是即将退伍的一班代理副班长曾贵和正在到处找人“采访”，准备退伍返乡后，自费办一场李润虎事迹报告会。

去年冬天，曾贵和的入党申请在支委会上没有被通过。在家主持工作的党支部副书记、所长张多学心想，小曾一定会来找自己的“麻烦”，可他左等右等不见人，就主动去找小曾谈心。

小曾坦然地对张所长说：“前几天听了李润虎的事迹报告，我已想通了，人家那才算硬邦邦的共产党员，我这条件差得太远了；再找你去说长论短，就有些不识相了。”

他告诉所长，自己最近正忙一件事：如果这次报社收到全所的信，对宣传李润虎还没动静，就准备明年春天退伍回家乡白银市后，自费办一场李润虎事迹报告会，让父老乡亲们都知道，生活中还有老李这样高尚的人。他的笔记本上已经密密麻麻记了大半本。

现在，小曾大概可以宽慰了。中央新闻单位和陕西、甘肃等省的报纸、电台、电视台，都对李润虎的事迹做了大规模的宣传，他可以了却一桩心愿了。

凡是美好的东西，总是动人的。在李润虎生活战斗过的地方，愿意学习、仿效、传扬他的人，又何止小曾一个。

润虎当年办军械培训班时的学员、现任军械科长王虎生，近年来利用业余时间，为李润虎写了一篇几万字的事迹报道，被报刊退了回来，他又重新改好再寄去。他说：“非把老李写出去不可！”

后勤部政治干部张春燕，因为李润虎不愿意讲自己的事，便采取“打外围战”的办法，把军械所干部战士找了个遍。直到母亲来队生病住了院，他还挤出时间跑军械所，把倔强的李润虎都感动了，只好说：“你再别往这儿跑了，你什么时间有空，我找你，只要你不笔下生花，问什么我都说！”

母校的骄傲

陕西蒲城县的党睦中学，是润虎学生时代最后一站，在这里的时光也是他学生时代学雷锋做好事的高峰时期。

去年底，部队派人到党睦中学查阅李润虎的学生档案。校领导和老师一听找润虎的档案，都说，那好查，我们经常向学生讲到他。

果然，打开重重叠叠的档案柜，最上层的头一份就是李润虎的档案袋，包括他出席地、县“先代会”时写的那份题为《学习毛主席著作，做雷锋式的好青年》的事迹材料在内，一份不缺。

时隔 20 年，党睦中学的一些老教职员工，对润虎当年在校时的表现仍然记忆犹新。有的说，他当时是全校学生中最大的共青团干部——校团委副书记，对社会活动和公益事情特别热心，处处干在人前头；有的讲，他学习刻苦用功，成绩门门优秀，还经常给学习差的同学补课，照顾有病的同学；还有的说，那次出席地区“先代会”，他是全县唯一的学生代表。当年全校向李润虎学习的声势可不小，还办过专栏、墙报，开过事迹报告会。

有出息的优等生，永远是母校的骄傲。

思补村魂

蒲城县陈庄乡思补村，是李润虎出生成长之地。走到村里，不论男女老少，你随便问起李润虎，都会给你讲一段润虎助人的事。

看着润虎长大的老一辈人没有忘记，润虎从小就爱集体、爱劳动、爱他人。上中学后，他从十几公里外的学校一回来，就找生产队长要活干。苦的、脏的、重的，他都抢，却从不问工分多少。一晌两晌也罢了，日子长了，队长和记工员都感到过意不去，问他：“憨娃，你在队上干活，怎么连工分问都不问？”润虎说：“我是为队上出把力，要不要工分没关系。”队长和记工员感动了，两人一商量，就给他补记了 500 分工。但润虎说啥也不要，推来推去，还弄得全队开会，最后，社会员们集体裁定，硬给他记了 200 分工。从此，村里很少有人再为评工分而争吵了。

李润虎还在村上干了许多好事，让乡亲们难以忘怀：他从枯井中救儿童；他到失火的砖窑里救人；他拉着乡亲进城治病；他帮助孤寡老人生活……

1971 年，思补大队党支部通过决议，召开社员大会，号召全村老少向李润虎学习。

润虎的行动，不知不觉影响了村风。

“他改变了我们一家子的命运”

6 年前在蒲城县医院，润虎曾用自己从千里之外带回准备给女儿治病的 200 元钱，搭救过一个少年冯海亮的命。当时的动人情景，不少报刊已报道过了。

这里，我们介绍的是今天的冯海亮。

他如今已是一个 20 来岁的壮小伙子，是全家的顶梁柱。尽管当时在医院抢救时不得已截了他的小臂，但在李润虎的鼓励启发下，冯海亮对人生充满了信心，经过苦学苦钻，一只手掌握了电器维修技术。平时，他以较低的工钱为十里八村的群众修这修那，收入不断；地里一般的庄稼活，他也能拿下来。一家人的日子过得像模像样。

抚今追昔，冯海亮的父母不无感慨地说：“6 年前润虎兄弟搭的那一手，何止是救了我儿一条命，他改变了我们一家子的命运。要不然，如今这家还不知是啥样子哩！”

说不清有多少人知道

调查李润虎给那些连姓名、籍贯都不知道的人干的好事，要数秦岭车站守尸那桩最为顺利。

原因很简单，就是远在润虎向组织“坦白”这事之前，社会上就说不清有多少人知道了。

一个八竿子打不着的军人，揽了替别人守尸三天四夜的“闲事”怎么能不让人惊叹、传颂？当时，秦岭车站的工作人员、派出所，还有部分旅客都是现场的目击者，也同时成了“活雷锋”的传颂者。

感触最深的，当然是死者的姐夫陈四化。等他清醒过来，发现已经找不到这位解放军同志，甚至连姓名都不知道时，说不清心里多后悔。他识字不多，也想不出用什么办法来打听这位“恩人”在哪里，只好逢人就说“解放军好”，把自己亲历的那段事讲给人听。连他自己也说不清，到底有多少人听他说过这件事。

500 元与农业税

去年春天，李润虎用自己攒下准备盖房的500元钱，为“等米下锅”的战士苏学才家解了农田里的围。

秋后，苏学才给“李大哥”加倍还钱1000元，可他多一分也不要。

苏家老少知道后感动不已，他们没有别的办法报答李润虎。全家人坐在炕头一合计，就在交纳农业税上向李润虎学学吧。他们家交农业税为全村带了个好头。父亲和哥还在村里主动宣传党和政府的农村经济政策，讲庄稼人交粮纳税是爱国行为，并配合村里治保委员会设卡子，搞查验，防止农副产品收购中的投机倒把行为。

连李润虎自己也万万没有料到，他给小苏支援的500元钱，会引发出这样的结果。

军械所的“正气歌”

红军师军械所长张多学说：“有李润虎在，我们在所里唱‘正气歌’，也气粗嗓门大。”

的确，李润虎当兵18年，年近四十，次次出操第一个来到集合点，全所的干部、战士和志愿兵，哪个还好意思压床板。

老李技术那么棒，眼看要脱军装了，还手不释卷、钳不离手地去学、去干，谁还敢说自己可以松套了。

一颗螺钉、一根铁丝，哪怕已扫到垃圾堆了，李润虎都要扒拉出来放到库里，谁再把公物随意抛撒时，也不得不好好掂量掂量。

“八朝元老”都谨守规矩，从不超假、续假，其他官兵在同样情况下咋处理，都不能不想一想。

应当承认，作为小人物的李润虎，能量是有限的，然而，是金子就要发光。他用一颗热乎乎的心，在自己的身边燃起了一团火。

有一分耕耘，就有一分收获。对“秦川牛”李润虎在自己那方土地上耕耘的收获，师张政委说了一番颇有见地的话：“一个人在成为众人楷模的典型后，在宣传舆论纷纷扬扬时，那种影响是人所共知的。但典型总归是少数。事实上，即使是再微不足道的小人物，只要他在默默地为社会增砖添瓦，真心诚意地为群众做好事，都会得到社会公认和道义的回报，于无声处优化着社会环境。所以，谁也没有理由小看自己的每一点微小的努力。”

——原载《解放军报》1990 年 3 月

来自“秦川牛”家乡的报告

——李润虎事迹报道续篇（三）

昔日，提起蒲城县，人们便想起了杨虎城；

今天，谈到李润虎，人们便想到了蒲城县。

临近马年，喜上眉梢的思补村乡亲到处传扬着一件比过年还使人欣喜的事：“润虎当典型了，部队上已来人调查啦！”

为进一步了解李润虎入伍前的表现，元月 9 日，兰州军区红军师派出调查组，四名同志星夜出发，一路风尘，奔向李润虎的家乡——陕西蒲城县陈庄乡思补村。

夜，已经很深了，而热情质朴的思补村乡亲还围坐在调查组的周围，话题像开了闸的水，滔滔不绝……

原三五九旅老战士郭怀德老人向调查组介绍说：“润虎的表现就像雷锋。”他的老伴接上说：“润虎就有资格当雷锋。”

当了 24 年大队党支部书记的崔高明，回忆了李润虎在家乡的表现后，深有感触地说：“润虎这娃就是活雷锋。”

让我们依据乡亲们的记忆，去探索李润虎的成长足迹吧。

雷锋式的好青年

公元 1963 年，正上小学的李润虎，赶上了全国蓬勃兴起的学雷锋活动。他读了雷锋的事迹、日记，感到雷锋确实平凡而伟大，便照着雷锋的样子去做，经常帮助别人和同学，他曾跳进三米多深的枯井救出一名儿童。看着诚实听话的小润虎，人们总要夸赞几句："这娃将来会有出息的。"

上中学时，李润虎被推选为校团委副书记，他更加关心集体，助人为乐，刻苦学习，是全校公认的品学兼优的好学生。打水、扫地、擦黑板，好像是他"承包"了似的，他常常是第一个进教室，又是最后一个离开教室。

班上有个同学叫杨宪民，家境贫寒，衣着破烂，别人老是嘲笑他。可李润虎不嫌弃他，为他补课，解答学习上的难点，还帮他补衣服。李润虎的帮助，使杨宪民感到了温暖，克服了自卑心理，精神上轻松多了，学习刻苦了，成绩也上去了。如今，杨宪民成了渭南地区干校的教师。

1971 年 3 月 6 日深夜，劳动了一天的社员已经进入了香甜的梦乡，刚从学校回家的李润虎还在灯下聚精会神地学习。忽然，静夜里传来了一阵急促的钟声。李润虎出门一看，村北火光冲天，"砖瓦窑失火了！"他深一脚浅一脚地向砖瓦窑冲去。

那场火很大，光麦草就烧掉两万多斤。烟火深处，有人在呼救。循着声音，李润虎摸到砖窑的最里面，看到两个人影在地上挣扎，他用尽全身力气，双手也烧起了泡。随后赶来的社员怕出危险，不让他上，李润虎将别人一推："没事，我知道在哪里！"又冲进火海……

这件事传遍了全县，李润虎出席了蒲城县和渭南地区"学毛著学雷锋积极分子代表大会"，做了题为《学习毛主席著作，做雷锋式的好青年》的发言。

今天依然健在的被救人张清江，摇晃着已经残废的手，含着泪水向调查组讲述了 13 年前那令人难忘的一幕。从当时的一份材料上，我们摘录了李润虎的一句话："烈火虽然烧伤了我的双手，但我救了阶级兄弟的生命，锤炼了一颗心。"

从这带有时代烙印的语言中，我们看到了李润虎的真实。

“人民的子弟人民的牛”

李润虎18年赤诚奉献的事迹，像春风一样传遍了他的母校——党睦中学。全校迅速掀起了“向李润虎学习”的热潮。他昔日的政治老师周根泉，无限感慨地为他题写了“人民的子弟人民的牛”之赞语。此中的含义，是不言自明的。

20年前，在思补村通往县城的黄土路上，曾经留下李润虎似牛一般拉车的身影。车上的老人叫李树仁，已到了肺结核晚期。老人唯一的儿子李运良也患了脑病，身体极度虚弱，无法送父亲治病。李润虎知道后，主动找上门，每星期拉着李树仁老人到20多公里外的县城治疗。

有人提醒李润虎：“娃呀，那老汉得的是传染病，你年龄还小，染上可不得了呀！”李润虎干脆地说：“传染病也要送，都是乡里乡亲的，哪能见死不救？”

不久，儿子李运良也染上了父亲的病，这样，李润虎由原来拉一个人变成了拉两个人。一个下雪天，在去医院途中，李润虎滑倒了，一条腿碰在石头上，但他一声没吭，直到看完病，李运良才发现他裤管流出的血……

就这样，李润虎坚持了两个多月。后来，李树仁老人因久治不愈离开了人间，李运良在李润虎的精心照料下，终于康复了。

入伍以后，他还常常寄钱给李运良，每次接到钱，李运良都要哭上一场。

现年40岁的李运良泪水涟涟地对我们说：“每当我想起这些，就有说不完的话，流不完的泪，是党和部队培养了像润虎这样的‘活雷锋’。我没见过雷锋，但从润虎身上看到了许多和雷锋相似的东西。人活一辈子，难免七灾八难，我们都像润虎那样，人间就会多一份亲情，多一些温暖和友爱。”

队上的活，李润虎常常是拼着牛劲去干，哪里活重活脏他就往哪里钻。那时靠工分吃饭，而他却从不管工分，队长问他：“干活，你怎么连工分也不问？”“干活是为了集体，又不是为了工分。”他说，队长感到过意不去，决定给他补记500分工，他坚决不要，最后只好减去300分才算了事。

一次，李润虎上学回家，看见队长迎面跑来，急得满头大汗，一问才知是队

水天一色

上的大红骡子病了，找不到人去抓药。润虎二话没说，拿上药方找了辆自行车就往陈庄跑，可事不凑巧，陈庄药不全，他又去到20多公里外的县城。回来时，遇上了大雨，为了不使药淋湿，他脱下衣服把药包起来，扛着自行车往回赶。大红骡子得救了，而李润虎却病倒了……

不尽的乡情

18年前，李润虎告别家乡父老，走进了千里之外的军营。

18年来，他从未将自己看作外乡人。每次休假，他主动找党支部成员汇报思想，了解支部建设情况和家乡的经济形势。支部书记崔高明说："像这样的好娃不多啊！"

每次探家，李润虎都少不了要为乡亲们做些打墙盖房、修车子、配钥匙、制作天线架电视、红白喜事及照顾老人病人的事。这一点，"五保户"阎兴成老人更有着特殊的感受。老人一辈子没结婚，上了年纪后，生活困难，无人伺候。李润虎上小学时就常给老人挑水、扫地、拉土、做饭、抓药，在生活上给了老人无微不至的照顾；入伍后每次探家，都要给老人买些水果、食品和雪茄，还把节省下来的衬衣、袜子送给老人，老人感动地见人就夸："这娃就像我的亲儿子一样。"

当老人见到调查组进村，激动地摇晃着紧握的双手："润虎是好娃呀，好娃呀！"

过去，我们只是听说"谁激动地拉着谁的手说"，可这次，我们是亲身感受到了。

1982年，李润虎买了1万块砖准备修房，可每次回家，土拉好了，假期到了。再回去，土又没了。如今，8年过去了，堆在院子的砖由1万块变成了5000块。房子依然没顾上修。去年8月，关中大雨，他家的房子险些"泡汤"，9岁的女儿娜娜给他写信说："爸爸，咱家的房快塌了，我早上不敢去开门上学，怕墙倒了把我压着，你快回来修修房子吧！"

看着女儿歪歪扭扭的字迹，李润虎，这个在外20年，经历过战火硝烟的刚硬汉子，眼泪怎么也止不住……

美的村庄美的人

知夫莫过于妻

对于李润虎所做的事，妻子沈群英是再清楚不过了。这位当年的妇女队长、劳动模范，不止一次地跟李润虎开玩笑说："你就是那‘二雷锋’。"细细品味，这话不无道理。

一次，一个卖柿子的小伙子自行车轮胎放了炮，在思补村转了半天，也找不到补胎的工具。李润虎碰见后，主动上前搭话，并借来锉刀、皮子、胶水，帮小伙修好了自行车。小伙临走时说："思补人好热心。"

1989 年 10 月的一天，李润虎刚准备吃饭，门外来了个采药老汉，向他的女儿娜娜讨水喝，当他看到老汉啃干馍时，便让妻子赶快给老汉捞了一大碗面条，他又给老人端来一壶茶水，同老人一边喝一边拉话。当他想起吃饭时，锅里的面条已经糊了。老人过意不去，感动地说："都说如今人情薄，没想到思补人还这么好。"老汉逢人便夸："陈庄好，思补好呀！"

一碗面条、一壶茶水，为一个村子赢得了美誉，这就是李润虎经常干的事。

采访结束了，我们踏上了归途。当我们透过车窗，回眸这片金黄色的土地时，不禁感慨万千：黄土地呀，是你养育了伟大的中华民族；是你创造了五千年灿烂不朽的文化；更是你造就了李润虎和他纯朴的乡亲……

——原载《解放军报》1990 年 3 月

李润虎答问录

编者按：

一位采访过李润虎的老记者十分遗憾地说："可惜润虎的日记、笔记都在上前线前清理了。不然，我们还可以从中发现他的许多真实的东西。"其实，了解李润虎的心灵，也不一定非要读他的日记、笔记。李润虎许多感人肺腑的事例，就是他人生追求的真实体现。在这份李润虎答问录中，我们也可以看到那个朴实无华、通体透亮的灵魂。什么是新时代的雷锋精神？读者或许也可从中获得一些启迪。

问：你感到最大的幸福是什么？

答：当自己工作取得一定成绩时；帮助别人，使别人摆脱困境时。

问：你感到最大的快慰是什么？

答：和家人孩子在一起时；看到战友经过自己的帮助进步时。

问：你最大的苦恼是什么？

答：自己把事情做对了，反而被别人误解。

问：你最感内疚的是什么？

答：对父母没有尽到孝心。

问：你最憎恨的是什么？

答：以权谋私。

问：你经常考虑的问题是什么？

答：把自己的工作干好。

问：在你的成长进步中，有哪些主要因素在起作用？

答：毛主席著作，雷锋思想，无数英雄人物，家庭熏陶，社会影响，领导教育帮助，民族优良传统。

问：什么是你最大的缺憾？

答：自身修养不够，社会知识不足。

问：你最喜欢的格言是什么？

答：做一颗永不生锈的螺丝钉。

问：你最敬佩的人是谁？

答：雷锋。

问：常使你困惑、伤脑筋的是什么？

答：去向问题。年龄大了，回地方不好安置，军械专业在地方不对口。走吧，对部队有感情，领导又不放；不走吧，家庭困难多。

问：怎样对待这个问题？

答：服从组织需要。

问：你最珍重的是什么？

答：诚实、简朴、勤奋。

问：你最不能容忍的是什么？

答：社会不良现象，党内不正之风。

问：你是怎样看待金钱的？

答：钱是物质交换的一种工具，不是万能的，人不应该被金钱所奴役，不能为钱而活着。

问：你家庭困难，欠账千元，为何还不断资助别人？

答：看到别人遇到困难，我心里老难受；我遇到困难时，别人也帮助我。

问：入伍 18 年，你吃了不少亏，怎样看待？

答：我入伍 18 年来，三次提干未成，三次转业因工作需要没有走成，在云南前线三次将功让给战友，是亏了不少。但人不能老为自己，应当想到社会，为社会文明增光添彩。

问：你认为人生的价值在于什么？

答：为党的事业奋斗。

——原载《解放军报》1990 年 3 月

乡间路上

还是那颗心

——全国首届十杰青年之一、全国青联委员李润虎随同录

伴随着90年代第一缕“向雷锋同志学习”的春风，李润虎这位年已不惑、为军队和人民负重奉献了18年的革命战士，终于以“当代新雷锋”的风姿曝光于历史的舞台。他的事迹震撼了神州，泪湿了千万封读者的信笺，铭刻在各阶层民众的心扉。

共青团甘肃省委、省青联授予他“青年楷模”的光荣称号；陕西省总工会授予他“职工之友”荣誉称号；七所大中院校聘请他为“兼职政治教师”和校外辅导员。

8月9日，由中华全国青年联合会、中国青少年发展基金会和首都十大新闻单位联合组织的四十年来全国首届“十大杰出青年”评选揭晓，李润虎荣登金榜，引起了社会各界的强烈反响。作为李润虎事迹的宣传者，我再度与他“合作”，赴京参加十杰颁奖暨第七届全国青联会议。为了使读者真实地认识李润虎，记者客观地记录了李润虎在北京的活动情况和部分轶事，献给关心爱护李润虎的朋友。

一

李润虎的成名，使全国兴起了一股“李润虎热”。时隔5个月，润虎荣登金榜，再度成为人们议论的热门话题和关注的对象，赴京前夕，兰州军区副政委宫永丰、某集团军政治部主任王振西专程到部队送行。部队官兵更是欢腾异常，打电话祝贺、写信学习、表决心等等不一而足。在火车上，他被乘客拉下列车合影留念、签字，人们争相目睹“新雷锋”的英姿。

8月17日上午，李润虎等“十大杰出青年”被热情地迎进了团中央大楼。团中央书记处书记宋德福、刘延东、李源潮、洛桑等与他们进行了亲切的座谈。

李润虎向各位书记详细汇报了自己几个月来的工作情况和人生感受，与十杰青年进行了广泛深入的交流。

李源潮书记把“十杰”的成功原因归纳为四点：献身社会，立足平凡，艰苦奋斗，不懈追求。

第一书记宋德福说：“你们是吃了苦流了汗干出来的，是平凡的岗位、突出的贡献、先进的代表、杰出的青年，你们走的是一条可学可比可行的成功之路。”

在总政治部，中央书记处书记、中央军委秘书长、总政治部主任杨白冰，副主任周文元、于永波、李继耐等首长亲切会见了李润虎等三位同志。杨主任向他们赠送了纪念品并高兴地合影留念。杨主任说：“这次全国评选十大杰出青年很有意义，你们是军队广大青年的代表，不仅是全军部队学习的榜样，也是全国青年学习的榜样。你们是精神文明建设和物质文明建设一起抓的典型，既创造出了精神财富，又创造出了物质成果。你们取得今天这样的荣誉不容易，保持荣誉更不容易，你们是青年的旗帜，永远不能倒下！”

领导的关怀、鼓励，使润虎的思路开阔了，头脑冷静了，他感受到了压力，感受到了以后道路的艰辛，他在沉思、在找差距、反省自己、矫正自己。他的一些轶事足以证明这一点。

二

在首都的十天，我与润虎形影不离，同屋而居。我深深感到，润虎还是润虎。

“李大哥，大老实人一个！”这是十杰青年这个集体对润虎的一致评价。不信，听我给您讲。

15日中午，我们与“战士企业家”蔡伟素在下塌的日坛宾馆餐厅用餐，五菜一汤。完毕，服务小姐请润虎签字。一看账单上写着“72元”，润虎的手立时抖了起来，但还是签了。走出餐厅，润虎一直耿耿于怀：“怎么能吃72块，一顿吃掉了我们所一天的伙食费。我不这样吃，要点馒头面条就行了。”

此后几天，餐桌大多海味，而润虎一口不吃，要一碗面条将就。每天晚上躺在床上肚子咕咕叫，又爬起来啃干粮吃。

对于睡惯了土炕、床板的润虎来说，席梦思算是“高消费”了，但他却适应不了。此日早上，他大喊腰痛难受，当晚，无论如何要睡在地毯上，无论怎么劝也没用。无奈，我只好以“命令”的口气才使他得以上床，然而，其“痛苦”程度可想而知。

润虎3月来京时，分不清东西南北，回去后别人说起地铁，竟不知为何物。这次，我特意领他去乘了一次地铁。买了票，我交给他，我们俩一口气坐了七站。回来后，我问他要票，他说：“要票弄啥？”“报销呀！”“不是要交给收票员吗？”我哭笑不得，六角钱只好我掏了。

人们大概不会忘记，润虎抽的烟一直是永久的“大雁塔”牌。然而，在京西宾馆的青联会上，润虎却抽起了高级香烟“红塔山”，委员们大为惊奇，“润虎富啦！”“老李，什么时间发财啦？”等等“奇谈怪论”一齐向他涌来。

其实，润虎并没有富，更没有发财。润虎成名后，有人说“部队给了他家几万元”“地方政府给他家修起了楼房”“听说柏油路都修到他家门口了”等等，听来确实使人眼花缭乱，作为李润虎事迹自始至终的宣传者和知情者，我深感这实在是冤枉了润虎。当初，军地党政组织确曾想帮助润虎，但基本上都被润虎婉言谢绝了，就连送的纪念品、捐款也都交了公，润虎说：“我有能力解决家里的困难，不用麻烦组织！”

润虎这次赴京，带了一条“奔马牌”香烟(每包五角)，起初还抽得有滋有味，后来，当别人递给他“云烟”“良友”时，他的“奔马”怎么也掏不出来了，他对我说“看来不买好烟不行呀”，但最终还是没有买。“十杰”之一的蔡伟素，也许是看到了润虎的清苦，也许是看到了润虎的难堪，拿了两条红塔山送给润虎，不料润虎坚决不收：“我抽不惯，还是我的好！”小蔡大发雷霆：“你老李怎么是这个人，我又不是送礼。我们既然是一个集体，就该相互帮助，这只是我的一点心意，再说我又抽不完。”

这样，才有了润虎在青联会上抽“红塔山”的事。

润虎从一名志愿兵破格提拔为中校军官，在好多人看来，可谓一步登天，岂不知，他的经济状况并无多大改观。他现在的工资仅比原来多 50 元。今年 3 月以来，他几乎一直在外奔波，花销可想而知。而且每次出来，他总想给战友们买点纪念品回去，“没有大家就没有我的今天”，所以，每月的工资花光还要倒贴。这次在北京，我们偷闲去了天安门广场，润虎非要给战友们买三元一个的亚运会纪念包，而且要买 80 个，我百般“阻碍”，他才没有“得逞”。

他的妻子沈群英用不尽的泪水和坚强的意志为润虎、为军队奉献了自己的全部青春。今年 4 月，在蒲城县几十万人的报告会上，当润虎用硬邦邦的陕西口音夸耀妻子时，坐在旁边的沈群英哭了，哭得叫每个人鼻子发酸。在天安门广场的一家时装店，从没给妻子买过衣服的润虎想给妻子买一件衣服，我也极力纵容：“应该买，没有群英，哪有你这个新雷锋呀？”他看了好几遍，却摇着头离开了商店，我不知道是由于政治原因还是经济原因，默然地跟着他走。走出 300 米，他忽然说：“还是买吧！”他话刚出口，我眼眶一热，泪水一下子涌了出来……

唉，我们的润虎呀！

三

憨厚朴实是润虎的一大魅力，成名后的润虎依然如故。在中国，英雄、名人必须会两样东西：签字和应酬。无论是在列车上、大街上、饭厅还是商场，然而，每当有人认出润虎并怀着崇敬的心情赞扬他时，他不知怎么办才好，末了只是憨厚地一笑，甚至忘了握手感谢，常常是急得站在一旁的我老怕伤了别人的心，真想替代他弥补这一切。

在日坛宾馆生活的五天中，润虎最开心也受益最大，他与聂卫平、魏书生、王振国、勾艳玲、蔡伟素等互相交流，虚心学习，共同勉励。他不止一次地对我说："这些人都很了不起，能人、强人！"钦佩之情溢于言表，难怪大家说呀，老李还是老李，老李永远是老李。

在地铁站，一位工作人员满面春风地向我们迎来："这不是李润虎吗，昨晚还在电视上看到你呢，你的事迹真感人呀！"

京西宾馆服务社，一位中年女售货员一边卖东西一边和他交谈，"你真不易呀"，之后又问这问那，甚至什么时间回去、再来等等。亲热之情，胜似姐弟。

这样的事，写不胜写。

20日，我们乘车前去京西宾馆青联会报到时，车被大门口的哨兵拦住，润虎下车，哨兵敬礼："李所长，请您给我们签个字吧！"车放行了。

在大楼门口，又是"不准"进楼，签字，留地址，还要合影留念。我简直成了他的贴身保镖和义务摄影师。

在青联会上，润虎和李大维同坐于主席台，建立了纯真深厚的情谊。大维满怀深情地邀请他去家中做客，并为他赠言："以你的智慧为圆心，以你的毅力为半径，为军队画出优美的团结的圆。"

著名作家、贵州省作协副主席叶辛抱着受伤的身体为他题词："让我们在祖国广袤的大地上，共同为社会主义增砖添瓦。"

在谈到他这次赴京的感受时，润虎对《人民日报》记者说："感谢全国青年朋友对我的爱护和信任，感谢'十大杰出青年'评选活动的组织者和参与者，我决心认真学习，保持和发扬荣誉，不辜负全国青年朋友对我的期望，做出无愧于时代和历史的贡献。"

19日下午，李润虎再次跨进中南海，和千名青、学联委员一起接受党和国家领导人的检阅。在怀仁堂，一枚金光闪闪的"十大杰出青年"金质奖章挂在了他宽阔的胸前。距他三米远的李鹏总理看到了他——当代新雷锋，李总理用手指着他，一声“李润虎！”泪水顿时盈满了润虎的眼眶……

是啊，润虎，总理认识你，总理记着你；

人民关心你，人民祝愿你！

——原载《解放军报》1990 年 8 月

多年后，又见李润虎

士兵本色终未变　无私奉献新雷锋

——品读韩秀峰《掀过一页》之“当代雷锋篇”

陕西日报评报员　秦东风

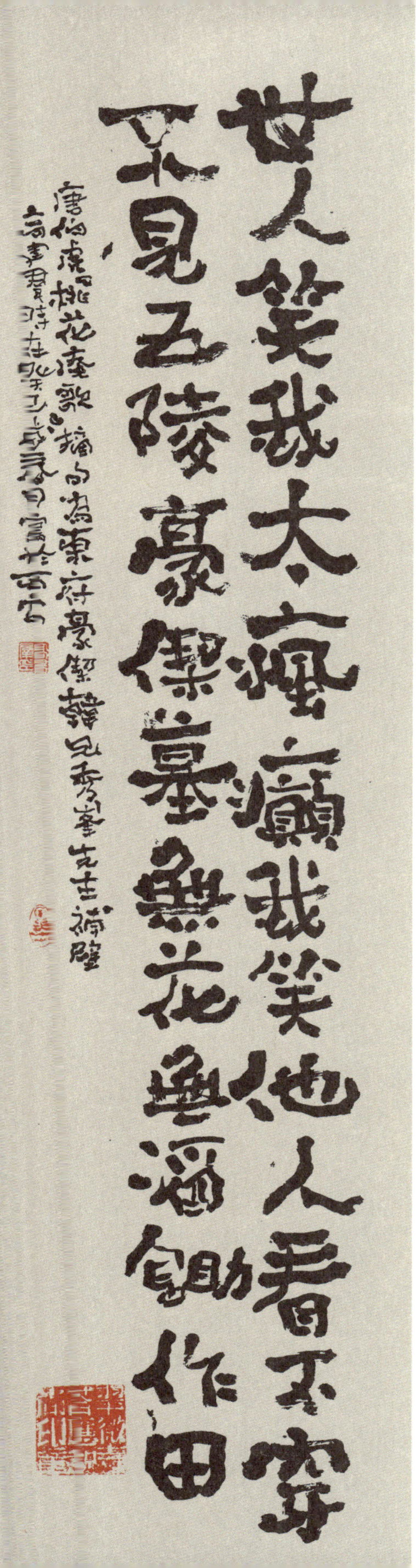

20 世纪 60 年代，伟大的共产主义战士雷锋的事迹，在华夏大地广为传扬，党和国家领导人给予高度评价。改革开放之后，经济大潮涌来，曾出现过“雷锋三月里来四月走五月没户口”的怪事，学雷锋，在一些人眼中变成了一个噱头。到底还要不要学习雷锋，怎样学习雷锋？一时间成为摆在人们面前的重大课题。

读过秀峰《掀过一页》之“当代雷锋篇”，相信许多人可以释然了。集中刊发于《解放军报》《中国青年报》《陕西日报》《人民军队》的秀峰的多篇新闻作品，全方位报道了“当代新雷锋”“全国首届青年十杰”之一李润虎的事迹，令人动情，让人落泪，引人思考，催人奋进。

《赤诚的奉献》用倒叙的表现手法，从团中央领导听取普通士兵李润虎学雷锋典型事迹汇报对李润虎高度赞扬展开笔墨，提出读者共同关心的问题——李润虎到底是个怎样的人？一个在部队普通士兵岗位上一干就是 18 载、功勋卓著的人。作者并未简单下结论，而是通过采访后的大量事实，让读者自己得出李润虎是一个顾全大局、甘于奉献、技术最好、干活最多、贡献最大的浑身充满了“正能量”的人，是人民军队爱人民的楷模。

如果不是看秀峰的作品，相信许多人会同我一样，不敢相信世上还有李润虎这样的“傻子”，自己生活不富裕，在家人生命垂危之时却对别人“慷慨解囊”；有过三次提干机会，都与自己失之交臂，却无怨无悔；在老山前线他三让战功给战友，就是因为“他们比我更需要”；有过三次转业机会，但都小家服从了“大家”。李润虎的事迹之所以感人，是因为作者的随访、战友的口述、亲人的真情、旁人的眼光。作者调动全部智慧，运用写实手法，让李润虎这位三秦大地上的“秦川牛”活脱脱站在了读者面前，任凭读者从哪个角度审视，都不难得出“润虎是个好人”“国家需要、人民需要李润虎式的好人”“构建和谐社会、圆伟大的‘中国梦’需要千千万万个李润虎”的结论。

作品中或是心理刻画烘托人物，或是鲜明对比表现人物，作者不仅倾注了自己的全部真情实感，而且妙笔生花，文中不乏对世界观、人生观、价值观的深入思考。一个模范人物的成长，有其令人赞叹的生命轨迹，哪一个都不是一夜成名的“速成品”。上学是好学生，务农是好社员，当兵是好战士，做人是好典型，这才是真正的李润虎。

我的感觉是，秀峰写人，从来不给人以“高”“大”“上”的“桂冠”与误导，而是通过无数事实，让读者一点点去感悟。在选材上，秀峰慧眼独具，且很挑剔。三让军功；三推转业；三次与提干擦肩而过；师里让妻子随军，他竟然说出“哪有志愿兵家属随军的，不能为了我坏了部队规矩”的“傻”话；想学汽车修理却服从组织安排学了枪械修理，他带的修理班屡屡获奖，李润虎有绝活，“珐蓝李”就是佐证。赴京期间李润虎为五菜一汤72元饭钱而不安，他宁愿只要一碗面，晚上饿了再啃干馍，也不吃海鲜过“奢侈”日子……读到这里，地方政府给他送纪念品和捐款被他拒绝，他从一名志愿兵被破格提拔为中校军官，读者自然会给出这样的结论：只要是老实做人、踏实做事、时刻为他人着想并有一定成就者，在我们这个伟大国度，一定会被大众奉为“人生的标杆”“行动的圭臬”。

人们认识了、记住了李润虎，关心、祝福李润虎，他无愧为我们这个伟大时代一个大写的人。同样，人们也认识了韩秀峰、记住了韩秀峰，因为他引领人们与高尚为伍。

据了解，由于韩秀峰组织策划并亲历的对李润虎持续和超规模的宣传，李润虎被中央军委授予“学雷锋模范”的荣誉称号，由一名战士提拔为副团职军官，最后的职位是21集团军政治部副主任。

风云
年代篇

“中国伊面大王”纪事

几十年来，数以万计的创业者从四面八方向三秦大地走来，投身建设大西北的洪流。在改革开放的春雷之后，新一代创业者告别安逸与富足，再一次成群结队，将满腔赤诚深情地呈献给三秦大地。本文介绍的“中国伊面大王”熊毅武老先生便是这群祖国优秀儿女中的一位。

1984 年，熊毅武先生离开珠海市平沙区农场场长的位置，以弄潮儿的气魄在广东创建华丰集团公司。在他的精明计划和辛勤经营下，企业产值连年上升，直至年总产值 4.8 亿元，利税达到 8000 万元。

之后，熊毅武先生挥师北上，在辽宁、陕西和山东等地又创建了方便面生产基地，并在全国设立了 5 家分公司、12 个分厂、36 条生产线，产销量分别位居全国第一。1991 年他投资 800 万元在我省岐山县创建的华侨食品厂拥有 4 条生产线（现在已扩展到 8 条生产线），职工 400 人，年产值 410 万元。一时间，华丰集团名扬全国，“食华丰，路路通”的广告词尽人皆知。熊毅武先生也因此成为全国食品协会企业家委员会委员，被人们称颂为“中国伊面大王”。

去年春天，宝鸡市王农军副市长、宝鸡县商宝庆县长和粮食局王录让等一行带着宝鸡市政府和全市人民的委托，千里迢迢来到远在辽宁的熊毅武先生面前，恳请他前往宝鸡，开办企业，扶持地方经济发展。

出人意料的是，曾谢绝许多省市邀请的熊老先生一口允诺：“陕西虽然没有外地那样的优厚条件，但是我不能忘记在开创华丰大业之时，要是没有陕西人民的热忱情怀和大力支持，我们华丰集团公司在岐山的华侨食品厂也不会有今天的成果。现在是我报答陕西人民的极好机会，而且那里有广阔的面食市场，我要把余热奉献给淳厚的陕西人民和陕西食品工业的发展。”

说干就干，一贯以雷厉风行著称的老先生来到了宝鸡，立即投入合资建厂工作。从选聘人才、选择设备、选定原材料、制定经营管理策略等，他都要亲自过问；不顾 62 岁的年纪，两个月中，频繁跨越大江南北，往往是早上还在大雪纷飞的北疆，中午又飞到了酷暑难耐的南国……

然而，人毕竟不是机器。正是生产试机的紧要关头，熊老先生病倒了。躺在病床上，依然运筹帷幄，指挥生产……经过一百个日日夜夜的坚韧拼搏，一个投资 1300 万元、年产 369 万多箱方便面的食品公司，于 1995 年元旦前四天试产成功。从破土动工到投入生产仅用了三个月时间，首批产品已与消费者见面，创造了“北国之冬”的南国速度。试产以来，“熊毅武”牌三鲜伊面、茄汁蒜蓉牛肉面以其汤鲜面香深为消费者青睐。全国各地客商听说熊毅武先生又研制出新产品，纷纷前来订货，不到一个月，已经订出了 700 余万箱。

如今，“中外合资陕西宝鸡熊毅武食品有限公司”的白色大楼耸立在秦川古镇宝鸡县，格外引人瞩目。总经理熊毅武以他老当益壮的创业进取精神在我们眼前为同行者、后来者讲述了活生生的一课。

这一课中，蕴含着祖国对于陕西的深情，也昭示着我们追寻的希望。

——原载《陕西日报》1995 年

金灿灿的麦穗

——共产党员许富坤40年坚持农科实践纪事

金色的麦穗是辉煌而朴实的，辉煌在它是共和国国徽的一部分，朴实在它扎根于土地。

他，有过几十种头衔：从初级社、联社、高级社到大队、村委会等，主任、书记轮换当；还当过公社副书记、乡党委副书记、县委委员、县政协委员、县科委副主任、县种子站副站长，甚至还成为西北农学院兼职教师、省农作物审定委员会委员、地区农学会理事……

他，有过许多荣誉：省“玉米高额丰产奖”“丰三—189”小麦产品奖；科研成果曾被列入《陕西省科学技术成果选编》；“小麦穗项提纯复壮法”曾在全地区推广；几十次被省、地、县评为“先进科技工作者”“优秀党员”“模范党员”；两次出席省、地科学大会，多次出席全国、省、地农业科技工作会议……

这些，皆源于他艰难的探索精神和对小麦良种的卓越贡献。

其实，他只不过是蒲城县甜水井乡郭村的一位普普通通的农民，

一位有着 42 年党龄的平平凡凡的共产党员，在农业科技的道路上走过了 40 个春秋。

他叫许富坤，今年 61 岁。

半文盲迷上了科学

许富坤只读过三年书，用他的话说“念书没出过村子”。1954 年初级社时，20 岁的许富坤被推选为副主任。在全国掀起“学科学、用科学”的活动中，好奇又好学的他就迷上了农业科技，组织几个年轻人成立了“科学试验小组”，自任组长，想要搞杂交育种。

小组还没开展工作，讽刺、挖苦迎面而来：“杂交育种是农业科学尖端，就你认那几个狗爪爪字，还想吃人家洋行饭？”也有人说：“年轻娃娃连种地都没学会，还想搞科学种田，不会爬就想走！”

凭着一股单纯的热情和干劲，也为了争一口气，他们在进行小麦、玉米、棉花引种试验的基础上，种了三亩玉米，大胆进行了丰产试验。晚上在家翻阅资料，白天到地里察看生长情况，遇到问题四处请教，拿着资料研究讨论。意想不到的是，就这样生搬硬套的试验，收获时让人们大吃一惊：亩产达575公斤，成为全县玉米单产第一名并获得了省上颁发的“高额丰产奖”。

科学有时并不神秘，但毕竟有神秘的一面。

当时，当地大面积种植“碧玛一号”小麦，使产量有了显著提高，后来由于小麦条锈病的危害，致使小麦严重减产。根据存在的问题，许富坤大胆设想要培育一个小麦新品种来代替“碧玛一号”。

虽然对杂交育种技术一点不懂，但他想，只要虚心学习、敢于实践，一定会试验成功。第一次杂交，搞了50多个组合，结果只收了几个麦粒，种出来的后代根本就没啥变异。他带着大家一起总结失败的教训，查阅资料，向技术专家请教，边学边干，反复实践，终于突破了杂交技术关，育成了“先杂26号”小麦品种，代替了“碧码一号”，解除了条锈病对小麦的威胁，保证了小麦的持续增产。

人生最大的快乐，莫过于做到别人认为你做不到的事，因为这证明不但战胜了别人，也战胜了自己。半文盲的许富坤就是这样在好奇和热爱中进入了神秘的科学园地。从此，为了麦穗金灿灿，为了国家的强盛和集体的壮大，他投入了全副身心和毕生精力。

丰产是我最大的幸福

合作化初期，郭村的小麦亩产只有60多公斤，身为共产党员的许富坤不满足也不相信小麦只能产这么多，而且从初步试验中他已感觉到了科学的巨大作用和无穷潜力，下决心要依靠科学提高小麦产量。

1959年，为了急于解决大田生产问题，他们未经试验盲目引进并大面积种植了“南大2419”小麦品种，结果发生冬旺，麦苗受冻后大量死亡，造成严重减产，群众把“南大2419”戏称为“难打一斗二斗”。挫折使大家认识到了科学试验的重要性，后来在引进“丰产”一、二、三号小麦时，许富坤首先进行播期、播量、肥力等试验，通过长时间的分析观察，他发现“丰产三号”秆粗、穗长、抗倒、增产潜力大，但要求水肥条件很高，不适合水肥较差的郭村。而“丰产二号”增产潜力小，但耐旱、耐寒、抗青干、成熟早，适合本村的自然条件，又利于回种玉米，于是，进行了大面积推广，使全大队小麦平均亩产达到 134 公斤，比上年增长 23％。

小麦良种推广是一项复杂的工作，在种植过程中，许富坤发现种上一两年，大田就出现了“高低几代”的种子混杂和退化问题，严重影响了大田增产。他们从 1969 年开始，每年组织辅助劳力在大田或场里进行穗选。但由于群众对品种特征不熟悉，造成年年选种年年混杂的局面。为解决这一问题，许富坤结合试验从书本中找答案，提出了“单穗选择，分系比较，优中选优，混合繁殖”的办法，把育种、引种和提纯复壮结合起来，不仅有效防止了良种的混杂退化，加速了小麦的良种选育，而且还通过单穗选优和穗系比较先后选育出了“秦川一号”“丰三—189”等小麦品种。

为了使良种发挥出更好的效益，肥料问题变得越来越突出。1963 年推广化肥时，群众都不相信，把肥料叫“白料”。许富坤又进行试验，以事实教育群众。结果，施用硫酸铵的小麦亩产 96 公斤，没有施的亩产只有 48 公斤，整整差了一半，硫酸铵推广开来了。但是，长期施用硫酸铵，不仅造成土壤板结，而且效果越来越差。面对新的问题，许富坤又进行磷肥试验，令人高兴的是每亩增产小麦 40~45 公斤，对盐碱地还有改良作用。在总结两次磷肥试验差异的原因时，他认识到第一次效果不佳，是因为长期施用的农家肥含有多种元素，后来，随着氮素化肥的大量施用，造成土地缺磷，同时，磷又能促进氮素化肥的利用，所以效果显著。

单一施肥的局面在他的科学指导下改变了。

许富坤对种子的热爱和珍惜到了使人动情的程度。1971 年，他在延安参加完全国北方小麦育种协作会后带回了三颗小麦杂交亲本，包在一包纸里，生怕丢了。后来与“秦川矮”杂交，培育出了“秦川矮二代”，在全县水地大面积推广，取得了丰收。

许富坤就是这样以孜孜以求的可贵精神改变着脚下的土地，以智慧指导着土地，以汗水浇灌着土地。

40 年来，许富坤培育、引进、试验、示范、繁殖、推广的小麦品种达 700 种以上，其中 30 多种在大田推广。他选育的“丰三——189”“秦川矮”小麦良种，成为关中地区的骨干品种。同时他还注重了玉米制种、棉花良种的引进和选育，使全村实现了农作物良种化，做到了新品种有计划地更换、大田主要良种分年更新，使小麦亩产由合作社初期的 60 多公斤增加到 1977 年的 400.05 公斤，最高亩产达到 482 公斤。

辉煌的成就使半文盲的许富坤成了名副其实的农业科技专家，成为土地的真正主人。

科学不相信权力

一个人难得的是他的品德，一个共产党员难得的品德便是敢于讲真话，不迷信、不狂热。许富坤在进入科技领地之初，便忠实地继承了严谨而求实的工作作风。

在“人有多大胆，地有多大产”的“大跃进”年代，一些瞎指挥者将小麦的播量从一亩几公斤提高到 20 公斤、30 公斤，有的甚至达 50 公斤，他们天真地认为种得越多打得越多。作为党员干部又是初懂科学的许富坤处在两难境地，既要应付上面的行政干预，又得尊重科学规律。

好在他有自己的办法：“一切经过试验”。他辟出 6 亩地，设为 12 个小区，搞合理密植试验。下种从 5 公斤开始，每 1.5 公斤为一个台阶，一直种到 22.5 公斤。县上领导知道后，在大会上点名批判许富坤“和党唱对台戏”；这还不够，区上派人到村上开批判会，已懂点科学道理的群众与批判者吵起来：“你说人家是搞稀植试验，我们看人家是合理密植试验！”……会议在吵闹声中中断。

第二年收获时，下种 6.5~8 公斤的 12 个试验小区产量是最高的，而从 9.5 公斤向上，播量越大，产量越低。群众气愤地说：“这一伙净胡整哩，把种子糟蹋了，还没打下麦，是看冬天的苗呀还是看来年的颗呀？多亏你顶住压力搞了试验，不然最后没打下粮还不知亏吃在哪里。”

而许富坤自有他的科学道理："播量越大，人为地造成小麦的无效分蘖，争水争肥，导致减产。"

但坚持科学的许富坤还是被免去干部职务……

一个人可以带动一片。自从有了许富坤的科技试验以后，在郭村冬天看不到麦。因为稀植，小麦分蘖性增大，还避免了冬旺的发生，来年春，田野绿色一片。

1982 年，郭村创下了小麦亩产 427 公斤的地区冠军、全省亚军纪录，而连畔种地的雷坊村却只有 120 公斤。有记者前去调查，一老人说："冰冻三尺非一日之寒，我们只有行政命令，人家却有许富坤的良种试验！"

科学是来不得半点虚假的，对于辛勤劳作而又对科学知之不多的农民来说，更是如此。1993 年，"超大穗"炒疯了陕西乃至全国，到了仅次于金子的地步，但郭村方圆却一片安宁。对科学一向舍得花钱的许富坤吝啬地拿出六分地搞试验，结果因大家今天都知晓的原因，"超大穗"在郭村未能推广一粒。

类似这样的伪良种被许富坤的"火眼"识破的不下百种。

"一切经过试验"，几十年来许富坤始终如一，为了集体，为了群众，也为了科学本身。虽然为了一个品种的简单试验，他要经过从田间设计、实施整地、划区打系、划项开沟、带尺点种、室内考种、试验总结以至于一穗或一丛装一纸袋的上百道繁杂工序也在所不惜，更何况有的品种选育要耗费他 3~8 年不等的时间。科学是严谨缜密的，也是认真细致的，不管是谁，只要你进入这个领域都必须如此。

忠诚是永久的执着

居里夫人说过："好奇心是学者的第一美德。"许富坤从事农业科技从好奇到热爱一直走向了执着，成为一名卓越的始终扎根在家乡土地中的农民科学工作者，令很多人钦佩不已。

今年 5 月 29 日，由省教育界、经济界、农业职能部门组成的农业顾问团来到许富坤还在继续耕耘着的拥有 76 个品种的 48 亩良种试验田。看着年过花甲仍步履快捷的许富坤穿梭在金波荡漾的麦浪里，大家无不赞叹。早已熟知许富坤事迹的中国农学会作物育种会理事、西北农业大学教授耿志训先生跷起大拇指连连称赞："了不起！了不起！难得啊！"

一位哲人说过："热爱是最好的老师。"许富坤与科学结缘几乎是一见钟情并且从此情深意笃，即使在最伤心的时候也没有放弃对科学的追求。

1959 年，从公社下来的书记不相信他能搞成试验，说是"劳民伤财"，搬走了桌子，拿走了资料，撵走了试验小组，免去了他的职务。许富坤伤心到了极点，但他依然搞他的试验："你可以免我的职务，但免不了我搞试验的权利！"1962 年，公社让他当大队书记，他却想专心搞试验，不想当官，最后给他挂个副书记职务。

在他的档案中，还有乡党委副书记、县科委副主任、县种子站副站长的任命书，可他就像当初上学一样，从没离开过村子，离开过土地。

为了搞科研，摆脱贫困面貌，许富坤真是可以不要官、不要名、不要利，甚至到了不要命的程度，农忙时，他一个通宵一个通宵地干。1973 年，他不慎将脚砸伤，在炕上躺了几个月。伤还没好，就惦记着他的种子，让人用架子车把他拉到地里察看"丰三—189"的生长情况。

许富坤从 60 年代认识的著名小麦专家赵洪璋身上学到了许多技术知识，他念念不忘"赵老师"。赵洪璋急匆匆地找到他说："我在省东省西联系的 34 个点垮完了，只剩下你这了。你千方百计都要把这保存下去，我知道在这里是亏你哩。"感动中的许富坤与赵洪璋合作了七年，培育出了"48-1""8727-4"两个小麦新品种，全部进入了大田示范推广。

除此之外，他还先后承担了全国棉花良种区域试验、全国黄淮小麦品种区域试验、西农试验点、省预备试验、区域试验和生产示范任务，为国家和科学尽着自己的义务。

而这些，都是无偿的。特别是生产责任制的实行，人员、资金、技术等困扰着科研工作，他不得不从育种和推广试验转向试验示范繁殖推广，为专家育种提供基地，为群众种植提供良种。

前几年，艰难中的许富坤为了良种试验，多次到省、地、县跑资金，只要到了 6000 元。后来这项经费也没有了，但他仍然坚持搞下去。谈到执着时他说："搞种子是我一生中的一乐，只要我能动弹，就要把这坚持下去。我是党员，不吃党的冤枉饭，把我的能力最大限度地奉献给群众和社会。”

有一种执着叫忠诚。透过金灿灿的麦穗和许富坤已过花甲仍旧前行的身躯，我们看到的是农民的质朴、学者的智慧、党员的品格。我们多么希望，这样的人应该长寿一些，这样的党员应该再多一些呀！

给群众配上致富的钥匙

可以说，“使事业成为喜悦，使喜悦成为事业”是许富坤今生的写照。他的生命因工作与创造而充满趣味；他的事业因热爱和高尚而充满辉煌；他的心中因装着国家与群众而充满高尚。

科技育种在郭村的推广，使他们从1964年起就向外地300多个地区和单位提供良种，以至最后他们交售的公购粮不是给粮站，而是给种子公司。到1980年，全村向兄弟地区提供良种达300万公斤以上，对良种推广和农业发展起到了积极的推动作用。

生产责任制实行后，随着利益关系的调整，许多人把利益的目光投向了自己，可许富坤依然如故，把良种作为帮助群众扶贫致富的有效途径。他常说：“赵老师名利都有，不搞良种工资也照拿，可他辛辛苦苦又是为啥？我不图钱，只要群众能富裕，我就高兴。”

说他不为钱，也许人们不信。他原先培训出来的200多个农技人员几乎全都改了行，有的还当了老板，许多群众在他的帮助下靠繁殖良种一两年也发了家。可他搞了几十年，不仅没有发家，至今还欠着银行8000元债。就这，前几年化肥紧张时，政府先后批给他70吨化肥，外地许多人高价要买，他没答应，硬是分配给了群众。他曾将示范出来的新良种每户5公斤排门往过送，一直送完了全村的380户群众……

在他的带动下，郭村从事良种繁殖的群众曾达到230多户，仅1987年全村群众调往外地的良种就有55万公斤。

今年37岁的许跃弟原来患有骨组织结核，两年无法干活，3亩地在妻子照料

下才打了400公斤麦子。许富坤知道后，把自己的3袋化肥让给了跃弟，又送来了良种，还给他讲授种植技术……第二年许跃弟的3亩地亩产均达400公斤，不仅还清了2700元欠款，还盖起了大房，治好了病，小日子挺红火。

而像这样的事，在许富坤身上，不下几十件。近10年来，仅他免费送给群众的良种价值就高达5万元以上。他已离开领导岗位10余年了，可采访中记者碰到的几乎所有人仍亲切地称呼他“老支书”，这是群众发自内心的爱戴，也是他以党员干部的高尚品德赢得的形象。

据现任村党支部刘书记介绍，没有任何企业仍以种植小麦为主的郭村，在农业科学的推动下，去年全村人均收入980元，被县上树为“红旗村”。

然而，这些并没有使许富坤这位老党员心安，为了更广泛地普及科学种田知识，他骑着自行车跑遍了全县31个乡镇的100个村子，筛选出113户群众，建立起“百户科技示范大网”，又是每户无偿赠送5公斤良种，传授科学种植技术，再次掀起了科技推广热潮，使科技之花开满希望的田野……

这，就是许富坤用金灿灿的麦穗为自己铺设的一条人生之路、金色之路！

——原载《陕西日报》1995年

秋天有四季

——韩孝山的奋斗之路

他没有给我以伟大的印象，可当我翻开半年前的采访记录，一位当代企业家的潇洒风姿还是鲜活地浮现于眼前……

——采访手记

“他在竞争激烈的市场角逐中连克四座碉堡，这样的转业军官在我们西安确实是凤毛麟角。”

这是西安市军转办主任李鹤林和我闲谝中的一个话题，他说的人名叫韩孝山，现任西安特种油品公司经理。

我站在西安北关一片废墟上，这片废墟曾经是大唐的辉煌所在，以至于千年之后的古城市民仍眷恋难舍地称之为“大明宫”，废墟使人伤感。

当走进位于废墟一侧属于他的那片风景时，我发现的是新绿，看见的是雄奇，悟出的是真谛……

落伍者的风度

几乎是在改革开放的春风吹拂到神州的同时，韩孝山加入到了经济建设的洪流之中。此时，他唯一可以自豪的是将 15 年的青春留给了国防。然而，面对剧变着的世界，这点自豪不仅一文不值，而且使他成了一个时代的落伍者。当他被组织分配到西安市石油总公司时，这种感觉就更加强烈。

沦为落伍者的韩孝山，有过短暂的迷茫，但没有退缩，也不能退缩。因为他毕竟有落伍者的风度与天性——就是绝不退出比赛！就是坚决赛下去、追上去！

考虑到他献身国防的情况，领导让他到汽车队搞政治工作，这也是大多数转业干部的“无奈”归宿。危机感教会了他不是去想自己能做多少事，而是必须做多少事，不能不做多少事。

好在他 15 年中一直与汽车为伴，可以说是轻车熟路，加之队长、调度都是内行，他们团结协作，密切配合，几乎是以车队为家。从此，30 多人的车队以前“甩钥匙”的事件再没发生过。

在机构调整的1982年，市一商局建筑队解散，30名工人分配到石油总公司。如何安置这些人员？公司决定组建石油公司综合厂，人员是这 30 名与石油从未沾过边的建筑工人。厂长是谁？任命书上写着：韩孝山。成为厂长的韩孝山面对 30 名老弱病残且有 2/3 女性的职工，腿直发软，这是什么厂长哟！资金，没有；场地，没有；设备，没有；技术人员，没有；产品，也没有！

向上级伸手，好不容易，要来的却是四个字——“办厂养人”！

多少人劝他不要去，多少种议论对他不利，他也深知自己不懂石油，不懂经营，可他毕竟有着军人特有的天性。不会，学！一年不行，两年，三年！在不短的焦虑中，这位一无所有的厂长，终于发现自己还有一双手，他们都有一双手。

在暂借的一间连凳子也没有的小平房里，他站着说出的第一句话或者成为“综合厂第一号口头文件”的就是——“伸出五指寻生路，迈开双脚做生意！”

万难之中，韩孝山针对职工的特长，借来脸盆，自带刷子，组织起了“刷子脸盆队”，职工不分男女老幼一手拿刷子，一手端脸盆，靠给别人刷房子，油漆门窗和公司的油罐装置度日，先求“养人”，再图“办厂”。在还拿着刷子脸盆的时候，韩孝山一直思考着厂子的规划和建设，之后他从简单的建筑维修向石油建筑合一的方向发展，成立了石油设备安装建筑队，使石油和建筑这两个本不沾边的行业终于联系起来……

1983 年，在边经营边建设中，这些“二类合作社的三等公民”在经历了千辛万苦之后，伴着汗水和泪水，终于租赁了地皮，盖起了真正属于自己的厂区和办公室，购置了机器和设备。

石油设备厂初具雏形，厂长韩孝山这时才名副其实。

在这西安市的“北大荒”，韩孝山和他相濡以沫的职工们付出的实在太多太多……

男工白淼在油漆时，从桌子上掉下来，拉了一道 12 厘米长的三角口子，住了 8 个月医院，尿了两周血，眼睛失明；

职工徐西安三年没休过节假日，早上 6 点出发，晚上 10 点回去，住在公司院子，院子里竟然没人认识他；

宋明安身体不好，经常昏倒在工地，在没有依据标准的屋架焊接中，一个人既要下料还要焊接，不会设计，就想笨办法在草地上放出大样，再模仿着往上焊屋架；

还是孩子的女工李建莉和李永明，踏着三轮车为用户送油，18 个 200 公斤的桶子，装上卸下，一桶一桶搬进用户油库，日复一日；

女工石淑玲，劳累过度，血压达 220，四次昏倒在工地，口吐白沫；

韩孝山呢？强忍着被电焊烧伤的双脚，开着借来的车给人送油、装油、卸油，既当司机又是苦力；晚上，还要在资料堆里苦苦寻求未知的业务，规划企业的未来……

艰难中，他在不懂石油、不懂商店时，却开办了石油设备门市部和四个石油商店。

艰难中，他以超人的眼光选送 7 人去上海、沈阳、成都等地学习培训，条件只有一个：80 分以下路费不报！

艰难中，他在还不懂石油储运、材料学、流体力学、电力学、钢铁绝缘、避雷等知识时，在连一张硫酸纸也买不起的状况中，却班门弄斧，带着大伙只用了两个月就设计、承建、安装了西安冶金学院和方新村、丈八沟、劳动南路加油站，打破了西安市石油系统从无自建加油站的先例。

“没吃过苦不知道甜”，已成母亲的女工们今天说起这段经历，眼眶还是湿湿的。

五年后，望着一面面“先进单位”“模范党支部”“先进个人”“标兵”的奖牌，职工们搂在一起哭了——在已盈利 40 多万元的自己一砖一瓦亲手创办的工厂……

废墟更肥沃

命运历来喜欢向强者挑战，向战士挑战。

当他再次从辉煌中的加工厂被调任走入低谷的西安特种油品公司时，废墟中的大明宫便与他结下了不解之缘，因为他所任职的三个企业，全在大明宫的废墟上。

他清楚地记得特油公司当时的现状：“三大一乱”。大库存——库存积压油品 3700 多吨，积压最长的油品达 10 多年，许多油变质；大贷款——占压银行贷款竟有 1280 万元；大利息——每年送给银行的利息是 120 万元。乱——企业管理混乱；没有库房，油品保管全是露天堆放……

面对这样一个积重难返的企业，韩孝山无疑是处在败军之际、危难之间。

当时的库存到 800 吨就算高效益了，韩孝山在调查论证之后将突破口选在了压缩库存上。他和职工们一起对库存油品进行了彻底的清查分类，全体人员外出推销，送货上门，仅此一项，使库存降到 1300 吨，贷款落到了 800 万，一下子从银行赚回利息 40 多万元。

当务之急的“三大”难题解决之后，他开始整顿职工的思想，改革企业内部机制，重新建立健全各项制度，建立保管账，严格划分岗位责任制等。公司掀起了 120 天的优质服务竞赛活动，实行了质量信誉卡、送货上门、预约订货、免费装车等 12 项“对己严厉、方便顾客”的优质服务规范措施，使每个职工对所有顾客“进门有迎声，询问有答声，走时有送声”，以诚恳热情的态度留住每一位顾客。他甚至做出了“和顾客吵架一次，扣发当月奖金”的苛刻规定。他强硬地认为：“对顾客不能说不，因为他是上帝！”

一次，宝鸡71号信箱从德国购进一套轧钢机，不知选用哪种油品，正在广州考察的韩孝山得知后，为了帮他们选到既好又省物美价廉的油品，利用空闲时间一连跑了三家公司，终于找到了合适的油品，并及时指挥送到宝鸡……

为抓住市场，他和副经理张建安一道带领业务人员跋山涉水，夜以继日地走访用户，提供售前售后服务和技术咨询服务，200多家用户，硬是跑完了。他召开用户座谈会，花钱听取他们对公司建设的意见；请来了北京的著名专家学者为用户免费举办油品知识培训；在各大用户单位聘请了信息员，为公司及时反馈各类相关信息，以诚实的信誉和优质的服务夺回了市场，拓宽了市场，赢得了市场。

占领市场后，韩孝山又开始了产品质量的提高。在清理进货渠道中，他又是风尘仆仆马不停蹄地走访考察了几乎全国所有的炼油厂，与全国18家大中型炼油厂和专门生产特种油品的厂家建立起了稳定的供销关系，使优质油品源源不断……

时间的重压总是首先压迫那些竞争心强、创造力强的人，总是首先压迫那些能给社会注入活力、注入生命的人。我们今天无法想象在特油公司的变革之初，韩孝山是处于怎样的重负之下的，单是全省、全国的200多家用户和20多家供货单位也不知是怎么跑下来的。他何止是没睡过安稳觉、没休过节假日、没吃过悠闲饭！

创新意识往往来自与众不同的人。在油品质量和服务质量得到保障之时，他们以“勤进快出、薄利多销”的战略加速资金的周转，又一次为企业带来了效益。快，成了他一贯的又是新的作风。

石油市场的全面放开，使加油站遍布交通通道，只要有钱，谁都可以开加油站。当然，还在于它能赚钱。市场日益拥挤，韩孝山依托主渠道的优势，实行了“统一采购、统一核价、统一质量保证（保退、保换、保赔）”的“三统一”制度，使用户离不开他，将企业的信誉和形象高高地树在了三秦大地上。

他先后在西安市主要地段设立了4个红火兴隆的零售商店，布点促销、占领市场、扩大影响，销售额占公司的50%。

搞现代化需要现代化的手段、现代化的环境，当然还在于企业领导人现代化的头脑。他投资数十万元修建31000多平方米的库房，使油品全部入库；改建了营业室，修起了公司大门，给科室安装了音响设备，使内部环境大为改善，企业形象从内到外焕然一新。他用生意人的语气说：“我非常注重人的第一印象。”

“人无我有，人少我多，人有我优。”韩孝山的眼光没有仅仅停留在现在，而是投向了未来，投向了世界。“当代世界经济越来越趋于相互依赖，我们今天发展的已不是中国经济，而是世界中国经济。”在超前观念和企业家胆识的支配下，他又将公司变革成了中外合资沈阳特立石油化工有限公司的分公司，全球16

秦岭脚下观水库

家名牌公司的西北总代理，与兰州炼油厂特油部联营等，经营着 11 大类内燃机油和各类工业用油，品种高达 400 个，以品种全、质量优、价格合理、库存充足的实力挺立在市场经济的潮头，成为西北石油行业一颗诱人的明珠。

整整三个春秋，在这片耕耘者的沃土中，韩孝山先以超额 5 万元和 50 万元完成年度任务指标；1993 年，他又走泥丸般地仅以四个月走完全年的路程，超八个月跨入新年。他曾说“第一年治理，第二年起步”，而没有说的第三年却变成了腾飞。人们无法想象今天这豪华背后的艰苦、笑脸之前的泪水，而记者深知那份苦涩是非亲历者不能体味的。

真正的创造从来就意味着献身——去吃别人吃不了的苦头，去冒别人不敢冒的风险，去舍弃别人不愿舍弃的安逸，去承担别人不敢承担的责任和重负！

这是一种被人格升华了的境界，也是一种被苦难升华了的境界。人世间，只要经历了这种境界，便体味了炼狱的内涵！

奋斗也是甜的

积极进取，富于独立性和开创性，方是一个健全的人，健全的人和不健全的环境是不可能相安无事的。人在参与社会变革中趋于健全，社会在给更多的人提供发展机会的过程中趋于健全。

韩孝山就是这样走过来的，其实他当初给我的第一印象并不全是生意人的精明，更多的还是军人的强悍与坚毅、关中人的粗豪与诚实和现代商人的魅力与头脑。

15 年来，他在艰难中起步，磨炼中成熟，潇洒中辉煌……而在这甜的背后，是否也有他幼时苦难的印痕呢？

47 年前，他出生在西安市郊骊山脚下的临潼县，他的童年和青少年时代的生活远没有这里的历史传说那样丰盛，饿肚子的滋味至今记忆犹新，能吃上萝卜熬（不是炒）白菜在他就算是过年了。三年困难时期，父亲在穷折腾中离开了人世……

他终生也忘不了母亲当时说的那句话：“你父亲没吃过一顿饱饭。”

父亲去世的第二年，韩孝山辍学了。生活的贫穷可以锻炼人。吃返销粮的日子里，在别人的歧视中，他学会并掌握了全部农活技艺。吃苦是为了吃饱饭，为了不受苦或少受苦。扛麻袋，120 斤他眼也不眨；割麦子，他一天一亩半……

然而，粮依然不够吃，虽然他一年可以像大人一样挣 300 多个劳动日。

路是逼出来的。1964 年底，韩孝山把母亲留给了刚从部队回来的哥哥，跨入了人民解放军的行列。壮行饭就是如今富裕的人们尝新鲜的玉米面搅团，还有母亲那咸咸的长长的泪……

从北京到南京，15 年的青春，留在了国防，留在了难忘的人生，他经历过的很多艰难变成了他以后年月里的一笔宝贵的财富，一种对人生的不懈追求和坚韧的热爱。

韩孝山是一个极具爱心的人，这种爱来自他积淀了很久的心灵深处。他常讲："我就坚持两点：一是把国家的事办好；二是把大家的事办好。"这是一种无私奉献的崇高境界。如果一个人不抛弃私心，没有一颗博大的爱心，是不会做到这一点的。他的今天是与这种无私的爱分不开的。他不愿听到那些瞧不起转业干部的话语，所以才干给人们看，干给社会看。

在投身经济建设的 15 年中，他创造给国家的价值远远超过了国家发给他的薪水。在加工厂时，承包合同没有规定固定资产增值指标，但他为了国家企业的长远发展，把承包合同和个人名利抛到了一边，不遗余力地完成了自己制订的工厂三年改造方案，将爱心融进了一个共产党人的朴实行动和现代企业家的长远眼光中。

也是在这个厂的承包期满后，公司从超额的利润中奖励给他 3 万元，他却一分没拿，留给了大家、留给了企业……

"人要树众心，不要树私心"成了他言行一致的影子。

他总是和职工同甘共苦，打成一片。同奋斗，同要求，同联欢，同上运动场，甚至同登舞台参加歌咏比赛……与他配班子的三位书记，都是比他大十多岁的老干部，可他总是团结得让人羡慕。他对职工的爱还充分体现在培养上。他认为个人利益低层次的是钱，高层次的是自我价值的实现。所以，每走过一个单位，他总能培养出一批年轻的技术骨干人才，并能充分调动和发挥他们的作用，人尽其才，才尽其能。就是现在的特油公司，48 名职工人人都能独当一面闯市场，连来公司的外国专家都说："这里有人才。"

韩孝山对国家和职工的炽热的爱根植于哺育他成长的这片凝重的土地和他苦难相伴的人生经历，升华于他为之献出青春的军营，在成为人民公仆之时，他在爱的奉献中也收获着爱的回报、人生的回报！

"权是组织给的，威是自己树的。"正因为如此，几任班子成员和职工们爱他、亲他、帮他、敬他，但就是没有一个人敢无视他、愿意离开他。在这里，你会深深感受到职工们都很富态，不是长相，而是心境。

1993 年底，在超额完成任务的情况下，韩孝山掀起了为期三个月的"百万元大酬宾"活动，促进了销售，优惠了用户，巩固了关系，加深了感情，体现了他"做生意、交朋友"的经营思路。

参观途中

15 年的时光，韩孝山走得比常人要多、要快也要远，在三个不同类别的企业中，他创出了承包制、定额制、工作责任承包制的不同管理机制，以自己超人的汗水、毅力、胆略和智慧走出了一条带着他自身鲜明特色的企业家的艰苦创业之路。他走过的三个单位，多则三年，少则两载，全都改变了模样，他被社会誉为“攻碉堡的人”。如今，他的仅有 48 人的企业竟办起了五个经济实体，年销售量比三年前增加了 1000 吨，效益翻了三番，职工工资增加了 1 倍，名列西安市人均利税之榜首，企业被授予多种先进称号，就连思想政治工作、工会建设、文体比赛等等也在先进之列。

“干事业是我人生最大的乐趣”，这正是韩孝山心迹的真实流露。一个全身心干事业的人，往往活得并不轻松，往往在无止境地发展事业的同时，永远对自己不满意，永远对现状不满意，总要求自己明天比今天更有成绩，下一次比这一次更好。因为他的生命就体现在他的奋斗上。

韩孝山是一个正拼力前行的当代人，在经济的狂风巨浪中奋斗的足迹已向人们昭示了他明天的方向，那就是把废墟建设得更美好，把更雄奇壮观的蓝图在这片古老的土地上化作现实。

秋天是收获的季节，平常的人一年收获一季，而奋斗者的秋天却有四季——春，夏，秋，冬……

——原载《陕西日报》1993 年

党在农村的脊梁

——记农民党员何进坤的先进事迹

“中国的脊梁”是鲁迅先生当年对那些爱国为民、勇赴困难、埋头苦干的志士仁人的赞誉。今天，在广阔的田野上，千千万万个像何进坤这样忠诚于党的旗帜与宗旨，自觉为建设社会主义新农村忘我奋斗、默默奉献的共产党员，同样是我们党在农村的脊梁。

——题记

在新的历史条件下，农村党员应该保持怎样的先进性，如何体现时代的要求？带着这个十五大必将论述的重大问题，我们冒着炎炎烈日，来到干裂而又充满绿色的渭北高原，从一位与土地打了 30 年交道而又颇受赞誉的当代农民党员的人生足迹中探寻到了通俗而又深邃的答案。

在大荔县采访的半个多月中，我们见到的不论是老人、青年、孩子，还是干部、职工、农民，说到何进坤，都说这才是真正的共产党员。说起他的故事，就像走进了葡萄园，一提就是一串，一讲就没个完……

华山下的渭河

见困难就帮的当代雷锋

1992年，丰收的喜悦挂在了渭北农民的脸上。初秋的一天，大荔县步昌乡步二村二组的赵春焕望着责任田那长势喜人的棉花，喷完3亩棉花天已黑了，回到家浑身无力，又有点恶心，安顿好两个孩子上炕休息后，她难受得在院子里一直坐到半夜才睡。凌晨5点，娃上学时，摇了好久才醒来的她，感觉浑身不对劲，想吐又吐不出来。她意识到可能是中毒了，可丈夫在外地打工，眼前只有两个孩子，情急中，她想到了何进坤："赶快叫你坤伯来！"听说中毒，何进坤急忙披了衣服拉着架子车赶来，不由分说，把呻吟喊叫中的春焕扶上车子就往乡卫生院拉。走到半路，昏迷中的春焕说了声"快"就连一点声息也没有了……叫开卫生院的门，医生看病情严重，叫家属在病危通知书上签字交押金，何进坤边签字边说："先挂针，救人要紧，钱我马上去找。"

吊针挂上了，焦虑中的何进坤一直守候在病床前。第二瓶药吊完时，赵春焕惺忪的眼睛才缓缓睁开，朦胧中她看见的是何进坤露出笑容的脸，裹着伤心和感激的泪水一下子涌出了她的眼眶……

躺在病床上的春焕想喝水，何进坤就端来杯子，倒在勺子里吹凉一口一口地喂她；春焕要小便，卫生院人手不够，何进坤就端来痰盂扶她下床；春焕想上厕所，又是何进坤搀着一直到厕所门口……

得知春焕中毒后，何进坤的妻子马水英赶到春焕家，收拾好家里和门户，也来到医院和进坤轮流伺候春焕。出院时，知道春焕家没钱的何进坤又默然拿来200元钱交了医疗费。

“坤哥为我家做的事说也说不完。不是他，我都死了四年了；他救过我家3条人命；我公公的丧事全是他操办的；我家地里从种到收没有一料他没帮忙；娃去西安上学没钱，他借；我打水把桶掉到井里，他捞……他简直是我的亲哥哥，对我家的恩着实太重了。”如今讲起这些，赵春焕依然泪水盈盈。

这仅仅是何进坤为赵春焕一家所做的事。然而“好人”的名声绝不是这么轻而易举就换来的。多年来，在杨祥甫、胡若玉、段定成、王妙玲、秦玉忠等50多位群众患病时，都是何进坤将他们送到了医院，有十多人的医疗费都是他给垫付的。“不是医生，胜似医生”，这是乡亲们对他的评价。

村上有位令人敬重的73岁老人叫杨九生，先后把3个儿子送到部队，剩下老两口在家度日。于是，何进坤从上小学起便成了杨家的常客，从开始的打水扫院、喂猪洗衣，到后来的整地下种、浇地收割、看护庄稼，几乎把杨家的活路全包了。杨老汉急性阑尾炎，是他送到医院抢救的；儿媳产前子癫，他在医院陪了两天，保住了两条人命；二儿子患病，又是他四处求医，十几里外的医院，他骑车带着病人3天一趟，一个多月风雨无阻……有人开玩笑地说杨老汉雇了个不花钱的“长工”。

去年夏收正忙时，下起了连阴雨。6月10日天刚放晴，人们就急着抢收，杨老汉急得团团转。何进坤一大早就要去帮杨老汉收麦，妻子着急地说：“咱家的麦子都熟透了，还敢等呀！”他却说：“老杨家没劳力，麦子又都卧倒了，你没见他急的那样子。你先一个人割着，我后晌就回来。”说完，拿起镰刀直奔杨老汉的麦地。好不容易割完了，地里一踩一个泥窝，车子进不去，300多米长的地畛子他一捆捆地打到地头，一直扛满了3手扶车，一直干到星斗满天的晚上9点多钟。

“别人有难处，不帮老觉得欠了人家什么似的，只要帮着干了，心里才觉得舒坦、踏实。”何进坤常这样说。二十多年中，他究竟帮过多少人，连他自己都说不清楚，大到下粪池捞人、帮助产妇送钱送粮，小到帮人理发、推车、买药、下地，几乎无事不干，他借给别人的粮有2000多公斤，钱达6000多元，大部分至今未还，最长的达15年之久。何西池、杨天德、蔡根旺、白存虎、杜振安……这些得到过何进坤大力帮助的困难户，说起何进坤的好处来，满肚子都是感激的话，两个眼眶尽是泪水……

步二村二组的63户群众中，每家都有何进坤捧出的热心、洒下的汗水、送去的温暖。

不仅对乡邻如此，对外村外乡的人何进坤同样是有求必应、遇难必帮。鲁安乡村民王建设日子过得紧巴，何进坤碰到后又是给粮又是送钱，还送他到外地去打工挣钱。如今的王建设不仅搬上了村台，还盖起了新房。同乡的徐连忠在何进坤的谋划下承包荒山，资金不够，又是何进坤给他借钱贷款2400元……

步一村四组有个赵苏钧，本来双腿残疾，不料祸不单行，又患了脑血栓瘫痪在床，妻子也不幸撒手人寰，留下了他和9岁的女儿小豆豆艰难度日，家庭的全部重担落在了这个9岁孩子的肩上。

在赵家门口修路的何进坤得知后，将身上仅有的130元钱送到了赵苏钧的手中，又买来药让他试吃。看着小豆豆要上学，又要伺候卧床的父亲，何进坤的心里很不是滋味，放心不下的他从此成了赵家的常客。病人要活动，他帮着翻动身子；病人嫌寂寞，他陪着说宽心话；怕病人想不开，他写的人生格言贴满了墙；病人想吃好的，他做好送来；家里揭不开锅，他买米买面；地没人种，他又来到赵家的责任田……

看着读小学二年级的小豆豆贴在墙上的8张奖状，想着压在9岁孩子肩头的担子，何进坤怎么也不忍心，他为这个不幸家庭到处呼号，又为小豆豆四处奔走，使一场“为小豆豆献爱心”的救助活动在渭北高原迅速掀起、蔓延……

在书写“好人”的历程中，何进坤矢志不渝，即使面临死亡也忠诚依旧、痴心难改。

那是1989年9月的一天傍晚，杨老汉的老伴不慎摔断了右臂，路过的进坤一看病情严重，赶紧唤来同村的进潮和润社，连夜冒雨将大妈送往十多里外的两宜镇骨科医院。

天黑，雨大，路滑，路经保安屯村时，有半里多路是一边高一边低，还有两米多深的小渠，车一动就往低处滑，稍不注意，随时都有翻车的危险。进坤让杨老汉扶好老伴，他和进潮用肩膀使劲顶住车帮，深一脚浅一脚地往前挪，等到达医院时，雨水、泥水把他们浇成了落汤鸡。

凌晨两点多，又冷又饿的3人刚回村，就被杨老汉已出嫁的女儿杨秋侠叫去，执意要给他们做点吃的，谁知忙中出错，误将放在案板下的农药呋喃丹当辣面用油泼了，爱吃辣椒的何进坤早上一觉醒来感到浑身无力，头晕目眩，胸闷呕吐，经医生诊断才知是药物中毒，当时还没有治疗呋喃丹的特效药，妻子吓得直哭，何进坤表面还安慰妻子，私下里却写好了遗书……

夙夜在公的编外干部

何进坤的可贵之处不仅在于他是一个见困就帮、屡做好事的好人，而且还是一名不是干部的干部、一心为公的编外干部。

1968年，初中毕业回村后的何进坤，先当记工员、会计，后来还担任过生产队副队长，当干部是断断续续的，可“闲事主任”“不管部长”的帽子始终没有离开过他的头顶，群众一叫就是30年。

1970年，为了增加土地面积，扩大水浇地，队上决定填沟造田，血气方刚、敢说敢干的何进坤被任命为突击队长，“架子车耙子锨，石磅锤再钢钎，一坡搬了一坡搬”，他带领30多名男女社员整整鏖战了三冬两春，移动土石30多万方，填平了祖祖辈辈没有填过的两条大沟，终于造出了200多亩平展展的良田，使“三跑田”（跑水、跑肥、跑土）变成了“三保田”，引得地区和县上在这里还召开了农田基建现场会。

接着就是要机井大配套，又是何进坤领衔挂帅，拉起75人的攻坚队伍，昼夜不停三班倒，当时还谈不上多少机械化，一切只能靠人力。在雄浑嘹亮的号子声中，他们用土钻子战天斗地，两年打成了4眼机井，使全队土地达到了渠井双保险，粮近千斤，棉过二百……

两次战役，几年时光，终于把何进坤打造成了一个真正意义上的农民，农业社从此再没有了惧怕的活路。然而，要成为一个社会主义时代的新型农民还在于锤炼一种为群众、为集体的思想。

由于部分群众拖欠水电费，1993年，村上的自来水都被停了，群众叫苦不迭。村上收了几次钱收不上来，就把这个任务交给了何进坤，何进坤和水管员、电工一起，挨家挨户收欠款，白天没见人，晚上再去，三番五次上门去，五次三番做工作，不知跑了多少路，说了多少话，流了多少汗，一个月后，3000多元的水费欠款和1万多元的整修电路资金全部都拿在了他的手中，有几户家庭困难，还是他自己垫付的……

从此之后，只要是水电上的问题，他一管到底，水管破了，他挖开坚硬的路基，顶着泥水修好；配件坏了，他骑上车子去县城买回新的换上；路上有了坑凹，他扛起铁锨，不管白天晚上也要填平。村支书李选民深有感触地说："进坤是我们班子里的台柱子，再硬再难的事，只要他去，准成。"

作为基本国策之一的计划生育，被喻为"天下第一难"，农村的计划生育工作则是难上难，可在步二村，不怕有难事，就怕何进坤。三组的张高峰有两个女儿，夫妻俩对绝育想不通，乡村干部去了多次就是说服不了。村上把这事交给了何进坤。何进坤来到了张家，高峰两口子下地干活，他也拿上锄跟到地里，边帮干活边做工作。为了做高峰母亲的工作，他帮着老太太打豆子、捆柴禾、拉风箱……"精诚所至，金石为开"，终于，感动中的张高峰第一个上了手术台。做完后，何进坤不仅把高峰背到架子车上送回家，还一天几趟过来探视，直到完全康复。高峰的妻子张秋芳感慨地说："为工作给人家下苦干活，这样的人咋能叫人不服哩？"

在张高峰的影响带动下，村上4个双女户都顺利地做了手术，全村一举完成计划生育手术27例，在全乡率先完成了任务。多年来，村上的计划生育工作一直在乡上名列前茅。

只要是集体的事，不管急难险重，何进坤不仅从不马虎，而且心中始终涌动着一种令人难以置信的热情。去年 4 月，乡上号召捐资助学时，何进坤的咽喉却发了炎，吃饭都难以下咽，但他还是逐家逐户动员宣传。当时家里没有钱，他就跑了五处借了 100 多元带头捐款。看到他的义举，听着他嘶哑的声音，深受感动的乡亲们纷纷慷慨解囊，有个孩子甚至捐出了买零食的两角七分钱……3 天过后，全村捐款 1.4 万元。

每年黄河汛期的防汛抢险，何进坤都是抢险队长。1990 年春，黄河华原段抢险，半夜下起了倾盆大雨，外村不少人都回去了。有人劝他："雨这么大，躲都没处躲，我们还是回去吧。"何进坤态度坚决地说："没有上边的命令，谁也不能走！万一出了事，受灾的还不是咱老百姓！"他和抢险队员一直坚持到最后，受到了防汛指挥部的表扬。去年 2 月，黄河小北干流遭受百年不遇的凌汛灾害，万余群众被水围困，黄河滩狂风呼号，白茫茫一片，冰块堆得有一人多高。一大早，他就带着抢险队员赶了去，看到负责抢险指挥的县长蹲在地上和大家一块啃干馍，他很受感动，把写有"水不退，我们坚持不退"的决心书交到县长手里。抢险中，他和队员们搬石头、扛沙袋、堵决口、疏洪流，一直奋战在抢险第一线。从早上到晚上 10 点多，决口终于堵住了，可何进坤和抢险队员早已成了"冰人"……

何进坤不是官，也不求官，但他始终走在群众的前列，干群众盼望的事，干干部应干的事，使自己成了名副其实的"无冕之官"。

每年交粮，何进坤带头挑最好的粮给国家，动员大家及时交粮、交好粮。他一户一家去催，谁要不在，他就用自家的粮先垫上。到粮站，两个乡的群众挤在一起，秩序可想而知，他又自觉维持秩序，帮助妇女和老人扛粮袋，直到群众散去，粮堆满仓。

"干部是为人民服务的，不是为人民币服务的。干部不为群众办事，就像和尚不敲钟、工人不干活、农民不种地一样。"这是何进坤挂在嘴上的一句话，而这崇高朴实的话语，几十年来一直映射在他默默的行动中。"淡泊名利，夙夜在公"是江泽民总书记勉励党员干部的话，何进坤以自己的言行作了最好的诠释。

睿智多能的科技先锋

在步二村，何进坤是有名的大忙人，他的忙多半缘于他的“能”，更缘于他的“好”。一个懂科技、爱科技、钻科技的共产党员，成了现代农民脱贫致富长河中的“彗星”。

“提耧下籽撬麦秸，扬场使得左右锨。”30年黄土生涯，农家的活几乎没有他不会干的，他成了农民的依靠、农业的专家、农村的“把式”。

说是专家，何进坤名副其实。1969年回村后，他一直是队上的农技员；1982年又提任了村上的农技员，还参加了县上的农民技校，是中央农业广播函授学校第一期毕业生；去年他成为全村唯一获得国家中级职称的农民。几十年来，他自费订阅了大量农业科技报刊资料，坚持每天晚上学习，悉心钻研农业技术。

丰厚的知识，使何进坤在农村这片广阔的土地上如虎添翼。多年来，他坚持为乡里、村上搞粮棉测产、病虫预报，积极引进刘庄耧、地膜覆盖机等先进耕作技术，还承担了县上的花生根瘤菌菌肥试验，玉米高密矮化栽培、配方施肥，小麦叶龄指标促控法试验等。为搞好棉花栽培，他骑车40公里向全国务棉能手郑拉香学习冷床育苗经验，并在全县最早开始推广，被评为全县棉花种植“百枝花”之一，他负责指导的3户棉农亩产皮棉突破150公斤大关。

以自己的知识改变家乡的落后面貌成为何进坤不可逆转的志向，家乡的热土更滋养了他追求上进的雄心，磨炼着他的才能。村上有900亩盐碱地，“夏秋水汪，冬春白茫茫”，种棉不收，种粮不长，而这对人均不足一亩地的步二村农民来说无疑是致富的寄托。何进坤看在眼里，急在心头，他在两年中翻阅了大量资料，请教了许多农业专家。1984年，他先是在60亩盐碱地里，采用“麦草盖田，地膜覆盖，增施磷肥，增大播量，推迟播期，调浅播幅，选用抗碱性品种”等多种方法综合治理，拉开了向盐碱滩宣战的序幕。春夏秋冬过去，他皮黑了一层，人瘦了一圈，试验竟一举成功，小麦亩产200多公斤，是原来的6倍多；第二年，开始在全村推广，昔日的盐碱地一下子变成了棉垛粮仓。

在黄河滩地，何进坤还积极大胆调整产业结构，推广秦油2号油菜200亩，当年增收两万多元。他指导群众在重盐碱地开挖鱼塘100多亩，使水产养殖在全乡普及开来。如果说填沟造田、机井大会战、防汛抢险是何进坤人生旅程上的壮美乐章的话，那么，农业科技则是他插在黄土地上的金色翅膀，这方神奇的土地因科技的应用和推广而变得日趋肥沃。

为使科技知识在农村推广、普及和扎根，每到播种季节，他到处探听科技信息，四处联系优良品种。十多年来，他先后为群众购回小麦、玉米、棉花、油菜优良品种一万多公斤。为了大地的丰收，村上3块黑板报他们年换五六次，而这一换就是15年。每到田间管理的紧要关头，被群众称为“何科学”的他，每隔三五天，就骑上车子把全村的庄稼巡视一遍，发现问题及时指导。对带着普遍性的问题、防治的措施等，他利用吃饭和休息的时间，随时在高音喇叭上给群众广播。他为报纸、电台撰写了十多篇科普文章，编写了大量的农业快报，既通俗易懂，又便于操作，深受大家欢迎。苹果管理对何进坤来说是个新课题，为了让群众管好果园挂好果，他连续三年自己掏钱请来西农大苹果专家李西智，给大家现场讲授苹果生产管理技术……群众高兴地说：“有了何科学，我们种庄稼省心多了。”

按说，就人生价值而言，何进坤该满足了；就身体素质来说，也该疲倦了。然而，不然。在扶贫帮困的经历中，何进坤深深地体会到帮钱帮粮不如帮技术、出点子、给思路。于是，他以一个共产党人的觉悟和农技人员的睿智，想方设法为群众寻找着通往富裕之门的“金钥匙”。

杨新民是村上有名的贫困户，粮不够吃又没钱。1993年冬，何进坤来到了杨新民的家，和他商量如何发家致富的事。谝着谝着，何进坤忽然想起一条路子：“咱村这么大却没人种菜，你原来不是在生产队种过菜吗？现在不妨种上一半亩试试，我看准行。钱不够我给你想办法。”

一席话说得杨新民两口子动了心，春节刚过，他们就张罗种菜的事。进坤见他钱不凑手，就借给他500元买薄膜，又联络6家群众给他筹了750元买了台水泵，还和他们一起整地建拱棚……菜苗吐绿，进坤又从城里买回蔬菜种植书籍，指导他们管理。这一年，杨新民种的1.3亩菜纯收入达400元。种菜使杨新民步上了小康路，草房换成瓦房，瓦房又倒成平房，两个儿媳娶进门，还买了两台三

轮手扶，家里有了 3 台电视，眼下还正准备给三儿子买摩托哩！

“进坤的指点和帮助，使我过上了好日子。”咂旱烟袋的杨新民竖起大拇指说进坤。

村民刘根柱，日子过得艰难，平常买菜都没钱，每到俩娃开学总是凑不够钱，就去找进坤借钱，进坤总是“没麻达”。可日子长了，进坤就对根柱说：“光这样不行，得想办法搞家庭副业。”根柱说：“我也不知道能搞啥。”选来选去，进坤帮他选了养牛；项目定了，却没资金，进坤一下子送来了 1500 元。1989 年腊月，刘根柱买回了两头母牛，养了一年一头卖了 870 元，一家人高兴坏了。那一头下了一头牛娃，第 3 年竟卖到了 2700 元，全家大喜……

如今，喜气盈门的刘根柱家里还存着 3 头牛呢。

还有杨天德做小买卖，郭润祥发展养羊，杜振安办豆腐坊，范喜堂开粮店，赵立功、杨超建卫生所，王定勋卖糖葫芦……13 户群众就这样靠开发新项目走上致富路。他先后为这些群众担保贷款达一万多元，其中 2000 元到期还不起，还是他连本带息垫还的。

从此，群众送给他“点子大王”“致富能人”的美誉。

无私忘我的纯粹党员

不管何进坤的入党道路多么漫长坎坷，但他却是一个思想早已属于党的人，虽然他的党龄才刚满 10 年。

那是 1973 年，热血沸腾的何进坤向党组织递交了入党申请书，在群众全体通过、绝大多数党员同意的情况下，他却被党的基层组织领导人拒之门外，原因只有一个：不尊敬领导。

擦干泪，何进坤自觉进入了党员“预备期”，不论是劳动还是生活，他以更高的标准磨炼自己，为自己修筑着通往共产党员的道路。

直到 14 年后的 1987 年“七一”前夕，何进坤在经历了漫漫 14 年之后，终于站在鲜红的党旗下，右手庄严举起时，止不住的泪水夺眶而出……

是啊，为了获得“共产党员”这个神圣的称号，为了获得为人民服务的入场券，他实在追求得太久，追求得太苦，付出得太多……

党没有忘记他付出的艰难与赤诚。

黄河滩打坝，他见路坑坑洼洼车子不好走，休息时就扛上锨去修。一位路过的民工着急赶路，一不小心，锋利的铁锨头一下子扎进了何进坤的脚面，伤口感染化脓，在医院住了一个月，可参加了四次打坝的他遗憾的不是伤而是最后一次竟去不成了。

机井大会战中，在给其他人技术指导时，有人操作不当，一时失手，他的左手被拉钻头的钢绳夹住，整个身子被吊起一米多高，慌乱的人们将他救下时，他已痛得昏了过去……至今左手食指短了一截，始终伸不直。

他是农技员，什么咨询费、劳务费、差旅费、工料费、误工费等，只要他张口，腰里恐怕早就鼓起来了。他十多年来买回的一万多公斤良种，乡上明确规定每斤可以追回一到两分钱的劳务费，他从没加过一厘，不仅平价分给群众，往往是自己挨损耗、掏路费，甚至替别人垫钱，更谈不上其他补助了。

一些人过意不去，劝他加价，他却说：“入党就不能怕吃亏，当党员就不能光想自己，要为钱，我就不弄这事。群众选咱是为他们干事的，又不是让给自己捞利的。”

他把党员的称号看得太重、太神圣，以至于冷嘲热讽、流言蜚语，甚至打击报复也不能动摇他对党员形象的捍卫。

一天晚上浇地时，何进坤发现有人偷村上的树，他大喊一声追了上去，贼跑了，集体的树保住了。可几天后，他家责任田里的 6 棵刚成材的树木却被偷得一棵不剩，连他新栽的树苗，也被一扫而空。

那年春天，他看到有人在麦田里放羊，当天晚上就在广播上通报了这件事，就在他广播批评之后，他家的两亩多麦子被啃得精光。

当他拉着赵春焕去医院抢救时，有人却说开了他俩的闲话，何进坤反问：“我半夜三更不睡觉救人哩，你半夜三更不睡觉转悠什么哩？”

还有，还有……

然而，心底无私天地宽，共产党员自有宽广的胸怀，何进坤依然我行我素，痴心不改：“我就是让周围的群众看到，我们的党还是那个和群众连心的党，还是那个全心全意为人民服务的党。”

在村上，何进坤公平是有名的，他公在无私，公在以国家利益、集体利益和别人利益为重，要么先人后己，要么有人无己。一次，他弟媳因地界和人发生纠纷，他尺子一搭，原来是弟媳多占了人家的地，他不由分说划了过去，气得弟媳说：“你胳膊咋能朝外拐哩？”他却说：“我就是县长，也不能把别人的地给你一厘米！”可是，邻居盖房，为了方便别人，他拆了自己的房，住在别人家里，而且庄基地一让就十厘米，邻居感动异常，两家过往更密。

当他把身上仅有的 130 元钱送到残疾人赵苏钧手上时，谁也想不到，这是他留给女儿仅有的嫁妆钱，因为他早已答应女儿出嫁时要送两只皮箱。女儿虽然委屈，但理解了父亲，可看不过的舅舅一气之下买来两个送给外甥女。

那次浇抽灌地，何进坤从早上一直忙到下午，安装吸水龙头，连饭也没顾上吃。下午两三点，有人来说他母亲病了，让他赶快回去，他也心急如焚，恨不得马上回到母亲身边，但他更放心不下这要了好几天还没流过来的水，这可是庄稼的一次救命水呀。直到安装好吸水龙头，看着水哗哗流进了地，何进坤才急忙借了辆自行车往回赶，母亲已被乡亲们送到了医院，赶到病房，看着吊针一滴一滴地注入母亲的血管，他的眼泪一下子涌了出来：“妈，你娃对不住你，你娃不好，要是你今天有个三长两短……”

这位八十多岁的老人微微睁着眼睛对儿子说：“妈不怪你，你做得对着哩。”

这就是新时期共产党人的母亲！唯有这样的母亲才能培养出这样的儿子；也唯有这样的后代才能把中华民族的传统美德与共产党人的高尚品质有机地融合起来，发扬光大。

何进坤说：“为人民服务要做到全心全意，起码也要真心真意。如果说我重名利，那也是重党员之名，谋群众之利，我不想把自己的名字写在纸上，只要刻到群众心里就行了。”

去年 7 月，电视台采访何进坤时，正碰上张六金家鱼池泛塘，泛塘的鱼大热天如不赶紧处理，就等于 1000 多块钱的鱼白白扔掉。何进坤二话没说，就要帮着去卖鱼，村里人说：“人家记者大老远来给你拍电视宣传你，你还能走？”何进坤却说：“哪怕电视拍不成，我也得去卖鱼！”说着便赶集去了。

不料，何进坤相濡以沫的妻子马水英却因突发血崩被电视台的记者送进了医院。被医生训斥了一顿的记者这才知道她的病多么可怕，而马水英却愧疚不安地对记者解释说：“他就是外号人吧，把人家的事比自己的事还当事，你们千万甭生气……”

村上人听说后议论纷纷：“这号事多亏是水英，要是我，弄不成。”可水英不怪，她是何进坤同甘共苦几十年的妻子，她从丈夫身上也知道了共产党员与群众的区别。

面对别人的种种疑问，何进坤的解释很简单：“种子不加钱，是为了把科技尽快转化成生产力；协调各种矛盾，是为了把党群关系处好；搞文艺晚会，是为了改变和净化社会风气。”

1984 年，当中央电视台第一次开办春节文艺晚会时，在黄河岸边，何进坤也在自己的村上办起了春节文艺晚会，他自编自导又自费请来农村艺人参加演出，而这一办就是 14 年，把青少年从麻将桌上、录像厅里、酒摊上全吸引来了，在潜移默化中塑造着他们的心灵，巩固了农村的文化阵地。

十多年中，何进坤资助别人的钱，至今还有 4000 元未还，有人叹息他真是把油搁成水了，可他说：“这可是养鱼的水，党群鱼水情，这样的水越多越好。”

30 年，是一段不短的历史，是一段很长的人生。在这 30 年里，何进坤将一个共产党员的形象大写在生他养他的黄土地上，成为人们仰慕的标杆、人们前行的坐标、当地的一面旗帜，被誉为“一个地道的共产党人”。

村上民主评议党员时，许多人将表上的“合格”改成“优秀”，然后将“何进坤”三个字写在了下面。

在他的影响下，村上两委会领导成员 5 年没拿过一分钱津贴，依然在为发展农村经济而奔波奉献。

在他的身后，走进了越来越多的群众，张启平修好了生产路；何金有义务为群众修理家电；杨九生老汉每年三夏三秋主动将天气预报书写在黑板上……一群中青年人在村上自发组建了“学雷锋小组”，扶贫帮困，拥军优属；全村党员干部和群众一起参加义务劳动，将一条被称为“肠梗阻”的 500 多米的道路，修成了平坦宽阔的大道……

把心操在别人身上，注定了何进坤成不了村上最富的人，可他是最受尊敬的人。今年夏初，何进坤终于将草房换成了平板房，开工那天，村上一百多人前来帮忙，平时烟酒茶不沾，给 85 岁的老母亲连生日宴席都没办的“啬皮”何进坤，这次却破天荒地摆了几十桌家常饭，那浓浓的情谊在共产党员的院子里久久不散……

这是人民对党员的回报，也是党员和人民鱼水情深的生动写照！

——原载《陕西日报》1997 年 10 月 28 日

奉献中的苦涩

——来自我省商品粮第一大县的报告（上篇）

农业、农村和农民问题，始终是一个关系我们党和国家全局的根本性问题。从长远来看，实现我国经济和社会发展的战略目标，农业和农村始终处于举足轻重的地位。在我们这样一个人口众多的大国，如果农业和粮食生产出了问题，任何国家也帮不了我们。

——江泽民

蒲城的知名度在很大程度上是与粮食分不开的。人们大概都知道蒲城是我省的农业大县、粮食大县，也是商品粮第一大县。

翻开蒲城新中国成立以来的农业史，记者发现此说不虚。1953年到1990年的38年间，仅国家从这个县调出的粮食就达到14亿公斤以上，还不包括其他途径。

近四年来，该县每年向国家上交的商品粮（包括计划外）都在8500万公斤上下。如果以西安市320万城市人口计算，每人每年的口粮中，则有 26.5 公斤以上来自蒲城人民的贡献。这还不算几十年中来自于农村的各项税收，仅去年此项就达 4200 多万元，占县财政总收入的 64%。

有据可查的是，蒲城县在为国家提供商品粮的道路上，连续 17 年名列全省第一，连续 3 年夺得省上颁发的“丰收杯”。也许因为这，蒲城县被国家确定为商品粮基地县。以此为荣的蒲城人民至今谈起交售爱国粮的历史还是那么津津乐道。

50 年代的某一年，省上追加给渭南地区的全部任务，蒲城人全背了，义无反顾。

1975 年，任务从 2200 万公斤增加到 3600 万公斤，结果，一个广播动员大会，交来了 4150 万公斤，而当年调出的粮食竟达 4842 万公斤。

彩旗飞扬，锣鼓喧天，满怀爱国情，全年任务一季完成，已成为蒲城人几十年没变的交粮模式。即使在 1991 年，全县还涌现出 100 多户“售粮万斤户”，占全地区的一半还多。农民屈发虎以交售 4 万多公斤爱国粮而成为闻名全省的“售粮状元”。

全县粮食系统机构从 7 个扩大到 27 个，职工从 67 人发展到今天的 1157 人，为了粮食，也围绕着粮食。

面对这些，怎样赞美，大概都不为过。可歌可赞的是勤劳朴实的蒲城人并不清楚自己为祖国奉献了什么、奉献了多少。是的，“种地纳粮”曾经伴随了他们几千年，“小富即安”也使他们追求了几千年，二者的综合及政治荣誉的安慰使得他们甘于奉献，趋于自然。

然而沧海桑田，当社会主义市场经济的车轮从家门口碾过之后，才使他们从自以为甜蜜的梦中惊醒。

辉煌的商品粮第一大县确实使蒲城人荣耀了一阵子，清醒之后才感受到了其中的沉重和苦涩。产粮大县在售粮之后，对一时调不出的粮食还要承担储存义务，而仅此“义务”，就使全县占用资金达两亿多元；粮食系统长期挂账达 3900 多万元，利息每年 500 万元。国家财政无力承受，解决不了，补贴又不到位，严重制约了其他行业的发展，成为 70 万人民沉重而苦涩的负面奉献。

最为伤感的是去年夏天，公购粮收购价为每斤 0.54 元，刚一收完，就涨了 4 分，仅此一项，交给国家的 8500 万公斤商品粮就使蒲城人眨眼间少收入 680 万

希望的田野上

元。而到几个月后记者采访时，几个省来电来人求购粮食，价格为每斤0.87元，可产粮大县已无余粮可卖。

换句话说，就是等于70万蒲城人每人给国家贡献了92元钱。县委书记靳双全得出这个数字时感慨地说："350多辆桑塔纳在奉献中就这样出了蒲城！"

伤感么？因为你是产粮大县、售粮大县！

叹息么？因为这就是中国特色的市场经济！

由于奉献中的价格因素导致了财政的短缺、农民收入的减少，使得农业投入难以增加甚至无法保障，科技含量不高，基础设施无钱维修更换，影响了粮食单位面积产量的提高。

而最要害的是蒲城人民以牺牲乡镇企业的发展和农村工业化道路的进程才保持了商品粮第一大县的位置。1978年，全县乡镇企业不上50家，产值不足千万元。即使6年后的1984年，不成规模的乡镇企业年产值也只有5000万元而已……

使人困惑和无法面对的是，在如此肥沃的土地上，蒲城人民几十年的奉献，几十亿公斤商品粮，收获的不是喜悦，而是国家级的贫困县"桂冠"，是说不清道不明的辛酸、苦涩、沉重和困惑。

——原载《陕西日报》1995年

困扰中的探索

——来自我省商品粮第一大县的报告（中篇）

黄土地给人以温饱，却未能给人以富裕，创造了粮食生产的奇迹，却不能走出农民低收入的窘境。售粮大县如何既讲社会效益又遵循价值规律？地处内陆、相对封闭的蒲城县历届政府，历尽艰辛却总是走不出粮食大县“桂冠”的光环，农业发展始终徘徊在“农业以夏粮为主，夏粮以小麦为主，小麦以正茬为主”的狭窄思路中。虽然这一思路使蒲城产粮、售粮大县的地位得以巩固和提高，但却使“产粮大县、工业小县、经济穷县”的怪圈困扰了蒲城多年，农民粮多钱少，有粮没钱，致富路遥远而又漫长。

斗转星移，随着商品经济的发展、改革浪潮的冲击和价值规律的调整与牵引，面朝黄土背朝天的农民兄弟愈来愈感到利益的失落，曾经安分的农民再也难得安分了。然而，出路何在呢？

80 年代末，蒲城县的决策者们踏着时代的节拍，站在大农业、大市场、大流通的高度，重新而深刻地审视产粮大县所面临的深层次问题，寻求发展出路。他们走出去，请进来，经过广泛深入的调查研究和论证分析，逐步确定了农业发展的新思路：围绕粮食这个根本，从小农业向大农业迈进，既保粮食大县，又要财政大县，使农民尽快走上富裕路。在此基础上，确定了“三大块、六四开”的发展战略。他们依据蒲城地貌由北向南呈坡阶式递降，自然形成的北部山丘、中部台塬、南部平原和区域性气候这一得天独厚的条件，拉开了蒲城农业史上空前规模的产业结构调整的序幕，提出了“南抓粮棉，中上桑菜，北攻烟果”的战略实施方案。

再好的改革，都会遇到阻碍，产业结构的调整亦不例外。采访中，记者还能听到在产业结构调整时所发生的苦涩故事。东党乡庙台村党支部书记唐芙英为了带动群众种苹果，无奈之际，一狠心要犁掉自家的 5 亩麦田，一家老小却睡倒在拖拉机前，死活不让……

磕磕碰碰，碰碰磕磕，栽了挖，挖了栽。当庙台村的千亩果园果满枝头，变成耀眼诱人的人民币时，庙台人再也按捺不住狂喜的心情，到处逢人说苹果，家家户户栽果树。一时间，“一亩园十亩粮”的口号从庙台叫响，喊遍蒲城大地。

果林热在中北部 17 个乡镇迅速掀起，大棚菜也在南部平原呈现出星星点灯的景观……

在此后的日子，蒲城人民沿着决策者的科学思路，在各级干部的引导、推动和帮助下，掀起了气势磅礴的发展农业经济浪潮，全民上阵，土里刨金。以苹果、酥梨为主导产业的 40 万亩“绿色工程”覆盖了北部塬区；在水利条件尚好的南部灌区，笼罩大地的则是以塑棚瓜菜、棉花为主要内容的 15 万亩“白色工程”。连其他产业在内，全县经济作物面积迅速发展到 70 万亩，粮经比例调整到了 6 ： 4，农业经济从此产生了质的飞跃。

1994 年，全县果品产量突破了两亿公斤。由于种植在最佳生态区，果品畅销全国 24 个省市以至国际市场，销售收入达 3.6 亿元。南部仅 4 万亩大棚瓜菜，产值也达到 2.1 亿元。全县经济作物的产值占到农业总产值的 70％以上。

由于农业产业结构调整的链条拉动，也推进了养殖业的迅猛发展，全县形成了牛、猪、羊、鸡、鸽、兔六大养殖基地，产值达 1.4 亿多元。

然而，兴奋之后的蒲城人没有满足。当他们在商店购买几十元一盒的南方饼

下乡途中

干时，想到的却是自己几毛钱卖出的生产饼干的原料——粮食。震惊之余，思考中的蒲城人终于认识到没有乡镇企业，粮食的保护、扩大再生产和农村工业化的积累都将化为泡影。清醒之后，他们依托当地资源，以农副产品加工为龙头，每年投入近亿元资金发展乡镇企业，先后兴办起面粉厂、油脂厂、果脯厂、饲料厂、造纸厂、方便面厂等“农”字号企业769家，形成了企业带基地、基地连农户、产销一条龙、工贸一体化的经营模式，初步实现了由卖原料到出售商品、由小农业到大农业的跨越。与此同时，他们开辟新领域，兴办新产业。北部农民因产业的调整，收入数倍于南部农民，一个村的税收甚至超过南部的一个乡。工业化的积累迅速增加，他们大力投资开发当地丰富的石灰石资源，70家水泥厂几乎在一夜之间遍布北部山区，产量100万吨，占全省乡镇企业水泥总产量的40%。

就这样，一大批有了钱的农民各显神通，兴办企业，并跻身于农民企业家的行列。如今全县终于形成建材、机械、冶金采掘、化工、工艺保健品、建筑等八大行业、四十大类产品的乡镇企业体系，使全县乡镇企业发展到1984个，总产值达到10.01亿元。

有奉献就会有收获，科学的奉献更会换来丰硕的收获。随着产业结构的调整和第三产业的开掘，异军突起的乡镇企业和效益诱人的经济作物已成为产粮大县经济腾飞的两大支柱和前行动力，为农业经济的发展步入良性循环奠定了坚实可靠的基础。

而这一令人可喜的局面，却是蒲城人民于奉献之后为了更大的奉献在长时期内苦苦探索的结果，其中闪烁的有他们劳动的汗水，也有艰辛的最终也是喜悦的泪水……

——原载《陕西日报》1995年

忧虑中的希望

——来自我省商品粮第一大县的报告（下篇）

雄风不倒的产粮大县，在长期的阵痛之后终于冲破了思想的锁链，走上了农业产业结构调整的路子。从单一的粮食生产到粮经并举、多种经营，蒲城人民经过了艰辛的探索和奋斗，写出了农村经济发展的第一笔；而从粮经并举到工农并举、以农促工、以工养农的实践，则是他们在发展农村经济中的第二次飞跃。农业税收已占全县2/3的结果使广大农民从简单再生产上升到扩大再生产，也走向了发展农村工业化的开端，产粮大县终于开始向经济强县过渡。

“蒲城农业经济正处在高层次迈进的大循环中，”颇具学者气质和经济头脑的县长师宏昌说，“经济作物的发展和粮食大县的优势将使乡镇企业在雄厚的资金和丰富的资源推动中产生出巨大的经济效益，促使粮食向高产优质转化，从而迈上农业产业化、农村工业化的道路。”

市场经济左右着农业生产的发展趋势、农业产业结构调整的方向和农民收入提高的快慢。因此，在充满希望的大农业再发展的道路上仍然遍布荆棘，还需更多的汗水和科学的头脑才能赢来更丰硕的成果。

“三大块、六四开”的实施使粮经比例达到了6：4，然而，面对受益匪浅的中北部农民，耕耘于南部70万亩土地的农民却以占有全县1/3的土地奉献着总量达2/3的粮食。“1亩果＝10亩粮”的利益驱动使南部农民在晚了几年后向着经济作物蜂拥挺进，将一些宜于种粮的土地改种经济作物，已根本顾不上是否适宜，粮食面积迅速减少。

在半个月的调查采访中，适逢县城三次集会，记者看到最红火的仍是果树苗生意。据县果品办主任韩春生介绍，去年8月全县果品面积已达33.79万亩，冬季又突增2.3万亩，预计今年春还会冒出3万多亩，势头有增无减，40万亩看来是打不住的。

而有关专家预测，5 ：5的农经比例将是农业结构调整的警戒线，前提还是农业的投入、科技到位、单产提高。

面对这些，蒲城的决策者为保证粮食生产，今年已着手在中南部建立60万亩的“基本粮田保护区”和2万~3万亩吨粮田。且不说其与市场经济的关系和农民致富奔小康的矛盾，假如真的超越了5 ：5的最后限度，那么谁能保护得住呢？！即使到那时，我们还有理由责备曾经奉献而且还在继续奉献仍处于贫困县的蒲城农民么？反过来，农民要说，真要挨饿也绝不是产粮的蒲城，更不是有钱的广东！

然而，县上只能尽力到此。

也许，粮食生产的根本解决，还有赖于国家对粮食生产的政策倾斜和对农民利益的调整，建立“农民收入保护区”，使粮食生产和多种经营协调互利发展。

“三农”问题的根本解决，“一靠政策，二靠投入，三靠科技”。但来自基层的普遍感觉是，“农业在加强声中削弱，收入在增加声中减少”。稳定粮食面积，提高单产，增加总量将取决于“三靠”落实的程度。还是贫困县的蒲城近6年中财政投入农业的资金从304万元增加到767万元，各方面用于农业的投入达5500万元。但由于“吃饭财政”的影响，加上集体、个人投入有限，信贷“嫌贫爱富”，投入还远远不能适应农业发展的需要。农业基础设施建设滞后，仍然是粮食大县农业发展的障碍性因素。水利建设由于国家财政困难，基础设施薄弱，抗御自然灾害的能力不强，水灌区还存在着“水中旱”现象，水资源利用率不高，设施老化又无力更换，加之还存在着粮经争水的矛盾，“有水浇不成，无水不能浇”的现象还很普遍，逼得全县不得不走上国家、集体、个人一起办水利的路子。1000 多户农民总投资 4000 多万元兴办水利，成为水利建设的投资主体。

资金是前提，水利是命脉，科技是先导。这是农民在农业实践和对比中深刻认识到的。世界农业发达国家农业产量的增长和农业劳动生产率的提高，60％来源于农业科技进步；而我国科技的贡献率只有 35％左右。就蒲城而言，耕耘于 30 多万亩果园的十几万果农中，真正掌握技术的仅占 30％。不仅果品，而且农业的科学管理、科技推广和科技运用还赶不上农村经济发展的需要，科技的能量还没有最大限度地释放出来。县农技中心由于资金、体制等原因，已无法发挥实际效能。广大农民于无奈中各显神通，向科技要效益。全县农村先后出现了 46 个农民技术协会，甚至出现了外来的“星期天工程师”等等。但农业的大发展，还有待于科技含量的进一步提高。

作为改革开放的产物，亿万农民的创造和在夹缝中成长起来的乡镇企业是农业和农村发展的根本之路，蒲城产粮大县的地位曾经是以牺牲农村工业化进程为前提和代价的，粮食的奉献使他们比别人牺牲得要多得多。而令人可喜的是在不到 10 年中，全县乡镇企业从几十家发展到 1.9 万多家，产值从 5000 万元猛增到去年的 10 亿元，竟跻身于全省“甲级队”行列，初步实现了加工过程专业化、原料生产基地化，使种、养、加有机结合，形成了以专业基地为依托、以开发资源和农副产品加工为主项、以乡镇企业为重点的经济新格局。谈到本年度乡镇企业的发展目标时，有着经营头脑和超前意识的乡企局长曹永晓信心百倍：继续依托丰富资源，以名牌产品和巨人气势向 12 亿元产值奋斗。

实现乡镇企业超常规、跳跃式发展应是今后粮食大县农业发展的战略重点。不然，农民收入难有大的提高，区域性经济中心难以形成，地方经济实力也难以增强，农村工业化道路亦将登空。崛起壮大的蒲城乡镇企业由于先天不足，使得起点低、职工素质不高、名牌产品少，加之乡镇企业在国家的位置至今还是“有额度没资金，有饭票没饭吃”，从而限制其向高、精、新、尖的发展。

在保证粮食生产的大农业发展道路上，蒲城人民在艰难前进的同时，也有过失误、交过学费。投资 500 万元的缫丝厂因没有流动资金和缺乏原料而处于瘫痪之中。而这一结果的出现，却是政府在市场经济的大背景下对农民“行政命令”逼迫造成的。

农业的大发展呼唤社会化的服务体系，而市场经济条件下的农业和农民对社会服务和政府行为则提出了更高的要求。期待各级政府和干部尽快全方位地以市场经济条件下的服务取代已经过时的计划经济下的宏观调控和行政命令，站在社会主义市场经济条件下大农业的位置，告别“说起来重要，干起来次要，忙起来不要”的自私懒惰行为，以“为农服务、发展经济、带领广大农民致富奔小康”的大心、公心，在政策、信息、资金、技术、生产、管理、流通等方面服务农民和农业，围绕大农业这个中心和根本，走出农业发展的峡谷，向农业产业化、农民工人化、农村工业化的宏伟目标迈进。

——原载《陕西日报》1995 年

在田间

“猴王”跃上新高度

——宝鸡卷烟厂实施名牌战略纪实

名牌的产生，可贵的不在于名牌本身，而在于生产出名牌的人。

——作者手记

群猴走遍全国

陈仓昔日，作为中华民族的发祥地辉煌于历史；宝鸡今天，又以豪迈的雄姿前进在现代化的征途中。

就在这块神奇而迷人的宝地上，宝鸡卷烟厂已度过了四十多个春秋。在“金丝猴”牌香烟走遍全国的几十年中，宝鸡卷烟厂也名播神州，声传海外。1960 年 4 月，国家主席刘少奇在这里品尝了“金丝猴”香烟后连说两个“好”字，更使得宝烟职工、宝鸡人以至于陕西人激动异常，信心坚定。

在此之后的数十年中，“金丝猴”始终是烟厂的主导产品，它的系列产品曾开发到十几个规格和品种，先后荣获十几项省优、部优荣誉称号，“84甲级金丝猴”还曾荣膺“全国十种甲级名烟”……所有这些，使得“金丝猴”成为全国民牌型的名牌，成为宝鸡卷烟厂的代名词。

“金丝猴产品是群猴无王。”虽然金丝猴畅销不衰，群众喜爱有加，但面对别人的议论和社会的前进要求，企业的领导不得不思考和寻求，“开发研制高档产品，实施名牌发展战略”的计划应时而生。

狂沙吹尽“猴王”出

“猴王”的牌名得之于别人的议论，更得益于流行全国的“金丝猴”市场。80 年代末，宝鸡卷烟厂一场开发研制高档香烟的攻坚战在市场的挑战中拉开了帷幕。

在选定卷烟配方中，技术人员从数百垛烟包中精选出有代表性的云南、贵州、河南、福建、湖南以及津巴布韦等十多种中外高档自然醇化烟叶进行生烟评吸，通过计算机观察、分析和研究其中的总糖、烟碱、焦油含量、含香等化学成分数据。他们还邀请来国内外烟草界专家参与配方技术，运用计算机技术对各种烟叶反复进行排列组合，使配方既具备国际高档的品质，又发挥国内名烟的风格，还保持大西北香烟的特色。

香烟的生产是复杂细致而精巧的，在烟丝加香的研制中，科研人员分析了国际和国内流行的数种香韵，不知请了多少中外调香大师，进行了多少次的配置试验，最终确定运用日本现代调香技术和严密的传统工艺程序相结合的方案，既使有限的优质进口烟叶发挥了作用，又弥补了国产烟叶在品质上的差异。

商品经济条件下，人们更加注重自己的形象，消费者则对产品的包装愈来愈挑剔。为使“猴王”有一个合乎身价的包装，烟厂的创业者们所费的心血不亚于前面的技术攻关。他们从一个又一个烟标设计中筛选出了双猴捧杯的图案，又经过若干次改进，终于完成了硬盒翻盖烟标的设计。

至此，“猴王”香烟雏形初具。

国人刮目看老陕

历经三载，一朝分娩。1993年春天，历尽艰难、万众盼望的高档特醇“猴王”香烟终于研制成功了，并批量投放市场。使人始料不及的是高档次、高配方、高质量、高技术含量和高文化附加值的“猴王”香烟立即吸引了广大消费者。一时间，在全省和西北地区以及福建、四川、广东等地产生了巨大的名牌效应，刮起了一股强劲的“猴王旋风”，“北有猴王烟，南有红塔山”的顺口溜广告语不胫而走，风靡全国……

1994年，在中国社会经济调查研究中心组织的全国品牌知名度调查活动中，“猴王”荣获“全国知名品牌”称号。目前又被确定为陕西名牌产品。

今年在国家烟草专卖局全国卷烟产品质量监督抽查中，从20个省(区)的171个牌号的卷烟产品中，“猴王”经两次暗评脱颖而出，成为继“玉溪”“红塔山”“中华”之后的全国国产卷烟第4名，三秦惊喜，全国震动。

“猴王”出世之初，许多消费者以及其他各界人士都对“北有猴王烟，南有红塔山”的顺口溜表示过疑问，但当他们吸过和闻说“猴王”跻身国烟四强之后，进而刮目相看，赞赏不已。

国家烟草专卖局局长江明说：“猴王烟搞到这种程度，很不容易。”省、市各界都以不同的形式向宝鸡卷烟厂表示祝贺之情。

“西北望，射天狼。”“猴王”横空出世，使三秦儿女为之激动了好久，不仅在于它标志着我省乃至北方卷烟研制、生产水平上了一个新台阶，结束了西北地区乃至于北方不能生产高档香烟的历史，更为以往被视为随大流的陕西人在全国想创一流、敢创一流、能创一流的创佳拼搏意识写上了浓浓的一笔，“老陕也能创一流！”它的名牌效应将激励并有效地推动全省其他行业争创名牌，进一步鼓足陕西人的勇气。

如今，走俏国内、享誉国际的“猴王”香烟已出口到朝鲜、蒙古、香港等国家和地区，今年销售收入突破亿元大关，达到1.5亿元，出口创汇300多万美元，为陕西经济的发展贡献着自己的力量。

撑起名牌迎商潮

“猴王”香烟是宝鸡卷烟厂面对市场和时代，在实施企业名牌发展战略中，瞄准国内国际先进水平，迎接中外高档名烟挑战，依靠科技人员的积极性和创造性，加强与国内外同行业的技术交流与合作，联袂攻关，历经千余个日日夜夜和数百次的反复试验而获成功的一种高档特醇香烟。它采用国内优质高档自然醇化烟叶和适量的进口烟叶做原料，逐包、逐把、逐片选叶，手工抽梗，精工制作，因而使得“猴王”香烟烟丝橘黄，光泽鲜明油润，香气丰满，浑厚醇香，劲头适中偏软，余味舒适纯净，产品质量上乘，包装精致高雅、美观大方。

“猴王”的出世，“猴王”的一鸣惊人，当然得益于科学研究，但它今年销售过亿元的现实，从一个侧面则说明了产品的质量和企业的管理水平。

因为“猴王”怀胎之时，科研人员就坚持高起点、高质量、高水平；生产过程中，从选叶、制丝到卷接、包装，层层制订了一整套高于国家标准的操作规范。为了把好原料“入口”关，厂里在占地面积 243 亩、储存烟叶 60 万担、总价值达 3 亿元的八鱼烟叶仓库投资 35 万元，专门修建了一座选叶工房，并抽调了 120 名熟悉烟草工艺和烟叶等级的老工人组成选叶工段，实行选包、选把、选叶、手工抽梗，确保了“猴王”的烟叶质量关。

精耕细作想名牌、出名牌、保名牌，是“猴王”成功的秘诀所在。在生产人员的配备上，厂里汇集了各路技术骨干和操作能手；在生产设备上，全部使用具有 90 年代国际先进水平的进口全自动制丝、卷接和包装设备，整个生产过程受控于电脑中枢调控系统。

一尘不染的“猴王”烟使得生产过程的要求高中求细，以至于每次生产前，车间都要将所有的设备检查、调试、维修一遍，确保各项设备的高质量运转。

“猴王”的诞生在给社会以惊喜的同时，也给了宝鸡卷烟厂以启示和鼓舞。工作 32 年、吸烟 32 年的洪伯结厂长说：“企业没有名牌就倒台，而且只有一个还不行，开发名牌是实施名牌战略的重要组成部分，也是我们以万变应万变的市场观念。”

从不满足的烟厂人在鼓舞中更加坚定了以名牌产品为依托，充分发挥名牌整体效应，以满足不同层次的消费需求，在名牌系列产品的开发研制中，全厂上下共同努力，终于在 1996 年“双节”到来之前，研制并生产出了特制精品金卡“猴王”和软包“猴王”，并隆重地推到了三秦人民的面前。

作为“猴王”系列产品的金卡“猴王”牌香烟是在原硬盒翻盖“猴王”的基础上，以满足国内外高档消费需求为目标，以高配方、高品位、高技术含量和高文化附加值为主攻方向而研制成功的特制精品香烟。软包“猴王”牌香烟则以“猴王”烟的名牌效应为依托，从名牌首先应是“民牌”的经营思想出发，为适应大众消费水平、满足工薪阶层对名牌的需求而研制开发的又一种既高档美观又经济实惠的软包新产品。“名牌就是民牌，民牌才能成为名牌”，宝鸡烟厂牢牢抓住这一市场根本，使自身的价值伴随着人民生活水平不断提高，服务人民又扎根人民，造福于人民。

千猴之首美“猴王”已成为丰功卓著的宝鸡卷烟厂的主题，它将伴随着我们迎着市场经济的大风大浪走向更加辉煌的 21 世纪……

和王忠杰荡秋千

麦客秦川八百里

1994之夏，跟随着一年一度的麦客潮，记者追寻在秀美富饶的关中平原，谛听那来自大地的声响……

早热的太阳　迟到的麦客

1994年夏天过早地降临了关中大地。早来的成熟使按部就班的关中人一下子手忙脚乱起来……

5月下旬，“夏收第一镰”的潼关进入收割旺季。6月上旬，记者来到这里时已找不到麦客的踪迹。有人说，潼关的麦客基本来自洛南，前段来过一些，但不多。

其实，并非流金的潼关无麦客，而是麦客已追着太阳向西赶去了。

渭南著名的劳务市场——小桥，在晨曦中活跃起来，上百位麦客从不同的地方汇集到这里，有的提着镰刀，有的背着行李，也有的两手空空。除见到一人来自河南商丘外，几乎全是洛南来客。一名叫邓秀芳的57岁的老太太，在医院给人帮忙，一天3块钱，听说割麦一亩能挣20元，也来凑热闹。一对来自洛南的夫妻麦客已来了11天，夫妻俩挺能干，一天割3亩不成问题。

来找麦客的雇主不多，上午8时，有3位与麦客讨价还价，许多人围在旁边。十多分钟后，那对夫妻提着镰刀，坐上雇主的自行车收获去了。

上午10时，劳务市场呈疲软状，想挣大钱的邓秀芳和麦客们还在等待着……

去户县的汽车上，七八个天水麦客已下来3天了，在咸阳没找到活，想去户县看看。

而户县火车站，100多人的商州麦客准备回家，说是没麦子可割，他们那里也该收了。

在清早的户县街头，近千人的麦客大军在盼望着、期待着，然而，雇主寥寥，困惑笼罩在这些迟到者心头。

繁星点点的眉县长途车站，8名甘肃西和县的麦客席地而卧，昨天割了半天麦，今天点了一天豆子挣两元钱。

在咸阳、在宝鸡，成千上万的麦客队伍追不上早熟的麦子，来也匆匆，去也匆匆，屁股还没暖热，就要踏上归途……

早熟的太阳和干热风不仅使关中平原的收割期提前了10天，而且使往年从东到西为期一月的收割周期缩短了一半，守株待兔的麦客在变化了的关中平原出现了严重的错位。

一半是渴望　一半是艰辛

据有关人员提供的情况和记者的调查表明，在八百里的关中平原，每年赶场的麦客不下10万人。他们主要来自商洛地区的商州、洛南、商南诸县以及宝鸡、咸阳地区的旬邑、陇县、彬县、武功、永寿等地；每年似大军东进般的麦客主要分为三路，北路是庆阳地区，中路为天水地区，南路则是陇南地区，人数高于陕西麦客。

相对于商洛麦客来说，关中人更钟爱甘肃麦客，因为他们割麦时不仅速度高，而且麦茬低、捆绑好。

今年的天时使麦客陷入了窘境。往年可以从东一路割到西的麦客几乎有多一半时间在追赶着太阳、寻找着收获，一片连着一片的麦茬使得他们心灰意冷，步履沉沉。

在今年骤然而至的夏收中，收割机成了麦客主要的对手，在麦客价格曾一度达到35元一亩的户县，人们更乐于选择拿起口袋装粮的潇洒。虽然是每亩40元，但他们担心天气的变化，他们想腾出宝贵的时间去赚钱。

户县五竹乡胡家堡村，3台收割机忙碌在收获的田野，党支部书记胡西林说，一台收割机一天可以收割50~60亩。

在宝鸡，收完了麦子的收割机在轰鸣声中，在麦客的注视下向陇县、千阳和甘肃进发。

今年麦子的减产和农民的投资等原因也制约着麦客市场，割麦价格一般在10元至20元左右摇摆。在收割旺季，户县的价格曾上扬到35元，但第二天一下子就回落到15元，麦客的失落感大增。麦客大多穿戴厚实而少行李，草帽和镰刀是必备的，有的还带有干粮和炒面。据说他们极少带钱，能扒货车就不坐客车；无活时，有时吃干粮，有时买一点便宜的饭。在街道的房檐下，他们三五成堆，席地而眠，伴着繁华、伴着疲劳和渴望……

据麦客们讲，晚上，他们仅能休息5个小时左右，凌晨6时就要起来寻找或等待雇主。艰辛的麦客路更激发了他们强烈的渴望，来自商洛地区的麦客不止一次地夸耀关中的干部在群众危难和致富中发挥的作用，不由埋怨家乡的自然条件和干部素质，盼望有人带领他们解决温饱奔小康。在他们看来，关中就是深圳，就是富裕！

一个名叫李显锋的小麦客跟着父亲在关中见识一番后，老是埋怨父亲没本事。

但愿，他们所收获的不仅仅是麦子。

麦客群落众生相

一般情况，只要日子过得差不多，是没有人来吃这份苦的。

63 岁的王继林从 1951 年起当了 6 年志愿军战士之后，一直在农村劳动，国家每月给他补助 25 元，但繁重的家庭负担使他十多年前就加入了麦客的行列。据他讲，给儿子娶一个媳妇就要花费 3000 元彩礼。

有麦客讲，他们还碰到过七十多岁的老麦客，有一个还拄着拐杖。其主要原因是无人赡养，他赶一次场挣不了多少钱，一天只能割五分到一亩地，但无论如何也可以维持一段生活。

来自商州市黑山区的夫妻麦客林显奎和宋巧娃，说是因为要交 150 多元的摊派才来关中赶场的。第一天 30 元一亩；第二天，因麦客多而麦子剩了一点点，价格降到 15 元。好不容易找到雇主的林显奎夫妇，割了一半竟想回家，而雇主也嫌他们进度慢而大呼上当。

在夫妻麦客中，还有商州的李万真和方淑珍、苏生余和李风娥、李树强和周运娃等。夫妻麦客给田野带来了新的色调。夫妻俩出来，一是挣钱多一点，再是可以遇事协商，互相照应。

一队自行车麦客，在深夜的户县街头尤其引人注目。他们来自旬邑县，360 里的路一天竟骑了过来，除过一名 50 岁的老汉，其他皆是青年人。

在虢镇火车站，来自甘肃西和县的王应全带着十多个人准备搭车回家，其中最大的 40 多岁，最小的不足 20 岁，还有一个哑巴。他们已来 10 天，只割了两天麦，第三天就无活可干了。王应全说，他家有 6 口人，两个老人、两个孩子。

李老汉是甘肃岷县人，今年 52 岁，为给 3 个娃娶媳妇，赶场已经多年了。这次他已来了 10 天，挣不了足百元。

永寿来的马行州老汉带着两个儿子已赶场七八年了，但他说，永寿的经济作物和养殖业已经起步，以后不会再来割麦了。

走过秦川后的思考

浮光掠影的八百里之行给记者留下了许多回味和思考。

麦客现象是中国西部特有的一道风景，作为劳务输出的一种形式，这种浅层次的流动已在黄土地上存在了不知多少年，对西部经济的启动和农业生产的发展起过一些推动作用。但正如许多麦客所讲，今天的他们既不是像过去那样来支援谁，也不是来乞求谁，而是已经步入了市场经济的正常轨道。

相当一段时期麦客潮还将存在于中国西部，如何引导运用这支大军，更好地发挥他们的作用，保障他们的合法权益，恐怕是我们政府有关部门应该加以考虑的。户县财政局在今年夏收提前的情况下，利用新闻媒体吸引劳动力和收割机前往户县龙口夺食的做法，为政府职能部门在麦客潮中的作用做了一次有益的可供借鉴的尝试，我们的财政、粮食、公安等部门是否可以按照这个思路把文章做下去，引导麦客为我省农业的发展做出更大的贡献？

随着西部经济的进一步发展和农业机械化的普及，麦客的路子势必越走越窄，这些为了生存而奔波于夹缝中的大量劳动力向何处去，当地政府应该引起更多的思考和重视，应将他们吸引到发展当地经济和乡镇企业的长远路子上去，使他们的能量得到更大更长久的发挥，生活有一个质的飞跃。

麦客还会再来吗？但愿太阳能温暖他们渴望的心，在故乡，在永远……

眨眼间，麦穗变成了麦粒

沧海桑田展宏图

——来自三门峡库区的报告

这是一片拥有过希望的土地，这是一方曾经万民安泰的故园，共和国的一段五味俱全的历史与这里相连，无数人民公仆的情怀抛洒于此……42年沧海桑田，湮没了的希望在历经磨难之后终于浮现在万千父老乡亲的脸上。

——采访随记

黄河、渭河、洛河交汇处在50年代是一片希望遍布的田园，地势平坦，土壤肥沃，物产丰富，人均生产小麦比全省高出88公斤，棉花高出12.5公斤，群众生活水平列全省之首，素有关中“白菜心”和“浩穰之区”的美称，清代慈禧太后御笔亲批兴建的天下第一仓——丰图义仓就坐落在这里。

这也是一片从希望走向湮没的土地。1955年7月30日国家修建三门峡水库的决定，使渭南市的100万亩良田变成了库区，湮没在水下。30 万库区人民以“迁一家，保千家”的情怀，打着红旗，赶着马车，依依惜别物肥水美的家园，挈妇将雏地远迁宁夏和渭北各县。这就是历史上著名的“黄河大移民”。

重建失落的家园

然而，由于受当时“左”的指导思想影响，重工程建设，轻移民安置，补偿标准低，绝大部分移民被安置在渭北旱原沿山沟壑区，生活水平大大低于搬迁前，吃粮难、饮水难、住房难、看病难、上学难等问题长期得不到解决。远迁宁夏的移民也因生活困难、民俗不服，1961 年返回库区，又从库区二次安置到渭北各县。

1960 年建成的三门峡水库，由于泥沙严重淤积，黄、渭、洛河床急剧升高，危及关中和西安的安全，迫使国家又对水利枢纽进行了两次改建，由“蓄洪拦沙”改为“合理防洪，排沙放淤，径流发电”，库区 60 万亩土地露出了水面。国家机关、单位和部队在此办起了“五七”干校、农场和试验基地。移民对此意见很大，连年盲目返回库区，抢种土地不断，较大规模的返库就达 17 次之多，与部队、农工冲突迭起，成为渭南乃至全省最大的不安定因素。当时有顺口溜说：“移民把罪受扎了，干部把骂挨扎了，国家把钱花扎了。”

1985 年 5 月，党中央和国务院在国务院和中央军委联合赴陕详细调查的基础上，决定从库区部队农场和地方国营农场划出 30 万亩土地，国家拿出 1.2 亿元资金，安置已增加到 45 万的移民中生产和生活特别困难的 10 万人返库定居。

面对荒芜一片的库区，为了使返库移民有一个基本的生产、生活条件和外部社会环境，新成立的移民部门依靠各级党委和政府的支持，本着“从急、从低、从简”的原则，克服种种困难，从 1986 年冬季起，先后组织 200 多个施工队，在近 300 平方公里的土地上进行了紧张的基础设施工程建设。经过工程技术人员的 4 年奋斗，共建成村台 67 个，修建交通主干道路和防汛撤退道路 137 公里，架设高低压线路 191 公里、广播线路 178 杆公里，建成了一点多址天线通讯工程，建成人饮机井 101 眼，建成乡政府 9 处、中小学 78 所、卫生院 9 处，法庭、派出所各 5 处，避水楼 63 座，并被国家水利部评为合格工程。

与此同时，涉及 11 个县市 1000 多个村子的 10 万移民平稳有序地回到失落了 30 年的故园。

为稳定 30 多万留在安置区的移民，各级共投资 5400 万元，在渭北各县兴建了一批改水排碱“搭车”资助工程，解决了 19 万多人的饮水问题、2.5 万人的土地盐碱化问题和 4800 户移民的危房问题，同时解决了过去安置中长期存在的 12 项政策遗留问题，累计 25428 户。

由此，10 万库区移民和 35 万安置区移民在历经几十年后，分别走上了安居乐业的道路。

难忘公仆爱民情

三门峡库区移民群众的冷暖温饱，多年来一直为各级党委和政府所关注，为众多的人民公仆所牵挂。当年周恩来总理就几次过问库区移民安置问题并作出指示。十多年来，移民群众的困难引起了各级领导的高度重视和社会各界的极大关注。国家水利部钮茂生部长、周文智副部长，移民办原主任赵人骧、现主任李天碧，全国政协常委王光美以及历届省上领导安启元、程安东、张勃兴、支益民、刘荣惠、白清才、王双锡、王寿森、贾治邦等多次深入库区、体察民情，现场办公、解决问题。渭南市委、市政府的历届领导及省市县的移民、民政部门的同志更是身先士卒、义不容辞，以自己的实际行动成了移民群众的贴心人。

广大移民群众为国家建设做出的巨大牺牲和无私奉献，也赢得了全社会的赞扬，返库初期旱涝灾害给他们造成的生产生活困难也牵动着社会各界。据不完全统计，近年来，各级部门向库区投放资金 8000 多万元，用于库区的安全、生产、生活等基础设施建设；民政部门累计向移民发放救济款 330 万元、救济粮 243 万公斤、救济衣被 2.8 万件(套)，帮助 420 户特困移民建房 1275 间；社会各界共捐款 239 万元、捐粮 88 万公斤、捐衣被 2.8 万件(套)。

为使库区群众尽快解决温饱问题，早日走上小康路，在省、市、县各级领导的倡导下，全省 20 个小康村、先进村走进库区，与 20 个贫困村展开了对口支援发展生产活动，取得了可喜的成果。

家园，久违的家园，在移民群众辛劳的手中，在社会各界热情的援助下，终于重现在湮没了几十年的土地上。

再唱致富的歌谣

不论怎样讲，在奔小康的路上，库区群众毕竟晚了一步，加上几经搬迁，返库初期自然灾害频繁袭扰，群众经济基础薄弱，生产生活设施无力改善，致富的步伐艰难而缓慢。

针对库区绵沙地、轻碱地、嫩滩地居多及农业基础设施滞后的现状，在国家的大力支持下，1990 年以来，省、市、县以“水利牵头”为先导，本着“民办公助”的原则，在渭河南北滩的 5 个移民乡打井 2000 多眼，修渠 417.8 公里，还修建了抽水站和排水工程，形成了 10 万多亩的井灌区，实现了一人一亩水浇地。

林茂粮丰是库区昔日的写照，经过水淹和生产关系的几次变动，到返库时，原有林木已砍伐殆尽，森林覆盖率由原来的 4.4％锐降到 0.95％，风、沙、虫灾害不断，生态环境急剧恶化，为改变这一状况，库区群众在各级干部带领下，实施了库区农防林体系工程。经过 5 年苦战，共修筑方田道路 672 公里，植树 400 多万株，使库区呈现出了路直树端、田成方、林成行的景象，受到了国家“三北”防护林建设委员会的表彰。

生产生活和生态环境的改变，为移民群众脱贫致富奠定了基础。渭南市委和市政府适时提出了“水利牵头、调整结构、保证粮食、突出林牧、结果致富”的经济开发思路，坚持资金到项目、实惠到移民、科技紧跟踪，开始了全面的移民经济开发，推动移民脱贫致富奔小康，使作为库区主要经济作物的棉花、西瓜、花生、烤烟等，始终保持了稳定发展的势头；以苹果、酥梨和大枣为主的果林业已发展到 9 万多亩；以大棚菜瓜为主的“白色革命”也收到了很好的经济效益；肉牛饲养达到 5000 多户万余头。另外，猪、羊、鸡、鱼等养殖业和小型加工业、运输业、商业、服务业等也迅速地发展起来，涌现出了科学务枣的王仁昌、养牛大户杜文乾、养鸡状元赵西良、辣椒王吴永来和一批经济开发先进乡村及省、市、县授予的“文明村”，在库区实施的一人一亩水浇地、一人一亩经果林、一户一头大家畜、一户一项家庭副业或多种经营、一户一人掌握一门致富实用技术的“五个一工程”已初具雏形，显示着越来越好的经济效益和社会效益。

这是一片曾经从希望走向湮没的土地，这又是一片由废墟变成了绿色的土地，十余年来，在各级政府和无数人民公仆的悉心关照下，在广大移民群众的艰辛拼搏中，一个安居乐业、直通小康的“浩穰之区”又浮现在秦东大地上……

在陕西日报诞生地

烈士之父

——共产党员周备昌纪事

这首歌，含着血，带着泪，又充满爱。生命的歌，我从死亡写起。

——题记

1994年7月8日，30多年未遇的特大暴雨袭击了燕赵大地，承德市武警交通七支队卫生队战士周红牛为抢救落水战友张永胜而壮烈牺牲，被上级追认为革命烈士、共产党员并追记一等功。

然而，当肆虐的洪水无情地在英雄21岁的年轮画上人生的句号时，烈士的父亲，一位普普通通的共产党员也因此被推上了人生的风口浪尖——

噩耗袭来时，他想的仍是别人

周红牛牺牲3天后的7月11日，细雨笼罩着陕西蒲城县中医医院。

53岁的妇产科主任兼医务科主任周备昌4个多小时的手术做完后已是下午两点了，水还没喝一口，护士长王玉芹却告诉他："民政局抚恤组通知你速去开会。"

"民政局？抚恤组？"困乏无力的周备昌不由得紧张起来，他一下子想到了远在河北承德部队的儿子，莫非红牛出了什么事？

他冒雨骑车来到民政局，副局长张振龙语调低沉地对他说："部队打来电话，说孩子出事了，要你马上去。你一定要振作起来，这个家还要你支撑。"从话中周备昌已猜想到了事情的严重性。他两腿发软，头脑发懵，推上自行车踉踉跄跄往回走……

妻子和女儿闻言惊得哭了起来，周备昌恍惚地瘫坐在沙发上不知咋办。稍冷静后，他急忙对女儿说："红菊，别哭了，快去8号病床看看手术后的情况咋样，爸实在走不动了。"哭着的女儿气得直跺脚："我弟都不知咋样了，你还操心着别人！"女儿的话使沉重的他泪流满面，但最理解体贴父亲的红菊还是去了……

部队同志早已等候在北京车站了，扶着妻子刚下车的周备昌一眼就看到了当年接红牛入伍的李喜文，急切发问："红牛到底怎么了？"李喜文两眼泪汪汪，低头不语。向来坚强的周备昌一下子抱住了李喜文，在车站广场失声痛哭。他一边哭一边问，旁边的崔木田政委握着他的双手郑重地说："周红牛同志是为抢救落水战友而献身的，他是好样的。"

"相告不成声，无语行行泪。听时不敢信，信时心已碎。"事情终于明白了，周备昌夫妇哭声艾艾，泪洗衣衫……

在一片汪洋的承德，红牛所在卫生队马传德队长抱住周备昌痛哭流涕："老哥，我对不住你呀……红牛走了，等于走了我们半个卫生队呀！"周备昌强忍着悲痛说："一切事情都要向前看，过去的就让过去吧，何况他还是为了战友。"

原来，红牛参军前上过3年卫校，本可以在县上当名医生，可他想参军，周备昌也支持他。到部队后，他被分到了卫生队，并破例成为卫生队历史上唯一有"处方权"的战士。在他的遗物中，父亲寄来的医学书籍竟占了2/3。

儿子遗体火化的当天，周备昌悲痛到了极点，他感到胸闷、头晕，几乎昏倒。

为了不给部队添麻烦，他悄悄去附近医院做了心电图检查，自己服了点药，未敢声张。部队领导提出派车送他们去秦皇岛游览，以减轻他们心中的痛苦，周备昌却谢绝了。他对妻子王天义说："红牛牺牲了，我们心里悲痛，部队同志和老乡们也不好受，我们怎能搞特殊？何况部队正处在困难时期。"

看到连队战士的被褥、衣服被洪水冲走，他拿出200元为战士送上一片温暖；得知部队的机械设备大部分被冲走，他拿出1000元，希望早日恢复训练，为国防建设尽点力；了解到驻地群众水灾后比较贫困，他又拿出1000元钱，为的是能救助当地的失学儿童，使孩子能为国家学些本领。在回到蒲城后，面对迎接英雄骨灰的父老乡亲，他又将1000元捐给了家乡的"希望工程"。

而这些钱，他们老两口积攒了多年没舍得花，准备留给儿子上大学用的。

承德的乡亲们抹着眼泪说："难怪你的儿子能做出这样的事情，原来英雄的身后有一个伟大的父亲！"

面对艰苦时，他总是迎难不屈

周备昌生长的时代奠定了他良好的思想基础。1962年国家困难时期，正在西安医学院上学的周备昌得知榆林地区遭受旱灾后，将自己节省下来的100斤粮票毫不犹豫地捐给了灾区。

6年后的毕业分配中，他主动要求到条件艰苦的地方去。他知道，越是贫穷的地方，医疗条件越差，群众对医疗服务的渴求更迫切。就这样，一箱书籍、简单的铺盖伴着他一颗服务群众的热心来到了陕北米脂县的郭家砭公社。

这里仅有3孔窑洞、几支注射器和简单的药物，如同关中一个村的医疗室，只能防治小病，较重和疑难病还得翻山越岭去100多里外的县城治疗，病人死在护送途中的事时有发生。

周备昌决心改变这种现状。为了建一所像样的卫生院，他和几个卫生员一起起早贪黑上山砸石头、背石头，终于建造了10孔窑洞，开设了住院病房和手术室……1973年，米脂县在郭家砭召开了有史以来的第一次卫生工作现场会，周备昌被评为"李月华式的医务工作者"，并加入了中国共产党，在全地区还作过巡回报告。

1975 年，他调往米脂龙镇地段医院，不到两年，又成为全区地段医院的典范。

因为父亲病重，1976 年，周备昌回到了家乡蒲城县，被派往兴镇地段医院担任院长。

几年后，这个曾经全县有名的烂摊子终于跨入全县卫生系统的先进行列。

艰难的创业，好像一直伴随着他。1985 年，他又调往刚创建的县中医医院。又是和同事们一起，组建了医务科、妇外科病房、产房以及手术室，开创了县级医院摘除胆囊、脾脏、子宫全切等手术的先例。

创业的他继承了自己的老传统。废旧电动吸引器、手术床、手术灯、手术推车等几乎都是他修理的，甚至还亲自清洗治疗巾……院里新买的电动吸引器配件不全，他不顾自己的年龄和体力，背上这个 25 公斤的东西挤上了去西安的班车，当天就换回了完整的零件。

在周备昌身上，既有着知识分子的才智，又保留着中国农民几千年来的传统美德。

只要有患者，他的心就不属于自己

他一辈子治疗过的病人，大概连他自己也说不清。当他从一位军属骤然成为烈属之后，沉重而深有感触地说："作为一名医生，我自己有了失去亲人的亲身体会，不愿让其他家庭再受到人亡家破的不幸。"

儿子的后事还没料理完，周备昌人在承德，心却早已回到了病人的身边，他几次打回长途电话，询问病人的病情，交代治疗办法。回蒲城后，儿子骨灰安放仪式后的第 3 天，他就找领导要求上班，一上班就上了手术台。仅去年 11 月，就有 4 个通宵他是在手术台上度过的。坡头乡的曹秋侠在计生站引产中流血过多，生命垂危，家属前来求救。刚下乡回来的周备昌二话没说，跑步来到计生站，一查还有微弱的心跳，连忙拉到中医院立即手术。为了生命，也为了一个家庭的幸福，他又整整干了一夜。

自儿子牺牲到现在，他把医院当成了家，已没有了休息和工作的界限，啥时有病人，啥时就开始工作。

然而，每当从手术台上下来，他沉重的双脚迈也迈不开，只好一步一步地向前挪。回到家里，他做的第一件事就是解开裤子，把塞在屁股下的卫生纸拿出来，一遍又一遍地冲洗着痔疮。这痛苦，他已不知忍受了多少个日夜了。

烈士之父周备昌高风亮节的共产主义情操感染了许许多多的人。儿子周红牛的事迹在全国宣传后，慰问信从四面八方飞来，十多名青少年在向英雄致敬的同时齐声呼唤老人："爸爸！妈妈！"

蒲城县党、政、军领导和数以千计的各界群众络绎不绝地前来家中告慰烈士、慰问亲人。县长师宏昌流着眼泪拉着周备昌的手说："孩子的英雄行为让我也流了不少泪，搁在谁身上都一样，你身体不好，到外地疗养一段时间吧。"

"谢谢党和政府对我的关怀，我不需要疗养，工作可以帮助我解除一切痛苦。"

这，就是一位共产党员的心声；

这，就是一位烈士之父的情怀！

——原载《陕西日报》1996 年

渭河上

写在大地上的遗言

——因公殉职的澄城县蔡袋村党总支书记杨铁仓同志先进事迹追记

壮心为民别乡亲

公元1998年7月6日，是个平常的日子。与许多人所不同的是，在渭北高原的澄城县寺前镇蔡袋村，休息不到4个小时的杨铁仓凌晨5时被闹铃叫醒。这在他已是家常便饭，因为他是这个村的当家人——村党总支书记。

今天起这早，不是他人过五十瞌睡少，而是要去180公里外的省城西安联系合资办厂的事。

出得门来，望着阴沉沉的天空，他对送行的老伴雷彩云说："要是下雨我回不来，你赶快叫村干部帮育年哥老两口搬到我说好的房里去住。"老伴一边答应，一边嘱他早点回来。

天才麻麻亮，杨铁仓顺路察看了纸厂、纸箱厂和建设中的油脂厂，在村口与村委会副主任杨天来和油脂厂会计杨顺虎上了租来的“天津大发”面包车，直奔省城。

在国内贸易部西安粮油研究所，他们与这里的雷研究员详尽探讨了与台商合资办厂的情况，下午又赶到西安油脂厂参观考察了生产线的全部流程，快6点时，才踏上归程。

这时天已下起雨来，不知是心满意足的收获还是太过疲劳，杨铁仓一上车便打起了盹儿，鼾声伴着雨声在通往家乡的道路上延伸……同车的杨天来和杨顺虎望着疲劳中的老支书，谁也没忍心再打扰，他俩最清楚，老支书确实太累了、太需要休息了。

是啊，单是看一下杨铁仓一周来的日程，人们就可以想象到这位农村基层干部的辛劳。

6天前的6月30日，他参加了全省首次举行的“小康村优秀党支部书记表彰大会”，被授予“省级小康村优秀党支部书记”的称号。会议期间，程安东省长握着他的手亲切地问：“铁仓，今后有啥新打算？”“学校建成了，正在铺新村的油路，油脂厂也快投产了。”杨铁仓如数家珍地给省长汇报。“等你的厂子投产了，我和李书记一定去看一看。”7月1日会刚结束，他和专程来西安的村委会副主任一起在胡家庙旧货市场给村上购买石棉瓦，直到深夜才回到家中。之后几日，他两到渭南，找市乡企局、建委联系油脂厂的建设和新村油路铺设等事项；接待了来村检查工作的省、市、县三级农业综合开发部门的同志……7月5日这天，他和村干部一起研究了新村修路中遇到的难题和农业税的征收工作，操持了村民李刚良母亲的丧葬礼仪，察看了3公里的新村路基建设现场和老村拆迁进度情况，还去了几户对搬迁想不通的村民家中，晚上11点多才空着肚子回到家中。草草吃了饭，又赶到造纸厂与干部商谈生产和收欠问题，直到翌日凌晨1点多才回家休息……

就是这样的日程，在杨铁仓身上，已经延续了23个春秋。

不知不觉中，车已驶过渭南城区，上了渭清公路，虽是下午7点多了，但因雨越下越大，天色更加阴沉。也许司机急于赶路，在渭清公路4公里处超越一辆三轮车时，一辆大卡车迎面急驶而来，“天津大发”躲闪不及，迎面而撞……

这一撞，使杨铁仓再也没能睁开那疲惫的双眼；

这一撞，如同晴天霹雳，将一个残酷的噩耗伴着雨丝洒向了渭北高原上的那个小村；

这一撞，还使共产党人队伍中的又一个英雄名字铭刻在了人民群众的心中，传颂在天宇之间……

为使乡亲皆得饱

杨铁仓是在黄土地贫瘠之时成长起来的。1961 年 4 月，社办农中因严重困难提前关门，杨铁仓和同学们不得不忍痛告别书桌，各自回乡。

那时候，在国家遭受严重经济困难的大背景下，全国人民面临的处境都差不多，可对杨铁仓这棵还不满 17 岁的嫩苗来说，其面临的局面更加艰难。全家 8 口人，父亲年过半百，弟妹均未成年，唯一的劳力只有母亲一人，于是，还未成年的他便成了家庭的顶梁柱和希望。但无论怎么讲，挑起这副担子，对他来说实在是有点太重了。

家庭困难，如果村上情况好点倒还罢了，可蔡袋村却偏偏在坡洼里，3460 亩土地全在旱坡上，广种薄收，靠天吃饭，常常是夏粮接不上秋，秋粮过不了春。所以，到 40 公里外的煤矿上拉煤，再到大荔、渭南一带换点粮食的苦力行当成了蔡袋人多年的“保留节目”，杨铁仓也是这条路上的常客。“三五成群夜行难，翻山越岭上矿山。车厢装满千斤炭，换回苞谷红苕片。一斤杂粮一两汗，辛苦一趟饱三天。”这段留传至今的民谣，就是蔡袋昔日艰难生活的写照。那时的蔡袋人连做梦都只有一个愿望，啥时候不再换炭就能填饱肚子，那就过上神仙的日子了。

大河没水小河也干涸的艰难处境，使这个还显幼嫩的农家后生不得不把自己人生的坐标定在了家乡，横下了一条心，发誓“一定要在自己手里使全村乡亲吃上饱饭”。

此后，杨铁仓几次拒绝、放弃了招工转干的机会，志立广阔天地，和乡亲们共度艰难。他放下了学生的架子，以全副身心投入到农业生产的实践当中，一步一步地学习农业技能，最大限度地提高自己的劳动本领，增强体能。没出两年，无论是犁耧耙耱、装车扬场，还是铡草上麦秸顶，样样农活没有能难倒他的。

最初的 10 年中，杨铁仓以勤劳朴实和聪明才智把自己磨炼成了一个合格的农民，一步深似一步地赢得了乡亲的信任和拥戴。回乡当年他就加入了共青团组织，之后几年先后被乡亲们推选为记工员、生产队会计、大队会计兼文书，到回乡 10 年的 1971 年，杨铁仓不仅加入了中国共产党，而且被任命为大队党支部副书记，直到 1975 年走上了大队党支部书记的岗位。

从一个成熟的农民到农民的当家人，杨铁仓苦苦思索着贫穷的根源和挖掘穷根的良方妙药。他不知为此开过多少次支部会、群众会，结论只有一个：干旱是贫穷的根子，只有打井兴水，才能挖掉蔡袋的穷根。

其实，打井对于蔡袋人来说并不陌生。在六十年代末到七十年代初的几年中，包括杨铁仓在内的蔡袋人曾连续打过 25 眼锅锥井，有 20 眼出过水，也使蔡袋人过了一阵水浇地的瘾，见到了半房檐高的苞谷。但还是因为穷，装不起井壁管，不仅锅锥井昙花般地倒塌报废，蔡袋人也因此欠下了 20 多万元的外债……

然而，对蔡袋人来说，填饱肚子的途径仍然仅此一条——打井兴水。面对垂头丧气的群众，杨铁仓说："锅锥井报废，固然损失惨重，但证实了一条，咱蔡袋的地下有水。只要我们总结经验教训，改变打井办法，总会取得成功的！"这坚定的话语，给了贫穷中的群众极大的信心和希望。

当得知长安县打出了大口辐射井时，蔡袋人迅即前往取经，回来后立即动手，在村西的洼地摆开了兴水的战场，杨铁仓担任突击队队长。

辐射井的井筒直径过丈，得从地平面上一镢一锨地向下挖掘，每挖一段，就得将挖下的泥沙装进用汽油桶自制的铁罐里，用绞车吊上来倒掉。同时，掘进每完成 1 米，井壁就得用混凝土预制 1 米，如此递进，方能安全进行。随着掘进深度的增加，作业的艰难程度和危险程度也在不断增大，掘进过 20 米后，人就得站在深水中作业，直到打至 30 米时井筒才算完成。之后还要在底部井壁向四面钻打长度达 100 多米的 8 个水平辐射眼，以便使远水渗流进来。可辐射眼并不好打，一孔辐射眼，1.5 米的钻杆就要连接 70 多根。随着辐射眼的加深，井下水量不断增大，尽管七八台小水泵不分昼夜向上排水，但人仍要站在齐腰深的水中作业……

就这样，杨铁仓和 30 多个壮劳力奋战了 101 天，蔡袋也是澄城县历史上的第一眼辐射井终于获得了成功，靠天吃饭几千年的窘迫历史在杨铁仓和他的乡亲手中终于被翻了过去，止不住的笑容绽放在蔡袋人清瘦的脸上……

水浇地带来的丰收喜悦，使蔡袋人更加坚定了打井不止的信心，之后的 10 余年间，他们在杨铁仓的带领下，靠外出包工挣来的不多的钱，硬是相继打出了 6 眼辐射井，拥有了 900 余亩水浇地。

就在蔡袋人打出第二眼辐射井之时，适逢由联合国资助的关中东部抽黄工程上马，蔡袋村恰在规划灌区范围之内。初尝水利甜头的杨铁仓和蔡袋人心气更旺，他把全大队的强劳力分成 3 支队伍，上抽黄工地、打机井和承包茨沟公路段的土方工程，掀开了蔡袋历史上翻天覆地的一页。

在黄河滩的抽黄工程大会战中，蔡袋人从寒冬腊月干到来年春天，100 天中完成了 170 米的干渠渠基垫方工程，悬空千米运送总土方量 14 万多立方米。又奋战了近两年，开掘出了 600 多米长的伏蒙涵洞，蔡袋人从此以吃苦耐劳、善打硬仗闻名周边 3 县。

盼星星，盼月亮，蔡袋人历经千难万险，以勤劳的双手战胜了自然，迎来了活水，创造了历史性的变迁。为了使水利发挥应有的效益，杨铁仓没有停步，1984 年他又率领群众在家乡的 3460 亩土地上，掀起了一场声势浩大的农田基建和平地填沟的热潮。他们克服重重阻力，打破组界，统一规划，挖土铺渠，投资 70 多万元，投工 22 万个，移动土方 68 万立方米，建设渠道 16.8 公里，填平了 4 条胡同，合并了 32 块埝，历经 3 年，全村田成方、树成行、渠成网，3460 亩耕地全部变成了水浇田，其中 1000 多亩实现了井渠灌溉双保险。

十年艰辛不寻常。1985 年，蔡袋村粮食总产量达到 63 万公斤，人均产粮 600 公斤，拉炭换粮的悲惨历史就此画上了句号。蔡袋村成为市、县命名的“文明村”，杨铁仓以卓著的成绩被省委树为“全省优秀党务工作者”，受到了联合国粮食计划署和国务院相关部委的表彰，他的事迹以 7 种语言传向全世界……

蹚出富裕路一条

“一定要在自己手里使全村乡亲吃上饱饭！”这是杨铁仓当年初回家乡立下的誓言，虽说经历了漫漫的煎熬与苦斗，但他的誓言毕竟变成了现实。按说他可以心安了，满足了，然而，人的欲望是随着环境的改变而不断变化的，更何况是为人民谋福利的共产党人的追求。随着国家改革开放的不断深入和农村经济的大力发展，作为领头雁的杨铁仓站得更高、看得更远了，他不愿让乡亲们停留在吃饱饭的水平上。他要在党的领导下，和群众一起蹚出一条渭北旱原的富裕路来，让群众从温饱线走上小康路。

多年的农村工作实践，使杨铁仓明白仅靠种粮是很难迈向富裕的。在不知多少次调查研究之后，他果断地提出了调整产业结构、科技兴农的设想。

为了科技兴农，他把目光投向了西北农业大学，百余次前往西农大，行程达 5 万余公里，拜老师，请专家，引良种，学科技。面对这位赤诚满腔的农村干部，西农人向蔡袋村敞开了爱的胸怀。徐恩波、黄尚志、孙廷相等 11 名专家教授以及他们的学生在 3 年的时光里几乎扎根在了蔡袋。他们全面勘察了蔡袋的地形地

大棚里的采摘

貌、水利设施布局、渠道网络构成和土壤成分特点等，了解了当地的耕作习惯与种植经验，考察了周围各大市场的农副产品购销情况。一个多月后，一套切合实际的产业结构调整方案和实施办法制定出笼，“天心地胆种粮食，山坡梯田栽苹果，井边渠旁务瓜菜”。

为了使群众支持这一飞跃性的改革，杨铁仓一方面积极开展普遍的宣传动员，激发群众的参与意识；另一方面制定出一整套优惠政策：苗木统一购进，价款暂不收交，包地款额前 5 年不收，后 10 年补交。在具体实施中，他把工作的重点放在村组干部身上，责成干部带头承包坡地。他曾冒着大雪开拖拉机从杨凌拉回了树苗，自己首先上山挖坑栽下 5 亩，一下子推动了全村苹果栽植工作的迅猛展开。第二年春，200 多亩大棚蔬菜在机井灌区露面，使产业结构调整全面铺开……

在抓经济作物的同时，杨铁仓还积极引进了十多个小麦优良品种，并在村上建立了科技示范点，指导群众改进作物生产技术，使粮食平均亩产由原来的 200 公斤跃升到 485 公斤，翻了一番还多。

科技兴农、村校挂钩，为科技人员提供了广阔的用武之地，也给蔡袋培养出了一大批科技能人土专家，直接推动了全村经济的快速发展。到 1990 年的 4 年多时间里，全村的粮经种植比例由 8∶2 调整为 4∶6，经济作物面积由 600 亩扩大到 2000 亩，全村实现了人均吨粮、吨菜、吨瓜果的宏伟目标，人均纯收入达到 1300 元，成为省级“文明村”。他们的产业结构调整方案还获得了全省科技进步二等奖。

“科学技术是第一生产力。”邓小平的这句名言，在杨铁仓和蔡袋人身上，体现得最深刻，收获得最直接。

走向工农相结合

农业的大翻身，使蔡袋的知名度不断提高。中央和省、市领导频频来到蔡袋村，杨铁仓的眼界更加开阔，志向更加远大，为群众谋福利的心也更加迫切。

作为上千口人领头雁的杨铁仓，与父老乡亲相濡以沫，带领大家在艰苦创业的道路上已经走过了15个春秋，将贫穷的帽子扔进了急速流逝的黄河，取得了从未有过的辉煌。同时，作为共产党人的杨铁仓，也把他当初回乡时的“初级诺言”抛在了脑后，唯有入党时的誓言不时在耳边鸣响：“我决心扎根农村干革命，为贫下中农服务一辈子，当一辈子人民大众的老黄牛，拉车不坐车，一直拉到共产主义，把我的一生献给党。”这誓言虽然带有明显的时代痕迹，但从中我们真切地看到了杨铁仓身上所透现出来的一心为民、志立农村、扎根家乡的人生观和世界观。

人，一旦有了精神，追求便无止境，共产党人杨铁仓更是如此。

面对已达极限的农业，杨铁仓寻求着新的出路。一个偶然的机会，给杨铁仓又注入了追求的灵感。那是1989年夏天，从西安出差回来的杨铁仓口渴难耐、咽喉冒烟，用5角钱买了一块雪糕，一边走一边大口吸吮，不一会儿，手中的雪糕只剩下个竹片了，但焦渴过度的咽喉并未完全降下高温。他转身走到一家甜瓜摊前，一下子买了5公斤，装满了提包，而付出的钱数恰好与一块雪糕的价钱相同。他一口气吃完两个，其余的带回家中，全家老小人人有份还有剩余。

这天夜里，杨铁仓久久难以入睡。下午发生的事情在具有10年会计生涯的他的心中激起了层层思绪：一块雪糕与5公斤甜瓜，在同一个市场上怎么就变成了等价物？一个甜瓜从整地点种到打掐压蔓，从追肥除草到昼夜看护、采摘运输，需要耗费多少时日，流淌多少汗水？而一块雪糕的原料投入、生产周期、运载难度等等，较之甜瓜要省事得多，只是在雪糕生产中包含了制冷设备和技术因素，美化了外观包装，这才是它真正值钱的地方。这时的杨铁仓对“无工不富”的深刻内涵有了前所未有的透彻理解，走工业化道路、强村富民的思路逐步清晰起来。

1989年秋收冬藏时节，杨铁仓连续召开支委会、干部会、村民代表会，专题研究讨论创办企业问题。对于蔡袋兴办工业的基础、工农经济的对比鉴别、工业利润的基本构成、发展工业的美好前景及蔡袋兴工的紧迫形势等等，杨铁仓作了精辟的分析阐述，唤起了干部群众兴企办厂、走农工商相结合道路的热情。但对于究竟办哪一类企业、上什么样的项目，大家都没有定型的点子。在广开思路、多揽信息、反复比较、精心筛选的基础上，经过多次权衡比较和分析预测，杨铁仓最终拍板，决定围绕当地主导农产品的发展兴办纸箱厂。

可办企业谈何容易，尤其是对与泥土打了半辈子交道的庄稼汉来说，其难度可想而知。在村级集体经济十分薄弱的情况下，杨铁仓同村长雷万文好不容易凑了420元，他们用这笔钱作为盘缠，商定厂不建成不报销。随后二人结伴而行，上县城、奔渭南、跑合阳，往返穿梭40多趟，多方求借告贷，于千辛万苦中筹得13万元。紧跟着盖厂房、订设备、请技工、招人马，不到半年时间工厂便开张运转，蔡袋几千年写满农业的历史上，荣耀地记下了这一天——公元1990年8月12日。

出乎意料的是，纸箱厂当年盈利8万元，竟收回了60%的投资额。

初战告捷，群情振奋，也使杨铁仓走农工商结合之路的雄心大增。在农村工业化的道路上，农民自有农民的眼光，农民自有农民的精明。第二步向哪里迈？思考中的杨铁仓在时时留心之余发现，自己纸箱厂的生产原料是买别人的，而别人造纸的原料却是蔡袋堆积如山的麦草。由此，筹建造纸厂的念头在脑中萌生。经过两年马不停蹄的奔波，投资180万元年产3000吨的造纸厂从设想变成现实。在它的辐射下，第二、第三纸箱厂又在蔡袋应运而生……

去年，杨铁仓对造纸厂进行了技改扩产，使年产量达到了5000吨，之后投入到依托当地资源的油脂厂的紧张筹建之中。他的宏伟目标是到2000年，全村人均收入实现5000元，工农业总产值达到1亿元。然而，人毕竟是人，急切于经济发展的杨铁仓马不停蹄、超负荷的工作，最终倒在了蔡袋再造辉煌的征途上。

失去杨铁仓的蔡袋人是悲伤的，悲伤中的蔡袋人也有一丝欣慰。如今，全村实现工农业总产值3800万元，人均纯收入超过4000元，是1975年杨铁仓刚当支书时的100倍；集体积累除还清30多万元的欠债外，达到了620万元，每年上交国家税费82万元，安置农村剩余劳力240多人。

在党的富民政策的指引下，蔡袋人以自己的艰辛劳动创造了前所未有的辉煌，先后被市委、市政府和省委、省政府命名为“小康示范村”，村党总支被市委和省委命名为“小康村先进党组织”。杨铁仓同志被授予“省级劳动模范”“全省优秀党员”称号，还被国家3部委授予“全国优秀农民”的称号，就在他殉职前6天，又被省委授予“省级小康村优秀党支部书记”的称号。

再建幸福新农村

杨铁仓常说："共产主义的目标是伟大的，道路是漫长的，正因为漫长，才需要我们一步一步地去实践。"

党的培养，渭北高原的锤炼，领头雁的位置，驱使着杨铁仓决心把家乡建成社会主义新农村的样板，让父老乡亲尽快离开祖辈蜗居的低屋陋舍，早日走上共同富裕的道路。

他们先是投资20万元为全村家家户户通上了自来水，接着又拿出40万元将全村道路全部油路化。九十年代初，在继续发展村办工业的同时，蔡袋新村的规划筹建工作也在杨铁仓的倡导和推动下紧锣密鼓地进行。经过一年多时间上下四次的讨论修订，在上级业务部门的帮助下，《蔡袋村建设规划》制定出台，1993年4月17日，通过了由省、市建设部门和县委、县政府等9个单位的35名领导、专家组成的评委会的评审验收，新村的建设由此拉开了战幕。

下辖3个自然村的蔡袋村老几辈居住的老村，高低不平，分散不整，居民院落狭窄深长，建筑房舍阴暗潮湿，群众苦不堪言。在走上富裕道路之后，他们虽然也渴望着改善居住条件，但普遍满足于修补迁并的小打小闹。当杨铁仓把建设规划报告给乡亲们时，有人欢呼叫好，有人半喜半忧，也有人提出异议。对此，杨铁仓不怒不急，而是以大量精力开展调查摸底工作，依据不同的家庭情况，确定了"急需户先建、中间户缓建、困难户后建"的工作思路，并把专家统一设计的六种不同风格、式样各异的楼样图纸交给大伙，自由选择。村上还雇来推土机，在规划区内推铲出街巷道路框架，然后为报名建房的村民画线打桩。1994年重阳节，杨铁仓在新村工地亲手为3组村民杨师军燃放鞭炮，庆贺全村第一座居民楼破土动工。

新村建设在杨铁仓看来，确是一场农村城市化的伟大革命。所以，面对新农村的建设蓝图，面对群众的某些不理解，他想方设法耐心引导，使群众自觉自愿。为了给大家做出表率，他不仅带头拆了自家新盖不久的房子，动员胞弟、连襟也一起拆了房，而且又"逼"着他们一起盖新楼，结果使盖房的欠债一直背到现在。

在他的带动和领导下，一座又一座新楼拔地而起，仅三四年时间，95 幢新颖美观的小洋楼就矗立在新村的三街四巷。

新村建设初具雏形，旧村的改造也没有放松。巷道拓宽取直，裁高填低，共拆除搬迁房屋 330 多间，安置了 8 户困难家庭，旧村面貌焕然一新。

四年来，蔡袋村集体和村民共投资 800 多万元，进行了大规模的农村城市化建设。如今，村道平坦、路灯明亮、绿树成荫，一个设施齐全、配套完善的社会主义新农村形象在渭北大地赫然耸立起来。

“再穷不能穷学校，再苦不能苦孩子”，没上过多少学的杨铁仓对知识有着更深的体验。所以，在走上富裕道路之初，他就下狠心、花大力兴办教育，重建标准化学校。他对大家说：“这是长远大事，不摊底咋行。”

在建校捐资大会上，他带头捐了 880 元，非但如此，他还规定：凡蔡袋小学考出去的历届大中专毕业生，每人也要捐 100 元。结果全村 10 人中，光他和他亲属的孩子就占了 7 人。这些举措，极大地激发了群众的助教热情，40 万元的建校款很快筹齐了……

又是两年艰辛，新学校于 1996 年落成。3 层教学楼蔚为壮观，校内图书、仪器、教具、体育设施一应俱全；花园、草坪、动物造型建筑欢快流畅，漂亮雅致。来村视察的程安东省长感动之余，亲笔题写了校名。

社会主义新农村的建设不仅需要高度的物质文明，而且需要高度的精神文明与之相协调。在几十年的发展中，杨铁仓以邓小平理论为指针，始终坚持两手抓，村上先后办起了科研站、农民文化夜校，开辟了农民业余文化阵地，杜绝了赌博、封建迷信和婚丧事大操大办的陈规陋习，全村 1270 多口人尊老爱幼、互帮互助、和睦共处、勤劳致富，形成了良好的社会道德规范氛围，杨铁仓被评为“全省社会治安综合治理先进个人”。

人格魅力留天宇

54 年的人生征途上，杨铁仓在家乡的土地上奋斗了 37 个春秋，不仅将一个贫瘠潦倒的贫困村建设成为全省农村的一面红旗，而且使自己从一个回乡知识青年磨炼成了一名颇具现代特色的卓越的农村基层领导人。他以自己农民和共产党员的双重轨道塑造了充满魅力的人格形象。

在他为群众谋福利的历程中，无论是打井兴水的工地、东雷抽黄的战场，还是科技兴农的日夜、创办企业的旅途，甚或新村建设的经历，无不渗透着他为党为民的殚精竭虑、睿智才华乃至血汗交融。为民的事他不仅抓大的，生活琐事、家庭困难，不管别人想到想不到的，同样能遇上他的热心肠。在村里，他除了忙公务，就是当总管，村上群众不论谁家，迎送新人他在场，老人去世他在场，天灾人祸他在场，吵架骂仗他也在场，解决困难，化解矛盾，提供帮助。3 组村民杨从生，妻子残疾劳力少，生活十分困难。1985 年杨铁仓找到他说："我包 10 亩地，咱两家栽苹果，一家 5 亩，地不要钱，苗子也不要钱，剪枝防虫，我咋干你也咋干，保你发。"从生一听欣然答应，如今从生家收入已超过 10 万元，盖了新楼还有了存款。6 组失足青年雷麦成释放回来时，母亲病故妻子改嫁，房漏灶塌，顿觉万念俱灰。杨铁仓上门鼓励他："别害怕，困难再大有支部。先借给你 300 元修房垒灶，再安排你到纸厂上班，利用你的开车技术，拉料挣钱。"一席话说得麦成满心暖，他一连在纸厂干了 3 年多，自己有了四轮车，重修房子娶了妻，转变成了好青年。去年 8 月，还被推选为村民组长。

…………

就是这样，全村 200 多户群众家家都留有他深深的脚印，户户都有他送去的党的关怀。

农村基层工作是最具体、最琐碎也是最忙迫的。几十年来，工作上的事使得杨铁仓没有了家的概念，更谈不上地里和屋里的活路了。前些年，10 多亩责任田全靠妻子一人劳作。这几年，脑血栓使得妻子失去了劳动能力。杨铁仓无奈之余，只好将地包给了别人，甚至连苹果园也给了人。

自家的事都顾不上，亲戚就更别说了，不仅沾不上光，还常常跟着贴本。连襟杨启潮就感到最委屈，抓计划生育，杨铁仓动员妻妹第一个上手术台；连襟在渠边拾到个女孩，杨铁仓执意要按超生执行政策；只要亲戚有事找上门，他总是一句话，想借我的关系要求特殊照顾，没门！

胞弟杨铁玉也感到跟上亲哥沾不上光，倒吃了不少亏。他的苹果卖了 11500

元，想存银行去。他哥过来一把抓走了：“看不见咱的厂正在难处吗？”他在矿上工作，他哥一次次派人来赊煤，钱总是叫他想办法周旋去。杨铁玉面对这样的兄长只有服从。

知夫莫如妻。彩云就经常扮演着铁仓得罪亲属后善后工作的角色。娓娓地做完解释后，她常常免不了带出一句来：“他也难啊，当个好干部几十年换不下来，家里忙了我，外面亏了你们；当个贪污干部，不要说自家后代几辈人抬不起头，就是你们也得跟着被人戳脊梁骨。”杨铁仓的信条非常明确：“共产党的干部是人民的勤务员，不是自家的摇钱树，也不是亲属好友的遮阴树。”

50 多岁的杨铁仓说来年龄倒不大，但为了集体和群众，几十年中落了一身的病。早年打井，双腿落下了严重的风湿症，近些年又患上了痔疮，发作起来血染衣裤，疼得他坐卧不宁……

了解杨铁仓的人都说，支撑他身躯的绝对不是食物，而是群众的疾苦和共产党人为群众谋福利的坚定信念。每次出差，烧饼、面条是他固定不变的食谱，能不在外面住尽可能往回赶，为的是省几元住宿费。“抠门书记”成了他光荣的外号。1995 年，杨铁仓带着 3 人到河南焦作的沁阳给纸厂看机器，临走时，他给妻子说：“大伙都爱吃你烙的馍。”于是背了一大包烧饼，半夜入河南境，在伏牛山区小河湾里灌了一塑料壶凉水，带着干粮吃了一天两夜。第二天，给每人一顿五个菜包子，一碗清汤稀饭。晚上回来，一路直奔蔡袋。就这样，两天三夜，4 个人的伙食费只花了 20 元。

杨铁仓的质朴、善良和厚道，在他的名利观上体现得最为鲜明。在杨铁仓的笔记本中，有一首他写的诗，很能反映他的心迹：“岁月如烟／白发添头间／为民生涯水无边／乐在潜心攀缘／工作不负重望／只求村民芬芳／为人要讲师表／淡泊不求张扬。”

近几年上项目、办企业，多少次的贿赂被拒绝，多少次拿到回扣交了公。那年给纸厂订设备合同刚一签订，对方就告诉他：“按我们的规程，你个人应得回扣 1 万元。”杨铁仓事后安排会计杨来潮：“40.5 万元设备款，咱只要汇去 39.5 万元就行了。”……多年来，他为村里贴进了上万元的差旅费，而村办企业按规定 7 年来应发给村干部的 15 万元奖金，杨铁仓和“一班人”没领一分，全部为村上办了实事。在他去世后清理遗物时，2000 多元的电话费发票没报一分，公文包里只有 10 元钱和省人大代表证。

杨铁仓有数不清的荣誉，但他从不炫耀示人，而是深压在箱底；他有数不清的头衔，省、市人大代表，县连续 5 届的党代会代表，县人大委员，但他从没高人一等的优越感，脚踏黄土，只有奉献；他有数不清的朋友，从省委书记、省长到县委书记、县长，但他从没找他们办过一件私事，从没有忘记自己的父老乡亲，失足青年、贫困户依然是他家的座上宾；他手中掌握着数不清的公款，可在跑项目办企业中，他提给上级部门乃至省长的礼物最贵重的就是自家的豆子和当地特产——酸醋。而就是这样的礼物，感动得省长陪着他一起跑项目……

杨铁仓凭的是什么？是中国农民身上那极易感染人的最朴素的情感，是我们中华民族美德几千年锤炼出来的人格魅力，是中国共产党人在“为人民服务”旗帜下的心心相通！

悲云泪雨祭丰碑

杨铁仓走了，走得匆忙，走得无言，走得亲朋无法相信，走得乡亲难以承受……

当噩耗传到渭北高原的澄城大地时，县委书记任仓平震惊得一下子瘫坐在沙发上，泪水难禁半晌说不出一句话。任书记忘不了，五六年间，他多次到蔡袋，在杨铁仓家中冷馍就生蒜，与他探讨经济发展思路。

县人大常委会主任楚天喜、县长薛景民得知噩讯后，分别赶赴现场处理后事，在县上准备后事，以迎接这位在多年发展经济中与他们并肩战斗的英雄英灵的回归。与杨铁仓并肩战斗过 31 年的老村主任雷万文悲痛欲绝，哭声震天：“老伙计，你咋走得恁突然？老天爷呀，你这不是拿尖刀捅我蔡袋人的心吗？！”老村主任忘不了，今春的一天夜里，杨铁仓来到他家，老哥俩抵足而卧，彻夜长谈。望着杨铁仓憔悴而疲惫的神色，老雷动情地说：“老伙计，你也该退下来歇歇了。”杨铁仓心事重重地对他说：“油脂厂弄了个半截，路铺了个半截，新农村建了个半截，事没干完，咋退呀？！”

惊闻噩耗的乡亲们哭成一片："我们的杨书记是累死的、累死的呀！"

原渭南地委书记张济伦话语伴着泪水："铁仓这个劳模是干出来的，是真劳模啊！"与杨铁仓交往很深的原地委副书记智敏泣不成声："各级组织授予铁仓的几十项荣誉，项项当之无愧。他是劳动模范中的模范。"

闻讯后的杨育年和老伴悲声大放："你心里有恁些事，临走还惦记着我老两口啊！"

66 岁的李玲花大娘双手捧来了大红寿被："好兄弟，这是我那没爸没妈的孙女给你盖的，你照看娃 11 年，你给办的补助本，年年够娃交学费，娃说长大报答你，没料到你咋走得这么急……"

"仓娃，蔡袋人离开了你，就像孩娃失娘亲呀！"已有 50 年党龄的老游击队员雷升云老人长守灵前，泪染双颊。

…………

7 月 11 日，杨铁仓的安葬之日。市上领导赶来了，十几个部门的领导赶来了，县上几百名科级以上干部赶来了，40 个重点村的代表赶来了，十里八乡的群众赶来了，省上几个领导的花圈送来了……三四千人潮水般地涌向了蔡袋。大家只有一个愿望——再看一眼这位群众的贴心人，再看一眼这位累死的共产党员。

哀乐低回，悲歌如泣，花圈成排，哭声一片。长长的送葬队伍前面进了陵，后面还没出村，147 个耀眼的花圈伴随着连绵的呜咽震撼着蔡袋村，震动着澄城大地，传遍渭北高原……

——原载《陕西日报》1998 年 10 月 11 日

大风起兮云飞扬

——品读韩秀峰《掀过一页》之“风云年代篇”

陕西日报评报员　张革风

张革风

从某种意义上讲，作家和记者是社会的记录员。一个富有社会责任感的记者，就是要用手中的笔，客观记录时代的变迁；用手中的笔真实而生动地记录社会，通过典型的人物和事件，折射社会发展的趋势，成为后人了解作者所处时代的参照。身为省级党报高级记者和作家的韩秀峰正是这样。

在我国，20 世纪 90 年代是一个风云激荡、英雄辈出的年代。通览韩秀峰《掀过一页》之“风云年代篇”可以看到，作者以纪实的手法、敏锐的视角、多角度的典型，给人们展示出20世纪90年代三秦大地建立社会主义市场经济体制伟大变革的风云画卷。这里有谢绝许多省市的邀请，却一口允诺来到西部重镇宝鸡市，并不顾62岁的年纪，常常早上还在大雪纷飞的北疆，中午又飞到了酷暑难耐的南国，两个月中不辞辛劳，频繁跨越大江南北，直至病倒仍躺在病床上运筹帷幄指挥生产的“中国伊面大王”熊毅武老先生（《“中国伊面大王”纪事》）；有只读过三年书，却几十年如一日，始终扎根在家乡土地中，从好奇到热爱一直走向执着，40年中培育、引进、试验、示范、繁殖、推广的小麦品种达700种以上，30多种在大田推广，其中“丰三—189”“秦川矮”小麦良种成为关中地区的骨干品种，先后获得省“玉米高额丰产奖”、小麦产品奖等多项奖，科研成果曾被列入《陕西省科学技术成果选编》，几十次被省、地、县树为“先进科技工作者”“优秀党员”“模范党员”，两次出席省、地科学大会，多次出席全国、省、地农业科技工作会议，甚至成为西北农学院兼职教师、省农作物审定委员会委员、地区农学会理事等，最终成为一名卓越的农民科学工作者的共产党员许富坤。尤其让人印象深刻的是，在“人有多大胆，地有多大产”的“大跃进”年代中，许富坤坚持“一切经过试验”，搞合理密植试验，得出“播量越大，人为地造成小麦的无效分蘖，争水争肥，导致减产”的科学结论，以招来自身被免去干部职务，却带动郭村一片实施合理稀植。当1993年“超大穗”炒疯了陕西乃至全国之时，对科学一向舍得花钱的许富坤仍以六分地搞试验，结果因大家都知晓的原因，“超大穗”在郭村未能推广一粒。通过这些故事，又让人们看到具有敢于讲真话、不迷信、不狂热品德的共产党员许富坤（《金灿灿的麦穗——共产党员许富坤40年坚持农科实践纪事》）。还有面对市场经济探索带来的“阵痛”，面对竞争激烈的市场角逐迎难而上，连克数座“碉堡”的转业军官韩孝山（《秋天有四季——韩孝山的奋斗之路》）；忠诚于党的旗帜与宗旨，自觉为建设社会主义新农村忘我奋斗，默默奉献的共产党员何进坤（《党在农村的脊梁——记农民党员何进坤的先进事迹》）；因公殉职的澄城县蔡袋村党总支书记杨铁仓（《写在大地上的遗言——因公殉职的澄城县蔡袋村党总支书记杨铁仓同志先进事迹追记》）……

优秀记者的又一标志，是其具有政治家的洞察力和善于捕捉重大新闻的眼力，尤其是在由计划经济向市场经济转变的90年代，更需要一批这样的记者为实现市场经济目标去引领舆论，找到改革的突破口。农业、农村和粮食，在我们这样一个人口大国，无疑处于举足轻重的地位。连续见诸陕西日报的《奉献中的苦涩》《困扰中的探索》《忧虑中的希望》便是不可多得的力作。作者开篇就以新中国成立后的1953年到1990年的38年间，国家从蒲城县调出的粮食和最近年份每年向国家上交的商品粮，以及在为国家提供商品粮的道路上连续17年名列全省第一、连续3年夺得省上颁发的“丰收杯”等多项指标，证明蒲城县为全省商品粮第一大县。然而，面对社会主义市场经济的到来，商品粮第一大县却多年受“产粮大县、工业小县、经济穷县”的怪圈困扰。随着商品经济的发展、改革浪潮的冲击和价值规律的调整与牵引，蒲城县从80年代中期开始，站在大农业、大市场、大流通的高度，重新而深刻地审视产粮大县所面临的深层次问题，寻求发展出路，提出了“南抓粮棉，中上桑菜，北攻烟果”的战略实施方案。经过十年奋斗，全县粮经比例调整到了6 ：4，农业经济从此产生了质的飞跃。1994年，全县果品产量突破了两亿公斤，果品畅销全国24个省市以至国际市场，全县经济作物的产值占到农业总产值的70％以上。农业产业结构调整的链条拉动了养殖业的迅猛发展，全县形成了牛、猪、羊、鸡、鸽、兔六大养殖基地，进而该县又依托当地资源，以农副产品加工为龙头发展乡镇企业，形成了“企业带基地、基地连农户、产销一条龙、工贸一体化”的经营模式，初步实现了由卖原料到出售商品、由小农业到大农业的跨越。全县乡镇企业发展到1984个，总产值达到10.01亿元，为农业经济步入良性循环奠定了良好的基础。

更值得称道的是，记者面对产粮大县蒲城从单一的粮食生产到粮经并举、多种经营，写出了农村经济发展的“第一笔”后，仍清醒地看到，该县投入还远远不能适应农业发展的需要，农业基础设施建设滞后，粮经争水矛盾犹存，农业的科学管理、科技推广和科技运用还赶不上农村经济发展的需要，农技部门由于资金、体制等原因，不能发挥实际效能等一系列全省农业县普遍存在的现实问题，明确提出，粮食生产的根本解决还有赖于国家对粮食生产的政策倾斜和对农民利益的调整与建立“农民收入保护区”，使粮食生产和多种经营协调互利发展，以

丫头七岁时

及“三农”问题的根本解决，“一靠政策，二靠投入，三靠科技”，农业的大发展呼唤社会化的服务体系等建议，论点鲜明，论据、论证充分。

可以想见，这一力作在党报的重点推出，对其时全省农业产业结构向适应市场经济调整，无疑起到了示范引领作用。

总之，“风云年代篇”一定会使经历过这段岁月的人回味无穷，而对后来者定会有不少的启迪。

雪域
高原篇

启程向往中

——西藏纪行之一

西藏，对包括我们在内的许多人来说，是充满陌生、神秘和向往的，但“世界屋脊”的地理定义却使通往西藏之路成为一条天堑险途，甚至比出国还要艰难。

然而，我们还是要去了，去探寻祖国 1/8 的沧桑变迁，领略“世界第三极”的险峻神奇，体味在那神秘面纱包裹中生活了数千年的 230 万民族同胞的引人风采，看望战斗生活在高原雪域的三秦优秀儿女。

忐忑中，5 月 9 日，我们告别了景色宜人、丰收在望的关中平原，高擎“陕西日报 96 西藏阿里行”的旗帜，在浓浓的祝福送别声中带着三秦父老的嘱托踏上了通往“世界屋脊”的征途。

由于西安没有直达拉萨的航班，我们必须在成都转乘。到达成都双流机场后，前来迎接的成都晚报王学成告诉我们 10 日去拉萨的机票没有买到，因为没有身份证。着急与无奈中，直奔唯一出售去拉萨机票的进藏接待处，我们没有找到这里的周处长，售票处的张小姐告诉我们，15日以前的票没有了，10日的票更不可能，如果能找到周处长，看11日票有没有

5月9日，本报周怀忠、韩秀峰两位记者正式启程，奔赴西藏阿里地区，从而揭开本报'96西藏阿里采访活动的序幕。

两位记者将在一个月左右的行程中，肩负重托，在孔繁森同志生前工作过的地方，在人烟稀少，高寒缺氧的条件下开展工作，深入采访去年响应党组织号召前往阿里地区援助当地经济建设的16名陕西干部。在工作、生活、情感等方面表现他们的先进事迹，并报道近年来陕西的援藏项目的建设情况，从而展示藏汉两族人民的深厚情谊。

“'96西藏阿里行”是本报《社会大视角》编辑部贯彻社委会提出的“新闻报道质量精品年”而实施的一项重点采访行动。本报拟从6月下旬开始用图文并茂的形式，在一版和《社会大视角》进行为期一个月的规模宣传。

两记者出发之前，省委组织部、宣传部和本报联合举行了欢送仪式。省委宣传部副部长刘文义勉励记者要勇于吃苦，克服困难，写出好稿。本报社长兼总编辑尹维祖指出，此次赴藏采访，对于强化精神文明建设的宣传和锻炼记者队伍都是一次有益的尝试。

省委组织部、宣传部、省计委、新闻出版局和本报的有关领导以及部分编采人员参加了欢送仪式，为二位记者壮行。

对这次阿里采访行动给予大力支持的蒲城县委、县政府及县交通局、交管站的领导同志也专程为记者送行。

（冯晓荣 周盼红）

为赴藏记者壮行

出征，首开陕报西藏之行

可能，因为所有的票由他一人控制。

周处长很难找，我们只好住进离售票处不远的西藏饭店，迷茫中拨通了省委组织部巨小弟的电话，请他速和拉萨联系，告诉对方我们遇到的困难，请求西藏驻成都办事处为我们提供帮助。

半小时后，巨小弟来电话说，西藏自治区委组织部调配处的陕西老乡鲁西科副处长已通知成都，办事处政治部的张主任答应提供方便。

接通张主任的电话，一股暖流扑面而来……

第二天上午7时，我们拿到了张主任签字的购票登记表前去买票。售票处门前已有上百人在等候，不知怎的，8点开门的制度今天没有坚持，等到9点门才打开。我们在这里才知进藏的人很多，机票极紧张，而进藏者却很少有坐汽车走川藏公路的，因为这条路需要4天才能到达拉萨，而且布满危险，前不久的一场雪崩就袭击了过往车辆，使几十人伤亡。所以尽管进藏一张票800元，一天两次航班依然使许多人在这里要等半个月甚至更长时间。进藏者中有做生意的、有旅游观光的、有找工作的、有援藏干部、有归队军人、有探亲家属。

虽然排在最前面，但极其繁琐的买票手续使我们11时才拿到机票，挤出售票处，已是浑身酸痛，这酸痛也许在提醒我们：去“世界屋脊”的路并不那么好走。

只剩下半天时间，为不虚此行，也想对成都留下点印象，我们来去匆匆地参观了草堂和武侯祠。

翌日凌晨6时48分，我们被飞机送上了万米高空。不一会儿，棉团似的白云在脚下铺开，尖峻的山峰间或从眼底闪过，这时，一种庄严神圣的感觉从心底油然而生：我们只能向前，也只有向前！

——原载《陕西日报》1995年5月

初识西藏

——西藏纪行之二

当从飞机上俯瞰下面尖峭且堆满积雪的连绵不断的横断山脉时，穿着毛衣毛裤的我们心情变得愈为复杂，不知道等待我们的将是一条什么样的路。

看着机舱内 100 多名中外乘客的安然表情，我们的心才有点坦然。结实发达的“老外”我们自然无法相比，但坐在身边的一位四川姑娘却使我们增添了不少勇气。这位姓刘的姑娘已是二进西藏，是一家企业的会计，爱人就在驻藏部队。经过 1300 多公里的飞行，我们终于到达了拉萨贡嘎机场，虽然雪山沙岭，但机场边的一条小河还是给了我们不小的安慰。

慢步走出机场，陕西援藏干部、阿里地区财政局的张秦龙副局长已举着写有“陕西日报”的牌子在迎候我们。简单的寒暄过后，他先给我们一人吃了 3 粒丹参片，说是预防高原反应的。

汽车沿着拉萨河行驶在通往拉萨市的柏油马路上。蓝蓝的天、白白的云、高高的山、清清的水，经幡在风中曼舞，桑烟在天空轻扬，酥油茶芬香扑面。我们顾不得忠告与劝阻，拉开了车门。捧一掬拉萨河的水，吸一口雪域高原的风，留一张高山白云的影。啊，西藏，这就是你——我们魂萦梦绕的雄奇雪原吗，我们真的来到你的怀抱了吗？！

忘情中，高原反应已慢慢向我们逼来，胸闷、腿酸、头涨、气短……

胜利抵达拉萨

走进拉萨，我们急切地寻找着日夜想见的布达拉宫——拉萨的象征，但只看到了她那高挺的背影。我们被一气拉到了北郊的阿里驻拉萨办事处，浓烈的酥油味使我们真正感到自己到了一个陌生的地域。

简单的三菜一汤过后，我们被关进房子勒令睡觉。

由于时差的关系，拉萨到 21 点天才完全黑下来，我们躺在床上与张秦龙聊天，急切地打探着拉萨，打探着阿里，打探着西藏的一切，打探着生存在这里的陕西人。

在我们知道拉萨海拔 3700 米、含氧量 65％时，秦龙告诫我们："多睡觉，多喝水；走路说话要轻要慢；少抽烟，少喝酒；不要脱衣服，更不要洗澡。"

虽有微弱反应，但我们对此颇不以为然，在第二天急匆匆的布达拉宫广场游览中，人们平静稳健的身影更使我们淡忘了这里是高原。

布达拉宫确是神奇的化身，这座世界上最高的建筑比我们在图片和电视上看到的更加金碧辉煌、恢宏瑰丽。这座琼楼玉宇，相传是公元 7 世纪吐蕃赞普松赞干布与唐结为甥舅亲谊，为迎娶文成公主而兴建的宫室，后世屡有修筑。全部建筑依山势修建，群楼高耸，崇阁巍峨，宫体主楼 13 层，高 117 米，东西长 400 米，南北宽约 350 米。1000 多年来，神奇宏伟的布达拉宫已成为西藏人民心目中的圣殿，也是西藏的代表性标志和藏族建筑艺术成就与文化艺术繁荣的象征。

看不够也看不尽的布达拉宫使我们不停地按动快门，从各种角度拍摄着这一人间奇观。

离开广场，漫步街头，只见店铺林立，商品琳琅；酒店饭馆随处可见，歌厅饭厅遍布两旁；豪华轿车、中巴和人力车接踵相连，手持大哥大的老板偶尔走来，不时有身挎各种藏族饰品的妇女挡住去路，向我们热情地推销商品……

这一切，都使我们强烈地感受到了西藏这片高原雪域前进的脚步，看到了社会主义市场经济的神奇魅力……

——原载《陕西日报》1995 年 5 月

乡情难却别拉萨

——西藏纪行之三

高原毕竟是高原，尤其是世界最高的高原。在拉萨的第二天和第三天，我们两人先后躺倒，起因是我们未听忠告，第二天即开始了工作。

“宁当狗熊，不当英雄”，这是朋友来看望时留下的一句话，难听但真诚。

高原是无情的，但无情中的高原却使我们深深地感受到了组织的温暖和浓浓的乡情。

到拉萨的第二天下午，自治区党委组织部的扶风老乡鲁西科提着一包介绍西藏的书籍来看望我们，并提供了在藏工作的陕西籍干部名单，讲了一大堆身体、生活和工作应注意的问题，如获至宝的我们有说不尽的感激。

由于阿里的同志在等着我们，所以，为了节省时间，早日奔赴阿里，我们只好一边适应高原生活，一边强打精神进行工作。先后采访了即将去内地出差的阿里行署副专员张宁岗、地委副秘书长吴郭干，找到了那曲行署副专员王宏、自治区农技推广总站副站长郭海军以及科委主任兼书记肖怀远……

乡党们为见到我们而高兴、而流泪，我们也为他们的奉献精神而感动、而自豪。在采访王宏时我们被他艰难而辛酸的奉献精神而深深打动了，很久没有流过泪的我们泣不成声，泪湿衣衫，写不成字，拍不成照，从这位人民公仆身上，我们看到的不仅是西藏的希望、陕西的希望，而且是中国正在实现的希望！

在拉萨遇到的陕西人使我们深深感受到乡情是割不断的，虽然我们未曾相识，虽然我们非亲非故，但一个“秦”字把彼此的心紧紧地贴在一起，相互感受着家乡能给予的所有享受，而更多的是他们关怀帮助着我们：口裂时送来唇膏，头晕时搬来了氧气，气短胸闷时拿来了药物，吃饭不习惯时做起了家乡的面食……

“昔日文成公主远嫁为民族和睦，今天陕西干部援藏求经济发展”，这是我们代表报社送给自治区党委组织部的一面锦旗，而组织部的5个处长在我们到达第三天就提着两袋水果来到驻地看望，庄副部长随后与我们进行了长谈。

为了采访在西藏土生土长工作了30多年的自治区党委常务副书记兼人大常委会主任热地，了解他对陕西及陕西援藏干部的评价，鲁西科多方联系，直到5月17日下午，我们终于在西藏人民会堂采访了正在开会的热地，深深感受到了西藏人民对陕西人民源远流长的深情厚谊。由于确定第二天前往中尼边界的普兰县，路上需走两天，那里又不能发传真，为了尽快把稿子发回，我们匆匆吃了晚饭，急忙整理采访热地的录音，稿子写好已是晚上11点，一直陪着的鲁西科又同我们一起去自治区妇联发传真。等这一切忙完，已是18日零时，而约好采访肖怀远的事还没进行，我们只好赶到肖家……

凌晨4时，我们回到了住所，远处有鸣叫声传来。收拾好行李，离出发只有1个多小时，两人和衣而卧。天麻麻亮，乡情未散、睡意未消的我们悄悄别离了还没有看够的拉萨，踏上了1300公里的征途。

——原载《陕西日报》1995年5月

一路高山向前走

——西藏纪行之四

我们在昏昏欲睡中上路，沿冈底斯山脉和喜马拉雅山脉之间的雅鲁藏布江河谷向西进发。

中午 11 时，到达 280 公里外的日喀则市。这是西藏的第二大城市，是西南部农牧产品的集散地和交通中心。日喀则的藏文意思为“土质最好的庄园”，名胜有扎什伦布寺和夏鲁寺等。由于急着赶路，在一家咸阳人开的饭馆吃了点已没有陕西味的饺子又匆匆上路。此后两天我们再没有找到饭馆，靠自带的方便面和干粮充饥。

从这里开始，我们告别了平坦的柏油马路，步上了坎坷不平的石子沙滩路。车颠得很厉害，不时把人抛离座位，路上的石子不停地弹到车身上，发出刺耳的撞击声。

调节我们旅途生活的除偶尔说个笑话外，再就是看山。高原的山连绵不断，像卧倒的雄狮，一座挨着一座。天空的白云，山顶的积雪，开阔的沙滩，使人产生出一种浑厚、庄严与雄奇感。看似不远，却需要几个小时才能到达跟前，好不容易绕过去，满以为会有开阔的平原或繁华的城镇出现，结果又是连绵不断的起伏。

路上极少碰到行人车辆，走过几十或上百公里，才可看到几个耕作的农民或在沙滩上觅草的牧羊，路边不时闪过飘扬的经幡，才略使我们不显孤零。

比起内蒙古大草原，这里的草场并不广阔，但伟岸雄奇而连绵的山脉却给人一种阳刚之气、雄性之美。如果说大草原使人感到中国的广阔的话，那么，西藏高原则使人深深地感到了祖国的雄伟和高大，不由你不眷恋她、热爱她！

高山，高山，还是高山。浪漫的情调已经淡漠，一丝悲壮涌上心头。虽然车速很快，但高山不尽，黑暗早已降临。晚上 11 点，我们终于到达了可以落脚的萨嘎县。看不清县城的大小，只见星星点点的微弱灯光。找到边防中队，找到县招待所和两家旅馆，都已没有了睡觉的地方，又满街地找，好不容易才找到已住有两位藏民的房子，伴着浓浓的酥油茶味，我们酣然睡去……

翌日凌晨 6 时，我们被一路陪同的张秦龙叫醒，没能刷牙、没有洗脸，匆匆离开了这座我们不曾看清的县城，继续前行。

过日喀则后，我们一直行驶在海拔 4000~5500 米的高度，也许是在拉萨已经适应，也许是我们的身体还好，一路上没有大的不良反应。然而，这条在地图上以粗粗的红线标注的 219 国道从这里已没有了路的影子，我们只能跟着感觉往前走，5 次蹚过没有桥的河流，在沙滩中向西狂奔。后来阿里地区交通局局长李喜会才告知我们，虽是国道，但那是一条“断头路”。

由于在萨嘎县没有加油，等赶到 145 公里外的仲巴县要加油时，已没有了加油站。找了 3 个小时，才以每公升 4.5 元的价格找来了两桶私人存油，但还是到不了普兰县，无奈之中，我们抱着“天无绝人之路”的梦想上车。

果不其然，下午 6 点多，在离普兰县康萨区还有 15 公里时，油只剩下了 6 公升了，我们只有一边走一边祈祷。

真有梦想成真的事，当油耗到两公升时，有 3 辆车从对面开来，我们激动得欢呼起来。

一辆大车和两辆小车停了下来，他们是拉萨一旅游公司的，小车上的司机告诉我们，大车上拉着油，但任凭我们如何恳求，大车司机始终没有答应，我们简

在中尼边界看望边防战士

直成了落入深山无人救助的羔羊。

只有听天由命。藏族司机次久不准我们看油量表，不顾颠簸地高速向前……

好不容易，一面红旗跃入眼帘，我们的心骤然一热："有希望了，红旗在保佑着我们！"

这是普兰县的康萨区，到县城还有 104 公里。我们在油将耗尽时到达，司机次久找到了他在这里的熟人。加上油后，我们特意去向那面插在学校的国旗致意。

还有 104 公里的路程，我们不敢耽误。天色慢慢地暗下来，我们顾不上观赏神山圣湖的美景，一路向普兰。

走到 22 点 30 分，我们发现前面有辆车在行驶，一阵急追。车停了，下来的是两名带枪的藏族武警战士和普兰县的两名副县长——我们想念了很久的陕西援藏干部孙景宏和杨震。原来，他们是专程到 100 公里外去迎接我们的，等了 8 个小时未见只好返回。

车灯大开，四周一片黑暗。伴着寒风寒意，在群山的环抱之中，他们按照藏族的习俗，向我们献上了洁白的哈达。紧紧握着他们的手，我们久久舍不得松开，这是进藏以来我们接受的第一条哈达，也是我们心中渴望和梦想了很久的拥有，她一下子把我们的心和这方雪域高原凝结在了一起。

回想 1300 公里征途上的颠簸、风尘与艰辛，面对寒冷中亲人送来的温暖，我们的眼泪再也忍不住了……

——原载《陕西日报》1995 年 5 月

雪山·蜡烛·家乡饭

——西藏纪行之五

围着进藏以来的第一条哈达，暖意融融的我们伴着汽车的剧烈颠簸继续向普兰县城行进。大约半小时后，我们 5 个人住进了县武装部的一间房子，虽说简陋，但却是告别拉萨以来我们见到的最好的房子了。

灯光很暗，不足内地的 15 瓦灯泡。走到饭桌前，我们才想起这是两天来吃的第二顿饭。饭没吃完，电灯灭了，孙景宏和杨震说："县城是发电，供电时间从晚上 9 点到 12 点，县上正在筹建发电站，过几年会好一些。"

两天的长途劳顿使我们顾不了许多，只想好好睡一觉。

第二天起床后我们发现，经历了两天旅途的我们，衣服上到处是土，头发黏糊糊得梳理不开；搬出箱子，已裂开了两道口子，就连"康师傅方便面"碗也颠得盛不住水……

虽然脏得不能再脏，但我们仍被告知不得洗头、不得洗澡，因为一旦感冒，后果不堪设想。

在普兰，我们终于见到了一路上不曾见到的树木——唯一在这里能成活的红柳树，心中不由为之一喜，但再放眼四望，全是白雪皑皑的山峦。31 岁的陕西援藏干部、县委书记刘新余告诉我们：“你们昨晚路过的纳木那尼峰是全县的最高峰，海拔 7698 米；而县城的海拔是 3936 米，在阿里地区是比较低的，自古就被称为‘雪山环绕的地方’。”

普兰县位于喜马拉雅山脉和冈底斯山脉之间，面积 12505 平方公里，人口 7100 余人，与尼泊尔和印度有 400 多公里的国境线及 21 条边境通道。这座我们沿途见过的最好的县城，唯一一条百余米的街道两边散落着几座不大的支撑县城运转的院子，仍然关闭着的海关大楼在这座边陲小镇可谓一枝独秀，几家简易饭馆和小卖部门前门可罗雀。我们用了 10 分钟不到的时间走完了全县城，未能见到一个理发店……

这里有我省的 4 名援藏干部，围绕着他们一年来的工作生活情况，我们忙乎了3天时间，还去边防检查站，看了还在冰封季节的口岸，深入到藏族群众家中。工作日程很满，白天座谈采访，晚上点着蜡烛整理笔记、赶写稿子。好久没有点过蜡烛了，当我在这边境的静夜中伴着蜡烛写作时，没有了蜡烛在都市生活中的浪漫情调，倒有了一份独特的富足的感觉。

稿子写好了，不料这里没有传真，就连打一个电话也往往需要拨上几十次上百次才有可能拨通。5 月 22 日晚我们曾拨了近 3 个小时的电话，仅打通一次，不到一分钟又断了。

乡党们为了表示对我们的欢迎之情，4 位同志除没有开灶的孙景宏外，其他 3 位同志每人做了一顿自己的拿手饭。自然先从书记吃起，我们这一吃不要紧，不知道把他们搞得多狼狈。刘新余包的是饺子，外加 4 个小菜，而这点菜却是他跑了 5 个单位才找来的，黄瓜还是几天前南疆军区政委来这里没吃完剩下的。我们到这时才知普兰的副食供应极度困难，几乎所有的物品都是从 1400 公里外的新疆叶城县往上运，到这里早已是“昨日黄花”了。

之后两顿，我们又品尝了杨震副县长做的臊子面和王玺民副书记做的麻食。这 3 顿饭做得各有千秋，很有陕西味，是我们离开西安以来吃得最多的也是最好的。

几餐家乡饭，使我们在体味乡党们浓浓的乡情之余也深深感到，这里培养和锻炼他们的不仅是工作上的、意志上的、才能上的，还有生活上的。可以想象，几年后当他们回到家乡时，将以自己在高原上练出的做饭手艺报答他们亏欠太多的妻子。

——原载《陕西日报》1995 年 5 月

西藏，随处可见的经幡

在阿里的日子

——西藏纪行之六

普兰县距阿里地委行署所在地的狮泉河镇 490 公里，下午 4 点我们就赶到了，这是我们乘车旅途中较为轻松的一天，唯一的遗憾就是因为阴天，闻名世界的神山美景我们路过时没能看到、没有拍到。

狮泉河镇只是一个地理名词，没有行政编制，两条街道呈“T”字形状，各有 1000 多米长。狮泉河从西向东流去，河南便是噶尔县城。整个狮泉河的四面被雪山和沙石山环绕。街上人不多，但门店不少，有商店、饭馆、歌舞厅、理发馆等，楼房大概有 20 多栋，还有两排据说栽了 20 多年的红柳算是这里的唯一植被。总的印象比我们想象的好多了。

我们住在行署新盖的 3 层楼招待所，楼上没有厕所没有水，但电可以供到凌晨 1 点。听说我们到了，同志们几乎全来了，围了一房子，问寒问暖，说长道短，好像访贫问苦一样，其情浓浓。

由于时差的关系，这里上午 9 点半上班，下午 4 点半上班。大家陆续又工作去了，组织部的魏源生副部长和交通局的李喜会局长陪我们在镇上一家像样的饭店吃饭，还有陪同了我们一路的财政局副局长张秦龙和计经委副主任葛秋喜。饭菜很丰盛，是离拉萨6天来最奢侈的一次，但并不太合口味。也许由于海拔升到了4300多米，氧气不够用，呼吸有点吃力，食欲也不行。

看到我们脏兮兮的面目，又长又扎的胡子，李局长坚持带我们去理发馆清理，因怕感冒，只能干洗。这是14天来我们头一次洗头。

洗过头之后，好像身上卸去了一个包袱，轻松了许多，大家见了都说："这下精神多了。"

其实轻松只是表面的，我们的任务还没完成，工作还没展开。和魏源生同志协商之后，他为我们打印了一份6天的采访日程，包括星期天在内，没有一丝空隙。

既担心出现高原反应，又马不停蹄地工作、采访、座谈、下乡拍照片、发传真……我们在提心吊胆地过着每一天。

每当吃饭时，我们就到处找面食饭馆，由于都是用高压锅，煮熟时全变了味，所以吃饭使我们头痛起来。

进入高原以来，我们没有喝酒，不是没有酒，而是不敢喝，一小杯啤酒或一小盅白酒会使我们的心脏跳动加快一倍以上，每分钟达120次左右，只有望酒兴叹，为了身体，更为了工作。

狮泉河流传着这样一句话："穷人吃肉，富人吃菜。"到刚设立的货源不太丰富的市场上一看，方知这里菜比肉贵。1公斤大肉20元，而1公斤的青菜、黄瓜、青椒也在16~22元。这里到拉萨1800公里，到新疆的叶城也要1100公里，路况极差，运输十分困难。别说运输，就是单位的顺车捎人去拉萨或返回，车费也要600~800元；如果要包车，则需要1万~1.5万元的高昂费用。

出去难，待在这也不舒服。担任噶尔县委副书记的冯乃善介绍，这里的年降水量只有五六十毫米，年平均大风天气110天，最多的年份达220天。据测算，每年飘落在县城的黄沙达十几万吨，厚度在2米以上，仅清理这些黄沙每年就要支出十多万元。这种环境使干部职工的身心健康受到了严重影响，80%以上的干部职工患上了高原病。

在阿里这个被称为“生命禁区”的地方，我们感受最深的就是“特别能忍耐”的精神，你只有忍耐住了，才可能有所作为。

地委书记达娃次仁对我们的到来表示了热烈的欢迎，原定半小时的采访结果延长了 1 个小时。在我们告别阿里的前一天晚上，他又来到招待所，给我们送来了阿里的画册，献上了饱含阿里人民感激之情的哈达，并再三嘱托我们一定把他和阿里人民对陕西人民的深情厚谊带回三秦大地，告诉全省人民。

——原载《陕西日报》1995 年 5 月

祭奠孔繁森

八千里路云和月

——西藏纪行之七

我们就要告别冰雪包裹的阿里了，虽然我们刚刚熟悉，虽然我们恋恋难舍，5 月 30 日凌晨 3 点 30 分，我们在别亦难的气氛中留下“1998 年还来”的至诚诺言与同志们一一握别，互道珍重，彼此祝福，好像娘家人别离远嫁的女儿一样。

由于要去西藏那曲采访王宏，也由于阿里通往那曲的路大部分位于无人区，布满荆棘，险象环生，我们只能绕道新疆，经敦煌到格尔木沿青藏公路再次进藏，这就使得未竟之路变得更加遥远而艰难，日程紧上加紧。

年轻的藏族司机次久，再一次与我们同行，热情的达娃次仁书记特派魏源生护送我们。

“新疆是个好地方”幼时就印入了脑海，所以，与进藏时的忐忑相比，确实充满了热情与向往。

不料，两天才走出的大山和上千公里的“搓板路”冷却了我们的

高原途中

热情和急不可耐的心。

只有你置身于昆仑山下，你才会深深领悟莽莽昆仑那“横空出世”的雄奇和伟岸，体味世界高原那大无畏的自然韵味。

在新藏交界处，我们顺利地翻越了海拔 6700 米的界山达坂，跨上了这次远行的最高处。传说当年对印反击战时，一个连队在这里因高山反应而全部遇难，“死人沟”之称从此传开。

浮躁中，我们走到了第二天下午，才走出了山的连绵，走出了新的希望。叶城，这座被阿里人视为“天堂”的边陲小县，终于呈现在我们眼前。我们穿上衬衫，脱去从“冬天”穿来的外套和毛衣。

广袤无垠的沙漠是新疆给我们的另一种感受，点点绿洲则使人们感觉到了生命的蠕动与生长。在笔直的国道上，我们一路奔驰……

5 月 9 日，在乌鲁木齐短暂停留的我们没能等到去敦煌每周才有一次的航班，又一次驱车前行，从高温的南疆走到敦煌，一天奔驰 1100 公里。

在这里，停留一夜的我们于莫高窟前匆匆留影，与为我们辛苦了一路的魏源生和次久司机告别，他们返回阿里，我们继续向前。

到格尔木才发现，我们从昆仑山的西端又绕到了它的东端，从阿里到这里，已驱车行程 4400 公里，走过了八千里路云和月。

得知格尔木海拔只有 2700 米，跨过 6700 米的我们早已不屑一顾了……

——原载《陕西日报》1995 年 5 月

再向藏北行

——西藏纪行之八

格尔木是青海省的一个县级市，地处青藏交界处，人口来自全国各地，40 多年来进藏物资的 85％都是经过这里运往拉萨的，实际上格尔木已成为进出藏商品的集散地，加之这里海拔只有 2000 多米，草木葱葱，使得它成为千里赤壁中的一片诱人的绿洲。

格尔木市区规模很大，店铺林立，商品丰富，其繁华程度绝不亚于我们关中的县城，只不过地处遥远罢了。

到了格尔木，也就到了我们二次进藏的起点，虽说这次活动的行程已过2/3，但“行百里者半九十”，因为藏北之路在我们还属未知。

好在我省援藏干部、那曲行署副专员王宏创办的绒毛分梳厂就在这里，使得我们在这里一边工作一边“喘息”。

王宏的厂子看起来并不豪华，但投资已达 1800 多万元，职工 400 余人，由两块地方组成。4 天中，我们通过参观、听取介绍汇报和开座谈会，不仅对厂子和绒毛生产，而且对王宏同志四年多的奋斗

六月天，翻越唐古拉山口

情况都有了一个全面的了解，也印证了一个月前我们在拉萨与王宏同志座谈后得出的结论。

“不入虎穴，焉得虎子。”并不满足的我们还是决定再向藏北行，去王宏工作过的地方实地考察，即使征途布满荆棘，险象丛生。6 月 14 日，天还没亮，我们就被叫醒，穿上防寒服，带上干粮，朦胧中再上征途，向着唐古拉，向着藏北腹地，也向着我们这次“西藏之行”的终点。

青藏公路与川藏、新藏公路相比是最好的一条，被西藏人民誉为“一条金色的飘带”。三四个小时之后，我们才越过了昆仑山脉；中午时分，到达了长江源头——沱沱河。原以为长江源头清澈见底，到眼前才知道浑黄无比。我们坐在车上以黄瓜和饼干权作午餐，又继续赶路。

到唐古拉山口时，已是下午 4 点多了，近前看去，倒没有多少高大与雄奇，只有一股雪原的莽莽感与苍凉感。唐古拉，这个我们盼望了不知多久的地方，今天终于来到了你的身旁，领略你无限的雄奇，体味你历史的苍茫。

晚上7点多，我们终于到达那曲行署所在地，这里没有树木，海拔4500米，说起来比阿里还要艰苦。在一家庆阳人开的“西安饭馆”，我们简单地吃了面条，回到房间与在这里收绒的职工座谈，凌晨方散。

翌日，我们在已经泛绿的藏北草原上奔驰、颠簸，向着近300公里外的班戈县城……

我们于下午4点多到达县城——一个有十几排房子的地方。

王宏已是两年没有回来了，得到消息的人们纷纷赶来探望，提着风干肉、端着酥油茶，县委书记和县长陪我们在一家川菜馆吃饭，我们只能充饥，他们却敢喝酒。

这晚，在班戈，我们烤着牛粪炉子睡去……

一大早，人们围在街口为王宏送行，18条哈达挂满了他的全身，也把汉藏之间的殷殷深情洒在了这藏北高原……

我们就要告别西藏了，当我们返回唐古拉山口时，昨夜的一场大雪覆盖了整个世界。难道这是深情的青藏高原在告别之际送给我们的一条特殊的哈达么？我们这样问，也这样想。

——原载《陕西日报》1995年6月

“赶考”酷暑中

——西藏纪行之九

6 月 17 日下午 6 点 35 分，我们第二次走出了西藏，顺利返回青海省格尔木市，住进格尔木宾馆，已是满身疲惫、酸痛无力。

然而，我们仅仅睡了一夜。第二天，就开始构思有关王宏的稿子。因为周日才有飞西安的航班，我们计划 6 月 23 日返回向往中的西安。

3 个昼夜过去，定名为《莽莽雪原写风流》的王宏事迹通讯脱稿，达 1 万多字，一边打印，一边修改，一边请王宏过目，直到 22 日下午初稿方定。晚饭后，与藏族职工及王宏谈笑而过……

23 日中午，我们披着这次行程中的最后一条哈达，在难舍难分的祝福和承诺声中告别了格尔木。

当又一次置身于万米高空时，回眸一路征途，感触深深也遗憾多多。45 天中，有 17 天我们是在旅途中度过的，除 3 天乘飞机外，整整坐了 14 天汽车，几乎都是从朦胧的黎明到星斗满天的深夜，无一日不在千里以上，直坐得神情呆滞、腰酸腿疼……25000 里的尘土撒在了我们的身上，这其中，我们横跨 6 省区，两进西藏，两到青海，上百次翻越大山名川、河流湖泊，三越昆仑，两过天山，6700 米是我们穿越的海拔最高度。在一个半月中，我们转换 8 个季节，仅换季的衣服就装了满满一大包。

我们由衷地感谢陕西援藏的同志们，一路上，他们以浓郁的乡情包裹着我们向前，他们的事迹无时不在激励着我们；还有藏族的干部群众，从拉萨的热地书记到阿里的达娃次仁书记，从自治区组织部到阿里地委组织部，还有与我们一路相伴的司机次久和安穷师傅……

我们也更加想念报社的同志们，一刻也不曾忘记领导的嘱托，丝毫不敢懈怠地展开工作，最大限度地向着最好努力。

雪域高原

在我们留下的诸多遗憾中，许多人不可思议的是许多名胜古迹与我们擦肩而过，从神山到古格王朝遗址，从班公湖鸟岛到葡萄沟，还有声名远播的青海湖……

我们选择了工作，把遗憾留给了未来，留给了不可知的下一次。

当飞机降落在西安咸阳机场时，我们的心情万分激动，终于，我们终于回来了——美丽的家乡，亲爱的同志们！

然而，当我们走进酷暑中的西安时，方知又一场战斗才拉开序幕。想起45天前领导们送行时说的"到最高的地方，吃最大的苦，写最好的稿子"的话，心里又一次忐忑起来。这是一场考试，一场人生和业务的双重考试，而我们的考官不仅是组织，还有一直注视着我们行程的三秦父老、援藏干部和藏族同胞，那么，面对这殷殷的期盼，我们能交出什么样的答卷呢？

——原载《陕西日报》1995年6月

世界屋脊“秦川牛”

——阿里陕西援藏干部群侧记

一年前的5月，16名三秦骄子响应党的号召，背负全省人民的期望，告别富庶的关中平原，踏着孔繁森的足迹，来到了被生物学家称为“生命禁区”的阿里高原，在地直机关和普兰、噶尔两县开始了为期3年多的援藏工作。

阿里，位于西藏自治区的西部，是一个被喜马拉雅山、冈底斯山、昆仑山和喀喇昆仑山托起的高原，平均海拔4500米，高寒缺氧，含氧量只有海平面的一半。因生存条件仅次于南极和北极，故有“世界第三极”之称。全区面积30.5平方公里（有一个半陕西大），人口7万余，是我国面积最大的行政专区之一。

面对民族地区的陌生工作，在内地基层和部门工作了多年的16名同志，克服高原反应、生活不适、环境艰苦等困难，到阿里的第3天就投入了工作。他们没有下车伊始发号施令，而是听取汇报、查阅资料，之后围绕分管工作和所在部门业务一下子沉到基层，展开了深入广泛的调查研究。噶尔县委副书记冯乃善、景东成，副县长何存贵、黎焕焕一到任就扛起背包，带上食物到乡村组户，宣传党的政策，了解察看藏胞的生产和生活情况，解答群众疑问，现场解决问题，晚上住牧民帐篷，饿了吃糌粑、喝酥油茶，同农牧民群众打成一片。不到半年时间，他们下乡 22 次，历时 68 天。黎焕焕一次就下乡 20 多天，开座谈会 15 次，走访特困群众 20 多户，还撰写了两篇调查报告，受到地委达娃次仁书记的表扬。普兰县委书记刘新余上任两个月走访了 127 名藏族干部群众，摸清了县域情况。

调查研究成为所有同志的一致作风，即使在地直机关也不例外。交通局局长李喜会，先后多次下基层，坐车、骑马乃至步行，深入 7 个县 30 个区 106 个乡详细察看公路现状及管养情况，行程达1万多公里，成为阿里地区的“活地图”。行署副专员张宁岗更是以身作则、率先垂范，先后走访地直单位 20 多个，并在 45 天的基层调查中深入所辖 7 县的许多区、乡、村、户和 15 家企业，掌握子大量的第一手材料……

调查研究的功效使大家取得了发展振兴阿里的发言权，摸清了交通建设情况、企业经营和管理情况、县域经济情况、旅游开发情况、能源建设情况、党的基层组织建设情况、法制建设和执法情况以及机要管理情况等，形成了《阿里企业的现状、问题和对策》、《阿里地区交通发展设想》、《噶尔县经济发展之我见》、《普兰旅游业发展前景》、《机要工作调查》和《关于进一步加强在青年妇女中发展党员的意见》等一系列调查报告，成为地区社会经济发展的宝贵资料。

深入广泛的调查，使大家在看到阿里自然条件艰苦、经济发展滞后的同时，也看到了土地辽阔、资源丰富等推动经济发展的巨大潜力，找到了工作的突破口，在此之后，他们分别参与和主持制定了地县“九五”计划和2010年远景目标及分管工作制度、规划和目标。普兰县委书记刘新余，副书记王玺民，副县长孙景宏、杨震和“一班人”一起，在发展县域经济中，提出了农业综合开发工程、牧业综合开发工程、能源工程、交通工程、通信工程、希望工程、菜篮子工程、安居工程和旅游工程的工作目标和重点。噶尔县则提出了 3 年内的 10 件大事，从水利、草场到水电站、乡镇企业等，无一不与人民生活和经济发展相关联。

在阿里，极少官僚作风，自己想到的事情就得自己去写、去干，不要说调查报告、工程规划，就连会议通知也是如此。16 名同志放下官架子，发扬在内地基层工作的好作风，身体力行抓落实，以发展高原、建功高原、为三秦父老争光的精神展开了工作竞赛，把艰苦奋斗的延安精神以自己辛勤的汗水体现在雪域高原。

在旱情严重的去年，噶尔县的 4 名同志和全县干部一起下乡抗旱，与农牧民群众同吃、同住、同劳动。新开荒地和改造中低产田 580 亩，新修水渠 3 条，青稞地围栏 266 亩，还建起了冬、夏季牧场。由于干群同心，在大旱之年，去年粮食总产量达 165 万公斤，比上年增长 8.2%，人均收入由 970 元增加到 1002 元，牲畜存栏净增 1.2 万只（匹）。正是依靠这样的干劲和精神，一年中，噶尔县建起了第一座电影院、开办了第一家医院、创办了第一所幼儿园、盖起了第一幢家属楼，面对国内国外的复杂环境，综合治理首次成为全区先进……

在普兰，与“雪山环绕”的自然景观相比，大家的工作热情更高，似乎要融化那四周的冰山。他们围绕“到‘九五’末全县粮食实现商品化，肉食和酥油基本自给，90% 的群众达到小康水平和脱盲”的发展目标狠抓落实。刘新余曾在一年中下乡 73 次，行程 6000 公里，跑遍了全县所有区乡和 80% 的村户。为了经济发展，孙景宏在畜产品出口上做文章，全力以赴抓收购，使县财政和群众共增收 253 万元。为建好普兰二级口岸，杨震几乎每天泡在工地，3 个月穿烂了 3 双皮鞋，从建筑的外行变成了内行，终于在口岸建起了 2000 平方米的商贸房，一改“帐篷口岸”的旧貌，同时在税源建设中收回 70 多万元，比上年增加 40 多万元。在去年 8 月的雹灾中，由于救灾及时、措施得力、工作到家，全县粮食在灾害中取得了较好的收成，还首次上交国家 32 万公斤商品粮。

城直机关的同志也不示弱，在各自岗位上各显神通。副专员张宁岗着力抓好交通、能源和 40 多家企业改革等经济工作，使全区工业产值达到 8900 万元，同时他高擎“汉族离不开藏族，藏族离不开汉族”的团结大旗，带领大家踏着孔繁森的足迹建功阿里、奉献阿里；交通局局长李喜会带领护路职工设养里程、清理边沟、备路面材料、改建路段、修建涵洞和过水路面、抢修水毁路段和疏通河道等，使交通状况有了明显改观；副检察长景宪云肩负反腐倡廉的重任，铁面无私、神勇相济，6 天破获 5 起经济犯罪大案，在阿里轰动一时；司法处副处长郝雄文在“二五”普法中以扎实而卓有成效的工作使阿里成为自治区的普法合格地

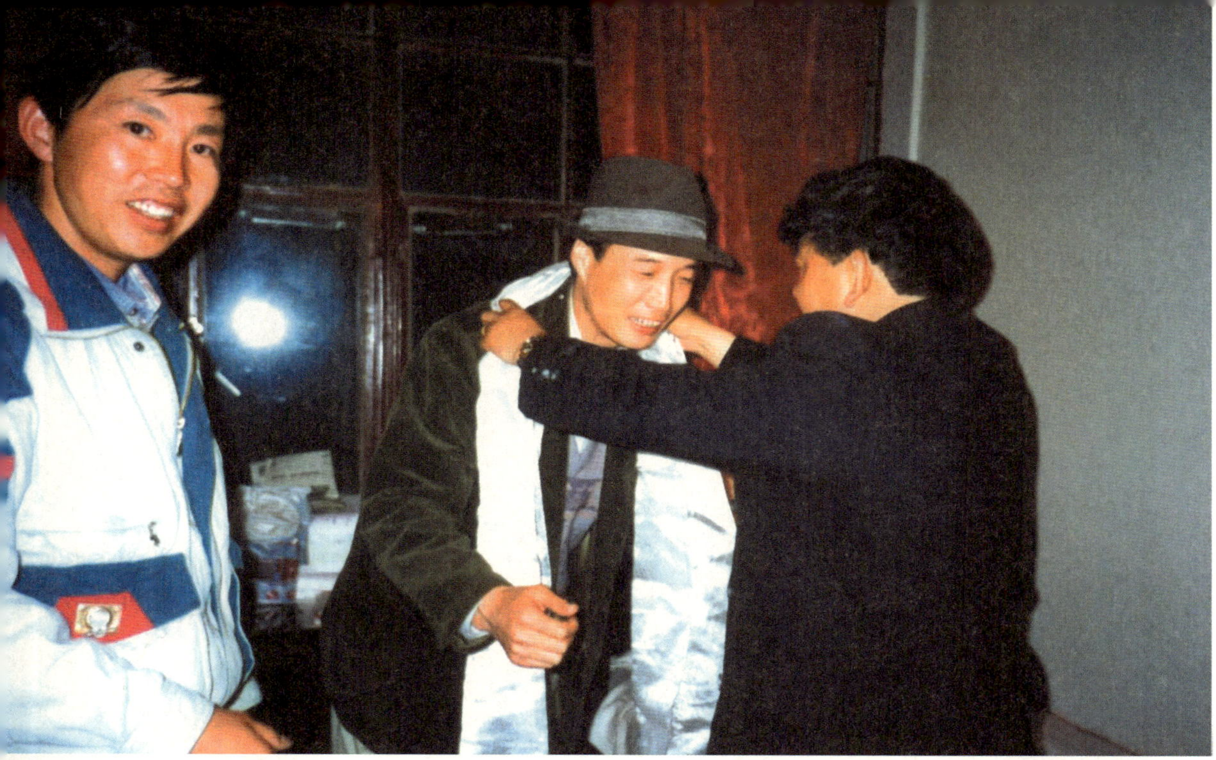

披上哈达

区；还有主抓党建的组织部副部长魏源生、负责机要工作的地委副秘书长吴郭平、培训了大批财会人员的财政局副局长张秦龙，还有身兼多职、为正常供电做出成绩的计委副主任葛秋喜……

又一个夏天到了，“不说空话，多干实事”已成了阿里人民对陕西干部的一致评价，他们从陕西干部的身上看到了孔繁森的影子，也看到了阿里的发展前景。今年春天，我省部分地方遭受黄河凌汛袭击，普兰县的藏族干部群众闻讯后，主动为灾区捐款 11800 多元，刘新余得知后立即阻拦：“藏族同胞的心意我替陕西人民领了，但咱们这里也很困难，也需要资金发展经济。”可县委副书记、人大主任顿珠次仁说：“陕西给我们派来了好干部，而且在财物上给了很大的支援，我们致富有希望了，信心也更足了，但我们忘不了陕西人民的恩情。他们现在遭了灾，我们绝不能袖手旁观，尽管我们还不富裕，钱数很少，但这是我们雪域高原人民的一片心意。”

11800 元、一封慰问电，凝聚着藏族人民的一片深情就这样从万里之遥的中尼边界汇到了陕西援藏干部的家乡……

——原载《陕西日报》1995 年 6 月

忍耐在高原

——陕西援藏干部生活散记

所谓高原，是指海拔3000米以上、地势高而起伏较小、顶面子缓的高地。世界上的高原占地球总面积的2.5%；而我国的高原则占了全国总面积的1/6。阿里，被称为“高原的高原”“世界屋脊的屋脊”，主要是因为它的平均海拔在4500米以上，而且位于边陲，路途险恶，环境艰苦，闻名世界的可可西里无人区就有阿里的一部分。所以，西藏人有一种说法：“不到阿里，等于没到过西藏。”

但阿里并不是人类无法生存的地方，这里毕竟还生活着7万多以藏族为主的各族人民。

当然，含氧量只有海平面60%的现实说明，高原毕竟是高原，不是所有的人都能适应。又白又胖的普兰县委副书记王玺民去年一到拉萨就撂倒了，上吐下泻，昏迷不醒。在从拉萨到阿里的5天路途中，一口饭也没有吃，到阿里的当晚，反应趋重，地委、行署成立了医疗小组抢救他，甚至提出送他回西安的打算，被这位33岁的年轻人拒绝了。

得到消息的阿里军分区一下子来了 20 多人探望，并把王玺民接到军分区救治。这天晚上，11 瓶液体输到他的体内，两条胳膊扎着针，第二天又吊了 5 瓶。直到下午，他才有了小便，所有人都松了一口气。

从此，大家方知，高原反应的威力并不是编造出来吓唬人的。

其实，一般人由平原进高原一周内，都会有心率加快、心功能减退和肺血容量增加等情况，同时伴有呼吸急促、头痛、头晕、心慌胸闷、食欲下降、夜间失眠等症状，若不注意休息，则会进一步加重心、肺的负担，甚至有引起急性高原肺水肿的危险。所以，国家规定，干部、职工进藏后都要休息一周。

但对于我省的 16 名援藏干部来说，适应高原仅仅是开始，因为他们将在这里度过 3 年半的时光。所以，特别能忍耐成了他们的共同目标。

吃饭，是大家每天都要碰到的难题。在阿里，地委、行署有一个中灶，各县和地直单位则基本无灶。为解决“以食为天”的第一大难题，经过同志们的多方努力，普兰和噶尔两县先后开办了机关食堂，但由于供应困难、高压锅煮饭、外地人主厨、上灶人很少等因素，使食堂处于断断续续的状态。无奈之余，两县的同志费尽周折买来了煤气灶，在下班之后练起了做饭的手艺，相互之间时不时地进行品尝评比。

地直机关的同志大多没饭吃，吃饭时到处打牙祭，今天饭馆、明天老乡处，再不就糊弄一下肚子，方便面之类也可以将就，但终非长久之计。

藏族的酥油茶、风干肉、糌粑、酸奶之类，经过一段时间的咬牙虽然适应了，但对吃惯了面食的老陕来说，最爱最想最馋的还是面条。

然而，艰难不只这些，如何打发工作之余的时光同样令人头痛。因为每天供电只有 3 个小时左右，且是 21 点 30 分才来，所以只能看到晚上 22 点的电视新闻，看其他节目要么有头无尾，要么有尾没头。

面对节假日和晚上的空闲，同志们在忍耐中慢慢学会了享受孤独与寂寞。他们在偶尔下象棋、打扑克、摆“龙门阵”、去藏族群众家里做客之余，制订了长期的学习计划。噶尔县的冯乃善、景东成、何存贵及黎焕焕买了毛笔纸墨，练起了书法。普兰县的同志则在县委书记刘新余的倡导下，除文艺类书籍外，每人一年精读 2~4 本经济、社会类书籍。杨震忙里偷闲练书法，孙景宏则作起了诗。他在《浪淘沙·登喜马拉雅山》中写道：“喜马拉雅山，银莽挥鞭，云絮如烟轻拂面。青鸟展翅迎飞天，到了仙河。登山何所惧，泣水潺潺，敢上九天是好汉。要缚苍龙建河山，藏汉同欢。”

忍耐，使他们更加充实；忍耐，使他们乐趣无边；忍耐，还使他们意志弥坚。

一群来自平原的陕西人，在世界上最高的地方，就这样忍耐着、生活着、工作着，也奉献着，为人生路上的自己，也为党为国为人民。

——原载《陕西日报》1995 年 7 月

参观布达拉宫

一缕情丝两头牵

——陕西援藏干部的两地情

说起西藏超乎寻常的般般艰难，大概没有人不相信。这些，都来自于人们对西藏的熟悉与陌生。

正因为如此，16 名奔赴阿里的同志几乎都是在亲人的泪水和肃然的气氛中踏上征途的，不亚于上战场的进藏使得同志们在临行前不得不做最充分的准备。他们都去照了“全家福”，面临“忠孝不能两全”的考验，给亲戚朋友托付的最重要的事就是父母的后事，他们不仅想当一名好干部，还要做一个好儿子。

在“世界第三极”的阿里，他们在忍耐中生存生活、开展工作，同时也忍耐着寂寞与孤独，忍耐着对家乡和亲人的殷殷思念。

当下班后走向锅灶时，当点着蜡烛出神时，当在狂风呼啸中孤枕难眠时，他们不由想起了家乡、想起了亲人。对生在关中、长在关中又工作在关中的他们来说，这次与亲人的分离是最长的也是最难耐的。在万里之外的高原上，他们想起父母总担心不已，想起妻子的昔日总是好处，想起儿女总是无限的爱怜……

由于想念，这些昔日很少写信的小伙子拿起笔，写起了情书，但因路途遥远和冬季封山，来回一封信，最快也要一个月。着急与无奈中，他们只有打电话，没有装电话的也咬牙让妻子给家里装上了电话。在艰苦的阿里，电话也同样“艰苦”，普兰县有十几部电话，但只有一条线路，阿里100多部电话仅有6条线路，而且白天根本拨不通，所以，要想打一次电话，只能到可拨长途的同志那儿或邮局，最好的时间在凌晨2时至8时。“好不容易拨通，却只能是夫妻两个说话，怎么也叫不醒熟睡的儿女。”黎焕焕每通一次电话就遗憾一次。于是，同志们那些年龄不大的儿子、女儿在父亲的思念中只好拿起还不太熟悉的笔，写着天真的话。

就这样，一年只有800元电话费的他们一个月就花掉了大半，心疼归心疼，“精神会餐”还得进行。

虽说高原的艰难说不完，但在信中和电话中，他们对亲人却只字不提这些。要问起来，只能也只有说很好。但妻女的承受力毕竟有限，张宁岗在宝鸡长岭技校工作的妻子董小丽，因单位分房问题在一次电话中哭出声来，但事没说清楚电话就断了，再没拨通，害得张宁岗一夜未眠，第二天情绪低落，直到晚上再次拨通电话才平静下来。

我们说了几千年的“忠孝不能两全”，这话在为国奉献的援藏干部身上也深深地体现出来。去年7月18日，刘新余的父亲不幸去世，而他却无法尽孝。9月1日，为普兰水电站上马而前往武汉、北京汇报的刘新余才匆匆赶到家中，在父亲已长出青草的坟前长跪难起……

“自古忠孝难两全，以忠为主，只要在西藏干好工作，就是对老人尽了最大的孝。”在雪山环绕的普兰，刘新余这样对记者说。

采访中，援藏干部不时流露出对给予他们家庭很多关怀、帮助和照顾的原所在单位、当地政府的感激之情，并一定让我们代其深表谢忱。

一条情丝两头牵，在忍耐中奉献的16名同志把思念写在雪域高原，寄给了三秦大地，把两个伟大的民族、把西藏和陕西紧紧地连在一起。

——原载《陕西日报》1995年6月

莽莽雪原写风流

——记陕西援藏干部、那曲行署副专员王宏

你为什么要来尝这苦滋味，
退一步你有春红秋绿的沉醉。
人生有几多进退，
只要追求得无怨无悔；
人生有几多选择，
构成了人生盈亏。
只要你播下无私无畏，
自有那铭刻的民众的丰碑！

——王宏抄录的《秦川牛》主题词

志在天涯别秦川

1991 年 12 月 6 日，时任渭南箱板纸厂厂长的王宏被召到渭南地委组织部，张海水副部长告诉他："根据中组部要求，省委组织部决定在我们地区选拔一名援藏干部做县委书记，时间 10 年，物色了几个人，你也是其中的一个，请你谈谈意见。"

"组织定了没有？"稍感突然的王宏问。

张副部长说："还没有定。"

"如果没有定的话，我最好不去。理由一是我是生产厂长，工作很实，而且我还年轻，很想为刚刚起步的渭南造纸工业贡献自己的力量；二是家里有 3 个老人，儿子只有 8 岁，等我回来都 18 岁了。"王宏正了正身子继续道，"要是组织定了的话，我毕竟还是个共产党员。"

出了张副部长的办公室，王宏还没有走到厂里，组织部的电话就来了，说地委已经研究确定他做这次的援藏干部。

王宏对这样的神速感到吃惊。他知道就几名候选人而言，论政治素质、论工作能力、论理论水平都成熟于他，但为什么偏偏确定他呢？

其实，组织也很为难。在与其他几名候选人谈话时，有的手抖得连烟都点不着了；有的当面就哭了起来，怨组织到南方任职不找他，去西藏就想起了他；有的当时答应了，晚上妻子、岳母找领导闹……

组织选择了态度坦然的王宏，人生给了他一次考验，正如他的同窗好友王杰山所言："进藏对有些人来讲，恐怕是条畏途；但对王宏来说，可能是一次机遇。"

面对人生之路的猛然转折，茫然中的王宏怀着一颗忐忑的心去西安告知父亲。

"你是来跟我商量哩还是来通知我哩？"听完经过的父亲问。

摸不着态度的儿子怯怯地说："就算是汇报吧。"

"好男儿志在四方。"

王宏心头一热，眼眶一下子潮湿了。

妻子李梅琴听到消息后说："女人以家为社会，男人以社会为家呀。"

临行前的日子，对西藏略知皮毛的王宏详细阅读了从省委党校和图书馆找来的《西藏自治区简况》和《西藏史略》等书，遍访熟悉西藏的同志，总想尽可能多地了解西藏、认识西藏。

1992年3月24日，西安火车站。4名陕西援藏干部整装待发，10多名在省地县工作的朋友专程赶来为王宏送行。

省委党校副校长温标送给王宏一首送别诗："秦川杨柳青，战士新筹划。宏图绘何处，念青唐古拉。"

他可敬的在政法战线工作了一辈子的父亲王煜先生，特意请书法家刘平书写了"志在天涯"的条幅，为远征的儿子壮行。

没有泪水，也没有欢笑，庄严中，38岁的王宏踏上了陌生而遥远的人生征途。

108包方便面

其实，真正的西藏既不是地狱，也不是天堂，而是一座不可多得的人生炼狱，是共产党员党性的试金石。

位于昆仑山脉、唐古拉山脉、冈底斯山脉和念青唐古拉山脉环抱之中的藏北，平均海拔在5000米以上，高寒缺氧，空气稀薄，平均含氧量60%左右，年平均气温在零度以下，闻名世界的可可西里无人区就在这里。所以，藏北被称为"高原上的高原""世界屋脊的屋脊"，与南北极并列为"地球三极"。

也许是命运的有意考验，王宏偏偏就被分配到藏北腹地的班戈县任县委书记。

王宏是带着满腔热情和一片真情来到西藏的。他想象中的班戈县就几顶帐篷，出门就解手，下乡就骑马。到县上一看，结果比想象中的好多了，县城竟有几排房子，还有几辆吉普车，他的心里又坦然起来。

但这坦然毕竟是有限的，班戈县面积4万平方公里，人口只有3万，无水无电，交通不便，信息闭塞，唯一的能源就是牛粪，县财政收入每年在几十万左右徘徊。

忍受着剧烈的高原反应，到任的第二天王宏就听取了各部门的情况介绍，第三天就下乡去了。

这里下乡比内地不知要艰苦多少倍，一个乡到另一个乡最少也在100多公里，没有公路，汽车只能在山间、沙滩和草原上颠簸。

"来自基层、来自群众的情况最具真理性和生命力。"带着这样的认识，王宏深入到乡村，详细地了解牧民的生产生活情况。

为了不给群众添麻烦，尽可能多地腾出时间调查研究，他不在群众家里吃饭，不给群众添麻烦，该吃饭时，他回到车上一边赶路，一边啃方便面。就这样，在下乡的27天中，他跑完了4万平方公里内的19个区乡，也啃完了108包方便面，吃得这位关中汉子满嘴是泡。从此，他与方便面绝缘。

生活的艰辛并没能使他退缩，下乡的所见所闻更强化了他的事业心和责任感。一次，王宏冒着纷纷大雪，顶着凛冽的寒风走到一家牧民的帐篷前时，里面一下子跑出6个孩子：3个裸体、3个半裸，他一下子震惊了。什么叫贫穷？什么叫落后？他深深地体会到了。

这件事，他久久无法忘记，发誓要把自己的事业融入这片雪域高原，立志在藏北高原为人民群众谋福利，发展经济，带领大家早日走上小康路。

27天中王宏收获的不仅是108包方便面，更为重要的是在这扎实的工作中，他摸清了全县的经济底数，看到了牛粪之外这里还有大有可为的畜产品，各类牲畜存栏达117万头（匹），是位居西藏第四的牧业大县。

然而，由于没有科学养畜，牧民自有自养，载畜量过重，膘情差，这就导致了配种差，使单产越来越低，适龄母畜、畜群结构越来越不合理，最终走上了恶性循环的道路。

“富饶的贫困”是王宏深入调查全县后得出的结论，针对这一问题，他从县域经济的实际出发，在调查论证之后制订了从基础抓起，科技兴牧、畜产品加工增值的经济发展规划。

为了这一规划的实现，他多少次到自治区和地区求援，终于建起了藏北第一个县级畜牧兽医实用技术推广中心；又驱车800多公里，请来西藏农牧学院的教授，实行学校牧场挂钩，把学校搬到了牧场，上课、培训、现场指导，整整搞了一个冬天，成为班戈县历史上的第一次；这还不够，为使科学养畜长期化、群众化，他又在全县筹划了百户科技示范户竞赛活动，100名兽防员一人抓一户，从接羔育幼打三联疫苗到抓膘配种，每一个环节都规定了具体的操作要求……

班戈，因为这个第一位汉族县委书记，从此出现了生机。

1995年，全县财政收入第一次超百万元。

献礼国旗下

科技兴牧只是王宏发展畜牧经济思路中的第一步。他明白要使广大牧民走上富裕路，仅靠出售畜产品原料还远远不够，必须走畜产品加工增值的道路，才能使畜牧经济发展实现良性循环。

在贫困和责任逼迫下的王宏又马不停蹄地带领有关部门人员从藏族的日喀则、山南到林芝、拉萨，从青海、甘肃到宁夏、新疆，考察西藏的工业水平，吸取外地的先进经验，前后一个月，驱车达上万公里。这次考察之后，他终于确定了“一绒二毛三皮”的畜产品加工增值思路，制定了将西藏畜产品打入国内国际市场的发展目标。

由于班戈县地处高原腹地，缺乏开办加工业的能源、技术、人才、市场、交通、信息等条件，王宏把眼光投向了县外、区外，顶住“肥水不流外人田”等各种巨大压力，大胆提出“借船出海、借地生财”的发展经济思路，并以他用汗水和智慧取得的翔实而丰富的材料说服了大家，最终取得了上上下下的一致支持。

1993 年 5 月 13 日，班戈县委书记王宏带着招来的 20 多名放羊娃，怀揣费尽艰辛筹措的 80 万元和振兴民族经济的大志进军他早已看好的 1130 公里外的青海格尔木，在西藏办事处公管站的一座闲置礼堂开始了绒毛厂的筹建工作。

应该说，选在格尔木建厂是王宏颇具战略眼光的展现。这里能源充足，信息灵通，市场宽广，尤其有别于西藏的是交通发达，空运、铁路、公路齐全，进藏物资的 85％都要经过这里，而且还有西藏驻格尔木办事处的地域和政策优势。

千辛万苦中，为了民族工业的起步，为了藏北牧业经济的迅速发展，王宏和大家一起边进行厂房改造和设备安装，边培训技术骨干和职工，顶着风雨，忍着疲惫，夜以继日，废寝忘食，每天工作达 16 小时以上……

1993 年 8 月 21 日，西藏人民永远铭记的日子。班戈县委书记兼绒毛分梳厂厂长王宏和他的藏族工人以自己放羊的双手，经过 100 个日日夜夜的汗水流淌和不懈努力，终于为渴望了几千年的西藏人民捧出了第一把洁白的无毛绒，西藏高原为之震动。自治区党委副书记、人大常委会主任热地激动难耐，欣然题词：“抓科技兴牧，抓加工增值，走畜牧经济良性循环之路。”自治区政府主席江村罗布发来贺电：“欣闻你厂试车成功，表示祝贺。希望再接再厉，为民族工业的发展做出重大贡献。”区党委副书记张学忠在视察该厂后激动地说：“班戈县为全区发展经济带了个好头。”还有领导说：“我们西藏民主改革40年，今天终于有了引以为豪的无毛绒。”

是啊，这不单是一把平常的无毛绒；这是西藏民族工业产品的真正拥有，更是西藏的希望、西藏的未来！

惊喜过望的人们总结了王宏的办厂经验，归纳为西藏的“五个一”——第一个走出区门的企业；第一个自筹资金建成的企业；第一个县上独资的企业；第一个绒毛加工企业；第一个深圳速度建起的企业。

第一把无毛绒的诞生，标志着班戈县畜产品加工业的开始，标志着西藏自产无毛绒的开始，也标志着王宏关于藏北发展畜牧经济思路实践的良好开端。

然而，胸怀振兴藏北经济的王宏并不满足于畜产品的加工，只是逐步的成功更增强了他向深度和广度开拓的信心，加快了前进的步伐。

1993年12月，王宏在二期工程刚完成便一鼓作气上了三期工程，从而完成了牦牛绒洗、梳、纺、织加工一条龙，实现了藏北畜产品由粗加工到精加工的历史跨越。

如今，绒毛分梳厂已形成了总投资1870万元、资产900万元、职工410名、年产10万件高级牦牛绒衫的规模，一跃成为西藏畜牧业的骨干企业。以“纳木错”为注册商标的高级牦牛绒衫、粗绒呢大衣和牦牛绒防寒服，从雪域高原走向市场，行销全国10多个省区并出口国外。

“纳木错”，藏语为“天湖”之意，位于王宏工作的班戈县境内，是世界上海拔最高的湖。它代表着藏北、代表着西藏，也代表着王宏的奋斗目标。有意思的是，不知道“纳木错”即“天湖”产品的消费者现今常说：“纳木错——那不错！”

1995年，在第二届全国农业博览会上，牦牛绒一炮打响，获全国唯一奖章；同年在首届全国牦牛绒制品博览会上又获金奖；今年4月，在北京国际绒毛展示会上再一次摘取国际银奖。

与王宏在纳木错野餐

1995年10月，金秋北京。“支援全国不发达地区发展资金15年成果展示会”在民族文化宫举行，西藏展厅被已改名为西藏那曲绒毛厂的产品独家占据。穿惯了羊绒、毛呢服装的首都市民一下子被西藏的牦牛绒迷住了，过去只知道西藏有工艺品展览的兄弟省市瞠目了：西藏也有自己的工业产品了！人们的目光纷纷投向了“纳木错”牦牛绒服装。有的人今天买了，明天又来；有的人自己买了，又带着朋友来；中组部的一位医生两次前来买了17件；更有甚者，晚上找到他们下榻的西藏驻北京办事处购买……

中央领导同志秦基伟、姜春云、陈俊生、王丙乾、李德洙、刘仲黎等也纷纷前来参观，阿沛·阿旺晋美老人更是按捺不住内心的激动，亲手为藏族新一代的产业工人一一献上哈达，饱含着他的无限崇敬之情。

走俏京城的“纳木错”惊动了首都新闻界，《人民日报》、《中国日报》、新华社、中央电视台、《中国青年报》、《工人日报》等10多家新闻媒体纷纷予以报道，在京城掀起了一股前所未有的“纳木错”热。

3 天中，“纳木错”创造了 17 万多元的销售新纪录，为西藏历史之最。

然而，这些从“放羊娃”成为工人的藏族孩子没有忘记培养他们成才的祖国。他们来到了天安门，在庄严永恒的红旗下，向国旗战士亲手赠送了标志藏民族骄傲的礼品——“纳木错”。

牦牛，这个在高原上生息奉献了几千年的“高原之舟”，终于在放羊娃手中变成了造福藏族人民的“高原之宝”。

躺倒了也是战士

要生存就要牺牲，要发展更要牺牲，尤其是艰苦条件下的生存与发展。1994 年 10 月，在高原奉献了两年半的王宏受命调任那曲行署副专员，仍兼任绒毛分梳厂厂长，这大概是我国唯一的“官商”，正如那曲行署索朗专员所说：“让一个专员当厂长，不是我们的本意，重要的是探索出一条藏北的畜牧经济发展之路。”

“不管是顺水还是逆水，都少不了把舵和拉纤。然而，方向只有一个：向前！”这是鲁迅先生的一句名言，也是一直伴随王宏的座右铭。

“但得众生皆得饱，不辞羸病卧残阳。”为了向前，作为共产党员和党的领导干部的王宏将自己的一腔热血赤诚无私地奉献给了雪域高原，奉献给了藏北人民的幸福事业。

4 年来，他百余次翻越海拔 5231 米的唐古拉山脉，每月最少一次。忘记了“生命禁区”的摧残与危险，忘记了自己的身体乃至生命，唯有沸腾的热血、满腔的热忱和肩负的责任。

4 年来，为了畜产品的加工和经济发展，为了企业的经营管理，他不知读了多少书，不知考察了多少企业，不知请教了多少专家，不知度过了多少不眠之夜……从一名不知绒毛为何物的外行变成了颇负盛名的牦牛绒专家和权威。去年 3 月，中国国际咨询总公司聘请了 6 名专家对王宏的项目报告进行评审，介绍完情况后，专家们问他的第一句话竟是：“你是不是学毛纺专业的？”

4 年来，他有 14 个月（426 天）的假期，可以远离高原、远离艰苦回关中的古都享受属于自己的舒适与安逸，还有久久渴盼着的天伦之乐，这也是党的关怀、身体的需要，而他竟没有占用过一天，硬是留给了藏北的经济发展事业，送给了挚爱难舍的莽莽雪原和藏族人民。

4年来，他从又白又胖的青年迅速地走向了苍老，白发无情地爬上了双鬓，脸黑了，人瘦了，许多藏族职工说："看着王书记的身体和家庭困难，我们真不忍心再留他。"

4年来，为了企业和藏北畜牧经济更快更好地发展，全国16个机场多次留下了他匆忙的脚印。他坐过的3辆车总行程达20万公里，一年就跑5万公里，有人戏称他是"飞毛腿"、是李向阳。

4年来，他以顽强的意志忍耐着寂寞与孤独，割舍了阖家团聚和7天一次的周末，放弃了生活可以给予他的一切美好。

还有，还有……

有人说，在西藏高原，躺着也是一种贡献。是的，内地是求发展，而这里是求生存。王宏深知这一点，也深深体味到这一点，但没有认同，他要把生存变为发展，证明这里也能发展，证明共产党员身上流出的血是红的。所以，他以生命与雪原、艰苦和贫穷进行着艰难而激烈的较量，吸着比内地人少近一半的氧气，付出着比常人多几倍的体能、才智和汗水。

西藏的特殊与艰苦不仅是地域上的，而且是全方位的。在内地当领导，许多具体工作有别人去做，有部下可派；可在这里，不要说项目报告，就是发言稿、会议通知也得自己去写，会干能干的人实在是太少了。

"工作很苦很累，累在具体，苦得扎实。"疲惫的王宏感触深深。

在建厂的日子里，他和工人一起抬木头、搬机器，一起睡地铺、吃大灶，为工人送茶送饭洗衣服。眼睛熬红了，点点眼药；困得不行了，抹点风油精；饥了，啃口干粮；渴了，喝自来水，就是不忍心离开工地……

由于资金紧张，厂里一度用茶叶、面粉去牧区换绒毛，车来了，他和大家一起扛面粉和茶叶。别人扛1袋，他扛3袋，车卸完了，他就成了"面人"，弄得要钱的司机到处找他。昼夜的连续劳累，已使他不堪重负，但他仍在坚持着、硬撑着。人的支撑力毕竟是有限的，一天中午，他走进厕所，还没蹲下，一种昏昏然的感觉从身体深处弥散开来，他什么也不知道就倒了下去，没有人知道，没有人帮助……不知过了多久，他在冰冷之中才慢慢苏醒过来，还不知道自己在什么地方。等爬起来看时，半个身子已经湿了，浑身沾满了屎尿和脏物。一股凄凉感涌上心头，他扶着墙，一步一步地向房子挪去，司机安穷见状大惊，赶紧扶他进屋，一边流泪一边帮他脱掉脏衣冲洗……

可他在床上躺了一会儿，又去工地了。

职工们现在还记得，那臭味在房里好多天不散……

王宏常说："我是陕西援藏干部，要为三秦父老争光；我是汉族干部，要为民族团结做贡献；我又是党员领导干部，更要带领藏族群众脱贫致富发展经济。"

1993 年腊月二十六日，为了在春节前赶回县上和藏族人民一起过年，刚从北京考察路过西安家中的王宏脚跟还没站稳又要走。老母亲看到别人都在匆匆往家里赶准备过年，儿子却朝出走，心里很不是滋味。但王宏还是告别了慈母的泪水，踏上了归途。除夕之夜，当万家团圆之时，王宏在经过 3 个昼夜的长途颠簸后，又站在了自己的岗位，回到了他思念着的羌塘高原的藏族乡亲中间。

西藏使王宏苍老了许多，也成熟了许多、无畏了许多。他说："无论我以后走到哪里，西藏的经历都是刻骨铭心的。人在西藏工作一段之后，应当从自己人生的字典里把'困难'两字抠掉，否则，寸步难行，不管是做官还是做人。"

西藏的许多人都知道，4 年中，王书记晕倒了 4 次；累垮了 3 个司机的身体，现在的司机安穷也已是体力难支，可他说："跟着王书记，心里踏实。我工作 31 年，开车 21 年，像王书记这样工作和生活的人没见过。他不抽烟、不喝酒，更不跳舞，吃饭就是一碗面条，我原来开大车跑运输也没这么紧张。但我是本民族的，书记还是援藏干部，他为西藏的发展那样拼命地干，我还有什么说的。"

"躺倒了也应该是战士！"这是王宏在一次晕倒醒来后写给家人的话。这句话确实是他作为人民战士的真实心志的流露和实际行动的写照，但也使全家人想了许多、想了许久……

爱在唐古拉

王宏是带着对西藏的深厚感情和一个共产党员的神圣责任来到雪域高原的。几年的雪原体验，使他深刻地感到，西藏绝不仅仅是一个地理名词、一片令人敬畏的高原，而是一种文化、一座炼狱，也是中国未来的希望。

去年 9 月，在西藏自治区成立 30 周年大庆活动中，王宏感受最深的就是“太阳和月亮有着同一个母亲，她的名字叫光明；汉族和藏族拥有同一个母亲，她的名字叫中国”。他热爱这片高原，研究它的发展历史，因为这是占我们祖国 1/8 的壮美山河；他深爱着藏族人民，因为他们勤劳朴实，因为他们是我们的骨肉同胞。

这种对西藏民族的挚爱在他的工厂得到了充分的体现。在唐古拉兵站干临时工的藏族孩子阿吉姆，一次到格尔木的叔叔家走亲戚，得知班戈县在这里办了个绒毛分梳厂，是王宏建的，她就很想去，“谁不想有个工作”。她以前只听说王宏人很好，但不认识，就让叔叔去打听。叔叔回来说王书记要见一下人。在兵站见过一些世面的阿吉姆知道不送礼是办不成事的，就和叔叔带着两种礼品去了。王宏和她用汉语交谈了几句，又让她写了几行汉字，感到很满意，就答应了。但当阿吉姆掏出礼品时，他一下子生气了，脸色非常难看：“这是干什么？你是来工作的，还是来搞歪门邪道的？如果要我收礼，那你就不要来了！”

不管阿吉姆和叔叔如何解释，王宏的怒气仍然难消。聪明的阿吉姆无奈中只好拿出她带的另一种礼品——哈达，对王宏说：“您不收礼品，我们心里也过意不去，还是为您献上一条哈达吧。”

“好，这个好。”王宏转怒为喜。一条代表藏民族最高礼仪的洁白哈达，盛满感激和敬意地献给了这位人民的公仆。

厂里 410 名职工，全是来自西藏机关单位的职工子女和牧区的放羊娃。他们几乎都是这样走进工厂大门的。王宏不仅称他们为“孩子们”，而且真把他们当孩子。他把党给予的权力化作爱心点点，还给养育着党的人民，渗入这群年轻人的心田，陪护着他们健康成长。发工资了，多钱买生活用品、多钱买饭票、多钱存起来、多钱给家里，他一一过问指教。在机床前，他不厌其烦地教孩子们操作要领；在学习室，他手把手教孩子们写字；在澡堂，他教孩子们怎样洗澡，为孩子们搓背；在饭堂，他为孩子们炒菜、做饭、夹菜；在工余，他与孩子们一起掰手腕、顶头……孩子们病了，他送医院、找大夫，守在床前，喂药送饭，关怀入微。工厂的 12 名藏族孤儿，无一没有感受过王宏那炽热而慈祥的父亲般的爱。

1993 年 12 月，藏族职工措吉临产。自己的孩子出生都没管过的王宏骑着自行车载着措吉到医院检查。几天后的凌晨措吉生产时，王宏成了最忙的人，跑前跑后找人照料，到医院请大夫、安排饭、给孩子准备衣服，直到孩子“哇”的一声落地，他才松了一口气。

王宏的司机安穷有一个可爱的小姑娘央宗，从小患小儿麻痹，连路都走不成。到了上学年龄，看到人家的孩子背着书包去上学，小央宗心里难受极了，安穷夫妇也很着急。为了排除小央宗的痛苦和安穷夫妇的忧虑，王宏利用在西安培训工人的机会，找朋友、托关系，四处奔走，终于打听到了西安医科大学的儿麻后遗症矫正专家崔宽龙教授。1993 年 7 月，小央宗在西安成功地进行了手术。不料在此期间，安穷爱人的脚却被开水烫伤，疼得不能动，王宏就借来一辆三轮车，每天自己蹬着拉着这位藏族妇女去医院换药、检查……

艰苦创业，相濡与共。几个春秋过去，孩子们与王宏已是难舍难离、情真意浓。他们视王宏为父亲，称王宏是心中的“尼玛”（太阳）。孤儿成功，多年来白天乞讨为生，晚上睡在别人的羊群里，是王宏把他从羊群带到工厂，当了一名门卫。有了家的成功高兴万分，自己掏了 200 多元买了一套公安服穿在身上，尽心尽职地看护着工厂。每当王宏出差，他就掰着手指头算回来的日子，想得不行了就一个人流泪。王宏每次回来，他就高兴地满院子跑，大声喊着：“阿爸回来了！阿爸回来了！”

王宏以艰辛的努力和无限的深情营造着中华民族的大家庭，用一个共产党员的爱把这个家庭紧紧地联结在一起。许多藏族职工说：“每当我们和汉族工人发生争执，书记总是教大家互敬互爱、团结和睦。在他面前，我们好像永远长不大，永远也离不开他。”

1994 年 8 月，王宏到兰州出差，一名副县长在厂里负责工作。藏族工人扎西达吉因严重违反操作规程致死，全厂职工的心一下子乱子，副县长也没了主意。电话打给了远在兰州的王宏，他告诉大家保持镇静，立即上车往回赶。

职工们不约而同地坐在大门里的台阶上。他们等待着王宏，好像无家的孩子等待着父亲、等待着希望；好像王宏回来，扎西达吉就能复活一样。从早上到中午，从下午到晚上，他们静静地坐着，等着，没有人吃饭，没有人说话，没有人离开……

12 个小时过去了，天黑了，一束灯光从大门外扫了进来，王宏回来了。孩子们默默地站起来，慢慢地、慢慢地向汽车挪去，期待和委屈、疲惫和焦虑，在这里全部化作无言的泪水，一下子滚落下来，从孩子们的脸上、从王宏的脸上……

扎西达吉的后事处理得非常顺利，家里没有提出任何要求。扎西的父亲对王宏说："扎西违反规程，不怪任何人。你是真正给西藏干事的人，我想把女儿再送来，希望你收下。"从这深明大义的话语中，王宏看到了一个民族的伟大情怀！

18 条哈达，一个民族的回报

王宏工厂的墙壁上，挂着江泽民总书记的一句话："振兴西藏，不仅是西藏各族人民的责任，也是中华民族的共同责任。"这句话，他领会着，也实践着。他把对西藏这片土地和藏族人民的感情全部倾注到了经济的发展上。

西藏是全国五大牧区之一，而那曲的牧业则占据了全区的 1/3。无论是当县委书记还是做副专员，王宏始终认为并坚持西藏要繁荣，必须改变落后保守的观念和等、靠、要思想，发挥资源优势，着眼长远，发展经济。为此，他在抓科技兴牧和发展畜产品加工的同时，系统地提出了那曲地区畜产品加工增值的思路，拿出了建立畜产品加工业工业区的方案，撰写了 8 个项目建议和科研报告，并制订出了实施计划。而这 20 多万字的厚厚一本，全是出自他一个人之手。如今，工业区的规则正在按王宏的设想实施着。

王宏深知："没有人才就没有经济的发展，也没有藏民族的繁荣。"也许是自己的艰辛才使王宏倍感人才的匮乏与重要，所以，在办厂之初，他就致力于造就西藏新一代产业工人的工作。几年中，他先后多次送孩子们去宁夏、西安、浙江、北京等地培训学习；在工厂里，办起了图书室、青年之家；开设了文化技术学习班，请来了教师；每个周末，他都和孩子们一起上课，学文化、学技术、学企业管理和市场经济的理论……在工厂每个岗位上他都安排有藏族孩子。

他不仅是想办一个企业，他更要走出一条藏北畜牧经济的发展之路，培养一支养得起、留得住、用得上的藏民族的技术骨干队伍，使放羊娃成为西藏经济发展的推动力量和建设社会主义市场经济的主人。

有付出就有收获。如今，这些昔日的放羊娃不仅会说汉话，用汉语写信，唱流行歌曲，而且成了独当一面的技术尖子和业务骨干。

最近，外经贸部援建的那曲羊绒分梳厂，从王宏的工厂一次就抽调了 85 名技术骨干，占据了新厂的全部技术岗位。

王宏对人才的培养不仅仅局限在技术上。他清楚地记得，4 年前他带着这些十几岁的孩子在西安培训，一次领着他们去洗澡，刚一进澡堂，“刷”的一声全跑了出来，一个个羞得捂住了脸……然而现在，工厂一周不开澡堂，一个个蹦得老高提意见。

有人说，王宏的企业文化造就了西藏新一代产业工人，推动着一个民族的文明进程。

在“纳木错”产品的手提袋上，有这样一首诗：“洁白的哈达，织进向往，盛满崇敬，披在高原，挂在雪域，献给无愧于她的儿子。”

这，不正是王宏这位党的儿子、人民的公仆洒在万里雪原的深情和苦苦的追求么？

作为一名汉族干部、援藏干部和党员干部，王宏把自己深沉、博大而无私的爱毫无保留地献给了这片冰雪覆盖的热土和骨肉般的藏族同胞。

1995 年 7 月 17 日，中共中央政治局常委、书记处书记胡锦涛同志在格尔木详细听取了绒毛分梳厂的汇报后说：“一定要把这个厂搞好，你们代表了西藏资源开发利用的一个方向，你们的成败将直接影响到西藏畜牧业能否从传统的生产经营方式向现代工业化迈进。”

王宏曾说，当他离开班戈县时，只要有一条哈达就满足了。6 月 15 日，星期六，王宏回到了阔别两年的班戈县。闻讯的人们接踵而至，送来了酥油茶，拿来了风干肉，端来了青稞酒，把房子挤得水泄不通，谈项目、说发展、拉家常、叙离情……第二天告别时，在家的领导和许多群众云集街口，将一条又一条哈达献给了他们热爱的老书记王宏同志。

身披 18 条洁白的哈达，王宏笑了，笑得那么甜，甜得泪水盈眶……

这，不仅仅是 18 条哈达，这是一个民族的回报，这是两个民族的融合。

——原载《陕西日报》1995 年 7 月 17 日

成为宝鸡市市长的王宏同志

莽莽雪原人为峰

——品读韩秀峰《掀过一页》之“雪域高原篇”

陕西日报评报员　张革风

张革风

“西藏，对包括我们在内的许多人来说，是充满陌生、神秘和向往的，但‘世界屋脊’的地理定义却使通往西藏之路成为一条天堑险途，甚至比出国还要艰难。”这是作者“雪域高原篇”开篇之作《启程向往中——西藏纪行之一》的开头语。我正属于作者所指的“许多人”之一。但是，我却有幸伴随着作者的写实生花之笔，做了一次“西藏游”。

在我的眼中，“雪域高原篇”更多地展示着纪行文学的色彩，这辑 13 篇作品中，9 篇为西藏纪行，作者虽然怀着“探寻祖国 1/8 的沧桑变迁，领略‘世界第三极’的险峻神奇，体味在那神秘面纱包裹中生活了数千年的 230 万民族同胞的引人风采”的渴望，但作为看望战斗生活在高原雪域的三秦优秀儿女的“陕西日报 96 西藏阿里行”的一员，作者又必须真实地记录“‘世界屋脊’的路并不那么好走”，然而在作者的笔下，无不充满着对这方土地无比热爱眷恋的情怀。

你看作者笔下的西藏——

蓝蓝的天、白白的云、高高的山、清清的水，经幡在风中曼舞，桑烟在天空轻扬，酥油茶芬香扑面。我们顾不得忠告与劝阻，拉开了车门。捧一掬拉萨河的水，吸一口雪域高原的风，留一张高山白云的影。啊，西藏，这就是你——我们魂萦梦绕的雄奇雪原吗，我们真的来到你的怀抱了吗？

忘情中，高原反应已慢慢向我们逼来，胸闷、腿酸、头涨、气短……

再看——

布达拉宫确是神奇的化身，这座世界上最高的建筑比我们在图片和电视上看到的更加金碧辉煌、恢宏瑰丽。这座琼楼玉宇，相传是公元 7 世纪吐蕃赞普松赞干布与唐结为甥舅亲谊，为迎娶文成公主而兴建的宫室，后世屡有修筑。全部建筑依山势修建，群楼高耸，崇阁巍峨……1000 多年来，神奇宏伟的布达拉宫已成为西藏人民心目中的圣殿，也是西藏的代表性标志和藏族建筑艺术成就与文化艺术繁荣的象征。

离开广场，漫步街头，只见店铺林立，商品琳琅；酒店饭馆随处可见，歌厅饭厅遍布两旁；豪华轿车、中巴和人力车接踵相连，手持大哥大的老板偶尔走来，不时有身挎各种藏族饰品的妇女挡住去路，向我们热情地推销商品……

这一切，都使我们强烈地感受到了西藏这片高原雪域前进的脚步，看到了社会主义市场经济的神奇魅力……（《初识西藏——西藏纪行之二》）

离开西藏首府拉萨，作者的笔下，既有“从这里开始，我们告别了平坦的柏油马路，步上了坎坷不平的石子沙滩路。车颠得很厉害，不时把人抛离座位，路上的石子不停地弹到车身上，发出刺耳的撞击声……路上极少碰到行人车辆，走过几十或上百公里，才可看到几个耕作的农民或在沙滩上觅草的牧羊，路边不时闪过飘扬的经幡，才略使我们不显孤零”，又有“比起内蒙古大草原，这里的草场并不广阔，但伟岸雄奇而连绵的山脉却给人一种阳刚之气、雄性之美。如果说大草原使人感到中国的广阔的话，那么，西藏高原则使人深深地感到了祖国的雄伟和高大，不由你不眷恋她、热爱她！”（《一路高山向前走——西藏纪行之四》）。这样的例子比比皆是。

对口援藏是党中央、国务院从党和国家战略全局出发做出的重大决策。自1994年党中央第三次西藏工作座谈会确定陕西省对口支援西藏阿里地区以来，陕西把阿里地区作为陕西省的第十一个市对待，持之以恒地致力于援藏工作。而一批批援藏干部既是西藏建设发展的参与者，又是民族团结的桥梁。作者在这一篇章中，真实而生动地记录了“这一批”秦地援藏干部中一个个献身于雪域高原的人物和一桩桩感人至深的故事。

正如作者所描述的，阿里位于西藏自治区的西部，是一个被喜马拉雅山、冈底斯山、昆仑山和喀喇昆仑山托起的高原，平均海拔4500米，高寒缺氧，含氧量只有海平面的一半。因生存条件仅次于南极和北极，故有“世界第三极”之称。这里一个乡到另一个乡最少也在100多公里，没有公路，一些地方当时还以蜡烛照明。

然而，我们的援藏干部却在这方土地上奉献着满腔热情，表现出无私无畏：33岁的普兰县委副书记王玺民一到拉萨就上吐下泻，昏迷不醒。在从拉萨到阿里的5天路途中，一口饭也没有吃，到阿里的当晚，反应趋重，地委、行署不仅成立了医疗小组抢救，甚至提出送他回西安的打算，却被王玺民拒绝。面对民族地区的陌生工作，在内地基层和部门工作了多年的16名干部，克服高原反应、生活不适、环境艰苦等困难，到阿里的第3天就投入了工作。他们先是认真听取汇报、查阅资料，之后围绕分管工作和所在部门业务一下子沉到基层，展开了深入广泛的调查研究。噶尔县委副书记冯乃善、景东成，副县长何存贵、黎焕焕一到任就扛起背包，带上食物到乡村组户，宣传党的政策，了解察看藏胞的生产和生活情况，解答群众疑问，现场解决问题，晚上住牧民帐篷，饿了吃糌粑、喝酥油茶，同农牧民群众打成一片。不到半年时间，他们下乡22次，历时68天。黎焕焕一次就下乡20多天，开座谈会15次，走访特困群众20多户，还撰写了两篇调查报告。普兰县委书记刘新余上任两个月走访了127名藏族干部群众，摸清了县域情况。即使在地直机关工作的同志，也保持着调查研究的作风，交通局局长李喜会，先后多次坐车、骑马乃至步行，深入7个县30个区106个乡，详细察看公路现状及管养情况，行程达1万多公里，成为阿里地区的“活地图”。行署副专员张宁岗更是以身作则、率先垂范，先后走访地直单位20多个，并在45天的基层调查中深入所辖7县的许多区、乡、村、户和15家企业，掌握了大量的第一手材料。面对严重的旱情，噶尔县的4名同志和全县干部一起下乡抗旱，与农牧民群众同吃、同住、同劳动。新开荒地和改造中低产田580亩，新修水渠3条，青稞地围栏266亩，还建起了冬、夏季牧场。由于干群同心，大旱之年粮食总产比上年增长8.2%，人均收入由970元增加到1002元，牲畜存栏净增1.2万只(匹)。

正是依靠这样的干劲和精神，一年中，噶尔县建起了第一座电影院、开办了第一家医院、创办了第一所幼儿园、盖起了第一幢家属楼，面对国内国外的复杂环境，综合治理首次成为全区先进。普兰的援藏干部则围绕“到‘九五’末，全县粮食实现商品化，肉食和酥油基本自给，90%的群众为达到小康水平和脱盲”的发展目标不辞辛劳。刘新余曾在一年中下乡73次，行程6000公里，跑遍了全县所有区乡和80%的村户。为了经济发展，孙景宏在畜产品出口上做文章，全力以赴抓收购，使县财政和群众增收253万元。为建好普兰二级口岸，杨震几乎每天泡在工地，3个月穿烂了3双皮鞋，从建筑的外行变成了内行，终于在口岸建起了2000平方米的商贸房，同时在税源建设中收回70多万元，比上年增加40多万元。面对雹灾，由于救灾及时、措施得力，全县粮食在灾害中取得了较好的收成，还首次上交国家32万公斤商品粮……

被分配到藏北腹地班戈县任县委书记的王宏，忍受着剧烈的高原反应，到任的第二天就听取了各部门的情况介绍，第三天就开始下乡。为了不给群众添麻烦，尽可能多地腾出时间调查研究，他不在群众家里吃饭，不给群众添麻烦，该吃饭时，他回到车上一边赶路，一边啃方便面。就这样，在下乡的27天中，他跑完了4万平方公里内的19个区乡，也啃完了108包方便面。一次，他顶着凛冽的寒风，在一家牧民的帐篷前遇到3个裸体、3个半裸的孩子，使他由震惊到发誓要把自己的事业融入这片雪域高原，立志在藏北高原为人民群众谋福利，带领大家早日走上小康路。他看到了除牛粪之外这里还有大有可为的畜产品，终于建起了藏北第一个县级畜牧兽医实用技术推广中心；又驱车800多公里，请来西藏农牧学院的教授，实行学校牧场挂钩，把学校搬到了牧场，上课、培训、现场指导，整整搞了一个冬天，创造了班戈县历史上的第一次。第一次带领全县藏族群众创造了财政收入超百万元；为了民族工业的起步，为了藏北牧业经济的迅速发展，王宏又和大家一起边进行厂房改造和设备安装，边培训技术骨干和职工，顶着风雨，忍着疲惫，夜以继日，废寝忘食，每天工作达16小时以上……就这样，1993年8月21日，王宏和他的藏族工人以自己放羊的双手，经过100个日日夜夜的汗水流淌和不懈努力，终于为渴望了几千年的西藏人民捧出了第一把洁白的无毛绒，此举使西藏高原也为之震动。自治区党委副书记、人大常委会主任热地为该厂欣然题词："抓科技兴牧，抓加工增值，走畜牧经济良性循环之路。"自治区政府主席江村罗布发来贺电："欣闻你厂试车成功，表示祝贺。希望再接再厉，为民族工业的发展做出重大贡献。"区党委副书记张学忠在视察该厂后激动地说："班戈县为全区发展经济带了个好头。"还有领导说："我们西藏民主改革40年，今天终于有了引以为豪的无毛绒。"然而，王宏并不满足于此，当年12月，又完成了牦牛绒洗、梳、纺、织加工一条龙，实现了藏北畜产品由粗加工到精加工的历史跨越。如今，绒毛分梳厂一跃成为西藏畜牧业的骨干企业。以"纳木错"为注册商标的高级牦牛绒衫、粗绒呢大衣和牦牛绒防寒服，从雪域高原走向市场，行销全国10多个省区并出口国外，进而创造出一系列辉煌。而这些辉煌中，王宏又付出了几多心血与汉水？

由于资金紧张，厂里一度用茶叶、面粉去牧区换绒毛，车来了，王宏和大家一起扛面粉和茶叶。别人扛1袋，他扛3袋，车卸完了，他就成了"面人"。昼夜的连续劳累，已使他不堪重负，直至一天中午，晕倒在厕所里……不知过了多久，他在冰冷之中才慢慢苏醒过来，还不知道自己在什么地方。等爬起来看时，半个身子已经湿了，浑身沾满了屎尿和脏物。他扶着墙，一步一步地挪向房子，司机安穷将他扶进屋，一边流泪一边帮他脱掉脏衣冲洗。在西藏的4年中，王宏晕倒过4次，累垮了3个司机，而一次晕倒醒来后，王宏却给家人写下这样的话："躺倒了也应该是战士！"王宏受命调任那曲行署副专员后，仍兼任绒毛分梳厂厂长……

正因为党和政府长期对西藏的关怀和这些援藏干部的牺牲奉献精神，藏族同胞对党和政府充满了热爱，与援藏干部建立了牢不可破的情谊。“雪域高原篇”中，渗透出浓浓的民族团结互助、亲如一家的血脉相连之情。孤儿成功，多年来白天乞讨为生，晚上睡在别人的羊群里，是王宏把他从羊群带到工厂，当了一名门卫。有了家的成功高兴万分，自己掏了200多元买了一套公安服穿在身上，尽心尽职地看护着工厂。每当王宏出差，他就掰着手指头算回来的日子，想得不行了就一个人流泪。王宏每次回来，他就高兴地满院子跑，大声喊着：“阿爸回来了！阿爸回来了！”绒毛分梳厂12个孤儿无一不像成功那样受到王宏的呵护和关爱，他们视王宏为父亲，称王宏是心中的“尼玛”（太阳）。在绒毛分梳厂里，王宏不仅将藏族青工称为“孩子们”，而且真把他们当孩子。发工资了，多少钱买生活用品、多少钱买饭票、多少钱存起来、多少钱给家里，他都一一过问指教。在机床前，他不厌其烦地教孩子们操作要领；在学习室，他手把手地教孩子们写字；在澡堂，他教孩子们怎样洗澡，为孩子们搓背；在饭堂，他为孩子们炒菜、做饭、夹菜；在工余，他与孩子们一起掰手腕、顶头……孩子们病了，他送医院、找大夫，守在床前，喂药送饭，关怀入微。工厂的12名藏族孤儿，无一没有感受过王宏那炽热而慈祥的父亲般的爱。藏族职工措吉临产，自己的孩子出生都没管过的王宏骑着自行车带着措吉到医院检查。几天后的凌晨措吉生产时，王宏又跑前跑后找人照料，到医院请大夫、安排饭、给孩子准备衣服，直到孩子落地，他才松了一口气。王宏的司机安穷的小姑娘央宗，从小患小儿麻痹，连路都走不成。王宏利用在西安培训工人的机会，找朋友、托关系，四处奔走，终于打听到了西安医科大学的儿麻后遗症矫正专家崔宽龙教授，使小央宗在西安成功地进行了手术。安穷爱人的脚被开水烫伤，疼得不能动，王宏就借来一辆三轮车，每天自己蹬着拉着这位藏族妇女去医院换药、检查……

王玺民病倒后，阿里军分区一下子来了20多人探望，并把王玺民接到军分区救治……

这一篇章中，还让人们收获到陕西日报从延安时代传承的密切联系群众和艰苦奋斗的精神。大家知道，陕西日报是全国创刊最早的省级党报之一，前身是由毛泽东主席倡议创建并亲自题写报名、1940 年 3 月 25 日在延安创刊的《边区群众报》。

作者作为一位资深记者，在军旅的十年新闻旅程中，因执着与勤奋，就名扬军营，直至推出全军重大典型——李润虎而达到顶峰。转业到陕西日报后，更是如虎添翼，快马好鞍，“西藏之行”更是开创了党报长途跋涉的先例，行程 25200 里，被上级领导誉为“记者的新长征”。他浓墨重彩宣传的王宏同志，后来曾任宝鸡市副市长、市长、省农业厅厅长。作者本人也多次获得新闻大奖，直至荣膺“陕西省优秀新闻工作者”称号。

读者从本篇章中亦能看到作者和他的同事在深入雪域高原采访时，不惧高原反应，不畏艰苦的生活条件，不分昼夜地采访和赶写稿件，其写作实力和精神同样令人敬佩。

晨色中的等待

在新世纪篇

感观深圳

——献给改革开放30周年

也许是难耐北方几十年少有的冰冷，也许是过久了这古老之地的“年似一年”，也许是厌倦了按部就班，在猪年的最后一天，拖着一年不堪的疲惫，我匆匆回避了北方的春节，把迎接鼠年的春光体验地选在了南方，选在了海边，从西安这座中国最古老的都城飞往那座最年轻的现代都市——深圳。

9年前我匆匆来过这里，那只是一次一掠而过的穿梭，几乎不曾留下太深的印象。所以在今年，在冰雪覆盖着大半个中国的鼠年春节，在6天的闲暇中，我试图尽可能多地阅读这座城市，感知这座城市。

这是全世界最年轻的城市之一，无论是她的曾经还是现代。据史载：“深圳”一名始于明朝永乐八年（1410年），所辖县域明代称宝安，清代改新安，民国二十年（1931年）设深圳镇，1979年3月撤宝安县设立深圳市，1980年8月深圳经济特区正式设立。

记者在一则史料中捕捉到了这样一个细节：改革开放之初，蛇口工业区于1979年批准设立，就在同年4月的中央工作会议间隙，邓小平对时任广东省委第一书记的习仲勋说："你们上午的那个报告不错嘛，在你们广东划出一块地方来，也搞一个特区。过去陕甘宁边区就是特区。中央没有钱，你们自己搞，要杀出一条血路来。"此后不久的1980年8月26日，第五届全国人大常委会第十五次会议批准了《广东省经济特区条例》，于是这一天成了此后特区人每年都在纪念的深圳生日。

28年间，就是这个当年的小渔村，使改革开放在全国人民的眼里变得具体而形象，她使国人认识现代化、建设现代化。"时间就是金钱，效率就是生命"，招投标、招聘择业、股票、期货、债券、产权等现代化元素从这里奠基从而覆盖全国。从诞生至今，深圳创造了230多项全国改革之最，经济总量排列全国前五，"深圳速度""深圳传奇"，早已使世人皆知皆叹。她吸引和聚集了全国乃至全世界的目光，她几乎和每个中国人相连接，1400万的特区人平均年龄还不到30岁，而且超过五分之四是来自全国和海外。如今的深圳面对新世纪正在从"速度深圳"向"效益深圳"迈进。

在这个年里，在乍暖还寒的春风里，记者徜徉于街道，眺望于窗前，看到的特区是摩天而洁净的、绿色而生态的、时尚而缤纷的，感受到的是她的安静祥和、包容优雅、关爱幸福、文明现代。这里没有方言，没有特产，没有喧嚷，没有浮躁，没有流俗，没有壁垒……诸多的现代因子在这里相映生辉，光耀中华。她已经成为荣耀中国改革开放的标识，成为我们民族复兴与崛起的指路灯塔！

30年前，中国人民在困惑与徘徊中选择了改革开放，改革开放选择了邓小平，邓小平选择了深圳，而深圳则撬动了中国，改变了中国！她当之无愧地成了中国大地上的先锋城市，也成了中华民族伟大的功勋城市 。

无尽的留恋中，我还是回到了北方的故乡，回到了历史的城墙根，不知怎的，从现代文明的前沿到历史的幽幽处，心里总有一种悬浮感。遥望窗外古城那熟悉的城墙，感觉我们一向骄人的历史便显得愈加沧桑，在新世纪的世界平台上，如欲辉煌重铸、弥香久远、魅力永驻，还需借力于现代文明的承载与滋养。

——原载《三秦都市报》2007年2月

绿的西安

——西安市园林绿化的调查与思考

要开展关中平原园林化建设，把西安大都市建设成为我国北方最具南方特点的城市。

——赵正永

西安真是越来越洋活了！

陕北人这么说，关中人这么说，如今连陕南的乡亲也这么说。

听话听音，这“洋活”的赞叹声中，恐怕不单单是对高楼亭宇和街道立交的羡慕，更多的是掩映其间、与之交相辉映的西安的绿色、北方的绿色。

也别说，何止是外地人，就是在西安生活了多年的人，看到别人随手在西安拍的照片，都分辨不清这是南方还是北方，更说不出是在西安的什么地方……

也是，回想 20 多年前的西安，楼也不高，草也不多，花就更稀罕了，尤其到了冬天，找片绿叶还真难，全城都是灰蒙蒙的。

然而，不过 10 年，确切来说也就是近 5 年吧，西安已经是“四季常青，花映古城”了。

如今的你，尽可以“春风得意马蹄疾”，但决然做不到“一日看尽长安花”了。

其实，说起这满城的绿色，那可真是一场人民战争啊……

第一抹新绿，源自园林化浪潮的警醒

在清汤寡水的绿色中，西安走进了 1990 年。那时的西安人，埋头苦干，脚踏黄土，老实厚道地解决着温饱，虽然也发展着市场经济，但都是一步一个脚印，什么“包装”“绕行”“拐弯”，压根就听不懂也不想听，有滋有味地传承着祖先血脉里的厚道实诚。

时光到了 1992 年，国家建设部在总结全国各地城市园林绿化经验之后，提出了在全国开展创建园林城市的活动。古老的西安这才晓得，“国家园林城市”的称号所标志的是一座城市健全完善的生态体系、科学合理的绿地系统、景观优美的人居环境，具有较高的品牌价值。不少城市都把争创国家园林城市作为提升知名度、提高竞争力、吸引和争取外资项目的重头工作来抓。

于是，醒悟之后的西安开始了绿化城市的步伐。

从记者的采访和查阅的资料来看，西安的植树造林活动正是始于 1992 年。

在采访了解和查阅过的资料中，记者看到，此后的 10 多年间，陕西省和西安市几乎是每年的 3 月，层层动员、设法动员、全民动员，机关带头，单位组织，干部带头，奖罚并用，使全民逐步逐年自觉地加入到了绿化西安、植树造林的洪流之中。

赵敏是西安市第一实验幼儿园的老师，从 2000 年至今，她每年都会带着幼儿园的小朋友去植树。“和一群稚嫩的小生命一起植树，看着小孩子和小树一起成长，心里很有感慨。”赵敏这样说。在她的记忆里，和植树有关的两件事情，让她一直刻骨铭心：“记得有一年植树节，早晨起来下雨了，都是爷爷奶奶领着孩子来参加植树活动，本来想着天气不好把活动取消，可孩子和家长们热情很高，植树计划就如期进行了。那天植树的地点在浐灞，孩子们顶着塑料袋，拿着小铲子，满脸满手都是泥的样子真让人感动……后来还有一个已经上了大学的学生给我打电话，说他专程去看过我们种的树，现在已经成为一片树林了。听着这激动的声音，我真有‘十年树木百年树人’的感觉。”

在浏览各媒体的报道时，记者还看到许多报道，如《没时间植树怎么办？》《认养树木浇灌绿地都算义务植树》《11 岁起就有法定植树义务》《市民可通过多种形式参与植树》《古城西安昨日刮起绿色旋风》《让森林走进西安》《省级老领导在西安植树播绿》，还有赵乐际、赵正永、娄勤俭、魏民洲、董军等数不清的领导每年都出现在络绎不绝的植树绿化的队伍里。

据西安市绿化委介绍，到今年为止的 32 年里，西安市有 8393 万人次的适龄市民累计义务植树 2.54 亿株，成活率达到 91.3%，义务植树尽责率达到 90% 以上，全市森林面积由 1982 年的 426 万亩增加到 682 万亩，森林覆盖率由 28.45% 提高到 44.99%，在全国十五个省级城市中，从第 9 位跃升到第 5 位。

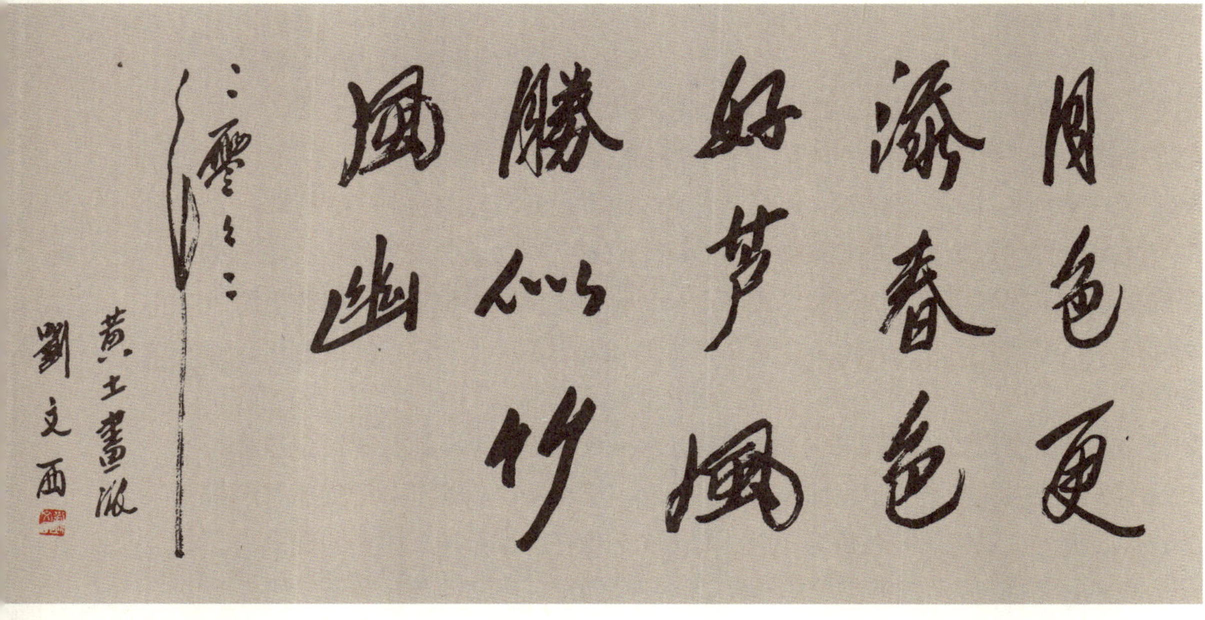

您能说，这不是一场伟大的人民战争么？！

大树进城　争议中撑起片片森林

近年来，雾霾天气严重地影响着我国北方地区，西安乃至关中也成为沙尘雾霾天气重灾区，使得更多的人不得不关注和反思我们的生存环境问题。

在反思中我们才知道，伦敦从“雾都”到生态之城，用扩建绿地和通过法案规定城镇使用无烟燃料的方法来治理空气污染，最终使伦敦“雾都”不再，宛若一个生态公园，良好的生态环境极大地提升了伦敦人的生活质量，并吸引着越来越多的世界游客。

2008 年，西安在全民植树造绿取得规模性成效之后，也许从绿色对环境和城市形象的改善中尝到了甜头，也许是经济持续发展后政府的腰杆直了，也许是西安城市快速建设对园林绿化的急切呼唤……总之，西安市的领导者们在园林化建设上是咬定了青山！

从这年开始，“绿满西安，花映古城，深入开展三年植绿大行动”的口号响彻古城，深入人心。而最具魄力和亮点的则是这其中的一个大手笔——“万棵大树进古城”！

其实，纵观国内城市，1999 年，上海提出“将大树引进城”计划，南京 2002 年 4 万株大树进“六朝古都”，大连 2002 年“邀请”50 万株大树进城，武汉市一年“10 万株大树进城”……

步其快速绿化的后尘，西安也掀起了“万棵古树进古城”的热潮。“草长 100 年还是草，树长 30 年就不一样！”副市长杨广信如此阐释大树进城的意义。市容园林局依据西安的实际情况，确定了以中槐、法桐、椿树、油松、雪松、棣棠、桂花、碧桃等作为进城的主要树种。

据一组园林专家的数据显示，在 1.6 万棵大树进入西安的一年后，大树每天可释放氧气 56000 千克，吸收二氧化碳 76800 千克，可供 75000 人呼吸。园林研究所的谢所长表示，大树枝繁叶茂，特别是乡土阔叶树能够进行强有力的蒸腾作用和光合作用，进而增加空气中的湿度和氧气的含量，同时对雨水起到很好的截留，大量的叶片也能减少灰尘，从而起到良好的生态作用。同时当年还栽植乔木 4 万株，6 厘米以上的乔木、亚乔木 23.9 万株，花灌木 124 万株，灌木 546 万株。

大树进城，为古城西安带来了大树大绿，带来了立体景观，带来了生态荫凉，同时也带来了非议和质疑。有人质疑她的密度，有人质疑她的成活率，有人质疑她的价格，有人质疑她对周边地区生态的掠夺性破坏……

然而，大树进城的脚步并没有停歇，她的风景在延伸，她的荫凉在扩展。市绿化办原主任田文杰，这位已经 70 多岁的“绿化老人”，在大树进城的热潮中，提出了宝贵的建议。他说，西安城市绿化采取以乔木为主，乔、灌、草、花相结合的方针，有利于增强城市绿地综合功能和养护管理，有利于市民生活和生态环境的改善。这位老人建议：一是移栽大树要因地制宜，切勿唯大而栽；二是要讲究科学，并非栽得越密越好；三是注意景观效果和层次搭配；四是园林与林业部门携手合作，优势互补；五是严格审批，保护古树名木和生态脆弱地区的树木。

2011 年，世界园艺博览会登陆西安，将“万棵大树进古城”推向了高潮，也使绿色成了西安的主色调。在世园会的强力牵引下，西安大踏步地迈向绿色，迈向森林！

森林西安　领帅关中大地园林化

回顾西安绿色的嬗变，从 1981 年全民植树运动的再度兴起，到 1992 年全国园林化城市创建的萌动，西安其实始终是踩着鼓点前行的。

在这一伟大工程的实施推进中，从省到市，从市到区，从机关到单位，从政府到民间，他们不惧风雨、不畏人言、不怕艰险，攻坚克难，十数年坚定不移，咬定目标不动摇、不游移、不退缩，将几百万市民引领到全民参与的绿化洪流之中，不能不说是一种壮举、一种罕见、一种奇观！

绿满西安，花映古城，如今已成为西安的主调和常态，到去年年底，西安共栽植大规格乔木 17.2 万余株，8 厘米以上乔木达 183.9 万株，常绿植物、木本花卉和各类灌木在数千万株以上，城市“三绿”指标直线攀升，绿地率增加到

33.3%，绿化覆盖率增加到42.0%，人均公园绿地面积达到10.8平方米；建成园林式单位834个，园林式居住区508个；在一环、二环和三环沿线及城市主干道、重点结点地段，建立起了绿色生态长廊，栽植了国槐、法桐、椿树、楸树、皂角等乡土树及石榴、樱桃、柿子、桃树等果树，还引进栽植雪松、油松、白皮松、桂花、银杏、广玉兰、月季、紫薇、樱花、女贞等多种植物，使层次错落有致，色调丰富多彩，“点上绿化成景，线上绿化成荫，面上绿化成林，环上绿化成带”，使文化性、生态性、人文性、区域性特点更趋明显；结合道路、河流分布状况，还有效实施了大林带建设工程，构筑了与自然山水高度融合的“三环八带十廊道”绿化大骨架，建成了山区、平原、城市绿化三道绿色生态屏障，使城市生态绿地系统日趋完善。如今的西安已基本形成了树林、树阵，出门见绿，处处有树，三季花常开，四季景不同；自然条件变好了，发展环境改善了，生活氛围舒适了，幸福指数提升了，自豪感也增加了。

2010年2月14日，新华社专电发布：西安被命名为全国41个国家园林城市之一；同时肯定了西安在“创园”的历程中，思路超前，让西安越来越美，特别是曲江、浐灞等一些生态区的超前规划，成为西安生态植绿的亮点。

城市园林绿化与许多事情一样，是没有止境的，也是无法停步的。今年4月28日，在浐灞生态区国家湿地公园开园仪式上，西安市正式启动创建国家生态园林城市项目，将围绕城市园林绿化建设、生态系统保护、基础设施改善三项主要任务，推进生态隔离廊道打造，润长安的“八水”流域生态治理和公园绿地广播的建设，把西安真正建成“城在水中，水在城中，水韵长安”的现代化生态型大都市。

绿色西安也好，森林西安也罢，今天的西安已经成了一道风景、一种高度，对陕西全省的示范和引领作用也更加明显。去年春天，省上启动关中大地园林化建设，让三秦大地在绿起来的同时美起来。这一宏大工程将在关中五市区（含商洛四县区）实施城市森林化、城镇园林化、村庄林荫化、渠道林带化、农田林网化、河流湿地景观生态化、出入境口优美化、荒山荒坡全绿化等八大建设项目，构建秦岭山地水源涵养林生态景观区、关中平原田园生态景观区和渭北台塬生态经济型防护林区三大功能区，同时也将全省“千里绿色长廊”建设纳入目标范围。

“三个陕西”的建设从此紧锣密鼓，“美丽陕西”的前景从此更加诱人。

西安，在绿色的环抱下将继续领跑关中大地的美丽，成为“美丽陕西”的白菜心。

置身西安的今天　我们还想说些什么

在走马观花式的采访调查西安园林化发展的过程中，记者不由想到了西安的古代。

立马未横刀

不难想象，古代的西安一定是被绿树鲜花所环绕着的。你想啊，盛唐时的西安，人口也不过百万，靠什么成为世界大都会，又靠什么能万邦来朝？除去政治、经济、军事等因素外，她优美的生态环境恐怕也是一个主要的原因吧。

所以，失去中心地位的西安在失落中度过了漫漫千年。也许是古长安的太过美丽，也许是对这得而复失的太过美丽的向往与怀恋，千年之后的西安人因为不甘，才开始了对辉煌的奋起直追。

建设新型的现代的国际化大都市，是西安执政者的宏伟愿景，也是几百万西安市民的热切期盼。现代化的大都市一定是社会稳定、经济繁荣、秩序文明的，但也一定是景观优美的生态之城、园林之城、宜居之城。从这个意义上说，园林绿化建设者对于西安的贡献是一点也不亚于其他行业的创业者的。

作为西安绿色园林工程的操作者和实施者，市容园林局局长田高社付出的艰辛绝非是常人能够想象与理解的。在太多的规划资料和讲话材料中，记者深感其中无不显示着他多年来的汗水与心智，精准谋划，铿锵有声，有始有终。但记者只想选用田局长众多话语中的一句，这就是：“毫不犹豫地把绿色赋予这座城市！”听起来颇具叱咤风云的将军的风姿。

今秋，当我们徜徉于满城绿翠、鲜花烂漫的千年古城，无论是工作生活，还是休闲娱乐，一种惬意和爽心都会油然而生，涌动在我们的体内，洋溢在我们的脸庞上，引来多少羡慕，又滋生多少自豪！

这时的我们，再来回眸和审视古都的园林绿化历程，我们还想说些什么呢？我们又能说些什么呢？

——原载《陕西日报》2013 年 9 月

处女泉　黄河在这里美醉了

常爱夏阳县，
往年曾再过。
境中绕百鸟，
郭外是黄河。

——唐边塞诗人岑参《送崔主簿赴夏阳县》

雷霆万钧的黄河，以浊浪排空的气势，一路咆哮奔流在黄土高原连续不绝的峡谷之间，在壶口形成冲天而起的狂涛怒浪，以磅礴千钧的气势冲出龙门后，却不直流而下，而是将身躯轻轻一扭，款款向南而去。

就是这么一扭，她舒展摇曳开来的身躯将一个如诗如画、如梦如幻的天堂画廊，遗落在了秦晋交会处的黄河古道上，也使黄河的母性与灵性在这里展露无遗。

千百年来，黄河搂抱着呵护着洽川高高的树、青青的草、灿灿的花、悠闲的鱼、多情的鸟、奇特的泉，还有如她一般生生不息的儿女……

陕西日报　发现湮没千年处女泉

仅仅十几年间，处女泉和她美妙动人的传说就名扬天下了。而人们不知道的是，就在20年前处女泉还只是夹在书本里的记录、吊在洽川人嘴边的传说罢了。

如今，许多人知道关于她的传说。远古时，有七位袅袅娜娜的仙女驾着彩云飘飘然然地来到洽川，被这黄河岸边的绿洲陶醉了。她们在芦荡中嬉戏，东摘西采，头上也插满了芦苇叶；她们你瞄我我看你，都觉得对方十分秀美，可谁也看不到自己打扮的模样，于是就跑到黄河边想看一下自己的芳容。可是，黄河水太深了，情急之中，七位仙女用一双素手纤纤十指，在黄河边挖了七个笸箩大小的泉眼，银子般的泉水一下冒了出来，活像七面镜子，仙女们总算如愿以偿了。从此以后，这些泉水在日照月映下一天天喷涌，当地人用泉水浇田田美、养鱼鱼肥，就形象地把她们称为“瀵泉”， 这每一眼瀵泉都有讲不尽的传奇故事，每一眼瀵泉都有道不完的美好传说。而处女泉就是这七个瀵泉中最传奇的一个。

洽川自古就是美丽旖旎的，她不仅引来了仙女，人称“四圣母”的大禹的母亲、商汤的妃子、周文王的母亲太任、妃子太姒，她们的故乡都在这里。洽川也是伏羲画卦的地方，周文王仰慕伏羲，也喜欢推演八卦，他痴迷于黄河岸边迷人的风光，常置身于万顷芦荡之中，演卦诵诗，悠然自得。有一天，他在芦苇丛中漫步，拨开一排又一排，忽然发现在蓝天白云下，一个美丽的女子在雾气蒸腾的泉水中嬉戏沐浴，女子的婀娜身姿若隐若现，那景象真是美醉了。文王为美景所吸引，更为女子的美貌所折服，这个叫太姒的女子后来成了文王的妃子。太姒姑娘经常来此泉沐浴，所以才出落得闭月羞花、沉鱼落雁。太姒姑娘出名后，当地姑娘慕名经常来这里嬉水沐浴一番，享受泉水的滋润，有的大概也是想邂逅王子的爱情吧。姑娘们出嫁前都要由姊妹陪伴到这里洗浴净身，踏上新婚之路。“处女泉”因此闻名方圆。

这些传说距今已有三四千年之遥，美轮美奂的处女泉滋养了多少美少女，人们不得而知，可以考证的是其间有一段时日，黄河的巨大身躯覆盖湮没了她婀娜的风姿。直到 20 世纪 70 年代，黄河水道东移，处女泉从传说中重回人间，娇容初露，但仍然默默无闻地喷涌在黄河西岸的芦苇荡中……

直到 20 年前的 5 月，四处采风的陕西日报著名记者杨玉坤来这里溜达，在当地同志的介绍中，对这一奇泉进行了实地考察，随后在《陕西日报》头版显著位置以《合阳东王乡找到一奇泉》为题首次向外界作了报道。

处女泉的神秘面纱被撩拨开来，由此开启了她梦幻光鲜的今生。

舒展身姿的母亲河醉美洽川

对合阳人来说，处女泉的重新面世不亚于兵马俑的发现之于临潼，特别是在经济社会发展的当代。当地政府在临渊羡鱼的同时退而结网，于 1994 年开启了以处女泉为核心的洽川旅游工程建设，十几年间从不曾间断过。

重见天日的处女泉吸引着愈来愈多人的目光，对于她的认知和考证也更加全面和现代，处女泉实际上是一个泉群，在幽静的黄河滩涂之中，飘荡着白云的蓝天下，茂密的芦苇围成一道天然屏障，处女泉拥有的大小泉眼难以计数，小者如蚁穴，大的似车轮，站在泉边望去，泉水冲起金黄的细沙，汇集成了一个巨大的蝶状，故又有“蝴蝶泉”之美称。泉水的常年温度保持在 30℃，泉水含有人体需要的氮、磷、钾、锶、铜等多种微量元素，冲力极大，人入水不沉，泉涌沙动，如绸拂身，有沙浪浴的美感。芦苇摇曳，清波荡漾，鱼翔浅底，涛声震耳。记者十几年间数次前往洽川，虽是旱鸭子，却也每次必下水，真切体验处女泉里沙涌的奇妙。

如今，洽川作为国家级风景名胜区，面积达 176 平方公里，百余平方公里河滨温泉湿地成为黄河流域最大的一处。10 万亩的天然芦荡、127 种国家一、二级保护鸟类、数万亩荷塘在这里绘就了一幅秀美的绿色画廊。在你沐浴处女泉的“水疗”体验后，还可以赤脚享受河滩“泥疗”，品味旷野沙滩上的“沙疗”，据传是治疗脚气、牛皮癣、皮肤病的民间秘方；泛舟芦苇荡，乘筏打水仗，在品茗的悠闲中欣赏提线木偶的表演；穿行芦苇荡，临风河亭上，周围群鸟翱翔，远处映日红荷，恰似世外桃源，又如人间仙境。难怪平凹兄在此题诗：“万亩芦荡风掀起，处女泉里水凝脂。华清只供帝王去，那及群民乐游此。”

洽川管委会党工委王建平书记告诉记者，经过10多年的开发建设，园区员工已达3000人，带动了涉及周边万余人的产业发展。今年已接待游客30多万人次，收入9100余万元。政府今年还投资近3亿元，加速洽川风景区门户区、城镇服务区、瀵泉游憩区的全新开发建设，长13.6公里的洽川沿黄河大道建成通车。陈振江县长不无自豪地展望着洽川的未来：再过3年，我们的年接待游客将达200万人次，旅游综合收入突破5亿元，成为真正意义上的闻名全国的4A级休闲度假胜地、爱情圣地、祈福胜地。

“万顷芦荡探幽，千眼神泉沐浴，百种珍禽观赏，十里荷塘采莲，一条黄河漂流”就是洽川今天的写照，她不在江南，却胜似江南，成为我们身边的江南。

从洽川看到了中华文化的源头

作为黄河儿女，洽川人民无疑更多地享受了母亲河的滋养，他们从黄河的历史源头走来，聪颖智慧，勤劳勇敢，那被戏称的“合阳鬼”也是几千年文化洗礼而来的。

洽川是轩辕黄帝之曾孙、上古五帝之一帝喾（高辛氏）的安葬地；这里曾被夏启封支子，成为“有莘国”，子夏设教，达摩传经，都在这里留下丰富的遗迹。周文王母亲太任、周文王妃太姒更是洽川的美女。

更为惊奇的是，作为我国第一部诗歌总集的《诗经》的首篇之作《关雎》便是以周文王与洽川美女太姒之间完美的爱情故事创作而成的，这首国人吟诵了数千年的经典爱情诗，就诞生在洽川。其诗曰：“关关雎鸠，在河之洲。窈窕淑女，君子好逑。参差荇菜，左右流之。窈窕淑女，寤寐求之。求之不得，寤寐思服。悠哉悠哉，辗转反侧。参差荇菜，左右采之。窈窕淑女，琴瑟友之。参差荇菜，左右芼之。窈窕淑女，钟鼓乐之。”《诗经》的《大明》篇还详尽而生动地记载了周文王从洽川有莘国迎娶太姒的盛况，文王香车宝马携太姒去了西岐，太姒生下了周武王、伯邑考、周公旦等有作为的儿子，被尊为周之圣母。据说，西府名吃岐山臊子面是太姒带去的。

编纂于2600多年前的《诗经》，是我国的第一部诗歌总集，共收作品305篇。据专家考证，《诗经》中与洽川有关的多达30篇，所以，洽川不仅是“爱情的圣地”，也被称誉为“诗经文化之乡，中华情诗之源”。

清代关中名士许秉简《洽阳记略》道：“山水之秀，洽阳川为最。山有飞浮之异，水有神瀵之奇，花鸟舟航之胜，不殊楚越，盖名区也。”

这就是——

文化的洽川，自然的洽川，生态的洽川，我们的洽川！

——原载《三秦都市报》2011年7月

跋山涉水

柿饼挂满马家坡

11 月 27 日，渭北的冬天已有些清冷。

一大早，记者就从富平县城向马家坡进发，去看柿子到柿饼的嬗变。一路向北 20 多公里，便到了虎头山下，放眼山坡，一片橘红色，村社院落、房前屋后挂满了串串柿饼，如瀑布，似锦屏，将冬日萧瑟的山坡点缀得分外红火，走近前去，一串串、一排排似元宝般的柿饼着实令人垂涎欲滴。陪同的曹村镇镇长王晓鹏告诉记者，这就是远近闻名的马家坡。

在半山坡的一家庭院前的棚子里，挂着近 20 屏的柿饼，65 岁的村民马灵活和妻子正在娴熟地一个一个地揉捏着柿子。“我今年挂了 2 万斤柿子，估计能出 6000 斤柿饼，去年 9000 斤柿饼挣了 10 万元，”老马的脸上露出掩饰不住的笑容，“世界最好的柿子在中国，中国最好柿子在富平，富平就看马家坡。”说到这他不由竖起了大拇指。在聊天中记者得知，老马的两个孩子都在外打工，他和老伴照料着6亩柿子，挂柿饼9年了，效益还不错。老马边说边热情地邀请我们进家里坐坐，踏进闪亮的朱漆大门，封闭式的天井、水磨石地面、枣红色门窗套、正面的迎客松、火红的中国结、银色的五轮车，这样的舒适温馨，让记者真是有点羡慕。

村西头的马改玲是远近闻名的厨子，种植柿子已20多年了，谈到收入，他告诉记者："平均每年收入三四万元，比打工要强得多。"他家今年加工了4万多斤柿子，主要忙活这冬闲的两三个月，平时妻子管理果树，他还承接周边农村的宴席，生活过得很滋润。

在马家坡，记者看到，几乎都是焕然一新的住房，院子或门前停放着汽车，家家门前、房后、路旁乃至屋顶都挂满了红红的柿饼，阳光下一片红澄澄……

"马坡村已成为全省乃至西北最大的柿饼加工、销售集散地，全村210户，栽培柿子800多亩，家家户户加工柿饼，每年柿饼销售量400多吨，去年9149元的人均收入中，柿子占80%左右，成为群众增收的支柱产业。柿子是曹村的传统产业，也是主导产业，全镇种植柿子1.1万亩，去年加工柿饼5000多吨，人均纯收入中柿子产业占到三分之一。而像马家坡这样的重点村，去年人均收入9149元，柿子产业就占80%以上。"王晓鹏对柿子产业不仅如数家珍，而且信心满怀，"全镇栽培柿子已有1万余亩，去年加工柿饼5000多吨，正在打造的柿子风情镇已初见端倪。"

马家坡的山脚处，一圈和柿子一样鲜艳的红色围墙吸引了记者的目光，走近一看，注册商标竟然是"柿子红了"，听着名字就够馋人的。负责人陈平向记者介绍道，他们公司是今年才落户这里的，已投资2000万元，为的是壮大专业合作社，建立集散交易市场，不断拓展柿子产业的发展空间，运用科技手段对柿子进行开发、生产、加工、销售。

在公司柿饼加工生产车间，一条从日本引进的柿饼加工生产设备已调试完毕，正进行着柿饼的加工。日方技术人员合野充泰介绍说："整台设备由去皮机、去粒机、上霜揉捏机、烘干机、干燥机等组成，从去皮开始，10~12天就可以吃到新鲜的柿饼。"柿饼也能用机器加工了，记者不由得感叹科技的神奇。"传统的柿饼加工要经过采摘、折挂钩、削皮、架挂、捏心、下架、出水、合饼、潮霜等12道工序，在自然条件下加工制作而成，时间长达两个月；而这套柿饼加工生产线完全在室内进行，不仅比传统的柿饼加工效率提高了 70%，而且上市时间还提前了 25 天左右。”陈平边介绍边拿起已经加工好的柿饼让大家品尝，柿饼黏黏的，绵软、香甜、爽口。

陈平的公司不仅引进了先进的柿饼加工生产线，而且开启了连通世界的电商业务，这不，柿子红了才一月，公司电商已收到 200 吨订单。

这天，正值富平林业局在这里举办柿子种植大户专业培训，记者便请林业局副局长赵宏伟介绍了全县的柿子产业情况。

富平栽培柿子已有2000多年的历史，也流传着许多和柿子相关的传说。实际上，由于地形、降雨量、气温、无霜期和日照时间等得天独厚的自然条件，富平北部成为闻名世界的柿子优生区，在日本吉野市的柿子博物馆里就有“世界上柿子的主产国为中国”“柿子的优生区在富平”的记载。2001年8月，富平被国家林业局授予“中国柿乡”称号。由于政府的大力扶持，推动了柿子产业的较快发展，截至去年底，全县柿子总面积达到11万亩，年产鲜柿5万吨，加工柿饼1万吨，出口3000多吨，产值1.8亿多元。近年来，富平县新开发生产的红饼、吊饼不仅畅销全国各地，还出口到韩国、日本、新加坡、俄罗斯等国家，销售价格虽高于同类产品20%~40%，但仍具有很强的市场竞争优势。除柿饼外，柿子还被开发加工成柿汁、柿酒、柿醋、柿脯、柿干、柿子糕、柿子糖等系列产品。

谈到今年的情况时，赵宏伟认为，2015年受气候等多种因素的影响，柿子产量有所下降，全县鲜柿产量预计3.5万吨，加工柿饼8000吨。目前，富平柿饼通过电子商务线上、线下已经开始销售预订，全县网上订单已超过千吨。

柿子，这个原本属于野果般的物种，经过劳动人民长达千年的培植，终于成为人们喜爱的营养品、农民致富的金蛋蛋。

已过中午，记者在留恋中告别了红彤彤的马家坡。虽然只是品尝了一个柿饼，但它那黏黏的甜汁仍在记者的口中徘徊，久久不去……

——原载《陕西日报》2015年12月

一个供销社的苦情坚守

——蒲城县供销系统63年的沧桑沉浮

2015年初，陕西省供销合作总社下派工作人员到蒲城县供销联社核实材料、实地考察时，一句“你们这还真的一直都在呢”令在场所有人为之感动。

是啊，曾几何时，“听诊器、方向盘，人事干部、营业员”，这是20世纪70年代流传于全国的顺口溜，说的是计划经济时代中国最令人羡慕的四大职业，以营业员为代表的供销社，成为中国社会主义建设时期的全民记忆。

供销社，保障全国人民的衣食住行三四十年，与人们的生产生活密不可分，这不能不说是一个奇迹！

然而，随着1997年生产资料供给市场的进一步放开，陕西省农业生产资料公司成为第一家破产的生产资料公司，市场经济的狂风巨浪使得辉煌了几十年的供销社系统一下子被冲击得“溃不成军”，不仅辉煌的日子不在，而且“走失了”自己。

其实，供销社的历史，就是一部浓缩了的新中国发展变迁史。

曾经的荣耀　供销社的老故事

1950 年 7 月，中华全国合作社工作者第一届代表会议召开，成立了中华全国合作社联合总社，统一领导和管理全国的供销、消费、信用、生产、渔业和手工业合作社。1954 年 7 月，中华全国合作社联合总社更名为中华全国供销合作总社，建立了全国统一的供销合作社系统。

从新中国成立到 1957 年，供销合作社在全国迅速发展，形成一个上下连接、纵横交错的全国性流通网络，不仅成为满足农民生产生活需要、组织农村商品流通的主渠道，而且成为联结城乡、联系工农、沟通政府与农民的桥梁和纽带，对恢复国民经济、稳定物价、保障供给、促进农业和农村经济发展发挥了重要作用。这一时期，是供销合作社发展的黄金时期，它拥有着独一无二的尊贵地位。

所以，1952 年建立的蒲城供销系统可谓是赶上了好时候，那份红火的景象老百姓至今仍记忆犹新。

“谁家生了小孩，去供销社买红糖都要托关系，”计划经济时期甜水井村四大队的老会计武振龙津津乐道，“买东西凭票，没有红糖票就要拿孩子的出生证明去大队开介绍信，凭着介绍信再领红糖票……”老人告诉记者，那个年代是“卡片供应”，供销社是农村唯一的日用品销售点和农副产品兑换点，队伍排成长龙的景象并不少见。

“早上开门的时候，门口有人；晚上关门的时候，门口还有人，营业员一度没有时间吃饭。”1976 年担任甜水井乡渡米供销社营业员以来，常益民再也没有离开过供销系统，那些年的繁华还历历在目，“无奈之下，我们想办法让进来一批人后把前门关上，先卖完这一批人，等他们从后门出去之后我们抓紧吃饭，下午班继续忙……”

记者打听到，营业员这个职业在那个年代确实炙手可热，当了 40 年教师的岳庄村小学副校长武发纲说：“营业员回到村里，可算得上是衣锦还乡，比医生、教师的人气要高很多。”

“一到农忙季，农民交粮回来，供销社就被围得水泄不通，布匹、日用等店面几乎所有的青壮年都要调到化肥库帮忙，架子车、牛车、马车，还有最牛的手扶拖拉机排队拉肥料。放眼望去，院子里化肥堆上、地上、车上全是人，全是肥。”党睦镇供销社副主任魏旭东指着院子里10多亩面积的施工地，比画着，回忆着……

走访了蒲城县荆姚镇、党睦镇、平路庙乡等多个保存完整的供销社，记者发现在上一代人的集体记忆里，抹不掉的仍然是七、八十年代的那一番繁荣景象。

苦情下的坚守　蒲城供销社绝地自救

1978年，供销社独立出商业系统，随后，私有制得到承认和支持，自由流通的新市场开始冲击农业生产资料化肥、农药等业务；1987年前后，农村到处都有了小卖部，供销系统开始走“下坡路”；1995年，中央要求供销社从单纯的统购统销向农村经济综合服务部组织转变，特权业务交予商务部、央企，只保留了农资供销、烟花爆竹等四类业务给供销社。

1997年，生产资料供给市场进一步放开，陕西省农业生产资料公司成为全国第一家破产的生产资料公司，自此，供销社系统在“溃不成军”中分崩离析，资产变卖、个人承包、职工失业，百姓埋怨“摊子烂了，人心散了，与农民不见面了”……

供销社作为流通主渠道的使命就此结束。

然而，面对大浪淘沙的历史必然，蒲城供销社系统默默扛起“自救”的旗帜，扎篱笆，固阵地，重新收拾旧山河。

为缓冲自由市场的冲击力，蒲城供销系统由上而下想方设法实行“自救”措施。1979年到1982年，他们成立“为农服务组”，修理打药机、修理架子车、组建打药队，将最贴心的服务做到田间地头；1988年，成立“送货组”，“以销代酬”激励社员积极进步……

尽管如此，终究还是在1993年8月，实行了自负盈亏的“大承包”制，系统职工纷纷转岗、“下海”，全县3000多职工只剩下800余人。

之后的10年，蒲城县基层供销社在无奈中以“包租婆”的身份过着“吃不饱，饿不死”的日子。

进入新世纪后，蒲城供销系统又开始了各个突破。

2003年，荆姚镇供销社“弃烂保好”，创新发展。他们卖掉街南偏僻地产，将资金投入到十字路口以北的基地建设，同时对十字以东34间门面房进行了改造。整齐划一、整洁规范的铺面吸引了众多商家入驻，这一改变使原来的90万元固定资产增值到如今的600万元。2012年再投入241万元建门面40间，同时还建起了荆姚镇第一大超市喜家福购物中心，不仅解决了60多人的就业问题，还为供销社带来了每年近40万元的利润。

2014年2月，在久违了的评比中，荆姚镇供销社被陕西省供销合作总社评为省级基层供销社标杆社。

平路庙乡将30间危房、小黑房全部改造成两层平房，改造之后，门店的租赁费用从一年3000元变为15000元，60间门店每年可收入16万元租赁费用，众多商家也从中获益。

党睦镇更是走出新思路，在原供销社5100平方米的旧址上规划建设一个3500平方米的果品包装综合市场，希望建成后吸纳纸箱、果袋、果筐、发泡网等商家加盟，为周围群众和客商提供便利和优惠。目前，党睦镇供销社已经打通综合市场与主街道的两条主干道，市场规划已经到位，建设正在进行中。

2010年，蒲城县供销联社自筹资金，将回收、土产日杂、果品农副三个公司合并，整合土地和人力资源，在县城迎宾大道核心位置开辟出3万多平方米的土地，与开发商按比例分成，共同规划建设成生命力较为顽强的建材市场，2011年5月4日蒲城万佳建材家居公司正式建成运营。

前期筹备期间，公司聘请大学生对全县、各乡镇做了针对性的调查，围绕招商、统筹组建市场、配置、宣传、培训等做出详细的计划，2011年底，363间门店基本注册完毕。如今，市场解决了90多个职工养老、统筹、三金缴纳难题，承包门店的职工年收入达到3万元左右，市场每年缴纳税款上百万元，成为蒲城县税收重点单位。

除此之外，蒲城供销社重新与农民联系，自筹资金为独立的浩远西甜瓜基地

参观美丽乡村

投入 120 万元，为农民自发联合的红薯专业合作社投资 100 万元，以资金、技术培训支持小型农业合作社，鼓励其带动周边农民发家致富……

沧海桑田几十年，蒲城供销系统的 31 个网点一个也没少，基层供销社的退休职员们依然坚守在门店一线，守卫着属于供销社的每一份资产。

尘封的人生　我们是“老供销人”

事实上，在发不了工资、交不了统筹、职工退不了休的最艰难时候，“卖资产，保生活”的思想曾一度充斥着领导们的头脑，却终究被职工们的“拒不开会”“拒不签字”给彻底打败，庞大的资产才得以保留、增值。

当这些人离开工作岗位，带走的、留下的也全部都是对供销社简洁却又浓烈的爱。

阮师娃，1949年生，一辈子从事供销社工作，退休回到老家后，以孝通镇供销社的名义，自发创办了一个罗家洼村综合服务社，几乎以零利润的盈利模式为村民提供日常生活用品。儿女们事业有成，多次劝其放弃服务社到大城市安度晚年、享一享清福，都被他断然拒绝。他把孩子们带回来孝敬他的好烟好酒藏起来，每次等到孩子们离开，就全部拿到当地的大超市换成“平民烟”和其他实用的东西，然后带回自己的服务社，低价卖给村民；利用供销社老主任的身份，帮村里群众买到真化肥、真农药。由于天天围着服务社转，他已记不清自家的地在哪了，有一次去撒化肥全“贡献”给别人了。

后来，由于气管炎越来越严重，阮师傅拗不过儿子，去了渭南享晚年，村民赊的20万元账，他临走时只说了一句：“不要了！”

同样是服务社，却各有各的办法。在街坊们看来，原荆姚镇供销社业务组长周凤琴的“原任赵家村综合服务社”主要业务不是卖东西，而是搞登记、预约，专门“捎东西”。因为每次不管是因私因公，只要上县城她就会告诉全村人，问大家要不要捎些东西，拿个本子悉数登记，即使老太太那“几片片药”，她都会认认真真记录。无论春夏秋冬，每次返乡之后，骑上自行车汗流浃背地走家串户去送货就是她的工作和生活常态。她和老伴一人一辆自行车，满村子送货，“乡情”甚好。

王登荣退休于被称之为“供销系统的黄埔军校”的兴镇供销社，也毫无悬念地成为一名优秀的供销人。78岁高龄的王登荣将三合乡义龙村供销服务站办得风生水起，覆盖了周边的各个村庄，多年来坚持送货上门、坚持无假冒伪劣产品，不营利，只为在农民心中保住供销社诚信、权威的品牌，到现在，牌子仍在……

荆姚镇十字路口的“庄稼医院”的老板冯银海告诉记者，“挣不了大钱，也不能倒了供销社的牌子”；罕井街头的老李头，多次打报告要给自己门店挂上供销社的招牌，认为这是党员的义务；全县11家药店，如今依然不放弃供销社的品牌，坚持诚信经营；退休多年的县供销联社原副主任屈顺利向“组织”承诺随叫随到，到现在依然奔赴在基层一线……

正是因为这些扎根农村的“老供销人”的信念和热情，蒲城县供销系统才能有今天的完整。

经历了每一个时期的冲击与抗争，从事供销社工作 18 年的荆姚镇供销社主任王木铎给出一个“爱”字，他说这足以概括他们所有的努力和坚守。

希望终成真　供销社也迎来了“中国梦”

“阵地在，希望就在”，这一直是供销人的希望，而这希望，还真的来了。

2015 年 4 月 2 日，中共中央、国务院《关于深化供销合作社综合改革的决定》正式公布，这预示着全面深化改革供销社正式启动。

《决定》告诉人们，拓宽为农服务领域和提升为农服务能力是主要核心，决心通过恢复和加强供销社的地位和作用，让农民、群众感受到党和政府的关怀，把农民团结到周围，齐心发展经济。

这是党中央、国务院从加快推进中国特色社会主义现代化、巩固党在农村执政基础的战略高度，将深化供销合作社综合改革提上重要议事日程。

“这次中央的《决定》就是供销社的春风，对于供销社有着里程碑式的意义，是全国供销系统的第二个春天，我们必须重新架起‘服务农民，贴近农民’这个桥梁。”蒲城县供销合作社联合社主任权兴锁不无兴奋地说。凭借这场春风，蒲城县在原有保留和改造的阵地之上，再次痛下决心，发展电子商务、联合农民专业合作社，开启新一轮更辉煌的战斗。

有了中央的新决策，蒲城县供销系统率先作为，为拓宽销售领域，供销合作社联合社采用 O2O 电子商务经销模式，结合线上、线下的互动最大限度地放大农户的收益，400 余平方米的电子商务农特产品体验店即一县一品展示厅已经竣工，4000 吨的冷库也即将到位。浚农源酥梨专业合作社联合社总经理李峰告诉记者，在县联合社的支持下，浚农源的电子商务网络已经布网成功，目前各乡镇 64 个基层供销单位和 100 家村级服务站正在与之对接。

或许，所有人都会认为在农村架起电子商务网络要大费周章，但据记者采访，30 多年来，蒲城县供销系统的网点全部保留并运营着，连接起来并没有太费力，目前，全县境域内的供销联社的网络已全部到位，只待与全国总社网络对接。

要搞电子商务，物流配置必不可少。7 月 18 日，记者在罕井街道物流配送交易中心施工现场见到了镇供销社主任王振民。他告诉记者，他们将原供销社土地集中起来，在罕井镇主干道上开辟出6000多平方米的空地，预算投资800多万元，建设一个集物流配送、超市、自由市场为一体的交易中心。届时，以县城和罕井镇为中心，以村级配送站为节点的物流网络将覆盖周边6万多人口，直接减少了广大农民群众的销售成本和劳动成本……

为了让广大农民得到更好的服务和更专业的指导，蒲城县供销联社决定将分布在各乡镇大大小小的农民专业合作社联合起来，组成“专业合作社联合社”，更高效地提高农民收益。于是，2015年3月，注册资金1110万元的蒲城县浚农源酥梨专业合作社联合社正式成立。

据了解，蒲城县供销合作社联合社利用一个月时间，对几百家基层供销单位进行调研检测，从从事技术、冷链、省内对接、省外运营、境外进出口等不同业务的合作社中选出7家果品专业合作社及供销合作社联合社组成“浚农源”，使得优秀入户社员达到2780户，覆盖7个乡镇，酥梨种植面积12500亩，年产量达37000吨，有自主报检和进出口权，已经注册了“秦智”“爱鲜”等5个商标。目前，该联合社采取“联合社+合作社+社员+技术+电商”模式，实行统一的农资、技术、管理、商标和销售，由松散型经营开始向集约化管理迈进，“订单生产、订单销售”的生产模式正在积极实现。

对于至今还未组建起农民专业合作社的村镇，县供销系统并没有忽略和放弃。他们设想着先建立起一个完整、成熟的合作社联合社，用一到两年的时间使其规范化发展，待到取得优秀的经验，自身已经成为一个大平台，再逐步扩大规模，力争5年内在基层内部成立联合社分社，入户不收费，咨询不收费，指导不收费，提高农民的自然收入，做到真真切切的“为农、务农、姓农”。

“说到底，中央文件的主要目的就是为农服务，而为农服务就是我们供销社有史以来的使命。”权兴锁认为，目前蒲城供销系统所做的工作是为农民服务的基础和必要，但是并不完善。他认为，目前“三农”问题的主要症结在于技术制约、劳动力制约以及资金制约，技术、劳力问题日后可以通过联合社、基层社改造逐步解决，而对于资金制约的难题，他期待“农村银行”类的金融服务能够一步到位，为农民解除资金制约的大难关。

就在记者写作此稿时，中华全国供销合作社第六次代表大会正在北京人民大会堂举行，也许因为几十年的苦情坚守，作为基层社的负责人，权兴锁荣耀地成为代表之一。

——原载《陕西日报》2014 年 5 月

采访路上

一支传递温暖的力量

——渭南市政法系统开展“一村一警”活动综述

今天的渭南，无论在偏远的乡村，还是城镇的背街小巷，如果你稍加留意，都会看到民警的身影；如果你稍加搜寻，都会找到民警公示栏，上面有干警的姓名、职务、个人和主管单位的联系方式，一种踏实感和安全感便会油然而生。

其实，这样的情景已遍及了渭南市的每个村庄和社区，这就是渭南市委政法委、综治委一年多来全力开展的“一村一警”活动。如今，全市总计 4269 名政法干警包联了 3203 个村和 212 个社区，实现了全市城乡全覆盖。

炼队伍　在实践中增长才干

“一村一警”活动就是要求全市政法干警在定期深入基层调查走访群众的基础上，在全市每个村（社区）设立“政法干警工作室”，县直政法部门科以上领导每人包联一个乡镇（街道办），一名政法干警包联一个村（社区）。干警除公示栏外，还有制式的便民联系卡、工作日志、矛盾纠纷台帐等，细则中要求包村干警要当好“宣传员、信息员、调解员、服务员和指导员”；做到“五必访”，即党员干部必访、困难群众必访、代表委员必访、重点人群必访、出租房屋必访；参与辖区的民主议事与决策，社会治安综合治理和平安创建、矛盾纠纷排查调处以及重点人群教育管理。

马建军是大荔县司法局基层股的股长，他包联的是城关镇西郊社区，谈起包联工作，他有说不完的话。近两年来，他印发便民联系卡4000多张，发放宣传资料4万余份，赠送普法手提袋、围裙、纸杯3200个，为群众电话解惑180人次。

86岁的老干部王宏儒老伴去世后，存折上的钱取不出来，自己又行动不便，马建军就开着自家的车拉上老人跑银行、找公证处，联系老人儿女，终于将存折上的1.6万元为老人取了出来。

柴油机厂的李某下岗后在外打了几年工，钱没挣多少媳妇也出走了，还称身体有病没法工作，家里也与他断绝了关系，李某就四处闹访，找社区找县上，闹得几个单位不得安宁没法办公。马建军和社区干部一起，一边带他去医院看病，一边做他家人的工作，一边还联系社会救助。后来不仅帮他看好了病，争取了社会救助，还使他与家里人和好了，李某高兴地又去广州打工了。

类似这样的事，马建军处理过26起，尤、张两家的通风采光纠纷、李延峰的涉访纠纷、范敏生的赡养纠纷等等不一而足。

62岁的社区主任赵贤若说，我们离不开马股长，他不仅啥事都能帮我们做，还是我们社区的主心骨。而马建军却说，包联社区也使他受到了锻炼，丰富了阅历。

华县杏林镇新城社区一物业办与数千户业主因物业费问题，一度扩大到业主封门堵路的程度，包联干警张峰积极协助镇、社区干部、物业和业主代表，表立场、讲法规、陈利害，有效制止了事态的发展并使问题得到圆满解决。

在“一村一警”实践中，渭南两级政法机关强力推动，实事做实，创新思路，深化细化，4000多名干警犹如当年的老八路深入城乡，进村入户，知民意、暖民心、解民忧、排民怨，通过与基层干部一起解决群众各方面的具体问题，使广大干警在复杂的社会实践中拓宽了视野，转变了作风，锻炼了思想，增长了才干，积累了工作思路、方法和技巧，自身素质得以提升，干警形象明显好转。

保平安 让群众生活更安宁

平安建设是“一村一警”活动的主要内容，包联干警协调配合村或社区定期进行矛盾纠纷和安全生产隐患的排查、调处和化解工作，从群众最关心的小事做起，及时化解“小纠纷”、侦破“小案件”、解决“小问题”，切实把矛盾纠纷解决在萌芽状态，做到“小事不出村，大事不出镇，难事不出县”。帮助所在辖区培养民间调解员，成立治安巡逻队，建立和规范社会管理综合服务机构。

2013 年 8 月的第二个工作日，是渭南政法系统集中开展“干警一线工作日”的日子，几千名政法干警上街头、进村头、下地头，问政问计问策于民。市委常委、政法委书记王春阳也带头走在接地气的行列中，他连续到临渭区的红旗社区、文昌阁社区和朝阳社区，和干警一起，了解民意，查纠纷化解矛盾，结对子扶贫帮困。他要求大家带着感情和群众沟通交流，为群众办实事、说实话、求实效，一定要把群众的安全感和满意度作为政法工作的出发点和落脚点。

正是市县两级政法机关强有力的领导和督察，渭南的“一村一警”活动开展得风生水起，群众称誉。在大荔县城关镇屈家村农村社区，记者见到了 29 岁的包联民警马利，一年多来，他为学生和群众上了 8 次法制课，帮群众办户口近 30 个，化解纠纷 10 多起。南街村有个叫郭良的人，找到他说要投案戒毒，他就按程序办了拘留手续。出来后，辖区发生了 10 多起电动摩托车丢失案件。有一天马利接到群众电话，举报有人在一条巷子里销赃，他叫上所长赶了过去，一看竟是郭良正在倒卖一辆三轮电摩。这桩案引出了 8 起盗窃案，三轮电摩失主感动地说，没想到不到两个小时你们就破了案。

“一村一警”中的警民联系卡不仅成了群众的平安符，也成了犯罪分子的魔咒。去年 4 月，县城冯义北巷冯武的奶奶去世，结果丧事没办完家里的 2 万多元和首饰却不见了。马利勘查完现场没有找到有用的线索，第二天乐队的一个人打电话给马利，说他们乐队的一个阎姓女人有很大嫌疑。马利当即从澄城将嫌疑人带回审查，在对方不承认的情况下巧施小计终于使其招供，最后对方被判刑两年半。

别看马利年轻，一年多来，他破获的刑事案件就有 10 起，治安案件达 25 起。

包联干警里的许多人自然也是政法战线的精英。华县侯坊派出所的所长李凯包联的是赤水镇步背后村，全村 130 户没有他没去过的，也没有不熟悉他的。这个村很有特色，600 亩地几乎全栽的是酥梨，还有就是全村有 100 多人在巴西、日本、新加坡等国打工，村支书郭仲文自豪地说他们是“国际打工村”。这样的特点就导致了这个村子留守老人多，所以李凯就成了村里最忙的人，谁家有了纠纷，哪个老人办保险、养老金，谁家地里没人干活了，哪个出国办护照手续不全了，等等，都是李凯的事，碰见了说一声，碰不见给他打电话。

镇上驻村干部谷英芳说，李所长是全村的贴心人，是孤寡老人的半个儿，也是村里的保护神。以前摩托、电动车放在家门口就不见了，李所长来了之后，这样的事再没发生过。

解忧难　争做人民的勤务员

渭南的“一村一警”活动并没有局限在干警的业务领域内，而是深化到想群众所想、帮群众所难、排群众所忧、解群众所怨，贴心交流，贴身服务，使干警真正成为群众的服务员、勤务员和指导员，成为警民关系的连心桥，成为一支为群众传递温暖的力量。

合阳甘井派出所副所长刘智在赵庄村走访时，发现一位老人躺在地上神志恍惚，只能说出自己的名字和年龄，刘智通过网上搜寻信息，查找到老人的家庭情况，在另一个派出所的协助下，终于联系到了老人的家人。当老人的儿子赶来见到已走失两天多的 84 岁的父亲时，激动得拉着他的手眼泪直流。

白水县冯雷派出所干警景建勤包联冯雷村，先后走访群众 182 户，化解纠纷 10 余起。他发现该村八组青年王田军自幼双腿残疾，孤身一人，生活特别困难，便自掏腰包 900 元为王田军买了一辆手摇三轮车和生活用品，又协调有关部门帮

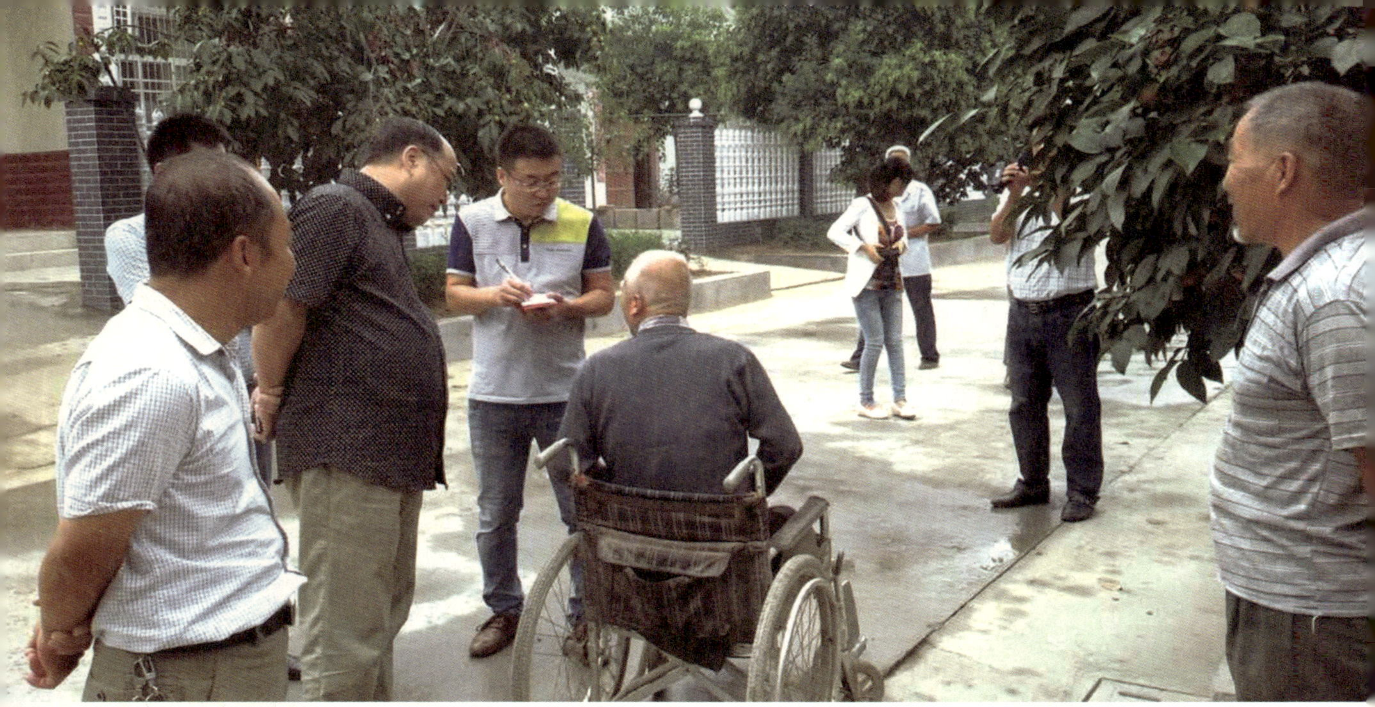

与老人交谈

其解决了低保问题。该村田高俊的妻子被县民爆公司货车撞伤，造成骨盆骨折，田高俊对交警大队责任认定结果不满意，带领几十人将妻子拉到民爆公司准备闹事，景建勤得知情况后，及时赶到现场。在他的调解下，双方达成协议，由民爆公司赔付田高俊 11 万元，一场即将引起流血冲突的矛盾纠纷得到了及时化解。

这样的小事在 4000 多名包村干警中不胜枚举，也许并不起眼，但群众正是从这一件件小事中感受到了党的关怀与温暖，感受到了政法干警的新变化、新作风、新形象。白水县南张村群众用一段顺口溜道出了自己的心声：“司法为民献真情，工作创新行职能；一村一警下基层，全体村民都欢迎；少跑路来省时间，办案调解到村边。”

正如渭南市委常委、政法委书记王春阳所阐述的：建立“一村一警”工作机制，是政法干警本职工作的有益补充，是群众路线教育实践活动的重要举措，是过硬政法队伍建设的现实需要，是提升基层工作水平的有效方法，增强了干警的责任感和使命感，树立了政法干警的新形象，为发展带来了平安环境，为群众送去了温暖，为社会传递了正能量。

——原载《陕西日报》2014 年 3 月

公车改革　渭南走出新形态

2014年7月16日，中央《关于全面推进公务用车制度改革的指导意见》与《中央和国家机关公务用车制度改革方案》公布，我国的公车改革在步履蹒跚了20年之后开启了新的航程。在我省，渭南市率先扛起了公车改革的大旗，启动并探索出了一条公车改革的创新之路，吹响了陕西公车改革的号角。

走向市场　公务用车有保障

早在去年7月30日，也就是离中央车改方案公布不到半个月时间，渭南市没有观望、没有徘徊，当即成立了公车改革领导小组，确立了车改必须坚持由“机关化”向“市场化”的转变，必须坚持“不改则已，一改则成”的目标。市委、市政府主要领导多次专题听取汇报，指导破解难题，要求渭南车改工作不等不靠，强力推进。

坚强的信心、有力的决策为渭南车改奠定了坚实的基础。经过几个月的排查摸底、走访调研、分析论证，制定出了《渭南市市级机关公务用车制度改革实施方案（试行）》。

车改方案按照“取消专车、公私分开、保障公务、降低成本”的要求和“货币化、市场化、社会化”的改革思路，除公检法和部分机要通信、应急、特种专业技术用车外，取消一般公务用车，实行“费用包干、限额使用、超支自负、节余归己”的货币化包干办法，确定了80个一级参改部门和104个下属参改单位，涉改公车946辆。

为确保正常的公务出行，他们同时建立了跨部门的公务用车服务平台——渭南市政通汽车服务有限公司，在946辆涉改公车中，选取230辆作为市级国有资产，调拨给政通公司，实行统一管理使用，市场化运营和有偿出行服务，提高车辆使用效率。按照车改时间表，到去年12月20日，渭南市应参加车改的184个部门和单位，全部完成了涉改车辆的移交封存工作。

政通公司副总经理张明华介绍，政通公司是市场化运作、公司化经营的公务租车企业，也是渭南公车改革的一次大胆创新尝试。公司现有各类服务车辆230辆（其中轿车197辆、商务车10辆、越野车16辆、面包车7辆）。为了确保和方便公务用车，政通公司在公车使用集中的市委、市政府、市人大、政协社团和行政中心设立了5个服务站，分片划块就近就地对应服务，按需合理配置用车资源，在公司驻地还组建了24小时应急车队，随时保障突发情况。车辆使用运作模式采用联络员预约租车登记服务制，每个单位设一名联络员预约租车，就近服务站统筹合理调度；派车实行先用车后收费、费用一包揽的便捷式服务，租车费用日清月结。租车分为计时、半天、全天三档，费用分别为1小时10公里内20元、4小时45公里内140元和8小时90公里内280元。此外，区别填写用车派车单，确保公私分明。如领导干部上下班确需接送和紧急因私临时用车，填写对应派车单，因公用车填写白色派车单，因私用车填写红色派车单。

新机制运营后，不管你是在单位还是在街上，不管你是因公还是因私，你都可以通过单位联络员随时用车。“为更好地服务于用车单位，我们给60辆车统一安装了可刷公务通IC卡的POS机，使付费更加多样、便捷。公司6月底还将启用电子派车服务系统，通过该系统，用车单位联络员只需提交租车信息（如派车时间、地点、人员、车型等），各服务站就会自动接收，随即由专人负责车辆分配，届时几乎和搭出租车一样便利。”政通公司总经理张娟告诉记者。

剔除腐败　车改红利大家享

作为全省公车改革的破冰之旅，渭南对按规定需要保留的公务用车和调拨给新组建的政通公司实行市场化的用车外，对其余公务用车封存处置，该报废的报废，该拍卖的公开拍卖，妥善安置司勤人员，此举每年可节约行政成本近 20%。今年 1 月至 4 月，渭南市先后进行了四场公车拍卖会，先后拍卖车辆 207 辆，成交 870 万元，高出评估价 272 万元。

任何改革都是利益的调整，凡是利益的调整也都会遇到阻力。此次渭南公车改革涉及驾驶人员多达数百人，也是车改中的最大难题。本着推动改革、化解矛盾、保持稳定的原则，改革领导小组多方协调、积极沟通、科学决策，确定了驾驶员分流安置方案。对各单位临时聘用驾驶员全部予以清退；并和原在编单位及驾驶员达成一致，各单位正式在编的驾驶员除人事、工资关系在原单位保留外，全部参加政通公司的重新招聘，由政通公司统一管理、任用和考核。这样，145 名原机关在岗司机成了政通公司的新员工，不仅避免了因车改可能引发的社会矛盾，而且上岗司机的月收入还增加了 1000 多元。

长期以来，领导特权下的“车轮腐败”一直广受群众诟病，而这次车改中，最能体现渭南壮士断腕决心的是取消了包括书记、市长在内的所有市级领导和部门领导的专车，他们和所有干部一样，平等实行公务派车，私用付费。渭南向多年的惯例和特权开了战，以上率下，从源头上彻底杜绝了一些领导干部公车私用、滥用的特权和潜规则。领导干部因公用车填写白色派车单，因私用车填写红色派车单；领导干部因私用车，在申请批准后填写对应派车单；公务用车费用单位支付，私事用车费用由所在单位从个人交通补贴中扣除并与政通公司结算。

在全市 4842 名涉改人员中，渭南按照职务、职级、岗位及实际公务量发放公务交通补贴，从正厅到副主任科员共分 7 个档次，最高每月补贴 1300 元，最低补贴 300 元。车补针对的仅是普通公务的出行，对远距离公务出行，《方案》也与差旅费保障制度做了衔接，从而更大限度地鼓励公务人员乘坐公共交通工具出行。

“公车改革机关干部期盼已久，不仅仅是能够领到交通补贴，更重要的是体现了平等公平，提高了干部的积极性，转变了干部作风，还促进了无纸化办公进程，也有利于干部的身体健康。”市编办干部刘振这样描述他对这次公车改革的看法。

车轮飞转　改革带来新形态

从 2015 年 1 月 15 日车改正式启动至今，政通公司已投入运营车辆 180 余辆，先后为 184 家单位和部门提供 13200 多次公务交通服务，确保了所有车改单位的公务用车和工作的正常运转。

数据表明，渭南市 80 个一级参改部门、104 个下属参改单位 2013 年保有公务用车 1041 辆（含 95 辆借用车辆），交通运行费用支出约为 9296.12 万元，在车改后，测算的所需费用为 7660 万元左右，可节约费用 1636.12 万元，前后同比下降 17.6%。

在市发改委副主任王志斌看来，公车改革是大势所趋、人心所向，作为党员领导干部更要积极响应、身体力行。他说，改革的目的是为了杜绝公车私用，节约行政成本，形成用车新秩序，现在看来这个目的实现了，用车更加规范、便捷，减少了用车矛盾，保证了公务出行，有效杜绝了公车私用现象，群众欢迎，干部也叫好。

在临渭区下吉镇的葡萄园里，记者和几位果农谈到公车改革时，他们风趣地说，今年来，老百姓终于能看到骑自行车和坐班车的干部了。据了解，公车改革后，渭南市很多干部外出办事开始选择开私家车、坐公交车、乘高铁甚至骑自行车的方式。以前节假日里，酒店、商场、景区、街头巷尾随处可见的公车，如今已鲜有踪迹。

追随着中央的顶层设计，三秦大地的公车改革从秦东破冰起航，渭南的车改号角嘹亮催人，他们以壮士断腕的决心和破釜沉舟的勇气，终于啃下了公车改革这块硬骨头，既保障了公务，又杜绝了私用、降低了成本，还改变了干部的作风，使一种全新的形态形成在秦东大地，获得了干部的拥护，赢得了群众的点赞。

——原载《陕西日报》2015 年 10 月

采访中

让每一户群众跟上奔向小康的步伐

——合阳县倾心实施精准扶贫温暖十万群众心

编者按：

习近平总书记今年6月18日在贵州考察时提出，扶贫开发“贵在精准，重在精准，成败之举在于精准”，这为我国如期全面步入小康社会指明了方向，开出了药方。

地处渭北的合阳县是国家级贫困县，他们以总书记“精准扶贫”讲话为指针，结合县情，找准载体，创新方式，使扶贫开发工作有声有色，成效卓然，值得肯定和推广。

2015年端午节这天，对于合阳县黑池镇蔡苜村年过耄耋之年的魏大娘来说，是一个喜庆而难忘的日子。当她带着52岁的残疾儿子马新喜，空手走进黑池镇马家庄扶贫移民安置小区的新家时，激动的泪水不停地流：“感谢党的好政策，感谢好心人的捐赠，我做梦都想不到这辈子还能住上这么好的地方。”

这一天，有 11 户特困户和魏大娘一起住进了新居。在喜庆的鞭炮声中，爱心企业和人士给他们送来了床、柜子、桌椅、电视机、电磁炉、电风扇、电热水器等用品，县镇村的干部和大家一起吃粽子，欢声笑语回荡在小区的上空，久久不散……

而这，仅仅是合阳县扶贫攻坚中的小小一幕。

特困户　都有政府的兜底保障

合阳县位于渭北黄土台塬的东部，是国家级贫困县，也是国家扶贫开发工作重点县，这里既有年收入几十万的现代农业工人，也有蜗居在山沟和盐碱滩上维持生计的传统农民，还有因各种情况而产生的贫困户。

面对时不我待的小康红线，近年来，合阳县委、县政府扎实推进精准扶贫工作，他们全县摸排，现场考察，研究部署并出台了《精准扶贫规划》、《项目资金管理办法》和《扶贫开发项目设置类别》。

有着丰富基层工作经验又熟知百姓生活的县扶贫办主任刘培勇介绍道：全县按照“瞄准对象、分类施策、着眼治本、注重造血、三位一体、形成合力”的思路，把精准识别贫困对象作为前提，做到对象、任务、措施、时限和责任精准五到位。通过“低收入户排序法”，在 2013 年底，精准识别出全县 12.1 万贫困人口和 126 个贫困村（社区）。

县扶贫办对贫困村贫困户逐一建档立卡，建立精准扶贫信息平台，做到户有表、村有册、镇有簿，确保扶贫对象有进有出，实现动态精准管理。在此基础上，他们改“大水漫灌”为“精准滴灌”，逐村逐户分析致贫原因，制订脱贫方案，定向施策，科学分类出移民搬迁、整村推进、产业扶持、教育扶贫、社会保障脱贫的精准扶贫“五大工程”。动员全县干部，凝聚全县力量，扶贫攻坚拔穷根，让精准扶贫的实惠不落下一名贫困群众。

在精准扶贫的攻坚过程中，合阳县充分发挥社会保障的驱动功能，积极拓展社会救助和集中供养覆盖面，他们将农村特困人口全部纳入农村低保、农村五保、孤儿养育、残疾保障等救助范围，使全县 7847 户 20163 人享受到了低保救助，使所有特困群众都感受到了政府的温暖。

到去年年底，全县贫困人口从 12.1 万人减少至 10.2 万人。

贫困户　都有干部的手相牵

精准确定了扶贫对象后，合阳县充分发挥各级各部门党员干部的“领头羊”作用，建立了干部包抓驻村扶贫工作机制，实行县级领导联镇包村制度，利用他们的优势和智慧，为精准扶贫注入新的活力。

全县 33 名县级领导带头各包抓一个贫困村，负责督办“一村一策、一户一法”的扶贫任务落实。去年初，在县级领导包联贫困村时，县长杨武民要求新池镇把村级班子最为涣散、基础设施最为薄弱、产业发展最为落后的来家庄选定为自己的包联村。一年多来，杨武民 5 次赴该村调研指导扶贫工作，帮助全村 74 户贫困户发展起了红提、鲜食桃、肉鸡等产业，并协调有关部门硬化了全村的巷道。

除了领导干部包抓机制外，合阳还建立了干部驻村联户扶贫制度，选派了 126 名机关优秀干部担任贫困村第一书记，86 个县级部门组成驻村联户扶贫工作队，全面落实驻村帮扶工作，组织制订村级发展规划，协调落实帮扶项目，开展结对帮扶，为贫困户送政策、传信息、出点子、解难题等，增强了贫困群众脱贫致富的能力。

在新池镇坡赵村，记者见到了县检察院派驻该村的扶贫工作队队长、院反贪局副局长杨发民。据他介绍，全村 505 户中有 170 户是贫困户，去年以来，院党组组织 60 名干警与贫困户结对帮扶，逐户签订了帮扶协议，制订并落实脱贫计划。还先后协调县交通局拓宽了进村的巷道，联系县水利局投入 30 多万元接通了自来水，解决了全村人的吃水问题。

甘井镇城后村是合阳有名的贫困村。全村 800 多口人，贫困人口就占到 60%。村主任詹苏兰告诉记者，自 2014 年 2 月以来，县财政局一年多的帮扶彻底改变了城后村贫穷落后的面貌。仅去年，财政局就协调县上各职能部门先后整治了村里的卫生、加宽村道、安装路灯，铺设5公里地埋管道解决近千亩耕地的灌溉难题，并修建了3000平方米的文化广场和90多平方米的村卫生室。县财政局还积极扶持村里发展产业，今年年初，他们还联系杨凌农科院，帮助村民新栽苹果树220多亩。

自精准扶贫开展以来，全县包联干部心系百姓，脚踏土地，扎扎实实帮助群众脱贫致富，为帮扶村协调落实各类帮扶项目127个，实物投入500余万元。

贫困村　都有党的阳光沐浴

精准扶贫的关键是找准症结、精准施策。而合阳县实施的移民搬迁、整村推进、产业扶持、教育扶贫和社会保障脱贫的“五大精准工程”，把准了贫困的脉，使贫困户和贫困村尝到了甜头也看到了希望。

赵家岭位于合阳北部四县接壤的偏远山区，祖祖辈辈“出行难、用水难、就医难、上学难、居住难”，村里大部分土地是沟地、坡地，全村70多户人家人均年收入2000元左右。黑池镇的全兴寨“东临黄河西靠山，中间全是盐碱滩”，每当下大雨时，常会发生地质灾害，村里的土地全部盐碱化，1000多口人一分可用耕地都没有。这样的村子，不仅影响着全县奔小康，也牵动着许多干部的心。去年以来，县委书记李县平先后3次赴赵家岭、2次赴全兴寨实地调研，听取干部群众的意见，苦苦思考着脱贫致富的良策。尤其是看到两个村子的贫困状况后，他要求县电视台拍摄了《走进赵家岭》《走进全兴寨》的专题片，播出后在全县引起强烈反响，随后，以赵家岭、全兴寨两个典型贫困村整体搬迁为突破口，打响了合阳县精准扶贫的攻坚战。

在“啃硬骨头、攻坚拔寨”的精准扶贫攻坚战中，合阳县新建扶贫移民搬迁集中安置小区5个，扶贫移民搬迁安置点3个，已搬迁616户2457人，规划到2018年将4000户1.3万贫困群众，向重点镇和新型农村中心社区集中搬迁安置，为贫困户扶持产业、帮助创业、组织就业，真正做到搬得出、稳得住、能致富。赵家岭村77岁的赵积昌老人一边吸着水烟一边给记者说，政府在镇上盖的移民安

路边采访

置房给每户家庭补助不低于 6 万元，每人最少 25 平方米，他 3 个儿子都在外打工，见政府这么好的安置政策，一下就定了 3 套 100 平方米的安置房，11 月就能搬进去住。

对搬迁的农民，政府从流转土地中统一划拨土地供他们发展现代农业，有的则用土地加入了农业专业合作社。政府通过财政贴补、贴息贷款、互助资金及农业专项补助，鼓励引导各类涉农企业和专业合作社以园区带动贫困户发展高效增收产业。2013 年以来，全县已建成千亩示范方田 8 个，示范带动了 7600 户贫困户发展起苹果 7000 亩、红提 6200 亩、蔬菜大棚 133 棚、冷棚冬枣 1400 亩以及各类杂果 16800 亩，养殖奶牛和猪、羊 12000 余头（只）。

教育是脱贫的重要后续支撑，合阳县去年以来为了扶智，发放各类困难学生生活补助、助学金及助学贷款达 4100 余万元、资助贫困家庭 812 人进行职业技能培训；组建服务“三农”讲师团，开展了栽培苹果、红提和奶牛养殖等实用技术培训，共培训农民 5 万余人次，保证每个贫困家庭有一名劳动力掌握 1~2 门实用技术。

在扶贫开发中，合阳把贫困村整村推进与美丽乡村建设相对接，已整合行业部门项目资金 3000 万元，实施 30 个贫困村整村推进。

刘培勇信心满满地说，到“十三五”末甚至更早的时间，现有的 126 个贫困村（社区）将从合阳的大地上彻底消失，加入到全民小康的行列。

听着这壮怀激烈的愿景描绘，回味几天的采访感受，记者真切地看到了 45 万合阳人民正手挽着手、肩并着肩，一个不落地迈步在奔小康的路上……

——原载《陕西日报》2015 年 5 月

大荔的农业会唱歌

——现代农业在大荔的追逐之路

又一个丰收的季节扑面而来，三秦父老满头的汗水满心的欢笑，收获着小康也收获着幸福。

这从土地上长出的幸福，在我省的大荔县看得尤为真切。

在丰收的大荔，农民收获的不再是单一传统的金色麦穗，而是采摘着五彩缤纷的颜色，收获着四处弥漫的扑鼻香味。

其实，这颜色和香味，就来自于这肥沃的土地，来自于 75 万大荔儿女在智慧和勤劳中对现代农业追逐的脚步。

叫土地长出富裕的生活

大荔天生就是务农的好地方。

它处在关中平原最宽阔的地带，耕地达 150 万亩，黄河、渭河、洛河环绕其间，地势平坦，土壤肥沃，资源优越，是黄河三角洲的最佳生产区。坐落于县境的被慈禧太后朱批为“天下第一仓”的丰图义仓，就见证着这个农业大县的历史与分量。

在计划经济时代，大荔虽然走的是传统农业路子，但作为全国优质粮、优质棉基地县，对国家的贡献不言而喻，仅棉花一项就占全省的半壁江山。

生产责任制推行后，在继续种植粮棉油的同时，瓜果菜也在这片土地上悄然生长起来。

大荔人希望土地里长出的不是温饱而是富裕，所以，简单的露天种植瓜果菜并没能使他们满足。1993 年，冯村镇船舍村党支部书记李兴社看到有关山东寿光大棚农业的信息后，当即带了几个人去取经，回来后先种了几棚西瓜，结果不仅一次成功，而且效益可观。到 1997 年，船舍周边六个村子的大棚蔬菜扩展到了 1000 多棚，看到这一良好势头的大荔县领导者迅速做出反应，提出了以洛河为轴心，实施“万棚亿元”的设施农业工程，还专门成立了多种经营办公室，村支书李兴社被破格任命为主任。全县一股劲，各级领导包村联户推进，政策倾斜、资金支持，技术跟进。之后，随着“西部设施农业第一县”、“百万生猪十万牛”和红枣、果业四大产业持续推进，发展现代农业的热潮从此在大荔一浪接一浪，再也没有停歇。

大荔县的名优特产——黄花菜、红枣、西瓜、花生曾驰名全国，被形象地称为特色“1008”。2009 年大荔被确定为陕西省百万亩设施蔬菜基地县和示范县时，设施果蔬已达 18 万亩，覆盖了全县一半以上的村子，全县人均纯收入也由传统农业时的三五百元增加到 3800 多元。

设施农业使大荔农民在地里种出了富裕，种出了希望，更种出了后劲。

把富裕种得五彩纷呈

在现代农业的建设中，大荔县从来没有一刀切，不搞一哄而上，始终是品牌优越，特色鲜明，种类繁多。仅设施瓜果就有西瓜、哈密瓜、礼品瓜、洋香瓜、油桃、杏、圣女果、礼品黄瓜等 42 个系列 200 多个品种。

这一方面源于政府的科学引领，另一方面源于大荔农民敢于实验的科学头脑和敢为人先的拼搏气魄。

今年 67 岁的韩兴旺 18 年前担任埝桥镇黄莹村支部书记时，从杂志上看到介绍河北滦县种植大棚葡萄的信息，正月十五就带着七八个人出征了。看到人家棚里的葡萄籽都多大了，有点不相信，回来就在村民赵红全的葡萄园里砌墙、盖塑料棚，果不其然，葡萄在大荔也比往年早熟 20 多天，价钱由原来的 8 毛卖到了 20 元，被称为“西北第一棚”。知道大棚厉害的韩兴旺随后又带人去山东寿光考察，回来后连夜动员全村，硬性分配指标。韩兴旺现在还记得，就在香港回归的那一天，全村几百号人都下了地，打墙建温室大棚，那阵势惊动了县上四大班子前来观摩。秋天，半亩一棚的黄瓜收入 12000 多元，有乡亲数着大把票子的手抖得不听使唤。黄莹村去年已实现大棚全覆盖，人均纯收入逼近 3 万元，347 户人的村子，已有 140 辆轿车，村里开了 4 家饭店，农忙时全下馆子吃，不仅家家盖楼，而且还都铺着地毯。他们村现在是农业部的“一村一品示范村”和“美丽乡村示范村”，韩兴旺获得的荣誉数也数不清，只能说“证书等身”还差不多。

在县东的安仁镇小坡村，薛安全为了实现乡亲的致富梦，当村主任都不过瘾，历经 10 余年的倒腾，终于将千年的盐碱滩改造成了“万亩冬枣园”。不仅给冬枣扣上了棚子，而且还是自动控制的，冬枣夏熟，错位种植，5 元的冬枣卖到了 30 元，全村人均收入跃升到 1.7 万元。在万亩冬枣园里的培训中心，身价几百万、跷着二郎腿、抽着大中华的薛安全，给记者大摆龙门阵，讲他如何治盐碱、如何打井、如何修渠引水、如何铺路、如何引进梨枣嫁接冬枣，他的冬枣又是如何惊呆了专家，等等。讲述这些时，薛安全不见辛酸也没有让人感觉自负，感受到的只是农民骨子里的质朴和黄河岸边儿女的豪放。

新鲜的事还有，在官池镇的新党村，祖祖辈辈种的老玉米，收成最好时收入也没上过千元，而科技信息的魔力使新党村鬼使神差地引进了一种鲜食玉米，通俗地说就是我们常在街上买的苞谷棒子。在生长初期盖上地膜或小弓棚，结果奇迹再次成熟，最好的一亩卖到了一万七八，差的也在四五千元。就靠着这玉米，新党村人均收入轻松过万。在新党村和官池周边，记者看到的是一片郁郁葱葱、青翠欲滴，据党支书介绍，如今官池镇的鲜食玉米达 3 万亩，成了鲜食水果的集散批发地。

…………

用不着多举例，在这片生机盎然的肥沃土地上，记者感受最深的是大荔农民的科技意识、创新意识和“敢”字当头的开创精神，因为这些，许多的不可思议在他们手中实现。在大荔，梨和苹果都经过了多次的换代升级，苹果是红肉的，梨却是红皮的，冬枣是自己选育的，棚是自己改进的，品质都优过了原产地；他们的葡萄一年两熟，亩收入 2 万多元，大棚哈密瓜是农民自己发明的，比新疆的还甜；桃树新品种，使桃子有苹果的硬度，耐运输，耐贮存，延长了销售期，卖出了好价钱；把油桃种进温室他们是全国首家，当时山东的教授坚决反对，结果 100 多棚一次成功，连反对的教授也被吸引过来成了他们的顾问。

在大荔，你必须相信：富裕，不仅可以在地里种出来，还可以种成多彩的颜色。

让农业唱起醉人的歌儿

农业能富民吗？大荔的回答是肯定的。30 多年间，大荔农民依靠土地，人均纯收入从二三百元到 1000 多元，在去年达到人均 8200 元。

农业能持续大幅度地富民吗？大荔的回答是：充满着希望。

希望何在，这就是他们正在发展探索着的现代农业之路。

大荔由特色“1008”到设施农业示范县，虽然走得艰辛，但却走得铿锵有力，走得欢欣鼓舞。

如今，大荔已建成万亩设施镇 4 个，一村一品专业村 50 个，一批龙头企业相继涌现。西瓜、哈密瓜、油桃被认证为无公害产品，黄瓜被认证为绿色食品，已经拥有了大荔黄花菜、大荔西瓜、大荔花生、大荔冬枣、高石脆瓜 5 个地标产品，产供销一条龙、贸工农一体化的产业化格局已经形成，全县 70% 以上的耕地已经被经济作物所覆盖。

大荔的设施果蔬面积占全省的 20%，设施时令水果是全省的一半，温室油桃西北第一，大棚冬枣全国第一，是西北地区最大的反季节瓜果菜生产基地、我省农业结构调整的典范。“陕西农业看大荔，大荔农业看设施”已成为全省农业系统的口头禅。

谈到设施农业在大荔的持续发展，县委书记孙云峰用6个字做了概括：规模、高效、特色。也就是现代技术、现代装备和现代农业使大荔农民扩展了农业的内涵，保障了农产品的安全，增加了农民的收入。

赤橙黄绿青蓝紫，谁持彩练当空舞。

这片土地因肥沃、因勤劳而五彩缤纷，徜徉其间，你会因为热爱因为流连而呼喊而歌唱；在这里，你会感到大荔的父老乡亲不是在种地在务农，而是以智慧、勤劳和勇敢玩转着农业，而且玩转得是那样的潇洒自如，那样的神采飞扬，使得这方土地变成了五彩的花海、歌唱的舞台。

然而，农业的规模化发展，必然对技术、品种、土地、资金和人力提出更高的要求，这样就催生了农业园区的形成，而它也成了现代农业发展的必要途径，因为它能比较好地满足农业、农民和市场的需求，对产前、产中、产后实施综合

型一体化的服务。

冯村镇是渭南设施农业的发源地，也是设施农业重镇。2009 年结合省上实施的“百万亩设施蔬菜工程”，依托文峪科技公司打造现代农业园区，组建了智能化育苗中心，年育苗可达 1500 万株；建设了新品种技术示范区、高标准生产区、物流中心和检测培训区。镇长王建军告诉记者，正在快马加鞭建设的是观光旅游农业区，这六大区域采用新型农业的结构和流程，依托 1000 亩核心区，辐射带动两镇 17 个村的 5 万亩土地，担负着从育苗、成熟到市场销售完结的全部使命。

这，大概这就是现代农业的模板。

到现在，大荔已建成万亩设施农业园区、万亩冬枣园区、万亩黄花菜园区和千亩高石脆瓜园区 4 个省级园区、2 个市级园区及 38 个各类园区，农民专业合作社 1000 多个。最为典型的是农民李秀芳和赵世英，两人在北京做进出口水果国际贸易，他们发现大荔的胡萝卜品质好，有出口潜力，便在家乡办起了“鑫坤果蔬专业合作社”，引进了韩国设备，流转了 1200 亩地进行种植出口、标准化生产，年纯收入达 300 多万，带动了 300 多位农民就业致富。

一个园区带动下的现代农业的全面转型升级已在大荔悄然勃发，规模初具。

谈到大荔农业的发展未来时，王青峰县长充满自豪地说，大荔农业要向更高发展，大力增加产出，让农民在流通环节多挣钱，农产品实现品牌化、标准化，以农业为资源，全力推动以农副产品深加工为主的第二产业和现代农业服务业的第三产业，让 GDP 绿色，让发展可持续，让 1800 平方公里的大荔成为风光旖旎的大景区。

——原载《陕西日报》2014 年 6 月 16 日

蒲城经济发展走上豪迈之路

——写在蒲城高新技术产业开发区暨省级煤化工业园区挂牌之际

在共和国成立六十六周年的喜庆日子里，蒲城人民双喜临门：一喜是陕西省政府批准设立蒲城高新技术产业开发区，再一喜是煤化工业园区批准为省级工业园区。

这意味着，蒲城经济发展有了“双核动力”，蒲城的工业发展乃至整个县域经济的发展驶上了快车道，走上了更加豪迈之路，而且使社会经济的发展有了双核动力引擎，它将驱动蒲城社会经济的发展壮丽多彩、前程似锦。

蒲城，一片古老而辽阔的土地，一片绚丽而知名的土地，一片充满生机正在孕育奇迹的土地。

说到蒲城人，许多人最深的印象是：重情、仗义、智慧、大气。

也有人做过这样的总结：大气蒲城，豪迈人生，将相故里，独步天下。

是的，大气豪迈的蒲城人民既与中华民族的优秀品质一脉相承，又义无反顾地推动过中华民族的发展，由此，王鼎、井勿幕、杨虎城、李仪祉、包森等蒲城人也成为中华民族的杰出代表，当然更是蒲城如今八十万儿女的骄傲。

当然，蒲城人这种鲜明的人文特质，既是1500平方公里土地几千年滋养的结果，也是蒲城当政者多年来在党的旗帜下示范引领的成就。

在共和国发展的历程中特别是在改革开放的洪流中，蒲城儿女秉承了祖先的优秀品质，在多个领域做出了骄人的业绩，也为共和国贡献了力量。

谁都知道，今天这样的双喜临门，是蒲城县域经济发展史上的里程碑，它既是蒲城儿女战略智慧的结晶，也是蒲城儿女勤劳勇敢的收获。所以，喜讯传来，无论是决策者、执行者、建设者或是知情者，有人欢呼雀跃，有人喜极而泣，更多的人则是奔走相告……

十年得来不寻常，是啊，人们常说“十年磨一剑”，而蒲城人民在十年中磨出了两把宝剑！

这其中的艰辛、眼光、谋略、责任乃至汗水交织着泪水的拼搏与委屈，又有几人知晓，又有几人能够体味呢？

爬山到泰陵

科技，工业腾飞的“添加剂”

——蒲城高新技术开发区超常发展纪实

“下来了，终于下来了！”

2015 年 9 月 19 日，陕西省人民政府批复：同意建设蒲城高新技术产业开发区。

9 月 26 日，一踏进蒲城县工业园的大门，县科技局局长武松林便急忙握住记者的手，满脸笑容地说“成了，成了”。记者看得出，这激动的背后，既有石头落地功成名就的欣喜，也有披荆斩棘一路走来的艰辛。

是的，十年了，武松林和蒲城的决策者、园区的建设者一道，为了脱胎换骨的“工业革命”和县域经济腾飞，已拼搏了太久，付出了太多……

十年砥砺终成宝剑

众所周知，蒲城一直以我省的“农业大县”“粮食大县”著称，也许是农业的滋养与需求，蒲城的农药企业也很发达，其数量和品牌多年来在全省位列前茅，以绿盾、美尔果、美邦、绿桥等四大企业为主的农药产业曾占据着陕西省整个行业的半壁江山。20 世纪 90 年代，以农副产品加工、包装、机械制造为龙头的蒲城传统工业一路领先，称得上陕西省乡镇企业的排头兵。然而，由于没有统一的规划和管理，几乎所有的企业都分散在县城的角落和偏远乡镇，这不仅限制了发展规模，而且影响了品质。

面对如此窘境，2005 年春天，蒲城县委、县政府依据县域实际和放眼未来的需要，适时提出“工业强县”发展战略，根据当时的工业发展现状和资源禀赋，由县科技局牵头，迅速规划，全新布局，大胆设立了总面积达 25260 亩的蒲城农化工业园，将包括农药、生化材料、农副产品加工、机械制造等所有乡镇企业聚集于此，以“二次创业”的形式进行了一次大整合。2006 年，集人力、物力、财力，投资 3000 余万元，加快园区水、电、路、讯等基础设施建设，农化工业园雏形基本形成。后来，为统筹花炮、机械、食品、煤炭等企业跟进发展，2006 年，又提出以农化园为龙头，发展“两园三区一带”新格局，农化工业园正式更名为蒲城县工业园。至此，县域内已具备较好的工业发展平台，以本土企业为主的企业入驻并开工建设。

万事开头难，工业发展亦是如此。2007 年后，本土企业先天性的产能落后、技能低劣等特点显露，发展缓慢，“投入多，见效慢”的舆论氛围越来越浓厚。加上由于土地审批程序的严格和各地“非法征地”的频频曝光，园区突然遭遇全国性“土地风暴、环保治理”，一度受到“封杀”工业园的牵连。

但是，蒲城发展工业经济、崇尚科技创新的思路没有变，劲头没有减，2009 年底，成立蒲城工业园区管委会，适时调整产业布局，改变早期发展和建设模式，凭借着厚实的工业基础和不断创新的先进技术，蒲城工业园区在艰难前行中获得了陕西省“13115 科技创新工程重点产业园区”称号，这就使得阵地得以保全，使得工业园区发展驶入快车道。今年9月19日，蒲城高新技术产业开发区批准建设，无疑成为蒲城工业发展的第二个春天。

如今，蒲城工业园已累计获得资金5亿余元，实现了水、电、路、讯等“七通一平”，“三纵四横”的路网框架已基本形成，建成区硬化道路20余公里，铺设供排水管网20公里，绿化亮化6万平方米，园区至城区的快速干道全部改造完成。走进园区，整洁的柏油马路平坦宽广，一院院整洁的厂区与两旁的樱木交相辉映，新安装的金黄色路灯让园区的精气神进一步彰显。不远处，日均供水量1万余立方米，投资1.3亿元日处理达1万吨的污水处理厂已经运行，两条10kV专用供电线路以及即将开工建设的110kV变电站确保了园区企业及后续入驻企业的用电需求。“用电和环保两个软肋解决了，我们就能‘挺起腰杆’招商，大胆投产了！”管委会主任李向阳自豪地说，这两个项目已成为招商引资的一道“硬菜”，深受客商的青睐。

园区聚合起企业的能量

蒲城工业园区以产业规模化、生产集群化、基础配套化、服务优先化等优势，将制造业、农副产品深加工等传统工业集中起来的同时，给土生土长的制药企业集约化、规模化生产提供了一个不断成长的平台，并吸引了一大批科技含量高、技术先进的企业入驻，为工业园区注入了新鲜血液，带来了蓬勃生机。

70年代初期，在蒲城县尧山路27号的小小宅院里，一个下属于农业局毫不知名的国有企业默默地致力于以微生物源和植物源为主的生化产品研究，因1992年“活体微生物”技术获得国际银奖才引起世人瞩目。改制后，于2000年成立陕西绿盾生物制品有限责任公司，为了迎合绿色农业发展和食品安全的需要，在蒲城县工业园区征地100余亩，5年时间内，自主立项、自主创新、自主研制的10%农抗120可湿性粉剂，达到了国际先进水平，被评为陕西省科技进步三等奖，被国家科技部列为“国家火炬计划项目”和“国家重点新产品”。2011年5月份，企业投资2.5亿元建设的2000吨/年10%农抗120可湿性粉剂生产线一期工程已经进入投产运行，在此项目基础上，利用自身优势扩建原有的生产线，

日出

开发出市场急需的多抗霉素及春雷霉素原药。目前，该企业资产总额达26309万元，现有员工310名，发展初期，每年仅生物农药一个项目的产值便达到9500万元左右。而从技术总监杨宏渤那儿得知，该企业是陕西省内唯一一家拥有微生物农药原料药技术的企业，发展前景无可匹敌。

陕西美邦农药有限公司，成立于1998年，是集农药研发、生产、销售及农业技术推广服务于一体的现代化企业，产品线覆盖杀虫剂、除草剂、植物生长调节剂等各种产品。多年来，始终以超前的技术和独特的软硬件综合实力引领着行业的发展，在中国农药品牌中独树一帜，销售额早在2012年就已过亿，综合实力位居西北地区首位。目前，拥有着10万平方米西北最大的农药生产加工基地和400万元以上设备资产，每年生产加工6万余吨、200多种产品，年产值达8亿以上。

还有一家是美尔果农化有限公司，属国家农药定点生产企业，累计防治农作物病虫害面近2000万亩。自组建省级企业技术研发中心以来，公司先后投入近300万元，建成600多平方米的研发中心，具备了加工近万吨的生产能力，“产品退货率”也由2011年的30%降到了2014年的2.8%以下，销售额每年也以20%速度递增，2014年达6500万元。高级工程师、技术总监张强告诉记者，在政府的支持和鼓励下，各类实验平台逐一落户，“我们的产品实现了质的飞跃”。

…………

十年间，蒲城工业园区不放弃、不停步、不松劲，企业由少聚多、由弱变强，中国 500 强延长集团石油压裂支撑剂项目，成功跨界饲料、房产、金融等领域飞速发展的陕西蒲城石羊食品有限公司，西安瑞联、万德科技、达能新材料等科技企业纷纷落户。如今，园区已纳入规模以上企业 43 家，中小微企业多达 16291 家，完成固定资产投资 54.5 亿元，2014 年工业总产值达 60 亿元。

科技催生了核变效能

对比如今的工业环境，蒲城工业园区能够取得如此成绩，作为“第一生产力”的科技和核心力量的人才必然是功不可没。

近年来，为深度实施创新驱动发展战略，积极推进科技与经济紧密结合，加快创新型蒲城建设步伐，蒲城县委、县政府进一步加大了科技财政投入，每年立资 3000 万元支持园区公共平台和基础设施建设，确保足额完成上级下达的科技投入年度责任目标，并特批 100 万元，对在农产品研发上取得省级以上科技成果鉴定和被列入国家重点新产品的企业，给予一次性奖励，以引导企业利用资本市场加快创新发展，引导形成多元化的科技投入体系。

“2014 年，蒲城工业园区高新技术产业工业总产值达 15.5 亿元，占园区工业总产值 25% 左右；全区内企业 R&D 支出，即全社会研究与试验发展经费支出达 1.25 亿元，占全县的 54%；全年申请专利 232 项，授权量 119 项，其中发明专利授权 92 项，占全市发明专利授权的 77%，位居全省之最……”

看着这一连串的数字，记者不禁感叹，这不正是高新技术的最神秘之处么？

2013 年 10 月，当渭南市领导看到蒲城工业园区竟有授权发明专利 278 项时，在半信半疑中赶到园区实地调研。看着一摞摞鲜红的专利证书摆放在会议桌上时，这位领导抑制不住内心的激动：“这是真金白银啊！”这样的感叹，让所有在场的蒲城人、科技人、企业人无上自豪。

十几年里，土生土长的蒲城企业绿盾公司先后申请专利 14 项，获得专利授权 8 项，引进并研制出生物农药新产品 10 余种，销售网络遍布全国各地，并远销新加坡、日本等国，出口率已达 50% 以上，已发展成为集研发、生产、销售于一体，中西部最大、省内唯一一家具有微生物农药原料药技术、全国生物农药品种最多的生产单位，先后荣获“陕西省著名商标”“陕西省高新技术企业”“陕西省农业产业化经营重点龙头企业”“陕西省中小企业成长工程重点企业”等称号。

美邦集团从 2007 年开始申请专利，2009 年成立知识产权部，部门主管梁晓娟告诉记者，企业在省市知识产权局、县科技局的大力支持下，每年投入 1000 余万元用于新品研发，目前已申请专利 900 余件，获得专利授权 360 件，成为国家发改委、工信部核准的农药定点单位，拥有省、市级研发中心两所，获得国家药品 GMP 认证。 美尔果农化有限责任公司累计申请专利近 30 项，已经授权发明专利 9 项，完成科技成果登记 14 项，累计发表论文 6 篇，申请商标注册累计 20 多个……

工业园区从“出生”到“险些夭折”，再从涅槃重生到华丽绽放，科技局局长武松林都是见证者和建设者。这位已银发满头的土生土长的蒲城汉子在家乡的土地上摸爬滚打了一生。当年他戴着“洋香瓜镇长”“葡萄书记”的光环担起了蒲城高新技术开发的重担，十年来，殚精竭虑搞谋划、献策略、制方案，跑瘦了腿地拉项目、谈合作，硬是将蒲城工业园区从纸上挪到地上。面对“省级高新区”的桂冠，他的心血终于有了回报。老武充满感慨地说，总算“给自己的今生有个交代，给蒲城人民一个交代”，拳拳家乡之情溢于言表。

辉煌的未来无可限量

10 年时间，蒲城工业园区在逆势中豪迈地发展，先后被评为“陕西省重点县域工业园区”“中小企业创业基地”“陕西省低碳试点园区”“上海股权托管交易中心企业挂牌孵化基地”。这些成绩都离不开蒲城本身得天独厚的条件。

蒲城地处关中平原东北部，是关中城市群和黄河金三角的重要城市，也是渭北商贸物流集散地和关天经济区规划三级中心城市。蒲城工业园区地处城南 5 公里处，南邻国家通用航空产业园区——卤阳湖现代产业开发区，经渭蒲高速到渭南市不到一个小时车程，距西安咸阳国际机场仅 90 公里；京昆、黄渭高速及省道 201 线紧邻园区通过，西包、西延、西韩铁路近在咫尺，极为便利的交通条件保证了商业洽谈、科技交流以及各类工业材料的供给和运输。城南新区住宅、休闲、娱乐、学校、医院等设施齐全，与此相连的东部专用道路将蒲城工业园区与煤化工业园连为一体，中间由农业示范园区和观光农业带相衔接，不久的将来，产城融合、景城融合是必要，也是必然。

为避免出现人才断层、人才库空缺的尴尬局面，蒲城县高瞻远瞩，秉承“人才资源是第一资源”的理念，县长李军政要求“要想尽办法让人才走进来，留下来”。

2014 年，蒲城县确定首批“百人计划”企业首席工程师 8 名、学科带头人 12 名、优秀青年科技人才 55 名，在全县征集各个领域课题 70 多项，探索推行“人才 + 课题”的管理模式并根据评审结果给予奖励；县级科技专家委员会共完成科研课题 28 项，建成科技示范园 27 个，吸收 248 名科技带头人参与到政府的重大决策当中；县农村科技能手联合会共建立科技示范项目 160 多个，创办、领办专业技术协会 20 多家，培养出 1000 余名农村科技人才，为建设西部强县提供了丰厚的技术和人才储备。

与此同时，不断扩展校地合作，与西北农林大学、渭南师范学院、西安电子科技大学、陕西科技大学、西安工业大学等高校签订以人才培养、人员培训、项目合作、成果推广、平台建设为重点的“教学科研实践基地”战略合作协议，助推县域经济社会发展。

园区管委会副主任雷少锋告诉记者，标准化厂房正在有条不紊地扩建，为投资额度低于 5000 万元的中小型企业提供了发展平台，蒲城高新区一期项目规划 16.84 平方公里面积，预计于 2020 年完成建设，届时将全部投产运行，年工业产值将达 200 亿。《蒲城县“十三五”科技发展规划》指出，到 2020 年，全社会研究与开发投入占国民生产总值的比重将达到 1.5%；本县级财政科技支出占同级财政支出的比重达 1.2%；每年专利申请量超过 200 件，万人申请量达 3 万件以上、授权量达 1.2 万件以上，其中发明专利授权达 80%，并积极实行“应用三分

田间观葵花

之一、转让三分之一、储备三分之一”的战略计划，最大限度实现经济效益和社会效益。

“作为一个农业大县，在高新技术产业领域有一门特色产业，对于调整县域经济发展结构是非常难得的。蒲城工业发展需要这样一个机会，也有这样的优势。”省科技厅副厅长安西印对于陕西省人民政府批复同意建设蒲城高新技术产业开发区的决定这样评价。

走出蒲城工业园，一行工作人员纷纷拿出手机对着大门拍照留念，科学技术局副局长韩宏谋说：“高新区批下来了，牌子马上就要换了，留个念想，也是一份动力。”

政府指导、干部带头、企业创新，在这样一个高瞻远瞩又脚踏实地的土壤上，热情、奋进已分明地写进了工业发展的历程。相信，随着“高新技术产业开发区”的建设，人才和技术的不断进步，蒲城县工业园区将会凭借其举足轻重的科技力量再次借风扬帆，带动工业阔步前行。

出蒲城高新技术产业开发区大门，沿煤化大道走 10 公里便是蒲城的另一工业重地——煤化工业园。站在高架桥上，管委会主任李向阳豪情满怀地说，随着蒲城旅游环线的贯通，工业区、住宅区、休闲场所、教育机构、生活服务等配套设施的完善，从高新技术产业开发区到煤化工业园，这里将成为关中大地上农业工业相互促进、城区景区相互融合的工业长廊，这幅壮美绚丽的蓝图已经从我们的脚下呈现在了人们的面前。

铸造起工业强县新引擎

——蒲城县渭北煤化工业园区发展纪实

沿着蒲城县煤化大道向东驶去，宽敞明亮的大道旁郁郁葱葱、满眼翠绿，不一会儿，高大先进的现代工业厂区矗立在眼前，恢宏壮丽，气象喜人。这里，就是国庆前夕陕西省政府刚刚批准的省级煤化工业园区，由此渭北煤化工业园区跨上了新台阶，步入了发展的新轨道，成为蒲城工业强县的新引擎。

科学谋划蓄势扬帆

坐落在蒲城县东南15公里处的渭北煤化工业园，是省委、省政府规划建设的关中三大煤化工基地之一，也是关天经济带煤化工产业发展重点园区。

在许多人的印象里，蒲城一直是农业大县、工业弱县。所以，发展壮大工业一直是历任执政者的首要。为了实现工业腾飞，蒲城的决策者们在新世纪之初就提出了“建设工业强县，壮大支柱产业，实施项目带动，加快统筹发展”的战略构想，2005 年，县委、县政府经过多方调研，结合国家产业政策要求，循着省委、省政府在关中东部加快煤化工产业发展的思路，依托渭北丰富的煤、电、水资源和公路、铁路交通优势，率先发展超大型煤化工项目。2006 年 2 月蒲城煤化工业园正式立项，由此也开启了蒲城向工业强县的奋斗之路。

当然，战略构想也是建立在现实和优势的基础上的。蒲城有着得天独厚的天然优势，这里煤炭储量 9000 余万吨，年产量达 300 万吨以上，周边的澄合、铜川等大型煤矿年总生产能力 1760 万吨；拥有洛河、石羊等 4 个抽水站和二期抽黄工程、袁家坡水源地和温汤水源地等大型水利工程，年取水能力可达 19077 万吨；境内还有火力电厂 3 座，年发电量 67 亿度，蒲城电厂三期投产后，全县总装机容量达 264 万 kW，年发电 132 亿度；同时，西韩、西延、铜蒲 3 条铁路境内总长 146.6 公里，省道西禹、渭清十字交会于县城，西禹高速公路横贯东西，渭蒲高速连接南北，交通运输便利顺畅。这些先天的资源和地理优势，为煤化工业园在蒲城的生根结果打下了坚实的工业基础。

正是在这样的优势下，2005 年蒲城被列入关中三大煤化工业园区发展主要基地，2007 年又被省政府列入陕北能源接续区，进一步加快了蒲城煤化工业园建设的步伐。2009 年 4 月在全省能源工作暨陕北能源化工基地建设座谈会上，省委、省政府主要领导明确提出加快关中三大煤化工业园区建设，使得煤化工业园在此后一年一个脚步向前不断推动。2010 年以来，煤化工业园区建设先后被评为“陕西省可持续发展实验区”和“陕西省重点建设县域工业集中区”。

在园区的建设者们看来，只有形成一个科学、系统、可行的规划，才能为煤化工业园建设“领航”。为此，他们聘请原化学工业部第六设计院专家“把脉问诊”，省发改委批准了《渭北煤化工业园总体规划》，2014 年，园区委托西安建筑科技大学城市与旅游规划研究所和西北综合勘察设计研究院共同修编了到 2030 年的《煤化工业园产城融合总体规划》，并委托修订《煤化工业园产业发展规划》，使规划日臻完善。

经过高点定位，煤化工业园绘制成了占地 22.3 平方公里的大手笔，确立了煤制烯烃核心板块、塑料加工板块、精细化工板块、物流仓储板块、生活配套板块的产业区域布局；确定了煤化工、石油化工、精细化工、塑料加工等重点产业方向，使渭北煤化工业园区朝着产业特点突出、技术水平先进、功能设施完善、生态环境优良，兼具鲜明循环经济特色的一体化、生态化、现代化工业园区发展。

全县一体凝心聚力

除了先天的地缘优势和科学详尽的规划外，渭北煤化工业园的建设之所以能够落根蒲城发展壮大，与蒲城举全县之力和干部群众的真情拼劲密不可分。

从园区建设伊始，县委、县政府主要领导亲自抓招商引资，经常带队奔波各地跑项目、找资金。为了确保园区各项工作的顺利实施，县委、县政府隔三岔五就开一次协调会，当场解决问题，每逢重要关头，都是“军令状”开路，整个园区建设呈现全县一盘棋，凝心聚力，尽全力让投资方满意。

提起煤化工业园，蒲城许多人至今念念不忘首任管委会主任李西华。从无到有、从小到大，李西华见证了煤化工业园的艰辛历程，也为园区的成长洒下一路汗水。建园之初，这里处于“无办公场所、无交通工具、无办公经费”的三无状态，但这并没有绊倒创业者的脚步。他们拿自己家的客厅当办公室，靠自行车和两条腿跑业务，自掏腰包垫付经费。为了项目能够落户蒲城，最初的创业者先后十几次跑北京，一次又一次地到相关决策部门陈述、讲解，最终，蒲城人的真诚真情真心打动了项目决策者。

2014 年 10 月，当过国企董事长，干过四地的镇长、书记，有着丰富经济工作经验的“老工业”李向阳就任园区党工委书记、管委会主任。深谙工业发展之道的李向阳深知，只有项目的支撑，才能保证园区的活力。为此，在已有的基础上，李向阳把招商引资作为工作重心。半年的时间里，他五次去宁波，十余次跑西安，参加数十次洽谈会。他同样没有节假日，白加黑，五加二，不是在陪同客商参观园区，就是在去招商的路上。为了让更多的客商了解煤化工业园，他不厌其烦地讲解招商政策、园区优势，数十次邀请对方来园区参观考察。

在李向阳看来，招商工作没有一帆风顺，但只要肯下功夫，用智慧和真诚去打动对方，就一定能获得收获。在今年的西洽会上，他得知浙江友泰塑业有限公司董事长吴道哉想到煤化工业园投资的意向后，顾不得吃饭，连夜赶到西安与吴道哉面谈，谈完后才泡了两包方便面充饥。这份真心感动了吴道哉，硬生生从咸阳、韩城等多家园区手中抢下了 3.8 亿元的项目。签约后吴道哉感慨地说：“李主任，我真为你的精神而感动，我把大半辈子的身家就交付你了！”

征地拆迁已成为各地的“老大难”，而当蒲城煤化工业园还处在蓝图时，征地拆迁工作已经着手进行。园区的工作人员沿村宣传、耐心说服，赢得了群众的支持，平路庙乡伏龙村 76 户 314 口人顾全大局，为项目让路，半个月内全部顺利搬迁完毕。

煤化工业园建设至今，没有一人为此上访，他们中的许多人，又重返园区工作，成为离土不离乡、出门就上班的“城里人”。

构筑起产业集群优势

在原本一望无际的金色麦田里，经过十年的磨砺与耕耘，煤化工业园已建成一座座现代化工业厂区，贯通东西的煤化大道、高压变电站、污水处理厂等基础设施一应俱全。如今，这里已然化身“聚宝盆”，成为蒲城工业发展的主战场、招商引资的主平台和产业集聚的主阵地。

2011 年，煤化工业园聚烯烃项目正式开工建设。该项目由世界 500 强企业陕西煤业化工集团和 500 强企业长江三峡集团共同出资成立的股份制企业蒲城清洁能源化工有限责任公司投资建设，是我省“十二五”重点建设项目，计划年产 540 万吨甲醇和 200 万吨聚烯烃。2014 年 11 月，投资 200 亿元的一期项目已完成投产，年产 180 万吨甲醇、70 万吨聚烯烃，今年上半年生产聚烯烃产品 13.07 万吨，实现销售收入 12.78 亿元。

在蒲城清洁能源化工有限责任公司的核心区——中央控制室，记者看到，一面足有 100 多平方米的巨大电子显示屏上，各种图表、数据以及各类看起来高深莫测的电子仪器，正在演绎着黑色煤炭如何蜕变为清洁原料聚丙烯和聚乙烯的传奇。

公司党群工作部组织部长张周全告诉记者，聚烯烃项目采用美国 GE 公司水煤浆加压气化、德国 Linde 公司低温甲醇洗、英国 Davy 公司甲醇合成、陕西煤业化工集团 DMTO-Ⅱ甲醇制烯烃、惠生工程（中国）公司预切割 + 油吸收烯烃分离、美国 Univation 公司的 Unipol 低压气相聚合乙烯、意大利 Basell 公司的 Spheripol 液相聚合丙烯、美国 KPS 公司 AGCU 硫回收及尾气处理等国内外先进的工艺技术，是世界知名、中国一流的清洁能源生产项目。

为综合利用资源，发展集约式工业模式，煤化工业园还招揽了与聚烯烃项目配套的两家企业。世界 500 强企业美国空气化学产品有限公司投资 2.51 亿美元，建设三套大型空分装置以及液态罐区和装车站，为烯烃项目的清洁煤技术提供技术保证和提供高纯度的氧气、氮气和仪表空气，是甲醇聚烯烃项目的配套装置，在保证烯烃及下游产品项目的用气以外，还可生产高纯度的液氧、液氮等产品，可满足 300 公里半径距离内其他电子、化工、医药等客户的需求。

目前，它是陕西省内唯一一家可供应高质量稳定可靠的液态气体、高纯气体和特种气体的企业，去年 7 月已建成运营，今年预计营业额为 10.7 亿元。

由陕煤集团下属的陕西神渭煤炭管道运输有限责任公司实施的神渭输煤管道项目，从陕北神木到渭南修建一条全长 727 公里的输煤管道，纵贯榆林、延安和渭南三市 16 个区县，项目总投资达 79 亿元，设计年输煤能力 1000 万吨，投产后年销售收入 58 亿元。目前，蒲城境内 67 公里的管道已铺设完毕，终端站主体建设也已完成，年底前将正式运行。

在以上三大项目的辐射带动下，煤化工业园落户项目接踵而至，令人振奋。去年年底，园区管委会特邀石油和化学工业规划院为园区把关，筛选了一批大型煤化工关联项目，组建起园区项目库，目前已签约落户的项目 5 个：陕西禾合化工科技有限公司投资 3.8 亿元建设的年产 1 万吨新材料环保催化剂项目、浙江友泰塑业有限公司投资 2 亿元建设的年产 10 万吨聚丙烯建设项目，均已完成征地工作；西安祥火环保燃料有限公司投资 1.1 亿元建设的有机溶剂废料综合利用项目、宝鸡正功气体有限公司投资 0.8 亿元建设的年产 10 万吨食品级高纯二氧化碳项目正在征地阶段；陕西华岳房地产实业开发有限公司投资 1.6 亿元的煤化园产业配套服务区建设项目已开工建设。

在留坝乡间

“另外，投资数百亿的聚烯烃二期项目以及总投资数十亿元的世界 500 强企业新建化工、年产 400 吨三嗪环及火箭助力剂、半导体配套等 7 个项目正在洽谈之中，有望近期落户蒲城。”李向阳信心满满地对记者说。

如今，煤化工业园区年产值已达 80 亿元，带动周边餐饮、服务行业的迅猛发展，已创造就业岗位 3000 多个，带动园区周边经济收入可达 7500 余万元。

今年，蒲城县的工业产值将达到 180 亿元。

向着工业长廊迈进

随着省级工业园区地位的确立，渭北煤化工业园将着眼于绿色、循环、生态、安全，努力打造国内知名的现代化煤化工业园区，力争在“十三五”末园区产值达到 200 亿元以上，实现推动区域工业经济集群化、规模化、特色化、高效化的发展。

目标确定之后，如何走是关键。李向阳告诉记者："煤化工业园将从加强基础设施、创优服务平台和体系，加大招商与融资力度，争取大集团、大项目、大投资落户入驻，极力延伸大项目上下游产业链，将煤化工业园最终建设成为最具产业动力、最具发展潜力的新型煤、电、化载能工业基地。"

为增强园区吸引力和承载力，煤化工业园全面启动了基础设施建设，改善投资环境。他们规划投资3亿元建设包括货物配载、信息网络、生活休息、生产加工、货运集散、商贸交易、仓储配送、汽车贸易等四大板块15个功能区；建设污水处理厂两个，建设容量为2×50MVA的110kV变电站一座；新建西禹高速孙镇出口至煤化工业园引道，建成园区东、西、南、北外围环线道路，新建标准化厂房20万平方米；加大资金投入、加快征地速度等，力争"十三五"期间园区土地储备量达到11000亩，为园区持续发展提供保障；简化项目入驻程序，发展培养孵化基地，提升服务质量；做好生态环境建设规划，严格环境准入门槛，优化生产、生活、生态空间布局，为投资方搭建尽可能完美的投资入驻平台。

蒲城县还结合创新驱动战略，以"大项目引领"和"品牌化驱动"为指导，煤化工业园将建成企业孵化中心，提升园区创新平台和服务体系，使更多更好的创新企业入驻园区；突出技术创新项目，支持企业建设国家级实验室和省级重点实验室，发挥实验室引领作用，在"十三五"期间，园区将建成省级重点研发中心两个，以有效实施技术创新战略，争取技术升级，确保园区主导产业的技术竞争力优势；依托先进技术力量重点培养多个主导产业，并形成品牌优势，使渭北煤化工业园区成为名副其实的多联产循环综合性园区，驱动企业大发展和园区可持续快速发展，在关天经济区和西北地区占据重要地位；注重人才培养与引进，实施人才发展规划，为企业和园区发展提供必要的人才保障。

同时，以园区配套服务中心为平台，培育和发展园区内劳动力市场，园区管委会着力健全就业和用人机制，让失地群众有新的工作岗位和较为稳定的收入来源，确保周边村民"失地不失业、离村不离乡"；采取政策倾斜、重点帮扶等手段，引进中小型服务或深加工项目入园，创建主导产业链外以"三产服务"和"终端加工"为主的新节点；鼓励当地群众依靠节点，集资创业或自主创业，以小项目、小门面形式发展关联产业，打造园区综合服务产业链，为当地群众创业提供良好的条件，真正形成“大众创业、万众创新”的发展新局面。

此外，以二期工程为主要支撑点，重点打造煤制烯烃龙头项目与双烯下游多元延伸两大产业板块，建成以540万吨/年甲醇项目为基础，200万吨/年烯烃及其下游深加工为核心的煤化工产业集群，积极探索“一园多产”“一产多链”“园中园”的发展模式，以多项目形成“多主导产业引领，产业集群庞大”的发展态势……

煤化大道拱形路桥的中间点，连接着工业园和煤化园，它们既像“双子星座”，又像两个发动机，牵引着蒲城经济的内涵式跳跃式超常发展。“也就是‘十三五’末，这里不仅是蒲城的新地标，而且可能使蒲城的经济总量翻两番，达到600亿元，蒲城也将由农业大县迈向工业强县。”县委书记陈振江这样描绘着蒲城的愿景。

在几天的采访中，记者也深深感到，蒲城的两大园区历经十年磨砺，已经成为渭北工业的明珠，它们见证着浦城不寻常的成长历程，也记录着蒲城人民奋发创业的脚印。双子星座，将使蒲城的县域工业驶上快速干道，同时将驱动现代农业和文化旅游业在“三轮驱动”中超常发展。

我们羡慕蒲城那骄傲独特的历史，我们更期待蒲城这锦绣华彩的未来！

——原载《陕西日报》2015年10月

种在大地上的美景

——临渭区万众打造“关中吐鲁番”纪实

5月30日，临渭区首届葡萄游园活动开启，500多名游客以前所未有的喜悦徜徉在中国最大的葡萄园里，万顷碧浪一望无垠，一架连着一架的葡萄青翠欲滴、晶莹剔透，人们舒开双臂汲取着大地和葡萄交融散发出的芳香，尽情地陶醉在这人间的美景中。

这里，就是20多万临渭农民在政府的推动下，在科学智慧的引领下，为着幸福的小康生活，用他们勤劳的双手在十余年建造的面积达25万亩的中国最大葡萄园。如今人们称它为“关中的吐鲁番”“秦川最美景观带”。

迎远客　葡萄落户到渭北

这个改天换地的故事离不开临渭区果菜局副局长兼葡萄研究所所长、全国优秀科技特派员王录俊，正是在他的引领下，临渭的葡萄产业从 1999 年下邽镇见庄村 7 户村民毁麦种起步，历经十几年的艰苦耕耘，使得渭河北岸的 25 万亩土地上葡萄成荫，农民亩均收益从几百元一跃而升至几万元，6 万多户群众、20 多万乡亲从此走上富裕路。

但这么宏大的产业毕竟不是一场简单的土地革命，防止病虫害，示范推广“设施避雨棚”，更新换代、培育推广新品种，科学的浇灌施肥，等等。在政府的补贴投入下，到 2015 年，避雨设施棚已涵盖 12 万亩。

王录俊依据当地实际，在渭北培育繁殖来自美国的优质品种成功，为使农民熟练掌握葡萄栽植技术，他们开办了“葡萄大讲堂”，根据不同季节变化，对农民进行技术培训，并从诚信建设、品牌打造上提升农民素质，确保品牌品质。如今，当地农民种植葡萄，研究葡萄，改造葡萄，到处逢人说葡萄，到外地讲课的“土专家”就有百余人。

近年来，葡萄种植已成为临渭区的独特品牌和支柱产业，据果菜局局长刘长瑞介绍，全区葡萄面积已控制在 25 万亩，去年总产值达到了 36 亿元。

渭河岸　葡萄文化更迷人

如今的渭河北岸，田间地头青翠欲滴，万顷绿浪郁郁葱葱，好一派壮美的田园风光。

走进渭北葡萄产业园的园区，一条爬满葡萄藤的长廊映入眼帘。导游张姣带领记者走进“科普长廊”，给记者讲述着葡萄的历史和品种、葡萄酒制作与储存，在这里看到“葡萄美酒夜光杯”的诗句时，真是令人格外陶醉；在另一边“三贤长廊”里，宰相寇准、文人白居易、武将张仁愿的故事被浓墨重彩地展现出来，彰显着勇武、果敢的临渭精神；“文化长廊”里，挥洒自如的“中国葡萄之乡”牌匾携各类与葡萄相关的书画、摄影作品聚集一方，使人们看到葡萄竟还有这么多的说道和文化，此刻的藤条下，葡萄不再单单是一种经济作物，在悠久的文明里也有她的孕育，她的文化因子已经洒遍了渭河的北岸，成为渭北最美的景。

博览园外立着几株孤单的枝条，一把象征着庇佑万千农民的葡萄伞已具雏形。

拍摄

示范园内，几千株葡萄整齐地在架上排列着，每一列都是不同的品种，上千种枝丫以各自独特的身姿生长着；第二个博览园里，1000 株树苗就是 1000 个品种，巨峰、克伦森、魏克、青提、火焰无核齐聚一堂。最神奇的莫过于一株“中国龙葡萄树”，5 条雄壮的树干苍劲有力，好似龙爪，枝条上嫁接着 56 个品种，园区负责人阮光民告诉记者，56 个品种代表 56 个民族，他们的和睦相处撑起了中国龙的成长，使民族大团结的精神成为园区最独特的风景。各种葡萄在园里散发出玫瑰、蜂蜜、葡萄酒香等不同的醉人味道，五颜六色的珍珠挂满枝头，沁人心脾的芳香播撒在空气中……

景观带　葡萄故事在继续

面对已成气候的葡萄产业园，阮光民表示，他们要将葡萄由第一产业转变为第三产业，要将平原农业转变为景观农业。

2013 年，园区举行了长达两个月的“中国・渭南葡萄园欢乐行”系列活动，使得葡萄园成为全国休闲农业与乡村旅游的名片；2014 年重阳节，99 位老人来到赠送给他们每人一颗的葡萄树下采摘“自己”的葡萄；园区还根据“葡萄架下听七夕”的美丽传说，每年举行集体相亲、集体婚礼活动，给年轻人营造浪漫的天堂；儿童科普活动、在酒庄指导游人酿酒等系列特色互动活动使这里成了欢乐的天堂、游人的集散地。

凭借千百年来沉淀的历史底蕴，临渭区给旅游注入了更多的文化元素，他们开发慧照寺，引进“王木犊剧场”，开办“葡萄大讲堂”，更有泥塑“渭北人一生”：跑骡车、唱大戏、相亲娶媳妇，将关中质朴、豪迈的风情毫不吝啬地再现在葡萄架下。他们以现代技艺承载三贤古风之醇厚，建造起关中第一酒庄——三贤酒庄，让游客在游玩之余，感受着自己酿制葡萄酒时的典雅与高贵。在园区最古老的“水壕”上，他们还规划了渭北最大的人工湖“慧照金海”，向人们全方位呈现葡萄业的生态美。

临渭葡萄已成为全国消费者一年四季的绿色保鲜水果，渭北葡萄园已唱起了“三月踏青，四月闻香，五月尝鲜，六月采购，七夕浪漫，八月激情，九月酿酒，十月收获，一冬回味”的醉人歌谣。

据区委书记杨林介绍，渭北葡萄产业园已获得国家 3A 级旅游景区资格，他们将把这里建成关中最美的田园生态景观带，使欢乐水世界、渭南老街文化美食城连为一体，协同华山、卤阳湖、桥陵、同州湖、渭北美丽乡村旅游，串起整个渭南的文化旅游亮点。

6 月，在关中平原丰收的金黄色里，渭河北岸那东西 25 公里、南北 35 公里的荡漾绿波一望无际，挂满枝头的各色葡萄晶莹剔透、青翠欲滴，她摇曳着诱人的身姿好像在向人们讲述着葡萄的历史与文化，赞许着人们和她相识相偕改天换地、重塑自然的伟大壮举。

伴随着人们对幸福生活的持续追求和不懈奋斗，葡萄的故事还在渭河北岸人民的手中延续着……

——原载《陕西日报》2015 年 7 月

让新风的种子播撒进每一个心灵

——华县培育和践行社会主义核心价值观纪实

走进春天的华县，记者发现这里有了许多新的变化，无论是县城的大街小巷、公园广场，还是在镇、村的乡间道路、田间院落，宣传栏、文化墙、广告牌、电子屏乃至建筑围挡上，一幅幅弘扬社会主义核心价值观的公益广告延绵不绝，分外夺目，使人们在创造美好生活的同时，也沐浴在社会文明进步的阳光里。

面对经济下行压力，华县紧抓建设陕西东大门战略机遇，加快城区、景区、园区建设，城乡一体化进程快马加鞭，“县乡两级便民服务中心”实现全覆盖，主干道沿线 36 个美丽乡村示范村建设完成，镇村综合改革、农村集体“三资”管理、土地确权登记颁证也走在了渭南市前列，经济发展实现了稳中有进。2014 年，华县农民人均纯收入、城镇居民人均可支配收入首次超过渭南市平均水平。与此同时，他们深入推进国家公共文化服务示范区创建工作，全县 242 个行政村实现了“农家书屋”全覆盖，推行了五年的党员量化考核登记工作成为全省样板，新建新经济党组织 64 个、社会党组织 34 个，实现“两新”党组织全覆盖。

正是有了这样的基础，为华县率先垂范培育和践行社会主义核心价值观提供了育苗、开花、结果的沃土。

早在去年 10 月，省委宣传部就将华县华州镇吴家社区作为全省培育和践行社会主义核心价值观的试点社区。为此，华县制定了县上抓统筹、镇上抓设计、社区抓落实的原则，15 个职能部门协调配合，积极培育“吴家模式”。

吴家社区下辖 51 个小区、10 余家机关和企事业单位。针对社区人口成分杂、进城务工人员多、小区结构复杂、单位型小区和商业型小区交错等特点，他们积极调动社区居民的参与意识，不断强化社区工作者的服务意识，调集社会各界力量为社区居民解决实际困难，让大家切身体会到“感时有人解，难时有人帮”。社区支部书记孙涛说，借着打造“吴家模式”的一股干劲，他们结合本地实际，创造性地开展了“三项宣传两类教育五个行动一门咨询”“一榜两进三堂一活动一守望一经营”等活动，绘制“社会主义核心价值文化墙”，形象生动地宣传社会主义核心价值观，还组建了文化活动中心，成立了太极拳队、秧歌队、锣鼓队、舞蹈队、合唱团等群众性文艺组织，利用重大节日、纪念日和节假日，丰富社区市民业余生活。

为了使社会主义核心价值观真正深入人心，开花结果，社区制订了翔实的三年规划，将今年定为“行为规范年”，建立“一库一室一公约”，设置社区居民奔小康问题库，将居民生产、生活、民生方面的工作落实、落小、落细，将居民身边的具体事情列入吴家社区居民公约中，从行为养成、生活习惯等方面对居民进行引导和规范。2016 年是他们的“诚信建设年”，将强化个人、家庭、企业诚信建设，建设诚信经营示范一条街，通过“善行义举榜”、诚信建设行动、法律进社区、文明创建行动等活动，逐步在全社区形成“讲诚信，树新风”的良好社会氛围。第三年为“幸福提升年”，主要以提高群众幸福指数为出发点，利用美化家园环境、志愿服务行动、全民阅读行动、在职党员进社区、华州大讲堂、女子学校、“邻里守望情暖华州”网络平台等为载体，形成居民之间互相尊重、信守承诺、诚恳待人的社会主义新型人际关系。

“吴家社区”模式正在走向全县城乡。

舆论引导是促进人们增强自觉认同社会主义核心价值观的关键所在。华县调动全县宣传资源，构建立体化传播体系，掀起了培育和践行社会主义核心价值观的舆论氛围。他们利用“两台两网一报一发布”开设社会主义核心价值观专题、专栏；在机关单位、中小学校、广场、街道电子屏滚动播放专题片和主题公益广告，在橱窗板报、建筑围挡、灯箱展板、出租车 LED 屏广泛张贴主题宣传标语；利用道德讲堂、“微华州”微信公众平台、华县手机报等宣传凡人善举，全方位、多层次的宣传，使“三个倡导 24 字精神”家喻户晓、妇孺皆知。

社会主义核心价值观的培育和践行，不仅要有示范引领，还要发挥党员干部的模范带头作用，更要唤起全社会的热情和全民的积极参与。为开拓创新核心价值观的践行方式，华县县委确立了核心价值观百分考核制，与目标责任百分考核制一起形成了“双轨制”。他们用独创的“双百分”考核制度，为核心价值观的培育践行搭建起长效有力的机制保障。据华县县委常委、县委宣传部部长马宁介绍，他们已开始在全县范围内实施“123”和“三百”华县好人工程，即 10 个社

塔云山赏云

区、20 个窗口行业单位、30 个行政村率先践行核心价值观；在全县评选出 100 个产业带头人、100 个岗位能手和 100 个道德模范，通过以点带面，全面覆盖，整体提升全县的文明水平。

教育战线是培育和践行社会主义核心价值观的主阵地，县教育局根据不同群体和学生年龄段设置目标要求，在教师中开展“树师德扬师风、学先进做模范”活动；将文明礼仪、少先队活动课纳入各校地方课程教学计划，使核心价值观进教材、进课堂、进学生头脑；围绕懂礼仪、知廉耻、严律己、讲文明、遵法纪，在学生中开展“读美德书籍、讲美德故事、传美德箴言、践美德行动”活动，提升学生的文明礼仪素养和遵纪守法的自觉性；开展爱学习、爱劳动、爱祖国和节粮、节水、节电活动，培养青少年树立热爱劳动、勤俭节约、艰苦朴素的良好品质；在全县学生中开展志愿服务、文明礼仪宣传、革命传统教育、环保科技教育等社会实践活动，使广大学生感知和领悟社会主义核心价值观。

得益于入眼入心的社会主义核心价值观宣传，仅仅几个月中，华县的文明景象、凡人善举不断涌现。在“华县好人”“十大道德模范”“美德少年”“中国梦·巾帼情——寻找最美家庭”等系列活动中，市级道德模范曹占荣、方永刚，陕西好人张博，最美渭南人李建玲等先进典型脱颖而出。伴随着全覆盖的核心价值观宣讲会、道德楷模巡回报告会，全县涌现出了 4 个市级文明单位标兵、3 个市级文明村镇、1 个市级文明学校和 1 个市级文明社区。

2 月 11 日，省委常委、省委宣传部部长景俊海在华县调研时，对吴家社区践行社会主义核心价值观试点工作给予了充分肯定。他指出，社区试点一定要大胆探索有效的工作模式，围绕“我奉献、我快乐”的理念，总结经验，示范引领，宣传推广，在落细、落小、落实上下功夫，让核心价值观建设的各项要求真正落到实处。

社会主义核心价值观的培育践行活动，已犹如一股春风吹拂在华州大地上，伴随着辛勤的耕耘，这一颗颗文明的种子必将开出绚丽的花朵，向善向上的精神将闪耀在华州的每一寸土地上。

——原载《陕西日报》2015 年 4 月

走在建设精神家园的前列

——社会主义核心价值观实践中的“华县经验”

作为全省培育和践行社会主义核心价值观的示范县，一年多来，华县以吴家社区为开路先锋，以“双百分考核”为制度保障，以道德讲堂等为传播平台，以“好人工程”为价值标杆，全党动手，全民参与，全县融入，凝神聚力，共建社会主义的精神家园，初步探索出了一条可供复制的“华县经验”。

“双百分考核”——软任务干成硬指标

“富强立国本，民主献真言……”在华县杏林镇朝阳社区采访中，忽闻一段朗朗上口的歌声，正找喇叭时，却瞥见一位工作人员去接电话，社区主任徐满龙告诉记者，社区固定电话和工作人员的手机铃声都已设置成了核心价值观主题彩铃。这一幕，成了华县核心价值观践行中留给记者的生动影像。

今年以来，在杏林镇7500余平方米核心价值观宣传墙画的映照下，朝阳移民社区自行投入100余万元围绕核心价值观对社区进行了整体改造，建起了“新二十四孝”宣传栏，办起了“善行义举榜”，居民也有了自己的文化广场，使朝阳移民社区成了核心价值观的主题示范社区。包联干部、杏林镇武装部部长王冲告诉记者：“目前进行了 4 期的好人推选已选出好村医、好邮递员、好公婆、好媳妇等 11 人，月底前将进行集中表彰。”

去年 10 月，吴家社区被确定为全省培育和践行社会主义核心价值观的试点社区，随后“吴家模式”在华县大小村落、社区开始了全面复制和推广，华县也被确定为全省培育和践行社会主义核心价值观的示范县。

为当好全省的领头羊，真正培育和践行好社会主义核心价值观，县上多次派人到北京、西安、哈尔滨、宁波、张家港等地考察，成立了以县委书记杨森明为组长的 7 个工作组，在对各镇、部门年度经济社会目标考核的基础上，建立起“培育和践行社会主义核心价值观百分考核体系”，将其纳入干部选拔、评优树模、末位淘汰等各项考核，甚至实行“一票否决”，这一举措不仅创全国之先，而且也使活动深入到日常工作中去，将软任务干成了硬指标。

华县干部群众之所以能够“入眼、入耳、入脑、入心”地践行核心价值观，除了全民参与、全县融入以及宣传的全覆盖外，“双百分考核制度”是他们最重要的经验。

据了解，百分考核体系先由各镇各部门进行自我打分，考核办再综合年终日常考核总计进行审核认证，对价值观评定低于 80 分的单位，将取消其他评优资格。“自我打分也等于诚信测评，是检验践行价值观的一个好办法，到目前没有人弄虚作假。”县委常委、宣传部长马宁自信地说。华县已将“双轨制”考核转化为长效化机制，通过汇报、检查、暗访、小结、评比等办法巧妙地把软任务变成了硬指标。前半年考核结果公布后，一位连年先进的镇党委书记因为精神文明后退了一大截，也发出“单条腿走路行不通了”的感叹。

全域覆盖——无处不在的心灵鸡汤

为了能够让群众深切领会到社会主义核心价值观的内涵所在，华县组建了各级道德讲堂，还邀请中共中央党校洪向华教授对全县科级以上干部进行了专题辅导，将“24 字社会主义核心价值观”通过粮食字画、皮影戏、剪纸等群众喜闻乐见的形式，在文化主题公园、公交车站、村镇文化活动室、学校等地一一展出。在农村，则充分借助群众参与性强的“红白理事会”向大家传播社会主义核心价值观，被群众亲切地称为“群众搭台，政府唱戏”，传统美德和现代的新风尚就这样于潜移默化中植入人们的心田。

在县委书记杨森明看来，“培育和践行核心价值观必须落细、落小、落实，做到全面开花和全领域覆盖”。为此，华县的核心价值观宣讲与传播走进了农村、走进了社区、走进了机关、走进了学校、走进了家庭、走进了企业、走进了军营，并用具体的职责和制度加以管理。

尤其是“进军营”活动，受到了群众的热情拥护。今年 7 月 23 日，当县武装部同县主要领导带队，把华州、杏林、赤水、高塘、大明等镇 11 名立功受奖官兵的喜报敲锣打鼓送到军属家中时，当地群众无不感慨：“多少年都没见过这样令人激动的场面了！”军属们戴上大红花，接过慰问品，不仅感到无上光荣，更深切感受到党和政府、部队的无比关怀和温暖。得知高塘镇北村后一组徐忠允老人的女儿、儿子都是军人后，县武装部同镇领导便前往慰问，刚过完 81 岁生日的老人握着县武装部政委常超的手激动地说：“我把两个孩子送到部队，这么多年党和政府都没有忘记我，我感到很自豪，今天比过生日都高兴。”常超告诉记者：“我们这样做，就是要让全社会热爱解放军，关心国防事业。”由于这些活动的有效开展，今年华县征兵工作十分顺利，报名参军人数达 360 人，创历史新高。

在大明镇政府院子里，挂满了践行核心价值观的成果，有活动的规划、方案、进度，有印制成挂历的好人榜和最美家风榜，有围绕核心价值观的书画比赛作品；在门外的集市上，镇政府免费向群众发放编印的书籍、好人挂历和文化手提袋。记者在白泉村看到，多彩的文化墙环绕着村庄，内容新颖，形式活泼，既美化了环境又增长了知识。村里的每户家里都挂着绣有家训的红色门帘，镇党委书记菊峰告诉记者，这是镇政府开展“万条家训进万家”活动送给村民的礼物。68 岁的村民杨赛各大娘指着自家的“以疼女之心疼媳，以爱娘之心爱婆”字样的门帘说：“政府发给我们，就是要我们照这样去做。”

目前，全县已搜集到优秀的家风家训 400 余条，并同当地传统文化相结合，通过石雕、木刻、十字绣、字画等多种载体，送进3400余户家庭，受益群众达两万余人。

采访中，记者深切地感到，在华县，通过细节末梢，通过各种载体，通过点点滴滴，社会主义核心价值观已深入到社会的各个角落，不管你经意或不经意，它像心灵鸡汤一样随时随地以不同的形式触摸和洗涤着你的心灵。

“好人工程”——撑起我们的精神家园

从最初大范围演绎“最美”系列故事，到干部群众自发“树身边典型、学眼前典型”，再到自觉推举“最美家庭”“好公婆”的“善行义举榜”，最终催生了覆盖全县的“好人工程”。华县的“好人工程”实施方案，通过不限名额、不分指标的动态平台，推动着全县形成“发现好人、推荐好人、崇尚好人、争做好人”的良好风尚。

县委统领、部门牵头、干部带头、社会共融的强大舆论氛围已经成为华县最自觉、自信的风貌，使“好人工程”有了肥沃的土壤。县长朱福俊告诉记者，为了敦促群众保持热情，在上级专项资金的基础上，县财政每年拨付150万元用于支持核心价值观，并拿出50万元专门奖励“华县好人”。

在这样的氛围和土壤中，李晓莉当选“中国好人”，张博当选“陕西好人”，任民强当选“陕西道德模范”，詹小翠当选“渭南标杆”，最美计生男专干史京安凭借“计生人”的良好形象以高票获选白泉村支部副书记，在更大的舞台上实现自己的人生价值。

这样的先进人物，以一种强有力的感染力和带头作用引领着华县的时代新风。

“让好人有好报，让好人活得更有尊严、更有价值。”县委书记杨森明表示，表彰好人是一种礼赞行为，同时也能形成倒逼机制，华县将不遗余力地支持这项全民共利的事业。

据统计，一年来，华县已评选出1000多名好人，他们已成为各个领域的标杆；6000多名群众通过“志愿云”平台自觉注册为志愿者，创下了渭南各县之最；县政府组织编撰的《童心向上》等多本读物更是受到县外乃至省外的青睐，

南海边，我的父亲母亲

纷纷要求借鉴翻印。渭南市委书记陆治原在华县调研听取汇报后，要求在全市范围内学习华县先进经验和做法。

正是由于传播形式的多姿多彩和多种平台的无缝覆盖，华县人民被传统的优良美德和清新的时代新风包裹着、熏陶着、洗涤着、净化着，争做文明人的劲头大了，社会风气好转了，各级信访的数量下降甚至没有了，百姓的幸福感增强了。这些正在向着美好的变化也在推动起经济的增长，今年上半年华县生产总值完成47.937亿元，同比增长9.7%，增速高出全市水平1.4个百分点。

一年来，华县“虚事实干，软事硬干”，自上而下地使全民融入社会主义核心价值观的践行创新与实践活动中，使这颗新风的种子在华州大地上生根发芽，枝繁叶茂，让群众在收获中成长，在成长中幸福。正如县委书记杨森明所言：“精神家园的建设并非一朝一夕之事，要在不断创建的过程中发现新的问题，提出新的要求，继而全面开花，全面发展。”

就在记者采访刚刚结束的10月22日，国务院批复陕西省政府：撤销华县，设立渭南市华州区。

这喜讯，犹如凤凰涅槃般的华丽转身升腾了华县的历史，也将使华县在华州区的新坐标下开启全新的历程。

——原载《陕西日报》2015年11月

民之所需就是警之所向

——渭南市公安局临渭分局民生警务纪实

2014年，公安临渭分局110报警案件较去年同期下降了12.7%，刑事报警案件较去年同期下降了34%，治安报警案件较去年同期下降了4%。

那么，这一业绩是如何创造的呢?

其实，这一切源于渭南市公安局副局长兼临渭分局局长的王存孝率领队伍三年多来的自我锻造，源于他们沿着民之所需方向的创新与前行，也源于他们全力开展的民生警务活动，使得全局民警把民意作为警务工作的“风向标”，以群众利益为至高至上，全天候服务群众。

群众的需求是警察第一要务

临渭分局的民生警务活动肇始于2012年，他们连续三年从“规范建设年”到“形象建设年”再到今年的“作风建设年”，三年三个主题，打基础、提士气、谋长远，奏响警务改革“三部曲”，队伍形象整体提升，报警量逐年下降，全区社会治安大局持续平稳。

党的十八大提出民生理念后，临渭分局党委在认真学习中将精神融入自身工作中，在谋长远上下功夫，在民生警务上做文章，叫响了“把群众的需求作为第一要务”的民生警务口号，从保障群众安居乐业、推动社会公平正义、提高办事效率、转变服务态度、提升队伍形象等方面入手，积极搭建公安机关和人民群众之间的“桥梁”和“纽带”，全力实现警民联手共筑平安的目标。

服务群众是“民生警务”的核心追求。今年，临渭分局加大投资，在每个派出所户籍室安装了户籍业务一体机，为分局所辖的54个社区警务室安装了警民联系一键通。通过这些设备，群众可以及时找到需要办理业务的规定、资料和流程，自助查询所需咨询办理业务的负责民警，点击民警照片下的按钮，即可与民警接通电话交谈，最后对处理结果点击评价，评价结果后台自动以短信方式告知责任领导、所长、分管局领导，直至局长政委，方便分局倒查，追究责任。此举在方便群众办事的同时，更提升了临渭分局服务民生的群众满意指数。

社区警务是实施民生警务的前沿阵地。今年初，临渭分局调整警力，整合资源，在辖区内推行社区民警专职化，量身打造特色社区警务。通过结合各辖区特色，开展了一系列亮点纷呈的创意警务：供电社区开通“指尖上的警务室”，拉近了警民之间关系，促进警民和谐；红旗社区警务室推行旅馆业“四色四级”管理模式，实现了旅馆业的快捷、规范管理；新世纪社区创建十个便民服务点，打造群众家门口的派出所；槐衙社区绘制“两本一图”，记载《连心日记》，为群众服务“零距离”；新兴警务室总结调处矛盾纠纷“十法”，确保矛盾不出村组……

此外，分局各单位结合实际，本着凸显“和”与“家”两个元素，进行扩建、改造、装修，全面营造和谐温馨氛围。环北所、站南所紧紧围绕“高效、便捷、热情、规范”的服务宗旨，建成集办公、咨询、接待等为一体的出入境综合服务大厅，在做实做优服务的同时，着力打造“民事不可缓，凡事认真办”的服务品牌。下邽所、故市所、交斜所立足辖区实际，建成集值班备勤、户籍业务、社区警务为一体的综合警务大厅，一站式快速办理各类业务，真正让群众少跑路。东风、杜桥、解放、官道、桥南等派出所，扎实开展文明警营院落建设，创造服务群众的温馨环境，营造浓厚警营文化氛围，让民警及辖区群众感受到舒心温暖。

科学合理的综合服务大厅、温馨和谐的调解室、快乐活泼的警营文化，处处体现着临渭公安“人性化服务”的精神，在带来民警作风转变的同时，也让群众感受到了温暖。

“满意指数”里有民警的无私奉献

从警校毕业的王存孝局长34年来先后在4个县区工作，深谙基层管理工作。他深知作风建设对团队的重要性，所以他把建设团队作为实施民生警务的前提保障。王存孝将临渭分局的2014年定为“作风建设年”，制定活动倡议书，扎实开展各种培训教育活动和争当“五个十佳”（爱民模范、敬业标兵、破案能手、道德模范和创意之星）活动，来提高民警求真务实的工作干劲，提升民警服务群众的能力。自活动开展以来，全局720多名干警中已有100人入围“五个十佳”候选人，年底他们将通过内评加外评的方式，决出荣获十佳称号的50位民警。

从严治警，锻造一流团队。临渭分局制定了《民警违规行为责任追究规定》，开发“警示提醒教育谈话管理系统”，组织观看警示教育纪录片，创建110接出警回访、行政案件回访等机制，狠抓“执法回头看”“以案为训”等活动，民警遵规守矩，规范执法意识得到大幅度提升。

同时，他们还开设警务公开栏，开通门户网站网上投诉专栏，主动接受群众监督投诉，让群众的诉求得到及时回复。邀请人大代表、政协委员、新闻媒体进行明察暗访，确保所有执法环节在阳光下运行，促进了公平正义，提升了执法公信力，取得了社会各界和群众的理解支持。

通过能力强警、纪律约警、作风塑警、效能激警，激发了全局民警为民热情，振奋了队伍整体精气神，使民警真正能够“放下架子”，倾听群众真实心声；“扑下身子”，解决群众的诉求；“阳光执法”，促进社会公平正义。

10月30日，解放路派出所接到110指令，在解放路渭通社区有一名老人找不到家，请求派出所前往救助。接到电话后，值班民警郝磊、员鹏刚赶到现场。经询问，民警得知老人是从别处走到此地的，看到老人手扶拐杖，精神恍惚，浑身发抖，民警郝磊一边安排渭通社区工作人员给迷失老人端茶倒水，一边给老人打热水洗脸，还为老人买了一些食物，等老人吃饱肚子精神平复后，经过耐心沟通，才知老人姓何，无固定居所，以流浪为生，靠政府救济维持生计。在核实老人的身份后，民警及时将老人送到救助站。

良好的机制是促进民生警务扎实践行的关键。渭南市公安局副局长兼分局局长王存孝多次为民警进行民生警务专题辅导，政委陈康身体力行，全力推进，使民生警务理念不断深入警心。分局还建立了民生警务领导机构，对基层实行包联机制，将民生警务活动纳入治安业务考核当中，每月召开一次民生警务推进会，交流探讨，推进工作，激励民生警务活动形成比、学、赶、帮、超的良好局面。

“安全指数”里有群众的幸福感

保护人民的生命财产安全是人民警察的天职。上半年里，临渭分局向盗窃、诈骗、破坏庄稼、偷盗家畜等群众反映强烈的民生案件发起凌厉攻势，全局共为群众追回被盗机动车30多辆、手机19部、电动车24辆、奶山羊16只以及电视、电脑等赃物，召开返赃大会5次，为群众挽回经济损失100余万元。为了不让受害人来回奔波，刑警大队还通过转账、邮寄等方式，为外省群众返还被盗款5万余元。

“百姓看公安，关键看破案。”群众对公安机关满意与否，关键要看治安环境的好坏。临渭分局将民生警务贯穿侦察破案的始终，对群众深恶痛绝的案件坚决“零容忍”，对群众期盼的问题“零懈怠”，破案不忘追赃，最大限度实现执法效果和社会效果的最佳结合。

今年以来，临渭分局成功侦破了持枪故意杀人、抢劫系列案、系列强奸案、系列盗窃财物案、系列盗窃高档车后视镜案、系列跨市诈骗案等大要案件。在建筑领域深入开展了打黑除恶的“亮剑3号”和打击基层干部违法犯罪专项行动。

为了有效应对信息化、动态化条件下社会治安出现的新情况、新特点，切实保障群众的安全，临渭分局坚持“技防人防并重，现实社会和虚拟网络同步”的科学巡防模式，他们购置了微波图像设备以及3G图像传输设备，建立起视频指

在三秦都市报时

导调度系统，实现了全局 17 个派出所、10 个专业大队、100 余台车辆的直接指挥调度。在城区主干道、背街小巷、治安复杂部位、农村主要路口增设视频监控点 500 余个，将 2 万余个自建监控点全部接入警务平台，加强市区 22 个治安卡口建设，实现全天候、无缝隙监控覆盖，最大限度发挥科技防控效能。

为应对突发事件，临渭分局还创建了全市最大的“猎豹突击队”，配备精良装备，囤警街面，提高了应急处突能力。180 名巡警在城区主要街道 24 小时不间断巡逻，各派出所巡逻队及社区红袖章义务巡逻队常年活动在背街小巷及居民小区，全方位提升群众的安全感。

在“民生警务”的推进中，临渭分局紧紧围绕“人性化为民”“主动为民”“公正为民”“保障为民”“信息化为民”，全力给人民群众提供安全和服务保障。全局干警走访群众 5 万余户，为群众送生活用品 1500 余件，帮扶困难户 436 家，为群众办好事 321 件，接待来访群众 282 人次，回访案件当事人 356 人，调处矛盾纠纷 756 起。

群众送来的一面面锦旗是对临渭公安忠诚为民、担当奉献的认可与赞誉，群众的一张张笑脸是对 700 多名民警恪尽职守、呵护平安的肯定。民生警务所产生的社会效应已经全面凸显，全区社会治安持续稳定，队伍形象向好向上，警营快乐如家，民警幸福工作的氛围愈加浓郁，群众的满意度持续攀升。

——原载《陕西日报》2014 年 11 月

欲栽大木柱长天

——合阳县全民重教打造优质教育新高地

黄河岸边的合阳是一片古老而美丽的土地，这份古老与美丽无不与文化相关联，而她的文化基因可以追溯到诗经年代，据考证，305篇的《诗经》就有40多篇出自这里，可见其文化的渊源。

文化传承的载体是人才，而合阳因为全民重教的缘故曾为共和国贡献了无以计数的精英人才，全民重教的美德在“诗经之乡”的合阳持续传承着。在2015的高考成绩单上，合阳县再一次光芒闪耀：一二三本上线率和万人口比率均位居渭南市第一；5年中，22名合阳子弟跨入北大清华的校门，今年更是鹤立鸡群，渭南市9名考入北大清华的学子中，合阳独占6席……

“欲栽大木柱长天”，合阳以建设品牌教育大县、办好人民满意教育的修为，书写着民族复兴的责任，成为陕西教育的新高地。

光大全民重教的传统

“十年树木，百年树人”，合阳立于不败之地的高考神话，与长久以来全民重视教育的优良传统密切相关。

合阳属国家级贫困县，经济发展还很不平衡，但合阳县委、县政府以教育优先的理念，把远高于财政收入增长的教育经费逐年提升，2014 年高达 6.2 亿元；近十年来，合阳城区划拨教育用地达 1000 余亩，新建高标准初高中、小学、幼儿园 10 余所，配套资金从未短缺；今年教师节，县委县政府更是拨付 100 万元，用以奖励教师、学校和补助中榜学子。

在重教的浓厚氛围下，全民兴教助学成为一种热潮。“要是哪个村的学校办不好，村委会脸上都没光彩，村干部也面临下台的危险。”南沟村广场正晒玉米的村民薛经齐这样说教育。十几年前，南沟小学“危改”，村委会发起“每人筹 1 里地、交 10 斤粮，搬 400 块砖”的倡议，学校建成后，70 多岁的老党员秦振武捐出节省的 10 元钱，并主动提出免费看守校门一年。一时间，全村人人捐赠书本、课桌、教具，一些人还捐出了养老钱、寿材钱。如今，南沟村里出资 1.3 万元开辟出 3 亩开心农场，投资 3 万元建起校园简易餐厅，拿出 5000 元经费支持大学生支教活动。薛经齐告诉记者：“对我们农民来说，每个家庭都一样，这教育就是第一大事。”

崇文尚教的文化传统使得 45 万合阳人始终保持着对知识的敬畏和渴求，因为他们知道，“走出农村的路不多，上学是摆脱贫困很重要的直通车”。“不吃、不穿、不盖房，但我娃只要能上学，上到哪供到哪。”“儿子上学，父母掏钱，这是天经地义。”“只要有妈在，你们的学就得上。”……这是合阳籍作家党宪宗在其 2007 年的报告文学《沉重的母爱》中的记述，40 对父母朴实无华的话语中透露出的坚定令人动容。

令人欣慰的是，恢复高考制度以来，合阳走出去的学子中已有 300 多人成长为师部级以上骨干力量，分布在全国各地的工程师、医生等更不必多说，更有雷凡培等顶尖级的航天人物放大着“榜样的力量”，激励着一代又一代合阳人。

德智兼修的多元相融

在合阳实验中学，记者领略到了“教育高地”的崇高之美。每当有学生礼貌问好，或是自觉捡拾垃圾，都会被奖励一张蓝色卡片。校长雷顺锁告诉记者，那叫“激励卡”，已实行了十多年，用来累积计算每周的德育分数。今年以来，他们结合“培育社会主义核心价值观”，又推出了“1268”工程，修建了以国学文化和美德故事为主的“德育长廊”、举办主题班会等活动，从细节处培养学生热爱学习、尊敬师长、感恩生活的思想养成，开辟出一条“德育新路”。“德育是一项守望工程，而老师就是守望者，就是让学生好好成长，成为一个有能力的好人。”雷顺锁这样解释。

“把孩子从分数中解放出来，不比分数比进步，不比成绩比成长”的确是合阳教育领先全省的特色。全国德育专家李晓凡认为，“这是合阳对育人模式的创新”。实验中学也因此获得“陕西省德育示范学校”“渭南市德育示范学校”等荣誉，使“1268”工程在全县推广开来。

张亚凌从小喜欢文字，大学毕业后如愿成为一名人民教师。2013 年 9 月，县教育局看到她的优势，大胆创新，特许她在学校创办了“远航”文学社，利用每周四下午两小时活动时间指导学生写作，几年间，社员发展到 400 多名学生，600 篇学生作品在全国报刊发表，《意林》《少年月刊》等十几家报刊约稿不断，学生亲切地称张亚凌为“合阳的龙应台”。如今，张亚凌身兼《读者》《文苑》《语文报》等近十种报刊专栏作家，为学生的文学梦筑路搭桥。“当学生的文字变成铅字，那份激动无法形容。”她告诉记者，自己最大的成就是培养了一批又一批“小作家”。

2014 年 8 月在陕西师范大学的牵头下，省级教学能手、英语学科带头人王军玲创办“英语工作坊”，利用 QQ 群、教育云等平台带领全县各大学区 13 名老师做课设教研工作，成果显著，由此，化学、数学学科等工作坊也相继开展。王军玲告诉记者，到 2020 年，现代化教学设备使用熟练以后，各大教研室将会实现教育现代化。

为充分发挥学生的主观能动性和多样化的兴趣表达，合阳教育界还掀起头脑风暴，“合格 + 特长”的教育理念迅速风靡，舞蹈社、篮球社、合唱团、腰鼓队等大小社团办得风生水起。据统计，合阳县学校所拥有的社团已过半百，成绩斐然。城关中学演讲主持团刘婧琪在教育部关工委“少年向上 · 传递真善美”演讲赛中荣获“金话筒”奖；第三中学腰鼓队受到安塞腰鼓指导团“能不能去我们黄土高坡上跳一跳”的无上赞赏；陕西省第 30 届青少年科技创新大赛中，合阳中学杨贝诺“禽畜自动饮水机”荣获金奖，获得国家科技奖三等奖……

“不能把学校搞成工厂，不能把学生当成产品，教育的本真就是把学生培养成张扬个性、彰显自我的真正的自己，”教育局局长周治民自信地告诉记者，“事实证明，这并不会影响学业。”

在现代全新的讲坛上

9 月 22 日，合阳第三中学完成了电子白板的安装和培训工作，而这标志着合阳初高中全部建成了多媒体教室。

如今，全县 12 个千人以上学校配备了校园电视台，36 所中小学建成校园网站和“壹佰乐智慧校园”教育云平台，实现网络班班通。除此之外，全县已经有 9 所学校完成了现代化塑胶操场建设，心理咨询室、亲子视频互动室以及舞蹈室、科技制作室等信息化、现代化校园平台也已投入使用。“北京的学校也不过如此！”2013 年全国人大代表、教育专家吴正宪在国家义务教育均衡县检查验收过程中评价道。

面对优质的教育平台和教育资源，合阳进行了新教育综合改革，他们实行了“大学区管理”制度，校长、教师进行轮岗交流，县区内的教师必须定期、驻地式支教、送教，考核合格后给予职称评定特定优先权；农村教师必须不定期进城听课、交流，均衡教育，用奖惩分明的考核办法“倒逼”教师积极作业。为了千秋大业，合阳县委、县政府也在关怀温暖着所有的教育工作者，在县城修建了以农村教师为主体的天怡园小区，解决了近千名教师的住房问题。每年教师节，县领导都会来到教师中间，送来关心与祝福。

为了人才的源源不断，2005年以来，通过特岗计划、振兴计划、人才市场招聘等形式，合阳坚持每年招聘80~100名本科以上学历人才，既填补了体音美、史地生、信息技术等学科空缺，又完成内部梯级储备，建立源源不断的人才储备库，还转岗培训300名小学教师，将学前教育重视程度再度提高。

这里有全国最美教师张妮、中国好人提名奖成创生，这里是“省级教育强县”“省级双高双普县”“国家义务教育发展基本均衡县”“职教成教示范县”……

坚持着“教育为大”的方针，自周治民带领着合阳优秀的教育、管理团队，以“成人＋成才”为导向，开创出“合力兴教、创建引领、管理强教、优化师资”的“四轮驱动”工作法，将先进的教育理念、强大的教育基础、丰厚的师资力量以及活力四射的校园气息融为一体，这只“渭南教育的领头羊”以穷而不贫的眼光和气魄，使穷县办出了强教育，向世人展现着45万黄河儿女对于知识的依恋与渴望，对于幸福的向往与追求。

在南宁游览

搭建黄河儿女的精神家园

——合阳县培育和践行社会主义核心价值观纪实

地处渭北平原的合阳，是一片古老而令人迷恋的土地，近几年来，在45万合阳人的奋发作为中，她拥有了多项头衔：全国最美文化生态旅游名县、国家义务教育发展均衡县、国家卫生县城、省级文明县城、省级生态园林县城，当然也是新一轮国家扶贫开发工作重点县……

然而，面对这样的辉煌成就，合阳县委、县政府把目光投向了人民群众的精神家园，一年多来，在全县掀起了培育和践行社会主义核心价值观的热潮。仲秋时节，无论是在合阳的大街小巷还是乡镇村落，随处可见洗涤心灵的路牌、书画、板报及读物，随处都能看到听到好人新风的涌现传颂，一座核心价值观的心灵“长城”正在扎根结果，使得合阳的这个秋天层林尽染、绚丽芬芳。

党员干部先行一步

自培育和践行社会主义核心价值观以来，合阳县除了把社会主义核心价值观学习教育纳入各级党委（党组）中心组学习计划、基层党组织“三会一课”课程、各级党委经常性宣讲内容和全县干部教育教学计划外，还把培育和践行社会主义核心价值观纳入全县经济社会发展总体规划，积极构建横向到边、纵向到底的工作网络，形成部门、镇（街）、学校三位一体的践行社会主义核心价值观工作体系，并列入各级督办督察工作和各级领导班子年度考核及文明单位、文明村镇测评体系，从而保证了核心价值观推进的“虚功实做”和“软实力硬打造”。

对于如何领悟社会主义核心价值观的精髓，合阳的县级领导积极带头学深学透。县委中心组以常态开展“四个全面”学习为导向，将核心价值观作为县委中心组学习的必学内容，先后为中心组成员印发学习资料 80 余期，开展习总书记系列讲话精神、“三严三实”、焦裕禄精神等专题学习 6 次，组织举办“道德之光、爱传古莘”研讨会，县级四大班子和相关单位负责人共计 60 余人参加。通过中心组成员的学习领会、交流讨论、调研实践，全县领导干部进一步形成了培育和践行社会主义核心价值观的共识。

县委书记李县平反复强调：“培育和践行社会主义核心价值观不是某一个部门的事，它是全县的大事，是功在当代、利在千秋的民心工程、党心工程，一定要抓实抓细，抓出成效，抓出风貌。”为了推动全县党员领导干部先学一步，学深一层，做践行核心价值观的标杆和榜样，合阳县委下发了《进一步加强党委中心组规范建设的实施细则》《在全县开展创建学习型党组织争当学习型干部活动的安排意见》等文件，为全县 40 个党委（总支）中心组成员配发了《习近平谈治国理政》《培育和践行社会主义核心价值观》等书，收集整理编撰了《把事情做到最好心得体会汇编》一书，并通过调研指导、学习旁听、调阅笔记、内容提醒等方式对他们进行督促和考核。

此外，合阳还积极组建核心价值观宣讲团，在全县范围内深入开展“职业道德、岗位职责、纪律作风”大整顿大排查、“严明党的纪律、带头遵守《党章》”

路过昆明

知识竞赛等活动，并依托古莘大讲堂、流动党校、农村干部讲堂、农村党员远程教育等平台，组织开展了延安精神、扶贫政策、农村维稳、雷洋洲事迹等专题报告会，扎实开展了核心价值观学习普及活动，使全县党员干部深刻体会到核心价值观的重要意义。

浓郁氛围无缝覆盖

培育和践行社会主义核心价值观，增强认知认同是关键。合阳采用公益广告、道德讲堂等多种形式，大力弘扬社会主义核心价值观，做到宣传教育无缝覆盖，让核心价值观家喻户晓、深入人心。

合阳县委、县政府坚持“两手抓、两手都要硬”的方针，把培育和践行核心价值观与省级文明县城、国家文明城市创建工作深度结合，加强调查研究、统筹规划，大力推进多层次、无死角、全覆盖的核心价值观宣传，激发了干部群众培育和践行核心价值观的行为自觉，并引导公务员、企业家、知识分子、两代表一委员和文化名人等社会公众人物，自觉做社会主流价值的积极倡导者和践行者。以形成善行如潮大效应为目标，引导广大群众在发现典型、推荐典型中学习典型、提升自我，进一步增强对社会主义核心价值观的认同感。

以全覆盖宣传为载体，合阳充分运用各类宣传阵地，传播核心价值观，让人们感受到核心价值观无处不在。在县城出入口、主干道和集贸市场、旅游景点等公共场所设立大型公益广告牌 56 块，策划制作了一批具有合阳特色的“我们的价值观”主题公益广告，制作核心价值观公益广告墙 3.8 万平方米。启用全县主要街道、商场、酒店 450 个 LED 屏滚动播放“三个倡导”24 字核心价值观和梦娃系列视频，编发《合阳县文明市民知识读本》1.5 万册，发放“创文明县城做文明市民”倡议书 5.6 万份，深入开展《图说我们的价值观》进社区、学校、企业、镇村、窗口单位、商场集市的“六进”活动。在合阳县电视台、县政府网站开办了“培育和践行社会主义核心价值观”栏目，鼓励引导先进典型、道德模范、身边好人上网，推动广大网民踊跃为正能量点赞，让新风美德广为传播。

以“道德讲堂”建设作为培育和践行社会主义核心价值观的重要载体，扎实开展道德模范事迹巡回宣讲，组建了道德模范宣讲队。在县剧院道德讲堂总堂、各基层党委道德讲堂开展宣讲 212 场次，听讲干部群众达 4.2 万人次。开展文明诚信工商户、农资经营诚信示范店、集贸市场诚信计量示范单位等评选创建活动，建立失信企业“黑名单”制度，将涉嫌拖欠农民工工资、制假贩假的 33 家“黑名单企业”踢出合阳市场。以家风建设为载体，通过深入开展“家风、家语、家训、家书”征集、“诵经典·正家风”主题教育、“正家风、树新风、促和谐”、寻找“古莘最美家庭”等主题活动，积极倡导夫妻和睦、尊老爱幼、科学教子、勤俭持家、邻里互助的家庭美德，用好家风潜移默化、净化家庭成员身心，提高家庭成员思想道德水平，促进社会的文明和谐。

同时，以“书香合阳”建设为载体，合阳广泛开展了“三秦书月”全民阅读活动，进一步加强公共文化基础设施建设和阅读阵地建设。以《武帝山神韵》《神奇洽川行》《美丽合阳》《舌尖上的合阳》《沉重系列》等乡土读物普及阅读为主要抓手，组织开展全县党委书记荐书、家长和孩子共读一本书、党员周五读书日等主题活动，广泛开展“书香社区、书香新村、书香机关、书香企业、书香校园、书香家庭”创建活动，培育和评选读书学习先进典型。此举激发了全县干部、群众和学生爱家乡的热情，有力地引导大家牢牢把握价值目标、深刻理解价值取向、自觉遵守价值准则。

上下合力城乡互动

培育社会主义核心价值观的落点和难点在于践行，必须和全县经济社会发展实践紧密结合，才能焕发其强大的生命力和影响力。县长杨武民要求：“核心价值观是全党全国全社会共同的价值目标、价值取向和价值准则，要融入政府工作的方方面面，体现到每一项政务工作中去。”一年多来，合阳坚持全社会动员、全方位覆盖、全县上下践行的原则，抓带动、抓推动、抓互动，激发了干部群众培育和践行核心价值观的行动自觉。

坚持党员干部引领带动作用。合阳县级领导以上率下，身先垂范，以“我是标杆，向我看齐”活动为契机，集中在县委常委中开展 “五个一”活动，即包联一个镇（办）、包抓一个贫困村、包帮一个困难家庭、包促一个重点项目、包解一个信访突出问题。县级领导坚持三分之一的工作时间要下基层、接地气，虚心听取群众意见，解决群众实际困难，以实际行动诠释了爱岗敬业的核心价值观。在首个国家宪法日，全体县级领导带头参加“弘扬宪法精神、建设法治合阳”集体宣誓活动，带头认真学法、自觉守法、正确用法，切实增强宪法观念，做遵法守法的标杆和表率。在县级领导的带头示范下，全县 1108 名干部进村联户深入开展“联镇联村联百户、扶贫扶弱扶产业”活动，深入践行核心价值观。为了更好地服务群众，解决群众“最后一公里”的问题，全县着力构建三级便民服务体系，县级综合服务大厅于去年 11 月投入使用，19 个部门 43 个服务窗口 89 项业务实现一厅式办公。16 个镇办便民服务中心规范运行，新建村（社区）便民服务室 318 个，极大地方便了广大群众。

一分耕耘一分收获，在全县党员干部的共同努力下，合阳县经济社会实现又好又快发展，2014 年，全县生产总值完成 71.39 亿元，地方财政收入达到 24568 万元，城镇居民人均可支配收入达到 25563 元，农村居民人均可支配收入达到 7620 元。

广泛开展科技、文化、卫生“三下乡”活动，统筹整合全县宣传文化、党员教育、计生服务、医疗卫生、农技培训、文体活动、科技推广、司法帮教等优质文化资源及服务功能，深入推进培育和践行核心价值观纵深开展，以省级文明县城创建带动农村文明创建，深入推进“美丽乡村·文明家园”建设工作，推进群众性精神文明创建活动。以开展村风家风建设为重点，县上印发了《合阳县家风建设实施方案》，成立村级红白理事会 260 多个；建立了向农村送项目、送技术、送文化工作机制，镇级文化站实现全覆盖，村级文化活动中心由原来的 94 个增加到 120 个。

到今年 9 月，全县涌现出省级文明单位（村）8 个、市级文明单位 12 个、县级文明单位 79 个、县级文明村 70 个，12 条路段被评为文明路。

正气也要强根固本

合阳的决策者认为：“培育和践行社会主义核心价值观是实现中华民族伟大复兴的灵魂工程，任务长远而艰巨，绝非朝夕之功，必须立足实际、内化于心从教育抓起。”

为此，合阳把社会主义核心价值观纳入全县国民教育总体规划和教育教学督导评估指标体系。以推广县实验中学“1268”德育模式为抓手，把培育和践行核心价值观落实到教育教学和管理服务各个环节，深入推进校园文化建设，形成尚德崇文的校园人文环境。

——深入推动核心价值观进教材、进课堂、进师生头脑。构建全县中小学有效衔接的德育课程体系，建立和完善学生核心价值观考评制度，完善学校、家庭、社会三结合教育网络，以“德育在行动”计划为先导，在中小学开展诚实守信、文明礼貌、遵纪守法、勤劳好学、节约环保、团结友爱等系列主题活动；他们还增加了国民教育中优秀传统文化内容，开展了中华经典诵读活动，激励广大学生在勤学、修德、明辨、笃实上下功夫，扣好人生的“第一粒扣子”。

——拓展青少年培育核心价值观的有效途径。完善了青少年志愿服务制度，发挥社会实践的养成作用，开发实践课程和活动场所，推动学校阵地与社会基地、校内课程与校外实践、校内教师与校外教师之间的衔接互动。在全县范围内深入开展“爱学习、爱劳动、爱祖国”主题教育和“节粮、节水、节电”专题教育活动，评选学生道德模范、美德少年，培养树立一批青少年先进典型。

——发挥教师队伍的主导作用。把核心价值观纳入全县教师教育课程体系，融入教师培训和管理的全过程。抓好学校党政干部和共青团干部、辅导员和班主任队伍建设，注重发挥教学名师在培育核心价值观中身体力行、率先垂范的作用，引导广大教师以高尚情操、丰富学识和人格魅力影响和教育学生。

——在未成年人道德建设上，开展了“小手拉大手，文明一起走”“做家庭的好帮手”“百校千师访万家”“我的中国梦”主题演讲赛和“红心向党”歌咏比赛等教育实践活动。累计举办未成年人思想道德教育讲座300多场次，有效引导未成年人核心价值观的培植。

典型标杆引领风尚

“培育和践行社会主义核心价值观，不仅需要信仰深深扎根于沃土，更需要将实践化言于行，凝聚社会正能量，”县委常委、宣传部长王德超认为，“把本职工作做好是践行核心价值观，自觉遵守社会行为规范是践行核心价值观，在单位做好同志，在家做好父亲、母亲、儿子、女儿也是践行核心价值观，使人人都成为核心价值观的倡导者、践行者、引领者。”

通过开展选“好人”树立新标杆，合阳让道德模范之光闪耀全县。2013年，百良镇29岁的王博文在新疆勇救落水儿童不幸遇难，后被授予陕西省第三届道德模范、第四届渭南市十大道德模范荣誉称号。怀着对烈士的崇高敬意，合阳县

合阳蝎子山

在全县党员干部中开展了“学习博文精神，争做道德楷模”活动，组织了博文事迹宣讲活动，并以此为契机对40年如一日默默奉献、抢救14条鲜活生命的王金考，含辛茹苦20年收养弃婴的“凹面女”王有仁夫妇，先后多次赴汶川、玉树志愿抢险救灾、救贫济危的曹占红等先进人物进行广泛宣传和深度报道，在合阳大地掀起了学习先进的热潮，使合阳“好人文化”成为引领文明风尚的新引擎，城乡呈现出善潮涌动的可喜局面。

依托学雷锋活动，着力建立稳固的长效机制。以志愿者服务活动为切入点，成立了合阳县志愿者总队，登记注册志愿服务队21个，在册志愿者达6400余人。先后举行了“建设文明生态旅游名县 保护美丽湿地”万人签名、在职党员进社区等活动，同时积极推进“平安巡防、爱心送考”“交通劝导”“网吧监管”“城市管理”“扶贫济困、扶残助弱”等志愿服务活动，这些活动由轰动性、自发性发展为规范化、常态化。

他们还通过各种文化活动传播正声音，传递正能量。组织举办“翰墨与文明”及“三秦书月 · 书香合阳 · 文明同行”书画展、“争做文明人 共创文明城”文艺晚会、“《诗经》经典诵读会”等活动，在全县开展主题演讲赛60余场次，“一元剧场”“线戏周末剧场”“文化四进”零距离工程共演出680余场，以“凹面女”事迹为原型的秦腔现代戏《洽川人家》在巡回演出中反响热烈。

合阳，正在用生动而丰富的实践培育和践行着社会主义核心价值观，并把它提升到一个全新的高度，在黄河岸边，在45万黄河儿女的心灵深处建造起了充满正能量和新风尚的精神家园，使善义之举、感动之事不胜枚举，最美合阳人处处涌现，与黄河美景交相辉映，绚丽夺目。

——原载《陕西日报》2015年11月

在大荔冬枣基地

掀过一页

韩秀峰新闻作品选

下册

記者之路

雷珍民

目　录

在新世纪篇

人物足迹篇

笔下忧患篇

陕西标识篇

漫道雄关篇

家国情怀篇

在新
世纪篇（续上册）

让百姓的生活更祥和

——“全省优秀公安局”大荔县公安局纪实

初冬时节，循着那面熠熠生辉的“陕西省优秀公安局”牌匾的奋斗路径，记者在大荔县乡镇派出所、社区窗口单位、农村警务室和红袖标队伍，倾听着民警惊心动魄的破案过程，感受警民一心的温情融融，体验着大荔民警心怀天下的本色情怀。

在这里，“保一方平安”是他们最基本的底线，如何使大荔的田园更美丽、百姓的生活更祥和则成了全局干警的最高追求。

也就是这不懈的追求，使得他们的能量得到了极致的发挥，三年时间，“全省优秀公安局”“优秀公安局长”成了这极致的最好注脚。

扫除县城阴霾天

多年来，地利的优势使勤劳的大荔人民延续并革新着源远流长的农耕文明，并因此而走向富裕，各地客商络绎不绝，投资项目接踵而至。

然而，一度时间，或因经济的繁荣，或因班子的缺位，给犯罪分子留下了嚣张的空间。以劳改释放人员为首的疑似“黑社会”性质组织恣意横行，强揽工程、强迫交易、替人管事、敲诈勒索、成立公司疯狂敛财，甚至凭借恶名和武力寻衅滋事、受雇他人充当打手伤害无辜、私藏枪支、贩卖毒品无恶不作……百姓敢怒不敢言。

而面对复杂的社会状况、匮乏的警力设施、涣散的民警队伍，几百人的大荔公安局无力作为。年度的“创佳评差”环节，大荔县两年处于全省倒数之列直至倒数第一。

直到 2012 年 9 月，大荔县公安局新的领导班子组成，面对组织的希望、严酷的现实、群众的渴望，他们只有一条路：置之死地而后生！

随即，局长吴新利刚一上任就深入调研，结合大荔县实际，把社会治安防范作为基础工作的重点，提出了抓点管面，集成作战，全面构筑社会治安防控大格局的思路。他们齐心抓队伍，共同想办法，全力扭转落后局面，重塑形象，再振雄风。

针对城区的黑恶气息，他们成立了“专案行动组”，做了充分的准备，用一年时间对全县治安状况摸底排查，秘密监控黑恶势力团伙的作案行踪。确定方案之后，连续奋战 60 天，于 2014 年 8 月 12 日一举抓获 37 人，使以王某为首的“大荔县第二黑恶势力团伙”悉数落网。

为鼓舞士气，2014 年 12 月 9 日，大荔县“打黑除恶暨平安建设工作通报会”上，县委、县政府奖励 50 万元办案经费给专案组。年轻的队伍趁热打铁，主攻侦查，在渭南市局的支持配合下，于今年 5 月，将以马某为首的“第一黑恶势力”团伙彻底摧毁，其他恶势力团伙闻风逃窜……

当受害者得知犯罪团伙已经被警方摧毁，眼泪顿时喷涌而出，这一半是苦痛的终结，一半是对“解放”的激动。“这一犯罪团伙的覆灭，绝对是为大荔人民出了一口恶气，极大地鼓舞了我们的团队士气！”回忆起来当时的情形，吴新利仍然眉头紧皱，拳头紧握。

从此，大荔境内的黑恶势力销声匿迹。

与黑恶势力相伴随的还有城区农村“两抢一盗”的频频发生。为彻底遏制此类案件，大荔公安采取步巡与车巡结合、便衣与公开结合、点线面结合，创新实行“地面有巡逻、空中有监控、村里有联防”的三维联动模式，打响战斗，一扬警威。

去年7月7日晚，东关派出所通过对巡逻抓获的一名盗窃机动三轮车犯罪分子审查获取线索，组成“7·7专案组”。在所长吴巍指挥下，民警冒着接近40℃的高温，奔走于大荔城乡和渭南、华县、华阴、蒲城等地，并远赴新疆吐鲁番，连续苦战40多天，打掉一个专门盗窃机动三轮车的犯罪团伙，抓获33人，破案320起。小小三轮车虽然不是很值钱，可它却是农民心中的“宝马”，为了替群众追回损失，办案民警克服重重困难，千辛万苦追回被盗机动三轮车达200多辆。在赃物发还会上，羌白镇的受害群众不停地称赞：“公安民警真是为咱百姓办实事啊！”

2014年秋季的一个深夜，一辆来自渭南的出租车在八鱼石墓群附近被抢，司机被扒光衣服捅成重伤。公安民警闻警即动，奋战两天两夜，一个由5名未成年人组成的抢劫出租车团伙被一网打尽。

据统计，仅仅2014年，大荔县公安局共破案1378多起，命案侦破率达到100%，批准逮捕217人，强制戒毒168人……

这一串串数字，把冰点融化了，使热点不热了，彰显着大荔公安能征善战的英雄气概，也向全县人民兑现了“平安大荔”的誓言。

“这就像弹簧一样，咱要主动出击，不给犯罪分子留任何喘息的机会，就一定能制服。”分管治安的副局长马军社告诉记者。

剔除了黑恶势力的威胁，社会向法治和良性迈进。

分级管理创新路

作为农业大县，大荔有75万人口，90%以上在农村，全县包括协警在内的民警总数只有379人，警力捉襟见肘。大荔县公安局跳出固定思维，采取“无增长式解决警力”的办法，于2014年创全市之新，推出“农村社会治安分级管理”

的新警务模式，使治安管理迈上了新路。

在经济相对活跃、治安问题典型的安仁、朝邑、下寨、石槽等地区，局领导进行了解剖麻雀式的调研。“不能胡子眉毛一把抓，把有限的警力用在刀刃上才能解决问题。”调研后的吴新利一语定音。

2014 年 3 月，县委、政法委牵头，在县委、县政府支持下，《大荔县公安局农村治安分级管理办法》终于出台，依据近三年来的刑事治安发案、基层组织建设、防控力量建设等因素，将 272 个行政村分别打分归类，列为一二三级。一级实行村民自治；三级由所长牵头挂帅，每月下村三到四次，及时处理矛盾；二级由副所长挂帅，每月两次回访。

差别化的工作规划，使得有限的警力得到了最优配置，社会治安也由此得到了最大改善。

下寨镇处于西南沙苑的三县交界处，人员流动性大，成分混杂，因其所辖范围广，村镇距离远，派出所民警下乡一趟平均需要 30 分钟，打架斗殴、赌博等矛盾纠纷奇多。分级管理以来，下寨打掉清池村聚众赌博性质的电子竞技的“赌博老窝”，将沙洼村欺行霸市、暴力殴打客商村民的恶霸团伙一举拿下，两个村也都从三类村升级到了一类村。下寨镇派出所所长王小江告诉记者，清池村已经引来了“金凤凰”，“港中旅”集团投资 10.6 亿元的“皇家沙苑”旅游项目正在紧锣密鼓地建设中。

11 月 5 日凌晨，石槽镇九龙村的“红袖章”分队整装待发。45 岁的王建军当了 10 多年的治保主任，他告诉记者，村上做生意、经营工厂的人多，经济比较富裕，但经常遭到盗贼袭击，群众担惊受怕。2014 年镇派出所号召群众加入巡逻队时，他与村里的养牛场主、萝卜贩运商、萝卜加工厂老板、饲料加工老板等 7 人毫不犹豫地参加到培训中去，成为一名光荣的巡逻员。“做生意都是用苦换来的，都不容易，能趁此机会服务一下大家，照顾一下自己的产业，刚好。”30 岁的萝卜合伙人张亮说完，便跟队伍一行 8 人带着警棍、警灯英姿飒爽地消失在夜幕中。

两小时一程、两三趟一周的日夜不定轮换，跨越 4 个年龄段的巡逻队提醒着村民收拾遗落的财物，帮助办案民警发现盗窃变电器的“黑手”，也早已成为百姓心中的英雄。据统计，大荔公安局共组建治安巡逻队伍300余支，合作开展集中整治活动6次，打击违法犯罪人员36人，落实安防措施137余处。

目前，大荔农村治安分级管理已经实现长效化、机制化，形成了“一村一档”的基础工作台账制度、责任到人的治安问题清单制度、全员参与的民警工作手册制度，三项制度相互促进，彻底厘清了治安状况底数，提高了公安民警对于辖区治安的驾驭能力。同时，促使着各村镇不断思考和创新，安装摄像头、布设监控点、组建巡逻队在大荔农村流行起来。

“小事交给群众，民警有了充沛的警力对付罪犯。”县局治安大队大队长田学定兴致勃勃地告诉记者，“警察的办案水平和效率也得到了大大提高。”

终南山下

今年5月份，县禁毒大队在石槽村暗访时发现潘某的交往十分复杂，家中常有吸毒人员来往，行踪诡秘，凭借着多年来的缉毒经验，大队长赵海断定其身后隐藏着更大的毒贩，对其进行长时间布网监控，终于揪出了许庄农垦系统以贩毒为利的张某。5月18日，张某动身前往云南“进货”的消息从西安传回，县、市公安局立即行动，在川陕交界的棋盘关之间设立岗哨，在西安张某所在小区严密监控，布下天罗地网。大雨倾盆的24日，民警吴巍在宁强收费站拦截住贩毒车辆，从副驾驶坐垫下搜出700多克海洛因，却不见张某身影。不过在搜到毒品的同时，埋伏在西安的副政委王云涛分队冲进张某家中，毫无防备的12名涉毒人员全部落网，历时两个多月的艰苦奋战惊险告捷，缴获毒品1200多克，这个由境外直接供货的跨国贩毒链条被迅速斩断！

小警务连起大民心

今年5月19日，趁中午饭后休息时间，大荔县公安局官池派出所户籍女民警陈琳来到官池村年过八旬的王娥儿家，把补办好的身份证亲手交给老人。看到大热天走得满头大汗的女民警，老人既感动又心疼，拉着陈琳的手说："娃啊！你真比我的亲孙女还要亲啊！"

这是大荔县公安局开展"小警务大民心"的一个缩影。

为了更好地解决人民群众最关心、最直接、最现实的利益问题，大荔县公安局确定了自2014年至2016年为期三年的"小警务大民心"战略。把人民群众的呼声作为第一信号，把人民群众的需求作为第一要务，从细微着眼、从细节入手、从小事做起，以小积大、以小致大，推进大荔公安工作和队伍建设创新发展，最大限度地提高全县人民群众的安全感和满意度。

为了将这一战略落到实处，公安局成立了由局长吴新利任组长，政委师正利及其他党委成员任副组长，各室所队负责人为成员的"小警务大民心"领导小组，按照侦破"小案件"、排查"小隐患"、化解"小纠纷"、了解"小民意"、整改"小细节"和服务"小民生"的"六小警务"逐一推行；建立小警务管理台账，实现任务能分解、工作能跟踪、结果能考评的管理要求，并将实施情况纳入对单位和民警的日常绩效考核中。

在局党委的持续推动下，大荔公安小警务工作开展得有声有色。各部门、各队所立足实际，创新载体，体现特色，确保了小警务工作取得实效，警民关系更加和谐。大荔110报警服务台，是紧密联系群众的服务窗口，接警员昼夜坚守岗位，有警必接，有警必出，热情服务，救助危难，在打击犯罪、破案追逃、抢险救灾、扶助危难、处置突发事件中发挥了重大作用，被誉为人民群众的保护神。

户政便民服务大厅，户籍民警笑脸相迎、热情接待，办理身份证、迁移证和护照、出境证等业务手续简化，推行“一站式”服务，过去需要层层审批跑三四次的事，现在一次就能办成，群众不再跑冤枉路。派出所户籍室，推行延时服务、预约服务和上门服务，千方百计便民利民。启动“特检”服务通道，坚持特事特办，为孤寡老人、残疾人办理户口证件提供方便，让群众满意。车管所，简化办事程序，提高服务效率，在全市率先建立绿色免检通道。“一个微笑、一句提醒、一杯清茶、一个帮助”的温馨气氛，打造出爱民为民、便民利民的“窗口”形象。

在“六小警务”开展中，民警们也发挥出了各自的智慧。在官池镇西里村有一个被群众称为“指尖上的派出所”，它不时地向群众宣传安全防范知识、发布办事指南、征询群众意见和建议，群众也可以用它咨询政策、网上预约、网上报案。它的创建者石槽派出所民警郗向阳拿出手机向大家演示时，记者看到一个由中国结与警徽为头像的“平安西里”微信群显得十分醒目。郗向阳告诉记者，由于西里村相对较远，群众来派出所办事十分不便。今年5月他通过微信建立了“平安西里”治安防范微信群，现在群里已经有100多人，他可以随时随地和他们交流，时刻了解民情民意，也方便群众办事。不仅如此，“平安西里”开通短短几个月，还为公安机关提供了许多重要的破案线索。

在郗向阳看来，要当好基层民警就要在“脚尖、指尖、心尖”上下功夫。他解释道，“脚尖”就是要多跑，多走访群众，了解基层情况；“指尖”就是发挥通信工具的快捷便利，建立与群众的沟通渠道；“心尖”就是要与群众多交心，听取群众意见和建议。有了这“三尖”，基层工作就没有做不好的。

“小警务大民心”战略实施两年来，大荔社会治安呈现出良好局面。刑事发案率下降，破案能力大幅提高，群众的安全感明显增强，公安机关的服务效能也不断提升。公众安全感、平安创建知晓率、人民群众对公安机关的满意度三个指标从2012年的低谷持续攀升，2013年、2014年分别为92.07%、87.40%、80.53%和92.89%、87.86%、80.97%。2015年上半年群众对公安队伍满意度跃居全市第二，公众安全感位列全市第四。

打造钢铁般的队伍

只有铁的纪律才能带出铁的队伍。自 2014 年以来，大荔公安着眼队伍建设这一根本，树立落实“平行等值考核”就是贯彻“1+9”制度体系的理念，明确抓队伍是局党委的第一责任。吴新利坚信，只有建设一支纪律严明、作风优良的队伍，才能取得优异的工作成绩。

打铁还需自身硬，只有一流的班子才能带出一流的队伍。大荔公安能够做到警纪严明、令行禁止，与党委班子廉洁自律、认真落实各项要求是分不开的。局党委班子提出：要求民警做到的，自己先做到；要求民警不干的，自己决不沾染。在执法问题上，领导不打招呼、不写条子、不插手为某件案子说情，支持执法部门依法公正办案，局党委领导班子成员始终用制度规范和约束自己，迄今为止没有发生一起违法违纪案件。同时，局领导大刀阔斧，以公开公正透明的竞争上岗用人机制，将 21 名同志提拔到正、副科岗位，唱响了“基层出成绩、成绩出标兵、标兵出干部”的主旋律，极大地激发了队伍活力。

为了振奋公安队伍的职业精神，党委书记吴新利坚持给党员上党课，政委师正利带头下基层找民警谈心。班子成员牢记宗旨，狠刹“四风”，叫响“三严三实”。政工部门认真组织开展“为何从警，如何做警，为谁用警”和党的群众路线教育大讨论、大实践，让民警从思想上筑牢忠于党、忠于祖国、忠于人民、忠于法律的警魂。

他们制定出台队伍建设六项制度和目标责任考核办法，推行落实“重点关爱对象”制度，创出“一人一档”和“分析报告”等新的管理模式，将工勤人员和协警同样纳入管理。结合民警队伍存在的苗头性、倾向性问题，以壮士断腕的勇气和刮骨疗伤的决心，在全局深入开展纪律作风大整顿、大排查。抓苗头、查隐患、堵漏洞，保证队伍不出问题。制定队伍和业务两套分值相等的考核办法，坚持队伍出问题就全盘否定的“一票否决”理念不动摇；率先在全市推出了民警关爱制度，把工勤、协警纳入关爱对象范围，先后确定“关爱对象”17 人，建立帮扶小组 17 个，落实帮扶责任人 36 人，坚持强化教育培训不放松，率先设立全市第一家“民警夜校”，力争把功夫下在平时。

他们还创建“一所队一品牌”，全警动员掀起创品牌、增亮点热潮，涌现出了“规范化执法”品牌东关派出所、“六步工作法化解矛盾纠纷”品牌下寨派出所、“农村治安分级管理”品牌朝邑派出所、“网格化治安巡防”品牌巡特警大队和“四位一体处理交通事故”品牌交管大队等5个“品牌所队”，推出了袁烨、赵海、王小江、朱坤尧、边建宏、杨景奇、刘鹏、石建州等一批坚守岗位的“汪勇式”爱民警察，有效地推进了公安队伍的规范化建设，打造出2015年度大荔公安队伍建设新亮点，实现了大荔公安工作奋斗目标新跨越。

正是这样一支能打硬仗的公安队伍，为全县群众营造了平安、祥和的社会环境。两年来大荔县的社会治安环境明显改善，投资环境不断净化，经济发展也步入快车道。2014年全县生产总值112亿元，同比增长9.6%，年终考核排名渭南市第一。

2015年3月，陕西省公安厅发布2014年度公安机关责任目标考核与“爱民杯”夺杯创优排行榜，大荔县公安局位列渭南市榜首，荣获“陕西省优秀公安局”荣誉称号，看守所民警张建德被推荐为“全省优秀民警”，吴新利也因此荣膺了全省“优秀公安局长”。

——原载《陕西日报》2015年9月

让美丽在每一寸土地上绽放

——美丽乡村的大荔基准调研

大荔，古同州。青脆的果实撩人，遍地的风景如画。她，刷新着中国农民的智慧，演绎着中国农业的传奇，更描绘着美丽乡村多彩的愿景。

一年来，大荔县倾情于农业、农村、农民工作，致力于改善农村人居环境，强化农村基础设施，提升农村公共服务，加速推进城乡一体化，努力实现农业强、农村美、农民富，让广大农民和城里人一样幸福地生活。

由卫生运动引发的美丽革命

作为一个传统的农业大县，大荔农民依靠勤劳朴实、睿智创新的意识致力于现代农业发展，成为全省农业战线的一面旗帜。近三年来全县农民户均收入远远高于全省平均水平，农村经济发达，农民日子殷实，农业像一幅五彩的画卷装点在大荔的土地上。

农村应该是中华传统文明的最早承载地，是农民世代生存的家园，更是广大农民增收致富、追求幸福的基本场所。60 万大荔农民在家园创造农耕文明、繁荣农村经济的同时，也在追逐着自己的幸福，他们也向往着和城里人一样的现代生活。

群众的需求决定了大荔县决策层努力的方向。2013 年 9 月，大荔县委、大荔县人民政府决定将在全县范围内实施的农村“清洁工程”提升为“美丽乡村”建设，按照“实现干净整洁、完善基础设施、保持田园风光、绿化村落庭院、突出特色文化”的思路，向困扰农村发展，影响农民生活多年的“脏、乱、差”宣战。

在黄柏塬的路上

时任代县长的王青峰在创建美丽乡村动员会上的话掷地有声：宁可在城里少修一条路，少盖一座楼，也要每年从财政挤出 3000 万元用于美丽乡村建设，用于改善农村环境，用于推动农村经济，用于提升群众的幸福指数。

农村环境整治成为大荔美丽乡村建设的开篇之作。大荔县集中三个月时间，动员全县干部群众，投入 2160 万元，投劳 10 万余人次，动用机械 3200 台，全面清扫积存垃圾及“三堆”，拆除乱搭乱建、坍塌房屋、覆盖排水沟渠，清理露天粪坑、改造简易户厕。集中整治期间，全县共清理垃圾 36 万方，拆除违章建筑、乱搭乱建 23.6 万平方米，整修道路 360 公里。

为防止环境整治出现反弹，大荔县推行“村集体主导、保洁员负责、农户分区包干”的卫生保洁长效机制，全县 400 个村，村村都有保洁员，户户配有垃圾桶。全面推行“户集、村收、镇运、县处理”的垃圾集中收集处理模式。环境整治在收到立竿见影效果的同时，引燃了广大干部群众的创建热情。机关干部深入包联村庄，发挥各自职能，清洁乡村、推广科技、传播文化、引导致富、宣扬法律、促进和谐，在推进“村容整洁环境美、村强民富生活美、村风文明人文美、村稳民安和谐美”四美乡村征程中，掀起了一波又一波的美丽革命。

乡村美丽在分门别类中生长

大荔县乡村的美丽是分门别类的，分门别类的美丽是多棱的、千姿百态的、色彩纷呈的。

创建美丽乡村不仅仅停留在环境卫生整顿上，大荔县制定了清洁乡村、美丽乡村、幸福乡村三个标准，将全县 400 个行政村依次确定为 20 个美丽乡村示范村、40 个美丽乡村重点村、340 个美丽乡村创建村，实行梯次推进、分类建设、滚动管理。在做好环境整治的基础上，重点推动基础设施、公共服务、生态环境、民居改造等上档升级。

乡村绿化是建设美丽乡村的提升工程，大荔县按照“能绿尽绿、应绿必绿”的要求，引导村民在房前屋后、临街空闲地、拆迁空地统一种植花卉或时令蔬菜，实施“林、乔、灌、花、菜”的综合绿化。去冬今春，全县共绿化道路 400 公里，绿化巷道 630 多条，新增公共绿地 184 处 2478 亩。

道路是乡村文明的标志，道路不畅是横在城市和农村之间的最大障碍。实施创建美丽乡村以来，大荔县累计投入 1.8 亿元，对规划定位的 7 条 200 公里美丽乡村骨干示范道路进行了拓宽改造，将 108 国道升级为一级公路，将大朝公路升级为二级公路，新修了沿黄公路旅游专线和沙苑景区旅游公路，全县公路总里程已达 2215 公里。按照美丽乡村建设规划，在大华路、沿黄公路等骨干道路两旁栽植了绿化景观树木，安装了中国红元素的太阳能路灯，涂刷了文化墙，条条宽敞整洁、绿树成荫的国省县道无疑成为展示大荔美丽乡村的形象大使。

富有特色的道路标识成为大荔美丽乡村建设中的一道亮丽风景线，县上还对确定的 6 个重点镇和 20 个示范村编制了统一的建设规划，按照“一镇一特色、一村一格局”的要求，逐步实施对镇驻地、示范村和有条件的村民房屋进行改造。官池镇结合沙苑历史文化背景和工业景观园区，将沿街建筑风格定位为现代中式仿明清风格，用青砖绿瓦对原有房屋进行了包装，绘制了长达近 3 公里的文化墙，集中反映大荔县人文历史、种植结构、民俗风情，扮靓了大荔的南大门。

要让农村人过上和城里人一样的生活，消除城乡差别，关键要在农村基础设施配套和公共服务设施上下功夫，大荔县借助创建国家公共文化服务体系示范区的机遇，按照一村一个文化活动中心、一处文体广场、一所农家书屋、一面文化墙、一支农民文艺队伍的“五个一”要求，新建改造文化活动广场 238 个，配置健身器材 267 套，绘制特色文化墙 2.37 万平方米，硬化农村巷道 187 条，为 260 个村安装了路灯，新增村级敬老院、托老所 50 个，改造厕所 9211 座。

在一个又一个的村级休闲广场上，再不见堆积的杂物，取而代之的则是休闲娱乐的群众载歌载舞的身姿。他们有的跳起了优美的广场舞，有的在健身器材上放松锻炼，有的则干脆搬个板凳围坐着聊天，有的则在村广场的草地上逗孙子玩乐——这便是如今大荔乡村的美好图景。

双手创造的美丽最为骄人

劳动何以光荣？是因为劳动能改变世界，也能改变人类自身。大荔举县一致，整体推进，一个个干净、整洁、文明、和谐的美丽村庄破茧而出。许庄镇柳池村是明朝万历初年形成的，迄今约有 500 年的历史，村上崇教敬学、孝悌当先的优良村风多年来一直传承着。整齐划一、绿树成荫的巷道，统一规划的青砖瓦房，富有特色的《二十四孝图》文化墙，吸引了 2014 年央视“东西南北贺新春”摄制组，将柳池村作为西部外景拍摄点，朱军、朱迅、阿宝、王宏伟等大腕明星现场献艺，让柳池村这个名不见经传的小村子一夜之间红遍大江南北。而随着“孝道文化、同州饮食”孝道文化主题街区的规划建设，体验关中民居，感受孝道文化，品尝九品十三花，让柳池村成为外地游客来大荔最想去的地方。

城关镇畅家村 21 世纪初在积极推进规范化管理方面走在全省前列。在美丽乡村建设中，他们率先建立了村一级的生活垃圾收集屋、生活污水处理站和村级垃圾填埋场，使村庄环境大为改观。在解决农村排水方面，畅家村人再次走在了全县的前列。他们大胆尝试，对在关中几乎绝迹的涝池进行修复重建，在涝池周边栽植了绿化树木，规划建设了休闲广场、群众生产交易中心、村民综合服务中心。每逢周末或节假日，不少城里人来到畅家村采摘鲜果、抛钩垂钓、品农家饭，体验着乡村文明的快乐。

位于铁镰山上的高明镇王彦常村在美丽乡村建设中，对村上两条主要巷道进行了绿化，铺设排水管道 3 公里，铺设马路砖 4 公里，建成绿化 500 平方米休闲广场一个，新建门前小花坛 150 个，修葺土坯墙 10 堵 2000 米，粉白墙面共计 3000 平方米，栽植绿化树木 5000 余棵；村上变废为宝，建设“四位一体”庭院沼气池 200 多个。王彦常村优美、舒心的环境让来这里收葡萄的温州人都感叹不已。

范家镇福佑村依托区位优势，在乡村旅游上做文章，恢复重建了福佑古寨。天气晴朗的时候，福佑村东望黄河，宽广的湿地，烟波浩渺、群鸟飞翔、渔湖镜天，恍若置身于江南水乡。再往远看，黄河对岸的中条山、鹳雀楼等景观也尽收眼底。

冯村镇榆村一年前还是一个破烂不堪的小村子，如今，他们修缮了村部，硬化了活动广场，拓宽绿化了进村路，安装了健身器材，还建成了村史馆、仿古石材门楼、54 盏中国红景观路灯，使榆村焕发出迷人的光彩。

…………

这场美丽革命，不是靠哪一个领导，而是发动了全县所有的干部；不是靠哪一位群众，而是调动了全县所有的群众。全县从县委、县政府领导到县上所有的干部，统统投入到这场美丽运动中来。“一包六联”就是深入其中的实际举措。你是大荔县的干部，那就必须包一个村镇，联系六个小组。他们的有关美丽乡村建设的所有内容，包括实施的效果，都直接跟你的年终考核、职务晋级、福利奖金关联。当然了，你包联的村组成了示范村，成了创建的楷模，村头也会挂上你的牌子，你的名字就会和这个村镇的美丽一起延续。

大荔县的所有老百姓，涉及所有与美丽乡村建设有关的事，他们都竭尽所能，出资出劳，人人参与。正是全县人民一砖一瓦的添加、一点一滴的贡献，铸就了大美大荔流动的画卷。

在大荔，实施之中的美丽已清晰可见。这种日新月异的变化，激励着大荔的干部群众，感染和诱惑着大荔的父老乡亲。它的厉害之处，不仅在于使得乡村变美变靓，而在于大荔县的领导者找到了惠民的切入口，找到了缩小城乡差别、加快新农村建设的有效途径；更在于他们找到了颠覆农民生活方式，转换农业理念的有力抓手。

富裕是美丽的代名词

富裕是美丽延伸的基础，没有富裕的支撑就没有滋生美丽的后续土壤。农民持续的富裕，美丽才有保障，才有伴侣，才有永续的后劲。

如果说农村美了，是“面子”上的荣誉，那么百姓富了就是“根子”上的实惠。只有农村的老百姓富了，美丽乡村才有了坚实的支撑。

在促进农民增收致富上，大荔从没有停止前进的脚步。规划建设了冬枣、黄花菜、设施、杂果四个省级现代农业园区，在全省叫响了“现代农业看大荔”的口号；投资 4.7 亿元的万头奶牛场，西北最大的集旅游观光、水产养殖为一体的 6 万亩现代水产科技园区，中节能投资 5 亿元的光伏发电农业科技温室项目，振发新能源投资 100 亿元的 1000 兆瓦光伏发电、渔光互补项目的开工，更是为大荔县域经济发展注入了无限活力。

大荔县依照目前产业布局，在产业融合发展上做文章，正着手建设一个由 108 国道、汉华路、沿黄路、大朝路四条县镇道路组成的面积达 300 平方公里的三次产业融合发展试验区，通过道路的提升改造，把城乡连接起来，把景区和城区连接起来，把产业连接起来，抓点成线，串珠成链，把沿线的景点和美丽的村落结合起来。

安仁镇小坡村将村外盐碱地改造成万亩有机冬枣示范园，规划建设了冬枣示范主干道路、冬枣文化长廊，修建示范区观景台，将冬枣种植与观光采摘相结合，将其打造成现代农业观光园。8 月 29 日，占地 43 亩日最高交易量 50 万斤的大荔冬枣交易物流中心开门纳客，成为西北最大的村级冬枣交易市场。全村冬枣在成熟前一两个月就被来自广东、浙江的客商抢订一空，年创经济效益 3.75 亿元，全村人均冬枣收入达 4 万元。

朝邑镇平罗村的设施农业更是融合发展思路下的成功探索。朝邑镇平罗村自 2011 年以来，按照“创一个模式、兴一个产业、富一方农民”的经营理念，流转土地 2400 亩，建成了 600 亩日光温室示范园区、800 亩大棚冬枣示范园，建成了一个种养结合、生态发展的尊天现代农业园区，村上农民成了产业工人，户均增收 3 万元。

大荔县融合发展的思路，还体现在工业和农业的融合发展上。在美丽乡村中，一个更大胆的设想出现在决策者的脑海——打造全国最大的光伏产业基地。由 108 国道过许庄镇，沿路可看到由中节能投资 4 亿元建设的占地 1000 多亩的 20 兆瓦光伏农业科技大棚项目正在施工，344 个光伏大棚蔚为壮观。作为首个入驻大荔的央企，光伏农业发电项目设计装机容量 21.8 兆瓦，年可发电 2873 万千瓦・时。

范家镇利用黄河湿地，发展渔光互补产业，将第一、第二、第三产业融合，打造渔业、光伏、旅游三产的融合示范。目前，投资 100 亿元占地 5 万亩的光伏太阳能产业——渔光互补项目已与江苏振发新能源有限公司达成了合作协议。

陕西大荔现代农业园区是省政府确定的全省首批现代农业园区，核心区按照“种植规模化、设施现代化、技术标准化、产业特色化、营销品牌化、管理科学化”的思路和“一区两轴三基地”的布局进行规划建设，包括工厂化育苗中心区、新品种新技术示范区、标准化生产区、物流中心区、检测培训区、休闲观光农业区等六大功能区，辐射带动周边 17 个村 1 万多户 4.86 万人走上致富路。

而随着投资 9.5 亿元的同州往事项目的正式签约，一个具有浓厚同州历史文化底蕴，涵盖同州民俗长廊、同州长河、同州饮食街、同州民间艺术产业化基地、同州孝礼园、关中婚俗博览园、同州土特产、童趣园等 8 个板块的高等级民俗文化博览园即将开工建设，它的建成必将为大荔的文化发展、农民增收画上浓墨重彩的一笔。

让每一颗心灵在美丽中滋养

当物质文明提升到一个较高的层面，需要相适应的精神文明与之匹配。在过去，农民是素质低的代名词。当我们让乡村从面貌到格局上发生了大的飞跃和华丽转身后，农民精神的城镇化、现代化，就已经迫在眉睫了。生活在美丽乡村的人们，在心灵上也必须向美丽靠拢，在综合素质上更需要成长为现代人。

正所谓新沐者必弹冠，美丽乡村反过来又能滋养每一颗逐渐美丽的心灵。

实施美丽乡村建设，使广大干部思想受到巨大冲击。75 万大荔人不论男女老少、不论在家在外，都以空前的热情投入到美丽乡村建设中，有力出力、有资出资，每户每年 120 元的卫生费一周时间一户不短地全部收齐。埝桥镇白高村的村民，在村上绿化亮化工程建设中，纷纷捐款。羌白镇太丰村的村民，在修村中道路时，把自家基建用的砖和砂石拿出来，有的甚至主动让出老庄基，为村上修建广场。

美丽乡村建设带来的不仅是环境卫生的变化，更多的是人们对美好生活的追求与向往。大荔县委宣传部结合践行社会主义核心价值观，通过组织“我身边的为民务实典型”先进事迹宣讲团、乡村文明大讲堂、同州讲坛等，教育引导农民讲道德、知荣辱、多奉献；通过开展“出彩大荔人”评选表彰活动，寻找身边的“平民英雄”，推崇基层涌现出的“凡人善举”，以小事件展现大风采，积累推动大荔发展的正能量。活动开展以来，各党委推荐的候选人数已达 37 人，涌现出了背着同学上学堂的好少年王创、“热心为民好代办”王小红、“城市美容师”张凤跃、18 年坚持志愿服务的古稀老人马益民、43 年无悔奉献的社区党支部书记杨春霞、致富带头人薛安全、优秀企业家谭成太等一批新的践行社会主义核心价值观的典型。

大荔农村变净了、变美了，吸引了四面八方的人前来参观。县上乘势启动美丽乡村旅游项目，依托发达的现代农业资源，把发展旅游、观光、采摘、农耕体验、文化参与、度假养老等服务业与一三产业融合发展，让农民少下苦、多挣钱。

按照“产业融合、转型发展”的要求，确定了各村的发展定位，如：农耕体验，休闲度假畅家村；孝道文化，同州饮食柳池村；现代农业，观光体验平罗村；沿黄观光，旅游服务严通村；光伏发电，渔光互补范家镇；天下粮仓，景城融合朝邑镇；现代工业，产城融合官池镇；农光互补，产业融合许庄镇等。

特别是大西高铁的开通，吸引了来自四面八方的游客，前来大荔体验观光。一条沿大朝路、沿黄路、汉华路、108 国道，途经盐池洼湿地、丰图义仓、岱祠岑楼、金龙塔、黄河湿地、福佑古寨及多个美丽乡村观光点的“大荔美丽乡村一日游”旅游线路日趋成熟。

今年令大荔百姓高兴的事还有很多。一个占地 4 平方公里，集文化、民俗、旅游于一体的同州湖景区的开园，让大荔的城市品位大大提升，为广大群众增添了一个休闲、娱乐、锻炼的好去处。6 月 23 日至 27 日，“2014 美丽大荔首届群众文化周”活动在同州湖景区成功举办，威风锣鼓、广场舞大赛、剪纸大赛、少儿舞蹈大赛、自乐班演唱、电影展演、“美丽大荔”摄影展、流动书屋图书展、非遗项目展览、太极拳表演、象棋大赛、自行车环湖赛、美丽乡村专题晚会等 80 多场次丰富多彩的文化体育活动，让置身现场的 10 万人次观众切切实实体验了作为大荔人的幸福！

当暑气还依恋在秋里的时候，我们徜徉在大荔的村镇田间，感受到的是扑面而来的田园城镇化的浓浓气息，和 75 万大荔人向现代文明迈进的隆隆足音。它如同一坛浓烈的老酒，滋养着大荔人的幸福生活，提升着大荔人的幸福指数。

据县美丽办薛主任介绍，他们将用三年的时间全力打造大荔 18 个镇 400 个行政村的美丽建设，从环境整治、设施配套、服务提升、生态建设、民居改造、产业融合六个层面，使大荔的经济实力和风貌来一个亘古未有的变化。

美丽乡村建设，这场以卫生运动开幕、以群众幸福感为归宿的农村大革命，带来的不仅仅是大美大荔和富裕大荔，也是一次缩小城乡差别、加快农村城市化的成功推进，更是突破全面小康建设瓶颈的最有意义的探索。

对“三农”问题有着深刻研究的大荔县人大主任聂郝礼动情地说，美丽乡村建设使大荔朝着现代化的新农业、城镇化的新农村、职业化的新农民迈进，今天的大荔真是“白色革命”普及，绿色经济喜人，特色产业富民，古色旅游迈步，本色农民可靠，红色阵地牢固。

大荔的美丽乡村建设告诉全体农民：即使是农民，还有更好更美的生活方式！

——原载《陕西日报》2014年11月

地头采访

富平向着美丽奔跑

仅仅不到一年时间，82 万富平人以“干在实处，走在前列”的姿态使这块人杰地灵的土地改变了模样。两条城中河，一条牵动民情，一条系着民生，温泉河已建成国家级湿地公园，石川河正改天换地，柱形初显，联结两河改造一新的频阳大道如今车水马龙。在两河一道的典范引领下，富平驶上了风景优美的经济社会发展快车道。

富平源于“富庶太平”之意，它以 82 万人口雄踞渭北高原。石川河、温泉河穿富平城而过。然而多年来，灵动活泛的河流非但没有扮演起水乡的重要角色，反倒因为历史治洪的遗留问题和山石乱采、污水乱排、垃圾乱堆等陋习，使两条生态河沦为臭水沟，被富平人称为治不好的“龙须沟”。

2014 年初，富平县新一届领导班子上任伊始，乘群众路线教育之风，打破思想禁锢，创新发展思路，在“恢复生态，扮靓富平，让百姓生活在幸福的环境中”的目标引领下，吹响两河治理的号角。3 月

10 日，规划投资 60 亿元的石川河沿岸景观工程启动，河南岸打造“百花溪谷”中国百城小吃一条街和水上餐厅，北岸呼应南岸旅游，修建四季阳光住宅小区、四季健康老年城，配套三甲级医院，着力使石川河成为一个宜游、宜居的“水上江南”。

记者在这里看到，漫天黄土的河道里，机械轰鸣、卡车穿梭，一副当年改造旧山河的劲头。指挥部的副主任刘高峰介绍说，河道城区段长 2.2 公里，自今年 3 月以来，全县 7 个部门所有成员密切配合，上紧发条，全力保障项目建设。现已清理淤泥和转移垃圾 110 万方，拉运土石 550 万方，改造后的河道宽度为 700 ~ 1000 米。“今年五一，我们开门迎客，欢迎你们来。”满身灰土的副主任宋三省热情中透着自豪。

在富平城北，同样的一条“龙须沟”叫温泉河，仅仅用了 8 个月时间，温泉河生态综合治理告捷，面积达 2700 亩的温泉河湿地公园已向居民开放。记者信步园中，40 万平方米的竹林点缀其间，虽是寒冬，五彩的植物与荡漾的水波相映成趣，明月湖内草青鱼动，意趣盎然；800 亩的运动公园设施齐备，来往锻炼的居民有说有笑、精神焕发。家住河对岸的 75 岁退休老工人张师傅在公园座椅上晒着太阳，他感慨地对记者说：“我在这臭水沟边住了几十年，做梦也没想到他们半年时间就把这儿全变了！”

为了城市不再拥堵，在两河治理的同时，富平县投资 8500 多万元，对联结两河的堵塞了几十年的频阳大道进行了升级改造，大道沿线有了广场、天桥、停车场，雨污分流、弱电入地，在点亮系统的陪衬下更显城市魅力，也彻底畅通了南北出口；同时搁置了几年的县域中轴线工程底张二级公路也在短短的 3 个月中竣工，创下了公路建设的速度奇迹。记者驱车体验了这条 23 公里长的大道，全程宽阔平稳，两边十多米的绿植林带整齐划一，已成为富平经济发展的快捷通道。

渭南市委常委、富平县委书记郭志英在就任之初就提出要求，“搞建设要大手笔，抓管理要精细化”，他融合群众路线教育活动，号召全县干部群众在改变富平的面貌和形象中“走在前列，干在实处”，一草一木见精神，扑下身子办实事。在“两河一路”会战中，县上所有领导分工包联，以“目标倒逼任务，时间倒逼进度，督察倒逼落实”，全力推进建设进程。除去工程单位，全县 7 个部门

2个镇管区的200多名干部“战晴天、斗雨天、抢白天，赶夜晚”，半年中不分昼夜，没有节假日。

他们通过设立“重点项目公示榜”，采取一周一调度、一周一汇总，将项目建设内容、进度计划、责任领导、责任单位张榜公示，倒排工期，挂图作战，让群众全程监督项目的推进情况，督促包联领导盯在一线、冲锋在前，为项目建设提供“保姆式”服务，随时解决项目建设中遇到的困难和问题，把任务目标细化量化到每个节点、落实到每个人头。

郭志英一天之内曾连续三次深入工地实地亲自监工，在原印刷厂拆迁时，他带队一直坚守到凌晨两点，直到最后一间房顺利拆迁；时任常务副县长的郭柱国每次到工地都是跑得泥浆满身，衣服和鞋子不知换了多少，大伙儿干脆买了一双高腰雨鞋放在工地供他专用；由乡镇调入的住建局副书记、建设指挥部办公室副主任万瑜乐，边学边干，以饱满的热情和冲天的干劲投入工作，父亲患病先后两次在西安住院，他只看过三次，面对家人的责难，他依然坚守在岗位上；指挥部办公室技术人员程忠社，在骑摩托车赶往工地的途中伤了腿，仍一瘸一拐坚持上工地……

“你们真是太辛苦了，但却干了一件大好事，富平人民永远忘不了你们！”这是建设者们听到最多的话，也成为他们的力量源泉。

把群众的冷暖福祉放在心中，是富平建设中的人性化特色。温泉河建设区域内涉及28户商业门店、住宅、厂房等约2万平方米的拆迁问题，石川河景观项目搬迁群众142户，负责动迁的城关镇用了两个月时间，就全部与业主达成搬迁协议，并顺利拆除地面建筑。两个项目拆迁和征地面积共计3200多亩，涉及3个乡镇7个村，无一户上访，所有群众全力配合搬迁。

“两河一路”，已成为富平人民在改造山河中智慧的创造、干劲的迸发、精神的凝结。在“两河一路”精神的引领下，富平的各项事业在2014年取得了超常的发展。他们“轻重缓急抓落实，千头万绪抓重点”，举全县之力推进新型工业化，以新兴产业园为重点，招商引资32亿元，改善提升庄里工业园区，对46户建材、化工、机械装备等产业化工业进行技术改造，将6000多家采石厂数量降到60多家，关闭了1000多家石灰窑，将60多家炸石场整合至4家。

富平的农业发展与城市的迅猛脚步同行，作为我省唯一一个全国农业改革建设示范县，他们用“订单抵押”方式解决了农民贷款难问题；推行“家庭农业”，实行托管制，解决了灌溉难题；“一镇一园区”的管理政策，使得每个镇的现代农业各具特色，目前已拥有 2 个“省级现代化农业园区”、3 个“市级现代化农业园”、8 个“县级现代化农业园区”。

在教育医疗两手抓的过程中，他们投资 3.6 亿元修建富平中学，开办标准化小学和幼儿园，撤掉教育水平落后的乡镇初高中，进一步提升“教育大县”水平；县上还搬迁了中医院，修建设施先进、床位富余的新住院楼，培训乡镇和县区医生，实现“小病不出镇，大病不出县”的目标。

因为“两河一路”的壮举，因为“两河一路”的精神鼓舞，富平经济社会的发展驶上了风景优美宜人的快车道，据不完全统计，2014 年度富平固定资产投入年增速达 25% 以上，工业产值增速位列渭南市第一，综合观摩位列第三，前三季度 GDP 生产总值位列渭南市第二。在谈到全县综合发展情况时，王建平县长信心满怀地说，今年的富平收获了很多，明年的我们将收获更多。

2014 年岁末，国务院已批复富平温泉河公园为国家级湿地公园。

——原载《陕西日报》2014 年 11 月

让父老乡亲荣耀地活着

——文化主导下的白水美丽乡村建设调查

白水，地处黄土高原的东部，是关中平原与陕北高原的接壤和过渡地带，也是渭南市唯一的山区农业县和国家扶贫开发重点县。也许因着这不尽如人意的自然环境，才造就了白水历史上灿烂丰富的历史文化，也造就了白水人民在当代于得天独厚中异军突起，以勤劳和智慧成就了“中华名果”的奇迹，从而使其名声具有了具象的现代意义。

去春以来，坊间传说“苹果之后”的白水县又有了不小的变化和看点，尤以美丽乡村建设为最。于是，记者时隔六年探访了这块粘连在高原边缘的所在。

全国示范县，白水挤进首班车

白水，确有高原的景象，每及此地，脑海里总是蹦出那 4 个字：“天高云淡”，这次也一样，只不过又跟了个“满目葱翠”，原因可能与这次采访的主题有关吧。

能名列国家级美丽乡村示范县和省级重点推进县，对哪里都不是件易事，白水人的自豪不无道理。因为这不仅是一份荣耀，更是一次难得的机遇。

建设“美丽中国”在党的十八大报告中提出后，白水县的领航者就隐约萌生了推进新农村建设的念头，并且付诸了行动。县委副书记贾建武、副县长刘建成两个“建”字牌人物成为白水的探路者，他们先选了 12 个村子为突破口，进行村貌整改，道路硬化，房前屋后美化，绿化植物种植，使这 12 个村成为白水新农村建设的大样。

谁也不曾料到，这 12 个村为白水县立下了汗马功劳。去年 8 月，全省确定 5 个“国家级美丽乡村示范县”，白水竟榜上有名。由此，美丽乡村建设在白水上升为县级战略。

要下势建设美丽乡村，成立各方参与的领导小组是自然的程序，县委书记叶珺、县长刘振强成为必然的总导演，以下由副书记贾建武、副县长刘建成统辖各级各路人马实际操作。不同的是组织部门从政治待遇、工作任务、时限要求等方面制定了白水美丽乡村建设中干部工作的保障办法。

在外出考察学习之后，他们提出了引领白水美丽乡村建设为核心的“六大工程”，即美丽乡村工程、果业提升工程、一村一品工程、农业果区工程、和谐家园工程、城镇化工程。同时制定了“六个原则”：坚持量力而行，有条件上档次，没条件弄干净，乡村不举债；绿化、亮化、美化、净化，关键要有文化；统一规划，单村建设，分类指导，整体推进；群众主体，靠群众建设，让群众得利；财政拨一些，项目整合一些，村上投一些，社会筹一些；长效机制是关键，扎实建设不跟风。这“六项原则”，全县依次统一展开。

在顶层的设计中，他们提出科学规划、布局要美，创业增收、生活要美，村容整洁、环境要美，乡风文明、人心要美的“四美”原则。重新划定了“一环三镇 69 村”为重点的示范区建设，首先在杜康、林皋、尧禾三镇 69 村的百里环线上摆开了战场，加上先前确定的 7 镇 28 村，全县 50% 的村子掀起了美丽乡村建设的热潮，成千上万的干部群众投入到建设自己家乡的洪流中。

全县上下，清理三堆、拆除旱厕、绿化美化、刷墙绘画，进行创建。由21个县级部门包联创建的136个单位门户，采取连片门户镇牵头、单个门户部门抓的方法，很好地完成了绿化、美化工程。水务局管辖的14个门户，累计2000余平方米，采取铺草皮、栽冬青球等方式，完成了门户绿化、墙体美化工程，建成了水文化景观墙，既展现了精神风貌，又为美丽长廊增添了亮点；农业局包联的三联果库门户，成为企业门户典范。对原先建设的12个重点村也进行了全面提升，补植了景观树种，扩大了村庄花园规模，砌筑了花墙，绘制了墙体画，实施了亮化工程，配置了清洁设施，完善了环境卫生长效管理机制，提升了花园村庄建设档次，达到了最美最靓。

经过县镇村干部和群众几个月的辛勤奋战，百里环线变化大，效果好，卫生最净，环境最美，集花廊、画廊为一体，花园村庄、单位门户点缀其中，交相辉映；三大镇各具特色。

据统计，这一阶段，全县拆除户厕1300多个，改厕1200个，配置垃圾桶110个，修建垃圾台50个，消灭了路边卫生死角；拆除公路边各类广告宣传牌碑700余个；硬化村巷道路20多公里；特色民居改造70多户；建设文化墙7000余平方米，绘制墙体字画300余幅；修建村中花园2万余平方米，建设休闲绿道4000余米，安装路灯、景观灯300多盏，健身器材80余套；建成了7个花园式村庄，6个新农村建设重点村的村容村貌得到了大幅度改观。

文化白水的农民情怀

白水是有文化历史的，据说最早可上溯到新石器时代，周秦设县至今。自古就有“四圣播文明”之传说，仓颉造字、杜康造酒、雷公造碗、蔡伦造纸，成为这个山区县至今的荣耀，也成为中华文明史的部分元素载体。

文化的最高境界是什么？智慧！文化的白水造就了昔日的“四圣”，也孕育了当代的苹果，世界吃白水苹果已近30年了。公元2010年，一个叫刘振强的人成了白水的县长，被人称为“文化县长”，之所以这样称呼，是因为在做县长以前他是一个作家。记者之所以翻这些老账，是因为他的作品皆以农村为题材。他的第一本散文集《东边日出西边雨》是对东西方文化的思考；2002 年，又一本散文集《把成年酿成老酒》出版，这本以农村为题材的书受到了众多好评，评论家赞其朴实、自然、空灵。2003 年，渭河发生特大水灾，时任市人事局副局长的他带队奔赴灾区，半年时间吃住都在农村，写出了纪实文学《沉重的渭河》，这是一部反思“三农”的作品。

和“三农”有着不解之缘的刘振强曾有一句名言，“我们对农民更多的是抽象的肯定，具体的否定”。对他的作品与思考，记者曾提炼为“让农民隆重地活着”，足以阐释他与农民的情感。做县长以后的刘振强没有多少时间搞创作，于是将自己的爱好与感情淋漓尽致地挥洒在白水大地。

美丽乡村建设是群众路线教育实践的平台，是改变干部作风的平台，是教育群众移风易俗的平台，是提高群众幸福指数的平台。这就是他的认识。

正是基于这样的认识，白水确定了一年打基础、两年上台阶、三年大变样的“三步走”战略。

尧禾镇五峰村的 93 户村民原本生活在自然条件艰苦的洛河川道，由于耕地多为坡地，生产力水平较低，农民收入微薄。经多次调研，县上对五峰村实施了整村易地搬迁。按照美丽乡村建设标准，建起了一个人口集中居住、基础设施齐全、产业聚集发展的新型社区。现在的五峰新村，幼儿园、超市、公厕、健身广场、文化活动中心等公共设施一应俱全。村民们集资入股成立了五兴果业公司，既打工挣钱，又坐享分红。村上还成立了专业合作社，通过复垦村庄旧址，以土地流转、承包经营的方式发展特色种植、生态养殖等现代循环农业，使村民成了农业产业工人。

48 岁的刘俊荣是去年搬迁的，原本只有几口破窑洞的家变成了三室一厅一厨一卫的“小别墅”。他现在负责村子的绿化维护与管理，妻子每天到苹果厂里做活，儿女在外工作，坐在沙发上的他一脸幸福的笑容。

“我们村里之前已 25 年没有娶过媳妇了，都是姑娘嫁去外村，小伙去做上门女婿。但仅去年搬迁后，已娶回了 4 个媳妇，好多出去的人也回村了。”村支书刘俊峰不无欣慰地说。

去年 9 月份搬迁的张会栓，已经 73 岁了，在谈到“六室俱全”的村委会时感叹："确实是好了，居住出行看病都方便多了，没事就到文化广场锻炼哩。"

在这短短一年间，白水的农民喝上了干净水、走上了平台路、上上了干净厕，居住环境极大改善，村容村貌发生了显著的变化。

白水要求净化、绿化、美化，关键是要有文化。为了实现文化氛围塑造，全县以镇为单位，公路沿线把土墙都换成砖墙，然后粉刷，并专门从西安美术学院等大专院校请来专家，突出文化特色，绘上鲜活淳朴的关中民俗农家画，写下乡俗村规内容，筑起了一道文化气息浓厚的百里"美丽画廊"。

文化广场是每村文化建设的集中展现。杜康镇突出的是酒文化，尧禾镇突出的是苹果文化，林皋镇突出的竟是休闲慢生活文化。

在杜康镇各村修建的文化广场突出酒文化的核心，墙壁上是关于酒的诗词歌赋，还有杜康酿酒的传奇故事。广场旁

在洛川

边亭台楼榭，植被相拥，虽然存有新修痕迹，依然透着一股浓浓的文化气息。

县委宣传部长马世仓介绍，美丽乡村建设不仅要建设得漂亮，更要把产业发展起来，公共服务等也要纳入其中，建设要深入到农民的生活之中。

叶珺深有感触地说，通过美丽乡村建设，干部工作作风得到较大转变，拉近了干群关系，农民的文明意识得到了增强，有了自豪感，“乡亲们脸上的笑容是我们最大的政绩”。

刘振强也说：“父老乡亲的生活就是最大的民生。”

不愧同路英雄！

与群众滚在一起的实践

美丽乡村建设伊始，叶珺就指出，要避免“政府干，群众看”的情况。美丽乡村建设的核心是农民，长期坚持还得靠农民。“自己的家园自己建”，要在农民的心里形成长期有效的机制。

于是，充分发动群众，依靠群众力量，成为白水美丽乡村建设的重点和法宝。

按照强化包联、细化责任的方式，他们实行领导包联、部门包村、镇干部联组、村干部联户，实现人人有责任、户户齐参与，环境大提升，夯实了工作责任。田家洼村、冯雷村等的绿化、道路硬化问题就是在包联领导和包联部门的跟踪下得以解决的。

主管“三农”的副县长刘建成说，不要把美丽乡村建设简单地当作卫生打扫，它其实是农村工作的主要抓手，对乡镇干部是锻炼、是提升。他动情地说，老百姓有时候观念没有转变过来，要和他们打成一片，用心引导他们爱净、爱美、爱花、爱家，劝孝、劝善、劝学。幸福是一种感觉，只有让老百姓切实感觉到这种感觉，百姓才是真正幸福的。

72 岁的皇甫金财，是尧禾镇的保洁员，他负责他家门前附近两公里的道路清洁，他向记者说：“中国要美，农村得先美；乡村不美，中国就美不了！”

白水县现在有像皇甫金财这样的环卫工人 236 人，每人每月 800 元工资，负责两公里的街道卫生，县上给他们配有专门的工作服，而且都办了保险。这是白水建设长效机制的一大创新，以期达到“自己的家园自己维护”。

群众旧习惯的改变是最大的难事。在白水，长久以来就有把柴火散放在屋外、旱厕设在大门口的习惯。为了改变这个现状，各级干部深入基层，进村入户进行宣传教育，“厕所革命”“柴堆入户”工程由此展开，县委副书记贾建武不知跑过多少村子，亲手做示范，耐心讲道理。在五峰村刘俊荣家，记者看到院子里的柴火堆放齐整，院角的新型瓮式厕所干净无味。刘俊荣说：“确实比以前干净多了，连苍蝇都少了。”

云台镇王城村地处偏远，比较贫困，到 2013 年还没有硬化村道和自来水。58 岁的村支部书记王旺财，带领村上群众进行村道硬化建设和自来水改造，至今，村道基本打通，还铺设了 3600 米自来水管道，种植了 1500 株柳树。

林皋镇镇长杨鹏介绍，在修建林皋湖环湖公路的时候，因为迁坟的缘由，群众工作遇到过很大阻碍。为了得到群众支持，他把镇上干部分为 12 个小组，集中 45 天入户做群众工作，最后终于打动了村民。在村民的积极响应下，林皋镇在 7 个月内迁坟 180 座，修建 5.5 公里环湖路，道旁栽种柳树 2200 棵，形成了林皋湖景区的基本交通条件。“打铁还需自身硬，要与群众连在一起，不怕群众戳你的脊梁骨。”杨鹏感叹道。

移风易俗，也应是美丽乡村建设的主要文化内涵。

一年来的白水，上自书记县长，下至村民百姓，为建设美丽乡村，走在一起，吃在一起，滚在一起，汗水也流在一起。贾建武说，我们的干部已不是和群众打成一片，而是把自己“干”成了群众，许许多多干部的事迹催人泪下……

让乡亲活得比城里人更美

白水美丽乡村建设以硬化、绿化、美化、洁化、亮化、休闲六大要素为重点，建设宜居村镇、幸福家园示范点，把镇区当景区打造，看景识镇，形成旅游景观，辐射全镇；把公路沿线村庄当景点打造，形成一村一景，村村成景。着力打造重点部位，形成休闲、健身、观赏多功能的花园式景观；把新农村建设示范村当新型农村社区打造，使其成为一方村庄环境建设的样板；把公路沿线当美丽长廊打造，突显绿色长廊、文化品位、整洁美观特色，建成连接美丽乡村的风景线。

杜康镇康家卫村新修建的文化广场上，55 岁的李法权正抱着孙子在新修的亭子里面乘凉，他说："以前带娃出来只能在公路上玩耍，孩子小又喜欢跑动，不安全。现在有了文化广场，跟城市的公园没啥两样，空气也好多了嘛。"

农工部部长王志坚认为，要把农村经济的不断发展作为美丽乡村的重点，让县域内的老百姓享受到美丽乡村建设的成果，医疗卫生文化教育等都要跟上，使美丽乡村表里有效地结合起来。

截至目前，白水已建成省级"一村一品"示范村 26 个，实现苹果总产量 55 万吨，产值达 35 亿元，全县 65% 以上果农实现亩产值过万的目标，农民人均纯收入达到 7215 元。

美丽乡村建设，白水引发的思考

建设社会主义新农村，一直是我们党矢志不渝的奋斗目标，新中国成立后的以缩小城乡差别为内容的三大差别就是例证。

2005 年，党的十六届五中全会就制定了建设社会主义新农村的标准，即生产发展、生活宽裕、乡风文明、村容整洁、管理民主。

2013 年 7 月 22 日，习近平总书记在视察鄂州市长港镇峒山村时指出，建没美丽乡村，是要给乡亲们造福，不要把钱花在不必要的事情上，比如说"涂脂沫粉"，房子外面刷层白灰，想一白遮百丑。

美丽乡村建设是一项利国利民的重大良措，但我国农村面积比例大，农民人数多，如何建设好美丽乡村是一项艰巨而长期的工程，有许多问题需要破解和引导。

谈到白水美丽乡村建设的自身思考时，叶珺认为：首先是资金投入问题，这是目前遇到的最大困难，坚持不举债，但财政投入远远不足，而社会组织的融资力度又不够；其次是没有一定的模式，也没有统一的标准，我们也只是因地制宜，尽量做到形式与内容的统一；再就是长效机制是关键，要做到人、财、物、

在白水采访美丽乡村建设

制度的配套，摒除“重建设、轻管理”的问题；尤其要加强对农民的教育与引导，使他们树立对美的领悟与追求，提升对美丽乡村的认同度与参与度；相关产业要同步跟进，比如旅游项目的开发和引进等。

白水在自身建设中初步摸索出了一些做法（不一定是经验），如投入机制上的“政府主导、农民主体、社会参与”，建设机制上的“整体规划、资源统筹、分步实施”，管理机制上的“三级负责、以村为主、人人参与”，发展机制上的“治理环境、优化产业、打造精品”，奖惩机制上的“目标考评、半年观摩、舆论监督”。

美丽乡村到底什么样？

2010 年，国家标准委将“中国美丽乡村国家标准化示范县”的牌匾授予浙江省安吉县，安吉的标准是——“村村优美、家家创业、处处和谐、人人幸福”，初步形成了“优雅竹乡、风情小镇、美丽乡村”三层面的美丽乡村格局，“宜居、宜业、宜游”。

记者思忖，美丽乡村无疑是实现城乡一体化的关键抓手，在已经开始而且还要持续很久的建设中，在美丽乡村的国家标准还未制定出台之时，陕西的美丽乡村建设可否依据陕南、关中、陕北的地域特点，尽快出台自己较为详细的具有操作性的建设流程范本，如依据各异的民俗文化、不同的地貌特征，设计出山区、平原、高原及沙漠、丘陵地带不同民居院落范本等，供不同的地域参照，以避免千村一面、全省乃至一县一地一面的所谓整齐划一，从而使文化得以传承，美丽得以多元。

农村与城市是两种社会文明的比照，但千年以来，两种文化又是如此和谐地融合在人类文明的历程上。我们的美丽乡村建设，不是意味着乡村的消失，而是为了在人和业盛中，实现乡村的涅槃重生，最终实现共同富裕的中国梦。

时代在变，人也在变，不变的是人们对美好家园建设的不断完善和对幸福生活的孜孜追求！

——原载《陕西日报》2015 年 4 月

美丽家园的幸福感觉

——临渭区干部群众投身美丽乡村建设纪实

秋雨蒙蒙中，82岁的退休教师武元俊老人坐着儿子推的轮椅在村里来回转悠着。他的儿子说，这活儿每天两趟，雷打不动；可老人说，如今日子好过了，村子也变得更美了，屋子里待不住，就想出来看看这份干净和安详。

这是记者近日在临渭区官道镇武赵村见到的一幕，像这样温馨曼妙的情景如今在临渭区的每个村庄都有上演。

而这一切，几乎都源于临渭区正在开展的广泛而深入的美丽乡村建设热潮。

动员起全民的参与

作为渭南行政中心的所在地，临渭区城市建设近几年有了突飞猛进的发展，正在向着现代中心城市迈进。然而，临渭区近百万人口中农村人口占到将近 60%，也就是说，“三农”仍然是政府工作的重中之重。

随着各地美丽乡村如火如荼地建设，临渭区今年初新领导班子一上任，就提出了建设“宜居宜游、富美临渭”的顶层设计，把美丽乡村建设作为统筹城乡发展和农村工作的重要抓手，围绕“农业强、农民富、农村美”的目标全力下势推进美丽乡村建设。

早在 3 月 20 日，他们召开了多年没有开过的区、镇（街道）、村“三干会”，600 多名干部济济一堂。为了美丽乡村的建设，区委书记杨林、区长郭柱国在会上发出了动员令，要求全区树立“环境美村、产业富村、文化兴村”的理念，在 287 个行政村中确定了 106 个清洁村、36 个重点和示范村，要求 27 个区级部门全程参战，立即行动，全民动手，分类分步全面推进美丽乡村建设。

在马不停蹄地学习考察、调研论证之后，临渭区随即出台了美丽乡村建设实施方案和考核办法等 20 多个文件，抽调 21 名精兵强将组建了“美丽办”，专门负责这一工作，成立了 4 个督察组，分片划段开展督察，确保美丽乡村的建设工作保质保量。

遵循地形地貌及自然资源，遵循人文、历史文化特点，遵循产业分布与发展，遵循古文化遗产的保护，他们将全区划分为区、镇、村三个规划层次，全区已完成各类规划 40 多套。

他们专门组织各级领导、村组干部和群众代表 300 多人，赴眉县、大荔、浙江等地参观学习，在对比中激发自我，借鉴经验。全方位的动员宣传、分级细致的考核制度，极大地调动了干部群众的积极性，动员起了力量，鼓起了干劲，全区呈现出声势浩大的比学赶帮建设美丽乡村的热潮。

激发出冲天的力量

从动员令下达开始，临渭区的三级党员干部就在艰巨的任务面前铆足了劲、想尽了招，他们激情绽放，尽展其才，恪尽职守，“五加二”“白加黑”乃至于“夜总会（夜里总开会）”成了他们的常态，许多同志至今没休过一天假，更没请过一天假。

在全区党员干部参与的美丽乡村建设中，干部群众打成一片，想在一起，干在一起。27 名区领导包联 15 个街镇，各街镇班子成员也实行了包片、包村、包路段的工作机制，63 个区直部门包抓 36 个重点示范村，形成了层层抓落实、立体抓落实的工作格局。

杨林、郭柱国等每周专题听汇报，不时深入现场解决难题。患有低血糖的副区长段洪涛为掌握督办实际情况，察看建设进度，一天曾跑过 8 个镇 28 个村，差一点晕倒在途中，就这，第二天又继续下乡；官道镇镇长胡亚鹏连续 5 个月没顾上休假，天天驻守在村上，全副身心投入到项目进度和村子美化中；官道镇武赵村支部书记刘新发身先士卒，顾不了自家的 8 亩果园，每天开着三轮拉运垃圾，协调施工，排除障碍，经常是晚上 11 点后才能吃上饭；向阳街办蔡郭村 80 后的郭亚康，是这个全区最年轻的村支书，他捐出 10 万元，将自家和二叔的庄基地拆除建成了村民活动广场，还为村上建成 4 条总长 5 公里的水泥巷道……

区美丽办主任赵社平就更是“舍不得”休一天假，他白天深入一线指导督察，晚上是汇报会、部署会乃至现场会轮番开。由于过度劳累，心脏出现了问题，医生开了 15 天的住院单，可白天从没找到过他，他只是晚上到医院睡个觉。

群众对美丽乡村的渴望，党员干部的带头示范，调动起了全区干部的热情。区委办协调 52 万元项目资金为下邽镇实施村主干道拓宽、铺设排水沟；区人大办协调帮助交斜村开展巷道美化；政府办积极协调帮扶资金 30 万元参与阳郭镇高李村的建设；区政协为桥南镇协调 30 万元项目建设资金；区财政局投入 20 万元为下邽镇牒吴村、柳园村改造道路排水设施；区移民局先后为故市镇东屯村、下邽镇牒吴村、官道镇武赵村、官底镇紫郭村及官路镇累计硬化道路 7977 米，合计投入各类建设资金达 590 余万元……

6 个月来，全区机关干部踊跃参加义务劳动 3570 人次，投入各类帮扶资金 3068.65 万元，撬动社会资金数千万元，有力地推动了美丽乡村建设。

建设好幸福的家园

在赵社平看来，美丽乡村建设绝不是打造几个样板村给别人看，而是要办好办实这项惠农工程，使全区 287 个村子真正成为父老乡亲的幸福家园。

美丽乡村建设中最难啃的硬骨头当数厕所问题，故有“厕所革命”一说。在临渭区，也许是农民对文明的渴望太久，没费太大劲，几乎在几天内全区全部实现了厕所入户，拆除、改建厕所 3.3 万个，清理“三堆”（草堆、土堆、粪堆）18.8 万处，建立柴草堆放点 5626 处，垃圾填埋点 761 处，配备垃圾桶 1.5 万多个，车载垃圾桶 150 多个；还拆除乱搭乱建 4635 处，更新集镇门头牌匾 2018 个；栽植绿化苗木 36 万余株，绿化巷道 55 条，绿化道路 150 多公里；硬化村巷道 26.8 公里，修建文化墙 3 万多平方米；安装太阳能路灯 15020 盏；规划和建成文化活动广场 181 个。

“美丽乡村建设不仅要建立长效机制，还要形成镇镇有点、点点连线、线线优美的整体效应。把美丽乡村建设与产业发展同步、建管同步，通过净化、美化、亮化、绿化、产业化，使全区达到村美、庭院美，最终实现人更美。”在谈及美丽乡村建设的蓝图时，区委书记杨林做了这样的描绘。

目前，临渭区 106 个清洁村工作全部完成，36 个重点示范村环境得到彻底整治提升，13 条国、省道及区级主干道路得到全面治理，宽阔整洁，花草环绕。

为增强美丽乡村建设的发展后劲，临渭区把大力培植发展特色富民产业，促进农业增效、农民增收作为主体来抓，他们通过政策扶持、项目带动、产业支撑，使文化古镇、生态重镇、旅游名镇、产业强镇成龙配套，初步呈现出了一乡一业、一村一景、一村一特色的美丽乡村新模式，使临渭区的美丽乡村建设朝着现代农业发展、乡村文化旅游和人民群众精神风貌相融合的方向稳步迈进。

秋色中的临渭区，多彩诱人。从秦岭台塬到渭河两岸，到处是丰收的忙碌景象，到处是令人留恋的绚丽美景。清晨、黄昏，工作日、节假日，不管是渭水河畔，还是秦岭延伸的山峦间，到处是骑车的、开车的城里人，他们或在田间采摘瓜果，或在鲜花绿草间漫步留影，或在农家庭院里品味乡愁……

在临渭区的实践中，记者看到，建设美丽乡村，不仅是农村发展的需要，也是城市发展的需要，只有他们相得益彰才能城乡相映生辉，使城乡一体化成为现实，也才能实现真正意义上的小康社会。

——原载《陕西日报》2015 年 8 月

寻访毛泽东的足迹

在逆势中豪迈前行

——蒲城县域经济内涵式发展纪实

20世纪八九十年代，蒲城县的经济发展曾名扬陕西，特别是农业和乡镇企业，一直是全省发展的标杆和旗帜。后来，由于多种因素的影响，蒲城县域经济的发展归于沉寂。

面对在沉寂中停滞的县域经济，近年来，县委、县政府忧在心里，急在手中，立足全国经济形势对县域经济重新定位，科学决策，明确思路，调整规划，进行了全面的大整合，以原有的工农业基础为支撑，转型升级新型工业，大力发展现代科技和文化旅游产业，以内外兼修的内涵式经济发展使县域经济“三足鼎立”、齐头并进。

农业，传统优势下的升腾

“农业大县”“粮食大县”的名号使蒲城荣耀了几十年。但“传统耕作太多，产业布局不合理，使农民增收难以实现”，县委常委、常务副县长张毅峰告诉记者，为了使农民增加收入，蒲城正在以“传统作物—瓜果经济—设施农业—现代农业”四个步骤，强力推动农业有支撑、有质量地提质增效。

“十二五”期间，围绕小麦、玉米等传统作物开展高产创建和推广水肥一体化技术，实施粮食增产工程，多茬粮食种植面积达 150 万亩，种植面积和产量仍居全省第一，被农业部评为“全国粮食生产先进县”“全省粮食生产管理县”。

由于一些地方灌溉不便，种粮收益甚少，龙阳镇东王村支部书记张六三带头种冬枣，9 万元的亩产值达到了提高土地附加值的目的，群众也尝到了结构调整的甜头。全县围绕“北部优质苹果、中部特色水果、中南部优质酥梨”三大优生区，全县果业总面积达到 60 万亩，产值达 18 亿多元。

在设施瓜菜工程的实施中，龙池、龙阳两镇已形成规模化的产业发展布局，设施蔬菜和时令水果产值接近 6 亿元，设施农业总产值达 14.61 亿元，现代农业产业化基本形成，也由此带动全县 25 万亩设施农业的跟进，全县建成现代农业园区 33 个、省级园区 6 个、市级园区 3 个，龙池、龙阳现代农业园区正向国家级现代农业园区迈进。

伴随着现代农业园区的建设，农业工厂化的态势逐渐明显，“基地 + 合作社 + 农户”的共赢模式也吸引着越来越多的群众、农民合作社，“畜牧大县”的名号也越来越响亮，苏坊懿蕾肉鸡养殖场建设投产，吴家寨犇犇奶牛养殖场被评为部级兽禽标准化养殖示范场，全县去年畜牧业产值达到 14.5 亿元。

如今，“蒲城酥梨”“蒲城西甜瓜”已成为国家地理标志保护品牌；“蒲城酥梨”荣获 2015 年度中国果品区域公用品牌 50 强，品牌价值达 19.87 亿元。另有“元鹤山”苹果、“享口福”瓜菜等 12 个商标荣获省级著名商标，蒲城大多数的专业合作社都有注册的自主品牌。县商贸局局长唐飞龙还告诉记者，品牌使蒲城的农产品更令消费者放心，而创新品牌更使得农产品进一步提质增效。他们正与两所大学联合，用现代科学的制作技术和全新的营销手段将已有相当市场的“蒲城椽头馍”“蒲城水盆”等品牌全新打造，做大做强，扩展更大的市场占有。

现代农业已成为蒲城农业收入的强力支撑，也成为富民的主要途径，全县农民人均收入由 2011 年的 5555 元增长到 2014 年的 8590 元。

在传统与现代的融合共进中，蒲城正从“农业大县”向“农业强县”迈进。

工业，向内涵式发展变道

蒲城县城的西大门，“中国焰火之乡”被五彩灯雕照得闪亮，从唐代起，这里就生产着皇室御用的“宫廷焰火”，曾代表中国走出国门，荣耀世界。然而，“每年一响”的心惊肉跳使得血淋淋的花炮不得不让位于群众的生命安全和清城形象。去年以来，县委、县政府以壮士断腕的决心，用环保、集约化的发展思路，鼓励引导小型民营花炮企业全面退出转产，转型养殖和种植业。县上整合近千万资金，关闭拆除了约 38 家烟花爆竹企业 62 个工区，彻底告别“带血的花炮”。

困扰蒲城多年的另一大难题是污染环境、破坏生态的煤炭、水泥和石灰石等的开采乱象，对此，各级聚力，在全县范围内进行了铁腕整治。共关闭拆除土白灰窑 282 家 334 孔，关闭煤矿 7 家，整合煤矿 10 家，使县域工业朝着绿色生态型发展。同时强化技改，淘汰落后产能，完成技改投资达 3 亿多元，奖励资金 4000 余万元。

在以退为进的资源整合后，他们清扫平台，全新布局，在引进新型现代企业的基础上创建了两大工业园区。

蒲城工业园区，规划总面积 25260 亩，90 年代的农副产品加工业、机械制造业聚集到蒲城工业园区内，依旧保持着原有的活力，与生物产业、新型化工材料一起作为四大主导产业，已成为蒲城最具活力的经济增长极。2014 年，工业园区实现工业总产值 60 亿元，同比增长 12%，安置就业 8000 余人。

记者在工业园区看到，“三纵四横”的路网平坦而宽广，一院院整洁的厂区与盛开的樱花交相辉映。园区副主任张文涛介绍，现有入驻企业 45 家，资产投入 54.5 亿元，其中有美邦、美尔果、绿盾等高科技企业 10 余家。更令人意想不到的是，该园区的科技力量是县级园区最为突出的，累计申请专利数量达 1497 项，其中发明专利授权 409 项，为全省之最。

如果说工业园是对蒲城工业的传承，那么与此毗邻的煤化工业园则是对传统工业转型的一大创新。蒲城煤化工业园于 2006 年成立，历经辗转，2014 年 10 月正式由传统二钾煤工艺转变为稀氢新能源生产，一投产就收到良好的市场效果。

为节约能源资源，延伸产业链生产，园区又引进蒲城清洁能源公司生产甲醇，引进美国空气化工产品公司提取生产过剩的氧气和氮气，投资79亿元建成了727公里的神木输煤地下管道，最终，1000万吨煤浆输送到这里，可同时供给陕化和渭化集团。

“园区是工业发展的载体，只要规划到位，产城景一体化都可以实现。”县招商局局长邢小根告诉记者，陕煤集团600亿元的二期投资已经到位，全面生产后，产值可达200亿元。

围绕两大园区载体，蒲城工业企业已达549家，去年实现工业总产值170亿元。保守测算，到“十三五”末，蒲城的工业产值最少可达500亿～600亿元，下游企业产业链的持续效益更是不可估算。

“由于设计科学，基础设施、投资环境和服务有保障，蒲城已成为投资的热土、客商的首选之地。”县经济发展局局长闫青岳不无自豪地说。

旅游，文化积淀下的大整合

几十年来，旅游对于蒲城来说是陌生的，更别说什么旅游产业了。

岂不知，这座有着3000多年历史的渭北重镇，原来也是一块宝地，历史的宝藏与民族的光辉曾在这里无数次地闪耀，也影响过中华民族的历史进程。唐代五陵安卧在此，林则徐、王鼎、杨虎城在这里都有各自的纪念馆，杜甫在这里也留下了他的吟唱；美丽的“双塔月影”耸立城中，体制完整的孔庙陈列着2000多件自唐以来的文物，门口照壁上的六龙戏珠绿如翡翠、栩栩如生；原生态的清代考院诠释着中国千年的科举史，更令人羡慕嫉妒恨的是，“北京时间”从这里发出……

县旅游局长刘振龙以他的权威数据向记者披露，蒲城拥有国家级一级文物保护单位9处，省级文物保护单位22处，馆藏文物4600多件，皇陵5座，仅仅就旅游资源一项，不愧为渭北平原上的一颗宝珠。

这哪里是什么文物，这简直就是推动经济社会发展的稀有动力！

蒲城的领导者再也坐不住了。就在今年年初，县委、县政府当即行动，全面

实地考察，聘请专家座谈，决定创新旅游市场，彻底打开蒲城的旅游天地。

于是，华山旅游集团走进了尘封已久的蒲城历史，携资 6.5 亿元重塑文化旅游，使自然风光、历史古迹、人文风景全面整合，将华山与蒲城完美对接。

名为“槐院里”的历史街区就是在文化涌动下迈出的第一步。它涵盖了“双塔月影”、3 个名人纪念馆、清代考院、孔庙、六龙戏珠壁和围绕中心广场两侧的仿古商业街。游客终于在这里有了驻足留恋，回味思考。

随后，一条磅礴的旅游环线串起了蒲城的整个历史，也成为沿线几十万群众奔小康的“金腰带”。

西出县城 15 公里，就可抵达 4A 级景区桥陵，感受“桥陵石刻甲天下”的威武与霸气，跟随新科技的声光电走进千年的历史；沿着快速干道“五陵路”向东进发，“326 旧址”的时间博物馆将告诉你北京时间的故事；途经景陵、光陵、泰陵及惠陵地下博物馆，王朝的兴衰会带给你深沉的思考，著名宦官高力士的墓葬成为我国首个宦官博物馆；掉头南转几公里，我省重点镇孙镇，驻进了马嵬驿的小吃文化博览园，风流三郎李隆基和“三千宠爱于一身”的杨贵妃时隔千年在

列车奔驰在关中平原上

蒲城重逢，令人不胜唏嘘；150 多种小吃将使你与水上乐园、“巴厘岛温泉小镇”一起共享。

长 72 公里的旅游环线连接着卤阳湖的旖旎风光，它东承司马迁古墓，南连大华山景区，北接仓颉、杜康之地，西靠富平盛景，让蒲城的历史文化在深邃中四散开来……

才仅仅 7600 万元的投入，桥陵旁的农家乐就由去年的几家扩展到了 61 家，今年五一期间，家家收入翻两番；才仅仅一年的时间，旅游门票收入由去年的十几万元猛增到今年半年多的 200 多万元。

文化旅游和商贸餐饮已成为蒲城经济发展新融合的节点，使得现代科技与文明融进了蒲城的土地，外来企业接踵而至，流通商贸便捷四方，供销与商贸强强联手，电子网络覆盖了每村每户，神奇的“电商之手”连起了整个世界……

从蒲城 80 万人的身上，从各级干部的身上，从大数据的显示上，记者看到，逆行中的经济也能发展，逆行中的社会也有豪迈。

——原载《陕西日报》2015 年 6 月

让每一位患者病得所医

——我省推进“分级诊疗”制度建设纪实

一段时期以来，“大医院一号难求，基层医院门可罗雀”“排队几小时，瞧病几分钟”几乎成了医院现状的写照，“看病难”成了全社会关注的焦点。然而，根据中央和国务院关于深化医药卫生体制改革、推进分级诊疗制度建设的意见，陕西的“分级诊疗”改革如火如荼，仅半年时间就显示出它便民利民的诸多好处，使三秦父老享受到了改革的红利。据不完全统计，我省各地基层医疗卫生机构的门诊量、床位使用率均有不同程度提高，最高门诊人次上升幅度超过50%；西安市还建成了24个医联体，服务人口达470余万；全省50所基层医疗机构得到优化提升；1000余名大医院医务人员参与到转诊协调与管理工作中，3000余名基层医务人员在各大医院和院校的培训中向全科医生过渡。一种“小病在基层、大病进医院、康复回基层”的就医新格局在三秦大地蔚然形成。

“分级诊疗” 从试点走向全省

随着社会的发展，人民的健康需求也在不断增长，大医院的优质资源长期被80% 的常见病患者所抢占，使大医院常年处在满负荷运转的“临战状态”，这种“倒金字塔”式的就医模式给医患双方带来了重重困难，也给医改事业带来了严峻的挑战。

面对挑战，实行“分级诊疗”，均衡医疗资源，破解老百姓看病贵、看病难的问题势在必行。在此情况下，构建“分级诊疗”的服务体系就成了医改的新方向。

所谓“分级诊疗”，就是按照疾病的轻、重、缓、急及治疗的难易程度，由不同级别和服务能力的医疗机构承担不同疾病的治疗，并按病情变化情况进行及时便捷的双向转诊，从而建立科学有序的诊疗秩序，确保病人得到适宜治疗。分级诊疗的基本模式为基层首诊、双向转诊、急慢分治、上下联动，基本建立符合国情的分级诊疗制度。

早在 2012 年，我省已在宁陕县率先试点医疗改革，宁陕县医院与西电集团医院在共同履行帮扶协议的基础上，改“输血”为“造血”，通过交流人才、共享信息等方式，逐渐组建起一体化医疗服务模式，这些试点经验与“分级诊疗”不谋而合。如今，宁陕县域内住院率达 70.2%，双向转诊患者 1232 人次，节约了医保资金支出 210 余万元，成为全省新医改的成功典范。

对宁陕的试点经验，省委副秘书长、卫计委主任戴征社对宁陕县分级诊疗工作给予充分肯定。于是，从 2014 年 9 月开始，我省的分级诊疗试点面扩大到五个市县和一家医院。在试点过程中，各地积极创新，对症下药，陆续探索总结出了一整套贴合实际、行之有效的经验。

在充分总结试点经验的基础上，2015 年 7 月 1 日，我省全面启动“分级诊疗”改革，切实从制度上下功夫、从保障上入手，推动优质资源下沉，加强基层的服务和建设能力，真正缓解了百姓看病难、看病贵的问题。全省医疗系统更是想患者所想、急患者所急，倾心投入到“分级诊疗”改革中去。西安市充分发挥龙头医院的带动作用，建设以医联体为基础的新型医疗服务体系；宝鸡市巧用经济杠杆引导病源流向，将转诊审批与报销比例紧密挂钩；渭南、咸阳、安康等地开展全科医生团队签约服务；铜川市在所有二级以上医院全部建立了全科医学科……

激流勇进中，陕西医改多点开花，基本完善的转诊系统逐渐成形，基层就诊和住院比例均呈上升趋势，分级诊疗也呈现出快速发展的良好势头。

半年来，在省委、省政府的正确领导下，各部门通力配合，卫生系统一马当先，分级诊疗改革在三秦大地全覆盖，形成了基本完善的转诊系统，基层就诊和住院比例均呈上升趋势，分级诊疗改革的成果令人欣喜。西安已建成 24 个医联体，服务人口达 470 余万；宝鸡、延安社区卫生中心首诊率同比提高 20% 以上；榆林、安康患者上转率下降近 10%；陕南三县县域内就诊率达到 80% 以上；各地基层医疗卫生机构门诊量、床位使用率均有不同程度提高，最高门诊人次上升幅度超过 50%。

医联体　使专家与患者面对面

今年 4 月 20 日，西安交大一附院雁塔区医联体正式成立，一支由 69 名学历高、经验丰富的资深专家级医师组成的全科医师队伍，被选派到两个二级医院、12 个基层社区卫生服务中心轮流坐诊，为 120 万人口开始提供优质便捷的医疗服务保障。

“让好医生下到基层去，通过医联体、医疗集团等一体化构建，发挥信息化优势，是推动分级诊疗工作的标志性工作。”戴征社认为，优质资源下沉是分级诊疗的关键，而医联体则是优质资源下沉的最有效途径。

基于此，西安市充分发挥市属医院妇产、中医、儿科、眼科等专科特色，建成以莲湖区西电集团医院为代表的全面托管型，以市第一医院文理医院、市第九医院大明宫社区卫生服务中心为代表的院办院管型等 15 家医联体，通过共享医疗信息、互认诊断结果、开通双向转诊绿色通道等措施对各级医疗机构进行统一管理，突破行政隶属关系，委派上级专家指导、坐诊基层，基层人员上流培训学习，以“传帮带”的形式，彻底打通了优质资源的纵向流动通道，大幅度提升了基层医疗服务的能力和长远建设。

在医联体内，患者可以通过快速通道上转三级医院、下转基层，免去了重复检查和中转费用，使分级诊疗的目的真正得以实现。不到三个月，雁塔区14个社区共接诊患者16115人次，同比增加86.6%；西电集团医院、社区卫生服务中心双向转诊患者1096人，较托管前增长250%。

随着省卫计委医联体创新模式的高度肯定与持续推动，医联体模式在全省遍地开花。我省目前已建立纵向医联体40余个，均由三级医院作为核心单位，参与的二级医院达200余家，涵盖基层医疗卫生机构超过1000家；300多家二级以上医院建立全科医学科，300多家二级以上医院通过多种渠道派医务人员到基层服务，使患者在家门口也能享受到大医院专家的诊疗，少跑了路，少花了钱，方便了就诊。

新医改　让每位患者病得所医

11月下旬，78岁高龄的回族人林老汉在宁陕县江口镇卫生中心做了肝脏B超，西电集团医院坐诊医生李泽菊为老人诊治。老人高兴地对记者说：“现在卫生中心啥设备都有，专家亲自把脉，看病放心得很哪！”

据了解，自分级诊疗实施以来，我省不断加强基层医院的设施建设，使基础医疗检查设备全部配备到位，为百姓公共卫生服务和基础医疗提供了可靠的物质保障。

为了群众的长远健康，我省还将“医教协同”写入“十三五”，整合“三万工程”，培育优秀青年人才，拟于2016年9月1号开设全科医学系、开展全科医学教育，多方式、多渠道加快培养全科医生。交大一附院已设立全科医生培训基地，经过培训的一部分准全科医生已率先下沉基层。

“分级诊疗，基层首诊是关键。”省卫计委副主任黄立勋告诉记者，为了避免基层人才再流失，我省灵活操作人事分配制度，或将采用编制在县、基层流动就业的模式调动基层积极性，并利用经济杠杆撬动医务人员流向，激励医务人员安心在基层，“确保他们进得来、留得住、用得好！”

为了能够让老百姓适应新的就医习惯，转变传统的就医观念，今年6月以来，省卫计委深入调研、科学编制，各项政策规定都具有很强的操作性，快速地调动起各种资源，有效地推进了“分级诊疗”改革的顺利进行。

如今，在“分级诊疗”的引导和医联体的带动下，我省优秀医疗资源积极下沉，基层医疗卫生环境得到强力改善，医疗水平大幅提高。同时，对医保、新农合报销比例的调整，使越来越多的群众选择在“家门口”看病，不再盲目地跑大医院，缓解了大医院的“临战状态”，一个“小病在基层、大病进医院、康复回基层”的就医格局已初步形成。

使每一位患者病得所医。在新的一年里，我省的分级诊疗制度将普及全省，最终走向常态化。

一个“健康陕西”将伴随“小康陕西”的到来而展现在三秦大地上。

——原载《陕西日报》2016年1月

体验医疗下乡

用工作的热忱温暖每一个来访群众的心

——渭南市信访工作创新纪实

信访，是近些年的一个热门词，它的热在一定程度上说明了信访工作的重要。其实，信访工作一直是党和政府联系群众的桥梁和纽带，也是反映社情民意的窗口，能否处理好信访案件，直接影响到党和政府的形象和威信，反映着社会的和谐程度及人民群众的幸福指数。党和政府历来重视信访工作，始终将信访工作作为联系群众、了解群众、服务群众的重要途径。

改革开放以来特别是近年来，随着经济体制的变革深化，社会结构的频繁变动，利益格局的不断调整，带给社会的一个直观体现就是信访案件的激增。面对新的形势，渭南市委、市政府自2014年以来，转变观念，改革创新信访工作，把涉法涉诉信访纳入法治轨道，用“阳光信访”畅通渠道，持续落实领导干部信访责任，及时就地解决群众合理诉求，以主人翁的姿态将来访者当作亲戚、邻居、朋友来对待，使大量矛盾和问题化解在萌芽状态，分担了政府责任，维护了社会秩序，温暖了来访群众。

法治信访　让群众按程序去上访

面对信访问题多、越级上访多、集体上访多等突出的矛盾和问题，渭南市委、市政府勇于面对现实，采取积极措施，通过推进诉访分离、逐级走访机制，建立公开听证会评议制度，有效地化解了大量的社会矛盾和问题。

2014 年，根据中央精神，渭南各县（市、区）信访部门及时组织宣传培训，向来访群众发放宣传单，在接待场所展示工作流程示意图，引导群众依法逐级反映和解决合理诉求，对不予受理的六种情形进行耐心解释，并在《渭南日报》开设专栏，刊登规范信访秩序、依法处置违法信访行为的通告和典型案例，营造遇事找法、化解矛盾靠法的法治氛围。对涉法涉诉的信访问题，积极引导信访人通过司法渠道解决，及时衔接司法部门对接责任，并建立了异地交叉评查制度，配合做好信访人的司法援助、思想疏导和稳控工作。同时，他们坚持“解决问题”和“依法处置”两手抓，在努力解决群众合理诉求的同时，对缠访、闹访等违法上访人员，由公安机关及时介入，固定证据，坚决依法处置。去年以来，先后对 360 多名违法上访者进行了依法处置，全市信访秩序进一步好转。

为了提高信访办案工作的透明度，逐步把信访案件查处纳入程序化、规范化、法制化轨道，去年 3 月，渭南树立“有理推定、有过推定、有解推定”理念，对矛盾错综复杂、政策界限不清、涉及部门较多且相互推诿扯皮所造成时间跨度长、社会影响大的信访案件进行公开听证。这一举措，成为渭南化解信访积案的一大创新，听证评议会借鉴法院审理程序，实行要求、答复、举证、质证、辩论、评议等程序。对决定听证评议的案件，事先通知信访人、责任单位、有关职能部门负责人、临时聘请的听证员。听证会上设主持人、听证员、信访人、责任单位、代表人、代理人、案件承办人、书记员、第三人等。同时组建了一个拥有 80 人的专家智囊团，听证评议人员来自各行各业，有人大代表、政协委员、心理医生、教师、律师、有名望的老者等，通过联合接访、集体评议、专家会诊、心理矫正、公开听证、与信访人结对子交朋友等形式化解结案。

11 月 30 日刚一上班，蒲城县政府大院便响起一阵清脆的鞭炮声，只见桥陵镇赵家村上访多年的村民方某双手举着写有“人民公仆，为民解忧”的大红锦旗，感谢县信访局帮她解决了长达 8 年多的责任田划分问题。原来，方某在丈夫去世后一直带着孩子在县城生活，丈夫所在的村里调整土地时，未给方某分地。为此，方某开始了长达 7 年的上访，凡是省市两会或国家重要活动节点她都会跑去缠访、闹访，成为各级都“头疼”的人。然而，《依法有序上访条例》去年 5 月实施后，方某意识到只有找县信访部门，她的诉求才能实现。去年底，由县包联领导、镇干部和回原籍干部组成工作组，现场举行听证会，最终使方某的问题得以圆满化解。

随着法治信访的不断深入，大大缓解了渭南市信访工作的压力，一大批信访突出问题得到有效的化解，维护了群众合法权益，促进了社会和谐稳定。今年以来，全市进京非访人次同比下降 54.5%；赴省集体访的批次和人次，同比分别下降 46.9% 和 63.5%。

阳光信访　群众在公开中求公正

以前信访量居高不下，信访群众与政府对立，主要症结在于渠道不畅。为确保信访渠道畅通，高效解决群众诉求，去年以来，渭南市信访局克服经费、设备、人员等困难，很短时间内就开启了“网上信访”，使群众“不出门，不见面，不跑路”就能反映诉求问题。

2014 年 1 月 16 日，家住北京市海淀区的王崇富先生，通过网上信访给国家信访局投诉反映，澄城县一开发商在建大楼时，将家乡 3 个行政村生产用的水渠挖断，导致附近群众无法抗旱用水，要求政府解决。当天下午，王先生的投诉件就转到渭南市信访局，次日澄城县信访局收到投诉件后，及时督办，涉案单位积极协调开发商，恢复了群众的灌溉用渠。县信访局向信访人王先生回复了处理情况，王先生对信访部门的服务态度和工作效率等方面给出了“满意”的评价，并留言：“网上信访办事效率高，真正架起了政府和老百姓之间的桥梁，衷心感谢信访局，你们辛苦了，百姓感谢你们！”

渭南市政府副秘书长、市信访局局长武建民说：“实行网上受理信访制度，大力推行阳光信访，增强信访工作的透明度和公正性，是渭南信访工作改革的另一个重要突破。”今年是“信访法制建设年”，渭南抓住这一有利契机，投入大量人力物力，不断完善全市网上信访信息系统建设，切实推进系统应用，确保全部信访业务实行网上流转，及时、规范登记各业务环节的信息数据，向社会公开信访事项的受理、办理过程及处理结果，实行群众满意度评价，逐步把网上信访打造成群众信访的主渠道，提高了信访事项的回复率、化解率和满意率。

据信访局办信科科长赵根利介绍，网上信访信息系统依托互联网，上联中、省各部门，纵向联通县（市、区）、镇（街办），横向联通市级、县级各部门，实现了渭南市来访登记、来信办理、网上投诉、电话投诉、督察督办、复查复核、统计分析、满意度评价、矛盾纠纷排查化解、信访指数管理等网上信访流转新机制，对所有信访形式、信访过程、信访范围全覆盖。“网上信访节约了信访成本，减少了群众访量，实现了‘数据多跑腿，群众少跑路’，群众信访几乎达到了零成本。”武建民说，网上信访办访中，全过程公开、透明，信访人一目了然，便不会舍近求远越级上访。

目前，渭南市14个县（市、区）、141个镇（办），已联通了网上信访信息系统，并顺利展开工作。自实施"阳光信访"以来，全市所有办访机关信访信息资源充分共享，自动判断多头信访、重复信访，实现了信访事项受理、办理唯一化。行政机关从重复办访的困扰中得以解脱，能够把更多的人力、物力投入到解决信访问题上来，大大提高了信访工作效率，信访事项按期办结率提高了近20个百分点。

领导接访　解民忧中再现鱼水情

渭南在全面推进"责任信访"中，不断推动领导干部接访包案规范化、制度化、常态化，落实了各级领导干部信访工作责任，形成了权责统一的化解信访问题的工作机制，有效地化解了一大批信访突出问题，维护了群众合法权益，锻炼教育了领导干部，密切了党群、干群关系。

市委书记陆治原到任后，每月听取信访情况汇报，坚持批阅群众来信，下基层调研必过问信访问题，还要求市委督察室跟踪督察领导干部包案责任制落实情况。市长李明远多次过问市政府搬迁过程中信访接待大厅和信访信息化建设等工作。市委副书记、政法委书记王春阳坚持每月到信访接待大厅集中约谈上访群众，化解疑难复杂信访问题，多次深入基层明察领导干部接访下访，协调督办信访积案化解。市委常委、常务副市长郑光照批阅群众来信78件，多次协调处理临渭区民生街拆迁、出租车调价等重大信访问题。

对矛盾突出、问题复杂、涉及面广的信访突出问题，他们按照市委常委联系县和市政府副市长分工进行包联，集中督办，推进化解。市级领导定期深入包联县和分管部门，督察指导重点信访案件和信访老户化解稳控工作。今年4月，市级党政领导全部深入包联县和分管部门，开展了为期一周的集中督办活动，共督办重点信访问题103个，推进了信访突出问题的化解，为全市领导干部做出了表率。

渭南市信访联席办每月将各县（市、区）领导接访时间安排都在《渭南日报》公示，县（市、区）在当地电视台和接待场所公示，督促领导干部按时接访，方便群众反映问题。在接访过程中，在全市推行“一次接访、一名领导、一套班子、一个方案、一抓到底”的“五个一工作法”，有效落实了责任，推进了问题化解。同时，各县还结合基层实际，不断创新接访方式。华县将每月的第一个周二和最后一个周二作为县委书记和县长接待日，并对领导接访过程进行全程录像；澄城县通过发函和短信提醒，督促领导按时接访，并建立了县级领导接访档案；蒲城县聘请律师参与领导接访；高新区对疑难信访问题实行区办领导联合接访；临渭区开通了人民来信绿色邮政通道，开通了信访举报民情直通车，巡回在村组排查解决信访问题；经开区实行干部深入一线包联村组摸排矛盾纠纷，收到了良好效果。

对于上级交办和市级排查的信访突出问题，渭南实行市、县领导包联，主要是包调查了解、包协调处理、包督办落实、包疏导稳控、包依法处置，全市每月对进京非访、赴省和来市集体访问题进行排查梳理，建立工作台账，及时交办转办，逐人逐案落实县级包联领导、责任单位和责任人，明确工作要求和办理时限，并采取电话督办、发函督办、专项督办、明察暗访等形式加大督办力度。

为解决蒲城两家农户的庄基侵占问题，武建民带上信访干部亲自上到房顶实地勘察，现场确定方案，督办案件解决。在信访工作中，渭南信访局善于发现问题，并为党委政府的决策提供建议。在去年的全市村委换届选举中，渭南信访部门发现了一系列问题和苗头，针对这一情况，市信访局给市委提出了关于第九届村委会选举需提前预防的事项，市委决策后，经市人大调研，随即部署了全市村级干部违法违纪整治活动，共收集各类线索 690 条，查办案件 181 起，依法依纪查处了 227 名村、社区干部，在社会上引起强烈反响，得到了省委主要领导的充分肯定，使村委会换届工作得以顺利进行。

今年以来，渭南市 2446 名领导干部共接访下访 5862 人次，接谈群众 6047 批 18266 人次，协调处理问题 3481 个，1532 个已解决到位。其中市级领导下访 186 人次，接谈群众 265 批次 2236 人次，协调处理问题 237 个；县（市、区）党政主要领导接访下访 360 人次，接谈群众 840 批次 3138 人次，协调处理问题 651 人次。

亲情信访　热忱温暖群众心

信访工作难，难就难在一边是情绪激动的上访群众，一边是苦口婆心的接访人员，在长年累月的“你说我讲”中，双方早已成为“最熟悉的陌生人”。如何消除双方隔阂，拉近干群距离，使群众诉求得到及时解决？渭南在接访群众工作中打出了“亲情牌”。

“信访群众是弱势群体，群众信访是希望党和政府为他们解难排忧，如果信访部门对信访问题畏难推诿，对信访群众厌烦疏离，信访群众就会失去对党和政府的信任，疏远了党同人民群众的关系。因此，信访干部只有把信访群众当亲戚、邻居乃至朋友，以爱心和亲情去为他们跑腿联系，帮助他们解决合理诉求。”武建民说。

针对新形势下信访工作出现的新情况、新特点，渭南市信访局牢固树立信访工作无小事、群众诉求无小事的思想，依托“三心”服务，用“亲情”化解群众上访难。

温情接访暖人心。一杯茶，一句“请坐”，一声问候，一个微笑，是渭南市信访局接访工作人员坚持不变的基本准则。也就是这些细微的举动，温暖了每一个来访群众的心。在接访过程中，市信访局的每一名工作人员都能坚持“望、闻、问、切”的“四诊法”原则，区分不同类型的上访者，把握上访人的真实意图，摸清信访问题的来龙去脉，贴心体察上访人的“冤情”、“隐情”和“真情”，适时做好疏导、抚慰工作，并针对信访问题产生的关键点、疑点、焦点进行认真的询问，摸清真实情况，抓住问题要害，找出解决办法，让群众带着问题来，带着结果去。

及时反馈稳人心。对一般的信访诉求，他们采取对信访人当面、口头反馈调查情况；对反映问题较为复杂、容易造成影响和后果的重复信访，采取在领导班子、中层以上干部会议或全体干部会议上进行反馈，当面通报调查结果和处理情况；对于集体上访，采取领导总负责、各部门配合协调，向群众反馈调查结果；对信访人在外地或者居住在交通不便地区的，则采取信件、电话等方式及时进行反馈，既有效地化解了矛盾，又消除了群众不必要的疑虑。

全力承办省人心。他们广泛了解社情民意，准确把握思想动态，超前排查、超前调研、超前介入，畅通信访渠道，变“堵”为“疏”，变“拦”为“解”，变“控”为“化”。凡是涉及群众切身利益和实际困难的事情，再小也要全力去办，再繁也要全力快办，再难也要全力办好。

在化解信访问题过程中，各县（市、区）还结合实际，创造性地开展工作，想方设法为信访群众解决实际问题。大荔县实行“一包六联”制度，落实县级领导包抓乡镇职责，联系党建点、移民户、贫困户、企业、重点项目、信访案件等

职责；蒲城县开展了党员干部“回原籍”帮助化解信访突出问题活动，收到了良好效果；潼关县实行政府集中购买法律服务，由政府出资聘请法律专家和律师长期为政府各部门提供法律服务；华县按照“四不放过”原则，进一步健全了信访工作考核通报机制，促进了工作；合阳县进一步完善了“信访中心户长”和“乡村说事日”工作机制，并对信访重点村派驻信访督察专员；富平县开展了“信访积案化解年”活动，加大了乡镇信访维稳经费投入力度；临渭区将群众工作部与便民服务大厅资源整合，在全区 20 个镇办设立了便民服务大厅，安装了专线电话，印发了便民服务卡；澄城县实行了信访工作季点评制度，定期研判信访形势，加强了基层调处工作力量，全县共建立调处机构 290 余家，专兼职排查调解员 1174 名，调处网络覆盖全县各镇、村、组、企业、社区；高新区、经开区创造性地为上访老户安排公益性岗位或临时工作，帮助其解决困难、增加收入。

随着诉访分离、网上信访、领导接访等一系列信访改革的不断深入，渭南信访形势稳中趋好，呈现出群众上访率下降，来信和网上信访率上升，越级访减少，按程序信访增多的良好局面，信访秩序更加规范，群众诉求有章可循。

渭南，在信访改革中走出了实效，走出了新路，走出了新貌，使信访工作与“法治、阳光、责任”相融合，推进了经济的发展，促进了社会的文明，提升了群众的幸福感。

火车向着大荔跑

——大荔开启我省全域旅游新概念

如果说，大荔延续着古同州从古至今的农耕文明史，那么，高铁的开通则毋庸置疑地给大荔现代农业的融合发展架起了桥梁，连起了纽带，插上了翅膀。

从“美丽大荔号”首列省内旅游专列启动的那一刻起，“三秦通衢”“三辅重镇”的名号就已经被注入了现代化交通的含义，也标志着在这片古文明的土地上，一个前所未有的时代的到来。

美到大荔　春天里的率先美丽

结束了一天的采访驱车回县城，不经意间看到田间密布的大棚，一层又一层的白色海浪被风轻轻吹皱，吹成了滚滚的白浪，夕阳下的粼粼波光就像是在组织着一场集体舞蹈，闪闪亮亮，美了你的眼，醉着你的心。

这一刻，没有人不承认，大荔的田野是最美的。

在范家镇辛村的公路旁，汽车的号声惊动了在黄河滩上的栖息的水鸟，数百只小鸟一同“腾空而起”，一大片一大片的轻盈挥舞，伴着清脆的叫声，把莫大的惊喜带给了路人。汽车停住了脚步，人们纷纷拿出手机，留住这瞬间的美好。站在观景台上眺望，眼底是万亩波光粼粼的天然渔场，黄河尽在眼底，东岸山西境内的中条山依稀可见。虽然夏季未到，夏木未成，可这不就是“漠漠水田飞白鹭”的动人场景么？

后来，听人介绍说，这个月份，当地的农民正在种植莲藕，“接天莲叶无穷碧，映日荷花别样红”的美丽成为许多人一年一度的期待。对呀，在这大荔与合阳的交界处，北面环山、东面临水的地理环境早被当地人用一句话概括：“向北像延安，向南像江南。”别小看了这惊涛拍浪的黄河岸，据介绍，这片大荔属地的小江南，占据了西安鱼类市场 80% 的份额。

有温柔水乡，也须有豪迈土地，况且这方土地是关中绝无仅有的平原上的沙漠地——“沙苑”。改革开放以来，沙苑脱掉贫瘠的帽子，在绵延不绝的山丘上栽冬枣、种花生，不毛之地孕育出一张张富裕的笑脸。除此之外，这片沙漠中的绿洲里，树木林立，绿草丛生，当清晨的阳光向水幕般洒进草丛，露珠把光线反射到羊群里，那一份和谐和安然就像是遥远的童话故事般美好。

在大荔，就是这些沃土孕育了最天然的农耕文明，传统农业和现代农业交替前行，农业成为最宝贵的资源，富了农民，又美了乡野。正如那遍地的大棚，闪闪亮亮，那是农业的光芒，那是农民的笑脸，那是陕西的经典！

凭借地理优势，几万亩绿油油的麦田平平整整地铺排开来，风吹过，一排排还没长出麦穗的苗子齐刷刷地倒下、站起般的摇曳，眼望前方，蓝天白云下，田野上一阵接一阵的绿色涌动。想象着，瞬息万变间的航拍镜头中，大片大片的墨绿变成了滚滚的金色麦浪，演绎成我们餐桌上千变万化的美食，那该是多么的诱人壮丽。

走进设施大棚，芹菜、香菜、菠菜等水培菜翠绿欲滴，一排排整齐地摆在架子上似盆栽一般展示给游客、食客；草莓、圣女果鲜红惹眼，零星地点缀在黄色的泥土中、碧绿的枝叶间；小坡村一米、两米甚至更高的铁柱撑起来的冬枣大棚里，青翠、淡香，就连这望不到边的“白色屋子”也成了亮丽养眼的风景……

怡人的田间展现的是一派“小清新”的美丽和温柔，那么，新型工业的场景就要用“震撼”来形容了。在许庄镇的省道旁，8.7 万块太阳能板熠熠生辉，344 组光伏大棚气势恢宏，棚内种植、棚外发电的发展模式从这里开启，在大荔逐渐普及，立体空间成为黄河岸边一道别样的风景，也成为游人必去的驿站。

这是农业与工业交织的美，是农村与城市相映生辉的美。

在新的时代，在城市快速发展的同时，大荔把美丽乡村建设恰如其时地提上议程。他们于 2013 年 9 月开始的农村“美丽革命”，已经完成了村道升级、卫生整治、美化绿化亮化、娱乐设施建设、文化休闲普及等各项工作。现如今，大荔的农村也有了人工湖、文化广场、服务中心、文化室甚至候车亭等一系列不差于城市的设施。畅家村的村史博物馆里更是将历史与人文美好地加以珍藏，淳朴、亲切的务农工具陈列整齐，翔实鲜活的历史文献收录在柜，听志愿者把一个村庄的历史娓娓道来，领略纯粹的乡土气息，真真是一种美的享受。

2014 年 5 月 1 日，大荔县委、县政府历经辛劳，将一份绝世大礼呈现给这片土地，这就是我省县市级最大的人工湖——同州湖。夜色下湖光婆娑，悦耳养眼的音乐喷泉、水幕电影，使得同州湖成为 75 万大荔人的免费会客厅，最具声色的城市名片和远近闻名的旅游地标。

…………

美景数不胜数，却连带着对美味的向往放肆地上演，大荔的美足以惊爆你的眼球，也悄悄地诱惑着你的唇齿。

吃在大荔　特色美食大本营

“无面不欢”是大荔人饮食生活的基调，做面活儿，成了村庄里每一位家庭主妇必备的生活技能。

相对于南方面条的细腻、小密，大荔的面场呈现的都是豪爽、大气。大荔特有的手工面食炉齿面，因切出的面形独特、中断周连、状如炉齿而得名。它的面片薄如蝉翼，武火煮熟后，柔韧筋亮，舀上热汤和辣油，浇上肉臊子，让你流连忘返。利落的人气面食油泼面，从周代礼面的基础上发展演变至今，不需要太繁杂的工序，两指宽的面条煮熟后放入大老碗，撒上葱花等配料，“滋啦”一声，将盖在上面火红的辣椒面儿盛情一泼，酸辣蒜香满屋弥漫，直到端上餐桌还哧哧作响，这般有声有色的美味叫人如何不垂涎？

除此之外，面粉也被善于精耕细作的大荔人演绎得丰富多元，面、馍、饼、麻，小麦在大荔人的传世技艺中千变万化。“大荔有一怪，烧饼半个卖”，说的就是大荔最常见的月牙烧饼，手掌般大小，却乾坤内藏，和面加糖、揉面加猪油是香酥松脆的关键。夹几片老汤炖煮好的浓汁卤肉，这月牙饼就算是从缺到盈了，一口咬下去，唇齿留香。将纯天然石材鹅卵石倒入温热的平顶锅，包围着裹满茴香、芝麻等的薄面饼，一张张明显具有中国石器时代石烹遗风的中国传统烙制食品——“石子馍”就这样出炉了，岁岁年年，长盛不衰。

在大荔名肴丰富的宴席上，“水磨丝”是一道常见的下酒菜，然而你可能不会想到这长约 10 厘米、状如萝卜丝般的丝丝线线，是雷师傅一片一片、一刀一刀从重约 150 克的猪耳朵上横向片了 23 片之多后切成的。

大荔还有一味名肴，不拐弯抹角，霸气地直捉住你的馋虫——这就是堪称“盘中一王”的带把肘子。这是一道独具大荔特色的汉族名菜，始创于明朝弘治年间，距今已有500余年历史。由于选用整只带骨猪肘制作，成菜后猪骨似把柄，故名“带把肘子”。经历代厨师不断改进日臻完善，蒸熟至酱汁浓厚的肘子色呈枣红，形如蒲团，品嚼起来肥而不腻、瘦而不柴，成为秦菜家族中的一朵奇葩，在《中国菜谱》的秦菜部分名列第一。

作为人气颇高的汉族传统小吃，刚出锅的泡泡油糕白中见黄，用“表层酥脆似飞絮，内里香甜如糯糖”描述再合适不过；江米一层，蜜枣一层，一整晚的加工、焖烧，热腾腾的甑糕成为关中人清晨最先寻找的幸福感。

在大荔，久负盛名的还有一个满汉全席的另类——九品十三花，它是丰盛食谱中的简约版，俗称冷火锅的水席，一般用来祝寿和嫁娶。“品”比碗大，比盆小，用来盛汤菜；碗则用来盛蒸菜；“花”则巧妙地将名词使作量词，让十三碟开胃茶果和凉菜趣味横生，让人浮想联翩。在这里，烹、炒、煎、炸、蒸，色香味俱全的四十道冷盘热菜，分门别类平衡后，流动而上的宴席景观，绝对让你开眼开胃。

如果你来的季节刚刚好，大西瓜、哈密瓜、高石脆瓜、毛桃、草莓、大冬枣，一定让你边吃边赞，嗨到极点。

游玩大荔　享受在您周末的家

走进“中国红”景区大门，500余盏“中国风”路灯笑脸相迎，“美丽大荔、美食大荔、大荔是您周末的家”，16个亲切的字眼儿扑面而来，让从四面八方而来的游客倍感温馨，投入这片热情的土地，悠游在这片幻象着神奇大美的荔土。

“沙苑绿洲，百年诗画；关中粮仓，千年荣光。”自古以来，大荔有“三秦

火车到站了，赶快去拍照

通衢”“三辅重镇”之称，是山西、河南、陕西的交通要冲。县域内，路网纵横密布，108国道、202省道、沿黄公路旅游专线穿境而过，韦罗高速公路将连霍、西域高速连为一体，可谓“条条道路通大荔”。距离咸阳国际机场2小时的车程，更为全国各地的旅客朋友来大荔游玩提供了加速度的航空便利。2014年7月，大西高铁开通，大荔正式进入“西安半小时经济圈”，一夜之间变成了三河之窗的交通枢纽。2015年4月23日，“美丽大荔号”高铁第三次从西安北客站驶出，当头顶的动车呼啸而过时，由于距离太近，位置太低，相机中的大荔不够完美和雄伟，但是，单凭那般的呼啸声也可断定，这45分钟的车程一定会让它的旅游再一次变换新格局。

借着旅游规划的相继铺排，大荔的各种道路建设都在升级完善，大到国道108，小到乡道、村巷，从硬化、绿化做到亮化、文化，白色矮篱笆、红绿相间低灌木以及笔直连成线的各类树木，和村头、道口的文化墙相映成趣，大荔旅游发展渐入佳境。

走过流经岁月的山高水长，大荔的古建遗留在峥嵘岁月中，沉淀为这里的文化根脉，见证着大荔一路的缘起。

坐落在朝邑镇南寨子村，始建于1882年的“丰图义仓”被誉为中国仓储文化的鲜活样本。据介绍，该仓是由晚清“救时宰相”户部尚书阎敬铭倡议修建的民办粮仓，慈禧太后曾御封为“天下第一仓”，并赐仓顶“虎”“龙”二字。仓外城坐东朝西，紧贴黄河台塬筑土而成，内城则以青砖结构为主，建成“群窑”，粮食便储于仓墙一体的构筑之内，一仓一门，58口窑洞环绕排开。“城中城”简单而科学的格局将5222吨粮食紧紧守护，彰显着古同州人的智慧和灵巧，是当时建筑智慧的里程碑，也是中国当下所存无几的清代大型粮仓之一。

从粮仓北望，一楼一塔清晰可见，古韵悠长。这楼，便是宋朝岱祠岑楼，小巧而精妙的楼身，精致严密的斗拱挑角三重檐庄严巍巍，是古代每逢庙会“碗碗腔”“同州梆子”余音绕梁之地，于是也称“东岳庙戏楼”。这塔，便是唐代古朝邑地区佛教圣地金龙寺主建筑之一——金龙高塔，寺毁址灭，唯有它孤立旷野，兀自耸峻着八角七层，相伴岑楼。

文殊宝塔、八鱼清代望族石墓群、同州往事等20多处历史遗址坚守着这份土地，传承着同州文明。

凭借交通、历史的成熟条件，大荔开辟出5条不同主题的特色线路，将其美景美食像一颗颗珍珠般贯串连起。

大唐御苑风光游，让你纵情绿洲沙漠，感受昔日皇家御马场的高贵，在此越野、滑沙，体验关中平原上的金色沙漠，体味黄土高原上的郁郁葱葱；美丽乡村黄河湿地风情游，领你于福佑观景台登高极目，望初升的白日翻黄肚皮，看黄河碧波边飞鸟翩然，观长天共水中一色；游丰图义仓，赏万亩荷塘，碧波荡漾、粉红飘飘，在深呼吸中触摸那出水芙蓉的清香和淡雅；民俗文化生态游里，趣观大荔多彩民俗文化，大餮美食九品十三花，漫步月下赏湖色夜景，边吃边玩，悠悠体味大荔文化的芳香与厚重；生态观光游，访福佑古寨，感受万亩鱼塘胜似江南；让身心去绿色磁场中深呼吸，体验农业趣味采摘，穿梭在发达的园区内外，感受农业、工业、科技、旅游四位一体、相互融合的“第六产业新高度”；还有温泉度假浪漫游，带你进农业休闲体验村，戏水吃鱼，于千亩湖畔，骑骏马，荡秋千，彻底放松了心情。

在坚持加快城市发展的同时，大荔建设美丽乡村，改善农村人居环境，推动城乡一体化，综合整治环境卫生，“六化”改造升级村容村貌，一个个干净、整洁、文明、和美的美丽乡村破茧而出。

…………

据统计，跃入“高铁时代”以来，大荔站每天平均出入人流量不低于3000人次，最高量达万人次以上。现在，“自驾游赴大荔绿色生态采风，坐高铁来给中国新田园点赞”，已成为最时尚的大荔之旅。

大荔，传统的农业大县，如今插上了旅游经济的翅膀，正在焕发着蓬勃的活力和生机。

“五一”小长假，伴随着大荔“美食旅游文化节”的举行，来大荔乡村游呈现井喷现象，同州湖、福佑古寨、丰图义仓、平罗村等景点游人爆满。统计显示，三天中，大荔县接待游客超30万人次，旅游收入1.2亿元，创历史最高水平。

——原载《陕西日报》2015年5月

漫步吊桥

迈向“第六产业”新高度

——大荔县农业融合发展侧记

编者按：

20世纪90年代，在日本农业面临发展窘境之时，东京大学名誉教授、农业专家今村奈良臣提出“第六产业”的概念，它通过鼓励农户不仅种植农产品（第一产业），而且从事农产品加工（第二产业）与销售加工产品（第三产业）等，为日本农业和农村的可持续发展开辟了光明前景。这种融合互动，因“1+2+3”“1×2×3”皆等于6而被世界学术界称为“第六产业”。去年中央农村工作会议提出，“要把产业链、价值链等现代产业组织方式引入农业，促进一二三产业融合互动”，将原本脆弱单纯的农业，通过精深加工、流通、休闲服务业等相互融合，变成“第六产业”。我省现代农业的领头羊大荔县在这一领域的探索实践值得各地借鉴。

当“第六产业”对大多数人来说还是一个陌生的概念时，大荔县县长王青峰早在两年前就已敏锐地捕捉到了三产融合的发展趋势，将“三产融合”写进了政府工作报告，开始了大荔的实践探索。两年过去，大荔的“三区融合”“城乡融合”“三产融合”“区域融合”进行得如火如荼，已初步踏上了“融合发展，转型升级”的三产创新发展之路。

在园区、城区、景区的融合中，大荔县串点成线，使科技产业园区向产城融合、景城融合发展，先后投资4亿多元，进行路网改造，实现了“六通一平”；28公里的园区骨干路网工程竣工，使得快速干道把城区和园区相接；创业路丁字形构架让园区与路网有效衔接，方便了进城交通；建成连接城区、景区的同州湖西湖休闲景观大道，让三区在大约5分钟的车程里实现了时空上的融合，“城市副中心”雏形显现。“作为大城区的一部分，三区融合不能光是地理意义上的概念。把园区当城区管理，城区当景区建设，景区当园区经营，才能推动三区互促互带，共同发展。”园区副主任苏向阳这样说。

他们跨河发展的战略使城区与园区相连相融。科技产业园区启动510亩综合服务区建设，完善公租房、文化广场、学校、医院等系列基础配套设施，以前“留不住建设人才，引不来落户农民”的园区如今已成为拥有1.4万人口的园中城；已成为大荔“会客厅”的同州湖景区正在建设集餐饮、休闲、文化、生态于一体的新中式风格综合性街区，站在这块我省县城最大的水面旁，雄奇的华山倒影显得分外旖旎；县城占地500亩的民俗文化产业及度假旅游基地综合体“同州往事”，将大荔的故事伸展到了古时候；在福佑古寨，“黄河大荔”一览无余，丰图义仓将朝邑镇装点得古色古香，旖旎得使景城融合的前景更加诱人。

在许庄镇的省道旁，8.7万块太阳能板并网熠熠生辉，344座光伏大棚气势恢宏，棚顶节能发电，棚内现代设施农业茁壮成长，这样的高科技项目还使得“科技展览”成为休闲农业观光旅游的好去处，“农业、光伏、旅游和科教”四位一体的立体发展空间成为一道别样的风景，这就是他们引进的与农业高度融合的中节能光伏农业科技大棚电站项目。县长王青峰介绍说，大荔像中节能这样的农业立体融合发展项目已引进了3个，包括裕华光伏节能发电和投资百亿的振发能源黄河湿地渔光互补太阳能产业，将“渔业、光伏、旅游”三产紧密地融合在黄河岸边的风景中。

农业本就孕育着工业，冯村镇结合“百万亩设施蔬菜工程”，依托文岭科技育苗公司组建了智能化育苗中心，年育苗可达1500万株；建设了新品种技术示范区、高标准生产区、物流中心和检测培训区，滴灌设施使工业化直接服务于农业。中科院西安分院、中国病虫害防治技术研发人员长期守在一线，将科研成果和技术力量服务于生产和设施农业，实现了“农、工、科”的再度融合，使这里成了一个集苗木繁育、农民培训、科技展示、标准化生产、信息化服务、商品化处理、休闲观光为一体的新型农业园区，将4.5万农民囊括其中，使“第六产业”的队伍将愈来愈庞大。

农村脱胎换骨的美丽建设使大荔的“城乡融合”别具特色。2013年9月，大荔在全省率先启动美丽乡村建设，400个村庄齐步走，全县75万人投入到与“脏、乱、差”的战斗中，一年多的时间，全县清理垃圾36万方，拆除违建23.6万平方米，修建道路360公里；借助于创建国家公共文化服务示范区的机遇，强化基础设施配套和公共服务设施建设，全县按照统一标准，新建乡村广场238个，配置健身器材167套，硬化农村巷道187条，为260个村子安装了路灯，改造厕所9211座……把农村建得像城市一样便捷，让农民像市民一样生活，消弭城乡差别，实现城乡融合。如今的大荔，城市像景区，农村似花园，乡村游、休闲观光游悄然兴起。

跳出大荔看大荔，主动融入大华山景区，用旅游把文化带出去，把经济推上去。为将大荔打造成西安的“后花园”、黄河金三角的商旅新中心，大荔迈出了“区域融合”的步伐，他们将新兴景观“同州往事”、“同州水街”与国家3A级旅游景区“丰图义仓”及“皇家沙苑”、“美丽乡村”、“古玩城”、“福佑古寨”等分散资源有机融合，打造沿黄河生态旅游经济带，以华山为主轴，辐射周边县域的旅游圈，统筹“吃、住、行、游、购、乐”旅游产业链，强化与毗邻的山西、河南互通交流，拉动大荔经济的超常持续发展。

2014年大西高铁开通以来，大荔融入西安半小时经济圈，高铁为大荔带来了如潮的游客。粗略统计，去年全县接待游客190万人次，旅游总收入突破13亿元。

“在大荔，农业就是最好的资源”，75万人在倾心倾力发展现代农业中，大胆实践三产融合、三区融合、城乡融合与区域融合，向着融合发展的“第六产业”迈进，而融合发展使大荔摆脱了长期以来三产的各自为战和孤军奋战，使农业由“1+1+1”变为“1+2+3”，全县农民人均纯收入两年间从 7249 元提升到 9120 元，这神奇的变化是融合发展的结果，也是“第六产业”在这块肥沃土地上所散发出的魅力。

——原载《陕西日报》2015 年 9 月

你近在咫尺　却美到天涯

——告诉你一个华美蜕变的渭南

如果用“女大十八变”来形容陕西的一个地方的话，那渭南是再贴切不过的了，这个昔日的丑小鸭在沉寂了半个世纪之后，终于向世人绽露出了她华美的姿容。而这种绽放，则来源于她的生长力，来源于生长出华美姿容后的吸引力和诱惑力。而所有这些，都不能不归结于几千年生息于此的560万英雄秦人的艰辛劳作和智慧花开，祖先的基业在他们手中被打造得变幻万端、熠熠生辉……

你的发展　惊羡眼球

在秦东人的记忆中，十几年前的五十多年里，渭南城就像一个“土围子”，尘土飞扬，垃圾随处可见；街道狭窄拥堵，道路半截子，颠簸不平；全城也只有十来栋所谓的高楼，大多是低矮的城中村、棚户区；没有一条像样的街道可供人散步，没有一个环境优美的公园，街道的名称也是从一马路叫到四马路，为何呢，因为街上一年到头跑的大多是马车。一到冬天，这座所谓的秦东中心城市不见一丝绿色，只有一片灰黄。

面对此城此景，渭南多少届决策者都立志改变，但鲜有变迁。这种老牛拉破车的境遇一直持续到21世纪之初。公元2008年，渭南市委、市政府提出了加快渭南中心城市建设的步伐，以新型城镇化为引领，以做强做大关中中心城市为重点，坚持“东进北扩、扩容提质”的发展战略，以打造关中最适宜人居绿色生态园林城市为目标。

由此，渭南的城市发展才算走上了快车道。随着“关中—天水经济区”“陕甘宁革命老区”“晋陕豫承接产业转移示范区”先后获批，渭南已成为3个国家级经济区叠加的城市。

特别是五年多来，渭南的中心城市建设突飞猛进，全面改善了中心城市的基础条件、服务功能和形象品位。城市的“西扩、东改、南上、北跨”取得重大突破，“一河两岸、五大组团”空间格局已经初步形成，通过拉大城市框架、提升城市品位、深化城市内涵等手段，基本实现了城市面貌“年年都变样、五年大变样”。他们还先后组织实施了一批城市基础设施建设项目，按照“东扩北进”的发展方向，不断优化路网结构，完善道路功能划分，着力构筑“六横十二纵”的道路总体布局；对城市东入口和北入口的华山大街东段、民生路北段进行大手笔综合改造提升，为中心城市“东扩北进”提供有力支持；他们集中力量打通了仓程路、杜化路、胜利大街、西岳路、金水路等10条“断头路”，彻底解决了渭南东西不畅、南北不通的困难局面。同时，把供热、供水、供气作为城市的三大“生命线”工程，推进供水管网建设，实施强弱电入地工程和人行道升级改造工程，使天然气用户达8万户，煤改气供热达240万平方米，城区住宅面积从686万平方米增长到1386万平方米，人均住房面积从26平方米增加到33平方米。

为提升城市形象，渭南“一街一灯型、一路一景观”，城市楼体、桥体、道路亮化，形成了以主、次干道功能照明为主，公园、绿地、广场装饰性照明为辅的景观亮化格局，使渭南的夜空更加靓丽多彩。

“在城市建设快步发展的同时，渭南的经济每年上一个新台阶。全市GDP从2010年的801.42亿元增长到今年的1470亿元，年增长11%；全市财政总收入由三年前的74.92亿元增长到如今的114.7亿元；城镇居民人均可支配收入从15918元增长到24164元，年均增速15%；农民人均纯收入从4372元增长到7565元，年均增速20%；已连续6年位居全省榜首；城镇化率达到40%。”在谈到渭南近年来的经济发展时，市发改委负责同志用这一连串的数据回答了记者。

如今，当人们走进渭南城区，眼前一座座高楼拔地而起，一条条纵横交错的马路宽敞整洁，一排排精致明亮的路灯整齐划一，一片片错落有致的绿地点缀其间，一大批新商业建筑鳞次栉比……渭南正以崭新的姿态，散发着耀眼的光芒展现在人们的面前。

你的魅力　堪比江南

在经济建设快速向前发展的同时，渭南实施了“秦东大地园林化，建设绿色东大门”的构想，有效利用自然资源，致力打造“城在林中、林在城中”的绿色渭南及“城在水中、水在城中，城、河、湖为一体”的“关中水乡”。

为了实现这一目标，渭南市委、市政府提出了由“背向渭河”发展转变为“面向渭河发展”及建设生态城市的概念，下势要把渭河打造成为渭南的城中河，并由此拉开了积极推进生态治理、加快渭河综合治理工程的序幕。

自2011年以来，渭河渭南城区段年年大变样，美丽渭河的模样越来越清晰。2013年，渭河库区段南山支流堤防建设任务在全省率先完成，城区段北大堤堤防加宽工程成为全省率先通过竣工验收的单项工程，城区段防洪标准达到百年一遇，渭河千年来的水患得以根除。同时，全长36.6公里的渭河综合整治工程堤顶道路及景观绿化工程和80.4万平方米的渭河城区段右岸近堤滩面实施退耕植绿及水生态景观工程，已于今年8月底完工，建成自行车道、15个湿地泡、20个旱地泡、8个运动场地、1个台地广场和1处大水域。渭河城区段退耕还河还湿地已经完成1.83万亩，已经形成了格桑花海、千亩向日葵、万亩油菜花等景观，每年吸引着数十万的本地及周边游客前来观景。如今，渭河大堤不仅是生命的护佑和家园的福祉，还是一个重要的交通带、景观带、产业带。随后，渭河南岸还将形成万米樱花长廊景观，届时，游客将一饱眼福。

加紧沈河治理，让沈河真正成为渭南人的“城中河”“城中景”，是渭南打造“关中水乡”走的另一步棋。一直以来，沈河城区段河道干枯，污水横流，杂草丛生，每到夏季，便有臭味涌出，对渭南城区的景观、气候、环境影响很大。为扭转这一局面，从 2008 年开始，渭南重点实施了对沈河城区段的综合治理工程。

如今，昔日污水横流的沈河，变为今天的关中江南，成为城区一道亮丽的风景线。市民可以站在亲水平台或步行桥上与沈河零距离接触，这里有水上景观公园、水幕电影、音乐喷泉、小桥流水、垂柳摇曳，再加上岸边一字排开的蕴含着浓郁渭南特色的 10 座东府小吃楼，使这里已经成为渭南的新名片。

为实现“城在林中、林在城中”的绿色渭南，渭南市委、市政府将目光投向了城市绿化。他们采取项目建绿、公园绿化、道路绿化、见缝插绿、拆墙透绿等一系列措施，实施了沿街 180 多个单位的庭院绿化、90 多个单位的拆墙透绿。

大海边

开展了“全民植绿、义务捐绿”等活动，使城区绿化面积有了大幅提高，并实施了老城东部绿化、沈河两侧绿化、渭河南堤绿化、310国道两侧改线景观绿化、渭南西入口景观绿化、中心广场及朝阳大街与解放路十字东南角等多处街头广场绿化以及十余条城市道路景观绿化，全市主干道形成了林荫绿地系统，基本形成了“点成景、线成荫、片成林”的城市风光。如今，渭南城市绿地面积已达到20055亩，其中城市公共绿地面积7335亩，全市绿化覆盖率达到37.48%，绿化覆盖率位于全省前列，人均公共绿地面积达12.17平方米，位列全省第一。

渭南确实变美了。在记者采访的各阶层人群中，无一人不满意渭南的建设，他们的脸庞涌动着对自己家乡对这座城市的无限自豪。是的，这里绿意盎然、河水碧波荡漾、空气清新宜人、蓝天清净明亮，这一幕幕如画的美景仿佛使人置身江南；这里生活便捷，办事方便，交通顺利，生活压力不大，宜居宜游；这里三季有花，四季常绿；渭河、沈河犹如两条玉带交相辉映。绿色渭南、关中水乡正凸显着新气象、新面貌、新变迁，一个更加美好的渭南，一个充满绿色生机的家园正展现在人们的面前。

你的幸福　羡煞游客

城市不仅是经济和社会发展的重要载体，更是百姓享受现代生活的家园，人们对城市寄予了越来越多的期盼。正是在这种期盼中，渭南把建设生态宜居城市作为载体，通过打造“关中最适宜人居绿色生态园林城市”来提升广大市民的生活品质。

建设生态宜居城市，就是要让市民生活得舒服，让人们“诗意般”地栖息。近年来，渭南按照“扩绿地、增花量、提品质、造景观”的思路，启动实施了1722亩渭清公园、230亩滨河公园景观、1752亩东湖公园和6350亩东部生态城市公园建设，打造生态田园城市，加快“城市休闲慢行绿道”建设；在渭河南堤绿化带中建设人行漫步及自行车骑游绿道，逐步使渭南市民“推窗见绿，出户入园”的梦想成为现实。在东部生态森林公园里，郁郁葱葱的一大片树林一眼望不到头，这里空气清新、小径崎岖，在丛林中，有打拳的，有骑着自行车的，也有唱歌的、跑步的、走路的，当你置身在丛林当中的时候，惬意的心情无法用语言来表达。

愈加完善的城市功能，让渭南市民愈发感受到城市的魅力和吸引力。奥体中心、市民综合服务中心、文化艺术中心和博物馆已经建设完成并相继投入使用。今年10月，渭南市第十二届运动会在新建成的奥体中心举行，数千名运动员与3万名观众会集于此，共同见证这一盛会的召开。

良好的教育医疗设施是一个城市宜居的必备条件。为了有效改善市民的就医环境，渭南启动了市中心医院迁建工程，新址建设占地204亩，建筑面积11万平方米，床位1200张。医院设计先进，配套设施完善，病房宽敞，环境优雅，极大地满足了全市人民的就医需求，中心医院已成为陕西乃至西部一流的三级甲等综合医院。该院办公室主任党淑尽告诉记者："市中心医院自迁入新址以来，年门诊量达40万人次，急诊量2.6万人次，年出院病人4万余人次，不仅能满足市区及渭南周边各县群众就医需求，还有河南、山西等地的患者慕名而来。"

教育是一座城市的知识标志，更是一座城市未来发展的希望所在。近年来，渭南教育发生了颠覆性的变化：一幢幢现代化、配套齐全的教学楼取代了简陋落后的校舍，一批批中小学校相继迈入省市级学校行列；教育经费投入逐年上升，学校面貌焕然一新。尤其是全省一流的公寓式义务教育学校——渭南高级中学的设立，让许多的渭南优秀生源不再外流他处，素质教育在这里体现得淋漓尽致，学生的德智体美能力得到均衡提高。

渭南的职业教育全国闻名，但他们并不满足，全力打造"中国职教城"，建立科教职业园区，组建渭南职业教育集团，使职业教育逐步走上了规模化和高素质人才队伍快速发展之路。据统计，全市70多所职业院校，每年为社会输送10万余名技能型人才。2009年，渭南提出在高新区打造一座以职业教育为核心的科教园区，目前，园区一期工程已经完工，4个规模较大的职业技术学校，3万余名师生已经入住园区。待园区全部建成后，总人数将达到12万人，各类技术培训每年将达20万人次。来自市发改委的数据显示，渭南在外打工的技术工人多达130万。

这些实实在在的数据和变化每天都会出现在渭南市民眼前，"生活在渭南真好”成为他们发自内心的声音。如今，在渭南，抬头有树，低头有草，休闲有公园，骑行有绿道，病有所医，学有所教。渭南市民的生活正朝着舒适优美、功能完善迈步前进。

你的未来　无可限量

渭南正朝着大发展疾步迈进。

2011 年 2 月经省政府批准，《渭南市城市总体规划（2010—2020）》，将渭南城市定位为：“国际知名山水文化旅游城市，关中—天水经济区和西安国际化大都市东部门户，秦晋豫黄河三角区区域中心城市，具有关中地域特色的生态园林城市。”

照此规划，渭南中心城区将形成“一城三区，五大组团”的空间结构。一城即中心城区，三区即主城区、华州区和卤阳湖开发区，五大组团即中心区、高新区、经开区、华州和卤阳湖五大组团。中心区组团为市级行政、商务、商业、文化旅游及交通枢纽中心；高新区组团为市级高新技术产业基地、文教科研基地、体育中心和综合型居住社区；经开区组团为市域重要的现代制造业、商贸物流和农产品加工基地；华州组团为市域重要的有色金属冶炼和深加工基地；卤阳湖组团为具有国际影响力的通用航空产业基地，西部地区重要的现代制造业集群，具有区域影响力的现代物流业中心、特色旅游集聚区，陕西重要的现代农业生产示范基地。

市发改委主任褚锦锋告诉记者：“随着大唐集团等 15 家央企、三一重工等 12 家世界 500 强企业、3D 打印产业孵化园先后落户渭南，以高新区、经开区和卤阳湖为龙头的 13 个特色工业园区聚集效应也快速显现。装备制造、节能环保、通用航空、精细化工、有色冶金、新能源新材料、生物医药、食品加工等八大产业集群也初具规模。”

“未来几年，渭南城市发展战略目标将迈入新的台阶，中心城市远景将形成‘三大片区、九大组团’的空间结构，依托西禹高速与西临高速形成南北两大发展片区以及中部的现代农业片区，中心区、高新区、经开区、南塬、华州、富平、渭富、卤阳湖和蒲城九大组团，通过互动及差异化发展模式，增强产业集聚度，培育优势产业集群，优化产业空间布局，提高区域经济地位和城市首位度，构建多元的现代产业体系，将渭南市建设成为关中经济区工业大市、商贸大市、文化大市。”市规划局副局长雷振林这样描述渭南的远景。

渭南还在发展中、变迁中，她沿着 “西渭融合、东进北扩、跨河上塬”发展战略，借力西安，联合陕北及秦晋豫黄河三角区各市，突出“华夏之根，文史之源；民俗之都、宜居之城”特色，努力做大做强中心城市，不断提高城市综合承载力和对外竞争力。同时，大思路谋划、大项目推进、大规模投入、大手笔建设，促进中心区与各组团之间交流与融合，加快百万人口大城市建设步伐，着力把渭南打造成为具有关中文化特色、鲜明时代风貌的现代化宜居生态园林城市、森林城市。

预计到 2015 年，渭南中心城区人口规模达 74 万人，建设用地 76 平方公里；到 2020 年，中心城区人口规模将达 102 万人，建设用地突破 114 平方公里。

富饶的秦东大地正在走向美丽，将会更加美丽。其实，站在秦岭延伸的南塬上眺望，你会发觉，秦东大地极像一把扇子，扇面从秦岭脚下的二华潼徐徐舒展开，跃过渭河，将大荔、合阳、韩城、澄城、白水、蒲城、富平一颗颗明珠尽揽扇中，它的扇轴就是如今的渭南，这座已有 2600 年历史的城池，依托父亲山的呵护和母亲河的滋养，在人民的手中已洗尽铅华，拂去尘埃，繁华毕现。

转过扇子的另一面，华山、渭河衬底的扇面，上书八个遒劲的大字：“华山风骨，渭水襟怀”。今天的渭南，以这种精神和日臻成熟的华美姿容告诉世人：你来了，我更美；你不来，我不老！

——原载《陕西日报》2014 年 10 月

关中平原的台塬地带

百姓点赞为哪般

——平安渭南法治渭南建设纪实

在日前全省进行的目标责任考核民意调查中，92.49% 的群众为“平安渭南”点赞，点赞增幅居全省第二，多项指标超越全省平均水平。2014 年，渭南市政法系统破获各类刑事案件 1.2 万余件，排查化解各类矛盾纠纷 2 万余起，查处村及社区违法违纪干部 227 名；全市 5 万多名群众加入了“红袖章”队伍，各类案件发案率同比下降了 20%……

这就是渭南市政法系统向社会交出的年度答卷。

百姓点赞的荣耀，是全市万名政法干警 365 天疾步而行的结果、心中有民的结果、肩扛责任的结果。

法治渭南步入常态

去年年初，渭南电视台《法治渭南》栏目演播现场，一位观众毫不客气地质询市公安局局长王勤智："我认为公安机关打击赌博问题力度不够，个别地方的游戏厅还在暗中经营……"面对群众的质疑，王勤智当即表态要严查群众反映的问题。市公安局迅速组织警力，对群众反映的问题进行了调查取证，对多家非法游戏厅进行了打击取缔，并对相关责任人进行了处罚。

这种百姓参与、现场问答的电视问政节目，如今在"法治渭南"的建设中已成为一种常态，市直部门"一把手"都要现场面对观众提问，使公众参与监督政府依法行政，为群众解决具体问题 650 余个。去年，全市政法系统为全面推进法治建设，先后从执法监督、完善司法救助制度、开展法律援助服务窗口规范化建设等多方面入手，不断用深化改革和完善制度等举措，消除影响法治渭南建设的突出问题，建成了一批法治文化主题广场、公园、街区，举办了多项法制宣传活动，发放各类宣传资料 67 万余份，在全省"六五"普法中期评比中荣获"先进城市"称号。

面对一些群众意见较大同时又是困扰司法领域多年的制度难题，政法机关以为民情怀打破"历史坚冰"，先后出台实施了 36 项改革方案，包括"主审法官办案责任制""审委会工作制度"等。过去老百姓查阅司法文书，必须获得司法机关批准，现如今，法院系统将 156 件典型案件的庭审部分，通过视频、微博等网络形式向公众直播，在互联网上公布裁判文书 1.6 万份，公开接受群众和社会查阅监督，同时，市级政法机关向基层下放行政审批事项 70 项，仅此一项每年就为群众节约办事成本 3000 多万元。

平安建设覆盖城乡

2014 年是中国的法治年，对于渭南政法系统而言，既充满挑战，又成就辉煌。他们在全市范围内开展了针对各类犯罪、保障经济健康发展的多项行动，有力打击了各类违法违纪行为，为社会发展和民生建设营造了一方乐土。

早在去年 2 月份，全市各级政法综治及信访部门就在全市开展了以集中排查矛盾纠纷、集中化解信访问题、集中整治社会治安环境为主要内容的"三集中"活动，先后化解各类矛盾纠纷 2700 多件，使非访和赴省集体访人次同比下降了

60.2% 和 5.3%，着力消除一批影响社会稳定的矛盾纠纷，有力整治一批群众反映强烈的社会问题。

在专项整治行动中，政法机关把涉黑、涉恶犯罪，贪污挪用民生资金、侵吞集体资产、非法占地卖地，“霸选”“贿选”等 12 项违法违纪行为作为整治重点，突出城中村（社区）、城郊村、项目征地拆迁村、工矿厂区周边等重点区域，采取公密结合、挂牌督办、异地用警、专案攻坚、每周通报等强力措施，集中进行打击整治，共收集各类线索 690 条，查办案件 181 起，依法依纪查处了 227 名村、社区干部，在社会上引起强烈反响，得到了省委主要领导的充分肯定。

与此同时，政法机关把提升公众安全感、深化平安建设作为主业来抓，聚精会神抓平安，以打促防保平安，先后开展“2014 秦剑行动”“扫黄扫赌”“大收戒、保平安、破小案、暖民心”等系列行动，共破获各类刑事案件 12369 起。

为了加快立体化治安防控体系建设，全市累计安装公共视频监控 1590 个、“小探头”15.2 万个，建成治安卡口 176 个，设立公安检查站 34 个，组建专职巡逻警力 2131 人，5 万多名群众志愿者加入到“红袖章”队伍中来。

干警形象焕然一新

政法干警的作风，不仅影响着政法干部的工作能力，同时更深地影响着政法队伍在群众心目中的形象和地位。结合党的群众路线教育实践活动，渭南市政法系统围绕“为民务实清廉”主题，始终聚焦“四风”问题，使政法机关全体党员干部经受了一场深刻的思想洗礼和形象刷新。

2014 年 5 月 13 日，渭蒲高交大队干警开警车垂钓，被群众网上举报后，政法部门立即责成有关部门调查核实，依据相关规定对责任人给予严厉处罚。7 月 2 日，韩城市法院纪检干部上班打游戏，经有关部门调查核实后对其给予纪律处分，并在全市范围内进行了通报批评。针对此类违反中央八项规定精神和市委“约法三章”的人和事，全市政法机关先后查处纪律作风、执法执勤、内务管理等方面的违纪事件 35 件，使过去充斥在政法机关里的“四风”等顽疾得到有效治理。

与此同时，市委政法委狠抓典型，坚持用正能量鼓舞人，积极运用目标责任考核和绩效考核结果，评比表彰机关优秀党员和先进工作者，树立了一批“爱学习、善工作、守纪律、创一流”的先进典型；在全市开展的“当好标杆，向我看齐”活动中，24 名政法干警成为“渭南标杆”。此外，他们坚持评选“人民满意的政法单位和干警”“政法业务标兵”活动，树立了临渭交警大队、富平公安局交警大队城区中队和全国优秀法官任花勤等一批先进集体和个人，在全市政法系统和党员干警中形成了人人学先进、人人争先进的良好氛围，提升了干警的贴近度，增加了群众的满意度。

“一村一警”温暖到户

2014 年 7 月 28 日，渭南市“一村一警”先进事迹报告团走进合阳。大荔县司法局基层股股长马建军、华县人民检察院侦查监督科科长袁宝珍、合阳县公安局政工科科长白雪峰等 6 名干警，用亲身经历和朴实感人的语言，讲述他们身为政法干部，如何扑下身子，心向群众，温暖群众，为百姓解决实际困难。一件件感人的事迹，感动了秦东大地。

如何让政法机关主动适应群众新需求、新期待，一直都是渭南市政法系统探索改革的首要目标。针对基层基础薄弱的“短板”，渭南政法机关坚持眼睛向下看、劲头往下使，加大基层投入，通过不断完善“一村一警”工作机制，全市 212 个社区已落实社区民警 195 名、专职辅警 211 名，实现了每个社区 1 名干警的目标。去年下半年以来，全市政法机关利用“一村一警”格局优势，全面开展了“学、讲、走、帮”的主题活动，全市干警深入群众宣讲法制建设，走访治安重点区域，发放宣讲资料 30 余万份，破解社会治理难题，帮助群众解决生产生活困难问题近千项……

一年多来，渭南市全力开展的“一村一警”活动全市化、全民化、全覆盖。如今，全市总计 4269 名政法干警已经和 3203 个村子及 212 个社区连为一体，成为群众身边的“保护神”。人民群众也从干警们对一件件实事的帮助中，从干警们温暖的身影中感受到了全市政法系统的新变化、新作风、新形象。

如今，发案少、秩序好、社会稳定、群众满意，已成为平安渭南、法治渭南的一种新常态。

——原载《陕西日报》2014 年 11 月

华山远眺

站在推动历史前进的拐点上

——渭南市华州区浴火再生喜迎发展新机遇

2015 年 10 月 13 日，国务院正式批复同意撤销华县，设立渭南市华州区。

消息一经传出，刷爆了朋友圈，沸腾了华州大地。

2016 年 1 月 22 日上午，渭南市华州区正式揭牌，标志着华县结束了置县 2000 余年的历史，37 万华州人迎来了一个全新的时代。

历史丰满的多彩大地

站在如今的华州大地上，听当地群众讲述那过去久远沧桑的历史，细细翻阅，慢慢搜寻，你会发现，在这悠远的历史长河中，华州大地竟藏着如此丰富多彩的故事。

华县，位于八百里秦川东部，南依莽莽秦岭，北濒滔滔渭河，揽 1127 平方公里土地，界域辽阔，陇海铁路、310 国道、西临高速公路横贯而过，自古被冠以“通化门前第一州”的美称，是关中与中原交通的重要通道。

谈起它的建县史，华县可称得上是黄河流域中华民族的重要发祥地之一。公元前 806 年，周宣王封庶弟姬友为郑桓公，在此建立郑国；春秋时秦国改设郑县，开启设县之始。因此，郑国故地华县被誉为“郑姓最正宗的发源地”。虽然从天子分封到郑国东迁，郑国在此地仅有不足 40 年的历史，却在整个中华历史上留下浓墨重彩的一笔，是为当地群众所认同的历史价值。如今，华县已成为全球郑氏儿女寻根祭祖、追怀祖德的圣地，是全球公认的郑国受封地、郑桓公陵墓所在地、郑氏祖源之地。华县历史上曾因为境内有华山改称为“华州”，直至民国二年废除州府，改称华县。

其实，“追根溯源地”仅仅只是华县历史的人文坐标之一，这里也曾发生过“改变中国历史走向”的大事件。据记载，公元 1556 年 1 月 23 日午夜，汾渭谷地发生了一次极其强烈的大地震，83 万人在大地震颤中丧生，使得“华州大地震”成为世界地震灾害史上最大的一次灾难。不巧，地震前两年关中地区大旱，岁荒粮歉，地震后的华州完全丧失了抗御能力。所谓“时势造英雄”，来自陕北的李自成成为一匹革命的黑马，带领着农民迅速起义，在大明江山左冲右突，加速了中国封建时代最后一个汉家王朝的灭亡。

在新民主主义革命时期，作为陕西建立党团组织最早的地方之一，华县一度是中国共产党的革命重镇，是西北群众运动最活跃的地方之一，以“渭华起义”为代表的革命活动轰动一时。如今，渭华起义纪念馆与雄伟高大的渭华起义纪念塔相映生辉，已成为著名的爱国主义教育基地，是广大人民群众缅怀先烈、进行革命传统和爱国主义教育的理想场所，更是华县践行社会主义核心价值观的重要基地。

回望千年的历史烟云，华县向来被视为文明礼仪之地。历代以来，贤哲辈出，涌现出了以唐代著名军事家、政治家郭子仪，清末民初教育思想家杨松轩，现代著名学者杨钟键，革命先驱潘自力、高克林等为代表的一大批杰出人物，属“人文鼎盛之区”。另据了解，杜甫在华州司功任内，共作诗30多首，脍炙人口的“三吏”“三别”均下笔于此。

改革开放以来，素有“百二胜地，天府之国”称谓的华县与时俱进，将目光聚焦在生态旅游上，在少华山旅游的带动下，不断开发桥峪森林公园、蕴空禅院以及新农村建设和乡村旅游，随着关中环线的修建，这里逐步成为前景诱人的旅游胜地。

“四大名片”上的华州印记

一方水土养一方人，每个地方都有其众生所骄傲的地域标识，华县也不例外。众所周知的“中国钼业之都、中国无公害蔬菜基地、中国少华山、中国皮影之乡”，便是它独有的四大名片。这些美誉，是满载着华县辉煌成绩的响亮招牌，也是华县人民勤劳智慧的结晶。

华县境内蕴藏着丰富的矿业资源，被探明的钼资源矿石量达 14 亿吨，钼金属 128 万吨，是世界六大钼矿床之一。当 2006 年 9 月 20 日，“中国钼业之都——华县金堆城”命名仪式在北京人民大会堂隆重举行时，华县的工业潜力就迎来了明朗的发展前景。多年来，华县依托丰富的钼矿资源优势，蓄积潜能，热烈升腾，强力推动钼工业发展。10 多年超越 70 亿元年产值的目标，对全县 GDP 的贡献率超过 60%，出口创汇 8.5 亿美元，占到陕西全省的 1/5，产品遍布欧、美、日、韩、非、澳等世界各地，如此繁盛的现实对当地的经济和社会发展发挥了重要作用。

“华州之地，无地不宜蔬，凡蔬之类无一不备。”《华县志》记载，华县自明清起大量种植葱、韭、蒜、芹等蔬菜，随着人口不断增长，种植面积与日俱增。1988 年，县蔬菜品种超过 120 种，面积 3.5 万多亩。2006 年 9 月，马铃薯、山药、大葱、番茄通过国家无公害农产品认证，成为全省首家“全国绿色无公害蔬菜基地县”。从此，华县县委、县政府巧打品牌，积极开发高档礼品营养菜、脱水菜，先后在全国各地举办华县蔬菜推介会，抢占大中城市蔬菜批发市场和超市，利用县财政资金支持改良蔬菜品种，引进企业投资 6000 万元建成脱水蔬菜生产线两条，年加工蔬菜 6 万亩，产品远销日本、韩国。如今，华县蔬菜种植总面积达 13 万亩，推行现代化温室设施大棚培育，总产值达 1.6 亿元，蔬菜业产值占全县农

华山西峰

业总产值的68%。

第一、二产业的迅速发展撬动了华县的经济杠杆，文化旅游产业紧随其后。如今已闻名遐迩的少华山，拥有1800公顷天然林，覆盖率达90%，150余种野生植物和数十种珍贵禽兽和睦共处，生态环境几近原始。作为关中东部唯一的国家级森林公园，它是华县人民无比珍惜的“天然氧吧”，被专家誉为“陕西的九寨沟”。近年来，从生态健康角度出发，华县以“三秦养生福地，长安绿苑凉都”为定位，决定将少华山森林公园逐步建成国家4A级休闲养生景区，打造“中国少华山”品牌，使华县成为西安、渭南及周边山西、河南省300公里内城市的“后花园”，在保护生态的基础上完成旅游惠民的目标。

经济可量，艺术无价。作为陕西皮影的重要发源地之一，华县皮影因其精湛的雕刻、表演艺术一枝独秀，享有“国宝”“活化石”“中华一绝”等美誉，在国内外颇负盛名。自新中国成立以来，多次受邀参加国内外各类大型演出，周恩来总理曾夸赞说：“应更名为华剧，中华民族之剧！”在华县县委、县政府的高度重视下，这一艺术瑰宝得以继续培育和广泛传承。2000 年，华县皮影入选国家首批非物质文化遗产名录，2008 年国家文化部授予华县“中国皮影艺术之乡”和“国家级文化产业示范基地”荣誉称号。

如今，在“四大名片”的持续引领下，华县人均纯收入跃居渭南市前列，产业体系更加完备，基础设施持续改善，人民幸福指数不断提升，为撤县设区创造了良好的条件，为新起点实现发展积蓄了充足的能量。

务实惠民中的华丽转身

华州的设立，结束了华县置县 2000 余年的历史，也结束了华州作为州府驻地 1300 余年的历史。同时，也预示着 37 万华州人迎来了一个全新的时代，华州的发展翻开了崭新的一页。

“撤县设区绝不是简单意义上的换块牌子、改个称呼，而是以农村为主的县域发展向以城市为主的市域发展转变，是发展坐标系的重新定义。”从副县长到县长，朱福俊已在华县工作了 14 年，如今已成为华州区新区长的他认为，华州将第一次以“区”的身份融入渭南城市，迎来一个全新的时代，开启城市化发展的新纪元。他还告诉记者，撤县设区为华州搭建了一个更高更广阔的发展平台，也将华州引入了一个千载难逢的战略机遇期、功能转型期和黄金发展期，“我们要紧抓机遇，绝不能错过”！

为了不辜负 37 万人的殷切期望，所有干部职工在华州区的旗帜下迅速调整状态，全身心地、迅速地投入到了新区建设的工作当中。

1 月 22 日，渭南市在华州区举行建设推进会，没有浮华，没有恭贺，没有陶醉，市区两级四大班子领导为华州区委、区人大、区政府、区政协依次揭牌之后，会议即开始了工作部署。渭南市市长李明远带领渭南市十多个职能部门与新的华州区各部门工作对应衔接，要求华州区抢抓机遇，乘势而上，由以农村为主的县域发展向以城市为主的市域发展转变，依托“山、水、林”的生态优势，主动融入中心城市，参与城区功能分工和生产力布局，突出生态保障、休闲养生、绿色产品供给等服务功能，精心打造渭南的“城中水系、天然绿肺”，谱写华州新篇章。

2月29日，华州区委、区政府在全区范围内开展“大讨论、大调研”活动，要求各镇党委，各级部门以及人民团体围绕“解放思想从哪里入手、加快发展从哪里破题、我为建设华州区做什么”三个方面，深入基层纳民言、聚民意，积极谋划“十三五”及撤县设区后的经济社会发展思路和目标，第一时间在渭南城市化建设中占先机，走在前列。

为了紧跟“渭南速度”，华州区从接过渭南市的对接方案时起，已开始实施新城区建设工作。为融入主城，华州推进互联互通工程，国道310“二改一”、打造关中环线东延线绿色生态—红色旅游线路正在建设中；遇仙河、赤水河综合治理及湿地公园的水路“软连接”正逐步落实；渭华快速干道及其基础设施融合工作投入积极立项之中。传统工业向新型工业大步迈进，多膛炉焙烧钼精矿、钼金属粉末3D打印技术世界领先；世界首条七氟环戊烷生产线、韩国载元派尔森配套三星集团西安产业园的吡咯烷酮生产线等世界一流，经济转型成为成功典范。3月初始，华州区已经完成了10个以上项目开工建设，稳住了经济支撑大方向……

距离华州区挂牌一个多月的时间里，华州区竟悄悄完成了如此之多的建设任务，并且以看得见、摸得着的进度往前推进，如此高效的“华州速度”，不得不令人叹服。

然而，在华州建设进程的一开始，就被一股那般简朴、那般务实的“华州作风”包裹着、熏陶着，那场景如同伴随着新区的新风令人感动着。

在华州区建设推进会的会场，看不见奢华，听不到赞美，务实低调得甚至连一张请柬都见不到。发展方案的激烈讨论替代了连篇累牍的溢美之词，项目的落地开工取代了握手祝贺的表面寒暄，本应是主角的四块牌匾倒成了会场陪衬。华州区对外宣传办公室主任郑俊锋告诉记者，“这就是华州的新常态”。

“撤县设区是时代场景的转换，更意味着历史使命的更替，”已当选渭南市政协副主席的杨森明说，“应该提升的气魄和干劲必须迎头赶上，不能忘掉的作风和纪律必须牢记，比实际的项目建设更重要的，还是作风建设。”

撤县设区，华州以项目开启了华州区建设的大幕，以“开门红”的姿态打响了城市建设的第一枪。

在这千年一遇的历史拐点上，华州区虽低调转身，却仍不失华丽。

乘风破浪正逢其时

自2011年申请撤县设区起，五年时间里，在原县委、县政府的坚强领导，全县人民的辛勤努力之下，华州经济转型升级步伐加快，传统工业向新型工业大步迈进，现代农业发展迅猛，新兴文化业态快速兴起，第三产业占比提高，产业结构日趋合理，先后获得“全国农业标准化示范县”“全省工业增速前十名”“全省县域经济社会发展争先进位奖”等中、省荣誉30余项，经济实力、竞争力、对外影响力逐级迈上新台阶。2015年，全县生产总值连续站在亿元之上，人均生产总值突破5000美元，进入了全省第一梯队，完成全社会固定投资173亿元，城乡居民收入分别达到2.63万元和8735元，各项指标全部完成，为华县的历史画上了一个完美的句点。

2016年伊始，华州被冠以新的身份，站在新的起点上，肩负起了华州区建设的重任。借助华县历史的既有成绩，华州区紧抓机遇，顺势而为，竭力激发自身的造血功能，开始打造新华州的“四大区”。

强化产业支撑，建设转型升级的示范区。产业发展是区域发展的核心，更是城市发展的重点。华州产业基础好，近年来，钼工业以原料初加工为主向以技术创新为核心转变，赶上新的时代要求。生物医药、精细化工、装备制造等新兴产业迅速壮大，成为各自行业的领跑者，随着电子商务、“互联网+”的蓬勃发展，华州区期待工业转型升级早日实现。

坚持融入主城，建设统筹城乡的实验区。撤县设区之后，华州成为渭南市中心城市“五大组团”的关键部分，加快渭华一体化发展，拉大华州区城市骨架势在必行。目前，310国道、渭华快速干道、渭华城际轻轨等项目正在积极建设中，届时，连通生态宜居的高塘、大明，空港物流的下庙、柳枝，产城融合的瓜坡、赤水及具有钼工业特色的金堆四大板块后，城乡相融相契，一个个崭新的城市新区将屹立于关中东部平原。

依托独特优势，建设绿色生态的引领区。华州山水资源优势得天独厚，围绕建设山水宜居华州的目标，该区试图践行“绿色、循环、低碳”的发展理念，加大污染治理力度，加强生态环境保护，大力发展文化、旅游融合的特色产业，实现“大绿、大水、大美”的生态休闲旅游目标。

共享发展成果，建设创新治理的先行区。立足于原县域第三产业发展不足的现实缺陷，华州区着手统筹市区两级乃至全市的资源，加快补齐民生短板，加强教育投资，提升医疗服务水平，建立“大数据＋医疗”模式，惠及广大百姓，让群众生活得更加安全和舒适。另外，填补融资服务、娱乐消费等方面的供给不足，通过补足短板，形成拉动城市发展新的增长点，从而实现提升公共服务品质的目标。

万事在开头，五年看头年。2月下旬以来，2016年规划中的105个重点项目里的19个集中开工，总投资21亿元。据区经发局王局长估算，到2020年，华州区生产总值将达到180亿元，固定投资累计将超过1200亿元，城乡居民收入将分别达到5万元和1.7万元。

3月2日，记者一行驱车行驶在已更名为华州区的近郊，观看项目开工的进展情况。在铁路医院后面的100多亩平整好的土地上，工人们已开始了工程的前期准备，项目负责人介绍，这是中铁集团投资2.3亿元的“华州区医疗康乐养老院”项目，建筑面积4万多平方米，明年就能投入使用。

虽说春暖还寒，但记者明显地感到，华州大地已开始苏醒，华州区的建设蓝图正徐徐展开。

华州，历经千年的历史积淀，终于走上了大发展的历史拐点，开启谱写渭南城市第二核的新征程，这对于37万华州儿女来说，真是其力已积，其势已成，其时已至！

——原载《陕西日报》2016年3月

壶口黄河吊桥

让百姓看得了病也看得起病

——陕西"中国式"医改强势攻坚侧记

"自古民生事多艰，医改当数天下难。一路风雪照肝胆，情系百姓勇无前。"

一则《医改感念》，透露出陕西省医改办主任孟建国对医改曾经的"难"与"牵挂"，令人欣喜的是，如今在陕西，"看病难"与"看病贵"问题已经破冰起锚。

医改即医疗卫生体制改革，它以"世界难题"的地位一直困扰着许多国家；而与此同时，它也以其艰难于默默中催生出一种力量，这就是攻坚克难的力量，这种力量在陕西已聚集了多年，这种力量在陕西已初步转化为百姓的实惠。这就是陕西的"中国式"医改。

国家自1994年揭开医改序幕以来，为有效缓解百姓"看病难、看病贵"等问题，从"医疗保险"的主题开始探索，试图建立覆盖全体城镇职工、社会统筹和个人账户相结合的基本医疗保险制度。2003年，遭受SARS袭击，国家意识到医疗卫生体系和公共卫生体系存在的重大缺陷，当年进行了第三次国家卫生服务调查，所得数据令人震惊。此后几年里，国务院屡次修改医改方案，在政府主导和市场化的旋涡中徘徊，最终，于2007年出台最新医改方案，坚持政府主导，决定进行城镇居民基本医疗保险试点工作，并向社会征求意见。

自2009年起，“新医改”启动，全国再度开始了一场没有硝烟的战争。而陕西作为率先的践行者，历经5年之久，坚定不移，推动医改，以“低水平、广覆盖”的理念起步，积极响应中央“保基本、强基层、建机制”的医改方向，从基层视角出发，聚力推动改革，全力落实医改工作布局，终于探索出一种“中国式”的办法。

看病难的试水改革

医疗卫生服务体系是一个庞大的系统，对于“摸着石头过河”的医改来说，基层是最薄弱的环节。如何打通这一环节，使老百姓真正得到实惠？省政府副秘书长，省卫生和计划生育委员会党组书记、主任戴征社说：“要把大量的人力、物力、资金投向基层，使基层在短时期内发生巨大的变化，满足广大人民群众在基层看病就医的需求，使广大人民群众尽快地享受到改革带来的实惠，才能让人民从内心里支持和拥护改革。”

省卫计委“不等不靠，不带框框”，坚持实践创新，经过5年的实践和探索，终于成功抓住“县级公立医院综合改革”这个着力点，取消以药补医，创新出了“子长平价医院”、“新农保宝鸡”、阎良“区镇医疗卫生一体化”等“中国式”医改的成功模式，为全国医改提供了可资借鉴的经验。尤其以“平价医院”为代表的子长县医药卫生体制改革表明，与改革前相比，子长县住院病人平均费用下降了44.8%，门诊平均费用下降了45%，大大方便了县域群众，被誉为中国医改的“陕西范本”，在全国范围内推广学习。

从子长模式中，省委、省政府认识到“以药养医”的旧体制和政府投入缺位等存在的弊端，于2009年在子长、神木等5个县区进行公立医院改革试点，我省县级公立医院改革就此起步。随着试点的不断深入，2011年将改革试点扩大到

56个县区，2012年2月又在全省范围掀起了推进县级公立医院综合改革的浪潮。

2013年，我省全面梳理了“新医改”以来县级公立医院改革取得的经验和存在的问题，对县级公立医院发展的方向定位、床位规模、人员编制、补偿机制、治理体系等做出明确规定，解决了基层长期盼望解决而又一直没有解决的难题，进一步提振了基层加快医改的信心。目前，我省县级公立医院按照每千人3.0张床位和人员编制1∶1.5的比例，在6个设区市、46个县区重新核定了床位和人员编制，101个县区推行了岗位聘用制和绩效工资制。数据显示，这101个县区都建立了财政投入补偿机制，人员基本工资全额预算的达到84%，县级公立医院坚持公益性质、破除以药补医的运行机制已初步建立，神木等县实现90%病人留在县域内的目标，基本做到“大病不出县”，使群众在当地就能看好病。同时，县级公立医院医务人员工资也发生了结构性变化，由开药挣钱转向病人至上、服务患者，使医务人员有尊严，职业价值也得到体现，工作积极性进一步提高。

病有所医成为新常态

当前，我国医改已进入深水区，仅靠单项改革难以破解体制机制的固有矛盾，考虑到各地医疗卫生机构在功能定位、内部运行以及行政管理等方面具有很强的相似性，2014年，国家五部委出台《关于推进县级公立医院综合改革的意见》后，结合国家意见，我省继续深入推进公立医院的改革，重点选择了1市10县开始了新一轮综合改革试点，引领全省公共事业向着老百姓的愿望发展。

为节约成本、控制风险、缩短路径、突破难点，2014年，我省在宝鸡市和子长县等1市10县启动新试点工程，从村、镇、县、市4个层级同步推进，计划以3年时间，建立综合监管、公共卫生、医疗保障、医疗服务、药品供应、保障支撑六大体系，形成卫生事业改革发展新模式。采用创新行政管理体制，加强卫生全行业监管，建立协调统一、科学高效的卫生计生管理新体系，构建政府主导、部门协同、社会参与的大卫生发展格局。坚持预防为主方针，突出疾病防控的针对性，提升公共卫生服务能力，构建公平、高效的公共卫生服务体系。坚持以群众健康需求为导向，优化医疗资源配置，逐步建立公立医院为主体、社会办

戏南海

医为补充、多元化发展的医疗服务体系。完善保障制度，提高保障水平，推进支付方式改革，加快建立覆盖城乡居民的多层次、多形式医疗保障体系。针对药品质量问题，严加管理和把关，完善“三统一”管理，建立采购、仓储、配送、使用全程监管和质量可追溯的供应体系。在此基础上，完善政府投入机制，深化机构编制和人事制度改革，加强人才队伍建设，推进卫生信息化，建立起可持续的改革保障支撑体系。

新医改运行以来，在综合改革试点的市县率先启动分级诊疗试点，综合运用医疗、医保、价格等手段，用利益杠杆把病人引向基层，推进形成了“基层首诊、分级诊疗、双向转诊”的就医新秩序。着力破解了制约县级公立医院综合改革的瓶颈问题，建立了财政经费保障机制和人事薪酬制度：将县医院人员基本工资 70% 以上及县中医医院、妇幼保健院人员基本工资 100% 纳入财政预算，离退休人员所有费用由财政承担；医院的历史债务统一打包剥离，由县级政府偿还，药品零差率补偿由财政负担；建立医院现代管理体制，设立理事会，实行院长聘任制，全员合同制；利用改革分配制度，拉开薪酬差距，医院收支结余的 30% 可用于提高医务人员待遇，收入差距控制在 3 ~ 5 倍。探索建立总额预付、按病种付费和按人头付费的混合型支付方式，倒逼医疗机构提高质量和效率，节约费用。

为确保医改起作用、见实效，省卫生计生委建立领导班子成员包抓制度，成立专家指导组，为每个县确定一所三级医院包扶，并在项目和技术上给予支持。目前，试点市县集中力量推进，改革示范作用已经初步显现，县级医疗机构的服务能力有了较大提高，西乡县完善药品“三统一”的措施经验、澄城县推行村医补助明白卡管理制度的做法已在全省推广。

县级公立医院改革的全面推广和1市10县综合改革试点两项工作的双管齐下，使“看病难”这一困扰我们多年的老大难问题有了实质性的改变，三秦老百姓病有所医逐步成为新常态。

看病几乎不花钱

“看病难”问题基本解决后，卫计委人不歇脚、马不停蹄向“看病贵”发起连续攻击。2014年我省建立的“基本医保＋大病保障＋商业保险＋疾病应急救助＋民政医疗救助”的系统框架，就是为了着力解决“看病贵”的问题。

据统计，截至2014年，我省共筹集新农合资金114.49亿元，人均政府补助标准提高到350元，城乡居民基本医保水平进一步提高。2014年重点建立了两项制度：一是在今年新增的65元新农合筹资中，专门列出按人均25元标准设立大病保障基金，用于大病患者二次报销，建立起全省统一的大病保障制度；二是建立疾病应急救助制度，省市两级分别按辖区人口每人0.1元的标准，设立疾病应急救助资金，从制度上解决了身份不明、无支付能力患者的应急看病问题。截至目前，有42家医疗机构申请678名患者的救助资金。

为保证医院的正常运转，建立了城镇医保与合疗经办机构向医院预拨周转金制度，持续推进总额预付、报销直通车等支付方式改革，12个市（示范区）全部实现市域内县与县之间的异地结算，并与11家省级医院实现即时结算。2014年以来，单病种定额付费、门诊总额预付、住院总额预付等支付方式更加完善，医疗费用不合理过快增长问题得到遏制。

截至2014年11月底，基金支出107.27亿元，基金使用率93.68%。报销人数4598万人次，其中：住院报销320万人次，人均报销4922元；门诊报销4248万人次，人均报销23.78元；慢病报销30万人次，人均报销678元。进一步方便群众。

与此同时，药品供应保障体系也在不断完善着。2012 年，我省在县以下医疗卫生机构全部实行药品“三统一”（统一采购、统一价格、统一配送）和零差率销售制度，运行 3 年来，基本切断了县、镇、村三级医疗卫生机构与药品供应商之间的利益链条，有效降低了药品价格。

为促使进一步完善药品供应保障，2014 年我省重点针对基层反映的药品不全、价格倒挂、供应不足等问题，连续出台 11 个文件，对药品进行新一轮的集中采购，采用“分类采购”的办法，重点解决低价药、急救药、妇儿药及群众习惯用药短缺问题。为解决患者向基层转诊后的用药问题，允许基层使用非基本药物，保证村卫生室不超过 20%，乡镇卫生院和社区卫生服务中心不超过 30%。针对部分药品价格虚高不下的顽疾，选择 1 个市试点药品价格谈判，通过“量价挂钩”，在全省统一招标价格的基础上进一步降低药品采购价格，同时引入竞争机制，将县医院药品配送企业由 1 家增加到 5 家，有效解决了药品供应不足和不及时问题。

从 2014 年 7 月 1 日起，我省开始实行黑名单制度，将违规企业清除出陕西，净化全省药品市场。为完善药品配备使用管理，已经建立了医疗单位药品供应质量可追溯体系，对药品采购、配送、使用情况实行网上监控，确保用药安全。

使百姓人人得保健

在不断推进医疗机构体制改革和完善的同时，我省医改在公共卫生和医疗服务上没有丝毫放松，以“四大体系、四大行动、四大措施”为口号，着力构建大卫生格局，切实贯彻预防为主方针，让群众不得病、少得病、晚得病。

从 2014 年初，聚力 7 种媒介，全方位、立体式推出《百姓健康》系列教育栏目，引导群众形成健康生活方式；创新农村公共卫生服务模式，加强县级医院急救服务、发热门诊、精神卫生等公共卫生科室建设；推行乡镇卫生院医师团队下村服务，实行村医公共服务明白卡制度，提高农村地区公共卫生服务水平。

围绕“百姓一张卡、政府一张屏”的总体目标，将卫生信息化列入“数字陕西·智慧城市”的总布局，制订全省人口健康信息化建设规划，推行居民健康卡，实现群众医疗保健一卡通。目前，已有57个县区实现了业务应用和数据的互联互通、信息共享，并与省级平台对接；5所省级与103所县（市）医院、405所乡镇卫生院网上会诊初步实现；投入资金5600万元，建设3个市区平台，接入8个试点县，构建区域卫生信息平台，目前已进入设备招标采购阶段。

多方位利用和支持社会资本进入医疗市场，鼓励大力发展社会办医，出台了促进健康服务业发展、社会办医、医师多点执业等的多个政策文件，放宽准入政策，将800张床位以下的综合医院和300张床位以下的专科医院的审批权限下放到市县，并颁布《推进和规范医师多点执业的实施办法》，促进医师在公立和非公立医疗机构间有序流动。

综合各项措施的积极运行和推广，我省医疗服务能力得到不断提升。投资33亿元的省人民医院、省中医医院和西北妇女儿童医院等重大项目全面完成，西北唯一的P3实验室（高等级病原微生物实验室）和省级公共卫生应急装备基地开始建设，全省市以下卫生计生机构新建、续建的5930个项目已开工5567个，开工率94%；已完工项目4969个，完工率84%；完成投资109.23亿元，投资完成率为98.49%。新建和改扩建市县医院21所，92家县级医院已经初步完成血液透析室建设。大力发展县级综合医院儿科、妇科、慢病康复科等公共卫生科室，基层医疗机构服务能力不断提高。

针对制约定向招聘工作的突出问题，王莉霞副省长召集专题会议，确定了计划单列、自主招聘、周转编制等解决措施，积极实施卫生人才“三万工程”，为县及县以下招聘医学类本科生1184人、基层全科医生转岗培训1500人、县级临床骨干培训600人。

医改工作如火如荼地推进，使我省人口得到了均衡发展。2014年，我省制定了单独两孩政策的实施意见后，全省共审核批准单独夫妇申请8988对，远低于每年4万对的预期指标，没有出现人口扎堆现象。严格控制计划外生育，全年人口自然增长率控制在5‰以内。提高计生特殊困难家庭扶助标准，统一将城市和农村独生子女伤残家庭夫妻特别扶助金提高到每人每月270元，将独生子女死亡家庭夫妻特别扶助金提高到每人每月340元，并从产业、教育、医疗、住房、养老、精神慰藉等方面给予精准帮扶和精细关怀。

医改，给全省人民带来了方便和实惠，使三秦百姓开始分享改革发展的红利。

陕西医改的成功实践表明，为群众做事，一要有为民情怀，二要有敢于担当的精神。5 年来，正是由于省卫计委以“大体验、大调研、大检查、大整改”为载体，强化“问题在基层，责任在机关”的意识，转作风、抓落实，促整改、求实效，才确保了全省医改的扎实开展、有效推进。

正如省政协副主席郑小明在《为了百姓看得起病》一书中所言，“看病难”“看病贵”是普通老百姓当下反映极为强烈的一个问题，我们必须带着感情去破解这个难题。什么叫带着感情？就是把老百姓当作我们的父母，我们就是在给自己的父母做事情，有了这个感情，就一定能够披荆斩棘，克服困难。

——原载《陕西日报》2015 年 10 月

大雁塔

二十四年的大爱延续

——陕西省扶贫基金会侧记

成立于1990年的陕西省扶贫基金会，以“安得广厦千万间”“但愿苍生俱饱暖”的民生情怀，坚持扶贫济困，竭力帮助贫困地区开发经济和发展文化、教育、科技、卫生事业，24年来，累计无偿投入扶贫资金3221万元，协调省级有关部门和社会资金1343多万元，在贫困地区开展万名贫困儿童助学工程、万人扶贫技能培训工程和科技扶贫工程，有力促进了贫困地区经济社会发展和群众脱贫致富，为陕西的扶贫事业做出了积极贡献，被国务院授予“社会扶贫先进集体”称号。

扶贫兴教一马当先

“少年强则国家强，教育兴则国家兴”，24年来，陕西省扶贫基金会始终把扶贫兴教作为开展扶贫工作的重点工程。

20 世纪 90 年代中期，陕南秦巴地区 190 多万人处于温饱线以下，教育事业尤显落后，农村中小学校舍简陋破旧，课桌凳缺乏，家庭贫困辍学或根本上不起学的学龄儿童就有 2 万多人，代代文盲，贫困山区由此种下穷根。时任省扶贫基金会会长的王双锡在艰难中做出决定——大面积扶贫助学，造福贫困地区人民。从这一远见卓识的决策开始，省扶贫基金会的战车便开始了马不停蹄的艰难跋涉。

1996 年下半年到 2001 年上半年，在当时被列为中国最贫困的陕南秦巴山区 19 个贫困县，省扶贫基金会实施了“万名贫困儿童助学工程”。每年出资 100 万元，无偿资助因家庭困难而辍学或上不起学的贫困儿童，完成小学阶段的学习。

5 年中共计投入 529 万元，受助贫困户计 12178 户，资助学龄儿童 14993 人。同时，为支持基层教育事业，基金会给全省 20 个县 50 多个中小学捐赠课桌凳 13550 套，价值 200 多万元。

这一善举壮举比国务院决定免去义务教育阶段农村学生学杂费早了 10 个年头，时至今日，当年数以万计的小学生都已出人头地、成家立业，扶贫基金会的工程却不曾止步。

培训农民走向富裕

新世纪之际，内陆悄然兴起向东南沿海发达地区劳务输出的热潮，农村青年纷赴东南沿海，这让基金会得到启示，快速启动“扶贫培训”工程，帮助贫困青年学到一两门专业技能，增加他们就业或者自主创业的能力。

2000 年下半年，省扶贫基金会联系一些办学力量较强、社会信誉较好、热心扶贫的社会办职业教育学校，允诺其打出省扶贫基金会的牌子，学杂费实行“学校减一点，学生拿一点”的标准，以联合办学的形式扩大招生。陕西振华培训学院、咸阳扶贫职业技术学院和西安大众汽车摩托学院率先响应，招收培训了 540 名贫困家庭学生，53 名学生免费。2001 年，渭南普田学院和西安艾曼迪宝玉石学校相继加入，5 所学校两年里减免学费共计 55 万元。

联合办学的形式促进了农村青年求学求艺的积极性，但减免的学费资金要学校承担，制约了培训规模的进一步扩大。面对这种状况，基金会独自扛起大旗，为接受培训的农村贫困学生每人每期补助500元，将“两个一点”升级为省扶贫基金会补一点、学校免一点、学员个人拿一点。从此，政府及社会各界力量大规模加入“扶贫培训工程”，开始了全社会的扶贫培训。

陕西扶贫基金会先后无偿投入培训资金678万元，建立“培训一人，就业一人，脱贫一家，带动一片”的农村贫困地区青年劳动力培训机制，共培训农村贫困青年11050名，培训就业率均在95%以上，稳定率在90%以上，多数人年平均收入都在2万元到3万元左右，成为农民工大军中的实用人才，使多数家庭实现了脱贫梦。

让科技鼓起农民腰包

科学技术武装农民，走产业化发展的路子，是实现我国农业现代化的必由之路。然而，一些贫困乡村，在农业科技推广滞后、农业科技人员普遍缺乏的状态下，依靠科技生产发展逐步走向产业化成为一个难解的命题。

2002年初，省扶贫基金会决定在贫困地区农村抓一批科技扶贫点，先后无偿投入科技扶贫资金1306.5万元，对边远山区贫困村实施“百村万户”和“一区一县十乡百村”科技扶贫工程，在全省10个市32个县156个行政村采取由基金会筹集资金，市扶贫（慈善）协会负责监督。据不完全统计，实施科技扶贫培养各种技术骨干11117人，有1696人取得了农民技术员证书。

基金会特别创造“3+1”科技扶贫工作法，由省扶贫基金会、市扶贫（慈善）协会、县技术部门三家共同包扶一个科技示范村，基金会每年从基金增值中拿出一定资金用于科技扶贫，由市扶贫（慈善）协会监管、县技术部门包村，对农民进行有针对性的技术培训，已覆盖农户3万多户，扶贫效果明显。截至2013年底，省扶贫基金会扶持的156个科技扶贫示范村农民人均收入过万的村有5个，占3.2%；5000元以上的村达123个，占78.8%；示范村农民人均纯收入年均增幅在10%以上。

同时，出资100多万元与省妇女儿童基金会合作对农村妇女进行创业技能培训，解决200余名接受培训的残疾人的生活费补贴。各村还普遍建立了专业协会，

靖边丹霞地貌

有的还建起了专业生产合作社，在科技培训、技术指导、产前产后服务和产品营销等方面，发挥着不可替代的作用。

省扶贫基金会的同志所到之处，善行义举随之同行。他们最大程度地动员社会力量开展扶贫帮困工作，不遗余力地壮大基金实力，在贫困地区做出一桩桩令人感慨和称道的善举。

在盘活资金的同时，省基金会动员千方百计拓展基金。世纪之交之时，他们在延长县的石油油井成功开采，使扶贫基金增长 200 多万元；除此之外，基金会还选择不少风险小、回报高的滚动项目，先后投入资金，跟踪管理，取得了较好的经济效益。

扶贫是全社会的责任，省扶贫基金会动员社会各界爱心人士积极参与扶贫，共协调社会扶贫资金 1343 万元，帮助贫困地区新建小学 4 所，修缮小学 8 所；并为 20 多个边远山区贫困村解决了人畜饮水和行路难问题；先后为汶川大地震及汉中、安康史上罕见的特大洪水灾害捐赠 65 万多元资金和实物，接受国内外价值 151 万元的救灾物资，按时发往灾区。

陕西省扶贫基金会 24 年的善行义举，为三秦群众带来了福音，也赢得了全社会的赞誉。

2014 年 10 月 17 日，是我国的首个扶贫日，也就在这一天，陕西省扶贫基金会被国务院扶贫开发领导小组授予“社会扶贫先进集体”称号。

——原载《陕西日报》2015 年 8 月

用记者应有的情怀来抒写时代

——品读韩秀峰《掀过一页》之“在新世纪篇”

镇安县委宣传部　倪方海

倪方海

认识韩秀峰主任是在陕西日报第 83 期通讯员培训大会上，韩主任为我们做了一节内容精彩丰富的培训课，让我记忆犹新。后来，在陕报上看了韩主任连续六期《漫道雄关》系列报道，这一组大手笔的报道，让我对他更加充满了敬意。

今年 6 月，陕西日报传媒集团确定将 2016 年通联会放在镇安举行，韩主任作为会议举办的主要负责人，前来镇安沟通会议筹备相关事宜，也是因为这个机会，我才有幸与韩主任有了第一次交流。而且，单位还安排我第二天陪同他一起深入美丽乡村采访，这让我更加深刻地了解了韩秀峰主任。

他对人和善、谦逊，总有一种长者风范。在采访过程中，我一直负责拍照，有时也给他抓拍几张，照片拍得不好了，他也不生气，微微一笑也就过去了。当我向他谈及《漫道雄关》系列报道时，他说："陕西的关口文化是非常丰富的，特别是拱卫关中的六大要塞，文化底蕴厚重，漫道雄关里有着中华根脉，这次关口寻访之旅，是为了表达对我们中华先祖的缅怀和敬意。"听了他的话语，我觉得眼前坐着的是一位身负使命的人，而不单单是一个记者那么简单。

这次有幸能为韩秀峰主任写书评，我内心充满着欣喜与忐忑。欣喜是终于能为韩主任的书写点什么、做点什么了；忐忑的是，自己才疏学浅，文笔笨拙，恐怕不能胜任，写出来的文章会零零散散，不成章节，表达不了韩主任的思想。后来，受秦东风部长的鼓励，我终于定下心来，写上一篇，权当是我对韩主任的一点敬意吧。

"在新世纪篇"这一辑共收录了 26 篇通讯，内容涉及经济改革、平安建设、精神文明、美丽乡村、医疗改革、精准扶贫等内容。单从这些涉及的内容来看，叫"在新世纪篇"是极为合适的，进入新的世纪，我国实行了一系列的新改革，经济持续发力，民生得到重视，社会飞速进步，人民过上了更加幸福、平安的生活。这些通讯稿件全方位、立体式地反映了陕西的各项事业在新世纪里的良好发展态势，记录了陕西发展进步的足迹。

"在新世纪篇"关注了社会热点问题，把民生福祉融进了文字。《让百姓看得了病也看得起病》在关注百姓健康，也是陕西医改目标；《民之所需就是警之所向》在关注百姓安危，也是国家立警为民的根本；《让每一户群众跟上奔向小康的步伐》在关注精准扶贫，也是新时期国家的发展目标；《走在建设精神家园的前列》在关注社会主义核心价值观的实践;《让父老乡亲荣耀地活着》在关注美丽乡村建设……从韩主任关注的问题层面来看，他有着一双能穿透时代的眼睛，有着记者应有的胸怀大局、把握大势、着眼大事的情怀。

“在新世纪篇”关注了百姓，关注了普遍，在为时代代言。我不知道他在采写这些稿件时发生了什么样的动人故事，但从中能看出他的新闻作品是为时代立言的。新闻是反映社会的，引领人的眼睛，展现着思想的“正能量”。在今天的互联网时代，传播方式的多样化让媒体环境日益喧嚣，感官娱乐已经成为精神消费的主流，一些人追求博人眼球、热热闹闹的东西，可是韩主任在浮躁中却独自宁静，作品中显露着厚重的精神。从《一支传递温暖的力量》《让百姓看得了病也看得起病》《让父老乡亲荣耀地活着》等作品中都可以看出，他的眼中有百姓，他的心中都是满满的正能量。

“在新世纪篇”是有人文情怀的，把对家乡的爱融进了文字。艾青有一句诗：“为什么我的眼里常含泪水，因我对这土地爱得深沉。”这句诗之所以被人们喜爱，是因为它表达了“爱祖国爱家乡”这个温暖的人文情怀。韩主任作为一名记者，从他的新闻作品里可以看出他对家乡的热爱。韩主任是渭南人，在他的作品里人物多是选择渭南的，县域也是渭南较多，不要问为什么——一个连自己家乡都不想写的人，会得到读者的认可吗?他对家乡是有感情的，这种感情融进了他的文字里，流淌在他的血液里，让人心潮久久不能平息。

要了解一个人，就读他的文字，从文字中触摸他的思想，感受他的情怀。如果你有时间，就好好读读韩主任的文章，你一定会读出一个思想深刻、心中有情的他。

满纸真诚言　一腔爱民情

——品读韩秀峰《掀过一页》之“在新世纪篇”

灞桥区委宣传部　董婷婷

董婷婷

小时候，我总觉得有件事很神奇：站在河滩上，放眼望去，映入眼帘的净是石头。石头似乎没有什么身份之别，然而如果您俯下身来耐心寻觅、仔细端详，却又会发现石头之间竟然也是千差万别，无人能够找出两块完全相同的石头。而那些令我们眼前一亮、值得玩味的石头更是形态各异，有的甚至看上几年也舍不得丢弃。

长大了，从事文字工作的我似乎又寻回了当年找石头的感觉，我深知，一篇好文章就像散落在河滩上的奇石，在石滩中难以寻觅。读罢韩秀峰主任的“在新世纪篇”稿件，会让你有别样的感受，不知不觉有些爱不释手了。

作为一名从事党的宣传工作不足七年的“新兵”，我有幸拜读了韩主任的作品，不敢妄用“撰写书评”这样高大上的措辞，更多的是借鉴、学习，希望能够汲取当中的经验和精华。读罢这些作品，我看到的是扎实的采访、鲜活的行文、精准的提炼、全面的视角，更重要的是大写的“真诚”。

时下社会上流行一句话：“多一点真诚，少一点套路。”从事党的新闻工作时，亦如此。很多时候，人们往往带有偏见地认为，党报的文章难免陷入“谁写谁看、写谁谁看”和“党八股”的怪圈，而这恰恰和孩子们认为“河滩上不过都是相同的石头”一样，观点幼稚而偏颇。

韩秀峰主任的文章，着眼于大处，却执笔于细节，用真实的自我感受对生硬的政务工作进行再梳理、再加工，总结地区经验、剖白人物特点，远离套路、充满真诚，更体现出一名资深的新闻工作者积淀的独到和老辣：在《绿的西安》中，开头一句“西安真是越来越洋活了！”让人觉得这哪里是看稿件，分明是和邻居大哥在“谝闲传”，亲切自然；在《处女泉　黄河在这里美醉了》中，作者引经据典、谈古论今，令一处“湮没千年的处女泉”跃然纸上、令人神往；在《一个供销社的苦情坚守》中，一个具有鲜明时代特色的供销联社的兴衰像一首诗篇般娓娓道来，我们时而置身20世纪70年代的渡米供销社，时而身处21世纪初的荆姚镇供销社，仿佛随作者踏上了供销社的“苦情之旅”，久久回不过神来。

磨刀不误砍柴工。道理虽浅，做到的人却不多。一篇好的稿件，再富丽堂皇的语言罗列，也往往敌不过一两个打动人心的点来得印象深刻，而这，就有赖于作者做好深入细致的观察采访醒悟这个“基本功”。韩主任的这组稿件给我的最直观的感受就是：这基本功，练得扎实！如果不是细致的观察，哪里会有《柿饼挂满马家坡》中“水磨石地面、枣红色门窗套、正面的迎客松、火红的中国结、银色的五轮车”这样致富农民鲜活的生活图景；如果不是深入的采访，如何写出《大荔的农业会唱歌》中“在大荔，你必须相信：富裕，不仅可以在地里种出来，还可以种成多彩的颜色”这样独到而贴切的总结；如果不是下了功夫“磨刀”、深入群众“闲聊”、扎在基层“蹲守”，就没有政务新闻变身一个个饱满的时代故事，更没有三秦大地上基层工作中如诗如歌的发展历程。

我们的时代，从来不乏可歌可泣的好故事，也不断涌现值得赞颂和借鉴的好经验，除了亲历者的口口相传以外，更多的尚需高举笔杆、不负重托的新闻工作者的传播和弘扬。韩秀峰主任用他的客观之笔、鲜活之笔为我们讲述着一个又一个的“陕西故事”，记录了一个时代下陕西发展的正能量，以小见大地把我们带入三秦儿女干事创业的洪流之中。

我为这样的作品点赞，为这样的新闻人点赞！

人物
足迹篇

渭河上的打鱼人

编者按：

记者的一次偶遇，向我们生动地诠释了我省渭河治理工作的卓越成效。渭河是三秦儿女的母亲河，多年来由于污染较重，严重影响了两岸群众的身心健康和关中平原工农业的健康发展。自2011年2月17日开始，在国家的大力支持下，省委、省政府以壮士断腕之心和破釜沉舟之势会同沿渭各级政府及干部群众，对渭河进行了历时5年的综合整治，共完成投资210亿元，630公里堤防主体全部完成，建成支流入渭口交通桥53座。一条依托渭河、长达388公里的“生态绿轴”横贯关中全域，“洪畅、堤固、水清、岸绿、景美”的治理目标已经实现，新一轮的渭河综合治理业已启动。

从这篇报道中，我们欣喜地看到，对事关民生的大事，再难我们也要去做，只要我们做了，就赢得了群众的心，就会使群众从我们的工作中亲身感受到获得感、幸福感，从而和我们一道更加积极地投身到“三个陕西”的伟大建设中去。

春分前夕的3月18日，为了拍摄黄河与渭河交汇处的照片，在潼关采访的记者5点多就起了床，简单洗漱后直奔黄河岸边的观景长廊。可惜的是等了一个多小时，因为雾霾太重，近在眼前的两河始终一片雾蒙蒙。

记者并不甘心就这样作罢，于是我们向河岸前行，期待能看个清楚。

河岸一带属潼关县的港口镇，是黄河与渭河的交汇处，因为洛河在离此不远的地方汇入渭河，所以当地人称这里为“三河口”。站在渭河岸边，近处能清楚一点，河对岸的田地处依然朦胧，两河交汇处依稀可见，没有惊涛拍岸，没有浪花撞击，而是在平缓中融合，看来河水也是认亲戚的。

因为照片拍得不理想，记者在沮丧中正欲离开，却看见一个青年推着自行车驮着一只两厢的小木船向河边走来，记者一下子纳闷起来，难道渭河里也能打鱼了？

也许你会说，这有啥大惊小怪的。其实这实在并非记者的大惊小怪，而是20多年间，记者始终在从东到西的千里渭河两岸上来回穿行，就从来没见过一只船，人说见多不怪，没见过渭河漂船的记者能不大惊小怪么？

近得前来一问，来的青年姓王，果然是来下河打鱼的，他是打前站的，老父亲还在后面。记者从没见过这样简易小巧的两厢小木船，还能装马达。正看着说着呢，老王来了，边打手机边指挥着儿子。只见小王又是探水又是装马达，差不多了，老王拿起竹竿跳上了船，用力一撑，小木船驶离了河岸。

这多年没见过的景观虽说不太过瘾，但记者还是眼盯着小木船入了神，好似置身于江南水乡一般。

忽然想起今日的“正事”，失望中要撤退时，突然瞥见河心里漂来了一只船，记者兴奋得全身的细胞都活跃起来了。

待近岸时，看到开船的是一位老人，只见他娴熟地靠岸、挂锚，船还没稳，他就从怀里掏出手机拨打起来，随后拿起拖把清理起卫生。得知老人是打鱼人，记者想看看他打的鱼，老人揭开盖子指着鱼舱说，都是鲤鱼，有100多斤呢。

闲谈中得知老人名叫姜海，老家是河南息县的，今年61岁，来陕西快40年了，家就在华阴市里。老姜说，早年在老家船运公司，后来公司倒闭了，于是就“漂洋过海”来了陕西，自己又不会做其他活儿，只好干起了老营生，靠着渭河维持生计。老姜说，他在渭河上漂了30多年，从宝鸡到潼关都跑遍了，早年在千阳的冯家山水库待过几年，后来安家了，主要就在渭南河段打鱼。谈到收益，老姜笑着说，好的时候一天能打100多斤，不好的话几十斤，他的鱼始终1斤卖10元，到了农家乐或鱼贩子手里，1斤都是卖30元。

正说着，刚给打电话的农家乐周老板来了，他们是老相识，老姜就挑大点的鱼装进给周老板拿的袋子里，一过秤，32斤。周老板付了钱骑着摩托车走了，老姜又拿起手机联系起别的客户。

和渔民在船上

迎着初升的太阳，记者再眺望三河口，隐约可见有两只小船在波光粼粼的河面上游动，又想起了王家父子，就问老姜他们的情况。老姜告诉记者，王金成那父子俩原先也开着农家乐，不知是开不下去还是看这打鱼的生意好了，就开始下河打鱼了。

正说着，周老板又来了，刚才媳妇把钱没给够，他告诉老姜联系到一家客户，老姜一高兴又少收了 20 元。周老板开的农家乐叫“一家亲”，快两年了，就在河岸路边上。他告诉记者，这几年吃渭河鱼的人多了，也能卖上价，不像前多年渭河鱼泥腥味太重，没人吃。记者问为啥，周老板回答道：“政府把渭河治理好了，鱼也长肉了，我们老百姓自然沾光呀。”

在等客户的时间里，老姜开始一边淘米生火做着早餐，一边谝他的水上生活。他说自己常年在渭河上漂荡，一出来就是一个多月，打的鱼不离船就卖完了，手机上存的客户有几十家，河岸三省的好多人都熟悉他。老姜指着脚下的铁船告诉记者，他用坏了好几条木船，四五年前换了这只铁船，花了一万多，因为船大又结实，在船上吃住也很方便；他一般是早餐稀饭，中午和晚上不是面条就是米饭，做鱼吃自然是经常的事；晚上铺开床板睡在船上，早晨开船撒网打鱼，一旦下雨了起风了，船就靠岸了，这时的他撑起雨棚品着茶，听歌听戏观风景……

太阳升高了，远处，水茫茫，两只小船依稀可见；近处，火正旺，老姜的早饭快好了……

——原载《陕西日报》2016 年 3 月

当葡萄挂满枝头

——记共产党员、全国优秀科技特派员王录俊

他，一个学农的大学毕业生，一个工作了23年的普通干部，一名平凡的共产党员。

他，16年间改变了25万亩土地，使亩均收益从千元跃升到几万元，6万家庭20余万群众由此踏上富裕路，乡亲们封他为“活财神”。

他，就是现任临渭区果菜局副局长兼临渭区葡萄研究所所长、全国优秀科技特派员——王录俊。

让农民也能土里刨金

王录俊1991年从西北农业大学园艺系果树专业毕业后，先在临渭区农牧局多经站工作，1998年转到农业产业结构调整办公室，也就是这个岗位成就了他日后的辉煌。

那是 1998 年 8 月，在一次与天津科技人员的交流活动中，王录俊得知由美国引入我国华北等地的红提葡萄是国际市场最具有竞争力的鲜食品种的信息，他便四处寻找，终于在渭南市场上看到了，一问价，20 元一斤！王录俊吓了一跳，旁边摆的本地葡萄只卖 5 毛钱，差了几十倍。惊诧之余的王录俊经过调查得知，红提葡萄不仅穗粗粒大含糖量高，而且果肉硬度大，便于储藏运输。他心想，如果能引到本地，种植效益一定也不差。

说干就干！他到西安找相关专家探讨，不料却是兜头一盆凉水：这品种不耐寒、易日灼，还有病虫害，不适宜在渭北地区栽培。

然而，不是所有的激情都能被凉水泼灭的，何况是学有专长的不轻易服输的关中汉子！

先试再说。经过反复考虑，1998 年 11 月，王录俊筹借了 5 万元买回 5000 株美国红提葡萄苗子，说服了渭河北岸、距渭南市区 30 公里的下邽镇见庄村 7 户乡亲，在第二年 3 月毁掉了麦田，建起了 20 亩葡萄园。

从此，王录俊骑自行车、坐公交，穿梭往来于渭河两岸。白天下地观察，晚上查阅国内外葡萄资料，潜心钻研，常常几天不回城，吃在地头，住在村里。

寒来暑往，与葡萄两年的相守、两年的耕耘，王录俊终于等来了收获。2000 年，见庄村 7 户果农种植的红提葡萄首次挂果，亩收益 5000 元，第二年亩收益达到 1.5 万元。

2014 年 6 月 27 日，烈日炎炎，记者一整天穿行在沃野般的渭北平原，淹没在万顷绿浪丛中，垂涎在那一串串青翠欲滴、挂满枝头的葡萄架下，千般激情壮怀而来……

在见庄村，记者见到了当年毁麦种葡萄的 4 户村民：村支书王宁州、村葡萄协会会长袁县龙、市人大代表王淑霞、老村主任程金平。如今的他们，家家收入过百万，家家盖有二层楼，家家都有小汽车。

在村委会的院子里，记者看到一块镇村合立的“功德碑”，记录下了背面的文字：

袁水龙同志，生于 1952 年农历六月二十日，1975 年入党，曾任村党支部书记、红提葡萄协会会长。2005 年农历七月三十日，在为村民销售葡萄中，因日夜奔波，劳累过度，路上避车时不幸遇难，享年 54 岁。水龙同志任支部书记期间，为了改变全村的贫困面貌，引进种植红提葡萄，连片建起 20 亩红提葡萄示范园……见庄村被省农业厅命名为一村一品示范村，被省人事厅授予引智示范基地，被国家科技部确定为新农村建设科技示范村。如今富裕起来的见庄人，饮水思源，惦念致富带头人袁水龙，自觉捐资，勒石立碑，以昭示其功。

垂立碑前，记者沉思良久。

有奋斗就会有牺牲，并不是谁专用的话，幸福的生活也需要奋斗，农民也会有牺牲，农民的牺牲同样让人感怀。

用科技激活脚下的土地

世间事，从来就鲜有一帆风顺的，何况是一场攸关土地与农业的革命。

自从葡萄引进门，王录俊就再也没能闲下来。虽然种植成功了，但专家当初的断言也在葡萄生长过程中未能幸免，葡萄被灼伤、枝杆被冻死的现象终究还是出现了。群众在观望，推广普及工作举步维艰。

王录俊实地探究，钻研苦思，反复实践，冬天他把葡萄枝杆埋在土里，破解了惧寒冻死的难关。他又摸索创新出“Y”型架和“三带”整枝架型的栽培术，不仅能使葡萄成形快、结果早、品质好，还能达到丰产稳产，解决了葡萄被灼伤的难题。

王录俊还通过实验进一步指导果农通过疏穗疏粒把产量控制在四五千斤，不仅提升了果质，也保护了树的体质。

难题的接连攻克引来了群众的围观和跟风，葡萄种植面积从见庄村向周边迅速扩展，七八年间已达到五六万亩。为民寻求致富路子的各级公仆也因势利导，2009 年，临渭区出台决定，建设渭北葡萄基地，已成为果菜局副局长的王录俊被派往下吉镇专抓葡萄基地建设。

随后他主持制订了全区葡萄基地建设规划，建起了标准化葡萄示范园。全区葡萄种植面积 2010 年超过 10 万亩，2012 年又翻了一番。

王录俊一边抓建设，一边搞科研，涉猎和掌控着所有关于果品的信息，对出

山花烂漫

现的问题全力攻克。2009 年，从外地参观回来的王录俊做起了设施避雨栽培示范，显著减少了雨水直接落在葡萄树上引起的病害发生率，使葡萄的喷药量一下子减少 60% 以上，既大幅减少了成本，节省了劳力，还提前了成熟期，降低了果品农药残留量。

为科学引导葡萄产业发展，提高葡萄的品质，规范果区栽植技术，王录俊系统地总结了自己的管理经验，参照国家有关无公害食品标准，编制了《关于建设绿色葡萄长廊暨十万亩优质葡萄基地的规划》，制定了《无公害食品红提葡萄露地栽培生产技术规程》《无公害食品红提葡萄产地环境条件》等标准，这一标准综合体已被渭南市质量技术监督局作为全市的标准公开发布。

运用现代科技，王录俊激活了土地，改变了土地，提升了土地，使土地出金流油。

2012 年，临渭区葡萄种植面积突破 20 万亩，葡萄研究所应运而生，王录俊出任所长。

把个人价值揉进乡亲的幸福里

有些专家是唯利的，有些专家是骗人的，王录俊却是为民的。因为除去专家的称谓外，他还是一名共产党员。

16 年来，王录俊往来奔波于田间地头，抓调研，搞培训。他倡导并组织了“临渭葡萄大讲堂”，聘请专家定期为果农进行培训。

据不完全统计，十多年来，他为果农授课300多场次，培训农民5万余人次。通过他手把手的技术培训指导，下邽镇就有 3000 余人熟练掌握了葡萄栽培管理技术，成为土专家。见庄村的袁县龙就被聘为富平 1800 亩葡萄园的技术顾问，年佣金达 10 万元。

针对现在农村务果的多是老年人和妇女，王录俊创新推行了果树周年管理“傻瓜技术”，通过每月深入果园调查，制定出每一阶段的栽培管理方法和病虫害防治技术方案印发给果农，果农依此实施管理，有效实现了科技与农民的有效对接。

他还指导创办专业合作社，实现果区与市场的对接。三贤友帮合作社是 2008 年创办的，规模已达 1 万亩，现在是国家认定的“标准化示范区”和“绿色食品基地”。像这样的大小合作社全区已有 640 家。

为着未来的调整优化，王录俊去年又引进国内外新优葡萄品种 70 余个，建成了陕西最大的鲜食葡萄种质资源圃，成为后续发展的宝库。

十余年间，葡萄种植在这里从 7 户发展到 6 万余户 25 万亩，总产值超过 20 亿元，人均增收 8000 元以上。

葡萄，像一串串宝石、一道道风景，摇曳在渭水北岸。

农家老人

王录俊，这个扎根于家乡泥土中的共产党员、大学生，十几年来，日出而作、日落而不息，把葡萄连同自己为民富裕的信念一同种进他深爱的黄土地里，用汗水把个人价值揉碎渗透在乡亲的幸福里，融化进葡萄架上的硕果里。

他月薪不到 1200 元，却收获了与此极为不称的许多东西：市政府科技推广一等奖，省优秀科技特派员，省“农业科技 110”专家，全国优秀科技特派员，渭南市人大代表，2014 年首届“最美渭南人”。乡亲们评价他：引进了一个品种，发明了一个架型，制定了一个标准，成就了一个产业，富裕了一方百姓。

6 月 27 日，在离渭南 40 公里的官路镇官路村，记者走进秦风绿园葡萄园，两排日光大棚蜿蜒排列，有 100 多棚。径直走进一棚中，一行一行的葡萄树矗立其间，一串一串的葡萄挂满枝头，正在采摘的务工者拿起一串葡萄告诉记者，这一棚能产四五千斤，这一串就一斤多，这几天一斤葡萄的批发价是 25 元。

——原载《陕西日报》2014 年 9 月

渭北高原　一个耄耋老人的守望

——探访国家级突出贡献专家李立科

几个月的寻觅与等候，记者终于见到了他，在那片已经成熟的试验田里。

他是陕西农业发展史上具有里程碑式的人物，在农村一蹲就是54年；他用科技手段解决了改革开放之初全省的粮食缺口难题；他两次被《陕西日报》以头版头条的最高礼遇隆重推出；他的事迹还被拍成12集电视连续剧——《秦川牛》……

他，就是李立科，一个曾经名震三秦而又日渐陌生的名字，一个身患癌症25年还活在人间、仍奔忙在渭北高原实验田里的耄耋老人！

艰辛着也辉煌着

1980年，那是一个粮食匮乏的年代，陕西省每年的粮食缺口在3

亿斤左右，为扭转这一被动局面，省上决意在渭北高原开辟“第二粮仓”，时任陕西省农科院副院长的李立科被点将前往渭北，解决这几亿斤的粮食缺口。

1981 年，李立科背起行李和几亿斤粮食的“军令状”，来到了合阳县甘井乡蹲点，研究探索渭北旱原粮食高产的路子。

当年的合阳还在贫困县的队伍里，土地干旱贫瘠，群众生活贫困。“十年九旱粮不收，农民饮水贵如油；茅屋破烂衣褴褛，要娶媳妇愁上愁。”就是这里当时的民谣。

正值小麦成熟期，李立科和他的伙伴们简单安营后，就每天在麦田里调查研究，土样分析，比对实验。李立科发现，增施磷肥能促进小麦根系生长，调动深层土壤里的有效水分，可以抵御天旱缺雨的自然条件。他把这一发现当即付诸实验，个人贷款 15 万元，购回 870 吨化肥，全部分发到生产队，还逐村逐户向社员讲解增施磷肥的道理和方法，自己也借用了一块麦田，种下了磷和铵的对比试验田。

来年夏收，甘井乡的小麦亩产量由原来的 48.5 公斤猛增到 136 公斤，成了合阳县农业发展史上破天荒的事。

随后，他带着制作的小麦根系标本，奔走在合阳的每一个乡镇和村庄，使农民接受了磷肥，掌握了化肥的配比方法。1983 年，合阳县小麦获得空前大丰收，亩产达到 173 公斤。这一奇迹顿时传遍了渭河北岸的半壁关中。

在实践中，李立科以磷促根的理论不断完善，总结出了“碾压提墒技术”、减少降水流失和水分蒸发的“留茬免耕秸秆全程覆盖技术”以及引进良种等。

1995 年，李立科的试验田里小麦亩产 437 公斤，玉米亩产 600 公斤。

消息震动了我省的农业界和科技界，有专家赞誉：“李立科的旱原试验田产量超过关中灌区，这是陕西农业史上破天荒的奇迹。”联合国粮农组织官员实地考察后对李立科说：“你的研究对世界旱作农业有指导意义。”时任国务院副总理的李岚清来陕视察时，专门约见了李立科，鼓励他继续努力。

死亡着也抗争着

与共和国的许多奉献者一样，李立科的奉献也充满了艰难和挫折，失去了舍弃了许多成人应有的东西。

“我有过三次死亡的经历。”李立科毫不忌讳地说。年轻时劳动收工不慎掉进了井里，差点死了。1979 年遭遇车祸，虽大难没死却留下了终生耳鸣的后遗症。

第三次“死亡”也伴随了他的辉煌。他“以磷促根、以根调水”的栽培技术在渭北旱原的 20 多个县被广泛推广，仅此一项，陕西一年多产小麦 8 亿多公斤，立下了汗马功劳的李立科也被评为陕西省劳动模范和全国劳动模范。1990 年，省委、省政府号召全省人民向李立科学习。

科学研究是没有止境的，李立科深知这一点。施肥只是解决了小麦由低产到中产的问题，如何达到高产，关键还在水，这是他得出的结论。然而，水已经困扰渭北旱原几千年了。

他为此到处奔波寻找办法，观察、试验、研究、对比。1989 年夏日的一天中午，太阳像火盆似的烘烤着大地，四处转悠的李立科在地里拨开一堆麦草，发现里面竟是湿漉漉的，他高兴地一下子跳了起来，“这不就解决了水的问题么！”

按说，渭北旱原的降雨量完全可以满足小麦、玉米等作物生长的需求，但是大部分降水常常是白白地流走，加上风大，日照又强，水分蒸发得很快，与作物需水的时间产生了时差。麦草下的潮湿使李立科萌生了采用覆盖技术提高粮食产量的想法，于是，他又开始了这项技术的科研试验。

1989 年 9 月的一天，大雨倾盆，下乡归来的李立科坐在一辆手扶拖拉机上，车轮卷起的泥雨不停地冲刷着他的面颊，回到基地后，他的左眼开始不时地流泪，左上颊也疼痛不止。因为自己是一个“老肝炎”，所以他并没多在意。

在随后的忙碌中，左眼依旧泪流不止，左颊疼得他直捶墙，直拖到 10 月 10 日，他才去了合阳县医院检查。

医生在片子上看到了癌肿的阴影。

李立科说，如果是癌症，只要让我活到明年 7 月就行了。我死了就把我埋在试验田里，上面立个牌子，写上“李立科在这块地里种的小麦亩产达不到800斤，望大家努力”。

消息惊动了各级领导，李立科被送往西安。经省人民医院确诊，李立科患左上颌窦鳞癌，已是中晚期。

好在好人有好报，好在老天开眼，在各方面的关怀下，李立科的手术成功完成。

1990年春，在合阳县百姓的祈祷和期盼中，李立科终于又回到了甘井，当地干部群众把一块桌面大的牌匾送给他，上面写着：“但得众生皆温暖，不辞羸病卧残阳”。

出院归来的李立科又来到了他的试验田，好像是要回报他付出的艰辛一样，这片试验田的小麦亩产达到437公斤，玉米达到600公斤。

采访李立科

坚守着也留恋着

覆盖技术随后也试验成功，成为渭北旱原粮食生产的又一突破，千家万户的农民看到了种田的希望，期待这一技术的全面推广。

由此，甘井的小麦亩产由48.7公斤提高到264.05公斤，玉米由121.5公斤提高到458.9公斤，不仅解决了渭北群众多年来吃不饱的问题，也基本解决了吃不好的问题。

粮食产量上去后，李立科和他的伙伴们并没有停止，又开始帮助乡亲发展经济作物，使农民的人均纯收入由他刚来时的39元提升到了1000多元，村村林茂粮丰，户户有粮有钱。

2014年，麦收时节，记者踏着本报前辈的足迹，寻访到了合阳甘井镇，见到了这位仰慕已久年已耄耋的老人——李立科，也看到了他的40亩试验田。老人手拿草帽，脚不停步地拉着记者满地介绍着，这里种着164个小麦品种和6个玉米品种，老人说他的最终愿望就是把小麦亩产弄到1500斤，玉米亩产弄到3000斤……

在简陋的科研基地院子里，老人讲起他和他的试验田、他和他的乡亲们，如数家珍，滔滔不绝，几次落泪，几度哽咽。

在合阳，老人已度过了33个春秋，而在此之前，他在武功县蹲点14年，陕北蹲点4年，陕南蹲点3年，屈指算来，农村已占去了老人生命中的54个春秋。

老人患有肝炎、胃炎、耳聋等多种疾病，癌症手术已做了25年，他常年戴着助听器，他的口腔里填充着牙托，说话虽不灵便但也滔滔不绝。

老人说他的生命再剩8年，在余生，就是继续研究改产耕作法，开发蒸发水解决农田干旱、水土流失、沙尘暴和肥力递减问题。

如今的甘井镇已步入了设施农业阶段，现代农业的大幕已经在我省的渭河两岸徐徐开启，老人倾其一生的科学研究成果也受到了影响和挤压。据镇农办主任雷林涛介绍，现在甘井镇主要以种植苹果、小麦和玉米为主，果业已占七成多，达6.5万亩，全镇6.5万人去年人均纯收入是6797元。

同座的甘井镇的张德喜和唐小有老人，都是李立科来甘井时认识的第一批乡亲，他们的家庭也步入了大棚时代，年收入都在十几万元以上。但谈到李立科，他们有着更深的情结和更多的感慨：老人对甘井对渭北贡献很大，走遍了这里的村村户户，他以磷促根、以磷调水在全国都是首创。80 岁的人了，每年都要从农科城过来住三五个月，唉，还是丢不下他的事业！

记者感觉，其实，老人丢不下的大概是他作为科学家的追求，他在这里 33 年的乡愁，还有 80 岁生命换来的结晶。

“我死了，就想埋在我的试验田里。”李立科对记者说。大家笑了，这话你老都说了 25 年了，还早着呢！

依依告别老人，在甘井镇的街口，记者看到了一块 2007 年 6 月立的石碑，上书“立科路”，为全国人大常委会原副委员长布赫所题，背面刻着“当代后稷李立科”。记者恭敬阅读后抄录了碑文，以宣示老人之功。

“翻身不忘共产党，致富感谢李院长。”这是永远镌刻在甘井地区乃至整个渭北人民心中的一句碑文。李院长正是向旱魃挑战的科学家，优秀共产党员，全国劳动模范，陕西省农科院原副院长、研究员李立科。老百姓封他“财神爷”“当代后稷”。李立科 1934 年 12 月 18 日出生在后稷的故里武功县，1959 年毕业于陕西省农业学校，他效后稷“教民稼穑”，贡献了青春，贡献终生。《诗经》有文：“思文后稷，克配彼天。立我烝民，莫菲尔极。”

渭北旱腰带自古十年九旱，靠天吃饭。旧县志载，数千年来，“饥馑频仍，民不聊生”。改革开放前，甘井八成以上的农民“借了吃，打了还，跟着碌碡过个年”或“天天黄年兄，水围城，钢丝绳”或“一天吃三顿，一丈短一寸，顿顿三尺三”。到 1981 年，甘井平均亩产粮食仅 48.5 公斤，户均年收入 90 多元，年人均口粮不足 68 公斤。

1981 年李立科到甘井蹲点，亲眼目睹老百姓食不果腹、衣不遮体的生活惨状，发誓要找到穷根，拔掉穷根，让农民兄弟过上富裕的日子，为此辞去副院长职务，从城市举家迁至甘井。他通过无数次试验，指出渭北小麦从低产到中产是肥的问题，从中产到高产是水的问题，从提高降水利用率入手，大力实施“以磷促根，以根调水”工程，普及“留茬免耕秸秆全程覆盖”技术，发动“种子亖命”，推动生态环境“四步走”战略。科研难，科普更难，他坐着“大篷车”深入田间地头，指导农民种田，经过二十多年的努力，甘井地区老百姓已过上富裕舒坦的生活。他的理论和实践亦成为世界旱作农业界的奇葩。

金碑银碑不如老百姓的口碑，顺民意，修立科路。立科之路，是甘井人民走向富裕之路，是科学发展农业之路；立科之路是科研成果转化为生产力之路，是中国当代知识分子富民强国之路；立科之路是领导干部为人民服务之路。

回程的路上，记者感慨：李立科没死，李立科不死！因为他的生命扎根在土地里，他的精神融入渭北父老的富裕生活里、生命血脉里……

——原载《陕西日报》2015 年 6 月

丰收的田间

一位农村妇女的革命生涯

——记烈士遗孀、临渭区交斜镇渭阳村村民田淑兰

编者按：

这是一段尘封的历史，从1965年6月到1972年7月，为了支援越南人民的抗美救国斗争，我国先后派出高炮、工程、铁道、工兵和后勤等部队32万余人，这些部队在神秘中默默告别祖国和亲人，跨过友谊关，奔赴援越抗美的战场，有力地支援了越南人民，谱写了一曲国际主义的壮美颂歌。他们中有1400多名烈士长眠在了异国的土地上，几十年无人知晓。

临渭区渭阳村田淑兰的丈夫房书铎就是其中的一位。值此“八一”建军节之际，本报刊发烈士遗孀田淑兰的事迹，以此纪念那些为国捐躯的先烈，同时感谢所有军烈属们的默默坚守与无私奉献。

2015年“八一”建军节前夕，记者接到一位名叫杨宽让的抗美援越老战士送来的材料，希望能宣传一下战友的妻子田淑兰的事迹。

采访烈士遗孀

记者随后冒着酷暑赶往临渭区交斜镇渭阳村，见到了已经八十高龄的烈士遗孀田淑兰，怀着崇敬的心情听她和女儿、乡亲们含泪讲述她和丈夫以及人民军队的故事。

15 岁的她当了童养媳

田淑兰父母是河南人，1924 年一路逃荒到了今天临渭区交斜镇的黄村，为养家糊口，父亲做过各种小生意。1934 年腊月，田淑兰出生，稍懂事后就跟着父母到处卖包子，村里人都夸她能干。

据田淑兰回忆，在新中国成立前，大哥、二哥先后被国民党拉去当了壮丁，二哥竟是被从地里直接抓走的，连家人也没能见上最后一面，此后便没了音信。从那以后，她的母亲每天就坐在门槛上等儿子，终于因悲恸过度，加上自身疾病加重而离世。

“富人有病拿钱砸，穷人有病拿命摔。”老人说着说着不由痛哭起来。

新中国快成立时，大哥从国民党部队逃回了家乡，推开家门，已不见了母亲，看见院子里坐着孤零零的老父亲，父子俩抱头痛哭。而这个时候，为了生活，父亲已将田淑兰“小送”到了渭阳村给房书铎做了“童养媳”。

老人说，房家也是从河南逃荒过来的，一家人性情温厚、老实，田淑兰纺线、洗衣、做饭、挖花生一样不落，勤快、乖巧的她也算是在房家度过了一段清苦但也温馨的日子。

她用一生撑起烈士的家

1953 年，田淑兰与房书铎举办结婚仪式，正式嫁给了房书铎，随着新中国的建设，小日子过得也不错。婚后第三年，高小毕业的房书铎却自愿要求去参军，得到了田淑兰的赞成和支持，就这样，两口子便过起了两地生活。

因为能干，田淑兰当上了生产队的妇女主任，已生有 3 个女儿；房书铎在部队也干得有声有色，荣立了三等功，提了干，后来还当上了副连长。眼见生活的希望越来越好，婆婆却在生下小姑子百天后，突然撒手人寰。而这时的小叔子也才 10 岁，年轻的田淑兰一下子成了两个孩子的“嫂娘”。

1967 年，得知妻子又怀孕了，已在援越抗美前线的房书铎寄回来一封信，“我在广西执行特殊任务，说不定这个孩子就是咱最后的纪念，是男娃就叫援越，女娃就叫越红吧”。

“谁知老房的话竟真的应验了”，1967 年 8 月，孩子还没出生，田淑兰竟收到了丈夫牺牲的“革命烈士通知书”，经受不住这突如其来的噩耗，她一下子瘫倒在地……

面对肚子里的孩子和一家的重担，田淑兰连续几天将自己反锁在小黑屋，滴水不进，紧紧攥着刀和绳子，终因丈夫的临终嘱托使她放弃了自杀的念头。

随后的日子里，有人劝她把孩子打掉，有人给她介绍对象，但都被她断然拒绝了，她只剩下了一个念想，就是“我要替老房守住这个家”！

于是，她给出生后的女儿取名越红，一边忙着生产队的事，一边操持家里，照顾自己的孩子和弟弟妹妹，直到张罗着给弟弟娶妻生子，眼看着将妹妹嫁出门她才安了心，与弟弟分了家。

她送儿孙走进革命熔炉

其实，自从 32 岁的丈夫牺牲后，田淑兰的心里就已种下了“革命到底”的根，她要让后代“继承父业”去参军。她说，“这革命的根一部分是对老房的怀念，另一部分确实是因为部队对咱好，咱要感恩”。

在房书铎牺牲的第二年，田淑兰就把大女儿房彩云送去丈夫生前的部队参军，她向部队首长义正词严地表态：“我来送女儿接班，要将革命进行到底！”

“部队对我家不错，让我孩子当了兵，逢年过节给我寄粮票和钱。”哽咽着的田淑兰告诉记者，在濒临绝望的时候，她总会得到部队的帮助。1970 年，她从部队带回来的 30 斤粮票和 40 块钱几乎是拯救了整个家庭。1982 年，小女儿越红扁桃体发炎需要手术，农村医疗设备落后难以实施手术，田淑兰又找到部队求助，使女儿得到了及时的救助。

拿起灵堂前的毛主席陶瓷像，田淑兰说：“这是我去部队时领导送的，多少回有人来收，我都没卖，我不能卖！”她说始终忘不了 1968 年在北京对着毛主席像讲的那番誓言：“房书铎是一头牛，我是革命路上不回头，我们家要革命到底……”

后来，大女儿房彩云入伍后积极进步，成为部队的专业技术骨干，加入了党组织，为继承父亲遗志，爱人也只找部队干部。四女儿房越红热爱部队、热爱军人，大学毕业后也嫁给了军人。唯一的孙子、三女儿房彩红的小儿子房军涛大学期间就入伍了，现已回到学校继续学习。

从军属到烈属，田淑兰老人走过了 60 年的人生岁月，用一个女人的肩膀支撑起了烈士的家庭，将自己满腔的爱和毕生的心血无私地奉献给了儿女们，奉献给了人民军队。共和国正是有了千千万万个像她这般的母亲、妻子平凡的坚守和默默的爱，才演绎出了中华民族的家国情怀，筑起了共和国坚如磐石的钢铁长城。

如今，四个女儿各自成才，6 个孙子孙女也长大成人，努力着自己的事业和学业。在街坊邻居心里，住着简陋平房的田淑兰不再清苦，而是满满的幸福。

几十年来，政府也一直不遗余力地关怀着军烈属的家庭和生活。临渭区民政局资料显示，田淑兰属烈士遗属，如今每月可领取 930 元的抚恤补助金，每逢春节、“八一”，老人的家里总有人来问饥寒、送温暖。村支书王青洲说：“老人一辈子争气要强不服输，人缘好，热心肠。”

坚守也好，奉献也罢，三五年也许并不难，但听着一个 80 岁的老人泪水浸泡

拜谒鲁迅

着的讲述，看着沧桑而坚强的老人默默地擦拭着眼泪，记者的心是酸楚的，血却是沸腾的。

60 年的军旅情怀，48 年的苦情坚守，何其漫长又何其伟大！

2011 年 3 月 21 日，在房书铎牺牲 44 年之后，田淑兰老人携房家 7 口第一次踏上赴越南为丈夫扫墓的旅途，在越南陶美烈士陵园，她终于看到了在异国长眠着的丈夫，年迈的老人在哭声中踉跄着扑倒在丈夫的陵墓上。

几十年的恩爱，几十年的隔离，几十年的苦情，几十年的思念，和着一肚子的委屈、一辈子的守望，终于、终于向着心爱的人儿，倾泻而出……

异国他乡的烈士陵园里，一位中国老大妈的孱弱身躯，一声声撕心裂肺的哭诉，激荡着四周，穿越了时空，跨越了国界，湿润了陵园里所有人的眼眶，也震撼着中越两个国家人民的心灵……

——原载《陕西日报》2015 年 8 月 10 日

朝着太阳的方向生长

——一个区委书记的西安东城之梦

在我国的行政序列中，区县一级是最为虚实相融的，因为她五脏齐全又具有相当的自主独立性。谋划与操作，设想与实干，都能一体化地完成；同时，离上不远，和民众基层又很近，使得战略目标在自己的作业区能动性地实现。

一次偶然的机会，记者与聂仲秋的一次闲谝，从主政灞桥的这位区委书记身上，更加印证了这一认知。

站在能看清西安的地方让梦飞扬。在聂仲秋的从政理念和实践中，有过许多独特的思考，有的被他付诸实施，有的被别人所借鉴，在城中村的改造中，适当留一些城中村，作为文化的标本，城市要搞特色建设，避免“千城一面”的问题。

关于城市公共设施如公厕，他提倡规划先行。规划项目时，将公厕等设施提前规划进去，由开发商代建，政府以成本价回收，费用从开发商应交费用中减免、折抵，避免“疲于补漏”。

面对城市房屋建设问题，他建议规划一些经济适用房、廉租房甚至免费房，以实现城市贫困人口“有房住”的目标，解决过渡人员如农民工、外地大学生临时居住等。

灞桥区提出了“5至8年东部新城初步建成”的方案。针对以后如何发展，聂仲秋认为：按照规划，“大西安”的规划范围将包括西安市整个行政辖区，渭南市富平县，咸阳市秦都、渭城、泾阳、三原两区两县，面积12009平方公里；“大西安”主城区规划范围北至泾阳、高陵北交界，南至潏河，西至涝河入渭口及秦都、兴平交界，东至灞桥区东界，面积1280平方公里。西安到2020年达到国际化大都市标准，人口800万人，面积1000平方公里；到规划期末的2030年，“大西安的城市规模将达到1329平方公里，总人口达1200万人，进入国际化大都市之列。远景规划为2030 ~ 2050年成为国际一流旅游目的地、国家重要的科技研发中心、全国重要的高新技术产业和先进制造业基地，以及区域性商贸物流会展中心、区域性金融中心，将逐步建设成国家中心城市之一、富有东方历史人文特色的国际化大都市、世界文化之都”。

上述规划目标清晰表明，西安之东的灞河、西安之北的渭河都将成为“大西安”主城区的“城中河”。西安向南，受秦岭制约，已经没有发展空间；向西，正在进行“西咸一体化”的建设；向东、向北如何发展？聂仲秋构想，应该按“两河新区”的大构架进行发展。两河当然是指灞河、渭河。灞河新区也可称之为东部新区，东部新区的核心区是现在的东部新城区域，另外包括临潼部分地区、蓝田部分地区。东部新区囊括蓝田的“蓝田猿人”、灞桥的“半坡文明”、临潼的“秦陵景观”，贯穿了人类文明历史的许多个重要节点。灞桥、临潼、蓝田都位处西安之东，都有山、有水、有传说、有自然景观、有人文景观，如果放在一起规划，将成为世界最大的“文化旅游区”，将大大突显“1 + 1 + 1 > 3”效应，同时，也将有效避免规划与建设风格等方面的缺憾。

“渭河新区”的构想包括现在的未央新城、泾河工业园、高陵部分地区与泾阳部分地区。

聂仲秋是学城市规划与管理专业的，对城市的规划、发展格局、发展方向有着更多的关注和思考。他注意到有一个“东部现象”值得观察和研究。中国和世界许多地区，凡是位置处在某一区域的东部地区，并且是有水有河的东部地区，往往是经济发达地区或经济潜力发展巨大的地区。这些地区往往因为资源独特，而被规划为“东部新区”，譬如上海的“浦东新区”、天津东部的“滨海新区”、重庆的“两江新区”、济南的“东部新区”都被列入国家发展战略。

人都做梦，也都有梦想。郑板桥“疑似民间疾苦声”的惊梦，马丁·路德·金的“我有一个梦想”都为世人所记忆。聂仲秋，一个 43 岁的区委书记，他既有引人的梦想，又有躬身的实践，他站在鸟瞰西安的白鹿原上，以渊博的知识迸发智慧，以公仆的职守改变山河。他的梦与发展同行，和民众相连，已融入了西安古城，也根植于灞河沿岸的土地，因为他在这西安的城乡之间已生活了二十多年……

——原载《三秦都市报》2011 年 5 月

在农家采访

一个市委书记掀起的农村卫生革命

从过去村道上的尘土飞扬，到如今“三纵一横”的整洁笔直；从过去垃圾乱堆、污水横流的脏乱，到如今房前有花屋后有草，垃圾日产日清、统一处理，保洁员定时清扫，垃圾箱定时回收……秋日傍晚，我们走进汉中市城边的新民寺村。两年来，汉中市委书记张会民掀起的全市农村清洁工程成效显著，在这里，农民们的生活正发生着从内到外的巨变，一幅现代化农村新型社区的图景徐徐展开。

率先在全省实施清洁工程

80% 以上人口生活在农村，汉中是典型的农业大市。过去因为农民生活中陈规陋习的存在，无序建房、垃圾遍地、污水横流、柴草乱堆、蚊蝇乱飞等“脏、乱、差”问题困扰着历届管理者。为了促进城乡共同繁荣文明，2010 年 4 月，市委书记张会民强力推动，在全省率先实施清洁工程，力求打造一批产业特色村、文明示范村，建成一批具有现代气息的新型农村社区。

按照“三通建到村，步道连农家，三改不漏户，民居一个色，垃圾集中收，美化进院落，污水不横流，卫生成习惯”总体要求，相关部门很快做出了详细的清洁工程规划。

第一年，在7个平川县沿高速公路、国道及汉江沿线确定了100个重点村庄，由29位市级领导和71个市级部门直接包抓，各县区也同时建立县级包抓机制，使全市包抓村庄数量达到702个；第二年，再逐步向山区县、经济较差区域以及一般村庄扩展，“用两到三年时间改善农村人居环境，提升群众生活品质”。

沉下身子下“责任田”

“结合万名干部下基层活动，以求真务实的作风，沉下身子、驻村入户，切实把农村清洁工作各项任务、措施落实到位。”张会民亲自包抓的是距离中心城区3.5公里远、处于城市东大门的新民寺村，正像他在全市农村清洁工程专题工作会议上强调的那样，在清洁工程实施过程中，两年来，他真正沉下身子在自己的“责任田”几十次现场调研，率先垂范。

新民寺村位于汉中市汉台区最东边，108国道穿村而过，316国道与西汉高速公路引道在村东交会。生活在村里的老人告诉我们，过去，村里的房子多为平房、瓦房，道路除了一条主街道，其余多为土路，且没有路灯，“‘晴天一身土，雨天两腿泥’总是难免，加上没有污水排放系统，电线光缆在空中错乱交会，整个村子看起来乱糟糟、脏兮兮”。

新民寺村被确定为清洁工程建设第一批重点村。仅在工程启动半年间，张会民就先后十多次到村里调研指导，促进“硬化、绿化、美化、亮化、净化”目标落实。在他的带动下，规划局、水利局、农业局、供电局等相关部门也有力出力，帮助村民解决危房改造、给水管网设计、污水排放、空中“蜘蛛网”落地等问题。其中，仅汉中市委办公室就帮助村民解决实际问题13个，争取项目3个，争取资金近200万元。

柴草堆土粪堆不见了

有了想法，解决了资金，新民寺村对原来的道路进行扩展，将所有背街小巷都用崭新的水泥路连接，对房屋进行整齐规划，形成统一的风格。村党支部书记余明英介绍，村里先后钻凿一口100米深水井，修建一座20米高、储水30吨的水塔，铺设了三个组5200余米长的供水管网，解决了村民的吃水排水问题，并安装63盏路灯，引进万余棵桂花、梅花、香樟等植物，对村民的人居环境进行全面提升。

为了解决1380余名村民每天产生的生活垃圾，村里确定了4名保洁员，在路边安装了16个果皮箱。每天，专职的保洁员会将村民简单分类的垃圾收集起来，送往垃圾处理站，并对村道进行清扫，基本实现了生活垃圾日产日清，统一收集处理，各种污水汇入管道有组织排放，使农村的“脏乱差”现象得到彻底治理。

如今，在所有村民的共同努力下，新民寺村过去的柴草堆、土粪堆、垃圾堆不见了，而乱搭乱建、乱堆乱摆、乱拉乱挂、乱停乱放、乱贴乱画、乱扔乱倒等“六乱”现象也得到了有效治理，整个村都靓了起来。

清洁工程在2700个村铺开

“以前村里用的都是旱厕，污水也没处排泄，尤其是一到夏天，臭味熏得人走不过去。”村民杜贵生今年65岁，从轻工系统退休后投资开办了一个饲料加工厂。这几年，村里面貌大变，他们一家也住进了500多平方米的3层洋楼里。我们走访时，老人的座驾——一辆小汽车正停在一楼的花池边，生活看起来充实而惬意。

目前，清洁工程实施两年，已经在汉中市2700个村全面铺开。很多村庄的面貌焕然一新。截至今年8月，汉中市新增绿化面积246万平方米，修建各类花池上千个，整治污水排放管渠 3520 公里，并新增 1000 余名保洁员，帮助 15 万户人家用上了清洁能源。同时，首批实施的 702 个村都先后制定了保洁管护制度等长效机制。

另一方面，清洁工程更大的意义还在于，它带动了村民在思想认识上有了质的飞跃。

“很多人自觉养成了维护公共设施、爱护公共财物、讲究社会公德等环保卫生的生活理念。”因为地界纠纷、乱堆乱放、污水横流而产生的矛盾纠纷减少了，眼下，在新民寺村，邻里和睦的效果也凸显出来，村里的人气越来越旺。每到傍晚和清晨，在村里新修的两个村民广场上，都会聚集一大群跳舞健身的村民，喜爱唱歌跳舞的汉中人在这里充分释放着自己的热情，享受着全新的现代化新农村绿色生活。

而它，仅仅是汉中清洁工程所打造出的农村亮丽风景线之一。

——原载《陕西日报》2012 年 9 月 24 日

秦岭深处有风景

为了三秦百姓的福祉

——赵乐际同志在陕工作速写

11 月 19 日下午，从陕西省委全委扩大会议上传出了刚刚在党的十八届一中全会上当选为中央政治局委员、书记处书记的赵乐际同志卸任陕西省委书记职务、将赴中央任职的消息，惊喜之余，一股依依难舍之情从心底油然而起。这位三秦赤子 5 年 8 个月主政陕西的足迹在我们眼前频频闪现……

主政故里　吹响“西部强省”号角

2007 年的春天，在青藏高原奉献了 33 个春秋的赵乐际，从青海省委书记的位置上调回他的家乡——荣任陕西省委书记。

风霜雨雪过后，当他以主政者的眼光注视着家乡的土地，在浓浓乡情的包裹中，在共产党人责任的驱使下，他风尘仆仆、马不停蹄、只争朝夕……“我们必须始终坚持以经济建设为中心，全面落实科学发展观，转变发展观念，创新发展模式，提高发展质量，做到又好又快发展，努力把陕西建成西部强省！”这是他到任50多天后，在省第十一次党代会上向3700万家乡人民发出的动员令，由此，陕西的目光由经济强省飞跃到西部强省。

为了这一耀眼而诱人的宏伟目标，陕西制定了经济强、科教强和文化强的发展实施战略，以民为本，确保经济发展与民生改善的有机统一。与此相配套的是他在全省建立起了目标责任考核制度。全省11市区和88个省直单位全面推行目标责任考核，给各级干部增加了压力、带来了动力，成为全省工作顺利开展的重要推手。

此后五年中，全省民生投入达到7347亿元，新改建农村公路9万公里，建成保障性住房15.92万套，解决了1337.3万农村人口饮水安全问题，70岁以上老人享受生活保健补贴，蛋奶工程惠到全省农村寄宿中小学生，农村已婚育龄妇女和65岁以上的老人享受免费体检，农村孕产妇享受免费住院分娩……最低工资、城乡低保、企业退休人员养老金标准稳步提高，养老医疗保险制度全覆盖；地震灾区恢复重建任务全部完成，344万人实现脱贫，全省人口基本生活得到了保障。

在真抓实干中，在攻坚克难中，2007—2012的五年，陕西贡献给世人的是更多惊喜——五年间，经济发展势头强劲，全省生产总值年均增长14.9%，

2010年首破万亿大关，跃升至全国第17位，成为全国经济增长最快省份。2011年达到12391亿元，人均GDP突破5000美元；关中创新、陕北持续、陕南循环区域发展的格局基本形成；西安世园会，关－天经济一体化，西咸新区等各类园区建设亮点纷呈，三秦大地日新月异……

而这一切，与陕西的领头人赵乐际密不可分。

美丽陕西　向着科学发展目标

不能不说这五年是陕西的巨变，而且是以百姓福祉为依托的巨变！

工业文明的崛起，使有着长久农耕文明的陕西曾陷入了艰难的境地。陕西的改革开放是以人均GDP 187美元起步的，突破1000美元之时已到了26年后的2004年，而6年后的2010年，奋起直追的陕西人均GDP竟突破了4000美元，

一年后再过 5000 美元大关。

这时的陕西 GDP 已超过万亿，百姓的钱袋子鼓了，就业的门路广了，社会保障的范围宽了，赵乐际说："一个地区的富裕，不仅表现在资本的不断增加，更体现在群众的日子越过越好。"

陕西的变化表面看是数字，其核心是长远的思路、务实的谋划、冲天的干劲。

在今年 5 月的省第十二次党代会上，面对已站在新的起点上的陕西经济，赵乐际又一次响亮提出：到 2020 年与全国同步够格地进入全面小康社会，全面建设西部强省。这个目标，承前启后，成为陕西全面建设小康社会的现实路径，而在经济强、科教强、文化强的基础上，又加上了百姓富、生态美，这五个方面的内容，构成了陕西科学发展的有机整体。这是一次华美的蝶变，这是一次质的升华。自此，"三强一富一美"使西部强省的陕西建设更全面、更厚实、更美丽。

面对全面建成小康社会和美丽陕西的宏伟目标，已经奠定了相当基础的陕西成竹在胸：现代农业加快发展，新型工业化迈出坚实步伐，各类新区亮点纷呈，县域工业化和城镇化扎实推进，山水秀美，天地人和。在讨论十八大报告时，赵乐际坚定地说："坚定不移改革开放，继续推动科学发展，不断富裕三秦百姓，为陕西全面建成小康社会而努力奋斗。"

陕西精神　引领三秦小康大道

与陕西经济发展相关联的是陕西精神的提炼出炉。今年 5 月，省第十二次党代会报告提出的以"爱国守信、勤劳质朴、宽厚包容、尚德重礼、务实进取"为内容的陕西精神，是陕西人民千年历史文明的总结与写照，也是陕西人民对历史血脉的传承和美好未来的向往追求。

陕西精神是在赵乐际的倡导和支持下，向社会征集、经过群众推荐，反复梳理和研究而最终形成的。在《陕西精神》丛书的序言中，赵乐际深情地写道：陕西发展进入关键时期，走在上升通道，全面建设西部强省其势已成、其时已至。我们要与时俱进弘扬陕西精神，建设包容和谐文明的精神家园。我们有理由相信，陕西精神在彻底融入三秦儿女的血液、根植于陕西人民的内心、成为人们的自觉行动之后，必将放射出耀眼的光芒。在她的引领之下，陕西“三强一富一美”的目标指日可待！

五年多来，陕西经济的发展、社会的进步，使陕西精神更加生动、更具内涵，她凝聚起了全省干部群众搞建设的雄心，激发起了奔小康的壮志。今年新春伊始，在各级领导的带领下，全省20多万干部深入田间地头、社区院落、工厂车间，积极开展“三问三解”活动，建立基层联系点10.4万个，明确帮扶对象19.1万户，“问”出了实情，“解”出了实招，真正实现了“民有所感、我有所解，民有所忧、我有所帮”。

陕西变了，变的不仅是山水，还有氛围；陕西人变了，变的不仅是衣袋，还有精神。这变化，明显地发生在五年多的时间里。而这对领导者赵乐际来说，不仅有他的乡情、他的足迹、他的心血，更有着他的忠诚、他的智慧、他的耕耘……

此刻，此时，在匆匆而来的离别之际，3700万三秦人民感谢他！惦记他！祝福他！

——原载《陕西日报》2012年11月20日

唐苑夕阳

用满满的真情书写笔下的人物

——品读韩秀峰《掀过一页》之“人物足迹篇”

镇安县委宣传部　倪方海

倪方海

坚守了48年、有着“革命情怀”的军嫂，她是烈士遗孀、临渭区交斜镇渭阳村的田淑兰；因渭河治理圆了“打鱼梦”的老头，他是依靠渭河生存的姜海；有“绚丽葡萄梦”的林果科学家，他是共产党员、全国优秀科技特派员王录俊；实现了“小麦高产梦”的农业科学家，他是奔忙在渭北高原实验田里的国家级突出贡献专家李立科；构想“东城崛起之梦”的区委书记，他是要将东部新区规划成为世界最大“文化旅游区”的灞桥区委书记聂仲秋；勾勒“乡村靓丽之梦”的市委书记，他是一心为了让农村变美的汉中市委书记张会民；实现了“强省之梦”的省委书记，他就是受人爱戴的陕西省委原书记赵乐际……这些人物都是韩主任的新闻作品选《掀过一页》中的风采人物。读完了这些通讯，新闻中人物的事迹在我的脑海中留下了深深的印迹，我似乎又看到了他们那奋斗不息的身影。

我感觉到作者是在用一颗富有真情的心来写人物的。人们都说画山画水容易，画人难，其实写作也一样，景色、事件都好写，人物却难以描摹，可是我在作者的笔下却看到了一群有血有肉有情的人。在《当葡萄挂满枝头》《渭北高原　一位耄耋老人的守望》两篇文章里，我们看到了作者对科学家们一心为民、奉献一生的高尚情怀的敬佩；对渭河生态变好的欣喜在《渭河上的打鱼人》这篇通讯中跃然而出；《一位农村妇女的革命生涯》，我们读出了作者对田淑兰一辈子坚守和奉献的崇敬与赞美；《一个市委书记掀起的农村卫生革命》这篇文章是作者在为汉中市委书记张会民“改善农村人居环境，提升群众生活品质”的做法点赞；《为了三秦百姓的福祉》能看出作者对乐际书记主政陕西所做出的卓越贡献的敬佩和依依难舍之情。

因为作者走进了人物的内心，触摸到了人物思想的深处，所以文字才显得动情、深刻。

作者是在用一颗动情的心来写人物的。先看看《一位农村妇女的革命生涯》里的一段话：“看着坚强的老人默默擦拭着眼泪，记者的心是酸楚的，血却是沸腾的。”对田淑兰一生的感慨都饱含在这“酸楚”二字之中，没有更多的修饰词语，也没有煽情的语言，就是那最柔弱的一句，就戳到了读者的心窝里。在《当葡萄挂满枝头》中，当看到镇村为袁水龙合立的“功德碑”时，“垂立碑前，记者沉思良久”。我们能看到，作者对平凡人的牺牲也怀有一颗崇敬的心。《渭北

高原　一位耄耋老人的守望》里有一段话：李立科没死，李立科不死！因为他的生命扎根在土地里，他的精神融入渭北父老的富裕生活里、生命血脉里……

作者在赞扬一棵迎风挺拔的树，更体会到这棵树年复一年形单影只的孤苦。这样饱含深情的话语在作者的文章中还有许多，作者那颗动情的心，动的是真情，写的是真心！

这七篇通讯在人物的选取上也许是一个巧合，从区委书记到市委书记，再到省委书记，三个层面，三种不同的境界。而两位科学家一个是林果专家，另一个是农业专家，他们都做了别人不能做到或不愿做的事情。还有两位则是百姓代表，他们用自己的平凡见证了历史。

七篇人物通讯，七个不同的视角，七个不同的层面，没有刻意的雕琢，没有空洞的高调，但其中包含的是作者满满的真情，让我从简单中体味出不凡，从平静中感觉到一种力量。

笑中有泪皆自然　唯有温暖抵心间

——品读韩秀峰《掀过一页》之“人物足迹篇”

灞桥区委宣传部　董婷婷

董婷婷

榜样的力量是无穷的，这是尽人皆知的道理。从孩童传唱《学习雷锋好榜样》的稚嫩，到“争做雷锋式的好青年”的壮语豪言，从一代代国人学雷锋的感动，到外国人受雷锋影响在世界各地引起的连锁反应，“地球上只要有人群的地方，就有雷锋，人类不能没有雷锋”，这就是结论。

品读韩秀峰主任的“人物足迹篇”稿件，我的身心渐渐地徜徉在各色人物的故事里：耄耋老人李立科在渭北高原上几十年如一日的默默奉献；新时期农业带头人王录俊带领农民走上致富路；赵乐际同志以壮士断腕之决心建设“三强一富一美”的陕西；烈士遗孀田淑兰老人生活艰辛清苦却意志坚韧精神富足……谁都不敢否认，他们每个人的身上都有雷锋同志的影踪。

记得多年前，我有幸参加了一次陕西日报组织的新闻培训，课堂上，老师讲到人物报道时曾说过这样一句话：一万个人的死亡是个数字，一个人的死亡是个悲剧。旨在告诉我们：一般的消息在做灾难报道时，对伤亡人数一笔带过，不能引起读者的情感共鸣，但是在做人物报道时，却是对一个人进行深度挖掘，以个体体现灾难的悲情，如果写得精良，就会使整个社会“同频共振”。读罢韩秀峰主任的作品《一位农村妇女的革命生涯》，我仿佛看到了这位操劳坚韧的老人顽强支撑起一个家的动人一生。虽然我们未曾谋面，但我知道她饱经风霜的脸上一定写满了乐观与坚毅，否则她怎么能够挺着怀孕的身躯下定“我要替老房守住这个家”的决心；虽然我没有机会踏进她的家门，但我知道她一定为人正直热情、心怀信仰，否则她如何能有“我来送女儿接班，要将革命进行到底”这般气魄和情怀；虽然我们没有交流，但我知道她坚强的背后也有着一个女人脆弱温柔的情感，她“扑倒在丈夫的陵墓上一声声撕心裂肺的哭诉”仿佛就在我的耳边，触到了我心中的柔软，更让人无法抑制感动的泪水……

泪水过后，总有笑颜，因为我们生来不是注定要被人打垮的，犹如胡杨那样：生一百年不死，死一百年不倒，倒一百年不朽，这才是人的刚毅、人的品性。苦尽甘来的喜悦更值得我们倍加珍惜。在韩主任的作品《渭河上的打鱼人》中，看似闲散的聊天竟出奇般地聊出了新闻，聊出了王姓父子和老姜蒸蒸日上的打鱼人生，更聊出了千千万万个和他们一样的平凡百姓越过越红火的日子。

在《朝着太阳的方向生长》中，一个敢想敢干的年轻区委书记形象跃然纸上，我作为灞桥区的干部，看到这篇文章更是能寻到共鸣，聂仲秋同志在西安东城这片沃土上的“灞桥梦”正在慢慢结出硕果。在《一个市委书记掀起的农村卫生革命》中，汉中市农村村容村貌的改变历历在目，“一幅现代化农村新型社区的图景”仿佛在我们眼前徐徐展开。这些人这些事，又不得不让人跟着作者文章的脚步一同欣喜、一起欢笑。

短短几篇文章，以小见大、意犹未尽。一个个鲜活的人物，就像一幅幅色彩斑斓的图画在我，不，在所有读者的脑海中挥之不去。诚然，人生有限，每个人都是大千世界的匆匆过客，人们都会故去，每个生命终将凋零，具有生命力的文字却可以让具有正能量的人永世长存、浴火重生。

掩卷长思，韩主任笔下的人物仍然在我的脑海中回荡，伴我工作、伴我休息、伴我生活、伴我一生。我想，这大概就是那些人物的人格魅力，这就是韩主任驾驭语言文字的厚重功底所显现出的千钧之力！

笔下
忧患篇

陕南蜂患之痛

——安康汉中胡蜂蜇人事件调查

可能谁也想象不到，人们平常不太留意与熟悉的胡蜂在今年的陕南竟会演变成一场蜂患，一场不小的灾难，也成了当地政府正在全力救治的伤与痛。

胡蜂成患惊动各方

其实，今年春夏以来，陕南一些地方就陆续出现胡蜂蜇人事件，只不过比较零散没有成规模而已。从 7 月开始特别是进入 9 月后，胡蜂蜇人致伤致死事件不时发生，而且大面积爆发快速蔓延。安康市各区县，汉中市的西乡、镇巴、洋县、勉县、宁强、城固以及商洛市的镇安县等成为集中爆发区，截至 9 月底，陕南三市被胡蜂蜇伤人数累计已达 1600 多人，42 人竟不治身亡。

陕南胡蜂蜇人事件一下子惊动了各方，成了国庆前夕的重大新闻。国务院副总理刘延东做出重要批示，要求研究救治措施，减少遭袭人员伤亡。国家卫生计生委主任李斌、省委书记赵正永、省长娄勤俭等也紧急批示，要求进一步加强救治和预防工作，及时灭杀胡蜂，强化防范意识，最大限度减少伤亡。

9月27日，省政府副秘书长、省卫生厅厅长戴征社就已带领工作人员亲赴安康、汉中指导救治工作，研究制定了有效措施，指导支持当地救治工作。卫生部门组织救治专家组迅速深入陕南排查蜇伤住院患者，紧急制定了医疗救治工作的技术标准和诊疗规范，编印下发了宣传手册。

国家卫生计生委也召开紧急会议，部署救治工作，并派出了重症医学、感染科及肾内科专家来我省指导并协助开展重症伤员医疗救治工作。

10月1日晚，省政府召开紧急专题会议，再次研究部署陕南胡蜂伤人防治工作。林业厅启动了应急预案，下拨100万元防治专款；省财政下拨600万元专款

金丝峡

用于陕南三市的胡蜂防治工作；消防部门也紧急配备了防蜂服及杀虫药剂，出动警力，全力灭杀胡蜂。省卫生厅、林业厅连夜组织专家组和工作组，深入三市对口包抓，具体指导救治和胡蜂灭杀工作。

一场由数千人参与的灭杀胡蜂的人民战争由此在陕南全面展开。

胡蜂何以逞凶狂

由于对胡蜂伤人的牵挂与关注，10 月 6 日早上 7 点，记者一行就踏上了陕南之旅，深入到胡蜂肆虐的安康和汉中，实地感受胡蜂阴影笼罩下的群众生活状况。

在陕南，胡蜂蜇人的惨例俯拾皆是、随处可闻。在被胡蜂蜇的病患当中，有收获庄稼时被蜇的，有不小心摇晃和惊扰了蜂巢被蜇的，有正常路过被蜇的，有捣毁蜂巢不注意被蜇的，有因身上的气味或衣服的色彩而被蜇的，也有因怪异动作或慌张跑动被蜇的；被胡蜂蜇过的人，大多都在两三针以上，几十针很普遍，也有一二百针的。汉滨区流水镇三坪村的 55 岁妇女程从会，在稻田边行走，还穿着长袖长裤，就被山腰上冒出来的一群胡蜂围攻，头上、腿上、胳膊上被蜇了 200 多针，浑身上下全是伤疤。还有人被胡蜂狂追 200 多米仍不罢手，直到被蜇得遍地打滚。

记者听到最恐怖的大概是胡蜂蜇死耕牛的事了。9 月 28 日，石泉县云雾山镇银杏坝村村民童玉林放牛回家，把牛拴在了离自家院子不远的一棵树上，就回家干活去了。也就一顿饭的工夫，他去牵牛回槽时，竟被眼前的情景惊呆了。只见一大群足有上千只胡蜂围着自家的耕牛狂蜇，胡蜂一轮接着一轮地攻击，耕牛既无还手之力更无招架之势，被蜇得四蹄乱蹦，整个成了一只马蜂牛。不大一会儿，童玉林眼巴巴地看着心爱的耕牛在痛苦的嚎叫和呻吟声中死去，童玉林流下了无助的泪水……

因为惨痛，记者不想再多举例，只想综合采访和了解到的情况，向大家介绍一下胡蜂这个可怕的物种。

胡蜂（Vespoidea），又名马蜂、黄蜂、草蜂等，关中人称马蜂，陕南人也称人头蜂，隶属于昆虫纲膜翅目细腰亚目针尾组，是一种分布广泛、种类繁多、飞翔迅速的昆虫，目前全世界已知的种类有5000多种。雌蜂身上有一根有力的长螯针，在遇到攻击或不友善干扰时，会群起攻击，致人出现过敏反应和毒性反应。

面对如此凶狠的东西，许多人可能不知道的是胡蜂其实也是一种有益昆虫，据安康市林业局李本增局长介绍，胡蜂能捕食其他昆虫的幼虫，消灭森林和农田中的害虫，根据观察，一只胡蜂每年可捕食1000只苍蝇和1000只害虫，一个蜂巢可防治5000亩森林免遭害虫危害。胡蜂的成虫、幼虫和蜂巢皆可入中药。

既是益虫，怎么能如此凶残狠毒地伤人呢?

据安康汉中两市的相关专家介绍，胡蜂今年“蜂狂”的原因主要是近年来植被的增多使它有了广阔的生存空间，加之今年夏秋以来，陕南气候反常，往年多雨湿润的天气今年却干旱少雨，而且气温居高不下，致使胡蜂繁殖加快活动频繁。特别是近年来城市、道路绿化的加快，也使得胡蜂的生活区域越来越靠近人类活动区。人畜有意无意侵扰到胡蜂的活动区域，就会马上受到攻击。

凤县山中

谈到胡蜂的预防和治疗时，安康市卫生局副局长何涛说，在山区应穿着厚实长袖的紧口衣服并戴上帽子，不要随便穿样式和色彩怪异鲜艳的衣服，不要涂抹化妆品和香水，若遇蜂巢，不要惊扰不要靠近，如遇胡蜂攻击，不要奔跑、拍打，就地趴倒，遮挡头部，缩小暴露面。何涛还介绍说，一旦遭遇胡蜂蜇伤，蜇伤数量、蜇伤部位和救治时间最为关键，半小时以内治疗效果最好。

人被胡蜂蜇伤后，会出现胸闷、心慌并患上中毒性肝炎，严重的会带来肝脏、肾脏、心脏多功能脏器损害，严重者可患上急性肾功能衰竭等，最终导致死亡。

全民“捅马蜂窝”

人命大于天。面对胡蜂疯狂伤人乃至致人死亡的严峻形势，国家卫生计生委、林业部以及省卫生厅、林业厅、消防总队等闻“蜂”而动，多管齐下，紧急驰援，上演了一幕全民“捅马蜂窝”的“人蜂大战”。

胡蜂的蜂巢呈葫芦状，当地人称“葫芦包”，因为自然生态平衡的原因，不可能对林区的胡蜂巢大面积摘除，安康市上确定了全面排查和重点摘除的原则，以镇村为单位对胡蜂分布状况进行全面排查，划定重点区域。把集镇、村庄、学校周边、公路沿线、景区景点等人员密集场所作为防范重点，以林业、公安消防、科技、农业和镇村为主组建专业摘除队对胡蜂巢进行摘除；在镇村组建业余摘除队，确保每个村有 1 名专业摘除人员；组织林业、防汛、民政等部门调拨了防护帽、雨衣、防护手套、胶筒鞋、手电筒等简易防护用品配备到村镇；总结民间行之有效的摘除方法，把专业和传统有效地结合起来，尽最大努力减少胡蜂伤人。全市成立了各类捕灭队伍 784 支共 3936 人，24 小时处于待命出动状态。与此相关联的是迅速编印下发 3 万份科学防范宣传手册和明白卡，同时在电视、报纸、网站、广播开辟了专栏，发送手机短信 760 万条，做到蜂巢情况掌握到户、科普知识宣传到户，领导包片、干部包户责任到户，捕灭培训到位、防护措施到位、重点区域蜂巢摘除到位，全面提高群众科学预防自救能力。

在石泉县云雾山镇，记者见到了正在带领组织大家现场剿灭蜂巢的镇党委书记陈彦廷。陈彦廷不仅作风扎实、率先垂范，而且决断科学。在这场人蜂对决中，他不等不靠，也不蛮干，而是从湖北恩施请来了陈建波等5位农业专业的外援灭蜂人士，成立了由镇村干部和村民组成的骨干灭蜂队，由陈建波等专业培训传帮带，外援队在全镇展开了地毯式的“捅马蜂窝”的剿蜂战役。

10月6日上午10时许，在云雾山镇南沟村的灭蜂现场，陈彦廷正在疏散村民，灭蜂现场方圆一公里已经警戒。陈建波、李涛两位有着七八年灭蜂经验的外援，将专门的药液装进喷壶，穿上专业的防护服，带上编织袋、刀、锯子等专业工具，悄悄接近筑有巨型蜂巢的树下，陈建波先是剧烈地摇晃筑有巨型蜂巢的树，把胡蜂全部引出巢来，霎时间，无数的马蜂倾巢而出，将陈建波团团围住攻击，他立马变成了一个“蜂人”；与此同时另一队马蜂直冲隐藏在车里拍摄的记者而来，密密麻麻的蜂像冰雹雨点般攻击着车窗，给记者当下就来了个下马威。早已成了蜂人的陈建波判断胡蜂已经全部被引出巢了，于是就开始用药液喷杀缠绕在他身上的胡蜂。这是他多年灭蜂的杀手锏，约5分钟后凶猛的胡蜂很快就失去了攻击能力，纷纷落地倒毙。这时，只见陈建波爬到树梢小心翼翼地将巨型蜂巢套上袋子取下，带到地面就地烧毁。短短的半个小时不到，一个巨大马蜂城堡就彻底被剿灭了，原来令人提心吊胆的路上又恢复了往日的安宁，村民的脸上又露出了舒心的笑容。

整个一上午，三个巨型蜂巢就这样被顺利剿灭，这让记者一颗忐忑不安的心和恐惧的情绪终于平静了下来。陈彦廷书记说：这就是他们战胜胡蜂的制胜法宝，宁可花点钱，总比群众死伤强得多吧。

他们就这样从10月1日开始对学校周边、居住区附近、公路两旁等重点地区的蜂巢进行围剿，共发现全镇重点蜂巢312个，现已摘除296个，剿灭蜂巢99个。镇内的蜂患基本得到排除。

也许是因为参与观看的云雾山剿灭蜂巢的战斗并无太大的危险，晚上7点30分，摄影记者阮班慧和汉滨区西大街消防中队前往该辖区火攻蜂巢，为了纪录消防官兵英勇火烧蜂巢的第一现场，阮班慧和指挥的队长史敏杰进入警戒线内。8点零3分，三名全副武装的消防官兵开始借助梯子攀树接近蜂巢，由于树的摇晃惊动了巢里的胡蜂，顿时大量的胡蜂倾巢出动，胡蜂竟在夜色中首先将阮班慧的左手拇指和脖子两处蜇伤，紧接着又将史敏杰队长头部蜇伤，由于怕出意外，阮班慧和史敏杰队长马上撤离现场，三名消防官兵继续火攻蜂巢。撤到街上后，当地的工作人员用醋给阮班慧和史敏杰紧急处理，一位来自西北大学在安康做胡蜂课题调查的博导也匆匆赶来，给他们俩用从国外带回的专业设备做了处理，并建议尽快到安康市中心医院治疗。10 分钟后，阮班慧和史敏杰被送到中心医院急诊，经过专家组的紧急会诊后，医生用白醋给他们俩清洗处理被蜇的伤口，打完抗过敏针后留观。这时他们俩紧张恐惧的心情才平静了一点。被蜇处针扎般的钻心疼痛让小阮深深感受到了从未有过的痛苦，整个晚上就在这种跳跃性的针扎般的痛中度过，一次次痛醒又一次次在痛中睡去。这一夜，蜂患之痛不仅折磨着小阮的身体，同时也折磨着他的思绪。蜇两针就如此之痛苦，试想那些被蜇了几十针甚至更多的伤患群众又该忍受多大的痛苦呢？！无辜的他们或许就被无情的蜂毒夺去生命，而我们又能为他们做点什么呢……原本在经历了云雾山人蜂大战的胜利之后，记者自觉对胡蜂的习性和防御有了一些了解，结果大意失了荆州。

这场剿灭蜂巢的全民战争还在安康持续着，截至 10 月 7 日记者离开时，安康市各级各类剿灭队伍已剿灭蜂巢 8000 余个，重点区域的大部分蜂巢已经剿灭。

飞奔在沟壑间

救治还在路上

在省上领导的高度重视中，在卫生厅、林业厅等部门的紧急部署和现场督导下，陕南的胡蜂防治工作在有条不紊中迅速全面展开。

作为重灾区，安康市更是全市动员，紧急部署、紧急拨款、紧急调运装备药品、紧急培训业务人员。抽调 1230 名医护人员补充救治力量，层层培训医务人员达 3160 人次。“集中患者，集中专家，集中资源，集中救治”，全市共确定胡蜂伤人定点医院 13 家，市上三大医院为收治重症患者集中救治定点医院，组建了 17 个医疗救治专家组巡回指导，现场救治；开辟了医疗救治绿色通道、专门门诊、专用病房；同时出台“先救治，后结算”的惠民政策，将困难患者列入大病救助，还派出专人驻守省人民医院、交大一附院等转诊医院，做好重症转诊患者的住院衔接；医疗机构自筹资金 772 万余元，紧急购置设备，确保了救治工作的有效开展。

记者离开时，安康的新增胡蜂蜇伤患者人数已大幅下降，从 9 月初的每天三四十例下降至 10 月 4 日的 14 例、10 月 5 日的 12 例；蜇伤患者治愈率大幅提高，已连续 4 天无死亡病例。

10 月 7 日，记者从安康驱车来到汉中市中心医院，在该院肾病内科看到病房和楼道里住满了被胡蜂袭击的伤者，有的被蜇得眼睛肿了，有的因为过敏痛苦地呻吟，有的痛苦挣扎。医护人员按照规范的救治流程给每位蜇伤的人耐心地清洗、检查、输液……这里呈现着一片紧张有序的生死大营救的感人场面，在这里随处可见医生们忙碌的身影和白衣天使焦急的眼神，是他们在这里和蜂毒展开着一场没有硝烟的较量，不分昼夜地将一位位被蜇伤的无辜群众从死神手中救回。

在重症监护室里，来自南郑县黄官镇的 66 岁辜德秀老人，10 月 1 日在地里劳动的时候被胡蜂袭击 40 针，当晚就被紧急送到汉中市中心医院接受透析治疗，在医院经过抗过敏、保肝、营养支持等治疗，病情好转的她静静地躺在病床上睡着啦，脸上没有一丝痛苦的表情。来自镇巴县泾洋镇鹿子坝村 6 岁的张诗颖，10 月 6 日在家附近的河边玩耍，被一只废弃蜂巢里的野蜂袭击 20 多针，刚上二年级、天真烂漫的她在瞬间就被蜇昏，孱弱的她头部肿胀，呼吸微弱，无力的眼睛时不时睁一下，微微张合的小嘴发出让人心碎的呻吟，从她略微呆滞的目光里记者看到了恐惧和对生命安全的渴望……

汉中市中心医院的李国强副院长说，自7月以来汉中地区就开始陆续有被胡蜂蜇伤的患者入院治疗，为了确保被胡蜂蜇伤村民能够得到及时救治，医院成立了以肾病内科王敬主任挂帅的25人救治专家组，开辟绿色通道治病救人，李副院长谈到全市的情况时说，到10月6日15时，各级医疗机构累计收治胡蜂蜇伤患者519人，在院治疗107人。

昨天，本报记者在省人民医院了解到，30名被胡蜂蜇伤的安康患者转入西安治疗，目前省人民医院收治15名，西安交大一附院收治14名，西安交大二附院收治1名。10月5日，省卫生厅副厅长孙振霖带领厅医政处负责人和省级专家组成员看望了由安康转到省人民医院进行抢救治疗的重症患者，并对当前诊疗抢救工作进行了现场指导。

胡蜂蜇人事件在我省每年都有发生，为什么今年病情严重？省人民医院副院长、省急救指挥中心副主任徐永刚说，与往年相比，今年的胡蜂蜇伤具有毒性大、进展快、死亡率高三个特点，如果处置不及时，应对不当，极易造成患者死亡。若是胡蜂蜇伤，要立即检查蜇伤处，涂抹食醋中和毒液。然后尽早就医，较早医学干预是预防伤残和死亡的重要一环。

跨度太大

伤着痛着的反思

全国都在休息的这个国庆长假与陕南无缘！

胡蜂之痛之殇改变着陕南千万人的工作生活，触动了更多人的复杂情感。

记者不忍追问和重复那一堆可怕的数字，其实就在记者身处陕南时，在集中剿灭了 10 天之后，蜇伤的患者还在不断出现，数字仍在变动中。

但数字已经不重要了！因为就目前这个“被冰冻”的数字已经足以令人惊恐瞠目了！这里面有多少的撕心裂肺，又有多少的群众苦痛？

在采访中，谈到工作，一些干部滔滔不绝，头头是道；谈到伤亡数字，闪烁其词，环顾左右。这难道就是我们需要的作风、提倡的精神么？如果都不敢不愿面对现状，那还谈何担承，那又如何改进今后？

我们自当反思！我们必须反思！

在我省特别是在陕南，胡蜂伤人几乎年年都有死亡事件发生，只不过往年较为零散，今年更加集中和凶猛罢了。既然年年发生、长期发生，我们至今却既没有研制出特效药，也没有建立课题攻关机构。故而，记者呼吁经过这次哀痛与慌乱之后，相关部门应引起切实重视，把攻克胡蜂伤人治疗药品提到议事日程上来，集合民间、政府和科研机构的智慧与力量，攻下这个难关，造福人民群众。

因为胡蜂伤人的事情今后还会继续发生，除非有了对症的特效药。有人将今年的伤人事件归结于天气干旱、气温偏高，这恐怕有点怨天的嫌疑。记者想说的是，多年来陕南就没有干旱过高温过吗？答案是有，不但原来有过，今后还将会有。

如此，在尚无有效治疗手段的情况下，在每年的高发期，我们的预警机制和应急方案能否做到更完善一些、更快速一些呢？每年拉一次警报总不费太大的事吧。

在采访中还发现，预防知识缺乏，防治手段不足，连专业人员的设备也捉襟见肘。消防队是最为专业的，在剿灭蜂巢中竟也有 20 多人被蜇伤，说来真有点不可思议。

防治蜂患之痛虽已取得阶段性效果，但还在进行时，正如省政府所要求的，除全力做到生物防治和医疗救治外，还要加快研究防治方案，努力探索防治工作的长效措施。

蜂患，蜇在群众的身上，应该疼在公仆的心上，落实在干部的行动上！

温馨提示

省林业厅编撰的预防胡蜂袭人顺口溜：

胡蜂本是林中长，消灭害虫飞舞忙；
近年环境大变样，蜂巢数量成倍长；
警告群众要提防，惹怒胡蜂蜇人亡；
见巢报告才得当，千万不要去玩赏；
遇蜂攻击莫乱藏，包裹头脸不惊慌；
蜇后拔刺护外创，碱水食醋洗蜇伤；
重症快把医院上，争取时间保健康。

——原载《陕西日报》2013 年 10 月

“一动不动，万紫千红”“前四后八，五朵金花”

自由恋爱时代的“买卖婚姻”

——我省部分农村“天价彩礼”问题调查

“一动不动，万紫（5元）千红（100元）一片绿（50元）”——这是前段时间，在网上红极一时的彩礼口诀，其中的前半句指的车子和房子，总价远高于15万元。如此“高规格”的配置要求，着实让网友们吓了一跳，直呼“结不起婚”。

网上大概说的是城里的事，那么，我省农村的“彩礼”情况又如何呢?

历时半个多月，记者走访了我省陕北、关中、陕南等地，调查结果显示：我省部分农村普遍存在“天价彩礼”，“前四后八，五朵金花（5万元）”的顺口溜同样令人咋舌，而无人遏制的泛滥现状更让人忧虑重重。

“前四后八，五朵金花” 彩礼怪象赤裸上演

不知道从什么时候起，“起步价”这个词已经成了洽谈彩礼时的“行话”；谁也说不清，用“彩礼”作为儿女婚姻前提的怪象为何能如此赤裸裸地一次次上演。如果没有一而再、再而三地听到这些疯狂的数字和故事，任何一个农村人，任何一个关注农村的人，都难以相信这就是真实的农村。

2015 年 5 月 1 日，家住关中蒲城龙阳的陈伟就要订婚了，女方要求陈家在五一之前必须买一辆小汽车，否则取消订婚，而陈家人表示“之前已经给过 8 万元彩礼，葡萄未成熟不能卖，时间仓促来不及贷款”，购车实在没钱。然而，因彩礼没谈拢，两个青年的婚事就此终止。为防止类似变相多要彩礼的情况的发生，有的村民甚至与亲家白纸黑字签起了“合同”。石泉县王军力想给儿子瞅个媳妇，媒人找准对象之后先问对方“你们那里起步价多少”，三四万不等价位的彩礼加上修房子、买家具、酒宴等 10 来万元的花费让老王压力重重，但却不得不承受。更有甚者，在陕北，20 多万元的彩礼在农村已经不是稀奇事……

可见，从地理上讲，“天价彩礼”在陕西已是遍地开花了。

5 月中旬，洛南县腰市镇一个身患残疾的小伙给女方送了 30 万元的彩礼，才得以将媳妇娶进门。在大荔、合阳、澄城等渭北一些地区，花费 8 万元到 12 万元不等数目的彩礼已是不成文的风俗，民间口口相传的顺口溜“前四后八，五朵金花”就是对彩礼最任性的写照。

即便是这样，大多数村民还都在替“彩礼”辩护，他们说“只要花 10 万元把媳妇娶回来能好好过日子就算是好事情”。据了解，近些年来，骗婚、离婚、私奔的几率在农村越来越高……

天价彩礼的盛行，使自由恋爱的农村青年坠入了新时代“买卖婚姻”的封建泥潭，由此派生的大操大办、互相攀比、铺张浪费甚至封建迷信也愈演愈烈……

据全省优秀村支书张六三介绍，20 年前，农村也就是两三千元的彩礼，如今动不动就是一二十万元，确实害怕。当然，也有不要彩礼的情况，那都是男方家境很好或者两家关系好且家境都好。

“农村家庭因婚致贫” 这样的喜事太残忍

在与不少村民的交流中，多次听到过类似于“别人家女儿都要8万元，谁要是比8万元少，家长脸上也没面子……”的话。在农村，一方面由于经济发展，生活水平逐年提高，另一方面由于精神的空虚，攀比风、虚荣心日趋严重，甚至把女儿当摇钱树，使得“买卖婚姻”愈演愈烈，甚至变得不切实际。记者在多个临近县城的村子里了解到，女方家长要求男方在县城买房的例子不胜枚举，事实上，县城的房子他们基本没有时间和机会去住。

对农村问题有深入研究的蒲城县供销联社主任权兴锁对农村经济结构的结论是：改革开放以来，在大部分农村，腰缠几十万几百万的是农村的能人，他们有其他的产业，但只占5%，靠现代农业和外出打工的能占15%，一年也就几万元收入，70%的家庭也就是盖了院新房，还有10%的农民吃饭、住房仍存在困难……

农村有一句俗语叫“借钱娶妻，余钱买马”，大多数农民在用一辈子的劳作积蓄给儿子娶媳妇，他们为此贷款、借钱司空见惯，龙阳镇的张老汉告诉记者，他们村的种瓜大户给儿子贷款娶媳妇，一年多了还背着债务，“谁家要有两个儿子，没有 100 万根本结不了婚”。据合阳县的调查数据，“3% 的农村家庭因婚致贫”，而这类家庭一旦致贫又很难翻身。

天价彩礼除导致物质上的贫困之外，也使农村青年在爱情婚姻上背上了沉重的包袱，精神压力加大，婚后情感易变，养成了“啃老”的毛病，丧失家庭责任。同时因彩礼嫁接起来的婚姻不够牢靠，家庭观念淡漠，闪婚闪离屡见不鲜。据黄陵县一个镇对外出打工人员的调查，离婚率高达 70%。

有钱的讲排场、耍阔气，没钱的跟在后面搞攀比、保面子。有的地方，越穷彩礼反而越重，出现父母将女儿的价值与婚姻捆绑的现象：千阳县山区地带的家庭没钱给大儿子娶媳妇，可以先将小女儿“许配”出去，拿了彩礼给儿子结婚，等女儿长大直接出嫁。这样的换亲现象在许多地方仍然存在着。即便是“倒插门”的男子，最少也得背 10 万元彩礼才能上女方家的门。三原东里村有两家情况相似，两对年轻男女自由恋爱，感情甚好，女方都提出要 10 万元彩礼的条件；其中一对的孩子都 1 岁了，却只能由婆婆带着，没有结婚证，上不了户口；另一对也同样因为“彩礼”问题谈不拢，婚事仍搁置着。洛南县杨朵与男友自由恋爱，遭父母反对后与男友私奔，现在孩子都已两岁了，竟被母亲带回家里要挟男方“拿钱赎人”。

而在这五花八门的天价彩礼后面，还有着天价的房子天价的车，天价的婚礼天价的嫁妆……

5 月 10 日，三原县东里村搭起了 6 个大红色拱门，一个普通村民给儿子举办的结婚仪式正在进行中……

美丽乡村建设可否为“彩礼”解忧减负

我国的《婚姻法》虽经三次修改，但仍明确规定“禁止包办、买卖婚姻”“禁止干涉婚姻自由”“禁止借婚姻关系收受财物”。

省委党校法学教研部主任卢飞鹰教授说，“文革”时期为除去“彩礼”这一封建残余，曾将送彩礼的家庭组织到一起进行大会批斗。他认为，从法律的角度讲，现阶段仍然存在的“彩礼”，实际上就是买卖婚姻最明显的一种标志。

然而，彩礼同时也是一个历史发展的延续性问题，在几千年的封建意识残余下，淳朴的农民将其奉为一种“传统”，要想彻底规避，需要不断的新思想来冲击和反抗。

大荔县平罗党村的“红白理事会”，按照村规民约治理村务，重养轻葬的新风已经树立了 29 年，但对于“彩礼乱象”，他们却也无能为力。韩城市法院院长蒙振勤告诉记者，“彩礼追回”案件逐年增多，但法院判决容易，执行起来却困难重重。

和老大爷攀谈

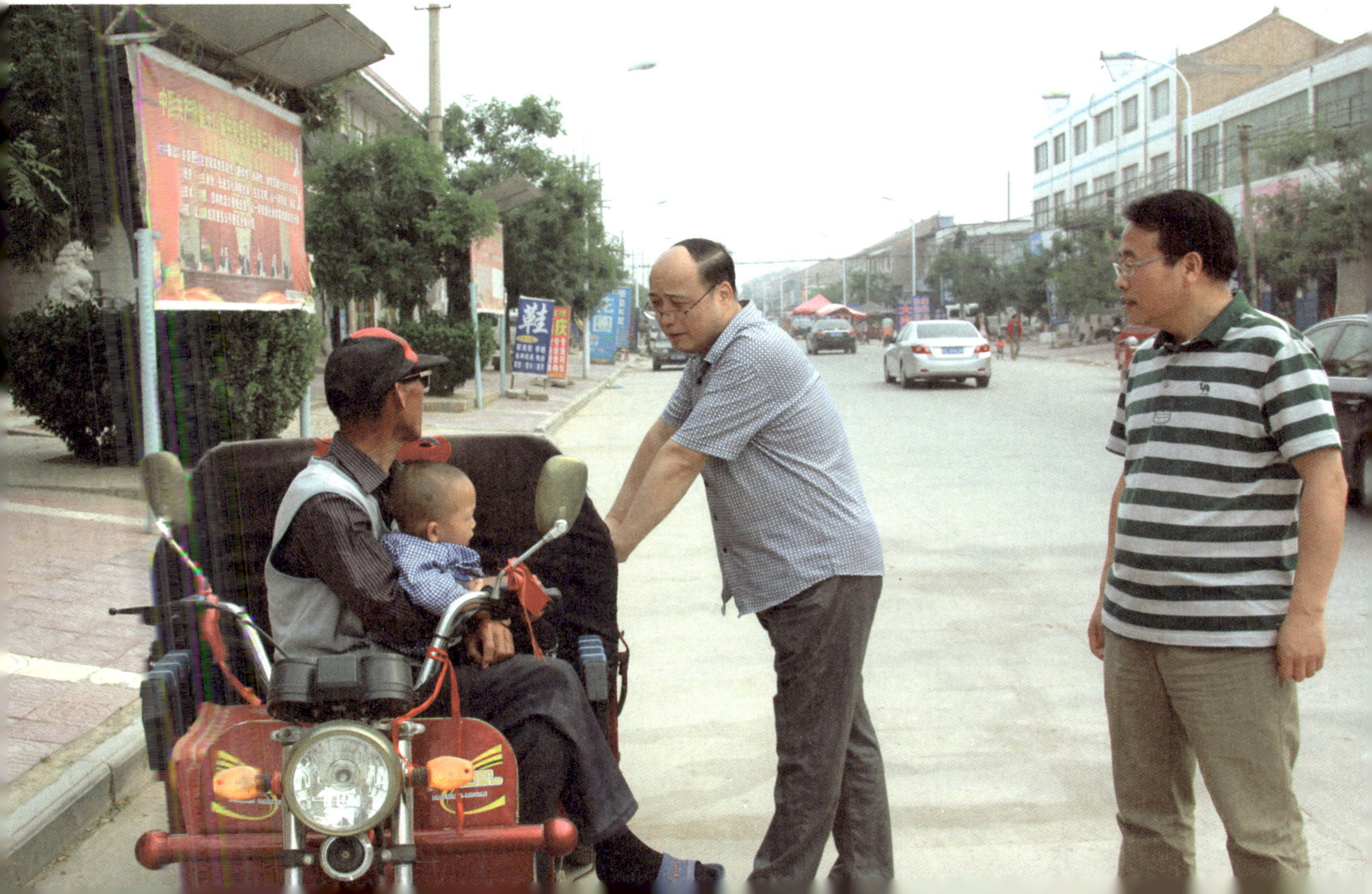

合阳县委常委、宣传部部长王德超同样接触过许多悔婚、离婚、骗婚案件，亲眼看到天价彩礼问题带给一个普通农村家庭的各种灾难，他认为经济发展是缓解彩礼纠纷和彩礼交易的最根本办法，但“更要给农村注入新思想、新理念，帮助农民开阔眼界，转变思想”。同样地，省社会科学院农村发展研究所博士、副研究员罗丞建议，利用城镇化给适婚年轻人创造就业和沟通机会，使年轻人的接触随着经济发展、工作机会的增多而增多，便可逃过“彩礼”一劫。

在采访中，记者深感“家长制”是彩礼的最大“瓶颈”，并且越贫穷的地方越明显。权兴锁认为，解决彩礼难题，关键在教育，尤其是对家长的教育。因为大多数情况下，自由恋爱的年轻人都会因为父母的彩礼纠纷而无奈分离。而卢教授也半开玩笑地说：“年轻人私奔的越来越多了，这未尝不是一件好事情，也许就需要靠这种反抗才能逐渐打倒落后思想呢。”

半个多月的采访，记者在忧虑的同时却更加迷茫：谁都认为不合理，谁都深感该治一治，但谁都不知道该谁来治、怎么治。

记者呼吁，面对美丽乡村建设和社会主义核心价值观的倡导与践行，切莫遗忘了对这种新时代买卖婚姻的治理，使美丽乡村真正美丽起来。

——原载《陕西日报》2015 年 8 月

旱魔骚扰下的陕西

——陕西旱灾情况之商南调查

正在加剧的旱灾已致我省570万亩农田受旱，近15万人因旱临时饮水困难；关中陕南持续高温创53年来之最，降水量为43年来最少年份；农作物受灾面积253.37千公顷，绝收面积12.88千公顷；2.78万头牲畜出现饮水困难，因旱需生活救助人口31.15万；干旱造成农业损失近10亿元。

北国旱魔

7月，洪涝被阻滞在了南方，而持续的高温却赖在了北方。由此，高温蒸烤着北国，旱魔悄悄地侵吞了田野！

至8月2日全国旱情的最新数据，12个旱灾省区中，7200多万亩农作物受灾。河南省从六月份开始平均降水量已经是53年来的最低值。截至7月31号，河南受旱面积2706万亩，73.9万人出现临时性饮水困难。

据来自国家防汛抗旱总指挥部办公室 7 月 30 日的消息，河北、山西、内蒙古、山东、河南、江苏、安徽、湖北、四川、陕西、青海、新疆和新疆兵团等 13 个省区作物受旱面积 7234 万亩，有 160 万人、207 万头大牲畜因旱饮水困难。

国家防总会商分析，本次出现大面积旱灾的主要原因在于：旱区主汛期降雨少，高温天气偏多；库塘蓄水不足，抗旱水源严重短缺；旱情发展迅猛，受旱区域集中；作物生长关键期受旱，直接影响农业生产；部分城镇供水紧张，山丘区人饮困难突出。会商强调，目前正值盛夏时节，持续晴热少雨天气下，旱情有可能迅速发展。据气象台预测，8 月份全国大部地区气温接近常年同期或偏高，全国降水接近常年同期，华北、黄淮、江淮、江汉等地旱情可能持续或发展，很有可能发生夏秋连旱，抗旱形势不容乐观。

新华社的报道称，今年我国旱情呈现出五大特点：发生范围广；河北、山西、山东、河南、安徽、湖北、陕西、甘肃、新疆等 12 个省区目前均出现不同程度旱情。高温干旱气象叠加；北方大部分地区持续出现高温天气，很多地区缺乏有效降雨，加剧了水分的蒸发，高温少雨天气造成土壤失墒加快，作物蒸腾量加大，令旱情迅猛发展。重旱区域集中；今年旱情主要集中在河南平顶山、洛阳、漯河、许昌、焦作，河北廊坊、沧州、保定、唐山，陕西的宝鸡、咸阳、渭南等地。抗旱水源严重短缺；根据国家防总的数据，目前湖北省 600 多座水库低于死水位，111 座小型水库和 5 万多口塘堰干涸；山西省有 225 座水库干涸，1.6 万眼机电井出水不足。抗旱用水明显匮乏；旱灾对农业生产影响较大，据农业专家介绍，旱情期间，我国黄淮、华北、西北大部分玉米处于喇叭口期，水稻处于孕穗期，正是需水临界期，生长发育快，需水量大，目前旱情已造成局部地区作物生育进程受阻。

“当前旱情主要影响‘两头’，一头是播种早、已经开始抽雄的玉米，造成花期不遇；另一头是播期偏迟、长势偏弱的田块，旱情造成土壤失墒快，叶片萎蔫卷曲。”农业部的专家说。

高温持续，旱魔蔓延。北国，正经历着一场全民抗旱的煎熬。

路遇老人

陕西大旱

今夏，全国绵延 12 省区的大旱也骚扰了陕西。

进入 7 月以来，我省大部分地区高温少雨，关中、陕南干旱发展迅猛，多地受灾。宝鸡、咸阳、汉中、安康北部局地已发展为重旱，商洛局地达特旱等级。

统计分析显示，对于秋粮生长期来说，今年全省平均降雨量为 1998 年以来同期最少，关中、陕南降雨距平偏少 5 ~ 9 成，59 个县市（区）最高气温创近 10 年最高，江河径流偏枯 1 ~ 4 成，全省承担供水任务的水库蓄水不足 10 亿立方米，部分地区供水形势严峻，伏旱显现并急剧发展；少灌或未灌玉米生长大面积停滞，干旱严重地区已出现叶片干枯甚至枯死绝收现象。

省气象局的数据显示，7 月以来我省关中、陕南地区出现持续高温，平均最高气温 33.4℃，较常年同期偏高 2.8℃，是 1961 年以来温度最高的年份。7 月份有22天关中、陕南区域日平均最高气温大于32℃，28县区最高温超过40℃，多个县区逼近历史极值，是近10年来高温范围最广和持续时间最久的一次。省专业气象台高级工程师贺皓说，7月30日我省的高温范围持续扩大，强度增强，86个县市区出现35℃以上高温天气，其中38℃以上的有31个县市区，全省最高温出现在镇安，高达41.2℃，西安最高温37.5℃。关中陕南持续高温创53年来之最，降水量为43年来最少年份。

谈到我省今年7月份雨水少的情况，贺皓说，我省往年只在冬季发布过干旱预警信号，而今年夏天发布这么严重的干旱预警在近几年来较为少见，说明旱情形势的严峻。往年7月，我省上空有冷暖空气相交汇的水汽通道，今年副热带高压一上来就控制了我省，并与青藏高压交替控制，副高前几天控制我省东边，青藏高压这几天控制西边，二者来回替换，导致我省高温少雨、湿度低、高温持续时间长。简而言之，降水量本来就少，偏偏又遇高温加大了蒸发量，这是形成干旱的直接原因。而大气环流异常，导致降雨偏少，蒸发加剧，这是干旱发生的根本原因。

少见的干旱给我省造成了重大损失，全省多地因干旱少雨，土壤相对湿度很小，土地龟裂，河流缺水，庄稼凋零。截至7月31日，干旱导致商洛、西安、咸阳、渭南、汉中、宝鸡、韩城等地38个县区367个乡镇294.66万人受灾，因旱需生活救助人口31.15万人，其中15.85万人出现临时饮水困难；农作物受灾面积253.37千公顷，绝收面积12.88千公顷，2.78万头牲畜出现饮水困难；干旱造成农业损失近10亿元。

商洛市灾情最重，已造成农业损失4.5亿元，全市7个县区124个乡镇120.53万人受灾，因旱需生活救助人口26.31万人，其中11.42万人出现临时饮水困难，夏后荒需口粮救助人口近15万人；农作物受灾面积103千公顷，绝收面积7.68千公顷，1.5万头牲畜出现饮水困难；干旱造成农业损失4.5亿元。

省委书记赵正永、省长娄勤俭均对防抗高温伏旱做出重要批示。省财政厅已紧急拨付1.9657亿元抗旱应急资金支持抗旱工作。省防总、省水利厅也发出紧急通知，并及时下达3800万元中省特大抗旱费支持抗旱减灾。

根据最新天气预报，8月10日之前，我省无明显降水天气过程，全省大部以晴天或多云为主。我省中南部地区高温持续，局地最高气温将达到38℃～40℃。8月8—9日全省有阵雨，且雨量分布不均，对缓解旱情和高温没有明显作用。

商南之殇

高温加剧着干旱，干旱蒸腾着高温，三秦大地在干旱的骚扰和高温的烘烤下遭受着蹂躏，承受着煎熬。

拍摄大棚农业

媒体称，我省最煎熬之地当数三原县和商南县。

于是，8月2日星期六，记者舍近求远在清晨的满头大汗中离开西安赶赴商南，探寻陕西最重灾情地。

商南在我省东南角的秦岭深处，三省交会，衔豫接楚，地联八县，融秦风楚韵，集南北文化，山水旖旎。全县辖13个镇及3个社区，面积2307平方公里，总人口25万余。因金丝峡、丹江漂流、闯王寨、玉皇山、上苍坊等旅游景点被他们自封为“秦岭的封面”，也是“中国茶叶之乡”“全国名茶百强县”，但还是国家级贫困县，去年人均收入6200元。

3小时后我们抵达商南县城，城中河道长满的荒草，使记者感受到了旱灾的存在。

和西安差不多，商南也是热浪扑身。我们先去了离县城3公里的县河水库，走在水库边上，只见存水仅剩下库底，对面的塔台已裸露在半山腰上，记者从镜头中看去，塔顶部“农业学大寨”五个大字清晰可见。水利局周思勇局长告诉记者，这座水库修建于20世纪70年代初，40多年了一直供养着县城百姓的生活源泉，从来没要过嘛达。但从去年8月以后，由于没有有效的降水，加上高温蒸发，水库只出不进，库容量一直在减少，到6月已经承担不起县城的需求了。脸上全是汗的周局长继续说，这座水库的容量可达 667 万立方米，现在只剩下 14 万立方米了。现在县城 6 万人的生活用水每天在 8000 吨以上，而县河水库仅能提供原水 1000 吨左右，缺口太大了。

周局长还告诉记者，由于干旱，除了县河水库接近干涸之外，县城周边的试马、捉马沟水库以及黑漆河等较大河流都接近干涸。

干旱使商南城乡饮水陷入困境。商南县城朝阳小区居民杨女说告诉记者：从去年 11 月份开始供水就出现了问题，水量不大，我们高层住户由于水压上不去，用水十分困难。在商南县过风楼镇小栗园村，章支书告诉我们，全村 1800 多人靠地下水生活，以前水井里水深可以达到 5 米左右，而今年夏天以来，水深还不到 1 米，每天晚上滴一点，第二天大伙要轮流着用，根本不够。我们这几个月为了抗旱也打了 100 多口井，每口井 16 米深左右才能见水，但现在七八十口都干了，剩下也就 20 来口。记者看到，在一片玉米地的边上，就有一口漂亮的水井，但那一大片玉米还是无奈地枯黄而死。

水是一切生命之源。因为缺水，商南县粮食安全受到严重威胁。农业局丰国全局长告诉记者，全县共有耕地 21.3 万亩，水浇地有 4 万亩，而今年由于缺水，水浇地已不足五千亩。9.5 万亩玉米 8.8 万亩受灾。

在商南县过风楼镇小栗园村“早熟”的玉米地里，记者看到的是满地的枯黄色，有点绿色也拨不出果实。过镇党委副书记张国祥说：“这时节正是玉米抽雄授粉的时候，但是由于干旱缺水，使得玉米无法授粉，农民只能眼巴巴地看着玉米干死掉。全镇 16538 亩玉米，有 11500 亩左右受旱。”一村民告诉记者：“种了两亩玉米全旱死了，只等着十月翻种麦子，两亩玉米损失两千多元，村子里好多户都是这样。”

据商南县防总的同志介绍，商南降水量已连续三年在减少，今年的 1—7 月份，全县降水量为 358.3 毫米，比去年同期少了 22.6%，尤其 5 月份以来，全县降水量仅为 187.9 毫米，较历年同期 368.9 毫米减少达 59%。同时 7 月份以来的气温平均为 27.9℃，比历年同期偏高 2.8℃，进而导致蒸发量是降水量的 4 倍左右，水位急剧下降。农作物大面积绝产减产，人畜饮水困难。据商南县委、县政府的旱情资料显示：目前，干旱已造成全县 13 个镇 167 个行政村（社区）6 万户

20 万人不同程度受灾，全县作物受旱面积 16 万亩，其中粮食作物受旱面积 11.2 万亩，因灾影响饮水人口达 10.3 万，直接经济损失 9800 万元，部分企业因缺水停工停产。

“8 月 10 号以前，商南县不会有有效的降水。”县气象局吴顺琴局长告诉记者说，“自从去年八月以来，全县降雨就明显偏少，有过的几次降雨均没有形成有效的径流，导致县境内县河、清油河、富水河等主要河流断流，全县出现了有气象记录以来 57 年不遇的干旱天气和 88 年不遇的水文记录。”

烤中之考

灼热的高温，干涸的土地，短缺的水源，烘烤着商南 26 万人民，同样也考验着商南 26 万人民。这是最艰难的时刻，也是党与人民群众最贴心的时刻。“县河水库蓄水严重不足是制约县城用水的最大症结，因此我们采取一县人吃三江水的战略，县河水库每天供水 1000 吨左右，再从清油河、丹江运水 8000 吨来保证全县的生产生活用水。”周思勇局长告诉记者，“虽然每吨水的费用要高出六七倍以上，但我们还是咬牙拿出了 200 多万元，组织起 30 辆运水车 24 小时为县城运水，每天的运水量达 7000 吨。他们先在 20 公里外的清油河，水量抽得差不多了又换到了 25 公里外的丹江。仅此一项，每天的调水费用在 20 万元左右。”

在距县城 25 公里外的丹江水源地，记者看到三四辆拉水车正在一辆接一辆地装水，碧绿的丹江水寄托着 26 万商南人民的希望。巧合的是记者在这里偶遇了商洛市市长陈俊，她也在考察调研抗旱救灾情况，从中记者感到，商洛市以上率下身体力行的干部作风还是很值得赞扬的。陈俊告诉记者，全市正在树立抗长旱、防大汛、抗大灾的意识，把抗旱救灾保供水作为当前工作的重中之重，坚持先生活、后生产，以人畜饮水为重点，做好城乡供水调度，同时正在抓紧策划和实施一批水源项目，提高全市蓄水调水能力。

从水源地回来，记者在商南县城两个地势较高的街区察看了居民的供水情况。在朝阳小区和西关之间的街边，我们看到一辆定点的送水车，车后面挂着的牌子上写着供水时间：早上 7—11 点，下午 15—19 点供水。“我们共有四辆拉水车给每个供水点送水，每辆车能拉 100 吨，基本能保证居民正常的生活需求，大家接水也没有量的限制。”商南县自来水公司李经理告诉记者。

“刚开始停水时，我们老百姓很不理解，当得知在这样干旱的情况下，县里为了我们百姓能够正常地生活，又是免费拉水，又是免费送水，我们很是感动。我们也非常珍惜政府的劳动成果，尽可能地把水进行循环利用，用洗菜水洗衣水去冲马桶，能少用一点就少用一点。”住在朝阳小区 8 层的黄女士告诉记者。

县防总的负责人告诉记者，由于县河水库和清油河储水不足，7 月 1 日之前他们就把全县分为上午、下午和城东、城西分时分片供水，当时群众怨声比较大，随后进行了调整，全城供水，定点定时送水，既保障了大家的生活，又赢得了大家的理解，还体现了群众路线教育的成效。事实上，从 5 月底开始，因为商南县的整体经济工作，也因为旱魔的肆虐，水务局、自来水公司等商南县多个部门就实行了“5+2”“白 + 黑”工作制，周末不放假，晚上不休息，抗击干旱，提振经济。

8 月 1 日，记者抵达的前一天，商南县县委专题召开了常委扩大会议，研究通过了丹江过风楼至县城的应急供水工程方案，组成了建设工程管理处，要求100 天以内实现应急供水工程通水，以确保有效解决县城居民和工农业生产用水的困难。

这个消息带给记者一种感受：亡羊补牢，犹未晚矣！

反思旱魔

其实，今年的大旱是挪着缓慢的步子来到我们面前的。

以记者考察的受灾地商南为例，3 年前全县的降水量就在逐年递减，及至去年8月11日之后，全县再无有效降水，县城的老百姓去年底就感到了水压的乏力。如果那时我们的相关职能部门、科研技术部门能多用点智慧，多动点脑子；我们的决策者能未雨绸缪，“高瞻远瞩”，修缮水库，引河灌溉；是否我们的损失比之今日要小得多？我们付出的代价比之今日也要轻得多？我们今天是否也要安然得多？

在尧头窑

当然，人非圣贤，我们也不是人中智者。

但是，即便是刚刚通过的丹江过风楼至县城的应急供水工程方案，就算我们祝福它不出意外，在百日之后能将丹江水平安引进县城，那也只是解决了县城6万人的生活饮用。

那么，如果相当一段日子没有有效的降雨，全县的秋播呢？明年的春耕呢？

也许，记者过于求全责备了。

让我们一起且行且思考，且行且进步吧。

延伸阅读

历史上，陕西多次遭受旱灾侵袭。据《西北灾荒史》统计，隋至民国（581—1949年）期间仅陕西就发生旱灾652次，《陕西通志》载："熹宗天启二年至思宗崇祯二年，八年皆大旱不雨"；《清史稿·灾异》记载："清道光二十六年（1846年），蓝田、三原大旱，粮价昂贵，饿死者无算"；《申报》论："1928—1929年陕西大旱，晋豫人贩蜂拥而至，妇孺身价不及斗米的三分之一，《申报》惊呼：救命。"陕西全境共940万人受灾，死者达250万人，逃者40余万人。

——原载《陕西日报》2015年7月

笔写忧患报家国

——品读韩秀峰《掀过一页》之“笔下忧患篇”

蒲城县委外宣办　贺军栋

贺军栋

中华民族千百年生存发展进程中，始终强调“生于忧患而死于安乐”。在韩秀峰的笔下，忧患题材从数量上占比虽然不是很大，但却因其内容的深刻和题材的典型有着重要地位，并足以给我们的当前和今后以更多的警醒和反思。

在这些题材中，既有自然生态灾难的写照，也有社会不良现象的直击。当陕南胡蜂肆虐之际，作者不畏凶险直奔安康和汉中等事发一线，对当地干部群

平凹老家门前

众和消防官兵、医护工作者等群体进行深入采访，从而将人类与胡蜂大战的场景全面翔实地记录下来；旱魔骚扰下的陕西犹如一幅全景画，作者在对干渴的三秦黄土地进行鸟瞰的同时，更以微观方式对商南等地旱情进行了细致的描述，这种点面结合的写作方式能给人留下深刻印象；面对农村天价婚礼现象，又是作者辗转多地多方走访，用手中之笔发出了对这种“新时代买卖婚姻”进行治理的强烈疾呼。

社会的前进，势必不会一帆风顺。发展中出现这样那样的问题并不可怕，可怕的是对问题缺少必要的关注、总结和反思。作为职业瞭望者的记者，韩秀峰冲在了前面，他以专业的眼光和能力，对种种自然现象、社会问题等进行调查，既为公众提供全面、准确的信息，更予以及时的提醒和棒喝。这种工作的难能可贵，就如同在一个因遭遇风浪而颠簸不已的船上，每一位乘客都可以躲在船舱内相互传递着自己的观察和感受，但站在船头时刻观察着风浪变化的，仍然只能是那个职业的瞭望者。

两千多年前，哲学家老子提出“祸兮福之所倚，福兮祸之所伏”的智慧论断；约一千年前，北宋思想家范仲淹书写出“先天下之忧而忧，后天下之乐而乐”的千古名句。时至今日，忧患意识依然是一种危机感、责任感、使命感，是中华民族的生存智慧，是促进国家进步、民族振兴的催化剂和动力源。我们最需要的依然是那些忧国忧民、倡导以天下为己任的时代华章。作者怀有强烈的家国情怀，他以敏锐的视角、真挚的情感和流畅的笔触奉献出一系列饱含忧患意识的精品力作，无疑在这方面为我们做出了很好的表率。

陕西
标识篇

震古烁今两千年

——陕西民俗奇葩华阴老腔独家调查

过年喜事多，古来如此。

这不，刚刚跨进 2014 年的门槛，随着马年春节脚步声的愈来愈近，一条喜庆的消息在三秦大地和网络世界不胫而走：华阴老腔要上央视春晚了！

震动、激动、感动包裹着年的喜悦在三秦大地弥漫：看咱老陕，又长脸了！

啥是老腔，老腔又是啥，为何在默默无闻中一步登天？带着人们的诸多疑团，踏着新年后的清冷，记者在好奇心的驱使下赶往华山脚下的渭南华阴市，探访老腔发源地和有关老腔的许多鲜为人知的东西。

双泉村，老腔传唱两千年

老腔的故乡在华阴市东北方向 10 公里的双泉村，村子南依丘壑一垄，北望渭滨平畴，因村边原有两眼清泉，故名双泉村。

沿着村西能踏出尘土的小路，记者朝丘壑上行走，不几步，看见一块石碑，上刻“第五批全国重点文物保护单位——京师仓遗址”，同行的华阴市委宣传部杨涛部长告诉记者，这里是西汉时的长安京师大粮仓，20 世纪 80 年代才被发现的。果不其然，走了千米左右，踏上丘壑顶，一片平整，约莫几十亩大，因为文物保护的缘故，塬上尽是长满的蒿草，乡情野趣跃然眼前。四面环望，雄奇的华山清晰可见，南面不远处，郑西高铁飞驰而过。放眼北眺，一马平川，同行者介绍，这里是两万亩的荷塘，如果夏天来，那风景羡煞人了。东北十里开外，便是黄河、洛河、渭河交汇三河口古渡，当然现在只剩下遗址了。

华阴市文化局业务股长、文化馆副馆长党安华告诉记者，为了准备春晚的节目，老腔戏班要在这壑塬上排练节目，记者自然欢喜异常。因为，对于老腔，记者还是第一次面对面观赏，更何况是在这蒿草齐腰古韵犹存的千年壑塬之上。

早上十时许，老腔艺人们三三两两步上塬来，他们手里都拿着家伙什，有的揣着锣、竹板，有的提着月琴，有的拿着板胡，随手还都提着自家的各色不一的板凳和坐具，张喜民的弟弟张四季则扛着长条板凳，插着烟袋锅，还端着关中老碗。艺人们的衣着也都是家常所穿，所不同的是皆为对襟唐式，颜色各异，虽然平常但也质朴。

在这群民间艺人中，记者见到了老腔戏班班主张喜民，一位 67 岁的老人，典型的关中汉子，他的肤色几乎就是这黄土地的位移，脸上始终涌动着内在的欢乐。另一位老者大家称为白毛先生，大名王振中，他的艺术故事曲折传奇，虽已 78 岁高龄，但仍是老腔戏班不可或缺的重要成员。还有张喜民的弟弟张建文、张四季等，唯一的女将则是唱迷胡（即眉户）出道的女将张秋亚，一个地道的关中女人。

党安华稍作安排，老腔戏班便在长满蒿草的土地上调音试锣，今他们要表演三个节目，《关中古歌》、《将令一声震山川》和《世相》。只见张喜民领衔开腔，浑厚的乐曲、悠扬的唱词、质朴的独白立时向四周弥散开来。《关中古歌》亢奋豪迈，《将令一声震山川》情怀激烈，白毛唱的《世相》沧桑而绵长。三个节目，他们几乎是一气演完，我们也是一气听完。

哦，这就是老腔！那么悠扬那么豪迈，那么古朴又那么久远……

站在野趣遍地的壑塬上，听着这从远古传来的大地之音，你能感受到什么是真正的原汁原味原生态。作为外行的记者注意到，老腔的音律、唱腔或独白，与秦腔相比，少了一些“吼”，她呈现出的是自然般的悠扬，而她的旁白不是呐喊，更像是田间里的吆喝，不是宣泄而是一种流淌……

两千多年的传唱，这块土地幸福死了，也伟大死了！

民间艺人的文化坚守

双泉村有人口 800 多，至今能唱老腔的还有百十来人，十多家的门口被政府挂有“老腔世家”的牌子。

据华阴市文化馆已经辞世的老馆长郭卓生考证，老腔的起源与这西汉的粮仓及三河口漕运的繁荣密切相关。古渡码头船夫与纤夫的劳工号子与周边的说唱曲艺的长期磨合，催生和孕育了老腔的主旋律，船工们以篙击船的习惯则演变成了打击乐和惊木道具，逐步形成了老腔的艺术雏形。在大唐时，老腔的说唱开始以

皮影为载体，进入勾栏瓦舍乃至宫廷贵院，形成了独立的剧种，从宋、明、清直到民国时期，她的乐器和唱腔更趋成熟和完美，民间和节庆需求使得老腔皮影成了一道不可缺少的风景而经久不衰。

老腔皮影一般是在搭好的台子上，再搭起一个密封的独立空间，除前面用的布作为“亮子”供影人演出外，三周至顶用芦席封严。演出者有五人，“说戏”的也叫“前手”或“盯本”，怀抱月琴，前面摆有四种乐器，边弹边唱；“签手”也叫“坐档”或“择签子”，主要是安排人物和场景的上下场，操持惊木的击打，“签手”还有一个打下手的叫“帮档”；“后槽”也叫“打后台”，主要是打锣和呐喊助威；“胡胡”也叫“拉板胡的”，是唱腔中伴奏和音乐演奏的主要乐器，还兼顾着乐器和助威帮腔。

这就是老腔皮影的基本布局。

双泉村800多口人以张姓为大族，占九成多。据有文字可查的谱系，张喜民是第十代，他于1962年跟班巡回演出学艺，到1980年成立了自己的5人老腔班社，几十年间足迹遍及秦、晋、豫一带，主要活跃于庙会和民间的红白喜事中，深受群众喜爱。改革开放后，由于受现代文化品种的冲击，演出渐趋冷落，一度到了难以为继的地步。

进入新世纪后，在政府的抢救和支持下，张喜民调整了班社，恢复了演出，多次参加省、市民间艺术会演乃至赴省内外、国内外演出。而作为班主的张喜民唱音正腔圆、演艺精湛，是华阴老腔皮影的中坚。他在 2008 年 2 月被命名为“国家级非物质文化遗产项目皮影戏（华阴老腔）代表性传承人”。

在张喜民家，记者看到客厅的四面墙上，挂满了演出的各种照片合影海报及演出证件，在打开的墙角柜里，保存着他心爱的月琴和三大摞戏本。打开琴袋，上面刻有 1940 的字样，老张说这是家传下来的，外面没卖的。打开戏本，有民国二年的，有民国三十几年的，再翻一翻，竟然还有老腔版的样板戏，老张即兴为我们表演了一段《红灯记》选段，听着还是别有风味。老张说，“文革”期间遗失了许多，现在保存的戏本近 200 本，最早的是乾隆年间的。

看着这些历史的宝贝，宣传部杨涛部长唯恐再丢失了，当即分派文化局郝富仓局长给老张尽快买一个保险柜，把这些宝贝好好保存起来。

今年已 78 岁的王振中，又名白毛，是华阴老腔艺人中的另一个重要人物。他 1956 年学艺，1962 年自立班社，几十年活跃在陕、晋、豫地带。王振中声腔豪放激昂，还精于乐理，曾提出老腔革新的设想。20 世纪 90 年代，应张艺谋和芦苇邀请先后拍摄了电影《活着》和《桃花满山红》，不仅在其中演唱老腔，还授艺于葛优、陈道明；在演出话剧《白鹿原》期间，又收宋丹丹、郭达等为徒。2008 年 2 月与张喜民同时被命名为“国家级非物质文化遗产项目皮影戏（华阴老腔）代表性传承人”。

如今的白毛先生，可谓此心不已，不仅带徒授艺，也建有班社，老腔情怀使他余热喷发。

还应提到的另一位是陈增礼，他一生热爱皮影艺术，幼时即可制仿雕皮影售于集市，工作后他自制刀具，刻苦钻研皮影雕刻技术，最后干脆辞厂回乡，终生与皮影为伴。他搜集有大量的皮影知识，能默写出数千张皮影图谱，还组建了家庭皮影雕刻社，传艺于两个儿子，他的皮影雕刻工艺和皮影画长卷闻名省内外，成为许多人的藏品。他参加过省艺术馆、中国美术馆馆藏皮影的整理工作及对外交流工作，2005 年 6 月出席全国著名民间艺人座谈会，被授予“民间艺术研究员”称号。

不幸的是，这位老艺人于去年离世，享岁 81 载。

在这支民间奇葩的队伍里，还有张新民、张四季、张军民等，作为孙子的张猛也成了张喜民谱系的第十一代嫡系传人……

也许，正是他们在黄土地上的相传与守望，才使得老腔这朵民族的奇葩流传至今，才使得今天的我们得以知晓老腔，领略她的旷世神采。

小人物导演老腔变脸

老腔，作为一种民间艺术品种，在口传心授了两千年之后，随着现代文化的冲击，活动空间的缩小，道具的短缺，传承的乏人，等等，日显颓势，不要说发扬光大，就是艺人靠此谋生，也难以为继了。

然而，就在老腔濒危之时，一个人的出现改变了老腔的命运，虽然这改变曲折而艰难。

先来介绍一下此人。党安华，1957 年生人，1971 年自初中考入华阴县迷胡剧团，以唱迷胡为主，十三年后成长为该团团长，1997 年在拜金潮中下海，没弄出啥名堂，于 1999 年回到文化馆，随后去上海戏曲研究院导演系进修一年。回来后的 2000 年，百无聊赖中，陪朋友转到了张喜民正在设摊子的戏场，台下仅有 4 个人，细一看没一人在看戏，而在围着炉子烤火。党安华掰开皮影棚探头一看，张喜民正神情专注地边唱边弹边翻剧本，其他几人也在忘情地扮演着自己的角色……这大概是党安华第一次零距离地接触老腔皮影，与其说他被震撼了，不如说他被触动了：被这么好的东西触动了，被空荡荡的场子触动了，被艺人的投入与执着触动了！

随后，他结合自己的艺术经历，对老腔思考了许多，总结了许多，构思了许多。他觉着有改革的空间，有改革的希望，便设想着把老腔从后台搬到前台，从表现皮影转化为表现生命。

他把几个艺人召在了一起一说，张喜民没有反对，其他几个人认为听不懂他

华山顶上

说的，胡弄呢。

反正也没啥弄，全当陪着玩呢。党安华叫文化馆的王忠亮编了一个老腔剧《劈山救母》，找了5000元赞助，对大家说，你们现在演一天挣十几块钱，我一天给20元，需要十二三个人。协议达成了，排练了半个月，在华阴剧场进行了试演，还从省市请了专家观摩。看完后专家们提了很多意见，音乐单调难以表现人物，衣服、布景不到位，准备不充分等，党安华见第一炮没打好，特没面子，很丢人。随即便跑到了同学所在的厦门电视台混了一年，虽然待遇不错，但因语言不通、文化差异，他又回到了“江东”。

虽然第一炮没响，虽然出去浪了一圈，但之所以回来了，记者感觉党安华心里还是没有放下老腔，从和他的交谈中，记者深刻地感受到了这一点。

这不，厦门回来还没消停，他又是拉赞助又是重组班子，还是以张喜民戏班为主，又找来了另一班社的白毛先生，还选了民间唱迷胡的女演员张秋亚改行唱老腔，同时配备了他构想中的其他角色。这次他们排演的是《古韵乡趣》，表现的是农民的知足常乐、纯朴善良，原汁原味，传递的是自然美、真实美。

倒腾了大概半年后的2003年11月，党安华带着他的团队开赴渭南参加会演，结果这“二炮”打响，竟获得了导演、舞美等七个一等奖，评委评价说：这个节目像一幅画。

获奖后最大的收获，就是大家有了自信心。此后，声名鹊起的华阴老腔把事弄大了。白鹿书院开学典礼，他们被邀来西安登台，又被陈忠实先生推荐到全省政协会演出，还参加了电视台的台庆，又因参加全省民间艺术会演的成功被邀请到香港中乐团的三十周年庆典上……

啥看遇着啥，党安华与老腔怕是在艺术上修炼的结果，不然，虽在一个地方却多年不曾粘合，而相融仅三年就使老腔华丽变脸。记者觉着，党安华虽是个小人物，但他有对人生的大追求，对艺术的大热爱！加之他和老腔都根植于肥沃的黄土地，施之才智和辛劳，自然也就走到了更大的空间，走到了社会的前台。

老腔的变脸，是升级，是普及，更是革命。

与《白鹿原》的意外结缘

中国人常讲，凡事的成功，天时地利人和，也就是机缘巧合，老腔也没能列外。

小说《白鹿原》是 20 世纪 90 年代初陕军东征时的领衔之作，也是陈忠实先生人生的倾心之作，被陈老称为“死了可当枕头”的书，无疑也是中国现代文学名著，曾被拍成电影，但许多人感觉远不及原著，记者也持同感。也许为使经典再经典，北京人艺于 2006 年着手排演话剧《白鹿原》。

人艺总导演林兆华为此带着濮存昕等十多名演员专程来陕西体验生活，创作音乐。采风中，林导问陈老：你们陕西还有啥东西？陈老立马叫来了秦腔界的四大名旦等，为林导进行了表演。

林兆华也是个怪杰，看完秦腔后沉默无语。睿智的陈老突然一拍大腿：哎呀，还有个老腔！

于是，在省文化厅的调动下，党安华的团队来到了西安，在一个会议室里与秦腔名家同台为人艺的艺术家表演。演唱秦腔时，也许是因为已经看过，也许是不起性，林导起身看墙上的字画去了。

轮到老腔了，林导专注起来，还不时与身边人交流，眉飞色舞。这次老腔演的是《古韵乡趣》，演了一遍后，激动的林导叫再演一遍。

一直忐忑的党安华被林导拉到了一边，问他想不想合作。党安华激动万分地回答：做梦都不敢想！

林导告诉他，原是来为《白鹿原》创作音乐的，现在看了老腔，决定不写了，就用老腔，他想用老腔作为一条辅线来讲述“白鹿原”的故事，既要配乐也要表演。

回到华阴的党安华和他的农民艺术家按林导给出的15个点开始了“老腔白鹿原”的创作。在两个多月的时间里，党安华与北京几乎每天电话交流，两个不同版本的《白鹿原》就这样在京陕两地紧张而有序地排练着。

在差不多的时候，著名编剧孟冰受林导委派亲赴华阴，在黄土地上审阅老腔版《白鹿原》，看后感慨不已：这不是艺术！这是一种超越了艺术的东西！这是一种精神！

成了！老腔。

这年也就是2006年5月，老腔团队挺进北京，与濮存昕、郭达、宋丹丹等同台排练上演《白鹿原》。在五十多天里，他们共演出33场，场场爆满，媒体及业界好评如潮，老腔也由此走红京华。

也许是为了回报与老腔的结缘，应党安华的要求，北京人艺出资为老腔搭建了一个平台。6月26日，这群关中农民在中山音乐堂上演了一场“华阴老腔原生态音乐会”，主持人是濮存昕。

记者观赏了这个演出的影像。在一个多小时的演出中，既鸦雀无声又欢声雷动，掌声、鲜花、合影、签名，对于这群农民艺人而言，从来没有像今天这样来得如此猛烈，如此具体，如此激动又如此零距离！

在随后的一年间，老腔在国内外的演出达200多场，还远走美国、德国及台湾、香港等地。

老腔成了特色的，民族的，当然也是世界的。

央视恋上了豪迈老腔

人怕出名啊！也就在老腔走红京华的当儿，央视“最美村官”导演尹涛找到

少华山

了老腔驻地，想用老腔作为“最美村官”的音乐，几经沟通交流，他觉得用原生态的老腔音像来装点“最美村官”是最理想的搭配。央视随后来到了渭河边上的老腔故乡，与艺人们一起历经十余天的艰辛拍摄，制作完成了老腔3个长度的版本满载而去。

在央视“最美村官”的颁奖典礼上，老腔团队作为特邀表演嘉宾出席，两个“最美”经典珠联璧合。这段时间里，全国人民几乎每天都能在央视多个频道上看到华阴老腔的公益宣传。

华阴人知道，这个没掏1分钱的广告价值上亿。

十余年的变脸升级与不懈追求，使老腔走向了新生，走向了成熟，也走向了广阔的天地，获得了许多赞誉和肯定：全国群星大奖，群星表演奖，全国农民艺术节金奖，全国民间艺术会演金奖，2006年全国非遗项目等。记者还了解到，一部讲述老腔传承和老腔艺人生活的电影《老腔》也于去年在黄河壶口开机。

其实，老腔是属于我们大家的。为使这一民族瑰宝长久传承并尽可能得以普及，各级政府给予了尽可能的关注和支持。2009年，在政府支持下，他们招收了27名学生，办起了老腔培训班，27名学员被华山管委会文化公司挑选，领衔的就是张喜民之弟张建民，他们两家之间时分时合，相互支持，去巴黎演出的就是华山这一支。

采访中，记者从党安华口中听到感恩难忘较多的是文化厅领导刘宽忍、蒋惠莉的名字以及市县的许多领导。每年春节，华阴市委书记卢发兴、市长程军都要去给艺人拜年。华阴市还专门在动车站广场为老腔艺人塑了群像，并于 2008 年成立了老腔保护中心，党安华出任主任，专门为老腔艺人的健康养老服务。就在年前，华阴市又做出决定，对获得国家级奖项的民间艺人，年满 60 岁之后，每人每年享受政府 500 元的生活补贴……

由于各方虽不全面但还算尽力的关心与支持，老腔才得以走出华阴，走出渭南，走出陕西乃至走向世界。

2013 年 11 月，正当华阴老腔在央视大出风头的时候，省电视台来到华阴，说央视马年春晚要各地推选特色节目，建议陕西报华阴老腔。党安华领受任务后，由市志办社王关宁创作出了《红红火火过大年》的词，党安华设计了音乐，排练了五天，将录像送到了央视。

11 月 30 日，以老腔领衔的《红红火火过大年》参加了央视三套“直通春晚”的角逐，在五个省的节目中勇夺第一名。虽然上春晚有望，但春晚导演讲，这个节目就像一幅年画一样，非常好，但元素太多，没有留白。

就在记者采写本篇报道之时，党安华、张喜民随省台导演已从央视讨论归来。在 1 月 9 日晚的电话中，党安华告诉记者，在目前的央视春晚方案中，老腔榜上有名，而且在表演之后，老腔艺人还将为崔健的《一无所有》伴唱。

荣登春晚，应该说，华阴老腔走到了巅峰，也走向了经典。

我们期待她的辉煌，期待她将三秦儿女的风采展现给全世界；

我们期待她的长久，犹如惊叹她久远而悠长的历史一样；

我们更期待她与这片黄土地的深情依恋，期待她的根扎得更深，枝伸展得更长……

——原载于《陕西日报》2014 年 1 月

吸引

巍巍的秦岭憨憨的你

——陕西籍大熊猫独家调查

在这个世界上，有一种动物，只要你想到它，一种暖融融的感觉就会油然而生，会使你沉浸在一种甜美的幸福境地；如果有幸看到它，你更会流连忘返，百看不厌，几个小时，几天也会陶醉其间，有时甚至会喜极而泣……

也许你已经猜到了，这种动物不是别的，它就是我们的国宝——大熊猫，一种人类天然的朋友！

那么，作为国宝的大熊猫在中国是如何分布的呢？陕西有没有大熊猫呢？它又是如何演变的呢？

为了了解陕籍大熊猫的前世今生，乍暖还寒的早春，记者顶风冒雪，踏云破雾，穿行在巍巍秦岭之中，探访神秘的陕籍大熊猫。

你这精灵 究竟来自哪里

其实，大熊猫在我国生存久矣。作为最古老的生物之一，大熊猫早在有人类之前就生活在我们这个奇妙的星球上，被科学家和考古学家誉为古生物的“活化石”。像对许多事物的认识一样，人类对大熊猫的认识也是经历了一个渐进的过程，从古代到今天，从国内到国际，大熊猫以自古未变的姿态一点点打动着人类，最终赢得了全人类的喜爱。前苏联一位动物学家曾这样赞美大熊猫：“大熊猫是野生动物世界中绝无仅有的、货真价实的瑰宝，是非常美丽的、标新立异的、令人惊叹的动物。”这一描述道出了大熊猫在生物史上的应有价值和深远意义。

但是，许多人对大熊猫却是只知“今世”，不知“前生”。

在距今800多万年前，地球上就有了大熊猫的足迹，它就是今天大熊猫的先祖。它们的体形只有现在大熊猫的一半，被科学家和考古学家命名为“始熊猫”，它是由拟熊类动物演变而来的，以食肉为主，分布于今云南、广西、四川、两湖等地的热带森林边缘。

大熊猫在我国中南部漫长演化的过程中，主支中的一种在距今约300万年前的更新世初期出现，其化石被定名为“大熊猫小种”。生物和考古专家从大熊猫小种的牙齿化石推断，它们当时已经进化成兼食竹类的杂食动物。大约又过了200万年，大熊猫小种取代始熊猫分布于云南、广西和四川等地。

在逐渐适应了亚热带竹林生活以后，大熊猫小种的体形逐渐增大，其种群在距今约50万—70万年达到鼎盛时期，这时的大熊猫小种广泛分布于北京周口店、山西、陕西、甘肃到江南的广大地区，连越南、缅甸和泰国都发现过大熊猫小种的化石。当时与它一起生活的动物还有剑齿虎、剑齿象以及北京猿人、南方猿人。

在1.8万年前的第四纪冰期之后，剑齿虎、剑齿象全部灭绝，大熊猫小种也在北方绝迹，在南方的分布也大幅度缩小，进入了历史的衰退期。

陕西省珍稀野生动物抢救饲养研究中心副主任金学林博士综合各方成果，大体向记者讲述了大熊猫的前世。

人类是如何发现大熊猫的

大熊猫与我们祖先的相行相处已经很久远了。我们古代的许多著作如《尚书》、《诗经》中就有大熊猫的记载；汉代文学家司马相如的《上林赋》中列举的珍禽异兽，熊猫名列第一；到唐代，大熊猫已被视为珍贵动物，唐太宗在丹霄殿设宴赏赐有功之臣大熊猫皮十多张；在白鹿原发掘的汉文帝母亲薄太后的陵墓里，也发现有大熊猫骨骼等随葬品……

然而，人类对现生大熊猫的研究或者说今天的大熊猫真正走进人类的生活，才是19世纪后期的事。1869年，集植物学家和传教士双重身份为一身的法国神父戴维把自己收购到的大熊猫皮制作成标本，送到巴黎的法国国家博物馆展出，法国人正式给他定名为“大猫熊”。

1939年，重庆平明动物园举办了大熊猫标本展览，由于排版和中文读法，参观者把标牌上的“猫熊”读成了“熊猫”，从此，“大熊猫”的这个现代名称就诞生了。戴维也成了第一个向西方世界介绍大熊猫的外国人。

此后，一批又一批的各色西方人等涌进中国，他们竟相收集熊猫皮，猎杀熊猫，或者试图将熊猫活体带走。而最有名的猎杀者是西奥多·罗斯福总统的两个儿子，小西奥多·罗斯福上校和克米特·罗斯福。他们俩在岷山和邛崃山历尽艰辛，一无所获。1929年，两人终于在凉山境内同时开枪打死一只熊猫。他们将熊猫皮送给芝加哥博物馆，并写了使他们名扬天下的书《跟踪大熊猫》。

在戴维神父发现大熊猫的67年之后，捕获活体大熊猫的梦想终于被一位顽强的美国女人、35岁的纽约服装设计师露丝所实现，使大熊猫从博物馆走进大众，一时间成为全世界的动物明星。从1936年到1941年，仅美国就从中国弄走了9只大熊猫。在大熊猫产区待了20年，有“熊猫王”之称的英国人丹吉尔·史密斯在1936年到1938年间，收购了9只活体大熊猫，并把其中6只带到了英国。

尽管西方人已寻求大熊猫半个多世纪，并且知道它是濒临灭绝的珍稀动物，但直到那时，中国人对大熊猫的了解还几乎为零。二战期间，伦敦动物园的大熊猫“明”在德机的轰炸下表现镇定，玩耍自如，成为伦敦市民心目中的战时英雄。

在战争最严酷的时候，报纸仍然在报道明的生活。明 1944 年底去世，泰晤士报刊登的讣告称："她可以死而无憾，因为她给千百人带来了快乐。"

像中国的许多事情一样，熊猫在国外大出风头以后，在中国的地位才迅速攀升。从 20 世纪 40 年代开始，政府开始限制外国人的捕猎活动。也许正因为如此，大熊猫才得以幸存。

在中国国门尚未打开的 1961 年，世界野生生物基金会（WWF）宣告成立，并一致通过将斯科特爵士设计的大熊猫图案作为 WWF 的会旗和会徽。从此，有

在镇安塔云山

两面旗帜插遍全球：一面是管理人类社会事务的联合国旗；一面是保护所有野生动植物的熊猫之旗。

巍巍秦岭可是你最终的依恋

巍巍秦岭，一座美丽的山。穿越秦岭途中，记者一直被大熊猫所牵挂、所激动，不由望着连绵的秦岭沉思起来。

她蜿蜒的走势将关中平原温柔地揽入怀中，形成一道庇护。她使秦国横扫六合，最终统一了中国，成就了中国历史上第一个封建文明时代。

之后的中华文明围绕着她徐徐展开，十三朝古都长安便是秦岭恩泽的完美体现，她养育了瑰丽耀眼的华夏文明，也因此被誉为中华民族的龙脉。

记者从资料查阅中得知，物华天宝的秦岭山水间，不仅是陕西的一块富庶之地，也是珍稀野生动物的理想家园，现有陆生脊椎动物 754 种，占全国种类的 23.7%；国家重点保护动物 80 种，其中，大熊猫、金丝猴、金毛扭角羚和朱鹮被誉为秦岭四宝，也因为秦岭大熊猫的意外发现而被世界自然基金会称为全球第 83 份“献给地球的礼物”。

经过四个半小时的颠簸，记者终于到达了陕籍大熊猫的集中栖息地，简单吃过农家乐后，便迫不及待地叫来了佛坪自然保护区管理局的保护科长党高弟，他在保护区已待了 30 年，早成了熊猫专家，他的讲述把记者带进了神秘的自然王国……

对于陕籍大熊猫而言，我们应当记住一个时间——1958 年春天，北京师范大学教师郑光美带领学生来到秦岭深处的佛坪岳坝一带实习考察，不料在村民杨茑芳家看到了一张铺着的动物毛皮，直觉告诉他，这是他没有见过的一种动物毛皮。他将皮带回了北京，后来又根据带回的头骨标本研究考证，于 1964 年发表了《秦岭南麓发现大熊猫》的文章，首次向世界宣布了秦岭发现大熊猫的消息，从此揭开了秦岭大熊猫的秘密。

虽然秦岭大熊猫的发现比四川大熊猫晚了近百年，但秦岭大熊猫的发现被称为中国动物学上的里程碑。

与四川不同，秦岭大熊猫栖息地自发现后，一直被研究者寄予厚望。1978年，国务院批准的佛坪国家级自然保护区建立；1987年，陕西省珍稀野生动物抢救饲养研究中心筹建以来，先后繁殖大熊猫10胎15仔，成活11仔，目前数量已达到22只；2009年，全省唯一的秦岭大熊猫野化培训基地建成投用，目前已先后有6只大熊猫入住。

大熊猫被发现后，我国曾先后于20世纪70年代、80年代和90年代末开展了三次全国大熊猫调查，据2004年公布的第三次调查数据显示，中国有野生大熊猫1596只，其中四川1206只，甘肃117只，秦岭为273只，占全国大熊猫总数的17%，栖息地涉及我省佛坪、洋县、太白、周至、宁陕、留坝、城固、宁强、凤县9个县21个乡镇，其中洋县、佛坪、太白和周至四县交界处的兴隆岭地区为核心栖息地，局域种群的数量最大。

令人称奇的是，1985年3月26日，由佛坪保护区内大古坪村支部书记吕国友在海拔1200米的东河河谷发现第一只雌性棕色大熊猫，发现时这只熊猫正患重病。经抢救，这就是后来寄养在西安动物园的“丹丹”。北京大学大熊猫专家称她是“世界上最美的大熊猫”，之后佛坪又陆续在佛坪三官庙和光头山发现了两只棕色大熊猫，专家们考察研究后认为“世界棕色大熊猫种群可能就在佛坪”。1990年11月25日，又在保护区的牌坊沟山林中首次发现一只更加珍奇的白色大熊猫，被誉为“白衣天使”，堪称“宝中之魂”。

在距佛坪县城80多公里的大古坪村，记者拜访了曾荣获过全国劳动模范的吕国友。他告诉记者，他和村民这些年与保护站一起抢救了16只大熊猫，有13只是村民发现的。在大古坪村，九成村民与大熊猫有过接触，如今都是大熊猫的好邻居和保护神。

记者还专门探访了离县城20多公里的野化培训基地中的大熊猫“白雪”。白雪已经27岁了，老党说，大熊猫的1岁相当于人的4岁多，它们在野外只能活20岁，圈养的一般可以活到30多岁。

谈到大熊猫之美，金学林博士说，大熊猫之所以人见人爱，是因为美学的八大要素它都具备，形成了自身独特的魅力。他还见过看到大熊猫而激动得流泪的游客，有中国人，也有外国人。

中国人民的“外交使者”

据日本史料记载，早在公元 685 年，武则天就曾送给日本天武天皇两只熊猫和 70 张毛皮。

大熊猫作为最高规格国礼始于 1941 年。宋美龄向美国赠送一对大熊猫以示对其救济中国难民的谢意，这是中国现代历史上首次“熊猫外交”。此后，国民党政府于 1946 年还向英国政府赠送一只大熊猫。

新中国推行“熊猫外交”，以政府和人民的名义将大熊猫作为国礼赠予那些与我国保持良好关系的国家或地区。

最早接受中华人民共和国赠予的大熊猫的国家是前苏联。1957 年，“平平”被作为国礼赠送给前苏联；1959 年，“安安”作为其配偶也被赠送给前苏联。朝鲜在 1965 年至 1980 年间也先后获赠 5 只大熊猫。

最著名的“熊猫外交”发生在 1972 年。时值尼克松访华，中美关系解冻，周恩来宣布将大熊猫“玲玲”和“兴兴”作为友谊大使赠送给美国。当玲玲和兴兴乘专机抵达华盛顿国家动物园时，受到 8000 名美国观众的冒雨迎接。开馆与观众见面第一个月，参观者就多达 100 余万。

从 20 世纪 50 年代开始，先后有前苏联、朝鲜、美国、英国、法国、德国、日本、西班牙及墨西哥 9 个国家接受过来自中国的 23 只熊猫。

1982 年，我国宣布从 1982 年开始停止赠送大熊猫出国，1984 年，中国政府提出了大熊猫租借方案，1994 年开始，大熊猫走上了国际科技交流合作之路。

从前想得到大熊猫的国家可以采用短期借展的方式，花钱请大熊猫到当地的动物园进行巡展，大熊猫从“和平特使”变身为“商务参赞”。

这些熊猫大使在获赠国得到的是“国家元首的待遇”，旅美大熊猫玲玲的一只幼仔夭折后，世界自然基金会瑞士总部甚至第一次下半旗致哀。

还值得一提的是熊猫“姬姬”，她是奥地利动物商海尼·德默于 1958 年以三只长颈鹿、两只犀牛等与北京动物园换得的一只雌性大熊猫，后来生活在伦敦动物园。它是世界自然基金会会徽上那只大熊猫的原型，这个标识在全世界已经无人不知、无人不晓了。

陕籍大熊猫应有更大作为

大熊猫是大自然赐予中国的也是人类的绝美瑰宝，它是冰川里走出来的勇士，象征着勇敢、正直、和平、忠厚。物华天宝的陕西，虽然我们有着太多的地下宝藏，但作为“活化石”的大熊猫更需要我们倍加稀罕。

大熊猫是一种濒危动物，它还能与我们同行多久，专业人士及关心大熊猫者都有着深深的忧虑。

我们是文化大省、科技大省，也是文物大省，在大熊猫的保护、人工繁殖和利用上应该有着独特的优势和广阔的空间。然而，相较四川大熊猫的知名度和价值再造，恐怕陕西籍大熊猫也有点窝屈！

国家濒危物种进出口办前主任陈建伟对秦岭大熊猫尤为关注，他提出，要采取有效措施保证大熊猫秦岭亚种的纯度，比如，曾规划建设的秦岭、岷山之间的生物走廊带应停止，不能在两个亚种之间建立大熊猫走廊或者随意交换熊猫等。

目前，秦岭建立了多个自然保护区，其中以大熊猫为主要保护对象的就有 16 个，使秦岭出现了若干个相互独立的核心区、缓冲区、试验区，把大熊猫的栖息地分割了。这种状况会导致大熊猫适应、繁殖、抵抗疾病等能力的日益下降，更容易使其陷于极度濒危境地。

“我们不能好心办坏事。”陈建伟说，“必须整合保护区，建立保护区群，按照主要保护对象及其生态系统这一管理目标来整合，采取协调一致的管理办法。”

调查显示，大熊猫目前已处于极度濒危状态，野外种群数量不足 1000 只。秦岭大熊猫约有 273 只。严格地说，保护大熊猫秦岭亚种的形势更为严峻。

在几天的奔波中，作为一个对大熊猫知之甚少的外行，采访之余记者只是觉得，陕籍大熊猫对人类对社会会有更大作为，陕西对秦岭大熊猫应有更大作为。

大熊猫应与我们同行得更远……

——原载于《陕西日报》2014 年 3 月

与羌族美女

农业现代化颠覆关中千年耕作季

——冬日田间　农民依然收获与播种

日出而作，日落而息，是我国农民几千年来的生活习惯；春播秋收，秋播夏收，是我国传统农业的耕作规律。

然而，随着农业现代化的持续推进，北方的冬天有了绿色，人们的餐桌有了鲜菜和水果，墙角下，也不见了晒太阳的身影。

冬闲，已不再是农民的度日方式，现代农业将他们带入到了耕作季、收获季、忙碌季、致富季。

大寒刚过的四九天，记者无暇贪恋古城的雪景，前往渭河两岸的华州区（日前已撤县）和大荔县，对冬日里的大棚农业进行了一番探访，感觉还是很令人新奇。

华州多年来一直致力于蔬菜的培植和发展，有着西安蔬菜基地之称，也成为地域经济发展的一张名片。据华州果菜局蔬菜股股长刘亮介绍，去年，全区蔬菜种植面积达 33.5 万亩，其中设施蔬菜 9.5 万亩，主要种植圣女果、黄瓜、番茄、香椿、茄子、草莓等，推行圣女果－大西红柿等高效栽培模式，亩均效益达 3 万元。

在渭河岸边的柳枝镇丰良村，温室大棚一个连着一个，白茫茫一片。记者随便钻进一个温室大棚，只见满园的香椿树密密麻麻一排排，香气清香扑鼻，沁人心脾。两位老人正在忙着采摘，儿子则骑着摩托车忙着发运。一打听，才知老人名叫陈志敏，已经 72 岁了。老人告诉记者，他已种了 15 年香椿，一般一棚能采 3000 多斤，销量好的时候一斤能卖 20 多块，差的也有一两块。这一段临近春节，一斤 18 块，有别人来收购的，也有从网上订购的。老人自豪地对记者说："我的香椿温总理都吃过！"记者忙问怎么回事，老人说："2003 年渭河大洪水，大棚都冲垮了，温总理代表党和政府专门来看望和慰问我们，鼓励支持我们重建家园。所以零八年也就是这时节，我把灾后采的第一茬香椿装了一箱寄给了总理，总理办公室还给我回了信呢。"

老人的感恩情怀令记者在刮目中很是感慨了一番。临别，老人装进袋子 3 把香椿送给记者，本想拒绝，一想到总理都吃过这儿的香椿，味道肯定不一般。

县城西北的瓜坡镇君朝村，是很有名气的蔬菜传统村。站在村部楼上，温室大棚一眼望不到头。年龄看起来并不大的熊永红已做了 12 年的村支书兼主任，据他介绍，君朝村 1800 亩地，500 多亩是大路菜，温室大棚建了 600 亩，还有 4 个千吨气调库。温室大棚是村上流转土地后统一建的，水电全部到棚，向村民和社会承包。记者参观了几个大棚，里面温暖如春，草莓、黄瓜、圣女果、辣椒等令人垂涎欲滴，有的在自己采摘，有的还雇着人帮忙。在公路边，一对年轻夫妇正在搭着的布棚里销售草莓，聊天中得知，两人是秦岭电厂的职工，女的姓杨，男的姓弥。小杨告诉记者，承包了 6 个棚，为了更好地务园，从去年 10 月进园，小两口吃住都在园里，还专门买了辆车方便小弥采购和销售。

问正在打理草莓的小杨："一斤草莓能卖 25 块不？"小媳妇白了记者一眼："你看一下！"呵，25 还买不到？看着正在包装的盒子里还放着 12 颗草莓一朵玫瑰，记者问多钱，小媳妇自豪地说："188 一盒！"这是情人节的礼物，别人从网上订购的。记者在咂舌中告别了小两口……

第二天，记者跨过渭河到了大荔，全国大面积降温，东府也降到了 −12℃，天寒地冻中，体验了多年未有的感觉。遗憾的是，阴沉沉的天，寒风刺骨，但没有雪飘。

记者下乡继续。在县城西南离同州湖不远的地方，记者看到两排温室大棚一字排开，旁边还在搭建中。据负责人负建龙介绍，他已投资 1000 多万，建了 42 个大棚，旁边还有 600 亩露天牡丹园，大棚种植瓜果蔬菜，搞旅游采摘，大棚牡丹园等花卉则是面向县城出售。

大荔县盛产黄花菜，属劳动密集型产业，全县陆地种植面积 5 万亩，平均亩产 3000 ~ 4000 斤，收购每斤 4 元。为改变市场供求关系，大荔县设施农业局开始试验大棚黄花菜的培育。使用约 60 厘米厚的保温材料建起大棚墙体，使得棚内温度控制在 10℃左右。

这个季节，传统的黄花菜还没出苗，而苏村镇溢渡村占地 4.1 亩的 2 个温室大棚内已长成约 15 厘米的叶苗，大荔县设施农业局局长张宏江向记者介绍，这是全省唯一的试验，情况正常的话，它可在 4 月上旬上市，早于陆生黄花菜将近两个月，一斤能卖到 20 元。

在朝邑镇平罗村，记者走进一座水培蔬菜大棚，技术人员介绍，水培蔬菜不用土壤，夏天 15 ~ 20 天就收一季，冬天 30 ~ 35 天收一季，产值一月 1 万多元。

安仁镇伏坡村以大棚冬枣为主要经济作物，虽然天寒地冻，十几个农民仍不惧严寒地搭建着钢架大棚。镇长刘伟强告诉记者，大棚冬枣每年 6 月 18 日左右就能上市，到 11 月清棚后，冬天就进入搭建大棚的高潮期。近年来，新技术不断升级覆盖，以前农户自建的竹竿拱棚或一般钢架棚大部分已更新为钢架大棚，仅安仁镇每年就增加 1 万亩。

张宏江告诉记者，整个冬天，每天都有成千上万吨钢材从天津运到大荔，在全国钢材都滞销的大环境下，连钢厂的人都在疑惑：大荔农民要这么多钢材做什么？

阴沉沉的天寒气袭人，但记者看得心怀激荡。羌白镇地处县城西南 12 公里处，设施农业主要以大棚西甜瓜和大棚冬枣为主。

全镇西甜瓜面积共 3.2 万亩，元旦前后下种育苗，春节前后嫁接瓜苗，3 月份移植进棚，5 月中下旬成熟上市。西甜瓜收获后还可复种秋延椒，全镇设施农业总收入 3.36 亿元，人均增收 5900 元左右。

麦收季节

新颖设施农业精准化示范园位于大荔县羌白镇白村，负责人霍新颖介绍，示范园占地3500亩，以优质冬枣、甜瓜、大红樱桃、反季节果蔬为主要种植产业品种，创建三大基地产业示范园区和一座农副产品批发市场，建设各类日光温室大棚680座，总投资约1.36亿。截至2015年6月，示范园已建设完成标准化日光温室大棚120棚，全部投入生产。辐射带动周边冬枣和时令果蔬种植户的积极性，增加无公害大棚冬枣和时令果蔬种植面积，直接解决农村剩余劳动力1200人，据测算可带动周围农户创收5400余万元。目前，合作社参与农户超120户，常年参与种植培育工作者10人，农忙时节用工量达300余人。

目前，正值大棚西瓜育苗期，平均 100 个大棚需要 12 万枝幼苗，一座大棚里，20 多名男女农民工人正忙着育苗，干得热火朝天。记者说冬天劳动很辛苦，可他们纷纷表示：“美着呢！农闲变成农忙，避免了村里的琐碎是非，又能增加收入，好多了。”

镇党委书记张建军对记者说，羌白镇的目标就是打造大荔南部最大的有机设施冬枣、瓜菜生产基地，创立一个瓜类知名品牌，建设集生产、观光、销售为一体的新型现代农业园区，建成渭南市现代农业园区的样板，从而实现每户农民的致富梦。

“我们大荔农民没有冬天。”有着 6 年种植经验的村民刘建阳家经营着 1 个温室大棚，2 个传统冷棚，正在修剪枝条的他向记者透露，他们家单是 1 亩 2 分地的温室大棚去年就收入 10 万元。

大荔县设施大棚面积有 33.8 万亩，温室蔬菜大棚共 3 万多亩，主要培育黄瓜、小乳瓜、西红柿、圣女果四大类。对比传统的耕作方式，经济效益翻倍增长。张宏江局长介绍说，全县 30 万劳动力中，每年冬季，围绕着设施大棚劳作的至少也在 20 万人以上。

两天的采访中，有一幕情景令记者久久难以忘怀。在途经苏村镇的路上，记者路遇几个人正从车上卸农具，旁边燃着一堆火。打探得知，这是来自 40 里外的老瓜农王建义和儿子、儿媳正在地头安营扎寨，种植大棚西瓜。老人告诉记者：“从今天开始到 7 月，这 38 亩地就是家了，春节也回不去。”老人说他家种瓜 15 年了，去年市场不好，赔了 7 万。记者问那为啥今年还种，一旁的儿子则大声说：“农民就靠土地，从哪跌倒从哪站起来！”

虽是天寒地冻，虽是寒风凛冽，虽是走马观花，虽是浮光掠影，但记者还是深切地感受到了现代农业的无穷魅力，她仿佛寒冬里涌动的春潮，装点着关中大地。她不仅改变着农业发展的模式，也激励着农民，富裕着农民，升华着农民……

——原载《陕西日报》2016 年 1 月 29 日

辣椒与老陕，值得一说的故事

年到了，红火的日子也就快了。随着舌尖的蠕动，记者不由想起了红红的辣子，于是在又一个“春节时间”到来之际，记者围绕着与陕西人的生活密不可分的辣子进行了一番调查探究，写下了这篇《辣椒与老陕，值得一说的故事》的文章，以飨读者。

许多人都知道，“油泼辣子一道菜”是关中八大怪中的一怪，也是关中饮食文化的一大特色，其实与它密切相关的还有两大怪，“面条像裤带”“锅盔像锅盖”。此外，有一首民谣流传甚广：“八百里秦川尘土飞扬，三千万老陕怒吼秦腔，一碗面条喜气洋洋，没有辣子嘟嘟囔囔。”

这些都生动地说明了辣子与陕西人的密不可分，也说明陕西人对油泼辣椒的喜爱和对辣子文化的传承与光大。

调查辣椒生产情况

辣椒是从哪里来的

在今天的生活中，辣椒已变得与我们愈加密不可分，但对这位我们一日不见就“嘟嘟囔囔”的亲密朋友，您未必知道她的前世。

其实，与我们形影不离的辣椒在500多年前别说与陕西，就是与有着“四大发明”的中国半毛钱的关系也没有。

说到这，您可能会吃惊：不可能吧？！

呵呵，您用了个问号，说明您已经半信半疑了。那么，还是让历史来告诉您远在天涯的真相吧。

原来，辣椒确实生长在距我们万里之遥的中南美洲热带地区。

最新研究表明，早在公元前7500年，南美洲居民就开始使用辣椒。科学家对有关遗传、考古、语言学、生态学方面的数据和史料进行分析，证实第一批辣椒曾生长在美国科罗拉多州中部普韦布洛市与墨西哥东部韦拉克鲁斯州之间的狭窄地带，其中也包括墨西哥南部城市瓦哈卡市的部分地区。考古学家估计，早在公元前 5000 年前，美索亚美利加人也就是玛雅人就开始食用辣椒了，辣椒可以说是人类种植的最古老的农作物之一。

1493 年，哥伦布发现新大陆后，辣椒率先传入欧洲。最早把辣椒推销到全世界的是葡萄牙商人，他们定期从巴西出口辣椒，并在 1498 年就到达印度。由于葡萄牙商人在非洲购买奴隶的活动，也使得辣椒在非洲大陆迅速传播开来。一个世纪后的约 1583—1598 年，辣椒传入日本。传入我国的年代未见具体的记载，但比较公认的是明代高濂 1591 年撰写的《遵生八笺》有“番椒丛生，白花，果俨似秃笔头，味辣色红，甚可观”的描述，这是我国关于辣椒最早的记载，据此人们通常认为辣椒是明朝末年传入我国的。

据考证，辣椒传入我国的路线有两条：一条是声名远扬的丝绸之路，从西亚进入新疆、甘肃、陕西等地，率先在西北栽培；另一条是经过马六甲海峡进入南中国，在南方的云南、广西和湖南等地栽培，然后逐渐向全国扩展。到清朝乾隆年间，贵州地区开始大量栽培和食用辣子，与其相邻的云南和湖南也紧随其后开始食用辣子。

有记载说，嘉庆年间，黔、湘、川、赣四省已开始“种（辣子）以为蔬”了，清代末年，湖南、湖北人食辣已经成性，连汤里都要放辣子了。相较之下，四川地区食用辣子的记载在嘉庆末期，当时种植和食用辣子的主要区域是成都平原、川南、川西南，以及川、鄂、陕交界的大巴山区，同治以后，四川食用辣子才普遍起来，以至“山野遍种之”。乾隆十二年，台湾有了食用辣子的记载。

几百年过去，到时下，辣椒在我国几乎无处不种。

辣椒给人类带来了什么

历经数千年的演进，在今天，辣椒的种植和食用早已遍布全国，主要分布在四川、贵州、湖南、云南、陕西、新疆、河北、内蒙古等地。

有关计量研究表明，在几百年的食用辣椒过程之中，我国在饮食口味上形成了三个辛辣口味层次区，即长江上游辛辣重区，包括四川、两湖、贵州、秦巴山区等地，辛辣指数为 151 ~ 25 左右；北方微辣区，从北京、山东、河北等地，西经山西、关中陕北及以北、甘肃大部、青海到新疆，是一个相对辛辣区，辛辣指数为 26 ～ 15 之间；东南沿海淡味区，指山东以南的东南沿海，江苏、上海、浙江、福建、广东为忌辛辣的淡味区，辛辣指数为 17 ～ 8 之间。吃的最辛辣的是四川人（指数为 129），然后是湖南人（指数为 52）、湖北人（指数为 16）。

有研究表明：成都是全国辣度最高的地区。

辣椒通常呈圆锥形或长圆形，未成熟时呈绿色，成熟后变成红色、黄色或紫色，以红色最为常见。辣椒的果实因果皮含有辣椒素而有辣味，有助于增进食欲、加速新陈代谢、杀菌防癌等。除此之外，辣椒中维生素 C 的含量在蔬菜中更是居第一位。

辣椒的发现和培植给人类的生活带来了难以穷尽的改变，她改变了人类的生活方式，促进了人类的健康，丰富了人类的生活内涵，形成了独特的辣椒文化。

在相当长的一段时间里，人们对吃辣椒的利害始终各执一词，莫衷一是。但有趣的是，这种争论却没能阻挡辣椒走向全世界的脚步，食辣者也是有增无减，辣制品行销全世界，我国的川菜更是越来越多地受到国内外年轻人的喜爱和追捧。食“辣”大有引导今后风味饮食之势。

研究表明，辣椒含有丰富的生物化学物质。就一般物质成分而言，青鲜椒所含的营养物质种类相当多，其中绝大部分物质都是人体必需的营养物质，只是其含量相对较低；而干红椒所含的物质种类则不及青鲜椒的一半，但所含物质的量却大大提高，一般都是青鲜椒的 10 倍，有的达到几十倍之多。

就辣椒的特殊物质成分来说，鲜红辣椒的维生素 C 含量较高，每百克鲜红辣椒含有维生素 C 110 ～ 198 毫克，是西红柿的 13 倍、苹果的 18 倍，居各类蔬菜之首。匈牙利科学家圣久尔吉正是从辣椒中提取了数公斤维生素 C 用于治病而获得诺贝尔医学奖的。

辣椒对人具有三大特性：首先是刺激特性，其次是药物特性，再次就是适应特性。

美国医学专家认为，常食辣椒可降低血脂，减少血栓形成，对心血管系统疾病有一定预防作用；常吃辣椒，还能增强食欲，促进消化，有助于抗御寒冷和驱除湿邪，从而减少感冒、风湿等疾病的发生。有医学研究发现，辣椒含有丰富的维生素C，有抗氧化的功效，能增强身体抵抗力，常食辣椒可预防癌症及其他慢性疾病如胆结石，也可延缓衰老。中医认为，辣椒有温中散寒、开胃除湿、疏通血脉、抗病提神等功效。临床上常将辣椒制成辣椒酊，治胃肠积食；制成辣椒软膏，治疗冻伤和风湿痛；制成辣椒油，治疗龋齿；以酒泡辣椒外搽，还可助毛发再生，医治秃顶；等等。

虽然辣椒有很多的营养保健价值，但吃辣椒也一定要注意趋利避害。作为蔬菜和调味品的辣椒，对于一般人来说吃辣椒贵在适量。少量食用辣椒，既可起到调节口味、增进食欲、帮助消化的作用，又能起到养生保健、预防疾病、延年益寿的作用。但如果过量或大量食用辣椒，轻者会引起胃、肠、肛门灼热、胀痛等不适感，重者可引起味觉神经损害，或引起短暂性血压升高或下降、心跳减慢及呼吸困难，造成胃溃疡、痔疮、鼻出血等，严重者可影响肝肾脏功能。

总之，适量食用辣椒有益于身体健康，过量则会造成身体损害。食辣最好的建议就是：适量而止！

当辣椒遇上嘟囔的老陕

记者根据辣椒传入我国的时间和路线，综合判断考量认为，在辣椒传入我国的第一时间，陕西人就捕获了这个“宝贝”。因为辣椒传入我国的路径除海上外，还有一条更便捷的通道——丝绸之路，所以，加上秦巴山区的早期栽植，陕西人吃辣椒的时间在国人中应该是排在第一梯队的。

不难想象，在当年，当白白的面条和热腾腾的蒸馍与红红的辣椒终于结合在一起的时候，我们的祖先定是欢喜得都醉了……

反观历史来看，应该说，辣椒圆满了陕西的饮食文化，也完善了陕西人的健全人格，而辣椒在陕西的待遇也一直高于全国其他地区。在别处，辣椒仅是一种调味品，即使在辣名度颇高的四川、湖南。而辣椒到了陕西却成了一道菜，成了无处不在的存在。这，既是辣椒的幸运，也说明老陕不仅嘴刁会吃，而且创新爱琢磨。

陕西人将吃油泼辣子作为一种美妙的享受，离开了它，即使山珍海味，也觉得没味。无论是家常便饭，还是待客设宴，油泼辣子是无论如何不能少的。特别是油泼面类，都离不开辣椒做伴。端上来一老碗，别说吃，先搭眼一看，就让你口水直流，用筷子挑着一搅，那香、那味、那气，真陶醉得你回不过神来。细细品尝，那个带劲与过瘾胜过神仙过的日子。一碗咥完，满头大汗，红光满面，人也精神了许多，浑身上下都感到舒坦。

当然， 陕西人种辣椒、做辣椒、吃辣椒，是有其历史地理缘由的。关中古代就是富庶之地，千里沃野，土地平整，常年雨量充沛，适宜于各种农作物栽培，是中国最早的“天府之国”，所以种植的辣椒好吃也就在情理之中了。又因陕西地处黄土高原地带，常年有西北风侵扰，为驱寒防冷，辣椒也成为极好的御寒食品，久而久之，吃辣椒就成了陕西人的一大嗜好。盛产于关中地区的辣椒，其质量之优、辣味之纯，早就有了“椒王”的美誉，它肉厚、色艳、形长、油大，用手一摸又绵又韧又光滑。陕西人把辣椒不叫辣椒，叫辣子，这可能与连辣椒籽一起加工食用有关。碾成辣面儿的辣子，用煎油一泼，吱吱发响，香味扑鼻。调到碗里，油津津，红艳艳，夹在热馍里，渗透了的红红的颜色让人垂涎欲滴，吃起来真是带劲、解馋、过瘾。

在陕西，随处都能看见辣椒，人们每顿饭离不开辣椒，家家户户挂满了辣椒。所以，辣椒已成为陕西的一大名产和文化符号。

陕西人还把辣椒作为挂件和礼品。作为挂件，房前屋后无处不在，成了饰品和风景，预示着日子红红火火，五谷丰登，家畜兴旺，有的还做驱除邪恶之用；作为礼品，走亲戚、送朋友亦显得高端大气上档次，代表着亲密、富裕、平安和吉祥。

记者也是一名资深食辣族，对辣椒有着很深的感情和体味。记者以为，就吃辣椒而言，全国当数陕西，为何？因为四川喜麻辣，湖南喜干辣，而唯独陕西人咥的是香喷喷的辣子，“油泼辣子一道菜”，陕西人把辣子都做到了极致，做出了花样，做到了经典。且不说油泼辣子辣子酱，还有八宝辣子腌辣子、凉拌辣子炒辣子，辣子无处不在，辣子人人离不了，顿顿不能少。

在古老的西安饭庄，就有一道名菜叫睁眼辣子，客人包房坐定，先上一碗辣子面，紧跟着，厨师端来热腾腾的菜籽油，只听“噗啦”一声，辣子融合着油的香气便瞬间弥漫了整个房间……

很难想象，在500多年前的漫长古代里，我们的老祖宗们，在没有辣椒的艰苦岁月里，是怎样熬过来的？面和馍又是怎样下咽的？

油泼辣子，滋养了陕西人的体魄，丰富了陕西人的饮食文化，造就了陕西人泼辣豪爽的性格，改变和丰富了陕西人的生活。

总之一句话，油泼辣子，使陕西人吃出了精气神！

让陕西油泼辣子香飘世界

在500多年的“相濡以沫”中，无辣不欢的老陕，与辣子建立了一种割舍不了的爱，这是老陕的地域情缘、生活习惯以及文化浸染造就的。辣子，已成为老陕血脉和文化的一部分，也成为三秦父老奔向小康生活的支柱之一。

中国并非辣椒的起源地，但却成了辣椒的最大种植地。据了解，我国辣椒的年产量占世界的40%多。除过直接食用之外，我国对辣椒的开发利用研究也日益重视，以辣椒为原料的药品和保健品的研究和开发一直在进行中，而一些辣椒制品已经作为减肥保健食品开始应用。有专家认为，辣椒在我国栽种面积很大，产量十分可观，如果进一步扩大在医药、保健、军事等领域的应用，一定会获得可观的经济效益和社会效益。

据陕西省园艺站蔬菜科科长张伟兵介绍，辣椒在陕西的种植从关中到陕南一直没有中断，20 世纪八九十年代，全省的辣椒种植几乎每年都在百万亩以上，老陕制作的油泼辣子等辣椒制品也走出了陕西，摆进了人民大会堂，走向了世界，进入了东南亚的超市，还参加过在美国匹兹堡举办的食品博览会。油泼辣子系列成为馈赠亲朋好友的佳品，深受国外朋友的喜爱。如今外国朋友到陕西来，油泼辣子可随意选择，瓶装的、袋装的，秦味、川味、生姜味、蒜蓉味、芝麻味，种类繁多，应有尽有。

寒冬的周末，在兴平市汤坊镇王堡村的一个大院里，一幅大生产的景象。200 多名老人一人一摊坐满了院子，每人面前堆着一堆红红的辣椒，她们正一个一个地剪辣椒把。在场的肖老板对记者说："别小看这些老人，个个都有三五万存款。他们晒着太阳，听着秦腔，吃着快餐，挣着小钱。"

在王堡村，记者看到，一街两行一百多家，全是批发销售辣椒的，从门前到院子，每家都堆放着成千上万斤的各种辣椒，镇纪委的张国际书记告诉记者，王堡村已形成了辣椒种植、批发、贩运和加工销售一条龙，是西北最大的辣椒贸易集散地，十几万人从事着与辣椒相关的产业，年产值在七八个亿，农民收入的三分之一来自辣椒。

成立于 2008 年的秦绿食品有限公司是兴平当地的一家辣椒龙头企业，据总经理彭武云介绍，公司主营辣椒粉、瓶装油泼辣子、辣椒酱等 10 类 23 个品种，以国内销售为主，部分产品还通过转口贸易出口新加坡等东南亚国家，公司去年销售收入 2099.9 万元，销售辣椒系列产品 1500 吨。彭武云说，他们建有 300 余亩的辣椒种植基地，带动 6500 农户种植辣椒近万亩，带动了当地辣椒种植业的发展。

陕西的辣椒又称秦椒，肉厚、色艳、形长、油大，用手一摸又绵又韧又光滑，在国内外有一定的美誉度，被称为"椒中之王"。兴平的辣子好吃，辣面的价格每斤 25 元，高出其他品种 10 元以上。宝鸡辣椒 2012 年也成功跻身国家地理标志保护产品，西府一带，每年种植面积都在 30 万亩左右。张伟兵说，由于市场收购价格的关系，近几年我省辣椒种植面积有萎缩的趋势，今年种植面积仅有

采访间隙

22万亩，其中宝鸡10万亩，渭南6万亩，汉中2万亩，咸阳铜川也下滑了不少。

位于桑镇的乐天娇公司，生产纯正的当地辣子，其中的“石碾辣子”供不应求。负责人杨军站向记者介绍，去年10月以来，每天有三五十万斤的新疆辣椒在源源不断地运往兴平，一年最少也在千万斤以上，因为新疆辣椒的品质不及秦椒，就在这里和秦椒混合加工后再销往全国各地。秦椒种植面积萎缩主要是自身产量低，亩产最好才400斤，而新疆辣椒亩产都在1200斤左右，价格又比秦椒便宜，自然压制了秦椒的种植。

记者在采访中听到的呼声和感受则是，政府的引导和扶持力度还远未跟上椒农的需要，比方说秦椒新品种的开发与推广，科学种植，市场及产业配套基础设施建设，省内以及国内市场的宣传开发等。

老陕吃辣子不仅很讲究，也很挑剔，那就是仅仅辣是远远不够的，还必须香，这样才适合胃口，才能和我们的面条、凉皮、蒸馍等吃食相配套。

民以食为天，千万不要认为辣子是无关紧要的小事，毕竟这是老陕多年来离不开的“一道菜”，何况这一产业链也能使群众走上致富之路。所以，记者希望各级政府关注辣子，研究辣子，推动和升级辣子产业链；使三秦父老更好地种好辣子，吃好辣子，卖好辣子，生活像辣子一样有滋有味，日子像辣子一样红红火火。

——原载于《陕西日报》2015年2月

从历史深处到九天飘香

——白水杜康酒的前世今生

杯酒看世事，美酒诉古今；白水杜康酒，传承十三朝。

从夏代造酒鼻祖杜康酿制出中国第一盅粮食酒开始，这一传统文化名酒穿越了五千年的酿造历史；从三国时魏武帝曹操《短歌行》“何以解忧，惟有杜康”的壮丽绝唱开始，“杜康”二字已然成了文人墨客笔下酒的代名词。从 20 世纪 50 年代陕西杜康酒厂在杜康原酿酒作坊上建厂到 1973 年的再度扩建发展，如今的陕西白水杜康酒业有限责任公司已发展成为一家跨行业、多领域的集团化公司。

从历史深处到九天飘香，白水杜康作为陕西乃至中华酒文化的一面旗帜，沉淀了浓郁的历史醇香。那么，杜康酒究竟有着怎样的前世今生呢？不妨让记者带您走进白水杜康的千年世界，循着她悠长的醇香探寻那绵延了几千年的中华历史文明。

杜康究竟何许人也

也许您并不知晓，在中国古代诸神中，敬祀有茶神和酒神。茶神敬陆羽，酒神则敬杜康。有关华夏酿酒的鼻祖到底是谁，历来有多种说法，其中流传最广的是少康与杜康之辩。如《世本》云：“杜康造酒。少康作秫酒。”而《说文解字·巾部》则认为：“昔者少康初作箕帚、秫酒。少康，杜康也。”《辞海（修订本）》“杜康”条释云：“杜康，即少康。传说中酿酒的发明者。”此外，还有传说称杜康是黄帝手下生产和管理粮食的国务大臣，善于酿酒。目前，我们尚无确凿的证据证明华夏酿酒的鼻祖究竟是何人，但据流传最广的民间传说和历史资料记载，可以推断一个最为接近的结论：华夏酿酒的鼻祖就是少康，又名杜康。

据《左传》等史料记载，少康是中国历史上第一个奴隶制国家——夏朝的第六任国王（自禹起第六位）夏王相的遗腹子，杼的父亲。夏王相统治的末期，后羿发动叛乱，废相篡夺王位。七年后寒浞杀后羿篡位，并追杀相，相被迫自杀时，少康还没有出生。母亲后缗氏顾不得丧夫的悲痛和王后的尊严，急忙随宫女从狗洞中爬出，逃到娘家有仍氏部落（今山东济南东南），第二年生下了少康。少康长大后为有仍氏牧正，又逃至有虞氏任庖正，在虞娶妻，有田一成（方 10 里），有众一旅（500 人）。他积极争取夏众与夏民，志在复国。后在同姓部落斟灌与斟鄩的帮助下，与旧臣靡等人合力，攻灭了寒浞，恢复了夏王朝的统治。此后，少康还都阳夏，史书中称此为“少康中兴”。

据清乾隆年间《白水县志》记载：“杜康，字仲宁，为县之康家卫人，善造酒。”康家卫是一个至今还存在的村庄，西距白水县城七八公里。村边有一道大沟，长约 10 公里，最宽处 100 多米，名曰“杜康沟”。沟的起源处有一眼泉，四周绿树环绕，草木丛生，名曰“杜康泉”。县志记载：“俗传杜康取此水造酒”，“而乡民谓此水至今有酒味”。泉水清冽甘爽如清流般从泉眼中汩汩涌出，沿着沟底流淌最后汇入白水河。杜康泉旁边的土坡上，有个直径五六米的土包，以砖墙围护着，传说是杜康埋骸的地方。杜康庙就在坟墓左侧，凿壁为室，供奉有杜康像。据《白水县志》记载：“（杜康）庙为清代知县毛应诗所建，康熙四十八年重修。”此外，白水境内记载杜康造酒等事迹的石碑，先后发现过五通。如今，慕名而来的人们仍可在此依稀嗅到飘自上古的历史余韵。

在白水县民间，关于杜康的传说和民俗事象还相当丰富。酒圣杜康、造字始祖仓颉、造碗始祖雷公和造纸术改进者蔡伦，被人们合称为“白水四圣”，声名远播。而在众多纪念杜康的民俗活动中，最具特色的当属杜康庙会。清代《白水县志》记载：“正月廿一，男女老少带着祭品到杜康庙集会祭祀。”庙会的特别之处在于，各地酒家都把这一天当作赛酒的日子。本地开酒坊的家户，或担或抬，把自己酿造的好酒浆装在坛子里，系上红绸子，写着府上地址、酒坊名称和主人名字，送给庙会主事的社家参赛。社家组织乡绅品尝，邀请群众品味，赏给乞丐品评，然后进行综合后张榜公布，褒扬勉励。庙会结束，各家酒坊都把杜康泉水装在空坛或空篓内运回制曲。在庙会祭祀活动中，祭祀者抱子携孙，跪拜于杜康像前，焚香上供后，便用手指从神龛上的酒中蘸取酒液，涂于子女孙辈的眉心。在他们眼中，神龛里的酒已让杜康品尝点化，带有仙气，点到眉心，便能使子女孙辈开窍生智，聪明伶俐。如今，杜康庙会虽然也很热闹，但取消了赛酒和点眉开窍之习。除庙会时间外，农历初一、十五，人们会去杜康庙上香添油，求杜康保佑平安、消灾免病。

漫步白水街头，还可听到老人们讲述有关杜康的故事传说。如杜康造酒的传说、杜康泉的来历、仓颉认酒、醉柏的传说、石锅的传说等。提及杜康的传说，一位古稀老人激动地表示，自己就是听着“白水四圣”的故事长大的。在群众自娱自乐的文艺活动中，也有不少与杜康有关的情节，如社火中杜康造酒的芯子，曲子中杜康造酒、杜康卖酒、仓夫子认酒的唱段等。

我国著名历史地理学家史念海教授在白水县实地考察后，曾为杜康酒厂题词“杜康圣地”。千百年来，杜康一直被后人尊为“酿酒鼻祖”，流芳民间。人们对杜康的尊重程度远远超过其作为发明家所应享的殊荣，他的名字和创造精神，早已成为中华民族向往的一种人生境界，成为一份超乎饮食男女与形骸物欲的永恒追求！

调查春节市场

中国何时有了杜康酒

醉里乾坤大，壶中日月长。

酿酒，无疑是人类历史上最伟大的发明之一，而在关于其起源的多种说法中，真正与酒的酿造有关系的，至今唯有杜康。他的历史贡献在于创造了秫酒的酿造方法。秫酒就是用黏性高粱为原料制成的清酒，即粮食造的酒。正是杜康奠定了我国白酒制造业的基础，也正因如此，杜康始终被尊崇为“酿酒鼻祖”和“酒圣”。

杜康酒，因酒祖始造而得名。究其滥觞，《杜康本纪》有这样的记载：“杜康之酒，发端于五帝，弥于夏商，至周武而成邦国得胜庆功之物。”由此，白水杜康酒绵延十三朝，传颂十三朝。“周武王姬发伐商。过彭戏，乡人捧杜康酒迎之，曰：饮之必胜。武王甚悦，令三军畅饮，士大振，灭纣兵，商亡。武王班师，再过彭戏，遣司空置酒二十石，革车以载，至镐邑，宴群臣，庆伟功。白水杜康酒，发端于武帝，至周武，而成邦国得胜庆功之酒。此后，无论帝秦、大汉、盛唐，均延而庆颂之。”

有关杜康酿酒，由于年代久远，留有多种说法，各家争鸣。史载杜康曾做黄帝时的“牧正”（官职名），“有饭不尽，委之空桑，郁结成味，久蓄气芳，本出于代，不由奇方”，“又至，闻有奇味”，发现是桑树洞中的饭发酵后溢出的香气，“杜康尝而甘美，遂得酿酒之秘”。从此杜康以酿酒为业。汉代《世本》记载：“仪狄始作酒醪，变五味，少康（即杜康）作秫酒。”东汉许慎的《说文》中说：“古者，仪狄作酒醪，禹尝之而美，遂疏仪狄，杜康作秫酒。”晋人张华在《博物志》中云：“杜康善造酒。”唐皮日休《酒床诗》云：“滴滴连有声，空疑杜康语。”唐代诗圣杜甫，在安史之乱时，曾写下“杜酒偏劳劝，张梨不外求”的佳句。苏东坡《止酒诗》曰：“从今东坡室，不立杜康祀。”

还有一种说法，传说杜康任禹统治时的庖正，霉坏了一仓粮食，又被小人黄浪谗害，险些丧命，幸有仪狄求情免于一死。后返乡和妻子帝女造酒，声名远播。杜康百年之后，家乡认为他只是因造酒劳累过度睡着后未醒。仙童们垂涎酒香，便悄悄把他和帝女从睡梦中带进了天庭。到天庭后，杜康重操旧业，继续造酒，又造出了瑶池玉液的好酒。对此，有诗曾赋：“人间杜康酒，瑶池玉液浆。虽经千般苦，天地留芳香。”

提起杜康美酒，人们常常会联想起“杜康造酒刘伶醉”的故事。西晋时，安徽宿县有个名叫刘伶的名士，好酒不羁，自谓“唯酒是务，焉知其余”，常乘车携酒遨游。刘伶自恃海量，一连喝了3杯杜康酒。岂知酒后天旋地转，尚未结账便登车而去。刘伶回到家中，沉睡不起。3年后，酒家突然登门讨账，刘伶夫人本来悲愤不已，见酒家讨账更是哭哭啼啼索命。酒家不慌不忙说道，刘伶实不曾死，只是酒醉长眠。刘伶夫人发墓启棺，果见尸体栩栩如生。眨眼间，刘伶徐徐坐起，口中连称：“好酒，好酒！”后人有诗为赞：“天下好酒数杜康，酒量最大数刘伶。饮了杜康三盅酒，醉了刘伶三年整。”传说固然夸张，但杜康酒历来确有“开坛香十里，隔壁醉三家”的美誉。

渭河平原是秦人的发祥地，也是秦帝国的根本所在，自古被称为秦中。又因其东有函谷关、南有武关、西有散关、北有萧关等著名关口而被称为关中。

渭河平原东西八百里，南北数十里至上百里不等，为渭河等多条河流冲积而成，是我国古代最富庶的经济区之一。著名史学家司马迁在其历史名著《史记》中说：“关中于天下三分之一，人众不过十三，然量其富，十居其六。”西汉开国名臣张良更称关中为“天府之国”。

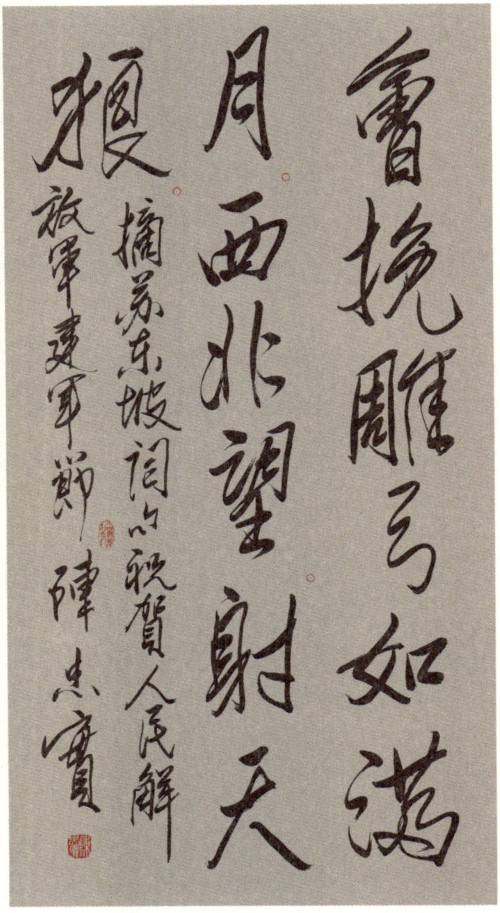

优越的自然资源，雄厚的经济实力，理想的军事地理形势，使得渭河平原自古以来就成为建都立业的首选之区。史念海教授曾在《中国古都概说》中做过统计，曾经有西周、秦、西汉、新莽、隋、唐六个统一王朝，前赵、前秦、后秦、西魏、北周五个分裂时期的政权，东汉和西晋两个末代皇帝共十三个王朝在西安附近建都，建都时间共计 1077 年。唐代著名诗人杜甫有诗：“回首可怜歌舞地，秦中自古帝王州”，正是对关中历史地位真实而生动的写照。

酒祖杜康正是拥有着十三朝建都历史的陕西人，杜康酒的发源地也正处在渭河平原东北的白水县。

作为杜康酿酒的地方，白水县的酿酒历史悠久，且酿酒技艺高超，酒质上乘。旧日酒肆作坊甚多，酒商从天南海北云集于此。杜甫于安史之乱时携家带口来白水依其舅氏崔少府，曾写下了《白水舅宅喜雨》等诗多篇，诗中有“今日醉弦歌”“生开桑落酒”之句，可见唐代时白水地区的酿酒业已十分发达，宴客之习盛行。

穿越五千长河，历练一斤岁月。世界上最古老的酒——白水杜康，终以其醇厚柔和成就了民间千年芳香绵延不绝的历史传奇。

杜康酒与曹操的壮美碰撞

杜康酒，作为中国最古老的酒、中华酿酒史上的璀璨明珠，贯穿了整个中华文明发展史，让无数的英雄豪杰、文人骚客趋之若鹜。她是武王姬发宴群臣的佳酿，她是秦穆公大将孟明献上的贡品，她是汉唐宫宴上的琼浆玉液，她让一代枭雄曹操发出了“何以解忧？惟有杜康”的旷世感慨，更让东晋名士刘伶一醉三年，赢得“开坛香十里，隔壁醉三家”的美誉；唐代诗圣杜甫更是留下了“杜酒偏劳劝，张梨不外求”的佳句，后来的南宋抗金英雄辛弃疾、金朝文学家元好问、明末清初的桐城派诗人方文等，都留下了有关杜康酒的赞美之句。

而最为著名的当属曹操与杜康酒的历史碰撞，这次碰撞成就了中国历史上酒与文学的经典。曹操，公元155—220年人，字孟德，小名阿瞒，沛国谯县（今安徽亳州）人，东汉末年杰出的政治家、军事家、文学家。政治方面，曹操消灭了北方的众多割据势力，恢复了中国北方的统一，并实行一系列较为进步的政策恢复经济生产和稳定了社会秩序；文化方面，曹操的诗歌抒发自己的政治抱负，反映汉末人民的苦难生活，气魄雄伟，慷慨悲凉；散文亦清峻整洁，开启并繁荣了建安文学，给后人留下了宝贵的精神财富，史称建安风骨，鲁迅评价其为“改造文章的祖师”；同时曹操也擅长书法，尤工章草，唐朝张怀瓘在《书断》中评其为“妙品”，在中国文学史上留下了光辉的一笔。

曹操二十岁被举为孝廉，参加镇压黄巾起义，起兵讨伐董卓，先“挟天子以令诸侯”，后削平吕布等割据势力。官渡之战大破河北割据势力袁绍后，成为北方势力最强的军阀，并逐渐统一了中国北部。建安十三年，进位为丞相，率军南下，被孙权刘备联军击败于赤壁。他的儿子曹丕称帝后，追尊曹操为魏武帝。曹操通兵法，精音律，善诗歌。其诗歌内容较为丰富，风格苍劲悲凉。著有《孙子略解》《兵书接要》等书。

《三国演义》第四十八回有一段曹操横槊赋诗的描写。曹操平定了北方割据势力，控制朝政后，又亲率百万雄师，饮马长江，直抵长江北岸，准备渡江一举消灭孙权和刘备，进而统一全中国。

建安十三年（208 年），冬十一月十五日，天气晴朗，风平浪静，曹操下令："今晚在大船上摆酒设乐，款待众将。"到了晚上，天空的月亮非常明亮，长江宛如横飘的一条素带。再看船上众将，个个锦衣绣袄，好不威风。

是夜明月皎洁，他在大江之上置酒设乐，欢宴诸将。酒酣，操取槊（长矛）立于船头，慷慨而歌。曹操告诉众将官：我自起兵以来，为国除害，扫平四海，使天下太平。只东方人来道谢，曹操非常高兴，先以酒奠长江，随后满饮三大杯。并横槊告诉众将说：我拿此槊破黄巾、擒吕布、灭袁术、收袁绍，深入塞北，直达辽东，纵横天下，颇不负大丈夫之志，在这良辰美景，我作歌，你们跟着和。

接着，他唱曰：

对酒当歌，人生几何！譬如朝露，去日苦多。
慨当以慷，忧思难忘。何以解忧？惟有杜康。
青青子衿，悠悠我心。但为君故，沉吟至今。
呦呦鹿鸣，食野之苹。我有嘉宾，鼓瑟吹笙。
明明如月，何时可掇？忧从中来，不可断绝。
越陌度阡，枉用相存。契阔谈讌，心念旧恩。
月明星稀，乌鹊南飞。绕树三匝，何枝可依？
山不厌高，海不厌深。周公吐哺，天下归心。

千余年前曹操《短歌行》的壮美绝唱，完成了文学与美酒的美丽邂逅，成就了一段流传千年的历史佳话。彼时的曹操，虽已统一北方，但年事渐高、战乱连年使其统一中国的大业受阻。虽然忧愁幽思，苦闷煎熬，但曹操并不灰心，仍以统一天下为己任，决心广泛延揽人才，招贤纳士致力于建功立业，于是借杜康美酒吟出了气壮山河的《短歌行》，名垂千古，更使杜康成为中国酒文化中内涵深邃的一面旗帜。

众所周知，中华民族从古至今都是一个拘谨、谦忍的民族，需要有一种东西来宣泄情感，平衡生活。恰逢其时，这种整个民族的需求的满足，被杜康造酒的创举完成。从此，酒在中华数千年的文明史上，渗透于社会生活的各个方面，激发出了难以计数的民族灵感与智慧，留下了一幅幅浓墨重彩的壮美画卷。饮酒五千年，也使中华文明史始终散发着浓郁的酒香，借助于酒，人们或祭祀，或治病，或养老，或成欢，或忘忧，或壮胆，最终追求物我合一、天人合一的至高饮酒境界。

而白水杜康的品牌，在文化、历史和消费认知层面上的历史价值，尤其是对中国酒文化的传承意义，都可以说是独一无二的。

有人曾说，中华文化是世界上最理性的文化，因为只有中国才有“天人合一”辩证思维的宇宙生态系统观；中华文化又是最感性的文化，因为中华文化的诗酒画意同样是世界上最美妙绝伦的。诗画如酒，历久弥香。风景随心舞，大道自有恒。变幻也中国，不变也中国。动而静，静而动。是而非，非而是。这种矛盾的统一，恰是中国文化博大精深之所在。酸甜苦辣香，喜怒哀乐愁，千言万语尽在一杯酒。文化的味道是酒，文化的情感是酒，文化的智慧是酒，文化的享受也是酒。

中国文化，就是酒文化。不了解中国酒文化，就很难读懂中国。甚至可以说，如果品不透中国酒文化，你就看不明白古今世事的沉浮与人生命运的成败。而杜康造酒，不仅酿出了淳厚的风土人情，更孕育出了古老的白酒文化。

饮酒习俗更是传统酒文化的一个触角，通过它，可以感受千百年来人们难以释怀的饮酒情结。时至今日，白水县仍流传着古朴的饮酒习俗。客人到来，烟茶事小，无酒不成敬意。婚丧嫁娶，必以上乘杜康酒待客。生下小孩，先埋一坛老杜康于地下，待孩子 12 岁满灯时挖出开启，厚宴宾客。此外，饮酒也有讲究，因杜康是酉日去世，白水人禁止在这一天饮酒会客，以表对杜康的哀思怀念。每次饮酒时，先用中指蘸酒弹空，谓为拜谢杜康和各路神仙，再举杯洒酒于地，敬祭列祖列宗，然后才开始饮用。

在大唐西市

彼时，杜康与曹操相遇，留下千古流传的诗篇；今日，杜康在岁月中沉淀，引领中国传统酒文化再踏历史制高点！

白水杜康酒的历史传脉

大凡美好的物品，命运多是坎坷的，杜康酒同样如此。

千年以来，战火纷乱，王朝更替，而杜康传下来的酿酒技艺却在白水县代代传承，并且不断发展。清代甚至出现了“烧锅千家，酒坊四乡”的空前盛况。但晚清后期到新中国成立的百年间是中国历史上的黑暗时期，白水杜康酒的发展在这期间也受到了较大的阻碍，杜康发明的杜康酒工艺逐渐失传……20 世纪 50 年代陕西杜康酒厂在杜康原酿酒作坊上建成，但一直只是在苦苦的支撑中。

直到 20 世纪 70 年代，一双独具的慧眼，让杜康这一历史名酒才再一次焕发出久违的魅力。

1972 年 9 月，日本前首相田中角荣应邀来我国访问，受到了热情款待。周总理以当时最好的美酒宴请田中，可田中却不觉满意，表示“天下美酒，惟有杜康”。田中角荣的这番话引起了周恩来总理的高度重视，他当即指示相关部门：恢复杜康酒的生产，并提出了“复兴杜康，为国争光”的响亮口号。

1973 年，为了发掘和继承杜康酒的传统工艺，使这一历史名酒重放异彩，白水县政府在杜康当年酿酒遗址杜康沟畔重建了占地 76 亩的陕西白水杜康酒厂。在酿造技术人员的努力下，查阅历史文献，发掘杜康造酒遗方，走访民间酿酒世家，广采传统制曲经验，继承古代造酒精华，取名家之精艺，创杜康之新风……经过反复研究试验，终于精酿而成新的杜康酒，千古流芳的杜康名酒又获新生。

如今的白水杜康传承了千年的古老酿造工艺和酒文化，以现代先进的技术，大幅提高了生产速度，更保证了杜康酒稳定的口感及品质。据介绍，白水杜康酒属清香型白酒，酒液清澈透明，芳香纯正，入口绵甜，醇厚柔和，五味协调，回味悠长，饮后留香，风味独特。自 1979 年以来，在历次全国评酒中多次获奖。1984 年 5 月被评为全国优秀旅游产品，获“景泰蓝”奖杯；同年 11 月，在轻工部全国酒类质量大赛中获铜牌；1985 年被评为陕西省优质产品；1990 年又获全国轻工产品博览会金奖殊荣；1991 年再获北京国际博览会金奖荣衔；并列为亚洲经济联合会（49 国）峰会唯一指定接待礼品用酒。在 2008 年 7 月召开的“中国历史文化名酒‘白水杜康’发展高峰论坛”上，经中国酿酒工业协会副理事长兼秘书长王琦、中国酒类流通协会副会长兼秘书长刘员、陕西省酿酒工业协会会长何钊等行业领导，国家白酒大师沈怡方、于桥、高月明、栗永清、庄名扬、白希智等专家一致鉴定，白水杜康酒体的风格为“传统杜康酒香、浓香、酱香协调优雅，口味丰满、诸味协调，复合香型风格突出”。

张红军发现白水杜康

在今天看来，张红军与杜康酒的相遇是注定的。这注定中，既有机缘巧合的千百次回眸，又有杜康酒多舛的命运，更有张红军那独特的家世人生。

1968 年生的张红军祖籍山东，八岁时全家随父亲移居到陕西咸阳农村。张家上有年迈患病的爷爷，下有正在上学成人的兄妹四人，一家七口人，全凭张红军父亲一人支撑。生活之艰辛艰难，成为少年张红军主要的记忆。作为家中长子，少年张红军十二三岁时即出门闯荡，十五六岁时即背着背篓挨家挨户收购并倒卖鸡蛋，蹬着车子贩卖蔬菜，他童稚的吆喝声和瘦弱的双腿涉遍了当地的十里八乡。张红军后来的涉足商海并取得初步成功，应该与他少年时代的独步闯荡密不可分。

然而命途多舛，19 岁那年，爷爷因病去世，父亲由于多年积劳成疾，突然间撒手人寰溘然长逝，精神受到打击的母亲不到一年也随父亲而去。家里从此只剩下张红军与一个弟弟、两个妹妹共度时艰。作为外来户，在当地又举目无亲，三弟妹的日常学费、四口人的一日三餐，成了张红军肩膀上最重的分量。

20 岁的张红军收起了眼泪，开始了自己人生的盘算，也开始了与命运的抗争。他攥着母亲临终时留下的 20 元救命钱，想着母亲一定要把弟妹养大成人的嘱托，开始了自己早熟的商人历程。就在这一年，村子里一片 40 亩的西瓜地开始向全村村民公开招包。机灵的张红军并没有莽撞，他先是到西瓜地实地考察，然后用在学校里学到的知识，细数了一亩地能产多少个西瓜，一个西瓜有多重，每斤西瓜能卖多少钱，然后与生产队报出来的承包额进行比较。结果发现，利润空间还可以。第二天，他果断地与生产队签订了承包协议。一年后，由于管理有方，西瓜丰收。第二年，尝到甜头的张红军，除了继续承包西瓜地之外，还承包了 200 亩棉花地，继续丰收，他再次取得成功。

当然，张红军的创业和所有创业者一样，绝不可能一帆风顺，在后来的日子里，他遭遇过无数的骗局，也曾因头脑发热两次导致资金链断裂，一次濒临破产……

其实，张红军的家族原本就是酿酒世家。张红军小时候就听爷爷说过：“孩子，我们张家与酒有缘，因酒而繁衍，家有万贯，不如薄技在身。你别丢了酒艺，断了咱传家的传统手艺。”从山东迁移陕西，张红军的父亲操持的依然是酿酒工艺。所以，从这个意义上讲，张红军是货真价实的酿酒世子。

在农村承包经营小试牛刀后，张红军走出家乡，在西安、深圳等地打工闯荡，积累了初步的营销知识和市场世界的经历。到 20 世纪 80 年代中期，中央提出鼓励私有经济的发展。张红军敏锐地意识到，祖传的酿酒技术可以派上用场了，于是他萌发了创办酒厂的想法，当即联系信用社，贷了几千元，加上打工的积累，开始创办了村上第一家企业——康宝酒厂。酒厂开张不久，在物质供应尚不充裕的那时，康宝散酒一经上市，立刻热销十里八乡。

康宝的成功经验使张红军的目光更开阔了。他开始寻找更大的发展商机。也许是机缘巧合，也许是命运的安排，在一次路过渭南时，他看到了渭南市招商引资的优惠政策——对新入驻企业前三年免征税收。短暂的考察后，他果断地带着资金与技术，揣着一个梦想踏上了渭南这片土地。

随后，张红军在渭南创建了喜登辉公司，结合祖传秘方开发出了喜登辉酒，消费群体锁定为普通百姓的婚丧嫁娶。“喜气洋洋，登上辉煌”，就是他朴实的广告语。几年下来，喜登辉酒在秦东大地家喻户晓。“喜登辉”占领市场后，张红军马不停蹄，开发了保健酒——蝎子酒，在黄河拐弯处的合阳县承租一千亩优质苗木林地，将农村旅游项目揽入怀中……

再说此时的白水杜康，在 20 世纪 70 年代扩建之后，以县办企业的身份在艰辛中运营着，直到 90 年代中期也没有什么大的起色，在市场经济风生水起的兼并重组大潮中，白水杜康不仅成了一个纯粹的看客，而且几近沦落到“食之无味，弃之可惜”的境地。也就是那个当口儿，记者曾两次踏访白水杜康酒厂，目睹了它衰败中的挣扎。

为了逆转白水杜康衰败的趋势，省市政府及许多领导花费了不小的智慧与精力。千辛万苦中，白水杜康也曾两次招婿入户，先后与深圳三九、兰州黄河两个企业搭班过了一阵子。谁知，这两阵子，只折腾了几年的光景，在说不清的原因中，合作方皆撒手而去……

也许是前世的修炼，也许是今生的感恩，总之，在天时地利人和中，张红军以一人之力恰逢其时地入主了因经营不善而破产的白水杜康酒业，时为公元 2002 年。

这肯定是一个造化！对杜康酒，对张红军，都是。

兼并白水杜康酒业后，张红军组织专家，研发了一系列新款产品，从根本上改变原酒厂的经营管理体制，引入现代化管理模式，严明管理制度，激励和调动员工的工作积极性；投入巨资对原厂进行改造，增添生产设备。张红军披荆斩棘、苦心经营，赢得了广大消费者的认可和好评。主打精品“杜康十三朝”和“酒祖贡”等，冲击国酒高端市场，从品质到包装一切向国际最高标准看齐。“十三朝”在短期内就热销市场，由于产量不足，一度出现供不应求的现象。2003 年正月，张红军隆重策划了一场全国性的祭祀酒祖杜康活动，来自全国各地的文化名流和品酒专家聚集杜康工业园区旁的杜康沟，举行了三天三夜的祭祀庙会活动，二三十万人目睹了这场盛况空前的文化盛宴。与此同时，他还投资一亿多对杜康酒业生产基地进行了全面全新的改造，修建了以杜康文化为基调的“文化故宫”——酒史馆。

没有天外来客，没有穿越历史，更没有天助神帮，张红军硬是从零开始——不对！确切地说是从零下起步，因为他接手时，面对的是一地荒草、缠身的官司、传统的流程、衰败的市场、陈旧的思维……十余年中，他凭借的是坚忍不拔，凭借的是勤劳智慧，凭借的是善良本性，凭借的是万般艰难中的不退缩不屈服，张红军终于坚定地捍卫了挖掘了发展了丰富了中华酒文化的内涵，更使白水杜康的历史和市场品牌傲然屹立在作为十三朝古都的秦川大地上！

纵观张红军的人生，他不是没有泪水，不是没有艰辛，但是，他与许多人不同的是把泪水化作了微笑，把艰辛化作了前行！这是山东人的性格，也是相融之后的关中人的性格。因此，关中有理由为张红军而骄傲！

香飘九天的真正意义

作为品牌，白水杜康拥有着五千年的历史文化，积淀了中华传统历史，挖掘

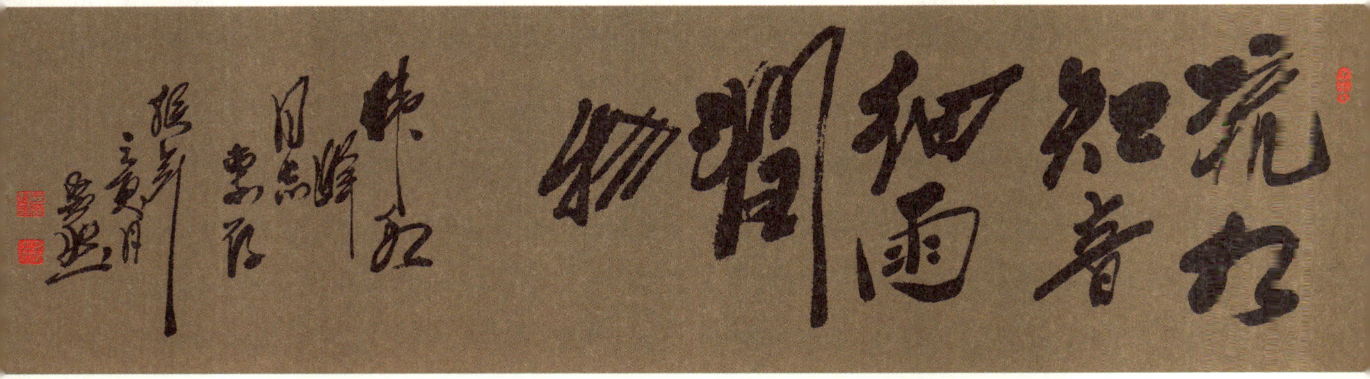

了历史文化素材，也是中国酒业的一个代名词。张红军，正是这一传统文化品牌的捍卫者。在打造酒业的过程中，他着力将品牌推向高端市场。近年来，杜康酒的广告投入逐年增加。此外，他还通过参加一系列高层次的活动推广产品。金砖会议、博鳌论坛、APEC 峰会，都留下了张红军和白水杜康的足迹。

在张红军的苦心经营下，在全体股东的共同努力下，白水杜康资产裂变式放大，终于重焕光彩，重放光芒。

为寻求新的突破，精益求精，不断开拓进取，他还以超前的眼光，第一个与中国科学院结成科技攻关团队。2002 年以来，白水杜康的酒曲、窖泥更是先后八次搭载神舟 3 号、4 号、5 号、6 号、7 号、8 号、9 号和第 18 颗返回式科学技术卫星，开展空间科学实验。每次搭载和回收都举行盛大的仪式，在全国酒业传为佳话，轰动一时。经太空诱变酿成白酒的出酒率由原来的 40％提高到了 50％，大曲用量减少了 5 个百分点，开创了在世界居于领先地位的高科技白酒酿造技术，使酿造技术有了质的飞越。作为唯一一家用此项高新科技的酿酒企业，白水杜康酿酒技术又进入了一个新的历史时期。2007 年，白水杜康太空酒被北京历史博物馆收藏。

十余年时间里，他数十次奔赴北京，数万字的汇报材料，耗费了太多的精力和心血，从某种意义上讲，杜康已经和他的生命连在了一起。从县、市到省，各级政府和众多朋友给予了他巨大的精神支持。

张红军由最初的 20 元起家，如今企业资本已经滚到了 3 亿多元。杜康的“中华老字号”“中国驰名商标”“国家级非物质文化遗产保护项目”等也在申报之中。他不但新增了投资亿元的新生产线，而且建设了全国县域不多的五星级酒店，集团公司在美国的整体上市也已进入到最后的辅导期。企业健康发展的春天正在到来。张红军早已不把“杜康”品牌看作是他个人的事业了。

碰上张红军，无疑是杜康酒的新生！碰上杜康酒，无疑也是张红军的凤凰涅槃！

再唱一曲《短歌行》

千余年前，曹操一曲《短歌行》，以沉稳顿挫的笔调抒写了求贤如渴的思想和统一天下的雄心壮志；而今天，白水杜康也将再谱一曲新的《短歌行》，用继承开拓的姿态诠释这一中国传统品牌的发展路径。

不绝的赞誉，彰显的是对白水杜康千年文化积淀的肯定。白水杜康酒品牌在文化、历史和消费者认知层面上的价值，尤其是对中国酒文化的传承意义，都是独一无二的。常言道，酒是陈的香。白水杜康作为历史上最古老的酒，有文字记载已逾五千年。独特的杜康炼酒技术；唯一的黄土高原窑洞储存；选二三月桃花开的季节，多种花香渗入到空气、泉水中时进行采曲，成就了白水杜康酒无可复制的天然品质；白水杜康价值无限，极富操作空间；白水杜康有稳固的市场基础和强大的品牌影响力。近年来，原产地的产品和有文化底蕴的产品相对较易被市场认同。根据这一行业惯例，白水杜康这一历史文化品牌，在白酒消费市场“寒气逼人”的大背景下依然受到市场的青睐，不足为怪。

杜康是一个特殊的品牌，既是人名、地名也是品牌名，这是在全国酒类品牌中非常少见的。作为一种超级食品，杜康绝不仅仅是浓香的白酒一盅，它还扮演着媒介的功能。它既是文化主体，也是文化客体，甚至自己本来就是文化，同时还承担了传播文化的使命。中国白酒，就是中国名片。千百年的历史文化积淀，已将杜康打造成为一张华夏文明的名片。在杜康品牌的成长发展过程中，品质是核心，更是基石。其色历经千年而不改，其香穿越千年而不散，其味传承千年而不变，正是白水杜康酒亘古不变的精良品质。

历经市场之检验，沐浴改革之春风。新的资金、新的管理，不变的杜康色香味，杜康酒及其蕴含的五千年文化又一次站在世人的面前，并出口 40 余个国家和地区，在世界的舞台上传递着“酒祖杜康”的声音，讲述着“杜康美酒”的故事，诉说着中国五千年的酒文化。

饮杜康酒，即品味其酒香，回味其文化。一杯杜康酒，穿越十三朝，演绎了中国数千年的文化，周代礼仪，强秦霸气，汉之风韵，盛唐雄风，尽在其中；二杯杜康酒，传承数千年，见证了流传千载的故事，武王姬发，武帝曹操，东晋刘伶，诗圣杜甫，尽显酒中；三杯杜康酒，秦扫六合之壮烈，霓裳羽衣舞之妖娆……穿越时空的界限，模糊的身影渐渐清晰，慢慢向我们走来。

杜康，是历史文化的积淀，是简约朴实的品质，是超然物外的姿态。品味杜康，正是感受白水杜康打造的一种永恒的普世的价值观。

十年来，几经扩建改造，陕西杜康酒业集团有限公司已成为跨行业、多领域的集团化公司，行业主要涉及杜康白酒业、葡萄酒业、矿泉水产业、国家级风景名胜区旅游业、矿产能源、生物质发电等领域，现有资产逾 14 亿元。下属子公司 14 家，其中包括陕西白水杜康酒业有限责任公司、陕西白水杜康品牌管理有限公司、陕西黄河湾温泉湖主题公园有限公司等。集团员工近 2000 名，其中大、中专学历以上的人员占 35%，高级管理人员 103 名，专业技术人员 95 名。

目前，白水杜康除了传统的白酒生产及销售之外，又适时推出了葡萄酒产品——圣喜辉煌牌太空葡萄酒。此酒是神舟飞船搭载的葡萄种子经过筛选培育，利用高新科技酿造而成，口感品质更为稳定优良，这将给葡萄酒产业带来新的活力元素，开拓了葡萄酒酿造技术全新的发展空间。

在做好酒类产品外，杜康集团下属的黄河湾温泉湖湿地公园位于合阳县黄河南滩，占地面积 18 平方公里，是洽川国家重点风景名胜区的一部分。区内有国内最大的芦苇荡，其东部和南部保存有几片完整的生态黄河湿地，栖息着丹顶鹤、黑鹳、大鸨、白天鹅、苍鹭等珍稀鸟类 72 种。公司现已投资近 4000 万元建设一期工程，主要开发的项目有乡村休闲旅游区、生态湿地游憩区和传统渔业养殖区。

此外，杜康集团拥有旬阳县 68.72 平方公里的矿区，这一区域的矿产资源以黄金闻名于世，素有“金州”之称。公司在立足传统矿产能源产业的竞争优势基础上，还向生物质能源发电项目迈出了坚实的步伐，将秸秆、木质、纸质等废料变废为宝，进行合理利用，不仅节约了能源，减少了废气排放，是利国利民的项目，更是体现循环经济思路的新型绿色能源产业。在世界性能源危机的大背景下，在中国经济高速发展的态势下，公司所从事的矿产能源的勘探、开采、矿产品的销售以及新型能源的开发和利用，将显现出良好的社会和经济效益。

在传统的意识里，作为最具中国传统文化魅力的国产白酒极少迈出国门，其

潼关山河一览楼

国际影响力远不及外国酒。现在看来，这其中包含了外国同行在酒产品的营销定位和文化挖掘的超前运作，但这些绝不应该成为中国酒走向国际市场的障碍。白水杜康是中国白酒行业的知名品牌，其独特的品牌文化魅力是别的品牌所无法比拟的，历经千年传承，也应成为世界的名牌。踏出国门、计划上市无疑会给白水杜康注入一支强心剂，同时这也对杜康在日后的发展提出了更高要求。不管白水杜康的未来如何变化，白水杜康的战略在资本趋势下实施的“双赢”战略，将给我国白酒行业带来深远的影响。也许，用不了多久，我们就会在异国他乡看到我们的白水杜康以及更多的国产白酒品牌和其他国际高端酒品一起摆放在货架上，正如人头马之于中国、XO 之于中国一样。

一樽杜康酒，笑傲十三朝！

十年潜心磨砺，十年奋起直追，十年攻城略地，白水杜康，终将站在新的历史基点上！

在经历了五千年中华灿烂文化的洗礼后，陕西杜康酒业集团有限公司必将向国人和世界展示其杜康美酒和杜康酒文化的持续魅力。

这源于，我们不仅相信杜康，我们不仅相信曹操，我们也相信中华酒文化，我们更相信在中华酒业领域这世子兼巨子的传人——张红军！

——原载于《陕西日报》2013 年 12 月

十一万英烈，告诉你一个气壮山河的陕西

三年以来，在人民解放战争和人民革命中牺牲的人民英雄们永垂不朽！

三十年以来，在人民解放战争和人民革命中牺牲的人民英雄们永垂不朽！

由此上溯到一千八百四十年，从那时起，为了反对内外敌人，争取民族独立和人民自由幸福，在历次斗争中牺牲的人民英雄们永垂不朽！

——毛泽东

编者按：

历史没有忘记，共和国没有忘记，人民没有忘记！今年9月30日，是中华人民共和国第一个“烈士纪念日”，在这个代表人民意志

的国家纪念日到来之际，为了缅怀英烈、铭记历史、传承精神，本报从今天起，连续3天，和大家一起，重回那艰苦卓绝的峥嵘岁月，重温那沉甸甸的历史记忆，铭记英烈的丰功伟绩，让英烈的精神洗涤我们的灵魂，永驻我们的心间。

中华的文明从这里萌芽，
中国的统一这从里开始，
中国的革命从这里转折，
民族的独立从这里开端，
人民的解放从这里出发。
这里，就是陕西。

陕西，作为中华民族的重要发祥地，她灿烂的古代文明和光荣的革命传统一样令世界注目。无论是史前传说还是历史铭刻，在几千年的文明发展中，赳赳秦人先辈英豪辈出，竭尽才智忠勇，征战四方，前赴后继，“流遍了，郊原血”，璀璨了浩瀚的星空，照亮了历史的长河。

近现代以来，秦人更是面对天下兴亡，担起匹夫之责。自1840年起的历次民族危亡中，都有着秦人不屈的身影。他们和中国千百万仁人志士一道，为了民族的解放、人民的幸福、国家的富强，义不容辞，英勇奋斗，始终冲锋在最前列，直到流尽最后一滴血。他们用殷红的鲜血书写了爱国主义的壮丽诗篇，他们是中国的脊梁，他们是陕西人的荣光。

在共和国第一个“烈士纪念日”庄严到来之际，我们告慰先烈，我们垂首默哀。重温先烈的战斗历程，缅怀先烈的丰功伟绩，传承和弘扬先烈的革命精神。

黑暗中探索奋斗的三秦先驱

陕西是一块革命的土地，陕西人民有着悠久的革命传统。来自陕西省民政厅的资料表明，从建党初期到土地革命，从抗日战争到解放战争，从抗美援朝到新中国建设和改革开放，先后有11万三秦英雄儿女为共和国献出了宝贵的生命。我省民政部门目前登记在册或在省内各个烈士陵园安葬的烈士有27000多位，也就是说，还有 8 万多为国捐躯的三秦儿女或安葬在全国乃至国外的烈士陵园，还有许多甚至成了无名烈士。

在这些英烈中，包括反帝反封建的仁人志士，建党初期的革命先驱，西北革命根据地的创建者，抗日民族统一战线的参与者，还有在解放战争和抗美援朝中英勇献身的无数英烈。新中国成立后，也有 5000 多名三秦儿女为社会主义革命和建设以及改革开放的伟大事业而献身。

三秦大地英雄辈出。

早在辛亥革命时期，三秦大地上就涌现出许多可歌可泣的英雄人物，井勿幕就是其中著名的一位。他是陕西早期的留日学生，是中国最早的同盟会员之一，在辛亥革命中，积极奔走，以年轻的热血之躯奉献于祖国和人民，后奉孙中山之命回陕发展反帝反封建的革命组织，是陕西靖国军总指挥、陕西辛亥革命的先驱和杰出领导人之一，被孙中山先生誉为革命的“后起之秀”和“西北革命巨柱”，1918 年被杀害，年仅 31 岁。1918 年被广州孙中山护法大元帅府特赠陆军中将衔。1945 年被追赠为国民革命军陆军上将衔。陕西军民为怀念他的不朽功勋，曾将井勿幕在西安居住过的四府街更名为井上将街，并在街南端城墙上凿开一门名勿幕门，就是现在西安城墙的小南门。

在 1927 年“四一二”反革命政变后，中国革命形势开始急速逆转，全国笼罩在一片白色恐怖之中。1928 年 4 月间，中共陕西省委秘书处遭到敌人破坏，李嘉谟、校明济、任醴、徐九龄（女）、方鉴昭（女）5 名共产党员和在国民党省党部的地下党员王德安被捕，同时被捕的还有渭南的 3 名共产党员王文宗、冀月亭、李维俊。9 名同志被关押在一起。虽然身陷牢笼，遭受严刑拷打、残酷折磨，但他们始终严守党的机密。同年 6 月 17 日，9 名中共党员全部遭到杀害，这就是震惊西北的“六一七”惨案，史称“西安九烈士”。1929 年 2 月，时任中共陕西省委代书记的李子洲，由于叛徒出卖被捕入狱，面对敌人酷刑折磨，他坚贞不屈，最终壮烈牺牲，年仅 36 岁。1944 年 2 月，中共中央西北局和陕甘宁边区设立子洲县以示对这位革命先驱的永久纪念。

据有史可查的资料记载，在建党初期的白色恐怖下，我省的共产党人以天下为己任，不惧牺牲，前赴后继，先后有385位革命先驱献出了年轻而宝贵的生命。

领袖前面一小兵

中国革命的落脚点和出发点

1927 年 8 月 1 日，在忍受了巨大的牺牲后，中国共产党人终于在南昌发动起义，打响了中国共产党武装斗争的第一枪。同年 8 月 7 日，中共中央在汉口召开紧急会议，正式确定了“土地革命和武装反抗夺取政权”的总方针。随后，中国共产党人在湘、赣、粤、鄂、豫、皖、闽、浙、陕等地纷纷发动武装起义，组织工农武装，走上武装夺取政权的革命道路。

20 世纪 30 年代，在陕西、甘肃两省毗邻地带，刘志丹、谢子长、习仲勋等共产党人领导创建了陕甘边革命根据地。1935 年 2 月，它与陕北根据地统一成西北根据地，成为土地革命后全国唯一保存完整的革命根据地。刘志丹、谢子长两位为中国革命做出卓著贡献的“群众领袖”不幸先后为国捐躯；但他们开创的西北根据地成了中国革命的圣地，成为红军长征胜利的落脚点；也是建立抗日民族统一战线，赢得抗日战争胜利，进而夺取全国胜利的解放战争的出发点。从 1935 年到 1948 年，党中央和毛泽东主席在这里生活战斗了 13 个春秋，他们在这中国革命的大本营里，运筹帷幄，决胜千里，领导和指挥了中国的抗日战争和解放战争，奠定了中华人民共和国的坚固基石，培育出了永放光芒的“延安精神”，谱写了可歌可泣的伟大历史篇章，为中国革命的最后胜利做出了卓越的贡献。

投身抗日救亡的伟大战争

1931 年“九一八”事变发生后，日本关东军仅 4 个月就侵占了我国东三省。1936 年 12 月 12 日，国民党爱国将领张学良和杨虎城在西安发动了震惊中外的“西安事变”，“兵谏”蒋介石，最终形成国共合作的抗日民族统一战线，成为中国革命史上一个重要的转折点。

在这场关乎民族兴亡的事变中，除了张杨二位将军外，还涌现出一批为了统一抗战、民族救亡而献身的共产党人，宣侠父烈士就是其中一位。他 1932 年加入中国共青团，不久转入中国共产党。西安事变发生后，宣侠父协助周恩来和平解决西安事变，后长期在西安、南京从事抗日民族统一战线工作。1938 年 7 月 31 日，宣侠父在西安被敌人秘密杀害。杨虎城将军的高级参议杜斌丞，曾多次掩护、支持共产党人的革命活动，并直接参与了西安事变，1947 年 3 月被敌人逮捕杀害。

向着三秦大地的解放

1949 年初，解放战争进入了最后一年，人民解放军第一野战军经青化砭、羊马河、蟠龙的“三战三捷”后，打退了国民党发动的重点进攻，又先后在 1948 年冬至 1949 年春，取得了冬、春两个战役的全面胜利，彻底扭转了陕北战局，使我军从转战陕北的防御战发展成解放关中地区的进攻战，先后解放铜川等 10 座县城。1949 年 5 月 20 日拂晓，第一野战军第六军从咸阳全线强渡渭河，全歼南岸守敌，突破国民党军队防线，打响了解放西安的战斗。在西安部分国民党起义官兵的协助下，解放军自咸阳强渡渭河到占领钟楼市中心，6 小时解放西安，我军伤亡 57 人。

西安解放后，蒋介石不甘心失败，急令胡宗南并纠集青海马步芳、宁夏马鸿逵部 40 万之众企图向西安反扑，阻我军西进。解放军第一野战军四个兵团，在彭德怀的指挥下，于1949年7月10日，在以扶风、眉县为中心，东起咸阳、西至宝鸡等广大地区发动总攻，一举歼灭国民党主力部队，解放了眉县、扶风、岐山等9座县城，并于7月14日解放宝鸡。

扶眉战役的胜利，结束了胡宗南在西北地区长达12年的统治，为解放大西北奠定了基础，同时，也为人民解放军进军大西南打开了北大门。

扶眉战役是解放大西北规模最大的一场战役，共有3000多位英雄壮烈牺牲……

延伸阅读

刘志丹——“群众领袖　人民英雄”

刘志丹是中国工农红军高级指挥员，西北红军和西北革命根据地的主要创建人之一。在陕北革命根据地的斗争中，他长年奔走在穷苦百姓中间，深受根据地群众拥护和爱戴。1936年4月，他率部队东征，不幸在山西中阳县三交镇战斗中壮烈牺牲，年仅34岁。刘志丹同志牺牲后，毛泽东主席为他题碑“群众领袖，人民英雄”；周恩来为他题词“上下五千年，英雄万万千，人民的英雄，要数刘志丹”。1996年，刘志丹同志被中央军委确定为中国人民解放军36位军事家之一。2009年9月，他被评为100位为新中国成立做出突出贡献的英雄模范之一。

体验童年生活

谢子长——“民族英雄　虽死犹生”

谢子长是陕北红军和陕甘边革命根据地创建人之一，中国工农红军杰出的指挥员。他年轻时代就创办革命组织，1927年至1928年，他参与组织领导了著名的清涧起义和渭华起义。起义失败后，他与刘志丹同志一起，率部转战陕甘边创建革命根据地。1934 年 8 月，在陕甘边苏区第三次反“围剿”战斗中，他不顾个人安危在最前沿指挥作战，不幸胸部中弹，身负重伤。1935 年 2 月 21 日，由于伤势恶化在安定县（即现在的子长县）灯盏湾不幸去世，时年 38 岁。谢子长同志牺牲后，毛泽东主席曾为他题词：“民族英雄，虽死犹生。”2009 年 9 月，谢子长被评为 100 位为新中国成立做出突出贡献的英雄模范之一。

杨虎城——“千古功臣　民族英雄”

杨虎城是著名的爱国将领，曾任国民革命军 17 路军总指挥、陆军二级上将、陕西省主席。1936 年 12 月 12 日，他联合张学良发动“西安事变”，迫使蒋介石“联共抗日”。随后，杨虎城将军被国民党囚禁达 12 年，并于 1949 年 9 月 6 日被特务残忍杀害。杨虎城将军遇害后，党和国家领导人给予他高度评价，周恩来总理亲自为他题词“千古功臣，民族英雄”。1950 年 2 月 7 日，杨虎城将军及一同遇害的 8 位烈士被安葬在西安市长安区的杨虎城将军陵园。2009 年 9 月，杨虎城将军被评为 100 位为新中国成立做出突出贡献的英雄模范之一。

包森——抗日平原游击队

包森是陕西蒲城县人，冀东抗日根据地的主要创建者之一，电影《平原游击队》主人公李向阳的原型。1937 年，包森被派往晋察冀抗日根据地，任邓华部 33 大队总支书记。从 1938 年秋至 1940 年春，包森率部进行大小数十次激烈战斗，活捉了日本天皇表弟宪兵大佐赤本。1942 年 1 月，燕山口内果河沿一役，包森以七个连的兵力，毙俘敌伪中佐以下官兵近千人。在冀东一带，包森的名字妇孺皆知，成为日伪军的克星。1942 年 2 月，包森在率部转战途中与日伪军遭遇，不幸中弹牺牲，时年 32 岁。

栗政通——14 岁的小八路

栗政通出生在一个革命之家，从小受到革命的熏陶。父亲栗再温是中共河北省平山县最早的共产党员，曾担任平山县委书记。1937 年底，年仅 14 岁的栗政通参加八路军，1938 年入党，历任侦察员、指导员、连长、副营长、教导员、营长等职。在王震率领下参加抗日战争，亲历了百团大战、保卫延安的战斗、南泥湾大生产和南征北返。解放战争中，参加了孟良崮战役、淮海战役。1949 年 5 月，

采摘

在扶眉战役马家山战斗中壮烈牺牲，年仅 26 岁。

资料链接

黄埔军校走出的陕西人

黄埔军校是中国近代的著名军事学校，1924 年 6 月在广州创办，共招生二十三期，许多抗日名将、国共将领都出自黄埔军校。据史料不完全记载，考入黄埔军校的陕西学员共 1837 人，比较著名的有阎揆要、刘志丹、张宗逊、关征麟、杜聿明、张灵甫、胡琏等。

1955 年授衔的陕西将军

陕西是中国革命圣地延安的所在地，这片红色的土地，为中国革命的胜利做出了卓越而独特的贡献，也孕育出了一大批三秦人民的英雄儿女。在 1955 年，64 位三秦儿女跻身共和国开国将领之列，其中开国上将 3 位，他们是李达、张宗逊、阎红彦，开国中将有孔从洲、张达志、阎揆要等 5 位，还有贺晋年、张松平、王扶之等 56 位开国少将和晋升少将，占全国将帅总数的 3.96%，这些三秦英雄儿女大多来自保安、子长、米脂、长安等 36 个县。

——原载于《陕西日报》2014 年 9 月

北京时间　从蒲城发出

——本报记者探秘中国授时中心讲述时间故事

北京时间缘何发自蒲城

“现在是北京时间 × 点整”。

几十年来，每当听到这样的声音，一种神圣的庄严感油然而生，人们以此校正自己的手表或安排自己的行程。

然而，许多人不知道的是，这庄严的北京时间却不是来自北京，而是发自我省的蒲城县。

那么，北京时间为什么是从蒲城发出的呢？

在 2015 年这个全新的时间节点来临之际，记者经多方联系专程前往蒲城县中国授时中心，了解与北京时间及时间相关的故事。

从蒲城县城西行约 3 公里的杨家庄，有四根高耸入云的电线杆，蒲城人多年来称这里是“326”或“天文台”，其实，这里就是“北京时间”的授时中心。记者经过整整一天的参观采访，并与授时中心张晓际主任、杨拴平副主任、短波发射台主任蒙智谋、时频监控室主任车爱霞以及办公室段建文主任交流座谈，总算对授时中心有了大概的了解，也只能从皮毛上给读者讲一讲。

北京时间为什么要在蒲城进行计算和发布呢？据杨拴平主任介绍，之所以选择陕西省蒲城作为国家的授时中心，主要考虑是蒲城地处我国大陆腹地，离中国大地原点仅 100 公里，发射的时间信号便于覆盖全国；当地的地质构造稳定，授时中心因地震等灾难被毁坏的系数极小；更由于其重要性，所以建在内陆地区相对比较安全。

谈到她的历史沿革，办公室的段主任边查阅资料边介绍，我国国家授时中心的前身是陕西天文台，为适应我国战略武器发射、测控和空间技术发展的需要，1966 年经周恩来总理同意、国家科委批准开始筹建，据说当时投资达一亿元。该台在 1970 年基本建成，经周恩来总理批准于同年 12 月 15 日试验发播 BPM 短波无线电时号。1973 年 4 月，国家决定在陕西天文台增设长波授时台并列入国家计划。长波授时的原子时间标准由陕西天文台于 1979 年建立，发射系统建设于 1985 年完成，授时系统于 1986 年正式开始我国的长波授时服务。

授时中心在蒲城共有 5 个点，占地 513 亩，现在主要集中在杨庄村。在杨主任的陪同下，记者走进了保密了多年如今已弃用的北京时间地下发播台。她深入地下达 26 米，深度相当于今天的七八层楼房，里面宽阔而坚固，一台台庞大的各种设备原封不动。杨主任说，这下面的设计可以保证工作一周不出去，空气和实物都能保障。2009 年发播台从地下搬到了地上，谈到地下设施以后的命运，他说也就只能做科普基地了。环视这恢宏的地下工程，记者仿佛看到当年那人定胜天、战天斗地的感人场景，由衷感叹中国人民当年浑身焕发出的冲天豪情。

2001 年 3 月，中国科学院陕西天文台更名为中国科学院国家授时中心，这标志着我国建立了基本的时间频率体系；2007 年，临潼—蒲城微波时间传输比对系统技术改造完成并投入使用。

2008 年，BPL 长波授时系统现代化改造竣工，并开始 24 小时连续发播，极大地提高 BPL 长波授时全时段授时保障能力，用户实现全自动定时。

临潼国家授时中心建于1982年，拥有一支时频领域的科研队伍，他们承担着我国标准时间的产生和保持任务，采用多种手段与国际时间保持同步。位于蒲城县的国家授时台归临潼国家授时中心管辖，主要有短波和长波专用无线电标准时间标准频率发播台。

陕西天文台原子时标准的建立，实现了我国时间计量标准由天文时向原子时的平稳过渡，并代表我国参与国际原子时合作。长波授时台的建成把我国授时精度由毫秒（千分之一秒）量级提高到微秒（百万分之一秒）量级，使我国授时体制日臻完善并步入国际先进行列，为我国科技发展和国防建设提供了安全保障。

如今我们所说的1秒，其实就是铯原子跃迁振荡9192631770周经历的时间。国际上规定，取1958年1月1日世界时零时零分零秒的瞬间作为原子时的起点。1968年10月，中国科学院国家授时中心建成。国家授时中心承担着我国的标准时间的产生、保持和发播任务，其授时系统是国家不可缺少的基础性工程和社会公益设施，并被列为

游泰陵

由国家财政部专项经费支持的国家重大科学工程之一。自 20 世纪 70 年代初正式承担我国标准时间、标准频率发播任务以来，为我国国民经济发展、国防建设、国家安全等诸多行业和部门提供了可靠的高精度的授时服务，基本满足了国家的需求，特别是为以国家的火箭、卫星发射为代表的航天技术领域、常规及战术、战略武器试（实）验做出了重要贡献。

也就是说，蒲城是我国的授时地，临潼自 1982 年从蒲城分离而出，成为我国的授时地。

究竟什么是“北京时间”

要了解“北京时间”是怎么产生的，必须先了解“世界时”。我们知道世界各地都有各地的地方时间。如果对国际上某一重大事情，用地方时间来记录，就会感到复杂不便，而且将来日子一长容易搞错。因此，天文学家就提出一个大家都能接受且又方便的记录方法，那就是以格林尼治的地方时间为标准。格林尼治是英国伦敦南郊原格林尼治天文台的所在地，它又是世界上地理经度的起始点。对于世界上发生的重大事件，都以格林尼治的地方时间记录下来。一旦知道了格林尼治时间，人们就很容易推算出相应的本地时间。例如，某事件发生在格林尼治时间上午 8 时，我国在英国东面，北京时间比格林尼治时间要早 8 小时，我们就立刻知道这件事情发生在相当于北京时间 16 时，也就是北京时间下午 4 时。所以，格林尼治时间被称为“世界时”。

北京时间其实并不是北京地方的时间，而是东经 120 度地方，也就是距离北京以东约 340 公里处的地方时间。大家知道，中午 12 点时，在太阳光下物体的影子最短。而当收音机里播出“北京时间 12 点整”时，在北京地方所看到的物体影子还有点偏西， 要再过约 16 分钟后，才见到最短的物体影子。“北京时间”是我国行政管理、生产、交通运输等工作的时间计量标准，假如我们没有统一的时间标准，而是各用各的时间，学校就无法上课，工厂就不能正常生产，交通运输也不能有条理地进行，这就会使整个社会的工作、生产秩序产生混乱。但是取哪个时间作为标准好呢？ 因为北京离 120 度经线很近，而且北京是我国的首都，所以很自然地以东经 120 度地方的时间取为我国的标准时间。人们给它取个名字叫“北京时间”。

北京时间比世界标准时间早 8 小时。地球一周被分成 24 等份，每一等份为一个时区。这样一个时区是经度 15 度。一天 24 小时，所以相差一个时区就相差一个小时。经度零度即本初子午线的时间为世界标准时间。由于子午线穿越英国伦敦格林尼治天文台原址，故称格林尼治时间，这也是英国的标准时间。北京的经度是 116 度 21 分，所以在子午线往东第八个时区内，即东八时区。8×15 = 120，所以东八时区的区时为东经 120 度的时间，就是北京时间。

北京时间也不是在北京确定的，而是由位于中国版图几何中心的陕西临潼国家授时中心的 9 台铯原子钟（铯钟）和 2 台氢原子钟组通过精密比对和计算实现，并通过卫星与世界各国授时部门进行实时比对确定的，也对国际原子时的保持做出了贡献。

走进这里记者得知，地面上的时间如果误差 1 微秒，卫星在太空中的误差就会达到 300 米。蒲城的短波授时台每天 24 小时连续不断地以四种频率交替发播标准时间、标准频率信号，覆盖半径超过 3000 公里，授时精度为毫秒（千分之一秒）量级；长波授时台每天定时发播载频为 100KHz 的高精度长波时频信号，地波作用距离 1000 ~ 2000 公里，天地波结合，覆盖全国陆地和近海海域，授时精度为微秒（百万分之一秒）量级。BPL 长波授时系统的建立，将我国授时精度由毫秒量级提高至微秒量级，使我国授时技术迈入世界先进行列，该项目也荣获了 1988 年的国家科技进步一等奖。

国家授时中心承担着我国的标准时间的产生、保持和发播任务，其授时系统是国家不可缺少的基础性工程和社会公益设施，并被列为由国家财政部专项经费支持的国家重大科学工程之一。自 70 年代初正式承担我国标准时间、标准频率发播任务以来，为我国国民经济发展等的诸多行业和部门提供了可靠的高精度的授时服务，基本满足了国家的需求，特别是为以国家的火箭、卫星发射为代表的航天技术领域做出了重要贡献。据几个专家的现场综合统计，几十年来，授时中心共接受并完成洲际导弹、载人航天、探月工程等国家重大任务达 300 多次。同时也面向各类时间用户，进行系统设计、咨询和相关设备的研制，满足了各行业、各领域时间用户的需求，为国民经济发展做出了重要贡献。

时间服务的历史沿革

建立并保持某种时间标准，并通过一定方式将其传送出去供应用者使用，这在国外叫时间服务，在我国则称为授时。授时这一称谓，或许来源于《尚书·尧典》中“乃命羲和，钦若昊天，历象日月星辰，敬授人时”这段文字。

授时有着悠久的历史。它随科学技术的发展而不断进步。

晨钟暮鼓——在生产力低下的古代，人们曾经使用过敲钟和击鼓的方法进行报时。我国许多历史名城至今还保留有古代的钟楼和鼓楼。它们成为印证授时工作发展的历史遗迹。

据史料记载，在古长安，“以钟鼓司晨”由来已久。汉唐时期，长安设有钟楼、鼓楼，以晨钟暮鼓方式报时。在元明清时期，钟鼓报时体制仍得以维持，清脆钟声和雄浑鼓声可传 20 里之远，足可满足一个城市的报时需要。到了民国初年，计时咸用新器，晨钟暮鼓之声遂在西安城消失。

落球报时——到了 18 世纪，航海事业蓬勃发展。海员迫切需要精确时间，以确定船只位置和航行方向，于是出现“落球报时”。所谓落球报时，就是人们在重要商埠的码头、港口竖立起高杆，在高杆顶端挂上气球，按约定时刻落下气球，借以向海员报告时间。

这种报时方法虽然粗疏，但海员对它却怀有崇敬之情。因为它为海员忠实服务近百年之久。

现代授时——20 世纪初期，无线电进入实用阶段。1902 年，法国首先在巴黎埃菲尔铁塔顶层试验发播短波无线电时号，取得成功。接着，德、英、美等国相继试验，收到良好效果。于是，一个崭新的无线电授时的时代开始了。

到了 1953 年，英国国家物理实验室率先利用铯原子跃迁振荡运动做出了铯原子钟。此后，其他类型原子钟相继问世。人们习惯上把原子钟确定的时间称为原子时。1967 年 10 月，在印度新德里召开的国际计量大会正式把由铯原子钟确定的原子时定义为国际时间标准。国际原子时由设在法国巴黎的国际权度局

（BIPM）建立并保持。BIPM 分析处理全世界约 50 个时间实验室的 200 多台原子钟数据，得到综合时间尺度——国际原子时。中国科学院国家授时中心参与了国际原子时的建立。目前，国家授时中心有 19 台铯原子钟和 4 台氢原子钟的数据定期传送给 BIPM，是对国际原子时的建立和保持做出贡献的主要实验室之一。

为了原子时和世界时的协调统一，经有关国际学术组织的协商，在 1958 年初，调整原子钟，使原子时和世界时的时刻一致，然后原子钟运转积累原子时。由于地球自转不均匀，原子时和世界时的时刻差就会增大。当这个差值接近 0.9 秒时，人为拨动原子钟，使其增加或减少 1 秒，即实行所谓的“闰秒制”，使原子时时刻始终靠近世界时。这样得到的时间尺度称为“协调世界时”。从 1972 年起，协调世界时被确定为全世界的官方时间和国际民用时间标准。

目前，世界各国时间服务部门提供的标准时间，都是协调世界时。

我国的现代授时开启于 1902 年，中国海关曾制定海岸时，以东经 120 度之时刻为标准。位于北京的中央观象台将全国分为五个时区，民国二十八年 3 月 9 日中华民国内政部召集标准时间会议，确认 1912 年划分之时区为中华民国标准时区。

1949 年之后，新中国将“中原标准时间”改称“北京时间”，并在全国统一使用该时间作为标准时间。

目前，全世界有 50 多个国家通过短波（或长波）电台每天发播各自的标准时间信号。有些国家还利用卫星、电视和网络系统，开展授时服务。

我国现代授时工作，经国务院授权，由中国科学院国家授时中心承担，总部设在陕西省西安市临潼区，这里建有国家时间标准实验室，保持着我国的原子时标准和协调世界时标准，发播标准时间信号的长波电台和短波电台位于陕西蒲城县。

我国标准时间的传送方法分为以下几种：

短波授时；长波授时；低频时码授时；卫星授时；电视授时；网络授时；电话授时；自动计算机时间服务；还有国家授时中心语音报时服务专线：029-83895117。采用音频脉冲——“嘟”声作为秒信号提示音，使用户极为方便进行校时，报时误差小于 1 秒。

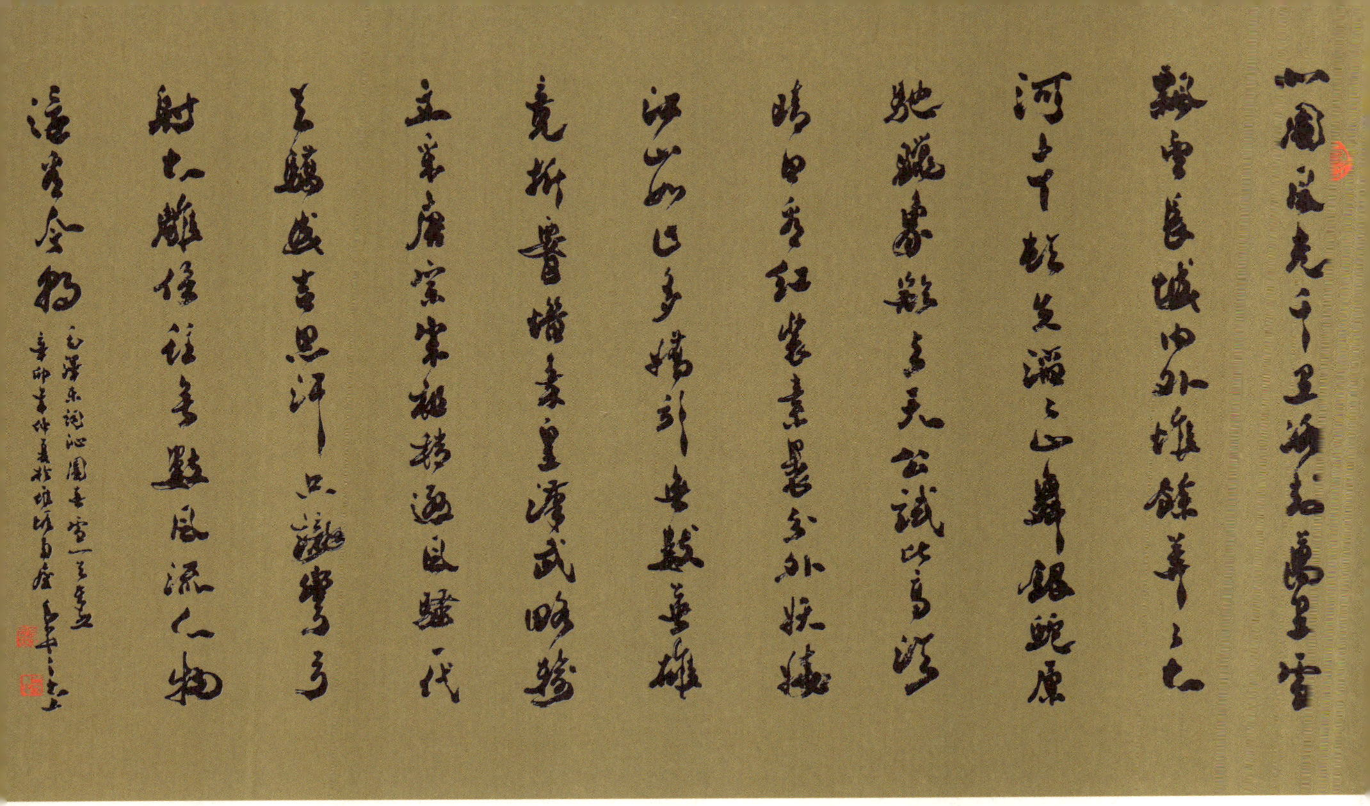

守卫“北京时间”的人们

在蒲城授时中心，40 多年来，一代又一代的科技人才为我国的天文事业于默默中做出了卓越的贡献，他们大都毕业于西安的高等理工大学，放弃了留在大城市的机遇，也放弃了自己钟爱的科研阵地，来到这默默无闻的地方，成为默默地与时间打交道的人。

杨拴平副主任 1982 年自西电毕业后就一直坚守在这里，据他介绍，蒲城授时中心现有 150 多人，还有 200 名离退休人员。更有趣的是他们中的大多数人都是渭南地区人，其中以蒲城人居多。是啊，家国天下，有家有国才有天下，在这城郊野外，这些科技工作者安家为国，以自己的才智使“北京时间”传遍祖国的每一寸土地，服务着各个行业的人们。

在“北京时间”授时部，还有一群保卫时间的人，这就是武警渭南市支队第三大队九中队的 52 名官兵们。从 1969 年 10 月入驻，他们在这里已坚守了 45 年。

这支有着60多年历史的部队虽然7次变更番号，但无论是在平叛剿匪中，还是在社会主义建设和改革开放的事业中，他们忠于祖国、服务人民的本色始终没有变，冬练三九，夏练三伏，专勤专训，把哨位上的需要带到训练场上去练，以过硬的本领担负着执勤守卫任务，涌现出了许多可歌可泣的感人事迹。现任指导员李刚告诉记者，守卫“北京时间”以来，他们践行忠诚誓言，争做“时间卫士”，多次消除安全隐患，保证了“北京时间”的准确发出，同时还圆满完成了2008奥运安保、2010渭河洪灾、2011世园会安保等重大临时勤务。先后有30多人荣立二等功，3人荣立三等功，多次被评为“基层建设先进单位”。士官张福田站在三尺哨台，以忠诚守护陪伴“北京时间”，8年中，他在哨位上经历了神舟飞船发射、卫星发射等重大任务50余次，每次都圆满完成任务。他连续7年被评为优秀士兵，4次荣立三等功，4次被评为优秀士官、班长，荣获全军优秀士官人才一等奖，还被授予“守时卫士”荣誉称号。

排长王创雷说，从张福田身上我认识到再平凡的岗位也能做出不平凡的成绩，想到能与“北京时间”打交道，为国家守时，那么多次的国家任务完成有着自己的一丝贡献，我的心里感到无比欣慰。

记者感言

时间就掌握在我们手中

采访完“北京时间”，2015已经来到了我们脚下，记者深感，对于时间，我们知道的太少了。其实，时间是一个非常复杂的高端课题，一个毕业于理工科名叫川贝的网友称，史蒂芬·霍金著的科普读物《时间简史》，他前前后后看了6年才看懂，可见时间的深奥。

虽然深奥，但时间毕竟是我们感知与认识世界的一种固有模式，虽为一般人，就我们的日常生活而言还是有必要对时间来一次再认识再校对——这就是把握时间和珍惜时间。

把握时间，就是全盘部署、合理分配时间，不管是工作还是生活中。

全盘部署就是安排好一个区间的时间，所谓长计划短安排；合理分配就是不要在一件事上一味地消耗时间，比如一味地工作效果会不好，一味地玩乐也会损伤身体。再就是守时，按时吃饭，按时休息，按时赴约，诚信做人。

珍惜时间，就是不浪费时间，特别是在没意义的事上。不虚度每一天，不浪费每一秒，使自己的分分秒秒都时有所值。合理科学地安排时间也是珍惜时间，做到这一点就很不容易了，更别说“挤”时间了。

时间对于我们的日常，还是那句老话带劲——“一万年太久，只争朝夕”！

——原载于《陕西日报》2014 年 12 月 31 日

大地原点　你不知道的故事

——本报记者揭秘中国大地原点

朋友，你听说过大地原点么？你知道大地原点在什么地方么？你了解大地原点的用途么？大地原点是否就是大地的中心、中国的中心抑或陕西的中心呢？

如果你还不甚了解这一切，那么，请和本报记者一起走进中华人民共和国大地原点，共同撩开她那神秘的面纱，探寻她那不为人知的故事吧。

大地原点具体在什么地方

从西安去大地原点其实很方便，驱车 36 公里，便到了大地原点所在地。此处位于咸阳市泾阳县永乐镇石际寺村，站在路边就能看到院子里的圆顶塔楼。公路边很醒目地竖着一块陕西省人民政府 2013 年 5 月立的石碑，上刻：第五批市级文物保护单位——中华人民共和国大地原点。

由于行前已有电话联系，管理员刘晓东师傅已在门口等候我们。记者看到大门旁赫然挂着一块“中华人民共和国大地原点”的牌子，进得院子，给人一种空旷感。整个院子占地57亩多，左手紧邻的是泾阳县永乐镇石际寺村，院子由主体建筑、中心标志、测量仪器台和投影亭等四大部分组成。刘师傅介绍说，“大地原点”建成后不久，还增设并施测了国家基本重力点和天文基本点。大地原点并不是指中国的几何中心，而是国家地理坐标系的基准点；大地基准点是建立国家大地坐标系统和推算大地坐标的原始点。

刘师傅告诉记者，大地原点建成于1978年12月，建成后的16年间，都以泾阳“3261信箱”或“3261工程”代称，因为3261在电码中代表“测”字。他解释说，直到1994年大地原点才对外公开，公众可以进入参观，收门票5元。

在右手方向的高台上，记者看到松柏掩映中的圆顶塔楼，便趋步前往，刘师傅说那就是大地原点塔楼，中心标志也就是大地原点就埋设于塔楼的地下室中央。他介绍说，圆顶塔楼共七层，外观呈六方体圆状，塔体外部呈八棱柱形，屋顶为半圆球形，顶部是玻璃钢整体半圆形外壳，可自动启闭，以便进行天文观测，下部为两层递收式八角裙楼。塔楼坐东向西，面积近200平方米。顶层为观察室，内设仪器台，建筑的顶部是玻璃钢制成的整体半圆形屋顶，可用电控翻开以便观测天体。仪器台设在第7层仪器室内。投影台设于主体外北、东南、西南三个方向的三个亭式建筑中，亭中有仪器墩。

步入塔楼，进入大厅，正中央是一直径约2米的圆柱，柱体中上部镶嵌着一块长方形的黑色大理石，上书“中华人民共和国大地原点”11个金色大字，环绕圆柱四周的是8根直径约0.5米的红色大理石贴面的立柱，刘师傅介绍说，一楼大厅的高度是由大地原点的第一个观测点的距离所决定的，这8根方柱，从楼梯向上可到达顶部，向下可到达原点标石所在的地下室。

步入塔楼，我们沿阶而下进入地下室，不大的空间里透着一丝静谧，居中的是一座正方体的红色大理石基座，大理石基座的中心部位有一个直径2厘米的微凸的半球面，球上刻有一个“+”字，刘师傅说，这是“大地原点”的标志，“+”的交点就是原点，也就是我国地理坐标经度与纬度的起算点和基准点。

神秘的大地原点圆顶塔楼

刘师傅指着原点对记者说，以此可测算出大地基准数据，为祖国河山定位。

望着这块红色玛瑙做成的神秘又神圣的圆形标点，虽然此时记者对大地原点还是懵懵懂懂，但一想到她对共和国的意义，还是抑制不住内心的激动。

大地原点是干什么用的

如果只是走马观花地去大地原点浪一趟，是肯定搞不清大地原点是干什么用的，也是无法跟别人讲清楚的。

为了基本弄清对大地原点的不清不楚，记者专门请教了陕西测绘地理信息局专业出身的副局长岳建利博士。

讲起原点的用途，岳建利说，人类的社会活动，都需要位置坐标信息，过去的打仗、丈量田亩、治水等，包括城墙和道路的规划，都有一个正南正北、正东正西的问题。人类的活动是这样，那么经济建设、国防建设更是这样。比如说，要想修一条铁路、公路，那么应该把设计图设计到什么位置，根据山川、地形等的走势进行实地查勘和测量，才能准确地施工建设。打涵洞也是一样的道理，两边同时对向打，两边要一样高，如果没有一个精确的测量，就会出现偏差。卫星能不能到轨道，实际上是坐标的问题。现在军事上的导弹打击，主要也是坐标，导弹在空中飞行的时候，受地球引力，会改变方向，那么地球的引力我们也要测量。我们必须掌握地球对导弹的引力和影响程度，经过测算，才能够做到精确地打击。

现在的“导航”就是测绘类的，汽车的导航也是测绘人干的工作。导航类上市公司将我们的测绘资料和技术结合起来，给每台手机里都加一个坐标的卫星定位信号，就可以获得持机人的坐标，坐标结合图像，就可以获得地理信息，想去哪里就可以知道方位。这就是坐标信息，大地原点，实质上就是解决坐标的问题。

他进一步介绍道，在新中国成立前，我国主要有日本人测图、国民政府测图，这些测图不在同一个坐标系下，并且由于军阀割据等原因，民国政府的测绘图没有一个全国范围的坐标，不能拼接，也就是说，那时没有一张精确的全国地图。

新中国建立了，图纸是建设的第一要求，而我国没有统一全面的图纸，所以必须要建立一个国家的、统一的坐标系统。但建立一个坐标系，是很困难很庞杂的工程，我国又缺乏应有的仪器设备。为保障国家建设的需要，我国沿用了苏联的大地坐标系，把苏联 1942 年建立的坐标系统逐级传递，引测到我国，建立起国家统一的坐标系，称为“1954 北京坐标系”。当时，为了建立这个坐标系，测绘人员在全国各个山头布了几万个钢标点，她给我国各行各业的测量提供了坐标基础，有了这个基础，就可以随时得到任何一个点的坐标，这就是 1954 北京坐标系的来历。

谈到原点的作用，岳建利用手型和图画给记者做了详尽的介绍。这个点并不是坐标原点的概念，而是将这个点的坐标作为一个固定值（固定参考），认定它为不动的、死的。

那怎么把这个国家坐标系建起来呢？岳局长说，我们国家的地势地貌是西边高，东边低，一个坐标系必须是在一个规则的面上进行，要不就在平面，要不就在球面，而地球就是一个椭球形，在这个椭球上，原点坐标不动，但是椭球上这个点可以上下移动。

先标定经纬度，以英国格林尼治天文台的经度为准，以赤道纬度为零，以地球自转轴为垂直轴，这样一来，球体的左右就可以看作是不能够上下移动的，即椭球体的上下是可以看似固定的。将大地原点的坐标点与地球上某一相同经纬度的点重合，就可以确定出与我国地面最贴合的那个点，就此固定下来，确定一个数值，然后，用这一个点的经纬度去推算我国各个地点的经纬度和坐标，将我国山头上几万个点重合到椭球形的地球上，以确定其精确的坐标点。

也就是说，大地原点的经纬度、坐标点、旋转度确定下来以后，就可以通过这一个点的位置推算出所有地点的坐标。坐标有了，再加上解决地势起伏的高程，这个点就是唯一的了。

坐标系建起来了，我们的国防、工业、农业，所有的地图都是从这个坐标系上开始测的，所有工程的地图都以此为准。

听着岳局长的讲解，记者越发感觉到大地原点后面的神秘和科学技术的深奥。记者查阅了许多资料，有一篇梁宏柏等撰写的回忆文章似乎能更直观地解释大地原点的含义。文章说，在围棋的棋盘上，为便于识别棋子的位置，在棋盘中均匀布有九颗“星”，其中最中间的“星”就称为“天元”。在神州大地上，也有这样的“天元”，这就是中华人民共和国大地原点。

大地原点亦称“大地基准点”，是国家地理坐标——经纬度的起算点和基准点。

从各项经济建设到外交国防，人类在地球上从事各种活动无一不和地理位置联系在一起，因此，需要精确描述地球形状和确定地面上点的地理位置。

地球的形状近似于一个椭球，但它的表面很不规则，有高有低，凹凸不平，不便进行测量计算，人类根据几何学原理，用投影的办法建立起一个与地球形状大小相似、表面光滑的参考椭球面，仿佛剥掉的橘子皮可以压平一样，只要在这个参考椭球上建立起一个坐标系，自然就可以精确表示地球上某点的位置了。

大地原点的建立，就是解决了参考椭球的定位问题。即在我国领土范围内，以大地原点作为定位基础，将大地水准面（地球表面）与参考椭球面的关系固定下来，并使二者基本吻合，使全国的测量有一个统一的、标准的、切合我国实际的大地坐标系——“1980 西安坐标系”。以大地原点为起算点，即可精确确定我国领土范围内任意位置的地理坐标，从而为经济、国防建设等提供基础地理信息数据。

与“天元”位于围棋棋盘正中不同，大地原点并不位于中国的几何中心或者坐标的零点，但定位功能二者却有异曲同工之妙。

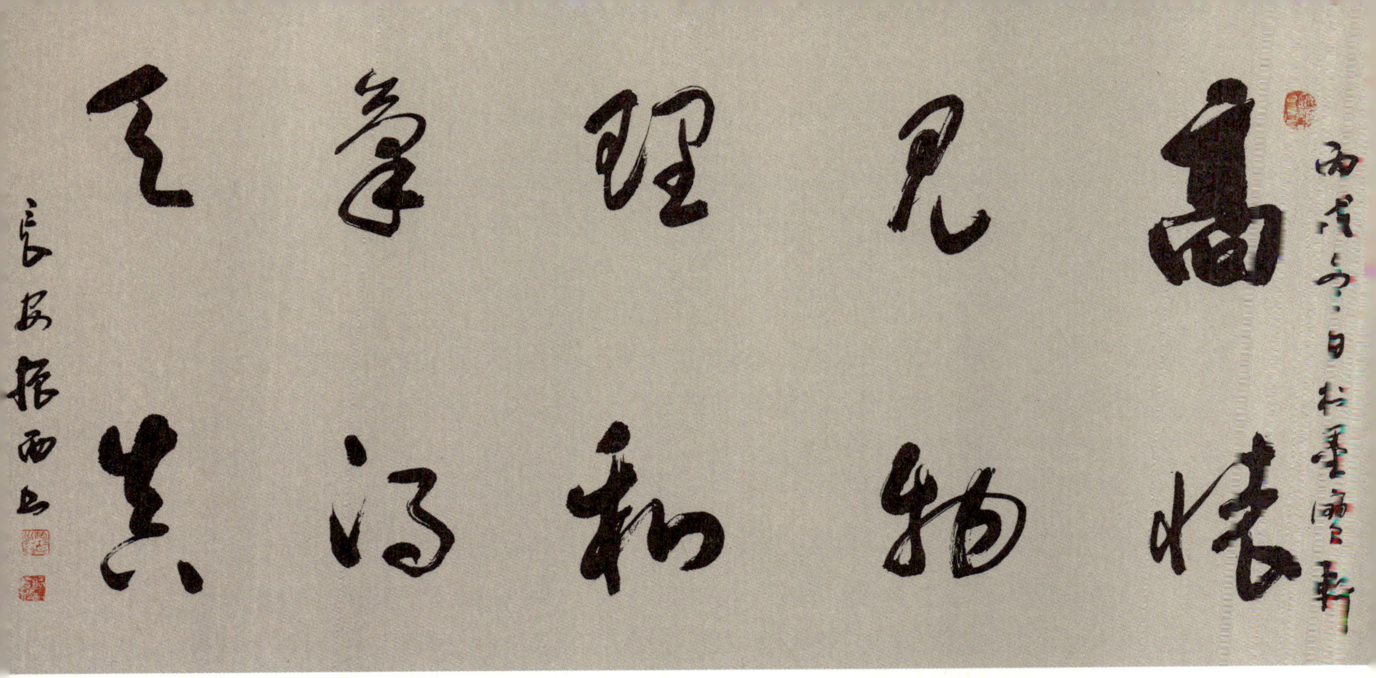

大地原点是怎么来的

新中国成立之初，我国在一穷二白的情况下沿用了苏联的坐标系，该坐标系原点位于列宁格勒（今彼得格勒）的普尔科夫天文台，距北京 11000 多公里。由于距离遥远，在我国境内测绘过程中会造成很大的误差，据此传算到我国东部沿海，误差高达 60 米，传算到南沙群岛误差会更大，直接影响着经济建设和国防建设。

因此，早在 20 世纪 70 年代，我国就决定建立自己的大地原点与大地坐标系，其中大地原点的选点与建设是整个大地基准设置的重要环节。

据当事人回忆，1975 年 3 月，在国家大地测量工作座谈会上，提出了建立我国大地原点的设想，并对选点提出了六个要求，国测第一大地测量队承担起了选点任务。1975 年 11 月成立了以王育城为组长的“设计勘选组”，具体负责选点。

勘选组对全国可能设置原点的地方进行了初步筛选，重点对武汉、郑州、西安、兰州的地形、地质以及大地构造等因素进行实地考察，综合分析后，把选点范围逐步缩小到了以西安为中心的宝鸡至华阴和铜川一带。在最后攻坚阶段，勘选组成员蹬着自行车，奔走于各个地质队，收集这些地方的地质和地震资料，并赴实地进行察看和调查，最后在泾阳县的永乐镇发现了一个 10 米以上、占地约 0.67 公顷（10 亩）的大平台，经过钻探和地质、地震资料的分析，勘选组认定这里是设置大地原点的理想场所。

之所以把大地原点选在这里，主要基于以下几个方面的考虑：一是底层结构相对稳定。二是地下物质稳定。三是位置适中。四是环境好。五是测量方便。六是交通及生活方便。

记者在《中华人民共和国大地原点选点报告》中查到了这样的记录：为了使大地测量成果数据向各方面均匀推算，原点最好在我国大陆的中部。而陕西泾阳县永乐镇石际寺村的确处在祖国大陆的中部。这里距我国边界正北为 880 公里，距东北 2500 公里，距正东 1000 公里，距正南 1750 公里，距西南 2250 公里，距正西 2930 公里，距西北 2500 公里。同时，这里的地质条件比较理想。

1976 年 1 月 8 日，中科院专家们肯定了勘选组的工作，经过严格论证，一致同意了大地原点的选址方案。

大地原点的位置确定后，陕西省测绘局选派翁梅芬、佟祥禄、李云、黄明兰、孟庆春等组成了原点基建组，带上帐篷，在工地安家，历经两年多的不懈努力，于 1978 年 12 月最终建成了巍峨挺拔的大地原点观测楼和大地原点建筑群。

建成后，国测一大队对其进行了天文、重力、三角、水准、长度等多工种综合观测，为我国参考椭球最终定位提供了高精度的基础数据。

依据大地原点而建的“1980 西安坐标系”，大大减小了“1954 北京坐标系”的误差，相当于在我国辽阔、复杂的国土上，绘制了一幅精确的地理坐标图，在此基准上，才能实施地图测绘、交通道路设计、国土资源调查、城乡规划、国防经济建设、航天航海、太空拓展等。

大地原点是国家重要的基础设施，2008 年 9 月 16 日，大地原点被公布为省级文物保护单位，同时公布的还有大地原点的保护范围和建设控制地带。

2012 年 10 月 15 日，大地原点被命名为“全国科普教育基地”；12 月 11 日，“全国科普教育基地”“陕西省科普教育基地”正式在大地原点挂牌。

被赋予更多的文化传承和科普教育使命的大地原点，对于更好地保护大地原点的文化历史信息，让广大人民认识测绘地理信息在经济建设、国防建设、社会发展和日常生活中的重要性，意义重大。

大地原点　寂寞中的默默守候

也许是由于多年保密的惯性影响，也许是由于这里的宁静致远，大地原点是寂寞的。自 1994 年对外开放以来，每年来大地原点参观的游客也就一二千人，大多时候，是管理员在陪伴着她、照料着她，而现在的管理员就是刘晓东师傅。

刘师傅今年 54 岁，据他讲，1981 年从测绘技校毕业后就投身到国测一大队的队伍，一干就是 30 多年，参加过奥珠粤大桥、琼州海峡高程传递、深港大桥、苏通大桥、东海大桥等工程的测绘工作。

他说自己是 2013 年 3 月底来这里接替王林昌师傅，王师傅在大地原点守护了 22 年。

谈到平时的工作，刘晓东说主要是每天定时传送跟踪点的数据，看护原点，打理院子，接待参观者，配合来原点工作的各方面人员。由于一个人经常忙不过来，他将老伴也接了来，还雇了大舅哥在此帮忙照料。

记者看到，由于不是专门设计的住宿用房，吃住方面都很简陋。“好在在外多年都习惯了。”刘师傅知足地说。

大地原点是我国重要的地理基础工程，她的管理和守护工作自然也非常重要。从她建成之日到 1985 年，由于还有扫尾工作，有七八个人管理守护，之后只留一两个管理员。其中的贾星海和唐应福已经离世。在国测一大队，记者见到了另一位管理员王林昌，他与大地原点相守相伴达 22 个春秋，直到 2013 年刘晓东接任。

王林昌在国测一大队 16 年的野外测量中，跑遍了长江以北的所有省区，西藏就待过三年，1991 年他担负起了管理大地原点的责任。贾星海和杨振东各陪伴他两年之后，大地原点就留给他一个人了。为了不误事，他把老伴接来做临时工。为守护好原点，大女儿三岁多就被带到了原点，二女儿就出生在原点。两个女儿一直到高中毕业后才离开原点，离开永乐镇。

王林昌讲，刚去时，有半夜来偷果子的，有夏天乘凉不离开的，也有人打过仪器设备的主意。他则想方设法争取镇政府的支持，与北横流村和永乐村的老乡搞好关系，相互照应。对个别人在原点的骚扰则耐心说服。

后来的多年中，王林昌和村民融洽相处，亲如一家。谁家有事，他主动跑去帮忙。有时他外出办事，原点需要人手，打个电话，村民争相前来。2011 年大女儿结婚，他为村民先后摆了 20 多桌。

谈及守护原点 22 年的感受，王林昌说，虽然平平淡淡，但也平平安安。

大地原点　测量祖国山河出发点

在祖国大地几千年的历史演变中，陕西无疑是令人垂涎的，她埋藏的物华天宝，她开创的周秦汉唐，她最早的天府之国，她孕育的中华文明，无一不充满荣耀，无一不影响着今天……

共和国的北京时间，从这里发出；共和国的山河测绘，从这里出发！

如果不是采访大地原点，记者还不知道西安有个国家测绘局第一大地测量队（即国家测绘局精密工程测量院、陕西省第一测绘工程院），更不知道她一直是全国测绘战线上的一面旗帜。

国测一大队组建于1954年，当时主要由部队测绘兵过渡而来。60年间，他们先后完成和参与完成了全国大地测量控制网布测，中蒙、中苏、中尼边境联测，京、津、唐、张地震水准会战，2000国家重力基本网的布测，全国天文主点联测，珠穆朗玛峰高程测量，南极中山站建站和第21次南极科考测量，国家GPS A级网、B级网、网络工程、C级点测量10000余点（全球定位系统GPS），国家高程控制网、中国公路网GPS测绘工程、中华人民共和国大地原点的建设、施测和管理等国家重点测绘项目，以及上海、北京、天津、重庆、广东等一大批市场测绘项目，为国家的经济建设提供了有力的测绘保障。

国测一大队几十年南征北战，把测绘点布设到了2万公里之外的南极、海拔7790米的珠峰营地。最热的测区温度高达59摄氏度，最冷的地点温度在零下40摄氏度以下。面对高山缺氧、冰雪严寒、高温酷暑、沙漠干渴、雪崩雷击、洪水猛兽、车祸疾患等种种威胁，我队一次次地向极限发起挑战，付出的不仅有青春，还有汗水、鲜血，甚至是属于自己仅有一次的生命。

这支被誉为“经天纬地、开路先锋”的测绘队伍，曾6次攀登珠穆朗玛峰，25次进驻内蒙古荒原，40多次深入青藏高原，50多次踏进新疆戈壁沙漠，徒步行程5000多万公里，填补了我国测绘领域的一项项空白。他们的足迹踏遍了除台湾省以外的全国30多个省、自治区、直辖市，测量行程5000多万公里，为祖国的测绘事业做出了卓越的贡献，争得了荣誉，1991年国务院通令嘉奖，授予大

队“功绩卓著，无私奉献的英雄测绘大队”荣誉称号。大队先后 26 次受到国家、省、部级表彰，有 25 人获得国家、省和市级各种荣誉称号。2005 珠峰复测有 4 人荣立一等功，12 人荣立二等功，9 人荣立三等功，有十余项测绘工程获奖。同时，这个英雄群体先后有 46 名职工在工作岗位上献出了宝贵的生命，他们或壮烈或平淡，都把自己年轻的生命献给了祖国的测绘事业，他们没有一个人被追认为烈士，有的甚至连一块墓碑也没有留下。

2005 年 10 月，时隔 30 年，中国政府再次向全世界发布珠穆朗玛峰的新高度：8844.43 米。那一刻，举世瞩目。这个珠峰精确数字就是第一大地测量队的杰作，这支曾经 6 次测量珠峰的团队被国务院授予“英雄测绘大队”荣誉称号。

总有一面旗帜高高飘扬，不管有多少战友血洒征途；

总有一种精神激荡心怀，不管有多少艰险就在前路！

如此看来，大地原点之定位陕西，成为陕西众多名片中的一张，也绝非是一时的偶然。

大地原点是中华民族在地理空间科技领域所取得成就的标志性代表，作为国家地理坐标的起算点和基准点，她已成为国家尊严的象征。大地原点，以其独特而博大的开放视角，集地理意义、科学意义、历史意义、文化意义、国家意义于一身，将在孕育了漫长文明、承载了厚重历史的关中平原成为中华民族永远的骄傲。

——原载于《陕西日报》2014 年 9 月

因为有你　中华绵延五千年

——本报记者走近黄帝陵探寻中华文明的源头

朋友，你知道黄帝么？

如果知道，那么，你知道他为什么叫黄帝么？

如果还知道，那么，你知道他为什么会成为我们的先祖么？

他姓什么，叫什么，活了多少岁，又都做过些什么呢？

这些，也许你就不一定知道了。

不知也无妨，那就请你在这又一个清明来临之际，沐浴着春雨的滋养，跟随本报记者去拜祭黄帝陵，探寻中华文明的源头吧。

轩辕黄帝　何以成为中华始祖

在拜祭黄帝陵之前，记者翻阅了大量的资料，以求对我们共同的始祖有更多的了解和感知。

其实在我们小时候经常背诵的三皇五帝的民谣中，黄帝就是五帝中的首位。黄帝之名，最早见两周末期的《尚书·吕刑》《逸周书·尝麦》，春秋战国时代的《左传》《世本》《国语》《战国策》《竹书纪年》等文献也对黄帝有所记述。关于黄帝之名的本义，从古到今的解释不下数十种，其中黄帝与黄土、黄色、黄种人有关的说法大概比较接近黄帝的本义，也是一种合乎情理的解释。

可以肯定的是，轩辕黄帝并不是传说，应当是确有其人的。因为司马迁《史记》记载的第一人就是黄帝。《史记·五帝本纪》载："黄帝者，少典之子，姓公孙，名曰轩辕。生而神灵，弱而能言，幼而徇齐，长而敦敏，成而聪明。"说他出生几十天就会说话，少年时思维敏捷，青年时敦厚能干，成年后聪明坚毅。

黄帝的诞辰是农历三月初三，即上巳节，是上古时人们在水边饮宴、郊外游春的节日，我国自古有"二月二，龙抬头；三月三，黄帝生"的说法。黄帝的生卒年份传说为公元前 2717—公元前 2599 年，也就是说，黄帝活了 118 岁。

据史载，黄帝是距今大约 5000 年前中华文明开创时期的一位领袖人物。黄帝时代，中华大地有大小部落 72 个，各部落之间既有冲突也有融合，在冲突中走向融合。黄帝先后历经 7 年 53 场战役，统一了原始各部落，建立了中国历史上最早的民族共同体——华夏族，黄帝被诸侯尊为天子，成为天下共主。

黄帝时代一系列的创造发明，对当时和之后的几千年都具有划时代的意义，标志着中国历史开始进入了文明时代。黄帝的发明创造大致有：使用多种农具播种五谷，务农采桑，豢养家畜，发展种植业和畜牧业；制造舟车，改进弓箭，是物质的开创；创立文字，仓颉是发明文字过程中贡献最大者；绘制图画，制定历法，确定算数，协和音律，是文明的开创，史料对黄帝时代的艺术成就有许多记载，包括音乐、舞蹈、绘画、建筑等；黄帝设官治民、划分等级、建立财产制度；区别尊卑，制定礼乐，设置官制，提倡嫁娶，规定婚丧，是制度的开创。

司马迁赞颂黄帝有"治五气，艺五种，抚万民，度四方"之功德。

传说黄帝在位时间很久，长达百年，古文献说，"黄帝传十世，一千五百二十年"。黄帝有四妃十嫔，二十五个儿子，其中十四人被分封得姓，共得十二个姓，包括：姬、酉、祁、己、滕、葴、任、荀、僖、姞、儇、衣。另外，青阳、苍林与姬同姓。夏、商、周的君主都是黄帝的子孙。后来的五帝少昊、颛顼、尧、

舜、禹以及夏禹、商族的祖先、周族的祖先等，都是黄帝的后裔。

黄帝时代是一个漫长的历史阶段，是中华远古文明的集大成时期，黄帝时代的创造发明，涵盖了物质文明与精神文明的诸多方面，它不单是黄帝部落一代的，更多的是整个黄帝部落集团联盟与黄帝时代的，是中华远古文明的集体记忆，是中华文明的源头和发端。黄帝因为统一了华夏，开创了中华文明的先河，被尊为中华民族的“人文初祖”。

黄帝陵园　我们不知道的神奇

黄陵县距离西安200公里，黄帝陵其实就在县城北一公里外的桥山上，她山水环抱，古柏参天，郁郁葱葱。未达山顶，只见路旁一块石碑，上刻“文武百官到此下马”，记者心中不禁肃然，再往前去，“黄帝陵”的石碑出现在眼前，应该是快到了。就在这时，春雨竟飘洒而下，由于没有带伞，记者就这样沐浴着春雨漫步在陵园。

进得园门，最先看到的是一个大土堆，讲解员小杨介绍说，这个土堆叫“汉武仙台”，公元前110年，汉武帝“北巡朔方，勒兵十余万，还，祭黄帝冢桥山”。这个是《史记》上记载的，更有趣的是小杨告诉记者，这个大土堆竟是18万将士一人一战袍土连夜垒起来的，高13米，下围达120米。

记者暗自感叹，真是大手笔！同时也想到了那句名言：犯我强汉者，虽远必诛！

真乃汉武大帝也！

登上汉武仙台，雨已经很大了。但在这不大的台顶，记者没有看见黄帝陵，却发现了一个摆书摊的老者，我们就在春雨中聊起了天。老者叫高俊元，是县上的退休干部，自20世纪90年代开始对黄帝陵进行资料搜集和文化研究，他自费出版了4本书，都是关于黄帝陵的。他还喜欢书法和摄影，他说这里是他的黄帝文化宣传点，十几年了，他坚持每天在这签名售书，卖完了，用挣来的钱再出下一本。

老高对黄帝陵还有许多研究，他说黄帝陵地貌奇特，龙虎归凤，四周而围，前有长寿山，后有太平山，东边地名龙湾，西面有凤岭，黄帝陵巧居龙舌中心，一半外露于天，一半被掩埋土中。这在历代帝王陵中是独一无二的。

“守陵儿女”，是黄陵县13万人口的共同称谓，是自豪也是荣耀，这种根植于心和血液里的虔诚与至孝从高俊元身上即可见一斑。黄帝的真子孙哪！

过了仙台的棂星门，便能隐约看见掩映在参天古柏之中、肃穆幽深的黄帝陵寝了。陵寝为土冢，扁球状，位于山顶正中，坐北面南，下部筑有方形墓台，方台与圆冢上圆下方，取“天圆地方”“天地相合”之意。陵寝前陵前有一座祭亭，亭中央立一高大石碑，上刻郭沫若书写的“黄帝陵”三个大字，祭亭后面又一石碑，上书“桥山龙驭”四字，意为黄帝驭龙升天之处。落款为“大明嘉靖丙申（公元1536）滇南唐琦书”。

哦，这就是司马迁说的“黄帝崩，葬桥山”了。小杨告诉我们，传说轩辕黄帝就是在这里乘龙升天的，升天时，人们从他身上拽下衣帽、靴子、宝剑等修陵埋葬于此，这就是传说中的黄帝陵的由来。但是也有人说，黄帝死后就安葬在桥山。

记者一行围着陵寝绕了两周，由于下雨无法上香，我们只好在陵前伫立，向我们伟大而久远的先祖轩辕黄帝深深地三鞠躬。

参天的古柏是陵园的一景，小杨说，这里是全国最大的古柏林，4 平方公里的园区就有 83000 多株古柏，而树龄在千年以上的竟有 3000 多株。在黄帝陵寝后面的一堆土丘两边，各有一棵奇特无比的树，它无枝无叶，没有树冠，树干盘旋而上，老高说这叫剑柏，相传是黄帝的佩剑化成，因长在两边，又被称为龙角树。

下得陵园，记者在雨中来到了轩辕庙院落，一进门就看到了传说中的苍翠挺拔的黄帝手植柏，古柏苍翠健旺，树干略向前倾，高 19.3 米，胸径 11 米。据考，此古柏距今已有 5000 多年的历史了，外国人称赞它是“世界柏树之父”。

在这里，记者还看到了毛泽东主席、孙中山、程潜等的碑刻，看见了黄帝 52 厘米的大脚印，也第一次瞻仰了刻于东汉年间的黄帝雕像。这里还竖立着澳门、香港回归的碑刻，在台湾光复碑刻面前，讲解员做了特别介绍。1946 年 9 月 12 日，“台湾光复致敬团”一行 15 人由西安赴黄陵县祭黄帝陵途中，因雨受阻，在耀县中山中学体育场举行了遥祭黄帝陵祭典，宣读祭黄帝陵文，奉告台湾已经光复，表达了 600 多万台湾同胞重归祖国怀抱、认始祖归宗之意。直到 2006 年 9 月 12 日，一甲子之后，台湾光复致敬团后人谒黄帝陵团终于来到黄陵，站在黄帝陵前祭拜始祖，完成了先辈的夙愿。

漫步在祭祀广场和轩辕大殿，记者感知到的是黄帝的隆恩厚德，体味到的是中华儿女的归宗认同。

根脉所系　千年万里眷顾着你

千百年来，黄陵县就流传着这样的民谣：

“汉朝立庙唐扩建，到了宋朝把庙迁，

不论谁来做皇帝，登极都不忘祖先！”

中华民族祭祀黄帝陵庙的活动经久年远，早在春秋战国时代就开始了，据《吕氏春秋·安葬篇》《七国考》《山海经》这些古史书籍记载：“墓设陵园”在秦代开始形成一种制度，黄帝陵园最早建于秦代，最早举行祭祀黄帝始于公元前 442 年。秦统一六国后，又规定天子的坟墓一律称作“陵”，一般庶民坟称作

“墓”，汉代又规定天子陵旁必设“庙”。刘邦建立大汉后，汉朝初期就在桥山西麓建起“轩辕庙”，唐代宗大历五年至七年，对轩辕庙进行了历时二年的重修扩建，并栽植柏树1140株。宋朝开宝二年，因沮河水连年侵蚀，桥山西麓经常发生崖塌水崩，威胁庙院存亡，地方官员上书朝廷，宋太祖赵匡胤降旨，将轩辕庙由桥山西麓迁移至桥山东麓黄帝行宫，也就是当今人们前来拜谒的轩辕庙。

1341年，元惠宗降旨，重修轩辕庙西侧被大火焚毁的保生宫，1370年，朱元璋降旨对轩辕庙进行修缮，同时，在轩辕庙设立五品护陵官二人，后由县令兼任。谈到守陵官，老高说，守陵官有三项特权：奏折可直达皇帝，事关黄帝陵的案件可以先斩后奏，巡抚以下官员不迎不送。黄帝陵的8万多棵古柏之所以能保护至今，与历朝历代的保护是分不开的。自此，县令兼护陵官成为制度。此后明朝对黄帝陵庙还进行过多次整修。1646年，清世祖命使祭祀黄帝陵，并对黄帝陵庙进行了清代第一次维修。此后，清代康熙年间维修三次，雍正年间维修两次，乾隆年间维修一次，嘉庆年间维修一次，道光年间维修两次。

1934年，谒陵道重修并通车。抗日战争前，国民政府准备大事修葺，并做整修规划，但未能实施。1939年，陕西省政府急令设黄帝陵庙管理所，并开工维修黄帝陵庙，1942年，由于黄帝声名远播，桥陵改名为黄帝陵。当年制订的修建黄陵计划涉及18个方面，其中部分得到实现，如改桥陵为黄帝陵，改中部县为黄陵县，编纂《黄帝陵志》等。民国三十二年(1943)，为整修黄帝陵庙，成立黄帝陵修建委员会，向社会募捐，扩建黄帝庙大殿等。

新中国成立后，黄帝陵被列为全国重点文物保护单位古墓葬一号。爱国华侨陈嘉庚首先上书毛主席建议整修黄帝陵庙。1956年3月，在毛主席和周总理的直接关怀下，黄帝陵祭祀亭得到整修，黄帝陵面貌焕然一新。同年2月4日，为修缮时刻勒立碑，黄陵县政府报请毛主席为祭祀亭内碑刻题字，毛泽东将题字一事委托给郭沫若，后郭沫若手书“黄帝陵”三个大字寄黄陵县政府供刻碑，即现在祭亭一通。1959年至1961年，陕西省人民政府拨款整修黄帝庙大殿，1964年重修碑亭和大门；1976年，陕西省革命委员会文化局拨款修缮山顶祭厅、黄帝庙大殿和围墙。1978年以后，陕西省将黄帝陵列为重点维护整修单位，先后于1984年、1987年进行过两期工程建设。

进入新时期以来，在全球华人的关注和党中央的关怀下，筹资达数亿元，自1992年开始对黄帝陵进行了全方位的整修，使宽阔庄严的祭祀广场和气势恢宏的轩辕大殿以全新的面貌展现在炎黄子孙的面前。

在中华民族生生不息的繁衍发展中，值得一提的是，无论是蒙古人执政的元代，还是满族人执政的清代，在没有间断地保护和整修黄帝陵的同时，都以祭祀华夏民族的始祖轩辕黄帝为要旨，现存于轩辕庙碑廊的历代碑刻就足见轩辕黄帝是中华民族的共同元祖。

近现代以来，黄帝陵祭祀活动更加贴近现实，贴近生活。1905年，同盟会在陕代表会聚黄帝陵前举誓复兴华夏。中华民国成立后，孙中山先生就任大总统即派员赴黄帝陵致祭，并留下了“中华开国五千年，神州轩辕自古传。创造指南车，平定蚩尤乱。世界文明，唯有我先”的祭陵词；1918年清明节，于右任拜谒黄帝陵，后约友人用了10年的时间将黄帝功德编成《黄帝功德纪》一书，于1935年由南京仿古印书局出版；抗日战争中，国共两党曾几度同祭黄帝陵，影响最大的一次是经历十年内战后的1937年清明节，在中华民族危难之际，国共两党同时派代表首次共祭黄帝陵，毛泽东主席亲笔起草了著名的《祭黄帝陵文》，“赫赫始祖，吾华肇造；……建此伟业，雄立东方”就是出自此文，此祭文实为抗日救亡的“出师表”，对唤起全国民众抗击日本帝国主义起到了巨大的作用。

新中国成立后，尤其是改革开放以来，黄帝陵祭祀越来越受到海内外炎黄子孙的关注。每年清明节和重阳节举行祭祀典礼成为传统，清明节公祭更是成为全球关注的中华民族祭祀大典，祭祀规模日渐隆重。2004年，清明节公祭黄帝陵活动升格为国家大典后，吸引着越来越多的海外炎黄子孙不远千里万里，认祖归根，拜谒黄帝陵。

在离县城20公里的阿党镇北村四组，记者冒雨寻到了曾主持了10年公祭黄帝陵仪式的82岁的杨武俊老人，老人至今还珍藏着公祭议程及收藏的黄帝文化资料。

据祭陵办原主任程良宝提供的数据，2000年以来，黄帝陵共接待海内外炎黄子孙883万，其中2011年就高达128.8万人。另一个数字更令记者感动，自1990年黄帝陵整修工程动工以来，黄帝陵基金会共收到海内外各级团体和个人的捐助资金1.458亿元。

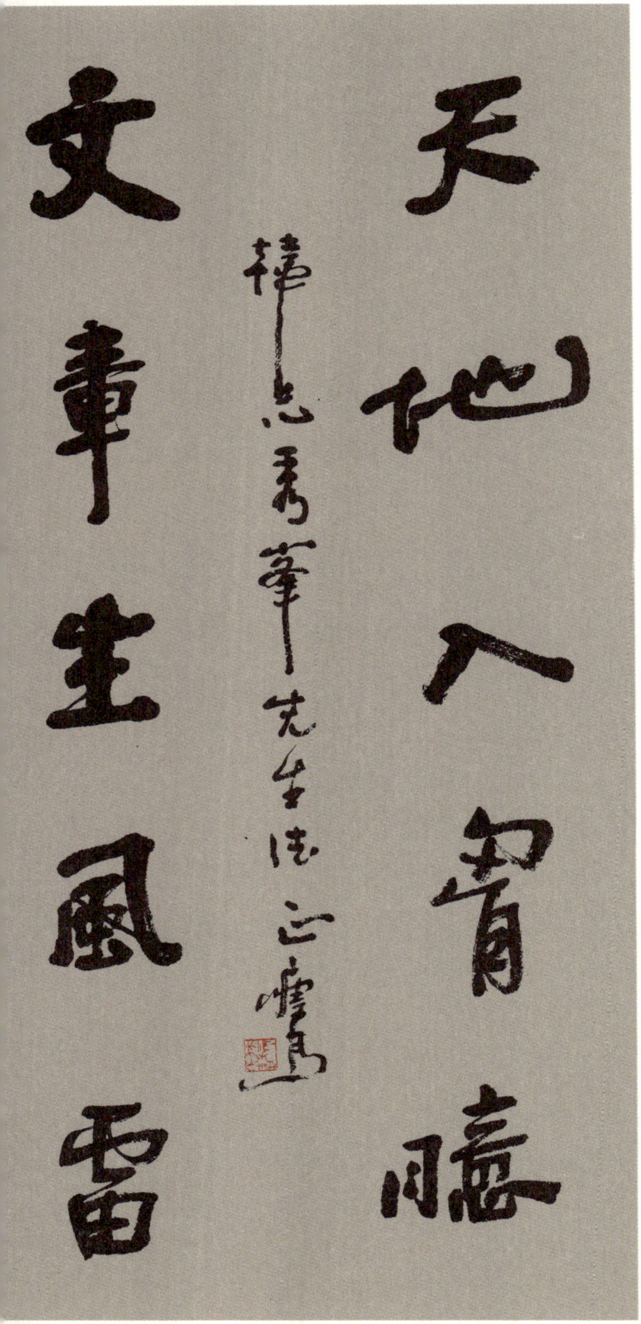

人文始祖　中华民族精神标识

古往今来，中国及移居世界各地的华人都自称为“炎黄子孙”或“华夏儿女”，而把我们祖国各民族统称为“中华民族”，这种根深蒂固的观念正是源自于5000年前遥远的黄帝时代。

在漫长的黄帝时代，黄帝和我们的先祖在生产和生活的艰辛实践中，创造了震古烁今的灿烂文明，成为中华文明的摇篮，在实践创造中也孕育出了激励中华民族几千年的黄帝精神，正是这种精神的持续传承，中华民族才能一路向前，生生不息。

习近平总书记说：“黄帝陵是中华文明的精神标识。”应该说点到了中华文明的根脉。那么，什么是我们独有的黄帝精神呢？毕业于西大文博专业的黄帝文化研究会秘书长苏峰认为，团结统一的凝聚精神、自强不息的创造精神、舍生忘死的牺牲精神、奋发有为的创业精神，应是黄帝精神的内涵，其核心是团结统一的凝聚精神、自强不息的创造精神。他说，黄帝精神体现了社会主义核心价值观的基本要义，是中华民族开创文明、传承文明、不屈不挠、奋勇向前的原动力。正是因为这种精神，中华文化才能一脉相承地发展光大到今天，中华民族的伟大复兴梦才有了实现的希望。

记者以为，我们在继承、弘扬黄帝文化，传承黄帝精神的同时，应对黄帝文化有所取舍，摒弃神格化的黄帝，摒弃作为帝王形象的黄帝，颂扬作为“人文初祖”的黄帝，使之更好地为中华民族子孙的福祉服务，使中华民族永远昌盛，屹立不倒。

延伸阅读

《黄帝颂》歌词：

天地玄黄，东方曙光，文明始祖，中华炎黄。
薪火相传，盛世未央，华夏各族，中原家乡。
和平天下，同运兴昌，和睦百姓，社稷安康。
新郑拜祖，弥之高仰，同根同源，龙族荣光。
大风起兮云飞扬，吾土吾心吾欢畅。
四海之内皆和谐，吾思吾梦吾向往。
祈福九州，祥和无疆，风调雨顺，百业兴旺。
护佑中华，盛世运昌，护佑子孙，永继辉煌。
大风起兮云飞扬，吾土吾心吾欢畅。
四海之内皆和谐，吾思吾梦吾向往。

——原载于《陕西日报》2015 年 4 月 2 日

照彻中华文明的千古之光

——写在祭祀文祖仓颉典礼暨“一带一路”年度汉字发布之际

当古巴比伦、古埃及、古印度文明依次中落和消亡，世界“四大文明古国”的宝座上，只剩下巍巍挺立的中国；当它们久已死亡的历史成为学者们稽古研究的对象，灿烂的中华文明依然绵延不绝。人们翻阅完所有的记录，惊讶地发现，中华民族的历史进程从未间断，并且翔实可考。

于是，世界不得不开始思考，到底是什么支撑起华夏民族的生命根基，将其生命延续了八千年。

答案无疑就是——文字。

面对这最伟大的人类奇迹，我们有责任怀望创造它的人类先祖——仓颉。如果没有他老人家，那后果，我们真的不敢去想……

4月12日，在谷雨祭祀文祖仓颉典礼暨“一带一路”年度汉字发布仪式举行前夕，作为文字工作者，记者有幸前往仓颉故居白水县，对“仓颉造字”的历史和仓颉文化的血脉传承进行了粗浅的调查，以此作为献给先祖的由衷礼赞和无限敬仰。

在最孤独的史前荒原

“那时，世界还没有摆脱洪荒，你穿着树叶做的衣裳，身为黄帝的史官，历史在你挽起的绳结上储藏……”白水籍艺术家、作家王成耀曾捧着诚挚的敬意，作了一首《唱给仓颉的歌》，将“文字之祖”仓颉的故事给天下儿女传唱。

传说，仓颉因“龙颜四目，生有睿德”被黄帝选中，担任史官，沿用结绳记事法记载史实。但是，时间一长，大大小小的绳结连他自己也难以辨认。直到黄帝和炎帝为边境之事谈判，仓颉整理的史实出了差错，造成谈判失利，氏族受损，在遭到黄帝的指责之后，仓颉愧疚不安，决心要找出一种简单易记的符号。

于是，他向黄帝请愿辞职，出游天下，遍访智者，寻求录史记事的办法。三年后，他回到故乡白水县阳武村，躲进西头沟内，孤身一人沉浸在创造文字的寂寥之中。他“观日月星象，与禽兽同饮”，仿照着世间万物的形态，用折来的树枝勾勾画画，把“字”写在山洞的墙壁脚地上，一个山洞写满了，挖出第二个山洞继续写，“笔耕不辍”的精神最终感动了上天，天兵神将为他送来驮运工石猪石羊，石人给他建造了一座“藏字”石楼，不料，被母亲泄了天机，破了仙气，石楼只修到一半……

虽然这些被称为传说，但至今阳武村西头的沟仍叫楼子沟，石楼东西两边的腿子还能看得到痕迹。

就像日全食后的生光一样，当仓颉造字的事变发出第一缕文明之光时，天地也为之动容，“天雨粟，鬼夜哭，龙亦潜藏”。于是，二十四节气之一“谷雨”诞生，从此，人们在这一天祭祀“仓圣”。

也就是说，文字的创造成功，在那时就是一件惊天地、泣鬼神的大事件。

辛苦造出来的三窑字无处妥善保存，仓颉只好从头到尾记在心里，轩辕黄帝颇为感慨，赐给他以“仓”姓，用“君上一人，人下一君”之意表达对他的敬佩。从此，仓颉的原姓“侯刚”不再被提起，人们只记得这荣耀的赏赐。而生性谦虚的仓颉给“仓”姓上架上“草”字头，以“一介草民”的低调性情行走于世。后来，这种谦虚做人的精神，演变成了“天下苍生”一词。

喜获天地“隆恩”，满怀抱负的仓颉回到故乡准备传授文字，却无奈那上古之时，满目荒原，榛狉蒙蔽，无人愿学。残酷的事实使仓颉再次出行，他遍游天下，教化文字，将文字和文化播散到关中、山东、河南、河北等地，使先民不再蒙昧。这也使得仓颉的遗迹至今还遍布全国，多达43处。

年过半百的仓颉再次回到故乡，家乡子弟纷纷觉悟，请求学字，仓颉却因年衰只能伏案，已不能站着悬腕书写教授乡亲。直到今天，白水仓颉庙周边的人还“以站着写字为能”。

此后，绳结被火焰吞去，万物换上符号的衣裳，电光冲破了愚昧扎起的栅栏，华夏儿女智启奋进。

因为仓颉造字最初的灵感来自于鸟足的印记，后人称仓颉所造的字体为“仓颉鸟迹书”。据史书记载，中国人从猿类时代便继承着仓颉的精神，尝试了在龟壳、青铜器、竹简上留下历史的印记，最终成功造出纸张，开始了最为简便、最为实用的白纸黑字的记录史。中国汉字也由此经历了象形字、甲骨文、金文、小篆、隶书等历史的漫长演变过程，也形成了魏碑、楷书以及后来的行书、草书等书法形式，成为我国灿烂的、世界独有的文化艺术瑰宝。

仓颉故里，乾坤湾

踏着文祖曾经的足迹

仓颉，生于愚陋榛狉的蛮荒之始，却结束了堆石记事、结绳记事的历史，开启了文明的光源，被誉开天一圣、万代文宗。西方世界也将他奉为“东方文化的守护神”，雕像纪念，尊崇有加。

那么，对于如此伟大的智慧先祖，华夏儿女又是如何对待他的呢？记者在白水的所见所闻，将后人对这位先贤的无限敬仰和感恩之情表现得淋漓尽致。

采访当天，听闻北塬乡阳武村正在完成仓颉传说传习馆最后一项工程，夯实铜像地基，记者赶忙去往施工工地。到达现场后，记者看到一位身躯佝偻、白发稀疏的老者坐在西楼下的砖头块上，身旁放着一根拐杖，他目不转睛地注视着施工队，手里叼着的半支卷烟已经快要熄了。他就是全国唯一一位被授予“仓颉之子”荣誉的农民王耀德，已经 82 岁了。

一听说是来了解仓颉历史的，老人一下子有了精神，拄着拐杖从地上站起来，叫上弟弟王宝山，拉上记者就往自己家里走。坐在宽敞明亮的窑洞里，两位老人把平生对仓颉的所有了解一股脑地说完之后，从抽屉里取出了一块长宽大约 5 厘米的碎瓦片，说“这是仓颉老窑的遗物”。原来，这是前些年仓颉鸟羽山上的旧窑倒塌后留下的散片，当年村民所捡的都被专家收走了，真品所剩无几。慈祥的老人告诉记者：“我就是为了让来的人都看看，见识一下，让人知道有这东西呢。”说完，老人打开对面屋子的门，揭开一块红布，下面一尊仓颉铜像散发着油光。老人说，在地基没打好之前，仓圣只能住在他家。

出于那份“仓颉之子”的使命感，两位老人自告奋勇地带着记者前往仓颉出世、造字、晒书的旧址。

车行了十多分钟，我们停在一座山头前，一望无垠的黄土高原上，拄着拐杖的老人像脚下生了风，一直走在最前头，那慈祥而沧桑的画面与这苍莽高原和乌云笼罩的高天一起，融汇成一幅气势非凡的江山社稷图。绕过两座小山峁，趟过几片荆棘丛，再下三层野沟坡，在不断绊腿的枣刺丛中，我们终于到达了仓颉母亲的旧居所。

那久远年代的窑洞早已坍塌，透过干枯的荆棘丛，两孔窑洞的轮廓清晰可辨，只是这比人还高的荆棘阻拦，使人无法近前。68 岁的王宝山老人指着对面山崖上的土堆告诉记者，传说，仓颉生下来四只眼睛，被部落认为是异类，母亲曾无奈地将其丢在了山沟。过了许多天发现还活着，这才得以幸免。

站在山崖边上，王宝山指着远处山涧告诉记者，那就是传说中的“晒书台”和“造字楼”。前行到又一个土丘前，老人告诉记者，这里就是仓颉庙遗址，在商周时代就有了，后来移到了村北，在“破四旧”年代，渐渐拆没了。

叹息中，记者环顾这连绵的山峦，却意外地看到了半个八卦状的一掬水湾，一打听，原来这里竟是洛河的一个乾坤湾！

难怪仓颉会出生于此。记者放眼四周，莽原辽阔，群山环绕，云满天高，脚下是洛河水流，蜿蜒旖旎，块块梯田，层峦叠嶂，这是那远古时最为丰美的宜居之地啊。她吸天地之灵气，汲山水之养料，仓颉成为“文字先祖”似乎早在这苍山秀水中冥冥注定了。

为了近距离探知这仓颉故里的神奇源泉，一览晒书台和造字楼的神秘魅力，记者顾不得山陡路险、荆棘遍布，迎着山风，踏着荆棘前行。气喘吁吁中，在最近观景点，在老人的指引下，记者久久环视继而凝视，沿洛河岸往上几百米处，一坨山堆往外凸出，背上裸露的散石零星分布在苍茫泛绿的山涧。朦胧中，记者似乎看见一路蹒跚而上的仓颉迎风挺立，怀里揣着刻着他智慧与心血的甲壳，衣襟舞动中灵感闪现。再向山下看，一弯浅月似镶嵌在山谷间，对面的峁梁像挺起的脊梁，这就是蜿蜒流淌在高原上的洛河。他与高原同色，在这里成就了一处美丽的乾坤湾，好一个神奇的所在，冥冥中记者感觉仿佛这神奇与美丽就是为仓颉而准备的。

已经是下午 3 时了，我们才步履蹒跚、连滚带爬般地回到塬上，坐在地上先缓了大半天的气，再看裤子和鞋袜上全是荆棘划的印子，记者自嘲：这莫非是把仓颉的字带回来了吧！

与黄帝陵相望的千年陪伴

白水和黄陵之间架着一座黄龙山，山那边葬着黄帝，山这边埋着仓颉，距离不足百里。与气宇轩昂的黄帝陵相比，白水的仓颉庙简朴得像大户人家的宅院，更像在此长眠了几千年的主人一样，默默而无忧。

来到距离白水县城东北35公里的史官村，记者见到了传说中的仓颉庙。还没进庙，就已被它的古老所吸引，当然，这也正印证着它的久远和神秘。

据庙碑载，仓颉庙在汉延熹五年即公元162年已初具规模，庙史已有1800多年。宋、元时期均曾进行过维修，现存建筑占地17亩，其主要建筑以明、清为主。依中轴线由南向北排开，分别为照壁、山门、前殿、报厅、献殿、寝殿，两侧又有东西戏楼及钟鼓楼、配殿和廊房等，布局对称，错落有致。

庙前正中央的照壁，常被靠天吃饭的先民们当作祈雨台，如今那精湛的砖雕仍清晰在印，象征着开拓的独角兽一副“刺破青天战犹酣”的神态，不免令人耸肩寒战。进了山门，便看到“一庙二楼”的世所罕见。千百年来，两座戏楼在这里上演了无数次“对台戏”，当年彭德怀率领的西北野战军也留下了一段“将军严令护圣庙”的动人佳话。

记载历史的往往是与之相伴的古树，仓颉庙内千年以上的古柏达48棵，它们环绕着文祖仓颉，见证着中华文明的变迁。它们经历了千年的风雨却依然生机勃勃、郁郁葱葱，与黄帝陵古柏群、山东曲阜孔庙古柏群并称为中国三大古柏群，而且平均树龄居三者之最。

仓颉庙的古柏造型奇特，几乎每一棵都有着美丽的传说，“扁枝柏扁枝扁身扁杈杈”“柏抱槐死活不离抱疙瘩”“转枝柏预知旱涝巧捎话”等6株柏树占据着庙内八大奇迹的六座席位，其中，“仓颉手植柏”至今已有五千余年，可与黄帝陵的轩辕黄帝手植柏相媲美。

与古柏并为仓颉庙三大奇观的，还有古碑和明朝壁画。

说起古碑，不得不提至今保存完整的《仓颉鸟迹书碑》，28个象形文字令人遐想万千，即使不识一二，也能在导游的解释中感受到中华文字之初的神奇和美

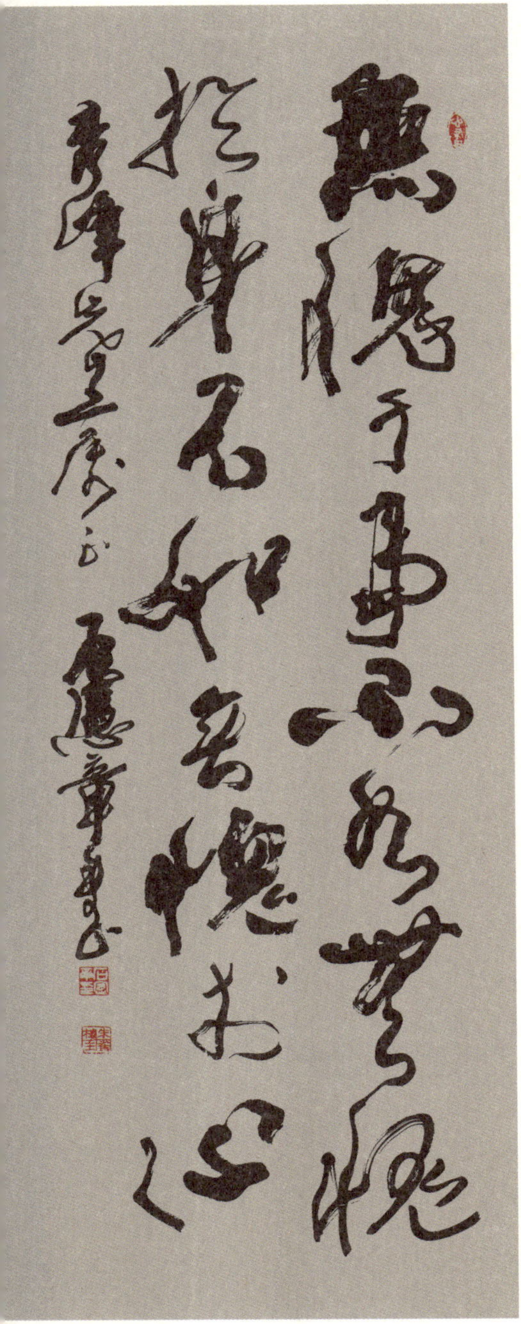

妙。《广武将军碑》碑文书法舒朗，高浑飘逸，被誉为碑中“绝品”，极为罕见。《仓颉庙碑》于1975年迁至西安碑林，没能瞻仰其真容。如今，为了宣扬文字文化，引导学习文字、书法，仓颉庙东侧设立30亩中华仓颉碑林，内有碑亭六座，碑廊四道。引人注目的中华汉字史馆，再现当年仓颉造字的过程，展示汉字的衍化史，已成为研究中华文字和中国书画艺术宝库之一。

庙内现存古壁画19幅，有表现黄帝带领天兵天将驾五彩云追赶蚩尤的《擒蚩尤》，歌颂仓颉造字的《鬼哭龙藏》《天雨粟》，还有反映社会现象的《知足常乐图》《自食其力图》。历经千年风雨吹刷，有的仍看得清楚人物神态，分辨得清楚颜色排布，可见当年工匠的技艺之高超，令人驰想岁月的遥远，回味文明的历程。

走近墓园，一圈50余米的八棱砖砌花墙极为精致，东西门分别以“通德”“类情”为横额，以此说明仓颉所创作的文字能通天地之德，可类万物之情，借此表达对先祖的仰慕与崇敬。墙内，圆堆状的墓冢高高隆起，松柏居多的满顶绿树，使其一年四季保持着当年的葱绿。

据介绍，这些树是村民一棵一棵栽种的，这已成为当地纪念先祖的一种传统，一种感恩。

让不息的文明永续不绝

有人这样歌唱：“你把头发搔短了几寸，思绪在指缝中一天天增长！你把石头划成了碎片，灵感在划动中闪耀出亮光。”

为了传承人类的文明，仓颉的眼目罩上了血丝，沾满衣襟的汗水使河流暴涨，终于为人类铸造出了文明的链条。作为华夏儿女，特别是作为仓颉故里的30万白水儿女，没有辜负这份“天地之神”的馈赠，中华文化在他们的手中被传承着、光大着。

2008年，白水县热爱仓颉文化的100多位公民自发组织，建立了一个名为“陕西白水仓颉文化研究会”的民间学会，将全县、全省甚至全国对仓颉文化颇有研究的、有特殊才艺的各界人士纳入其中，开始系统、全面的仓颉文化建设。会长吴金谋说，每月的10日，100位会员相聚一起，交流新发现和新创意，定期出版《仓颉文化》期刊，试图以民间的力量，将仓颉文化研究得更为透彻、全面和权威。

渭南市仓颉传说非遗传承人韩文学，2007年开始专职对仓颉文化进行研究，创办了中华仓颉文化网等7家网站，用“互联网+”“文化+”的理念宣传仓颉，他牵头建设的阳武村仓颉传说传习馆也即将竣工。

虽在仓塬躬耕，不愧仓颉传人。几十年如一日，无论清贫与孤独，仓颉故里的人们也都在用独特的方式传承着仓颉的文化与精神。

没学过画画的62岁的陈守智，因脑溢血右半身偏瘫，改用左手坚持着为仓圣编画册，累计画册编文数据达43092字，画面545幅，部分画幅被挂进了中华仓颉碑林的“中华文字史馆”第一展厅，供游人观赏。自幼喜欢文艺的张国康老人，与陈守智同在年轻时接受过著名画家刘文西的指点。最近，他又将自己多年来对仓颉的研究用石刻形式展示出来。采访当日，恰逢被当地群众称为“全球首座仓颉文化大桥”的史官大桥举行通车典礼，赵国康画的仓颉造字遗址、仓颉庙殿宇、古柏等数十幅作品以栏板石刻的形态展示在通车典礼上，画面古朴典雅，意蕴悠长，耐人寻味。

82 岁的王耀德拄着拐杖，跋涉几里山路查看十几年来亲自种在山上的几万棵柏树，盼望千年前的仓圣故居绿荫绵延，不受风霜；每年谷雨，成群结队的百姓聚集在仓颉庙前，集体祭拜，上香，感念万古圣贤……

据了解，由于保存完好的建筑古迹和文化痕迹，仓颉庙早在 2001 年被列为全国重点文物保护单位，2005 年被陕西省列为省红色旅游线路，2009 年被国家旅游局评为“AAA 级旅游景区”，2010 年被评为陕西最美的历史文化景区之一。

如今，仓颉造字传说已入选国家级非物质文化遗产名录。

白水，因有“四圣”而人杰不断，因地灵而闻名世界，白水苹果已为全世界人所赞赏。

“在‘十三五’开局之年，白水将充分挖掘积淀深厚的人文历史和得天独厚的自然优势，全面启动‘四区目标、五新蓝图、六大工程’建设。也就是说，依托仓颉、蔡伦、杜康、雷祥的人文优势打造华夏“四圣”文明传承区；依托 55 万亩苹果和完备的苹果产业链条打造中国现代果业示范区；依托苹果、白酒、豆腐等传统优势产业打造陕西食品工业成长区；依托仓颉庙、方山森林公园、林皋湖、云台山等旅游资源打造渭北绿色生态旅游发展区。”白水县委书记周庆文激情满怀地向记者描绘着白水的未来，同时实施“畅通、兴业、脱贫、人文、秀美、党建”六大工程，全力倾心地建设“创新、人文、开放、美丽、幸福”的新白水。

在这个耕耘播种的春天里，“白水县仓颉庙中华上古文化园”建设项目已拉开启动的大幕，规划土地 2755 亩，联合社会力量，拟投资 16.2 亿元，以仓颉庙为中心，建设汉字生态文化景区，整合周边生态农业发展，全面促进农业产业升级。由于区位优势和便捷的交通，未来的仓颉故里将成为陕北旅游经济圈、关中旅游经济圈和秦晋豫旅游经济圈的“中转站”。县长张全才表示，到 2020 年项目建成后，预计年收入可达 13 亿，可解决 3000 个就业岗位，将成为白水经济快速发展的强劲动力。

“孤迹依衰冢，鸦声集废祠。暮山青未了，千载启人思。”

仓颉，生为史官，逝为先祖，却从不忘其责，不计名利。几千年里，还和生前一样，静静地、近近地挨着那桥山上的黄帝陵，仿佛随时听候调遣一般。

国家文物局原副局长、故宫研究院院长郑欣淼曾撰文称：“汉字是中华民族文化的载体，我们民族光辉灿烂的历史和文化，正是依赖着它才得以流传后世，垂千载而不绝，开新路而弥鲜。汉字何以不能消亡，中华文明何以不曾中辍，看着渭北高原这曾是中华民族文明重要发祥地的深厚黄土，看着仓颉庙里攒动的人头和瓣瓣心香，我们庶几有几分明白了。”

在实地考证之后，记者对此深以为然。

——原载于《陕西日报》2016 年 4 月

在壶口瀑布

你是滑落在印度洋上的一滴泪

——本报记者带你走进如梦如幻的斯里兰卡

风吹印度洋

当你踏上这座岛屿，她的一切都让你迷恋。难怪世界旅行家马可·波罗在游历斯里兰卡时发出了这样的惊叹：她是世界上最完美的岛屿！

随着中国实施“一带一路”国家战略的如火如荼，作为起点和龙头的陕西在红红火火中显得更加忙碌了。因为“了解中国从陕西开始”的海外推广活动，记者有幸平生第一次拿着护照，跟随团长李伟踏出国门，前往万里之外的斯里兰卡。

虽然只有短短的两三天，但她的迷离、她的梦幻、她的绚丽、她的恬静……还是令记者一行如痴如醉，记者尽可能多地感知这近在咫尺的陌生国度，感受这个千年古国到处洋溢着的多彩气息和绚丽文化，以便尽可能多地把她传导给我们的读者。

她，远在天边

相对于亚洲其他国家，斯里兰卡是遥远的，她距离我国大部分地方的空中距离在 10 个小时以上，目前只能从北京、上海、广州、重庆、昆明出境，有的还要经由曼谷转机。也许正是这种地理上的距离才造成了她和我们之间的差异性，从而引发了对国人的吸引力。

其实，斯里兰卡是印度洋上的热带岛国，在南亚次大陆南端，西北隔保克海峡与印度隔海相望，她形如印度半岛的一滴泪珠，故有“印度半岛的一滴眼泪”之称。“斯里兰卡”在僧伽罗语中意为“乐土”或“光明富庶的土地”，所以也有“宝石王国”“印度洋上的明珠”的美称。它是马可·波罗认为的最美丽的岛屿。

但据记者的观察与想象，漂浮在印度洋上的斯里兰卡，或是出于对印度洋的向往抑或是自己的不小心而从印度半岛不经意间滑落的，由于再也无法回归大陆的怀抱而凝结成长为“一滴泪”状的。

斯里兰卡接近赤道，终年如夏，沿海地区平均最高气温 31.3℃，平均最低气温 23.8℃，无四季之分，只有雨季和旱季的差别，雨季为每年 5 月至 9 月和 11 月至次年 4 月，全年降雨量西南部为 2540 毫米至 5080 毫米，西北部和东南部则少于 1250 毫米。

斯里兰卡康提城

2013年斯里兰卡全国人口为2131万，其中僧伽罗族占74%，泰米尔族占18%，摩尔族占7%；居民70%信奉佛教，16%信奉印度教，此外还有伊斯兰教和基督教。僧伽罗语、泰米尔语同为官方语言和全国语言，全社会通用英语。

首都科伦坡素有“东方十字路口”之称，从中世纪起，这里就是世界上重要的商港之一。

斯里兰卡的历史既悠久又曲折，约2500年前，来自北印度的雅利安人移民至锡兰岛建立了僧伽罗王朝。

公元前247年，印度孔雀王朝的阿育王派其子来岛弘扬佛教，受到当地国王的欢迎，从此僧伽罗人摈弃婆罗门教而改信佛教。公元前2世纪前后，南印度的泰米尔人也开始迁徙并定居锡兰岛，从公元5世纪至16世纪，岛内僧伽罗王国和泰米尔王国之间征战不断，16世纪起先后被葡萄牙（1505—1658）和荷兰（1658—1796）统治。到18世纪末成为英国殖民地，并在二战中成为盟军在南亚对抗日军入侵的海军基地。

1948年2月4日获得独立，定国名锡兰。1972年5月22日改称斯里兰卡共和国。1978年8月16日改国名为斯里兰卡民主社会主义共和国，仍是英联邦成员国。2009年5月，斯里兰卡结束了近30年的内战。

斯里兰卡一年之中都可观光旅游，旅游旺季是每年12月中旬到来年3月中旬。环岛沙滩满足游客对沙滩和阳光的迷恋，全岛长达1340公里的海岸线让游客可以体验无尽的闲适与浪漫。在这6.6万平方公里的土地上，有美丽的海滩、神秘莫测的古城、丰富的自然遗产和热带动植物以及独特迷人的历史与文化。斯里兰卡的经济以农业为主，而该国最重要的出口产品是锡兰红茶，斯里兰卡亦为世界三大产茶国之一，政府长期实行大米补贴、免费教育和全民免费医疗等项福利措施。

这个被佛法浸润的国度，虽经战乱，但莲花依旧盛开。

她，近在咫尺

说她近在咫尺，是因为在几千年的历史演变中，斯里兰卡与世界的联系从未间断，与中国的联系交流更是源远流长。

中国与斯里兰卡有着2000多年的友好交往史。斯里兰卡旧称锡兰、狮子国，早在公元1世纪，古罗马历史学家普里尼在《自然史》中就提及中斯贸易往来。1600多年前，东晋高僧法显远赴狮子国，潜心佛法，写下《佛国记》一书。唐代诗人韩愈也曾留下“货通狮子国，乐奏武王台”的诗句，足见当时两国商业及人员往来已十分密切。明代航海家郑和七下西洋时多次到访这个美丽岛国，不仅带来瓷器、茶叶和丝绸，还留下《布施锡兰山佛寺碑》（俗称“郑和碑”），至今还陈列在斯里兰卡国家博物馆。

佛教传入中国和斯里兰卡均有2000年以上的历史，迄今为止，世界公认的仅存的两颗佛牙舍利，一颗在中国的灵光寺，一颗在斯里兰卡的佛牙寺。早在公元1—6年，王莽就曾遣使至黄支国（今印度境内），并路过“已程不国”即斯里兰卡。据《晋书》和《梁书》记载，狮子国王闻知东晋孝武帝（373—396）信仰佛教，便派遣沙门昙摩奉四尺二寸玉佛像一尊，航海路上经十年，于公元406年来到晋都南京，由此揭开了中斯两国友好关系的历史帷幕。

记者搜寻到，在中斯两国悠久的交往中，有两个人物居功至伟。一个是我国东晋的著名高僧法显大师。他是中国最早具有世界眼光和开创中国佛教对外友好交流事业的代表人物，是第一位到海外取经求法的大师，是杰出的旅行家和翻译家。他出生于山西临汾地区，于公元399年，以六十五岁高龄西出长安，涉流沙、逾葱岭，徒步数万里，广参圣迹，学习梵文，抄录经典。历经千辛万苦，进入印度和斯里兰卡参访，寻求佛经。公元410年，法显大师自印度抵达今天的斯里兰卡，先后在古都安努拉普拉的无畏山寺、佛牙寺、跋提精舍、摩诃毗诃罗参访修学，并亲见佛牙供养法会和摩诃毗诃罗一位阿罗汉入灭荼毗的情形，于公元412年自今山东青岛崂山登陆回国。他共译经六部六十三卷，一直到八十六岁病逝。著有重要的历史文献《佛国记》。法显大师西行搭起了中斯交流的桥梁。中国佛教协会前会长赵朴初居士曾说："法显法师的功绩主要是他在锡兰人民的心中永远留下了对中国的好感，在中国人民的心中永远留下了对锡兰的好感。他对后来几个世纪中斯两国佛教徒的友好往来和两国的佛教与文化交流起了很大的促进作用。"2014年9月16日，习近平主席访问斯里兰卡时发表的署名文章说，"中国和斯里兰卡有高僧法显开启的千年佛缘"。

另一位人物就是大家都熟知的明代航海家郑和了。

斯里兰卡著名历史学家、伦敦大学博士洛娜·德瓦拉贾就郑和下西洋600周年纪念接受新华社记者专访时认为，郑和对斯里兰卡的访问是展示中国宽广胸怀和世界性眼光的和平之旅。

由于斯里兰卡具有扼印度洋咽喉的天然海上交通优势，也就成了600年前郑和船队北上印度、西去东非的必经之地。15世纪初的科伦坡仅是一个渔村和小型贸易集散地，而位于科伦坡东南部8公里处的今日斯议会所在地斯里·贾拉瓦德纳普拉·科提已经兴盛起来，并成为15世纪初至16世纪中叶斯里兰卡僧伽罗国家科提王国的首都。

洛娜认为，郑和的船队七次下西洋都途经斯里兰卡，郑和只在第二次时没有随船队前往。因此，郑和本人实际上6次到过斯里兰卡。

郑和途经斯里兰卡的影响在于他带了那块著名的"郑和碑"。"郑和碑"最初立在南部海滨城市加勒的某处庙里，后因年长日久而不知所终，直到1911年修路时被工程师H·F·托马林发现。当时碑文朝下盖在克里普斯路的一个管道口上。斯独立后，这块石碑被送到了现在的国立博物馆。

"郑和碑"碑文分别用中文、泰米尔语、波斯语3种文字写成。中文内容写的是郑和等受明代皇帝派遣，下西洋时来到斯里兰卡巡礼圣迹，布施香礼，以竖碑记之的情况，后列清单，落款是永乐七年二月，即1409年2月。泰米尔语碑文表示了对南印度泰米尔人信奉的婆罗门教保护神毗瑟奴的敬献。波斯语的碑文则表示对伊斯兰教信奉的真主给予敬仰之情。

洛娜高度评价了“郑和碑”以及郑和访问斯里兰卡的历史意义及价值。她说，身为穆斯林的郑和，却能在一块碑上以三种宗教为对象，表示同样的礼敬与尊重，一方面反映了郑和以及明朝统治者对各国人民的尊重以及宗教上的宽容性，另一方面则反映出郑和一行希望他们所从事的经济、文化交流活动不致受到宗教对立的影响。可以说，这块石碑是郑和以及当时明朝皇帝和平宽容精神的体现和象征，同时也表明中国当时具有极为宽广的胸怀和世界性的眼光。

洛娜说，郑和之后不久，葡萄牙人、荷兰人、英国人相继来到了斯里兰卡，这些殖民者不仅对斯里兰卡丰富的物产进行血腥掠夺，而且逼迫斯里兰卡人民改变宗教信仰，激起了斯里兰卡人民的仇恨与反抗。

公元 5 世纪以后，斯里兰卡国王即派遣使节访问中国，此后历经南北朝、唐、宋、元、明各朝而不绝，斯里兰卡的商人用宝石、珍珠大量交换中国的纺织品、瓷器等特产。

洛娜认为，在郑和七下西洋的 28 年时间里，中国与东南亚、南亚、西亚直至东非国家的商贸往来和文化交流日益兴盛。他所倡导的平等互利、礼尚往来的精神直到今天仍然具有借鉴意义。

打坐者

她，携手丝路

斯里兰卡，印度洋上的一滴泪。

对于这样的形容，记者琢磨了整个行程。也许是她孤悬海外的形只影单，也许是她沧桑历程中的暗自垂泪……

大概是因为相互的了解吧，新中国成立后的 1950 年 1 月 7 日，锡兰政府即照会中国政府，并表示愿意与新中国建立外交关系，并由英国驻北京代表代为锡兰处理相关事务。

1952 年 4 月，在莫斯科召开的国际经济会议上，中国与锡兰的商人达成了向中国出口橡胶的贸易协定，中锡两国的民间交往开始增多。

1952 年 10 月 4 日，两国在北京签订中国与锡兰政府的贸易协定，周恩来总理于 1957 年 2 月应邀访问了锡兰，并在科伦坡举行的锡兰独立日庆祝大会上冒雨向锡兰首都各界人士发表公开演讲。1957 年中国与锡兰正式建立了外交关系。

中国与锡兰两国政治关系的良好发展又促进了双方经济与文化联系的进一步加强，两国政治、经济、社会、文化、宗教、青年、体育等团体之间互访也日益增多。

20 世纪 70 年代，斯里兰卡国内因僧伽罗与泰米尔族之间发生民族矛盾，国内局势出现动荡。面对这一局势，中国政府一方面坚决支持斯里兰卡政府维护国家独立和领土完整的立场，另一方面向斯里兰卡受到自然灾害与民族冲突影响的人民提供各种救济。

在中斯双方的共同努力下，两国的政治关系不断发展，进入 21 世纪，中斯关系进入到一个新阶段，斯里兰卡成为中国在南亚地区的重要合作伙伴。

2009 年，斯里兰卡结束了长达 26 年的国内武装冲突，和平重新降临这个美丽的岛国。百废待兴的斯里兰卡，对外资的渴望尤为强烈。而与斯里兰卡长期保持传统友谊的中国，似乎倾听到了斯里兰卡内心的呼唤。

“结束内战后，中国是斯里兰卡最大的援助国、最大的外资来源。迄今为止，已有 50 多家大型中资企业在斯里兰卡投资的合同金额达 600 多亿元人民币，已投入的真金白银达 400 多亿元人民币。”易先良说，“中资企业积极参与斯里兰卡战后重建工作，包括业已竣工和投入使用的科伦坡机场高速公路、南部高速、马特拉机场、普特拉姆电站、科伦坡港南集装箱码头等，以及在建的南部铁路一期工程等多个港口、桥梁、公路、铁路等，中方为斯里兰卡经济社会发展做出了重要贡献。”

去年 9 月，中国国家主席 28 年来首次访斯，在中斯关系发展史上具有里程碑意义，使斯里兰卡这颗印度洋上的明珠受到中国人民越来越多的关注。

中国企业深度参与斯里兰卡战后发展，承建了一大批关系国计民生的重大工程，为斯经济社会发展做出了重要贡献。斯里兰卡“国门第一路”——科伦坡机场高速公路、“海上门户”——科伦坡港南集装箱码头和汉班托塔港、“首都新地标”——国家表演艺术剧院等重要基础设施项目，南部高速、马特拉机场、普特拉姆电站等都是由中国公司承建或运营。2013 年 8 月，由中国机械进出口（集团）与中铁五局共同修建的斯里兰卡南部铁路项目正式开工，结束了斯里兰卡近 90 年再没新修过铁路的历史。

中国驻斯里兰卡大使吴江浩介绍说，战火纷飞的斯里兰卡早已成为过去，今天的斯里兰卡，和平稳定、民风淳朴、欣欣向荣，越来越多的中国游客慕名而来，欣赏斯里兰卡优美的自然风光，感受斯里兰卡灿烂的历史文明。近几年中国访斯游客人数均翻番增长。到斯里兰卡去，正在成为中国年轻人的新时尚。

斯中互利合作发展迅速，中方向斯提供了大量贷款及投资，为斯战后重建及经济社会恢复发展发挥了重要作用。“无论过去、现在和将来，中国都是斯里兰卡强有力的发展伙伴，希望更多中国企业前来投资兴业，参与斯里兰卡经济发展。”斯里兰卡最大的商业组织——锡兰商会主席亚帕日前曾对新华社记者这样表述。

在中资企业竞相涌入斯里兰卡发展的同时，当地企业也纷纷将目光瞄准了中国市场。成立于 1875 年的布朗集团是斯里兰卡规模最大、最具影响力的上市公司之一，业务涉及旅游、农业机械等领域。YOULANKA（游兰卡）是该集团专门针对中国市场打造的旅游品牌，去年 3 月全面启动中国市场战略。

斯里兰卡

她，恬静绚丽

在斯里兰卡，每一处，都是对心灵的洗涤。这是记者的感知。

还有人说："这里除了雪，什么都有！"

这个地处印度半岛南端的岛国，尽管面积只有两个海南岛大，但她拥有独特的自然资源、绮丽的古城以及迷人的南亚文化，特别是历史文化遗产十分丰富，有多达 7 个世界文化遗产圣地。

不论你身处在僧伽罗王朝的古迹中，看风韵犹存的古城与蕉风叶影的蓝色海滩相互交映；还是穿梭于花香清幽的佛塔庙宇，看虔诚的人们祈福；或走过林荫小路，漫步海滨沙滩，浓烈的异域风情扑面而来；在这里，一切美景都等着你一一去发现！

在斯里兰卡，虽然连皮带毛只有 3 天，且大多时间耗在路上，但她的别样风情还是令记者难以忘怀并铭刻于心的。

在这里，好像所有的人都在微笑中生活。和你相遇，他们不论男女老幼，都会微笑着主动与你打招呼，甚至会说"你好""谢谢""中国"等中文。导游小娜告诉我们，她就是在昆明学的 10 个月汉语速成班，除过母语外，老百姓都能说流利的英语，随着中斯关系的密切，学习汉语已经成为这个岛国的时尚。

在这里，几乎见不到抽烟的人。所有的公共场所没有烟具，更没有人抽烟，即使在酒店的客房里，有火柴但没烟缸。如果你抽烟了或是进错了地方，马上就会有人过来劝阻或是引导。记者在商店买了 3 个一次性打火机，花了 50 多元人民币。但一般情况下，对于我们递的烟，他们也都欣然接受。

在这里，女人很喜欢美而且乐于展示。虽然我们不太习惯她们的肤色，但她们也挺自豪。如果你在拍照，她们马上会露出微笑，如果想与她们合影那也很高兴。在途中的红茶坊，四五个身着统一服装的美女一看见我们，不是介绍产品推销茶叶，而是围着你不停地合影，缠着你加微信。

在这里，看云看海都是馋人的享受，可能是因为环海的缘故，水随时会蒸腾成云，而且和我们家乡的云所不同的是她凝结成的是涌动的一垛一垛的云，色块交叉重叠，飘速很快，变幻无穷，与蔚蓝的海面、湛蓝的天空、绿色的岛屿浑然一体，蔚为绚丽，多彩壮观。酒店后的沙滩是看海的最佳地，我的感觉，印度洋的海浪远汹涌于太平洋。虽然这里的时差晚北京两个半小时，但我还是连续两个早上五六点起床，一次看云，一次看海。

在这里，当地的饭我们没有吃过，提供的大多是西餐，有幸的是有两顿我们竟找到了中国餐馆。当地人喜欢辣味和甜味，所以中国川菜在这里很有市场。在科伦坡、康提和加勒的大街小巷，华为手机和格力电器以及海尔家电的广告牌，路边停放的吉利熊猫汽车，还有不时碰到的中国旅游团，无不让我们感受到“中国元素”的存在竟是如此强烈。

在这里，高档车辆不太多见，公交车显陈旧，街上和路上跑得最多的是“蹦蹦车”和摩托车，也许环境太好，也许速度不快，这里的火车和公交车从不关门，随上随下。道路虽一般，但很少堵车，很少有红绿灯。还有一个奇特的现象，就是所有机动车靠右行，这当然是殖民主义留下的痕迹。

斯里兰卡国土面积的四分之一是森林，有 3000 个属于本地特有的植物物种，数量名列世界第三。当然，斯里兰卡主要特产是蓝宝石、锡兰红茶和香料。这里是世界三大产茶国之一，在斯里兰卡买红茶非常便宜，而且外包装都挺好看的。蓝宝石也是特产，斯里兰卡的其他宝石也很多，比国内便宜很多。斯里兰卡的香料久负盛名，如小豆蔻、红辣椒、胡椒、肉桂、丁香、肉豆蔻、藏红花等会用在三常菜肴中，除了增添香气还有一定的药效。椰奶和椰油也广泛用于斯里兰卡菜

看，使其具有特殊的味道。

旅游业已成为斯里兰卡经济的重要组成部分，据了解，游客主要来自欧洲、印度等地。近年来，斯里兰卡旅游业发展迅速，尤其中国游客增长迅猛，从 2013 年的 5.4 万多人次增长到 2014 年的 12.8 万多人次，成为斯里兰卡增长最快的旅游客源地。

总之，去了斯里兰卡，无论是狮子岩、海滨火车、科伦坡，抑或是茶园、霍顿平原、佛牙寺，还是帕斯库达、蓝宝石，都非常值得一看。

就在我们在这个岛国宣传陕西的时候，斯里兰卡驻华使馆和斯里兰卡旅游推广局也来到了西安，向陕西人民推介斯里兰卡，同时斯里兰卡也在积极考虑适时开通西安到斯里兰卡首都的航线。斯里兰卡驻华大使馆商务参赞汝婉缇女士表示，欢迎陕西人民去斯里兰卡旅游，同时也欢迎中国陕西的企业来斯里兰卡投资和开展贸易。

记者在撰写本文时还看到，中国国庆节的 10 月 1 日，斯里兰卡主流媒体辟出大篇幅刊文庆祝新中国国庆 66 周年。政府机关报《每日新闻》、第一大英文报纸《每日镜报》、《每日金融时报》和《岛报》等均辟出 6 ~ 8 个版面组成中国国庆专题，专题大量刊登新华社文章和照片反映新中国成立 66 周年尤其是改革开放以来所取得的政治、经济、社会、文化等领域的巨大成就。

千年佛缘凝成的中斯千年情缘，正在新世纪的海上丝绸之路上浓情演绎着……

——原载于《陕西日报》2015 年 10 月 8 日

拾取三秦大地的记忆密码

——品读韩秀峰《掀过一页》之“陕西标识篇”

蒲城县委外宣办　贺军栋

英国科学家牛顿曾经说过：“我好像是在海滨上玩耍的孩子，时而拾到几块莹洁的石子，时而拾到几片美丽的贝壳并为之欢欣。那浩瀚的真理的海洋仍展现在面前。”

贺军栋

悠久的历史、深厚的文化底蕴和独特的地理环境，使三秦大地这片古老的黄土地上，沉淀着灿若宝石般的中华民族最辉煌的记忆密码。而韩秀峰就如同一个不知疲倦的在海滨捡拾石子贝壳的小孩一样，整天快乐地拾取这

在富平柿子村

些宝贝——三秦大地的记忆密码，并小心地拭去尘土，再将其展现于世人面前。

的确，在“陕西标识篇”的系列文章中，我们足不出户就能从作者跳跃的文字中获取并欣赏、品味到许多珍贵的历史记忆、独特的文化艺术和稀有物产：从大地原点到北京时间，从仓颉庙到黄帝陵，从秦人对辣椒的喜爱到对大熊猫的深情，还有杜康酒的醇香浓烈和华阴老腔的磅礴豪迈……

世界有四大文明古国中，但唯一没有中断、没有湮灭的文明就是中华文明。漫长的岁月中，中华民族虽屡经曲折磨难，甚至几临倾覆消亡的厄运，却一次又一次地衰而复兴、蹶而复振，巍然屹立于世界的东方。而陕西，正是中华文明的根基所在。要探索中华文明的精髓所在，就必须从了解陕西开始。

作者怀着强烈的责任感和使命感，用质朴严谨而不失生动活泼的文字，以慷慨激昂而富含哲理韵味的情怀讲述了一个个陕西标识的故事。将这些故事接续起来，就形成了三秦大地的记忆密码画卷。不管你是不是陕西人，读了这些作品心灵深处必将受到感染，相信一股股激动和自豪之情定会从心中油然而生。这源于对中华古老文明的感叹，源于对劳动人民智慧结晶的钦佩，源于对三秦富饶奇特物产的骄傲，源于对历代先贤和志士仁人的永恒怀念。

千载文化是陕西人最引以为傲的底蕴，三秦大地的记忆密码亦为今天陕西的图腾符号。这些独特标识已融入陕西人的精神内核，并将一代代传承、发扬。从“陕西标识篇”系列作品中，可以深深地体会到这些文明标识已暗中蕴含了一种生生不息薪火相传的精神——爱国守信、勤劳质朴、宽厚包容、尚德重礼、务实进取……当前的三秦大地，也正在历史文化与现代文明的合力接棒中阔步向前。

漫道
雄关篇

本报记者寻访关中要塞之一·关中篇

漫道雄关里的中华根脉

在“牧童遥指杏花村”的时节，关中依然春寒料峭，路上行人纷纷前往周边墓园，或祭奠亲人，或踏青赏春，好一派喧嚣拥堵。不得已中，记者把目光投向了平原的远方，投向了历史的深处，沿着拱卫关中的六大边关要塞，踏着“草色遥看近却无”的古道，拂去历史的烟尘迷雾，寻访先祖的足迹。 从今天起，本报对这次寻访之旅进行连续报道，以表达对我们中华先祖的缅怀和敬意，敬请读者关注。今日请看——

朋友，你知道我们生活的脚下的这片土地为什么叫关中、关中平原、渭河平原和“八百里秦川”么？要了解这个问题，首先要了解关中平原，了解她的来龙去脉，了解她的地理坐标，了解她的历史贡献，了解她的边关要塞。那么，记者带您走近那个久远的、美丽的、文明的、怀念着的关中平原——

究竟哪里是关中平原

铺开中国地图，如果您仔细观察就会发现，关中平原位于中国现有版图的中部，几乎处在圆心上。因此测量中国大地坐标的原点在这里，测量时间的原子钟也在这里，这里是中国时间和空间的原始点。

要想了解地处“大地原点”上的关中平原，自然要从“关中”这个名称开始。“关中”这个称谓，最早始于战国时期。由于这块土地地处暖温带，气候温和，四季分明，水草丰美，是原始农业最发达的地区，自古为兵家必争之地。在那个诸侯割据、群雄争霸的年代，为了防备敌国的进攻和进攻敌国，在我们居住的这片属于秦国的土地的四周，西面设有大散关，东面设有函谷关，南面设有武关，北面设有萧关，所以把围拢在这四关之中的地方就称作“关中”（后增东方的潼关和北方的金锁关两座）。《鸿门宴》“沛公欲王关中，使子婴为相”、《过秦论》“始皇之心，自以为关中之固”等都是对“关中”一词的最早记载。

因为地处潼关以西、宝鸡以东的平原地带，所以人们叫她关中平原或关中盆地。关中平原介于横贯陕西的秦岭和渭北北山山系之间，西起宝鸡，东至潼关，海拔约 325 ~ 800 米。东西长约 360 公里。南北宽窄不一，东部最宽达 100 公里，西安附近约 75 公里，眉县一带仅 20 公里，至宝鸡逐渐闭合成峡谷。

在这里有必要介绍一下人们比较生疏的“北山”。在因毛泽东诗词而闻名天下的现今宁夏泾源县的六盘山，其余脉向南延伸到陇县和宝鸡西部，称为陇山，向东的一支延伸到千阳、凤翔、岐山、永寿，与北山相连接。而“北山”则泛指陕北黄土高原南缘与关中盆地过渡地带的一系列以灰岩为主的石质山丘。北山山系分为南北两列，北列为低山丘陵，主要峰岭有凤翔县的老爷岭、永寿县和麟游县之间的永寿梁、旬邑县的石门山、宜君县的庙山、韩城市的大岭等；南列丘陵山地自西向东有岐山县的岐山、东岖山，扶风县的瓦罐岭，乾县的梁山，礼泉县的五峰山、九嵕山，泾阳县的北仲山、嵯峨山，富平县的将军山、金粟山，蒲城县的尧山，合阳县的梁山等；两列山地之间分布着宽 20 ~ 30 公里的黄土台塬，这就是陕北黄土高原与关中平原的分界岭。

关中因四面高山环绕，所以地势险要。南面有秦岭连绵，隔绝南北；北面有北山山系，阻隔了西安与北方的交通；东面有崤山纵列，作为西安的屏障；西面有汧山、陇山相接，抵挡了西北面少数民族的侵扰。在古代交通和武器落后的情况下，关中守军只要坚守四面山岭间的关隘，敌人是难以攻入关中的。因此古人谓关中“披山带河，四塞以为固”，这也成为不少帝王选择在关中建都的原因。

那关中平原为何又叫渭河平原呢？这就不能不说说渭河了。

记者综合大量材料发现，作为黄河的最大支流，渭河的发源地就很雄奇，她虽然发源于甘肃省渭源县西南的鸟鼠山，但这里竟是黄土高原边缘与秦岭西端两大地质构造的交接带，又地处青藏高原和黄土高原连接处，由此看来，渭河也是出身“豪门”。

渭河从发源地一路向东，流经甘肃、宁夏和陕西三省，全长 818 公里，在陕境内 502 公里，流域面积 6.71 万平方公里，占我省总面积的三分之一。难怪她能够创造出这么壮美的一片平原，成为关中的“母亲河”，最终也使自己汇入黄河而归于大海。

由于是她冲积而成的平原，所以关中平原又叫渭河平原；加之她曾是春秋战国时的秦国故地，东西长度有 720 多里，陕西人就号称她为“八百里秦川”。

渭河确实是陕西的生命河，是关中的母亲河，因为在她的陕西流域里，居住着 2500 万以上的三秦儿女，他们又耕耘着全省 56% 达 3.4 万平方公里的土地，贡献着 65% 的国民生产总值。

泾渭分明处

中国最早的天府之国

提起“天府之国”，人们自然想到一个地方，那就是四川盆地或成都平原，如果说与陕西还能扯上什么关系的话，可能就是秦国的李冰父子建造了都江堰水利工程。

虽然说我们早已习惯了这种指向，而且多年来是唯一指向，但在讲述关中平原的历史时，我们必须指出，因为有了关中平原，历史上才出现了“天府之国”这个词，换句话说，关中平原是我国历史上最早的“天府之国”！

在关中，渭河由西向东横贯关中平原，历史上曾经以水草丰美而著称并被誉为关中平原的“母亲河”。中、下游渠道纵横，自汉至唐，皆为关中漕运要道。干流及支流泾河、北洛河等均有灌溉之利，中国古代著名水利工程如郑国渠、白渠、漕渠、成国渠、龙首渠都引自这些河流。八百里秦川的肥沃富饶秦岭也功不可没，秦岭的北麓发源了6条河流，所以，关中自古自然、经济条件优越，水热条件适宜农作物的种植，是中国原始农业最发达的地区。

从战国时起关中就有“四塞之国”的说法。公元前338年，苏秦到秦国游说秦惠王时就称秦国的关中是“田肥美，民殷富，战车万乘，奋击百万，沃野千里，蓄积多饶”，并说“此所谓天府，天下之雄国也”。汉代张良用“金城千里”来概括关中的优势劝说刘邦定都关中。《史记》中称其为“金城千里”“天府之国”和“四塞之国”。《前汉书》记载，张良建议刘邦定都关中时说：“夫关中左崤函，右陇蜀，沃野千里……此所谓金城千里，天府之国。”

关中平原是中国水利事业发展最早的地区。公元前246年秦开郑国渠，引泾水注入洛河，全长125公里，灌溉面积280万亩。汉武帝又开白渠引泾水入渭。在此以前沿秦岭北麓还有从长安（今西安）引渭入黄的漕渠，既是水运航道，又有灌溉之利。后经历代扩建，使渭河中下游渠道纵横，有泾惠渠、渭惠渠、洛惠渠等灌溉工程，是历史上著名的产粮区。

早在《尚书·禹贡》中，就把关中的黄壤土定为上上等，即是最适宜种植农产品的土地。经过周、秦、汉三朝的开发，以及秦、汉政府在关中大力兴修水利，使关中平原沃野千里，支援了关中都城的经济。西汉时，关中已是全国最富庶的地区，粟米的储备，牲畜的数量，均达到了前所未有的程度。司马迁的《史记》称，“关中之地，于天下三分之一，而人众不过什三；然量其富，什居其六”。意思是说，关中占全国面积的三分之一，人口只占全国的十分之三，但却拥有全国十分之六的财富。这充分显示了关中在古代中国的经济地位。

所以，那时的八百里秦川又称为“八百里米粮川”。

其实，在中国历史上，我国至少有7个地方曾被称为“天府”或“天府之国”，这就是：陕西的关中平原，四川的成都平原，山西的汾河盆地，北京所在的华北北部，太湖平原，福建闽中地区以及沈阳一带。除关中平原和成都平原外，其余5个地方只是个别典籍作为个例或在个别时期称其为“天府之国”，基本都是昙花一现，所以相当多的人并不知道。就是最早被称为“天府之国”的关中平原，虽然秦汉时期就有了“天府之国”的桂冠，在文字记载上比成都平原早了800多年，但五代以后，关中地区生态环境逐渐恶化，战乱不止，经济凋敝，元气大伤，“天府之国”已名实相悖。倒是成都平原后来居上，“天府之国”的美誉一直保持至今。

明清时期，即使偶尔被人称作“天府”或“天府之国”，大概也只是追忆了，因为就连生活在关中的人，也不知道脚下曾经是中国最早的“天府之国”。

千年文明荣耀着中华

然而，毕竟，我们辉煌过！

那辉煌，无与伦比；那辉煌，震古烁今；那辉煌，震撼世界！

中国是世界四大文明古国之一，而文明的摇篮在黄河流域，黄河文明的摇篮又在渭河流域，也就是我们的关中平原。

从神话传说和考古发掘可知，轩辕黄帝和神农炎帝是起源于关中地区的两个血缘关系相近的部落首领，后来，两个部落渐渐融合成华夏族，炎帝和黄帝的族居地和陵墓都在关中地区，炎帝和黄帝也是中国文化、技术的始祖，传说他们以及他们的臣子、后代创造了上古几乎所有重要的发明。炎黄的华夏族在秦朝以后称为秦人，汉朝以后称为汉人，唐朝以后又称为唐人。他们身上流淌的血液和种植的文化基因造就了绵延不绝的中华民族。

经考古发掘证实，关中是华夏古文明最重要、最集中的发源地之一。这里是传说中盘古开天辟地的地方，这里是女娲抟土造人的地方，这里是大禹治水的地方；这里有数十万年前的蓝田人和大荔人文化，有仰韶文化的典型代表半坡文化，是我国最早的原始农业发祥地；这里形成了最早的农耕、房屋建筑、织布、制陶等生产技术，甚至还创造了最早的文字，还有出自半坡的最早的农渔工具、最早的陶窑、最早的陶文、最早的土木建筑……

关中平原是当之无愧的中华文明的摇篮，也是整个亚洲最重要的人类起源地和史前文化中心之一。

也许由于春的妩媚、夏的热烈、秋的爽朗、冬的寒冷，才造就了关中平原多彩的历史，使她成为中国古代政治中心的首选之地，先后有周、秦、汉、唐等 13 个王朝在此建都，长安政治中心地位前后长达一千一百多年，成为我国建都时代最早、建都王朝最多、定都时间最久、都城规模最大、历史文化遗址最丰富的中华古代首要政治中心。这在我国乃至世界各国历史中都极其罕见。

乡间路上

可以这样说，因为有了炎黄，中华民族才血脉相连生生不息；因为有了周朝，我们开启了礼仪之邦的旅程；因为有了秦朝，我们奠定了中国大一统的基石；因为有了汉朝，我们有了大汉雄风般的豪迈基因；因为有了唐朝，我们谱写了倾倒世界的绝代风华……

关中，有说不完的英雄壮歌；关

中，有道不尽的风花雪月；关中，有随处可见的秦砖汉瓦；关中，有朗诵不尽的诗歌华章；关中，有 72 座帝王陵编织成的“东方帝王谷”；关中，每一寸土地上都承载着见证着中华民族的文明成长。

所有这些，不仅成了中华民族的骄傲，而且成为关中渗入血液里的最辉煌的荣耀，哪怕遗失了“天府之国”的桂冠，还把这份远去的荣耀当作宝贝揣在怀里，暖和着，抚摸着，回味着……

复兴那华彩的中国梦

新中国成立后，曾经的“天府之国”关中平原也在改天换地，在三秦儿女的艰苦奋斗中，关中成了共和国的商品粮基地、棉油基地、军工基地、文化教育基地。单就水利方面而言，在治理渭河干支流河道的同时，一系列大型水利工程陆续问世，灌溉面积达千万亩以上。

2011 年以来，改造旧山河的气概再次升腾在关中大地。在国家的大力支持下，炎黄后裔以壮士断腕之心和破釜沉舟之势，对生命般的渭河开始了 5 年的综合整治，630公里堤防主体全部完成，修建交通桥53座，一条长达388公里的“生态绿轴”横贯了渭河全程。养育关中平原几千年的渭河，在很久很久的沉默之后，终于向着“沽舟泛泛，鱼艇悠悠，黑鳗赤鲤，浮沉于绿水之中”的美景流淌。

如今的关中平原已成为蓄势待发的关中经济区，以古丝绸之路的荣光铺设着通往世界的新丝路。依托交通体系的丰满，她以包茂高速公路、西包铁路为轴线，向北辐射带动陕北延安、榆林地区的发展；以福银高速公路、宝鸡至平凉、天水至平凉等高速公路和西安至银川铁路为轴线，向西北辐射带动陇东平凉、庆阳等地区的发展；以沪陕、西康、西汉等高速公路和宝成、西康、宁西铁路为依托，向南辐射带动陕南汉中、安康和甘肃陇南地区发展。

地处川陕交界的汉中也在恢复着“秦蜀一体”的荣光，千年前的河、渭、江、汉文明再次走向融生。

飞跃关山万千重，千年沧桑到如今。昔日的关中平原正在跨越着千年的烽火边关与世界相连，曾经的边关要塞已成为她通往世界的驿站。关中正在以它特有的姿态重筑着“金城千里”的新貌，改写着中国经济的壮美版图。

如今，在被越来越多的人关注和神往的关中平原上，关中汉子们虽然依旧是油泼辣子 biangbiang 面，但那脱口而出的秦腔伴随着激昂的乐曲又飘荡在关中平原的上空，这千年的秦声飘过边关古道，飘过万山阻隔，在世界的天空回响不绝……

链接

我国十大新“天府之国”：成都平原、台湾嘉南平原、伊犁河谷、山东半岛、闽南丘陵平原、三江平原、雅鲁藏布大拐弯地区、呼伦贝尔、苏北平原、宁夏平原。

——原载于《陕西日报》2016 年 4 月

探寻泾渭交汇处

本报记者寻访关中要塞之二·武关篇

凝视你尘封已久的斑驳

其实，不论历史上还是今天，关于关中关塞的说法很多，大体有“一关说”“两关说”“四关说”“六关说”。“一关说”是把函谷关以西称为关中或关西；“两关说”是把函谷关以西、散关（大散关）以东称为关中；“四关说”指的是“关中”东有函谷关，南有武关，北有萧关，西有大散关，故称“关中”；至于“六关说”，就是在“四关说”的基础上增添了两个关，即潼关和铜川的金锁关。之所以是增添的，那也就是后来的，记者分析一是这两个关在后期对关中的拱卫确实起过重要的作用，再就是由于函谷关和萧关后来划出了陕西，距离又比较远，关中的“热爱者”就把这两个关拉了进来。记者以为，不管是几关说，其实都与关中平原有着密切的关联。所以，记者在寻访关中边关要塞的行程中，并没有挑三拣四，而是一视同仁一并收入囊中。

好了，言归正传。请看——

在武关烽火台遗址

之所以把第一站选在了武关，因为她是距关中较近的关口，也是设关最早的关口，还因为在这春寒料峭的季节，记者估计武关已是春暖花开了。

在那久远的春秋

武关到西安的距离大约200公里，记者两个半小时就赶到了丹凤县城。简单午餐后，在县委宣传部副部长周文治等同仁的引导下，沿312国道向东南方向的武关出发。原以为这里早已是鸟语花香的时节了，没承想竟是春暖花未开，两边的山坡上偶尔看到稀疏的桃花点缀其间，小片的油菜花从车窗前掠过。

车行到35公里处便停了下来，“到了！”有人在招呼。

记者最先看到的是站在街边的一位老者，他名叫田爵勋，今年74岁了，是一位退休的中学语文教师，武关就是他的家乡。田老师从20世纪70年代就开始搜集武关的资料，从民间传说到博物馆的史料实物，武关城的遗址上每年都会留下也不知多少遍的脚印。哪怕是听到一点武关的线索，他都会立即前去考证核查，对家乡的热爱变成了他对家乡历史的痴迷追寻。2011 年，凝聚着田爵勋老师几十年心血的《守望武关》一书面世，武关的历史过往在老人的笔下流淌、复活。

据田爵勋介绍，武关属于古晋楚、秦楚国界出入检查处，位于武关河的北岸，北依高峻的少习山，南濒险要的武关河。关城周长 1.5 公里，城墙用土筑，略呈方形。东西各开一门，关西地势较为平坦，唯出关东行，延山腰盘曲而过，崖高谷深，狭窄难行。武关远在春秋时即建置，时名“少习关”，战国时秦国改“少习”为武关，取向东方耀武扬威之意，为“三秦要塞”“秦楚咽喉”。自春秋始均设防守。旧有城垣，北倚岩崖，南临绝涧，河水环东、西、南三面，城址横出河心。城东有四道岭，为武关屏蔽。武关史称“关中东南门户嵯不误也”，且有“秦关百二”（以二敌百）之誉，是关中东南部的重要门户，是古都长安连接荆襄、吴越的纽带。

这里虽然现在是武关镇政府所在地，但城墙早已不复存在，原先的关城被一个新旧交织的村子所占据，有新房也有旧屋，有水泥钢筋的也有古木土坯的，有的华丽如别墅，有的断壁岌岌可危。在田老师的指引下，记者穿行在新旧夹杂的古城里，踏着残垣断壁探寻着那烽火连天、硝烟蔽日的过去。在所谓的东门遗址边，早已没了门的样子，更别说城墙了。在一户人家门前，刻着一块碑，向人们介绍着昔日的武关，几面墙上，写着历代文人留给这座雄关的诗词，其中竟有毛泽东主席亲书李涉的《再宿武关》诗。田老师介绍说，20 世纪 50 年代初，东城门楼及两边城墙尚在，他小时候还看见过城墙和城门楼，城墙上并行骑马也绰绰有余。后来由于“破四旧”，城墙也倒塌了，村民们纷纷把刻有“武”字的砖头捡回去，盖房或做他用，雄伟的城墙仅留下夯土数段，更不用说城门楼了。

走着听着，凝视着这尘封在历史深处的斑驳，记者的内心不由生出“一杯残土吊古塞”的悲伤感慨。

还好，东门内，老街两旁还保留着不少的明清老宅，看起来古朴庄重、典雅华贵，记者才略感宽慰。

田老师告诉记者，历史上的武关城重修于 1510 年，关城东西 280 米，南北 320 米。城墙高 8 米，厚 3.4 米，是用夯土版筑，灰砖包墙的。1860 年，清商州知府曹熙主持了对武关的再次修复，还手书“武关”二字。如今，站在武关城运

武关采访当地学者

眺东南，只见悬崖深壑，石环水绕，我们依然能领略到它的险阻天成。然而无论曾是秦朝的要塞，抑或是汉时的关隘，武关已经是芳草萋萋，荒芜了许多春秋，也唯有这里的古城墙在向人们诉说着千年前的往事。

曾经一掌闭秦中

武关地形险要，北依高峻的少习山，西、南、东紧临武关河深涧。清人顾栋高就有“武关一掌闭秦中，襄郧江淮路不通”的诗句。所以，占据武关，北可直捣关中，有四两拨千斤之势。

特殊的战略位置，使得武关自建成起就与战争结缘，上演了一幕幕改朝换代的战争巨片。有专家统计，历史上武关大小兵战不下 50 次，而一场战役的胜败，往往就能决定一个王朝的盛衰兴亡。

秦楚争霸的战国时期，在这“楚水秦山古战场”上，秦楚鏖兵，秦出武关而东取十五城，“张仪戏楚”不仅让楚怀王客死于此，还使三闾大夫屈原最终投江自尽。

到楚汉相争，刘邦曾两次通过武关。公元前207年，当时秦军主力正在河北与项羽决战，部分兵力又防守在函谷关，长安至武关一线空虚，刘邦亲率主力两万余人轻松攻占武关，夺得关中。后来项羽败走关东，刘邦又从关中出武关，同项羽决战，使项羽自刎乌江边。汉景帝时，大将周亚夫神速通过“武关道”而平定了“七国之乱”。

在随后的数百年里，武关一次次证明着自己的战略价值。新莽时期，起义军攻克武关后，直驱长安，推翻新莽政权；东晋穆帝永和十年（公元354年），大将桓温北伐前秦，经武关至蓝田，大败前秦军，屯军灞上；晋安帝时期，名将刘裕北伐后秦，一路经过武关，沿武关向西，最终攻克长安；公元767年7月，吐蕃军队围困长安，一路溃逃的唐军向最后的庇护所武关拥来，准备南逃，然而就在此时，名将郭子仪及时抵达，聚拢残兵，重整武关，于两月后出关大战吐蕃，一举解了长安之围；明末李自成及起义军多次往复武关及武关道，并于1645年败退西安，出武关转战豫鄂；清朝时，白莲教、太平军、捻军等都曾攻入武关……

武关的“中流砥柱”作用，由此可见一斑。唐之后，历代统治者无不看重武关，修缮扩建从未间断。特别是在清朝初年，为了加强戒备，朝廷特地从江西、湖北等地迁来大量人口屯驻武关，今天武关镇上的田、王、段、梁等几大姓就是当年军屯移民的后代。

到了近现代，武关依然发挥着军事要地的作用。1932年9月，夏曦、贺龙、关向应率领的红三军15000人从洪湖向湘鄂转移，在武关城西与国民党军刘镇华部交战，一战告捷，顺利通过商洛。

山樯谷堑依然在

武关，不仅是军事要塞，而且山环水绕，险阻天成。在这里，悠久的历史文化同优美的自然风光浑然一体，绘成一幅绝好的古塞胜景。今天，在这块承载了厚重历史的土地上，我们依然能领略到“余光返照、石桥古渡、笔山鹿鸣、埝水鱼跃、龙潭古寺、白岩仙迹、蟒岭神芝、玉泉串玉”的武关八景的痕迹，这一幅幅如画的美景，给武关的雄险增添了俊秀和妩媚。

亲历了千古兴亡的武关也吸引了历代无数的迁客骚人的目光与驻足。周弘正、李涉、崔融、元稹、岑参、白居易、杜牧、李商隐、寇准、谭嗣同等人物，或进京赶考，或职务调迁，或各地巡游，或贬谪出京，在此都毫不吝惜自己的笔墨，留下不少脍炙人口的佳作。

周弘正的“武关设地险，游客好邅回。将军天上路，童子弃繻来”道出了武关的险峻。李涉的《再宿武关》“远别秦城万里游，乱山高下出商州。关门不锁寒溪水，一夜潺湲送客愁”，成为流传千古的绝唱，毛泽东主席曾亲书了这首诗；元稹的“五年江上损容颜，今日春风到武关。两纸京书临水读，小桃花树满商山”；杜牧也有过《题武关》：“碧溪留我武关东，一笑怀王迹自穷。郑袖娇娆酣似醉，屈原憔悴去如蓬。山樯谷堑依然在，弱吐强吞尽已空。今日圣神家四海，戍旗长卷夕阳中。”白居易因得罪权贵被贬，七年中数次途经武关，留下了二十多首关于武关和商州的诗篇。王肇基在《过武关》中，以“雄关百二仰西秦，生就岩疆迴不伦”的豪迈描绘了武关东岭山势“划开秦楚界”，岭上古道“云封谷口蚕丛路”的画面。

据不完全统计，关于武关的诗词多达上百首，如一坛酿藏了数千年的醇酒，在今天还散发着中华文化的芳香。

遍地英雄下夕烟

武关地连秦楚，物兼南北，战争年代它是军事要塞，太平年间又变身经贸繁荣的小商埠。在可考的明清民国时期，这座关城里，银号、药铺、金货铺、山货行、车马店、杂货铺，不到一里的武关街道商铺琳琅满目，货物一应俱全，而赶市百姓擦肩接踵，繁荣异常。

沧海桑田，岁月的侵蚀使武关的繁华早已尽褪，但武关后人的智慧与勤劳却绵延传承着。新中国成立后，武关“一升核桃树典型”，曾得到了毛主席的称赞，成为全国学习的楷模；1958 年全国农业会议上，周恩来总理为武关亲笔书写的“八一公社”奖状至今还保存完好；1959 年全国林业现场会也曾立纪念碑于武关西岗，以表彰武关人民的勤劳。

改革开放后，年轻一代的武关人走上了致富奔小康的道路，他们走出家门当创客，创造了风靡南方的“武关拉面”“温州捕捞”等品牌。

从巩建军和巩建华两兄弟在南京开起的第一家“武关拉面”起，一传十，十传百，经过 30 多年的创业发展，如今在南京的大街小巷，武关拉面馆就达三百多家，“武关拉面”成了南京人的“牛肉拉面”。

沧桑古树

“丹凤在南京的务工人员有5000人以上，而武关的就占了3000多人，年纯收入在10万元以上的在千人以上，有近百家已成为南京市民。不仅如此，‘武关拉面’还为上万名丹凤籍民工提供了就业岗位，每年为武关创造劳务收入数千万元。”武关镇党委书记王锋告诉记者，许多外出创业者功成名就之后，纷纷回到家乡，或开矿办厂，或铺桥修路，或开展贸易，或投资新农业。

采访中得知的一个消息令记者欣喜不已，武关古城的恢复与重建工作已正式提上日程。在商洛市主导的商於古道景区规划中，武关作为其中的重要组成部分将被重点开发，前期规划已在审批阶段。商於古道丹凤办公室主任张炜告诉记者，武关古城位于丝绸之路与长江经济带的接口，作为长江经济带中间的重要经济接口，将形成以军事文化博物馆、主街和以田家大院为中心的民居客栈组团，军事文化体验和参与为主题的景观步行主街，滨水人文体验景观轴，军营训练、军营生活和军营后勤休闲等为主题的一心、一轴、一带、多点、三片区四大区域。

尘封已久的武关，沉寂已久的武关，斑驳已久的武关，千年的等待终于露出了曙光，武关古城的雄姿将再现于世。

我们期待着武关浴火重生的那一天！

——原载于《陕西日报》2016年4月

本报记者寻访关中要塞之三·函谷关篇

天开函谷壮关中

在河南函谷关

2015年底，一部《芈月传》风靡了大江南北，它不仅唤起了人们重温那段历史的渴望，也让许多的人物、故事和地名再次刷新了大家的记忆。据统计，作为诸多战国时期历史事件发生地的函谷关，在《芈月传》中竟被提及和出现了350次之多，不仅令观众记忆深刻，也激起了人们探寻它的渴望。恰好，记者寻访之旅的第二站便是函谷关。记者是从武关回返洛南沿洛潼公路翻越秦岭前往函谷关的，秦岭山还未绿，零星的花儿间或掠过车窗，110多公里的山间公路有一半是在颠簸中度过的，加上秦岭那连绵的陡崖峭壁和不时滚落而下的碎石，使我们对秦岭的“天险”有了鲜活的体验，也对函谷关充满了敬畏与憧憬。请看——

关中人大概没有不知道“函谷关”的。但要再问：函谷关在哪里？答案就五花八门了，“函谷关不就是潼关么？”“两个不是一个地方么？”

迷惑了吧？其实，没去函谷关之前的记者和你一样，也迷惑着。

不过，记者现在可以先告诉你：函谷关既不是潼关，也不属于陕西；但是又不能说它与陕西没有关系，因为在两千年前的很长一段历史时期里，函谷关是秦国的属地和“东大门”，自它以西的地方就称为“关中”，它也被称为关中四塞之首。

这就是大名鼎鼎的“函谷关”，它地处今天河南省灵宝市北面15公里处的王垛村，距离陕西如今的“东大门”潼关69公里。

天如一线道如绳

在古代洛阳通往西安的古道上，河南的崤山至潼关段因多在涧谷之中，深险如函，古称函谷。战国时秦孝公从魏国手中夺取崤函之地后，即在此设置函谷关。此关关城东西长7.5公里，谷道仅容一车通行，素有“一夫当关，万夫莫开”之说，因“丸泥可封”之险自古为军事上的兵家必争之地；也因特殊的地理位置成为连接中原腹地与西部地区的通衢要冲；还因两千多年前中华文化圣贤老子在这里写下了不朽的经典著作《道德经》，故而又被称为“千古雄关，道家之源”。

函谷关，以悠远的历史渊源和深厚的文化底蕴而载入史册，也以名关、名人、名著之“三名”风采而饮誉天下。

自然，战争的产物也注定了与战争相连的命运，这座闻名天下、改写了中国历史的雄关，也没能逃脱毁灭的命运，在两千多年前的楚汉相争中，因刘邦先入关中，西楚霸王项羽把气撒在了函谷关，一怒之下愤而烧之。

如今呈现在记者眼前的，是20世纪90年代灵宝市政府依照古关原图复制而成的函谷关。

循着“紫气东来”的讲究，记者从吊桥处走近关楼，远远望去，只见仿汉式的关楼和城墙矗立在谷口。城楼自南向北，建于陡峭的两峰之间，高约十几米，正中两个方形关门，两门的上方石碣刻着“函谷关”三字，城上矗立着两座三层悬山式城楼，为双门双楼悬山顶式三层建筑，气势恢宏。登上城楼远眺，对面是高耸连绵的山脉，中间是宽阔的河谷地带，外行也能一眼看出这是一个绝妙的战场。

进得东关楼，在石块铺设的便道不远处，又见一座三层的关楼，它几乎是架设在两面的谷崖上，两边无一丝空隙，但却巍然挺立，气势非凡。两面大门上方的石条上分别刻着四个威武的大字：“函关古道”“威震关东”，赶来引导我们的“90后”导游张洋告诉记者，这个是西关楼，与东关楼一起，都是1992年灵宝市政府依据成都青阳宫汉墓中出土的砖雕上函谷关关楼的图案修建的。过了这座关楼，便进入了两千多年前的真正的函谷古道，长达15里。张洋说，一般游客都是走一段再返回来，也有的看一看听一听就回了，她也没走完过，大家是走、是看还是先走一段呢？记者心想，既是寻访，当然要亲身体验才对。于是我们毫不犹豫地走向函谷。

史书上记载的函谷古道“车不方轨，马不并鞍”，看来没有丝毫的夸张。抬头望去，只见两边峰岩壁立，高达六七十米，几乎没有坡度，看得人脖子都难受。脚下函谷的宽度一般也就两三米，宽处也不过10米，最难行的是历经两千多年荒废中的风雨侵蚀，好多地方已经塌陷，加上枣刺般的荆棘和树木布满古道，鞋子和裤子不时就被枣刺挂住了，要不就是踩到了土窝里，真有点举步维艰的味道。

当走到半途，前面的杂木更密，也无印迹可循，只能是顺着往前走。再往上看时，只见谷崖更加高耸陡立，两边更加靠拢，确有一番“天如一线道如绳”的感觉。大家边走边惊奇地议论着，这真是一个天然的关口战场呀，别说从上面往下射箭，就是滚石头我们也无处躲藏啊。

在汗流浃背和气喘吁吁中，一面土崖挡在了前头，下面横满了树枝。小张说，她也是第一次这样走完全程，这应该是函谷的尽头了。一看时间，已经过了两个小时。当大家庆贺走完 15 里函谷的高兴劲还没缓过来时，却发现没有了上去的路，两边都是陡峭的谷崖，几乎没有路的痕迹可寻。咋办？原路返回再走 15 里，这是谁也不愿意的。那么只有从谷崖上攀爬了。经过好一阵子折腾，终于发现左面的谷崖不仅低一些，而且坡度大概在七八十度，上去就是公路，于是大家下定了决心，上！在开路断后、相互搀扶、上拉下推的决策下，十几分钟后，大家终于连滚带爬地站在了公路上。

函谷古道的尽头就是西寨村，村里老人讲，函谷古道原来就从村子穿过，在村西与公路相接，再向西七八里便是黄河岸边了。站在高高的河岸上，记者看到在这里呈“几”字形的黄河从脚下奔涌向前，对岸，山西境内田间的青青麦苗清晰可见……

从河南向山西看黄河

成就中华民族大一统

翻阅史书，便会发现，“函谷自古一战场”绝非虚语。从殷商起，这里就是刀光剑影的战场，是古代举足轻重的军事要塞，唱响了一曲曲激昂悲壮的战歌。

有人说，谁拥有了函谷关，谁就拥有了战争的主动权。

张洋告诉记者，在函谷关建关的三千年间，曾经发生过大小战役 200 多次，其中有 16 次重大战役影响甚至改变了中国历史的进程与走向。

公元前 1029 年，周武王伐纣，率军出函谷关会八百诸侯于孟津。两年后，天下归周，武王又在这里解散军队，刀枪入库。公元前 318 年，魏相公孙衍联合关东五国攻秦，被严阵以待的秦军打得“伏尸百万，流血漂橹”，大败而返。公元前 241 年，楚、魏、赵、韩、卫合纵攻秦，秦出函谷关迎敌，大败五国军队，由此奠定了秦统一天下的基础。七国争雄，六国始终未能攻克此处天险，而秦国的百万铁甲正是东出函谷关，成就了秦始皇天下一统的霸业。

可以说，地理优势是秦统一中国的重要因素之一，而函谷关更是居功至伟。

唐朝安史之乱时，安禄山多次从函谷关进攻潼关，被唐军统帅哥舒翰击退，但唐玄宗听信杨国忠谗言，迫使哥舒翰率兵出战，结果大败，20 万人仅有 8000 人脱逃，以致潼关、长安相继失守。杜甫在《潼关吏》中悲叹：“哀哉桃林战，百万化为鱼。”

然而，随着历史前进的车轮，函谷关在以后的年代里，军事地位远不如当年，但这里的战事并没有停息。明朝末年，闯王李自成两出函谷关，与明军激战在关前的弘农涧河边，明将左良玉败退陕州；辛亥革命时，张钫起义，率新军出陕西，与清军血战函谷关，打败清军，进入中原。1944 年 5 月，日本侵略军 8 万余人大举西犯，中国军队据守函谷关衡岭一线，与日军展开激战，毙伤敌联队长在内 2000 余人，天险函谷关，让日本侵略军望而却步；解放战争中，人民解放军陈谢兵团强渡黄河，攻占函谷关，解放灵宝县城。

记者在这次寻访中了解到，函谷关的历史并非这么简单。“当代许多人对函谷关的位置并不十分清楚，有人甚至将它和潼关混淆在了一起。”函谷关景区营销总监陈戈告诉记者，“其实，函谷关并非仅此一处，除了眼前的秦函谷关，历史上还有过汉关和魏关两处函谷关。”他进一步解释说，汉函谷关在今河南省新安县，东距秦关 150 公里。因为西汉的帝都在长安，人们习惯把函谷关以西称作关中，以东则称关外。人们都以自己是关中人为荣，这一荣光造就了第二个函谷关的诞生。西汉的楼船将军杨仆原籍在函谷关以东的新安县，因被人称为关外人心里总不是滋味，感到缺少光荣感，于是便上书汉武帝请求移关。随后尽捐家资，于公元前 114 年迁函谷关于新安县，人们称此为汉函谷关。而魏函谷关，距秦函谷关约 5 公里，相传三国时候，曹操西讨张鲁、马超，为了迅速转运兵马粮草，命许褚在那里开凿隧道，筑起关楼，因距秦函谷关不远，又称新函谷关或魏函谷关。后来这里成为东达洛阳、西接长安的重要交通干线。抗日战争时城楼毁于兵火，遗址被三门峡水库淹没，现仅存古道和烽火台遗址。

哦，原来“函谷关”经历了这么多的讲究啊。

“看来，没知识太可怕了，不然，连常识性问题都会出洋相。”记者暗自思忖。

公元前 207 年，刘邦率部西进灭秦，避开了函谷关，绕道商洛丹凤，经由武关攻入关中，灭亡了秦王朝，转而派兵扼守函谷关以拒项羽。项羽大怒，破关后，焚毁了函谷关，并由此进军新丰，上演了著名的“鸿门宴”。

金戈铁马，征战杀伐，历史烟云，荡气回肠。

散落在函谷的文化瑰宝

饱受战火洗礼的函谷关，见证了历代王朝的兴衰明暗。透过千年烽烟，它留下的不尽是冷峻杀戮，在远去了历史烟尘的今天，这里还有着充满情趣的历史遗韵，令人流连忘返。

函谷关，不仅作为中国最早设置的雄关和兵家重地而闻名于世，在两千五百多年前，这里更因为老子著《道德经》而被后世所景仰。

据《史记》记载：春秋末期，柱下史老子李聃看到周室将衰，西渡隐居。公元前 491 年，函谷关令尹喜清早从家里出门，站在一个土台（现瞻紫楼）上看见东方紫气腾腾，霞光万道，欣喜若狂：“紫气东来，必有异人通过。”果见一老翁银发飘逸，气宇轩昂，倒骑青牛向关门走来。尹喜忙上前迎接，通报姓名后，诚邀老子在此小住。老子欣然从命，在此著写了彪炳千秋的洋洋五千言《道德经》。

如今，在老子文化广场，高 33.3 米、紫铜锻造贴金的老子圣像伟岸挺拔，刻满《道德经》的石墙长达 365 米，由 5300 块重 800 斤的石块砌成。“景区要求员工人人会背诵《道德经》，人人能讲有关老子的典故。不仅如此，附近村庄的许多老百姓也会背《道德经》。”

除了军事要地，函谷关还是古代中原与西北地区文化、经济交流的要地。围绕着这座重关名城，衍生了“紫气东来”“鸡鸣狗盗”“公孙白马”“终军弃繻”“玄宗改元”等成语和历史典故。这里浓厚的历史文化内涵，也最能激荡人的胸腹，引发文思歌怀，司马迁、唐太宗、唐玄宗、李白、杜甫、白居易、司马光等不少的名人雅士临关吟诗作赋，流传至今的就有 100 余篇。李白在《古风》中高唱：“秦王扫六合，虎视何雄哉！挥剑决浮云，诸侯尽西来。……收兵铸金人，函谷正东开。”言秦始皇出关横扫六国，使诸侯入关跪伏，而统一后又敞开函谷大门，同轨同辙，四海一家。白居易历经宦海沉浮，辞官东行路过函谷关时写道：“山川函谷路，尘土游子颜。萧条去国意，秋风生故关。”

在函谷关，还有许多让人称奇的古遗迹，有尹喜登高望远的“瞻紫楼”，有孟尝君门客学鸡叫的“鸡鸣台”，还有挖掘出的千年前的箭库遗址……

秦人后裔经略函谷关

两千多年前，函谷关是秦国的东大门。这里曾是秦国的领地，数十万的秦国将士、普通百姓驻守和析居在这里。经过千年的历史演变，如今的秦人，对函谷关依旧有着割舍不断的情怀。

启动于 2008 年春天的函谷关历史文化旅游区开发建设工程，是三门峡市的重点工程，被河南省政府列入投资计划项目，其一期的景观设计，便是由西安市政建筑设计研究院负责的。

2015 年 7 月，函谷关又迎来了一位秦人后裔王力凡，他因为个人喜欢秦文化而来到函谷关，看到函谷关景区规划如此宏伟，便决心与旅游景区共同运营开发。

今年刚满 40 岁的王力凡，世代居住在西安市西南郊区。20 世纪 90 年代初，那里成为西安最早开发和建设的新区。而出道很早的王力凡当时就在家门口闯荡市场，他办过矿泉水厂，开过贸易公司，也做过建筑工程。2004 年王力凡南下深圳，从此在那里扎根开花结果，十几年的拼搏奋斗，他在深圳和陕西拥有了两家公司。随着近年来房地产市场的萧条，王力凡也在探寻着转型之路。也许是机缘巧合，在灵宝工作的一位老友偶然向他谈起函谷关开发的情况，一下子拨动了王力凡的心弦，他决心在这里成就一番事业。“我身上总有一股浓郁的秦文化情结，一直挥之不去，所以自从来到函谷关后，我就被它深深地吸引了。或许不是我选择了函谷关，而是函谷关选择了我。”清瘦干练的王力凡说。

随着王力凡率陕西鸿帆正式入驻后，陕西企业集团总裁张院志先生与陕西纵横建设董事长殷亭国也加入到秦人铸造雄关的行列中，就此他们开始了经略函谷关的征途。目前，新的景区规划已全面启动，预计总投资将达 3.8 亿元，前期将

走过 25 里函谷

打造“一湖、两轴、四岛、桥坊亭榭”的新景观，在弘农涧河函谷关段修堤筑坝蓄水，形成1400亩的太极湖；围绕道家文化、军事文化两条主轴线，铺陈项目，布缀景点；在太极湖中建置道岛、德岛、接引岛、湖心岛并建道坛、德堂，以石桥连接湖岛，畅通内外。陕西鸿帆还将建设函谷关周边生态养生项目，利用函谷关的绿色生态优势，将这里打造成一个集旅游、观光、休闲、度假、养生为一体的生态湿地度假旅游综合区。

由于紧挨着关中，记者相信，过不了多久，尘封千年的函谷关在秦人后裔的手中，必将以新的姿容、新的内涵、新的诱惑、新的使命展现在秦豫交会的函谷古道上，它将成为关中儿女新的牵挂、新的向往、新的乐园。

——原载于《陕西日报》2016年4月

本报记者寻访关中要塞之四·萧关篇

大漠孤烟空见山

在宁夏，漫步萧关

萧关，秦汉时期“秦之四塞”之一，扼控中原通往塞北乃至西域通道的咽喉要塞，最早以“驿站”的形式和作用出现，因其易守难攻的绝佳地理位置成为兵家必争之地，发生无数战争，也因此留下传唱千古的诗作。历经千百年的风吹日晒，如今的萧关是否还在雄伟挺立，还是已经被世界遗忘？带着对历史的热忱和疑问，本报记者从长安出发，风雪兼程，历经三天两夜重访萧关，告诉读者一个鲜为人知的“萧关故事”。请看——

“如果我是几百年前的将军，我会久久地凝视固原，血与剑与风的固原，马群汹涌的固原，烽燧相望、坚城高垒的固原。在广大的帝国版图上，固原是一个微小的点，但两千年间，任何一个目光锐利的战略家都会盯住这个点。这是帝国的要穴，是我们文明的一处要穴，她无比柔软因而必须坚硬。”

这是中国作协副主席李敬泽先生在长篇散文《寻常萧关道》中对固原的描述，正如他所说，固原是通向关中地区的咽喉，游牧民族的马队突破了这里，就等于冲进了中原王朝的北大门，一路长驱直上，长安的大门就会轰然洞开。

然而，千百年的历史洗刷，千万次的征战迂回，长安城内外始终都保持着一派安宁、祥和的景象，这份安定不可不归功于固原，归功于固原城中那雄壮的萧关。

长安萧关八百里

萧关，是西北边疆一个古老的关塞，也是一个沉默的关塞。

或许是因为萧关远在宁夏，身踞险峻而遥远的连绵山川之中，关中儿女对她的了解大部分来自于网络摘录，而真正近距离地走近她、感知她，我们已失语太久。

怀着对西北关塞历史的求索，为着弥补关中儿女迟到千年的感恩，记者一行从长安启程，带着渴望、虔诚与敬畏，向着西北方向，向着历史的纵深腹地，一路豪迈前行。

萧关方位何处，千年来争议不断。出发前，记者搜遍网络，只得到“在宁夏固原东南”这一线索。因为记者此行是“连续闯关”，不可能半途而废，虽然有点迷茫，但无奈之下，权且把这当成一次冒险。到达陇县，我们就进入了一个山的世界，盘根错节，连绵不绝。经过 300 多公里的不间断搜索，靠近甘肃平凉市时，手机导航上突然出现准确命名为“萧关遗址文化园”的位置，山谷间回荡着一阵欢呼声。

为了能更加亲近这片陌生的土地，我们重新规划路线，驶离高速，沿国道 312 适速前行。当两边山上的黄土逐渐变红壤，当头顶的云朵在翻滚中变幻万端，当天空的雨时来时去，当高原的疾风吹上脸庞的时候，凭感觉，目标好像愈来愈靠近了，记者的心底竟倏忽冒出一丝兴奋和紧张。虽说固原不是故乡，但毕竟守护了关中千百年，应当尊为故乡伟大的屏障，如此这种感觉便有点“近乡情怯”的味道。

沿着崆峒大道一路向北，眼前的山体被大团大团的云雾笼罩，风吹过，雾随风走，宛然跨入仙境。当忽大忽小、忽烈忽柔的山雨要尽了脾气，终于停住时，路边传来“走咧走咧去宁夏”的曼妙歌声，兄弟民族那独具魅力和最具热情的欢迎，使我们陶醉在了固原的入口处。

我们又转换到 101 省道，然而，挑战并未停止。途经六盘山镇时还享受着阳光明媚的晴空，返程时却遭遇大雪封山，使记者切身体会到“十里不同天”的奇幻景象，站在山下瑟瑟发抖，却怎么也不舍得逃离。

从如夏的长安，途经春雨的洗礼，翻过冰雪大山之后，记者终于停在了 800 里外的“萧关遗址文化园”。看到那荒草瑟瑟的四周山峦，听着那犬吠声声中的疾风呼啸，那份孤独，那份苍凉，那份久远，那份悠长，看一眼便能记一生。

古来征战几人回

在“萧关遗址文化园”的牌楼前，记者徘徊着端详了很久。她的四周群山环绕，背后流淌着河水，一条从门口经过的省道大概就是当年的古道了。园区两边的门楼上都写着“萧关”二字，宽厚结实的围墙和厚重粗壮的木栅栏将园区围住，记者近身前去却不能入内。

萧关东南距六盘山镇 7.5 公里，西北到固原市不到 40 公里，所处村子的名字很是贴合萧关的身份——瓦亭村。寻得看守萧关的村妇刘浩，她从家里取来一把钥匙，向记者简单叮嘱了几句便默默离去。

站在从六盘山麓三关口吹来的冷风里，细雨缓缓滴落在肩头，当目光触及那用黄土夯筑起的残垣塌峰，记者体内忽然涌动起一种被尘埃封存着的苍凉。

园区倒是建有一面约 150 米的文化城墙，以“长河落日”为主题的浮雕，汇集了萧关旧貌、大漠落日、使节出关三幅画和有关萧关的古诗词，彰显着她金戈铁马的昔日风骨。

攀上城墙，在秦楼、望夫亭处寻找曾经的历史，却已被人文的痕迹掩盖，只有城墙不远处那座碑亭的喃喃自语：“萧关地处固原东南，古代著名雄关，北靠瓦亭长峡，南衔三关要塞，六盘亘西则，泾水蜿蜒东去……”

离开时，刘浩告诉记者，“萧关遗址文化园”并非准确的萧关古遗址，这是几年前新建的仿古建筑，古城原貌还在老村里存留。

望着对面瓦亭村身后那雄奇险峻的山脉，记者看见山头那依稀可辨的烽火台、古庙宇。刘浩说，南面叫大炮山，西面是马王沟，东面的河叫对面洼，北边的药王山就是萧关的外城墙。

据记载，固原“瓦亭古城”始建于 2500 年前，最初为戍卒居住生息的乐土。春秋战国后期，秦于公元前 319 年将其设为乌氏县，到唐初，瓦亭设为驿藏关，在防御吐蕃的同时，主要担负着官方信使更换马匹、稍作歇息的驿站的职责。从那时起，这里便被称为“萧关”，在古代战争史、历史延续史上起到关键性的作用。据记载，萧关一经设立，关塞内外就风烟弥漫，自秦起，历代均派重兵把守。公元 1007 年，北宋修筑瓦亭寨防御西夏，萧关成为军事要塞。

新中国成立后的 1957 年，宁夏回族自治区成立，一直隶属甘肃省管辖的萧关划归宁夏，地属固原。

漫步瓦亭村，城墙遗址、马厩遗迹依然存留，被乡亲们屡次提起。瓦亭村的老支书张杰是一个十分热心萧关保护工作的“老热心”，他告诉记者，瓦亭古城三面环山，一面环水，形成了一个“琵琶城”。“为了巩固朝政安全，明朝又修筑了内山城，内城就是如今遗留的村落所在，城内存有少数建筑，外城遗址较为完整，已经被列为国家重点文物保护单位。”

为了得到更权威的说法，记者费尽周折才联系到正在陕西出差的固原市旅游

局对萧关最有研究的六盘山旅游管委会办公室副主任王周，在秦岭山下的宝鸡，他对萧关做出了更为全面的解读。

“萧关，并不是单一的一个地点，她是一种形态，一种情结，是一个变数，是随着国家综合实力的变化而迁移的军事防御体系，唐宋以来，世人以她的名字命名的各种萧关就有十几个。”王周告诉记者，固原是一个战争频发的地理坐标，历史上战争长年不断，不计其数，而曾经“铁骑突出刀枪鸣”的古萧关恰好充当了秦长城的第二道防线，雄踞古道，有兵家必争的“铁瓦亭”之称，是丝绸之路东段北道上重要的关隘之一，历代为驿道必经之地。

当年繁华去不还

有人说过，历史的声响往往湮没于尘世的喧嚣中，只有站在宁静的边关才能嗅到那曾经深沉的气息和繁华的过往。如今，到了这边关，看到这苍凉的景象，记者不免心底惋叹。

自诞生之日起，萧关就以军事要塞的身份存在，实为战火常燃的兵家圣地，战争不胜枚举。极目远眺明王朝遗留在这片地域上的防守城堡：头营、二营、三营，黄铎堡、李旺堡、杨明堡……光听听这些城堡的名字，仿佛都能感知到墙面上的每一撮黄土见证过的厮杀与屠戮。

“萧关道”或者“萧关古道”是唐时确定的，从长安出发，沿泾河过固原、海原，在靖远县北渡黄河，经景泰直抵武威的丝绸之路北段路线，并且专设具有行政职能的大总管，全面负责萧关道的军事防御。自萧关道开启，萧关就成了中原通西域的交通要道，也带动了边地的开垦，历史上曾有上百万人迁徙到西北屯垦戍边。后来随着中西交通的敞开，中国的丝绸、茶叶等源源不断地运往西方，西方的良马、玉石以及一些农作物如苜蓿、胡豆、胡麻等传入中国，萧关一度呈现出“胡商贩客，日款于塞下”的繁荣景象。

如果说，长城是中华文化史上一条极为重要的文化带，那么萧关便是这文化带上璀璨的一环，仅观瞻“萧关遗址文化园”，便能感受那边塞诗歌文化的历史穿透力。

回望当年，北宋与西夏交战，战败，宋仁宗怒贬户部尚书、陕西经略安抚使夏竦和韩琦、范仲淹于此地“牛营子村”。从此，一首词为“军中有一韩，西贼闻之心骨寒；军中有一范，西贼闻之惊破胆”的《边地谣》便在当地民间流传起来。历史上，萧关百姓曾饱受匈奴、吐蕃、金、西夏等少数民族的进犯之苦，有的将士常年守关，由黑发变为了白发，唐代诗人卢纶也因此发出“今来部曲尽，白首过萧关”的感叹；“萧关逢候骑，都护在燕然”，王维的《使至塞上》如今也被刻在“萧关”纪念碑上，其中的“大漠孤烟直，长河落日圆”成为千古绝唱。据了解，有关萧关的诗词已数不胜数，新建的萧关文化园里，艺术地呈现在城墙和书卷雕塑上的也有 29 首。

然而，繁华消散……

如今，瓦亭村居住着 249 户 989 口人，人均年收入 4860 元。与其他地方一样，年轻人大多离开这安静的关塞，远去繁华的地方务工，留下的是老人、妇女和孩子。真是几千年物转星移，当年的热血男儿坚守在此同样也是为了老人、妇女和孩子。41 岁的村支书苏红利告诉记者，当地人均两亩半的田地全部栽上了云杉、油松、樟树等绿植，但由于绿植滞销，百姓收入受到影响，村民都是购买商品粮吃，村上也在调整经济结构向养殖业转换。“我们现在正在积极争取荒山造林工程，给百姓解决一些苗木，”苏红利说，“我们都在期待着萧关能开发起来，这样就能好好发掘这里的旅游资源了，乡亲们也能有更好的生活。”

孤亭独碑在冰心

远望萧关，如今的要塞已剩残垣断壁，这些历史的见证在强大的工业文明和稠密而饱满的粮食面前，早已飘摇得不堪一击。

庆幸的是，瓦亭村还有一位坚守历史文化的乡贤志士——老支书张杰。他怎么也割舍不下那深埋心底的浓浓乡愁，几十年来坚持守护着古城已不多的宝贝，竭尽全力为古城争取着她应有的“名分”，试图将这座濒临枯萎的坐标拯救起来，让她重回历史的舞台。

牵着小孙女的手，张杰像个导游一样带着记者在内城里细细游览，站在城隍庙的香炉前，他感叹道：“如今只有少数老人能对这段历史说上个一二，再没有人管就真的保不住了。”65 岁的张杰被当地人称为“乡贤”，多年来，他搜集了大量有关古城的资料，老人清清楚楚地记录着：“内城南北宽 130 到 330 米，东西长 515 米，高度 5 到 10 米不等，根基 9 米，顶宽 3 米，以梯形状态呈现，外城 1 到 4 米高……”

张杰在任期间多次带领乡亲开展“遗产保护”，声嘶力竭地呼吁各级单位对文物进行保护，老人还是渴望能在有生之年看到萧关古城的雄姿再造。

张杰和乡亲们的努力还是有所回应的。古萧关瓦亭城后来被评为国家二级文物保护单位，为“萧关”竖立了纪念碑，固原市旅游局于 2010 年在村外重新修建“萧关园”，并立碑题词纪念。

老人知道萧关已经被拾起，不会再被遗忘，“我很满足，但不知还能不能看到了”。“您老一定能看到的！”记者鼓励着老人的期待。

关于古萧关的明天，固原市旅游局给出了令人欣慰的答案。

王周告诉记者，2010 年修建的“萧关园”只是萧关文化的一期项目，投资 500 万元，二期项目建设固原市旅游局已经规划好，计划建设以“驿文化”、“邮文化”和“关隘文化”为主题的古城，最大限度地还原历史真实。关于未来，王周说，萧关古城距离六盘山 7.5 公里，到平凉 40 公里，离泾源县和固原市都不到 40 公里，是两地的中间点；如今中宝铁路、银武高速公路、312 国道横贯萧关南北，区位与交通优势刚好将萧关纳入六盘山旅游圈。目前，这里正在进行移民搬迁项目。

记者是在欣慰中告别萧关的，感谢这残垣断壁的千年坚守，感谢瓦亭乡亲的多年呵护，这里终究结束了“一行书信千行泪”的凄楚无奈和“时危多战垒，将猛守萧关”的战争场面，时过境迁，不知还有多少人知晓萧关及萧关所发生的故事。

如今的萧关，曾经的驼铃声声已经过去，曾经的战地黄花早已凋零成泥，曾经的烟尘烽火已化作鲜花相伴的高速大道，曾经的大漠孤烟也成了长河落日下百姓的观光胜地。

记者相信，在“中国梦”的环绕下，萧关正在复活那千年的烽火故事，正在吟唱那不朽的诗歌华章。

——原载于《陕西日报》2016 年 4 月

黄河步道

本报记者寻访关中要塞之五·散关篇

铁马秋风气如山

散关，亦称大散关，自古为连接关中与四川的“咽喉”，在几千年的历史演进中，因其位置异常重要而成为兵家必争之地。大散关还因其与老子、刘邦、曹操、诸葛亮、陆游等众多历史“大咖”有着密切的交织而声名在外。然而，就是这样一个闻名古今的名关，记者几经打听才找到她今天的所在。各种信息指南显示，大散关位于如今的宝鸡市陈仓区，而陈仓却回复：错了，在渭滨区！哦，知道了。请看——

大散关形散而神不散，不管是为着国家的完整还是民族的统一，无数的英雄用鲜血和生命在大散关凝聚起了我们民族的魂魄。

为使这壮丽的情怀不被世人遗忘，让这繁华的曾经激励后人，冒着飘落在关中平原的蒙蒙细雨，记者再度深入秦岭，撩拨着重重浓雾，攀爬在散关古道，在枯木落叶中探寻大散关那铁马秋风般的峥嵘

大散关上烽火台

岁月，给三秦儿女讲述一个虽已远去却荡气回肠的“陕西故事”。

浓雾弥漫烽火台

从宝鸡市区拐向西南方向，在川陕公路19.5公里处，“古大散关”4个大字映入眼帘，对面便是望不到顶、高入云端的“古大散关遗址”。

大散关，古称散关，被称为“秦蜀襟喉”，虎踞于莽莽秦岭之中的雄关峻岭之上。作为关中西南的唯一要塞，大散关自古以来就是巴蜀、汉中出入关中的咽喉，“关控陡绝”。正如《史记》记载一般，“北不得无以启梁益，南不得无以固关中”，真是一个绝对的战略要地。

“传说，老子晚年骑青牛来到大散关，并在这里写成了五千言的《道德经》。”跟随着导游的解说，我们一步一挪地向着山顶前行，浓雾在四周弥漫，空气中仿佛只剩下了水分子，脚下的台阶被打湿，身旁的树枝挂着透明的水滴，我们更加小心翼翼。

站在半山腰上古战场遗址处，我们气喘吁吁，回眸望去，看到的是一条在涛荆棘和绿草、伴随着大雾的望不到头的台阶式坡道。

终于登上大散关的烽火台，记者极目远眺，四周却也是大雾环绕，视线所及也就几十米，只听得见脚下的公路上喇叭嘶鸣，山谷间泉水叮咚，好一道雄关，好一派景致。

从烽火台下往里走，有新围的砖墙和新建的陈列室，顺着围墙的凹口向外看，在荆棘和树木中间，一条废弃的山路依稀可见，通向远处。渭滨区文旅局的申宇星介绍，眼前的这条山路就是“陈仓古道”，古代最原始的战争“征途”，因为年代的久远和使用的荒废，古道已被厚厚的荒草和落叶覆盖着。

昔日的大散关战火纷纷，“一夫当关，万夫莫开”的优势地位护卫了关中千年的太平，使得繁华盛世得以传承；如今的大散关遗址掩埋着历史的串串碎片，宝成铁路、川陕公路与之相交而过，也在向人们显示着她的必经和独一无二。

记者为这澎湃而旖旎的自然景况所吸引，下山之后，试图继续南行前往秦岭峰顶，探寻散关更深处那动人的故事，但无奈的是此时的秦岭山，10 米之外已不辨东西，只听见汽车的鸣笛，其他啥也看不见了。遗憾中，我们只好掉头。

然而，即使这样，记者了解和研读大散关历史的激情，没有丝毫减弱。

出师一表真名世

在地理上，大散关“南扼川蜀要道，东望长安，西阻戎狄”，始终被视为关中平原的西大门，更有“夺得大散关，便可控制蜀地与关中的门户，而争得蜀地与关中，便可赢得半个中国”之说。所以，自古以来，大散关也便成了兵家必争之地，仅载入史册之战就达 70 多次。

大散关第一次融入兵事，就见证了“明修栈道，暗度陈仓”的军事传奇。公元前 206 年，汉王刘邦采纳韩信“明修栈道，暗度陈仓”的计谋，派将领烧毁褒斜栈道，以示忠心去迷惑项羽，麻痹镇守关中的大将章邯等人。待到几个月后，刘邦一面派人去修复需要花费几年时间的褒斜栈道，一面命大将韩信率领精锐部队奇袭大散关，夺取战略要地陈仓，一路进占关中，夺得天下，成为千古传诵的军事经典。

由于地势险峻，易守难攻，曹操西征张鲁途经此地时也留下了“晨上散关山，此道当何难”的诗句，抒发胸中的感慨。公元228年，诸葛亮在重新加强了吴蜀联盟的基础上，乘曹军与东吴交战之机，集中数万兵力挥师散关，攻打陈仓。由于曹军顽强固守，诸葛亮连续攻城20多天未果，只好引兵退走，留下了“出师未捷身先死”的悲壮一幕。唐天宝年间，风流三郎李隆基弃都城长安西逃，在马嵬驿为兵士所逼，赐死38岁的杨贵妃，以紫褥包裹而葬。李隆基背负亡都之耻与丧妃之痛继续西逃，穿越大散关而流亡蜀地。从此，风华绝代惊艳了世界的唐王朝也随着他穿过大散关的背影而走向没落。

在新中国建立的历程中，也有着大散关的功劳。1949年12月11日，扶眉战役胜利结束后，人民解放军18兵团在贺龙率领下经大散关入川，参加解放大西南的战役。这也大概是大散关最后一次在军事上发挥作用。

从刘邦项羽的两雄相争到诸葛亮的北伐失利，从曹操的西征张鲁再到南宋军民的抗拒金兵，历朝历代在这里都曾上演过一幕幕悲壮的战斗，有运筹帷幄决胜千里，也有老马失蹄扼腕叹息……

在那铁马金戈的战争岁月里，大散关以己之险守护着关中的安宁。

大散关，一座英雄的关。

而今，散关北望，关中平原一派安乐祥和，现代化建设的脚步正在被历史记录。

大散关，一座充满梦想的关。

大散关上告陆翁

大散关，处于秦岭深山中的河谷地带，它设于西汉，废弃于明末，为川、陕交通之孔道。那么，大散关既然是交通要道，又是历史上的兵戎之地，本该是紧凑地形，方能起到扼守交通、拒敌千里的作用，为何却以“散”命名呢？

据历史记载，西周初年，西伯姬昌周文王被纣王囚禁，开国功臣散宜生设计营救成功，帮其脱险。为奖励救驾有功，周文王特将此地册封给散宜生，“散国”由此诞生。考古专家也考证了此地为古散国的疆域，此后历史上流传的大散岭、散谷水、大散关均以“散”为名。还有一种说法，因连绵 80 里，所以被称为“散关”。

“散关”的名称始于西汉，而据考证，今天的大散关景区所在的“二里关”是大散关古道中最险要的，上有高山阻隔，下有湍急的清姜河奔涌而行。

当你爬上散关岭，穿过“古大散关”的关门，就能看见耸立着的南宋抗金英雄吴玠、吴璘兄弟的雕像，他们迎风按剑，凝视前方，目光炯炯，仿佛还像当年一样。

这是后人对他们的敬仰，也是历史对他们的礼赞。

公元 1130 年，金兵南下攻打南宋，狼烟卷到了大散关。南宋守将吴玠、吴璘扼守大散关不远的和尚原，使金兵第一次遭到宋军的大规模抵抗；第二年 10 月，金兀术亲自出马，率军十余万，架浮桥，跨渭水，从宝鸡结连珠营，与宋军夹涧对峙，准备决战。吴玠、吴璘兄弟以有利地形，选强弓劲弩分番迭射，弓矢连发不绝，繁如雨注。并用骑兵断其粮道，连续抗击三天，共交锋三十多次，大败十万金兵，金兀术中箭负伤，狼狈逃走。宋军一洗“靖康之耻”，稳固了南宋偏安江南的局势。这次大散关大捷成为影响中国的 100 次重要战争之一而被载入史册。

作为二吴的好友，南宋爱国诗人陆游听闻他们大胜金兵，壮怀激烈，百感交集，挥笔写下了《书愤》一首：“早岁那知世事艰，中原北望气如山。楼船夜雪瓜洲渡，铁马秋风大散关。塞上长城空自许，镜中衰鬓已先斑。出师一表真名世，千载谁堪伯仲间。”

这首传唱千古的《书愤》也成就了“大散关”的威名。

有人会问，陆游也到过大散关吗？

答案是肯定的。陆游不仅到过大散关，而且他写的有关大散关的诗还不止这一首呢。在陆游一生 9300 多首诗词中，令人惊叹的是，咏及大散关的诗词达 26 首，前后跨度 37 年。可见，大散关在陆游的人生中有着多么重要的地位。

当然，这和陆游与大散关的关系是分不开的。那是公元 1169 年，偏安一隅的南宋王朝，派主张抗金的王炎代四川宣抚使，统领川陕抗金事宜。第二年，王炎任用 46 岁具有爱国思想的诗人陆游襄赞军务。陆游身着戎装，多次奔赴大散关前线，执戟守关，跃马杀敌，并写下了不少鼓舞抗金士气的诗篇。他满怀希望地吟道：“会看金鼓从天下，却用关中作本根。”“王师入秦驻一月，传檄足定河南北。”可是，南宋朝廷沉溺于杭州歌舞，并无收复失地之意，这使陆游壮志难酬，只能面对散关抒发着心中的郁闷，“良时恐作他年恨，大散关头又一秋”“三秦父老应惆怅，不见王师出散关”等诗篇都表达了诗人的爱国情怀。不久，主战派王炎被调离，陆游也被改任成都安抚使参议官。他从大散关到四川途中写道：“渭水岐山不出兵，却携琴剑锦官城”，抑郁的心情和报国无门的苦闷可见一斑。

陆游的诗词豪放壮怀激烈，充满了战斗气息，这一特性愈到晚年表现愈为强烈，即使在临死前夕，他还写出了《示儿》：“死去元知万事空，但悲不见九州同。王师北定中原日，家祭毋忘告乃翁。”把自己国耻未雪、壮志未酬的愤慨和对国家的拳拳忠心淋漓尽致地展露在人们面前。

徘徊漫漫古道，历史的硝烟虽已散尽，但记者的心情却久久难以平复。是啊，每当民族存亡和国家危殆之际，多少英雄豪杰，多少志士仁人选择了抗争，选择了战斗，选择了流血，就像陆翁这般，死不瞑目！

“家祭毋忘告乃翁”，七个字，不知凝聚着老人多少的血泪啊！

欣慰的是，伫立在今天的散关古道，在雨雾中沁润的记者，耳听着脚下列车的呼啸和山下汽车的笛音，再看这曼妙的山峦景色，终于可以告慰陆翁的在天之灵了。

再叫古关绽新颜

站在烽火台上，任凭大雾润面，记者闭眼静思，仿佛能够听见那马蹄声碎、喇叭声咽的厮杀；还能看见那夕阳西下，苍山如海，将士们征战归来，畅怀痛饮的场景。

今天，虽然古散关已湮没在秦岭深处的千年古道上，但我们应该感到庆幸，庆幸那千百年的壮阔历史，庆幸这保存着千百年历史遗迹的厚重沉淀。

记者寻访大散关村支书姚春明得知，如今的“古散关遗址”并非完全自然的历史遗留，而是经过了两次规模不同的修缮和建设才得以发展的人文历史景区。

早在 1997 年，大散关村老村长邓文升就看准了这段历史的宝贵，组织村民去荒整地，联合当地书画家曹瑜开始修建散关遗址，他动员村民以劳入股，并签订分红合同。村上当时还决定给参与大散关修建的每户家庭 20 天发一袋面粉，每人每天计 15 元工钱。

就这样，这个居住着“三省十八县”人的山村，第一次合作修建大散关。乡亲们苦干了 5 年，终于使这个千古雄关有了大致的模样，重见天日。

由于财力的匮乏，古大散关重建一度中断。直到 2008 年，宝鸡青年旅行社总经理刘晓应因为对历史的喜爱和古遗址的看重，毅然接过修缮、建设古大散关遗址博物馆的重担，他一次性投资 800 多万元，联合宝鸡设计院一道，历时 10 个月，将古遗址从内到外、从上到下完完整整地重新进行了打造。

刘晓应告诉记者，为了能够保证古遗址耐腐蚀、抗击打的能力最强，除了门口的牌楼保持木料原装之外，“新修缮的大殿、亭台没用一根木头，全部水泥灌注而成”。

据申宇星介绍，1997 年至 2008 年，大散关景区第一次修建后，由大散关村以每张门票 5 元的价格进行经营，年均接待游客不足万人。此后，随着连续 3 届古大散关文化节的举办和宣传，景区游客接待量连创新高，去年接待游客 4.2 万人次，景区也升级为 AAA 级。大散关的乡亲也“靠关吃关”，全村 146 户，经营农家乐的就有 68 户，去年的人均收入达 16886 元，成为名副其实的小康村。

千百年间，不知有多少先祖圣贤走过，多少英雄豪杰走过，他们创造的文明已成为民族的瑰宝。

漫步今天的陈仓大地，没有了散关的烽烟，远去了战马的嘶鸣，记者目光所及，是历史沉淀下的肥沃土地，是夕烟里勤劳致富的乡亲。

——原载于《陕西日报》2016 年 4 月

历史上真实的函关古道

本报记者寻访关中要塞之六·潼关·金锁关篇

千年烟云仍激荡在三秦儿女的心怀

记者之所以将潼关和金锁关揉在一起，主要是这两个关塞设置较晚，并不在早期公认的“关中四关”之列。由于和关中平原相连接，在后来的岁月里，她们对关中平原的贴身保卫作用才日益显现。故在此合并向读者作一介绍。请看——

怒吼惊天金锁关

坐觉苍茫万古心

先说潼关。

黄河从内蒙古高原冲开戈壁沙漠一路狂奔南下，因横冲直闯而跌入了壶口峡谷，翻腾起来继续南进，最终屈服在巍巍秦岭山脉的气势之下，行了个九十度的鞠躬礼后，将渭河夹在腋下，于恋恋不舍中掉头向东，就此告别了关中平原。

大概因为这里是女娲造人的地方，这里更是大禹治水的地方，黄河才在这里乖顺了下来。于是，也成就了此地的威名。

她，就是雄踞于巍巍秦岭脚下、滔滔黄河之滨、莽莽关中东沿的天下雄关——潼关。

潼关，北隔黄河与山西相望，东临函谷与河南接壤，鸡鸣三省，关扼九州，历来是兵家必争之地。潼关，与崤函古道东口的函谷关遥遥相对，守卫着这条古道要津的西口。历史上因其守望着崤函古道中百余公里的桃林而又称为桃林塞。

东汉初期，废弃秦在河南灵宝设置的函谷关。汉武帝和汉献帝先后迁关于河南新安及弘农衡山岭。公元196年，汉献帝迁关于潼关上南门外，潼关之名，始自于此。公元691年，唐在今秦东镇一带依山河之势建造关城。其后，宋元明清皆有扩建。因潼关地处黄河渡口，位居晋、陕、豫三省要冲，扼长安至洛阳驿道的要冲，所以成为汉末以来东入中原和西出关中、西域的必经之地及关防要隘。

据史书记载，潼关作为关中的东大门，它经历过大小战役数十次。东汉末年，曹操与马超战于潼关，马超据关抗曹师，曹操以沙筑墙用水浇灌，一夜冰冻成垒，马超兵败西逃，曹操巧夺潼关。北周末年，杨坚在洛阳篡位立隋时，曾密遣杨尚希扼守潼关，以解其西顾之忧。唐中叶安禄山攻占洛阳，进逼潼关，使用反间计占据了潼关，致唐玄宗仓皇西逃。唐末黄巢起义军由洛阳进发潼关，唐将田令孜率兵10万镇守潼关，未料起义军由禁沟潜入，夺取潼关，直捣长安。宋代“靖康之变”后，潼关为金所得，金朝后来为蒙古军队逼迫，迁都汴京。元末，朱元璋也是先破潼关，整个关陕地区才迅速得到平定。

抗日战争时期，由于潼关的险要地势和我国军民的顽强坚守，日军始终未能越潼关一步，关中才免遭日本侵略者的践踏与蹂躏。对此功劳，关中儿女一直感恩于潼关。解放战争时，我人民解放军陈赓、谢富治兵团南渡黄河，在潼关洛阳段机动作战，开辟了豫陕鄂根据地，为解放战争的胜利和新中国的诞生创造了有利局面。

在历史上，潼关曾两经迁徙，三地设防，城池多变，设施不一。其建筑情况，抗战期间，日军隔河炮击、飞机轰炸，加之修筑工事之需，大量建筑物被焚被拆。新中国成立后，党和政府拨出专款，对县城部分建筑物又进行了修复。然而，五十年代末，国家决定修建三门峡水库，使得潼关城建筑物拆除。

有人之所以认为“六关说”有点牵强附会，其实皆因潼关作为关塞的兴起之晚。今天可见的文献中，最早提及潼关这个地名，是《三国志》所记马超据潼关与曹操抗衡时。此前该处并无关隘名称，仅有“桃林塞”之地名，且其军事上的重要性远不如函谷关。

记者寻访后认为，潼关与函谷关应该是一脉相承的关系，潼关在其的西端，函谷故关在其东端，作为关中地区军事上据险而守的东大门，潼关与函谷关都是在历史上相继兴起并发挥作用的，潼关兴起之后，函谷关就因迁关、改道等原因逐渐废弛了。

在这次寻访中，记者数度前往潼关，在每个不同位置的观赏点都是驻足良久，不想离去。在这里，望莽莽秦岭之连绵，观滔滔大河之奔流，览关中平原之绚丽，那种大气磅礴，那种山河盛景，那种旖旎风光，那种厚重积淀，扑面而来，由眼入心，直通丹田，一种壮怀激烈的感觉顿时在体内升腾起来……

然而，俱往矣！

如今，换了人间的潼关已不是泥丸可封的昔日要塞，她已浴火重生，成长为陕西向世界敞开的东大门，成长为连接西北、华北、中原的咽喉要地，居西安、太原、洛阳三大城市经济辐射圈的中心，是陕西面向东部世界的重要窗口。埋没

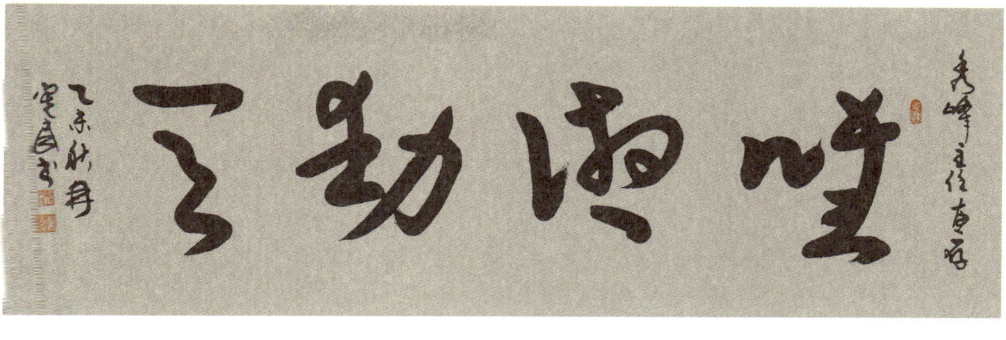

的边关古道上，陇海、同蒲铁路在此交会，310 国道、101 省道、西潼高速公路穿境而过，风陵渡黄河公路大桥、黄河铁路大桥使黄河天堑变通途，程控电话通遍城乡，移动互联网连起了整个世界。

县委常委、宣传部长李勤侠告诉记者，在 16 万人民的勤劳建设中，潼关已是国家卫生县城、全国黄金十强县、全国计划生育优质服务先进县、省级园林县城、省级双拥模范县和全省争先进位县。

县长严晓慧则向记者描绘了这座千年古城近在眼前的愿景：依托关隘、黄河、黄金文化，推进“一城三园一街”和“十里画廊·慢游潼关”两大旅游体系建设，将潼关打造成全国知名的文化旅游目的地，争创“全国文化旅游名县”、“全国黄金经济强县”和“国家文明城市”。

春风吹散马蹄声

比起潼关的鼎鼎大名，金锁关就显得小巫见大巫了，可能连许多关中人也很少听过这个名字，就更别说陕南的人了。

金锁关也曾经是护卫关中的屏障，可能由于她潜藏于北山山系之中，才成了六大关隘中最默默无闻的一座。其实，她就在关中的身旁，距西安也就 110 公里，位于铜川印台区北 12 公里处，包茂高速就有以“金锁关”命名的出口。

从地理上讲，金锁关地处陕北高原与关中平原的分界线上，属子午岭山系南端余脉的桥山山地，古遗址在三关口以南、神水峡以北，是北上延安、榆林，西通甘肃、宁夏，南下关中的交通“咽喉”。她周围有女回山、马栏山、仲家山三山雄峙，加上柳林河与漆水河在此交汇南去，被人称为“雄关天堑，鹰鹞难飞”。

站在这群山之中的遗址旁，记者惊叹史书的描述，真是一个“三山天作堑”“断崖云千尺”的所在。她西面山崖的一块碑石上，“雄关天堑”四个雄浑的大字清晰可见，据金锁关镇党委书记路毅介绍，这是清末陕西巡抚叶伯英所题。

关于金锁关的传说很早了，最早的是说孟姜女就是铜川北关人，在未修好的长城上找到了丈夫骨骸，一路向南狂奔，到女回山时，为摆脱追赶她的秦兵，不料搬转了山峰，挡住了追兵，所以当地人又叫女回山为搬转山。已当了 10 年文保员的文顺清老人讲着他记忆中的传说。再就是杨六郎为退侵犯西安的辽军，搭弓射箭，辽军抱头鼠窜，一口气跑出 300 里，竟发现杨六郎的箭射到了金锁关的南门之上。惊叫声中，辽军头也不回地逃出了金锁关。

其实，历史上的金锁关是为防河套之地叛匪突犯关中，于明嘉靖三十二年（公元 1553 年）“筑关城、置巡守”，此后的 100 多年间并无大的战事。

记者查阅史料得知，在明、清及近代，金锁关经历过一些事件。在明末，农民起义军曾三攻金锁关，李自成的起义军也多次途经金锁关。公元 1633 年，金锁关关城为起义军攻陷并烧毁。从此，关城日渐废毁。

虽说早已失去了往日的辉煌，但如今的金锁关关城遗址仍依稀可辨。史料记载，关城东西约宽 100 米，南北约长 500 米，有南北两门，北门外桥北的三岔口，俗称“三关口”。

星移斗转，到了近代的抗日战争和第二次国内革命战争时期，金锁关为国民党军占据，成了封锁陕甘宁边区的重要据点。尽管如此，仍有无数的爱国青年冒着危险从这里冲关而过，奔赴延安。周恩来、董必武等老一辈革命家也多次通过金锁关往返西安、延安，同国民党进行谈判。1946 年八月十五日夜，根据朱德总司令的命令，我驻西安“八办”的全体人员撤往延安，途经金锁关时，与企图杀害他们的国民党驻军展开了激烈的斗争，并取得了胜利。

寻访金锁关

今天，在西安“八办”纪念馆里，还展示着当年我“八办”人员在金锁关与敌斗争的照片。

也许是为了传承历史文化，也许是为了抢占“域名”资源，记者看到，与印台区毗邻的宜君县在遗址南2公里处，已修建了关城城门和六郎台、索道等建筑，不大的广场上，还耸立着杨六郎的雕像。

比起前面的五大关城，金锁关实在显得有点落魄，也没有更多的遗迹可寻。面对扶贫攻坚和造福百姓，眼看着嘴边吊着一块肥肉，可就是吃不到，真是急坏了镇上的公仆们。好在，他们没有一味地干瞪眼。镇党委书记路毅是个80后，年轻干练，也有想法。“我们还有更值得看的地方”，说着就拽着记者上了车。原来，在金锁关镇西北的何家坊村，一片石林景区正在建设中。路毅告诉记者，这是他们依托金锁关旅游开发的新景区，石林发现于2010年，面积达3.2万平方米。记者看到，这片石林呈“一”字形状排开，规模雄浑，站在不同位置观赏，会有不同的视觉感受和形象认知。

“去年7月在这里举办了以‘太阳花’为主题的系列旅游活动，一个多月，游客就突破10万人次。”路毅边走边说，“金锁关处在五县交会处，交通十分便利，305省道、210国道及铜黄高速穿境而过。除了玉米、苹果等传统农业种植外，运输业也十分发达，光川道的几个村大型运输车就多达370辆。”

在路毅的设想中，金锁关也有着美好的前景：“镇政府已委托专业单位进行设计规划，未来的金锁关将以玉华宫为中心，把马莲湖、搬转山、六郎洞、鞋圪崂山、东水关、金锁石林、桃花洞、葡萄寺、凤凰山等散落的景点串起来，形成一串耀眼的珍珠项链。”

远去了鼓角铮鸣

万里关山走过，虽然腰酸腿疼，虽然疲惫不堪，但却心潮澎湃。那千年的风云变幻，千年的英雄豪情，千年的壮美故事，千年的融合悲欢，千年的爱恨情仇，始终萦绕在记者的脑际，激荡在记者的心怀，挥之不去。

万里关山走过，记者的心情又是沉重的，那湮没的黄尘古道，荒芜的烽火边城，从此便成了记者难以割舍的牵挂。在中华民族风云激荡的千年历史长河里，为着中华文明的光辉灿烂，为着关中平原的长久安宁与荣耀持续，漫漫六道雄关把战火引向自己，奉献自己，燃烧自己，哪怕自己走向萧条，湮没于函谷烟尘……

万里关山走过，面对萋萋荒草，脚踏已经风化的烟尘，记者以媒体人的微弱之力不遗余力地传播历史知识，宣扬旅游文化，游说鼓励当地相关方面，尽最大可能地保护、复原和开发古关要塞，以便更好地传承历史文化，造福当地百姓。

万里关山走过，记者深感，每一个关塞，都是一本厚重的书，刻满了中华民族奋力前行的脚印；每一个关塞，都与关中紧密相连，都与中华文明息息相关；每一个关塞，都深埋着无数的英雄故事，那故事，“流遍了，郊原血”……

暗淡了刀光剑影，远去了鼓角铮鸣。

万里关山走过，当记者再走在关中的地上，一种复杂的情愫盈满心怀。回顾中华民族文明史，不管是三千年、五千年、八千年甚或更长，关中都无愧于历史的选择、历史的重托，哪怕身疲力竭，哪怕伤痕累累，哪怕油干灯枯，哪怕力不从心，她始终挺胸昂首，肩扛使命，竭力传承。

万里关山走过，记者深深感到，关中是一块值得中华儿女永久依恋的福地。她在蛮荒时代最先苏醒，孕育出中华文明最初的曙光；她在富贵时，以包容的心怀和开放的胸怀接纳了全世界；她在“失宠”时，仍然收容了那狼狈西逃的“老佛爷”；她在黯淡时，同样以慈悲包容的胸怀敞开关口，接纳了从敌人铁蹄下奔涌西来的不愿做亡国奴的数百万鲁豫同胞，如今，他们已融入关中人的根脉之中……

唯独，日本侵略者的铁蹄在雄关前止步！

在近代，关中曾有过两次战事经历，一次是获得新生的人民解放战争，由于大家耳熟能详，记者不再嚼舌。倒是另一次战事，记者想费点笔墨，这就是人们或知之不详或早已淡忘的“二虎守长安”。时为1926年春，北伐战争前夕，河南匪首刘镇华在张作霖、吴佩孚支持下，纠集10万之众杀入潼关，企图攻占西安。5月15日，完成了对西安的合围。刘镇华围城8月之久，放火烧掉城外10万亩麦王，城周围挖掘了3公里的断绝沟。西安城守军不足万人，在革命军守将杨虎城、李虎臣率领下，全城军民同仇敌忾，粉碎了刘镇华一次又一次的进攻。但随着战事延长，粮食越来越匮乏，城内军民甚至连吃糠咽菜也不能保证。资料载：“在守城期间，死难者 5 万人左右，占当时城内人口的四分之一。”

1926 年 11 月 28 日，被围 8 月之久的西安城迎来冯玉祥的解围援兵，刘镇华部逃窜。1927 年 2 月，为纪念西安的死难军民，冯玉祥率众公祭，建“革命公园”，立烈士祠和革命亭。1927 年 3 月 12 日，在西安举行“陕西革命大祭及公葬”，党政军界数万人参加，参会者每人背土一袋，堆积公墓。两万多袋黄土堆成了这两座大冢，掩埋着 3043 具无名尸。

其实，在三秦大地上，还供奉着 93 座烈士陵园，那里长眠着 11 万为了新中国而献身的人民英雄。

荒芜了边关要塞，远去了烽火硝烟。在最近的千年直至新中国成立后，虽然远了荣华，逊了色彩，少了赞美，但关中，为着和平永续，耕耘依然，奉献依然。

关塞有意化作泪，关中有情起歌声。几千年历史的天空中，总有一股民族的英雄气不舍岁月，在关中平原上驰骋纵横，激荡在 3700 万三秦儿女的心怀。

一位哲人说过：只有不断感悟历史的民族，才能走得更远……

记者留言

每一座关塞都是一本厚重的书，关中更是一本永远也翻不完的大书。这是记者走过“六关”后最深切的感受。虽然历时月余之久，虽然行程万里之遥，虽然搜集资料无数，虽然采访不少“关人”，但囿于诸多因素，记者毕竟走马观花、蜻蜓点水甚至挂一漏万，加之知识水平、写作能力有限，可能难以满足各界读者的渴求，敬请见谅。好在这六大关塞都安卧在关中的身旁，离您也不远，要是您有兴致，您不妨在闲暇时驾车一游，肯定会有更新更多的发现与收获。

感谢您耐着性子读完《本报记者寻访关中要塞》系列报道，欢迎提出宝贵意见。

——原载于《陕西日报》2016 年 4 月

胸怀大爱踏边关

——品读韩秀峰《掀过一页》之“漫道雄关篇”

石泉县委宣传部　吴亚君

吴亚君

能够有幸读到韩秀峰老师即将出版的新作，真的非常荣幸。作为一名 80 后新闻宣传战线的新兵，带着学习的态度我认真阅读了韩老师的作品。

《漫道雄关篇》总共 6 个部分，分别为关中篇、武关篇、函谷关篇、萧关篇、散关篇、潼关·金锁关篇。这些关塞的名称也许我们耳熟能详，但对于这些关塞的前世今生，我们了解的是少之又少。而韩秀峰老师的这一辑作品以历史的眼光和哲学的思辨，引经据典，夹叙夹议中饱含深情。每一篇作品都体现了作者的睿智，浸透着作者对关塞文化的热爱、对历史文明的传承，充分体现了作为党报高级记者的责任感、使命感。

作者在《潼关·金锁关》一文中写道："万里关山走过，面对萋萋荒草，脚踏已经风化的烟尘，记者以媒体人的微弱之力不遗余力地传播历史知识，宣扬旅游文化，游说鼓励当地相关方面，尽最大可能地保护、复原和开发古关要塞，以便更好地传承历史文化，造福当地百姓。"这段话正体现了作者作为一个新闻媒体人所持有的优良品行，这种优良品行，就是责任担当。正是基于此，作者才不遗余力地用尽笔墨去描述他眼里的、心里的关塞。

作者犹如一位探险家，用文字探访古迹，为我们揭开每一处关塞神秘的面纱，每一篇作品开头读来便令人兴趣盎然。如《函谷关》一文中的开头，作者写道："关中人大概没有人不知道'函谷关'的。但是再问：函谷关在哪里？答案就五花八门了，'函谷关不就是潼关么？''两个不是一个地方么？'迷惑了吧？其实，没去函谷关之前的记者和你一样，也迷惑着……"作者一连用了 4 个问句，不禁使读者顿生疑惑，也想一探究竟。在《散关篇》一文的导语中，作者写道："大散关还因其与老子、刘邦、曹操、诸葛亮、陆游等众多历史'大咖'有着密切的交织而声名在外。然而，就是这样一个闻名古今的名关，记者几经打听才找到她今天的所在。"寥寥数语，便让人对大散关生出几分兴趣。

杜甫曾说："读书破万卷，下笔如有神。"为了给读者呈现一个个鲜活立体的关塞，作者挑灯夜读，翻阅了大量的资料；他跋山涉水，亲身探访了每一处。品读着韩老师的文章，我似乎看到了那无数个夜阑人静的时候，他静坐灯前，聚精会神、苦思冥想的神情，又似乎看到他为关塞历史文化的保护和发扬而百结愁肠、忧心忡忡的样子。

韩老师行程万里，访“关人”无数，在为世人解读关塞的历史文化的同时，他为之高歌、为之呐喊，为那湮没的黄尘古道，为那荒芜的烽火边城。“只有不断感悟历史的民族，才能走得更远……”作者希望关塞的历史文化能够以一种崭新的姿态在关中大地发扬，给人启迪，予人智慧。令作者欣慰的是，在当地政府的规划中他看到了关塞那犹可触摸的未来。如《武关篇》中最后写道：“采访中得知的一个消息令记者欣喜不已，武关古城的恢复与重建工作已正式提上日程。在商洛市主导的商於古道景区规划中，武关作为其中的重要组成部分将被重点开发，前期规划已在审批阶段……”在《函谷关篇》中写道：“陕西鸿帆还将建设函谷关周边生态养生项目，利用函谷关的绿色生态优势，将这里打造成一个集旅游、观光、休闲、度假、养生为一体的生态湿地度假旅游综合区。……它将成为关中儿女新的牵挂、新的向往、新的乐园。”我想，这样的结果正是作者所期盼的。

这一辑文章情感真挚，加之辅以排比，使得文章大气磅礴。如《关中篇》写道：“那辉煌，无与伦比；那辉煌，震古烁今；那辉煌，震撼世界！”“关中，有说不完的英雄壮歌；关中，有道不尽的风花雪月；关中，有随处可见的秦砖汉瓦；关中，有朗诵不尽的诗歌华章……”再如《潼关・金锁关篇》中写道：“在这里，望莽莽秦岭之连绵，观滔滔大河之奔流，览关中平原之绚丽，那种大气磅礴，那种山河盛景，那种旖旎风光，那种厚重积淀，扑面而来，由眼入心，直通丹田，一种壮怀激烈的感觉顿时在体内升腾起来……”大段的排比在文中比比皆是，诗一样的语言将作者的感情抒发得淋漓尽致。

都说“我笔书我心”，作者的一腔赤诚也带动了读者的丰沛情感，我们仿佛随着作者的抑扬顿挫，时而驻足于黄沙漫道，时而驰骋于关隘驿站，时而因苍凉而悲伤，时而因满足而欣喜。如《武关篇》中写道：“走着听着，凝视着这尘封在历史深处的斑驳，记者的内心不由生出‘一杯残土吊古塞’的悲伤感慨。还好，东门内，老街两旁还保留着不少的明清老宅，看起来古朴庄重、典雅华贵，记者才略感宽慰。”再如《萧关篇》中写道：“凭感觉，目标好像愈来愈靠近了，记者的心底竟倏忽冒出一丝兴奋和紧张。”“如今，到了这边关，看到这苍凉的景象，记者不免心底惋叹。”当体会到作者如此细腻的情感变化时，读者似乎早已“沦陷”，不由自主地同他一起悲和喜了。

俗话说，见文如见人。虽与韩老师曾有一面之缘，但读了他的作品，我大概才算是真正地见过了韩老师。

在渭北高原

家国
情怀篇

毛泽东的光辉

有一个人，五千年的中国历史在他身上浓缩；

有一个人，九百六十万平方公里的中华大地遍布他的足迹；

有一个人，亿万各族人民的命运因他的伟业而得以改变；

有一个人，长辞人间二十年，共和国的人民无时无刻不在怀念……

这个人，就是毛泽东。

毛泽东的名字，与每一个中国人相连，与20世纪相连，与华夏文明相连。

翻开中国现代史，创建中国共产党，缔造人民军队，进行二万五千里长征，赶走日本帝国主义，推翻蒋介石反动政府，建立新中国，掀起抗美援朝运动，领导社会主义革命和建设……

无一不透视和闪现着毛泽东的光辉。

然而，这些远不是毛泽东的所有。当身处社会主义市场经济大潮

仰望

中的中国人在今天重读毛泽东时，便可发觉，毛泽东之所以令人眷恋无比、回味无穷，除了他那令世人叹为观止的丰功伟绩外，更在于他那无可比拟的人格魅力和鼓舞人民的精神风采。

毛泽东的光辉，在于他对祖国和人民的无限热爱。因为这无限的热爱，从投身革命起，毛泽东不曾有一刻离开过人民，从工农运动到创建民主的人民军队，从打着补丁的衣服到与人民相濡以沫的困难时刻，人民幸福他高兴，人民受苦他悲泣，血肉相连、鱼水相依成为他同人民关系的生动写照。而就是为了自己伟大而多灾多难的祖国和亲人般的父老乡亲，毛泽东奉献了自己的终生和一家 6 位亲人的生命。

毛泽东的光辉，还在于他以自己的无产阶级世界观、人生观和价值观，不仅使马列主义理论得以长足发展，而且身体力行，始终如一地教导党员和人民。“改造中国与世界”是毛泽东追求终生的目标，他的思想和精神教育鼓舞了几代人，他把自己极富魅力的伟大人格国家化，向全体民众展示了一个崇高而诱人的精神世界。

毛泽东的精神蕴含着走过五千年风雨的中华民族精神的骨髓，代表了亿万人民精神的最高境界，是中国人民受用不尽的“食粮”。

在社会主义市场经济快速发展的今天，在加强社会主义精神文明的过程中，重读毛泽东，就要摒弃所有与共产党人格格不入的思想与作风，像毛泽东那样，保持公仆本色，全心全意，躬身为民，死而后已；重读毛泽东，还要斩断所有带着封建主义和资本主义的铜臭腥气，像毛泽东那样，不忘学习，亲身实践，以科学的思想理论带给人民一片明媚纯净的天空；重读毛泽东，还将会推动我们的祖国早日繁荣富强，使我们民族的精神大厦更富魅力，永不枯萎。

毛泽东的光辉，将照耀我们走向文明的新世纪。

——原载于《陕西日报》1996 年 12 月 26 日

英雄儿女民族魂

大雁从头上飞过

今天，10月25日，抗美援朝战争纪念日！

60年过去了，她的艰苦卓绝依然震荡着我们的心房；她的英雄气概依然澎湃着我们的血液；她的精神光辉依然高大着我们的民族！

60年前，万千中华儿女从“雄赳赳，气昂昂，跨过鸭绿江”唱到“我们战旗美如画”，直到把《我的祖国》唱向了全世界。抗美援朝的书很多，故事更多。今天我们知道，美国为首的“联合国军”曾计划7天攻下上甘岭，在立体进攻43天后，敌人却不得不从她的脚下败退。从此，世人皆知上甘岭！高喊“向我开炮”的王成，实际上是蒋庆泉、于树昌和杨根思三位英雄的综合形象，还有黄继光、邱少云、罗盛教等英雄，还有毛岸英，这个至今提起仍让人揪心的名字……他们成了几代中国人心中的偶像，他们赢得了一个最美的称谓——“最可爱的人”！

抗美援朝战争的胜利，是民族的胜利，是意志的胜利，更是精神的胜利！包含着英雄主义、爱国主义和国际主义的抗美援朝精神，是几十万中国人民的优秀儿女在踏冰卧雪中用生命、鲜血和意志谱写的，她激励了亿万中国人民，也丰富和充盈了我们民族的魂魄。毛泽东主席说过，人是要有一点精神的，这里的精神，笔者理解不仅仅指的是劲头，更多的应该是信念、追求和意志吧！

愿这种精神与我们民族同在同行！

——原载于《三秦都市报》2010年10月

雷锋　仍然温暖着我们的心

——写在毛泽东主席“向雷锋同志学习”发表52周年之际

虽说历经了半个多世纪的沧桑，但有一个人，仍不时触动着我们的情感神经。他的事迹，我们耳熟能详；他的格言，铭刻在我们心中；他的名字，仍然温暖着我们的心。

这个人，就是雷锋。

说到雷锋，不能不说到与他紧密相连的一位伟人。在毛泽东主席波澜壮阔的一生中，感动过他的英雄人物不知该有多少，但有三位平凡人物却因为他的文章和题词走进了更多人的心里，激荡着历史的天空。这三位普通人就是：白求恩，张思德，还有雷锋。

也许，正是从这三位殉职于平凡岗位上的普通人身上，伟人发现了共产党人的最佳形象和崇高境界，这就是全心全意为着绝大多数人，全心全意为人民服务。或许正是基于这样的共鸣，深知“有奋斗就会有牺牲”的毛泽东主席化悲痛以力量，为烈士的精神歌唱，为人民的事业讴歌，为共产党的未来奠基。正是这共产党人长期的“多壮志”无畏牺牲，才浇灌培育出祖国大地“六亿神州尽舜尧”“遍地英雄下夕烟”。

1962 年，祖国迎来了三年自然灾害后的又一轮建设高潮，一位名叫雷锋的普通战士在执行运输任务时不幸殉职，年仅 22 岁。人民日报刊登了介绍雷锋事迹的长篇通讯，摘登了《雷锋日记》。雷锋的模范事迹和高尚思想在军内外产生了巨大影响，他以自己年轻的生命和完善的人生唤起了亿万民众乃至伟大领袖的热情。

“我看过《雷锋日记》的一部分，此人懂得一点哲学。”毛泽东主席对身边人员这样说，伟大的领袖和平凡的士兵在这里再次相遇，这也是毛泽东主席在他辉煌的一生中选择的第三个也是最后一个战士。

于是，1963 年 3 月 5 日，伟人发出了“向雷锋同志学习”的庄严号召，他的题词和雷锋精神一样完美；于是，才有了共和国大地绵延不绝经久不衰的学雷锋运动，传抄《雷锋日记》，传颂雷锋事迹，做雷锋那样的人，成为一个国家的风尚。

俱往矣。

五十二年过去，我们悲痛不再，又一个 3 月 5 日，我们又一次感受到了春天般的温暖。这温暖，来源于五十二年前的那个战士，来源于领袖的点化与号召，来源于一种穿越时空的力量——雷锋精神。

那么，站在中国五十二年后的新常态下，雷锋精神又有着怎样的意义呢?

雷锋精神，是人世间的温暖之最。

雷锋精神之所以成为一个国家的精神标杆而且穿越时空，最感动人的应该还是他始终帮助别人而带给社会的温暖度。雷锋说：“……人民的困难，就是我的困难，帮助人民克服困难贡献自己的一点力量，是我应尽的责任。我是主人，是广大劳苦大众当中的一员，我能帮助人民克服一点困难，是最幸福的。”他送老大娘的故事，好事做了一火车的故事，为灾区捐款的故事，我们至今仍然记忆犹新，《雷锋日记》成为那时许多人做事的信条和人生的坐标，千千万万的人成长为雷锋精神的传播者、实践者，使互助友爱的风尚吹遍了神州大地。

雷锋精神，是共产党的境界之最。

雷锋也是一名普通的共产党员，他如饥似渴地学习毛主席著作，为人民服务的思想深深扎根于他的心底。所以他说：“一个共产党员是人民的勤务员，应该把别人的困难当成自己的困难，把同志的愉快看成自己的幸福。”“人的生命是有限的，可是，为人民服务是无限的，我要把有限的生命，投入到无限的为人民服务之中去。”正是由于这样的自觉境界，干工作他不觉苦，做好事他不觉累，捐自己并没多少的钱他不觉疼，只要是为了人民，只要能帮助了别人的难处。这就是共产党人的最高追求，也是共产党人的至高境界。正如毛泽东主席所言，一个人做一件好事并不难，难的是一辈子只做好事不做坏事。这应该是对共产党员的基本要求。

笔者以为，共产党员这个称号之所以光荣崇高，是因为它代表了历史前进的方向，是为着人民的幸福和社会的进步的，所以他并不是与生俱来的，要成为一名合格的共产党员，就要在千锤百炼中锻造自己，培育出共产党员的自身素质。

雷锋精神，是一个人的修养之最。

雷锋以新旧社会的经历、自身的人生感受，从共产党的学说里，从共产党人的身上确定了自己的人生目标，发现了人生的价值所在，所以，他孜孜不倦地学习，勤奋刻苦地工作，在人民军队的大熔炉里自觉地锤炼自己，升华自己，力求使自己成为一个有益于党有益于人民有益于社会的人。正像他的日记所写：“有人说，人生在世，吃好、穿好、玩好是最幸福的。我觉得人生在世，只有勤劳，发奋图强，用自己的双手创造财富，为人类的解放事业——共产主义贡献自己的一切，这才是幸福的。”他还写道：有人说我是“傻子”，是不对的，我要做一个有利于人民、有利于国家的人。如果说这是“傻子”，我是甘心情愿做这样的“傻子”的，革命需要这样的“傻子”，建设也需要这样的“傻子”。

雷锋在短暂的一生中，并没有做出惊天壮举，几乎都是一些凡人善举，然而，就是这些，将他修炼成了快乐为别人的楷模。“一个人能力有大小，但只要有这点精神，就是一个高尚的人，一个纯粹的人，一个有道德的人，一个脱离了低级趣味的人，一个有益于人民的人。”

雷锋精神，是价值观的核心之最。

在52年后的今天，在社会发展的新常态中，雷锋精神不仅仅使我们感到温暖，而且仍然值得我们传承、发扬、光大。

去年3月11日，习近平总书记在接见雷锋连指导员谢正谊时说：“雷锋精神

又见毛主席

是永恒的，是社会主义核心价值观的生动体现。你们要做雷锋精神的种子，把雷锋精神广播在祖国大地上。”

雷锋精神是永恒的，也是博大精深的，它和党的十八大倡导的社会主义核心价值观一脉相承，仍然是共产党人的追求典范和终极目标，爱国、敬业、诚信、友善的个人要求，无一不在雷锋精神的涵盖之中。

从这个意义上讲，即使在时空转换的今天，我们仍然是雷锋精神的传承者，我们都应当继续学习雷锋，成为他的一部分乃至全部；也像他那样，幸福别人，温暖社会，快乐自己，“把有限的生命，投入到无限的为人民服务之中去”。

——原载于《陕西日报》2015 年 3 月 5 日

你来了　以共和国的名义

——写给共和国第一个“烈士纪念日”

你来了，以共和国的名义，庄严而神圣，在共和国 65 周年华诞的前夜，将我们的记忆拉回到 1949；你来了，带着建立共和国的万般艰难和气壮山河，向我们讲述那漫漫长夜里难挨的黑暗和苦苦的探索；你来了，伴随着东方欲晓的曙光，在 28 响的礼炮声中，向世界昭示中国人民站起来的万丈豪情；你来了，将一个精心建造的共和国送进了四万万个怀抱，告诉你的人民：从此当家做主人！

你来了，昂扬着民族的意志，不可侵犯的凛然尊严，从虎门讲起；你来了，终于将“华人与狗”的牌子和“东亚病夫”的帽子踩在脚下；你来了，透过坚韧的身躯，我们看到义和团铁拳的挥舞，听见武昌城头的炮声隆隆，还有千年封建老店坍塌声中你的誓言：中国再没有皇帝老儿！

你来了，肩负起苦难民众渴望的使命，经历了五四风暴的洗礼，在南湖开天辟地，使你的奋斗有了真正的意义；你来了，从此根植于民众的土壤，把脉着中国的体温，在血肉相连中一次次校正前行的航向，不惧血泪，哪怕艰险；你来了，从此，国家的安危、民族的兴衰、民众的幸福勇扛在肩头，一刻也不曾放下，哪怕是稍稍的歇息；你来了，以前所未有的新颜，使民众有了立足之地，于是大地星火燎原，丧钟为侵略者而鸣，百万雄师红旗插遍神州。

你来了，警示着我们的责任，在漫漫六十五年后的今天，一个甲子了，是否有所遗忘；你来了，在我们经历了激情燃烧，于一张白纸上描绘愿景战天斗地，在“围困”中开放改革富民强国的时候；你来了，在我们吃饱穿暖的时节，在我们迈向小康的路上；你来了，以我们共同祖国的名义带着对我们的告诫，忘记是另一种背叛，缅怀也是一种传承，生于忧患，死于安乐；你来了，以共和国的名义，检阅着我们的奋斗业绩，重温曾经的血脉相连鱼水共欢，共忆那军民一家并肩战斗的峥嵘岁月；你来了，以共和国的名义，期望人民安康当家做主人，护佑中华复兴自立于世；你来了，带着历史深处的回声，唤起我们心中的记忆；你来了，从此将与共和国同在，从此将与人民相伴；你来了，以后的每年，每年的今天，每年的每天，我们都将以国家的名义，给予你万世的敬仰，祭奠你在含笑的九泉！

你来了，是对无数英烈的庄严告慰，以国家的意志、人民的期盼，在这第65个国庆节里；你来了，今年的共和国华诞也变得愈加庄重神圣，愈加具体生动愈加亲爱至诚！

你来了，其实，你一直都没有走，一直和我们在一起；矗立在天安门广场的人民英雄纪念碑可以做证，共和国九百六十万平方公里上的每一座陵园可以做证，泪雨纷飞的每一个清明可以做证，鲜血浇灌过的土地可以做证，一寸没少的完整国土可以做证，共和国六十五年的和平安宁更可以做证！

你来了，我们一直同奋斗，我们一直共欢乐；

你来了，你在我们的中间，你在我们的永远……

——原载于《陕西日报》2014年9月28日

渭河桥上望华山

沿着烈士倒下的方向走

多年来，每当想起烈士，一种肃然的崇敬之感油然而生，特别在共和国第一个“烈士纪念日”到来之时，这种感觉尤为强烈。

在共产党为人民当家做主近百年的奋斗历程中，无论是战争年代还是和平时期，为人民牺牲的烈士虽然捐躯的形式各异，但有一条是共同的，那就是为了祖国的强盛，为了人民的幸福，勇于牺牲生命。

笔者出身军人，对“牺牲”一词有着更直观更深切的体味。什么是烈士？词典说是为正义事业而牺牲的人，这其实还不够。所谓烈士，就是可以生，但选择了死，为了他人，为了国家；不是无奈地死，而是勇敢地面对；不是利益的换取，而是不图任何的回报。

江姐是这样，黄继光也是这样；张华是这样，戴俊更是这样。

这才是烈士的举动，这才是烈士的精神。

在以国家典礼隆重纪念烈士的今天，我们作为后来者，该如何纪念烈士呢？

笔者认为，那就是，沿着烈士倒下的方向走！

沿着烈士倒下的方向走，就是沿着有希望有幸福的方向走。因为烈士倒下的方向，就是有着希望的方向，是大多数人能得到幸福的方向。共产党人的革命之初，无一人是想着自己的荣华富贵，因为他们中的许多人本就过着衣食无忧的生活，但是他们富裕而不幸福；有的也想过上幸福生活，但党告诉他，只有大多数人幸福了，自己才能幸福。于是，共产党人为着大多数人的幸福，也为了大多数人幸福后自己的幸福，勇往直前。

沿着烈士倒下的方向走，就是沿着胜利的方向走。因为烈士倒下的方向就是冲锋的方向，就是党指引的方向，也就是胜利的方向。战争年代有胜利，和平时期同样也有胜利。一项工作，一次实验，一项工程，按时按质完成了是成功也是胜利；抢险救灾，急难险重，有人倒下了，我们接着上，这样才能取得成功，才能赢得胜利。

沿着烈士倒下的方向走，就是沿着美好的未来走。因为烈士就是怀揣着美好的理想和坚定的信念倒下的，所以他们倒下的方向就是朝着美好的方向，也就是需要我们后继者前行的方向。

从这个意义上讲，我们今天的幸福生活就在烈士当年倒下的方向上，在这幸福的生活里，我们只有发奋，只有拼搏，才可能不偏离方向，才可能走在烈士倒下的方向上，走进老百姓的心里，知百姓疾苦，做百姓所想，始终走在为人民大众谋福利的道路上。

为此，让我们以本职为岗位，用坚守和奉献来迎接和纪念共和国的第一个“烈士纪念日”。

——原载于《陕西日报》2014 年 9 月 29 日

旅行归来的父母亲

难得的合影

国家的纪念是国家的清醒

记得小时候每当去姥姥家拜年，都会盯着墙上贴着的年画看上半天。那时候墙画是很稀罕的，一般人家只有过年才买上一两张。可姥姥家的年画也不是买的，上面还印着一行红字，赠给革命烈属、军属、伤残、退伍军人，等等，后来才知道，因为舅舅是解放军，姥姥是军属，所以年画是民政部门送来的特制慰问品。

30 多年过去了，这张年画还留在我的脑海里，可见它的魅力和影响。其实它当初也就几分一毛来钱，即便今天也不过几元而已。

不知道与这张年画是否相关联，有趣的是，后来我也成了一名解放军，有着不短的军龄，还有幸参加了边防战争。我的父母也是当然的军属，可遗憾的是，我们家里再也没有见过姥姥家那样的慰问年画。

也许是时过境迁了，但我依然怀念姥姥家的那张年画。

再过一天，也就是 2014 年 9 月 30 日，我们就要迎来共和国的第一个“烈士纪念日”，之所以是第一个，并不是我们以前没有纪念过，而是我们第一次以庄严的国家礼仪来统一纪念，她体现着国家的情怀、民族的意志、人民的呼声。笔者以为，“烈士纪念日”不仅是一种纪念，也不仅是为了传承，更是为了保障。

天安门广场的人民英雄纪念碑，从 1949 年 9 月 30 日黄昏毛泽东主席第一锨土奠基到 1958 年 4 月落成，历时近 9 年，建设期间几易其稿，毛泽东主席不仅多次审阅模型，还亲笔题词“人民英雄永垂不朽”，为什么？敬重，敬仰！

第一个“烈士纪念日”的设立，同样如此。

毋庸置疑，改革开放特别是近些年以来，我们的一些地方，一些人，向钱看的多了，精神追求少了，和平的时间长了，拥军优属工作放松了，形式滞后了，情谊淡了；有的地方在烈士陵园里搞起了房地产开发，有的毁坏园林，有的办起了歌舞厅或餐馆；有的单位或乡镇，不知道辖区有多少烈士，有多少军烈属，有多少退伍军人……

这么多的不知道，我们的拥军优属工作何以有效果，我们的纪念慰问何以不停留在纸上，如此，共和国的长城又何以加固，军民鱼水情又何以维系！

第一个“烈士纪念日”，国家的纪念，那是国家的清醒；但国家的清醒只有各级政府及其从业者的清醒执行方能实现。我们应当有所忧患，我们必须有所忧患，在忧患中拓展我们的工作内涵，翻新我们的工作形态，如当年的年画般温馨温暖，当好党政军的爱心使者，使军民更团结，长城更牢固。如其不然，党和政府的英明决断和对这一群体的温暖关爱也只会停留在纸上，甚至吊在空中。

因为忧患，我们已经想了很多，所以才有了这“烈士纪念日”；因为忧患，我们还需要做出很多。如此，这个“纪念日”才会有国家般的意义。

我，依然怀念姥姥家的那张年画。

——原载于《陕西日报》2014 年 9 月 30 日

秦岭之巅

永远为着人民的幸福

——献给人民解放军 89 岁华诞

八月一日，一个再平常不过的时间节点，却和中国人民拥有着无比的感情，而且这份炽热的感情已经延续了整整 89 年；

检索 89 年的历史痕迹，从“八一”南昌城头的枪声到井冈山举起镰刀斧头的工农旗帜，从瑞金建立苏维埃的中国实践到铁流两万五千里的百炼成长，从反击日寇侵略的八年抗战到秋风扫落叶般地解放全中国，在党的指挥下，在人民的哺育中，在中国大地上，你茁壮成长，你百炼成钢，你彪炳史册；

在人民共和国建立后，为着国家的安危与尊严，你三八线上逞英豪，雪域高原写风流，珍宝岛上出奇兵，友谊关外主正义；

为着人民的幸福和安宁，军垦屯边的行列里有你，建设共和国热潮的人群里有你，抗洪抢险的战天斗地中有你，急难险重的现场中有你，国防现代化建设的大军里有你，九百六十万平方公里的国土安宁里更有你……

89年，一段好长好长的岁月，在她铺开来的每一天中，都有你为了人民的动人故事；在人民向着幸福奔跑的每一步里，都有你鱼水般的相依；在中华民族实现伟大复兴的“中国梦”的征程上，更有着你豪迈的伴奏；

89年，虽然你的戎装随历史的变迁几经改变，但你全心全意为人民的红心没有变；89年，虽然你背负的使命因着国家的需要不停转换，但你冲锋在前不畏牺牲的大无畏精神没有变；89年，虽然你所处的环境因世界的潮流风云变幻，但你不惧风霜的凛然容颜没有变；

89年，你以自己的忠诚为着人民的幸福，人民对你的称呼虽然也多次变化，从“咱们的队伍”到“人民子弟兵”，从“最可爱的人”到“新一代最可爱的人”，从共和国的“中流砥柱”到共和国的“钢铁长城”，等等，但对你的爱戴，对你的赞美，对你的依恋却恒久不变。

正是因为这跨越世纪的相依相守，才有了世界惊叹的鱼水深情，也才有了“军民团结如一人，试看天下谁能敌”的国泰民安。

——原载于《陕西日报》2016年8月1日

我们永远在路上

——在第 12 个中国记者节上的致辞

在记者节上致辞

11月8日，是新中国第12个记者节。中国记者节，是以1937年11月8日范长江等青年记者发起成立的中国青年新闻记者协会即中国记协的前身为标志而设立的。11月8日在2000年被确定为中国记者节。从此，记者节像护士节、教师节一样，成为我国仅有的三个行业性节日之一，也是一个不放假的工作节日。记者节的设立，体现了党和政府对新闻工作者的亲切关怀和对新闻事业的高度重视，也体现了社会各界对新闻职业的尊重。

裹挟着365日未绝的风尘，踩踏着2011最后的秋雨，我们今天相约钟鼓楼下，欢庆我们自己的第12个中国记者节！

在这个荣耀的节日，请允许我向辛勤劳作了又一个春秋的全社新闻从业者表示最热烈的节日祝贺——大家辛苦了！向今天还依然奔波在新闻现场的同志们表示最衷心的感谢！向光临记者节欢聚现场的新闻前辈和引领者雷一鸣记者、薛晓燕记者、姜冯俊记者、孙巍记者致以最诚挚的敬意！

记者节，是国家对新闻工作者的尊重和关怀、激励和鞭策，更意味着新闻工作者的使命和责任。

新闻是历史的初稿，因为与历史结缘，新闻职业才始终魅力不减、诱惑无限。真相，有了我们才会完整；历史，因为我们而被铭记！记者是历史的记录者、观察者和传播者。普利策说：假如国家是一条船，新闻记者就是站在船上的瞭望者。他要注意往来的船只，注意地平线上发生的任何动向。我想这样说，记者是流水，可以涤荡尘埃；记者是杀毒剂，可以消灭细菌。我们有着赤子的情怀，竹子的品格，钉子的精神，轮子的状态。我们的每一天都是新的，我们面对着每一个的新一天。因为如此，我们不顾一切地见证历史、记录时代、揭示真相、传播希望！正因如此，我们手无寸铁兵百万，力举千钧纸一张。

有的时候，当记者是一种痛苦，更多的时候，当记者是一种幸福。因为如此，我们一直在路上，我们永远在路上！我们越来越感受到记者这份职业的崇高与神圣。

在我国正处于黄金发展期和矛盾凸显期的今天，一系列挑战摆在我们面前。在经济全球化深入发展、世界格局大变革大调整的背景下，媒体的发展也面临着前所未有的挑战。作为新闻从业者，我们应当肩负起崇高的历史使命，牢牢把握正确的舆论导向，坚持以人为本，坚持改革创新。应进一步增强新闻工作者的责任感和使命感，弘扬主旋律，打好主动仗，把体现党的主张与反映人民心声统一起来，把坚持正确导向与通达社情民意统一起来，把正面宣传为主与加强和改进舆论监督统一起来，不断增强新闻宣传的亲和力、吸引力、感染力，改善和提高人民团结奋斗的共同思想道德基础，为文化兴国文化强省凝聚起最强大的精神力量；坚持贴近实际、贴近生活、贴近群众的新闻准则，让群众喜闻乐见，做出影响力，发挥引导力；坚持解放思想、实事求是、与时俱进、改革创新，使新闻信息传播体现时代性、把握规律性、富于创造性，不断提高舆论引导的权威性、公信力、影响力。

我们的先辈范长江先生说过，一个记者，如果能为一个伟大的理想工作，那是很值得鞠躬尽瘁、死而后已的。

各位同仁，11 月 8 日是秋冬交会的一天，让我们在欢聚过后，踏上冬的征程，像蜜蜂一样继续每天的飞翔，用我们的辛劳与责任、苦痛与欣慰、激情与智慧，给读者早日带去春的消息，以丰盈的成绩献礼即将到来的《三秦都市报》创刊 18 周年！

最后，让我借用诗人雷抒雁的诗歌，为这个节日和她的主人歌唱祈福——

献给记者节的玫瑰

亲爱的，请暂时离开电脑
放一放手中忙碌的笔
给我五分钟，五分钟
唱支歌，送朵玫瑰给你
记者节当然不是情人节
今天，三分爱更兼有七分敬意
一朵红玫瑰，是亲人兼读者
献上的祝福，节日的贺礼
你总说，记者的命运是奔波

选择记者无异选择别离
其实，采访，是职业的使命
却也是我的心程经历
你的眼睛
是我心灵的导游
每天，每天，随你
在时代的风景线上游弋
我的情感
总是随你心潮起落
欢乐、愤怒、惊叹或同情
一颗心应和着时代的节拍步履
你说，记者像是蜜蜂
生活多彩，总担心难酿好蜜
我说，爱你敬业
每次飞翔，都带来春的消息
也曾为你担心，最危难的地方
寻找着你的身影
也曾为你痛苦，战火燃烧之处
会有记者的牺牲
不要说，人们会忘记
那些临危不惧者的姓名
不朽的记录，因为记者的无畏
楔进了历史的心中
一个镜头，今日的新闻
也许就是明日的历史
一则消息，昨日的短讯
已刻写下时代的进程
记者，是人类的触角

用心灵感知世界的热冷
记者，是时代的声呐
捕捉着每个心灵发出的响声
亲爱的，一朵玫瑰
插在你的行囊，是爱也是期望
陪你写作，陪你采访，愿它
滋润你的情感，强壮你的力量

泪水噙满眼眶　我们不哭

——写给5·12汶川大地震和我们的祖国

2008年5月12日
地球突然晃动
慌乱中
我们逃离大楼
十多分钟后
从网上搜知
汶川大地震
摇动全中国

四川汶川
没多少人知道
可这一刻
14点28分

名不见经传的汶川
却震惊了世界
震疼了十三亿颗心
震湿了十三亿双眼

14 点 28 分
这一刻的汶川
在顷刻间的抖动中
昔日的风光面目全非
曾经的家园已是堆堆瓦砾
建设的辛劳顿成残垣断壁
生命在废墟中呼喊
阳光明媚的如画人间
成了黑漆漆的地狱

14 点 28 分
这一刻的汶川
数万的苦难同胞
从地球恐怖的裂缝
遁入了地狱之门
那一刻的我们
也并非是被地球晃动了身躯
而是同胞罹难的刹那
被撕裂的
我们相连着的心的
颤抖与揪疼

废墟中的汶川

三天不见太阳
大雨连绵瓢泼
中国看不到汶川
汶川找不见中国
十三亿双手呵
捂着十三亿颗揪疼了的心
望穿了噙满泪水的眼

三天，三天
竟似越千年
近在咫尺
却又远隔天壤
对中国
也对汶川
时间从来不曾这般漫长
十三亿颗连着的心哪

一直提在嗓子眼
苦苦找寻着
也是我们共同家园的汶川

终于
黑暗千年后
感动上苍的虔诚
撕开了瓢泼的云雾
卫星信号终于从汶川传来
就像母亲听到孩子的哭声
劫后余生的十三亿颗心哪
伴随着长长的感动
这才落了地
在祖国心脏的总书记
离汶川最近的总指挥
第一时间发出了救人的号令
只要有一线希望
就要尽百倍努力
于是
在地球震动之后
十三亿中华儿女
又一次震动了地球

向着汶川
向着呼救的同胞
十万脚步隆隆
以秒的速度
对世界来说

此刻的中国就是汶川
此刻的汶川也是中国
十三亿道目光啊
十三亿颗跳动的心
都在与汶川同频率
伴随着向汶川挺进的大军

在旋转的直升机上
在满目疮痍的废墟上
在还在抖动的山坳上
共和国的总理
领十万海陆空英雄
秒成为他救灾的度量衡
走遍了每一寸受灾的土地
每一寸土地都撒满温暖
为人民谋性命

我知道你们一定会来救我
掩埋了 73 小时的乐刘会
血脉亲情使她坚定地信任永恒
如雷的掌声阵阵
那是又一个同胞
挣脱了死神的魔掌
看到了祖国的太阳
满山遍野的欢呼声声
那是救星从天而降
受伤的生命期盼的阳光

人民看到了
总理的身影
他向死难者长长地鞠躬
他向被困者关爱地喊话
他在风雨中办公的现场
他在爬坡中跌倒的血流
钢铁般的民族意志
在公仆跌倒时得以重铸

人民听到了
总理的声音
既有严厉的命令
又有关爱的抚慰
总理的声音变得嘶哑
总理在灾区几度哽咽
那被天灾撕裂的同胞的伤口
在他那双大手的抚摸中愈合

孩子，不哭
这是一场灾难
让我们共同面对
虽然总理也在哽咽
那是心急如焚的焦虑
那是心怀人民的急迫
那是意志与力量在聚合
汶川四周的后方
也有十三亿双噙满泪水的眼

但那不是在哭
那是众志成城中的挥洒

我们不哭
中国不哭
泪水虽然噙满眼眶
我们不是在哭
那是心与心相连的揪疼
那是迸发的爱在相融
那是泪水陪伴着的搏击与奋发
灾难使生命如此脆弱
我们的意志愈加坚强

中国不哭
我们不哭

秦岭上

我们还有中国
中国还有明天
噙满泪水的眼睛
引领着十三亿颗跳动的心
涌向遍布全国的募捐箱
献血的队伍没有尽头
如林的臂膀举起了中华龙
从机关学校到田间工厂
从香江两岸到宝岛台湾
五十六个民族的男女老幼
十三亿颗心在爱的涌动中
向着苦难中的同胞靠拢

我们不哭
世界不哭
为同胞默哀
为灾区募捐
为重建新家园
奥运火炬变得沉寂
全球华人翘首回望祖国
联合国也坐立不安
各国的慰问电雪片般飞来
救援队志愿者
赈灾物品连带着世界之爱
涌向已走进世界的中国
感动的理解中
我们的泪水又一次噙满眼眶

白云青山

汶川不哭
我们不哭
中国不哭
灾区中的绵阳机场上
两双中国的巨手
紧紧地紧紧地握在了一起
久久，久久没有松开
这是一个民族
心与力量的携手凝聚
领袖的目光里
迸发着人定胜天的坚毅
透射出竭尽全力的情怀
十三亿双眼睛啊
又一次噙满了泪水
十三亿颗心再次大涌动
心心相连手挽手
为着那泪水过后的欢笑
中国向前走

写于 2008 年 5 月 16 日晨，5 月 17 日再改

——原载于《三秦都市报》2008 年 5 月 18 日

大海边　一个背影的年

你　面向大海
一个人　静静地
在牛年的春节里

你　背向春节
把思绪向大海飞扬
也许你是累了
把一年的辛劳向大海倾诉
也许你是烦了
在波浪中梳理着新年的思想

从你的背影中
我看到了你的凝视

南海边

感受到了你的沉静
你似一尊雕塑
灵动的 思想的 活跃的

这是你的年
大海边　静静地
一个背影的年
一个也向前着的年
一个记忆永久的年……

作于 2009 年 2 月 2 日（正月初八）夜

——原载于《三秦都市报》2009 年 2 月 9 日

写给西安上空的云

这哪里来的云朵
飘到了我的头顶
这般的清新可人
又这般的通透玉洁

这是哪里的美景
包裹了我的躯体
如此妖娆多姿
又如此悦目爽心

这是怎样的驱赶
使我放下疲惫的笔
不顾饥饿直奔门外

黄渭交汇处

饱览你曼妙的身影

这是怎样的迷恋
使我穿行在通亮的街
拿起手机忘了脚下
拍摄你千变的容颜

久在雾霾中的我
习惯了沙尘的撕咬
面对你这天间的圣物
竟有着如此的爱恋

你是我儿时的抚摸
你是我生命的侣伴
曾给我千般的图案
引着我一点点长大

你是天空清澈的衬托
你是大地空灵的使者
你是常驻心间的梦
你是难得一见的痛

这天上来的云朵
融化了我的周身
这样的明目清灵
又这样的迷人心怀

草于 2015 年 8 月 21 日午间

——原载于《陕西日报》2015 年 9 月

我们在一起

——献给我在三秦都市报的姐妹兄弟

我们在一起，白天不懂夜的黑；
我们在一起，十年方知苦是甜；
我们在一起，不舍长夜做嫁衣；
我们在一起，十年白了少年头；
我们在一起，纵论天下匡扶苍生；
我们在一起，激情飞溅弹劾不公；
我们在一起，嬉笑怒骂放浪无拘；
我们在一起，感觉站在了地球之巅。
我们在一起，青春包裹热血；
我们在一起，激情荡漾才思；
我们在一起，面红耳赤华章涌向指尖；
我们在一起，飞短流长性情赤裸呈现；

我们在一起，
如果有误会，
那也是对人生的美好想象；
我们在一起，
如果有恩怨，
就想想那渡尽劫波的兄弟；
我们在一起，
说好不分手，
相约永不弃；
我们在一起，
今天说别离，
劳燕两分飞；
我们在一起，
树叶飘零，
那是对根的深情，
并非树的离弃；
我们在一起，
生死相依，
那是对命运的眷顾，
那是同依在生息你我的大地；
我们在一起，
须知相见不如怀念；
我们在一起，
情哪堪天下没有不散的宴席；
我们在一起，
曾经长相守；
我们在一起，
曾经长相依；

我们在一起，
从此长相望；
我们在一起，
从此长相忆；
我们在一起，
我们在一起……

作于 2013 年 8 月 31 日离别之时

与三秦报兄弟姐妹在一起

家国情怀里的豪迈人生

——一个游子眼中的蒲城人及其精神

因为是蒲城人，所以我常常被人问：蒲城人有啥特点？也有人约稿，命题就是“蒲城人的精神”。

由于俗务缠身，这篇惦记在心底的文章虽然一刻不曾忘记，但也一直没机会作，这次只好借着《掀过一页》的出版，也一并掀过吧，总算是对家乡有个交代。

离开家乡已有33载，单就这个数字，足以够得上沧桑了，但就地域而言，应该说，除过首都北京，这辈子心里想得最多的就是蒲城，一个是精神所寄，一个为根脉所系。

我少小离家，四海飘零，加之军旅生涯中还有过一段血火边关的经历，所以对于家乡，我的思念之情较一般人为炽。在不间断的思乡愁绪中打探家乡、了解家乡、熟悉家乡，从乡情中感悟自己的血脉传承，校正着自己的性格养成。

谈到蒲城，有人感慨她的浩大无垠，有人徜徉她的绚丽景色，有人流连她的厚重人文，有人垂涎她的美味饮食……

说起蒲城人，有人说蒲城人重情仗义，有人说蒲城人豪迈大气，有人说蒲城人智慧幽默，有人说蒲城人敢做敢当，有人说蒲城人不畏权贵，有人说蒲城人心怀天下，有人说蒲城人铮铮铁骨，有人说蒲城人有大格局，也有人说蒲城人真性情也……

当然，也有人人云亦云地说，蒲城人有点“刁”。

蒲城，位于关中平原东部的偏北方向。用今天的话说，她在西安的两点钟方向。这里是关中平原最辽阔的地段，在她1500平方公里的大地上，有高原丘陵，有山川河流，有沟壑台塬，有宽阔平原，一片古老而广袤的土地，一片绚丽而知名的土地，一片孕育文明又创造奇迹的土地。

蒲城叫作城，说明她出身的高贵和久远。她夏商属雍州，周封贾国，春秋属晋，秦置重泉，西魏始称蒲城，唐名奉先，宋后名蒲城至今。蒲城有着悠远的历史，大唐时被称为“藏龙翥凤之地”，五座唐陵安卧于此；明清时，蒲城是闻名三秦的“科举之乡”，五百多年间，中举者多达679人……

在全国2700个县级行政单位中，蒲城是个名县，有着较高的知名度和美誉度。这，一则因为蒲城人最为典型地代表和囊括了关中人、陕西人的性格特色，最鲜明地吸收和传承了秦人文化也就是中华民族文化的基因和情愫；二则因为蒲城诞生过王鼎、井勿幕、杨虎城、李仪祉四大著名历史人物；三则因为凡去过蒲城的人都会被蒲城的壮美山水所吸引，被蒲城的丰富多样的吃食所留恋，被蒲城人的大气豪情所融化。

人常说，一方水土养一方人，但一方人也在改造着美化着一方水土，所谓沧海桑田就是人类对大自然的改造和对历史的创造。

历史是什么？历史是种子，是基因，是我们精神上的DNA。我们可以嫁接，可以融合，可以教养，但我们历史的母本却无法改变，不然，我们传承什么？

优胜劣汰是进化论的法则，应该说，今天的我们之所以是炎黄后裔，那是因为他们成了历史的优胜者，如果当年炎黄被蚩尤打败，那还有今天的我们么？或者说今天的我们还是历史上的我们么？出局者是没有出路的，不是被消灭，就是被融合。

在重泉古城

历史是靠生理和人文基因来传承的，所以，人们说“人杰地灵”而不是“地灵人杰”。

自然，蒲城的人杰是在传承先祖基因的基础上成长起来的优秀人物，那么，蒲城的人杰给后人留下了怎样的人文基因呢？

提起蒲城，人们首先会自然地想到两个人——王鼎和杨虎城，他们俩虽属不同时代，却在74年间演绎了震古烁今殊途同归的一幕。他们身居庙堂，心怀天下，面对危亡，挺身担当，以一己之命扛民族之大任，以一己之力挽乾坤于既倒。王鼎为维护民族利益，捍卫领土主权，反对议和与割让香港，力挺林则徐禁烟，在廷谏、泪谏无果的情况下，尸谏殉国于圆明园，成为名垂千古的爱国名相；杨虎城作为中华民族的“千古功臣”，除去发动“西安事变”，还谱写过“二虎守长安”的英雄壮举，使得西安乃至陕西免遭奉系军阀的蹂躏与屠戮。

中国近代历史上这两次著名和决绝的“进谏”都出现在蒲城人身上，本人以为这绝不是偶然的，它和蒲城这块大地的滋养紧密相连，也与蒲城人的基因遗传和精神传承息息相关。因为除过他们两位之外，井勿幕、李仪祉等蒲城的一批精英也都有着和他们一样的品性。

井勿幕的大名在清末民初那也是名震中华的。他出身巨室，任侠好剑，13岁便游学四川，15岁负笈东瀛，向章太炎先生问学，得孙文、黄兴器重，是中国同盟会最早的会员之一，几度回陕播撒革命火种，发动聚积革命力量，为同盟会陕西缔造者。辛亥武昌首义，西安得率先响应，井勿幕实居首功，被孙中山誉为革命的“后起之秀”和“西北革命巨柱”。他以年轻的热血之躯奉献于祖国和人民，殉国时年仅 30 岁。井勿幕豪迈多才，能文能武，而志行高洁尤为秦中时人后世所尊崇。

还有许多人知其名而不知其事，如李仪祉，其实他不止在蒲城、在陕西，就是在全国，那也是绝对的大咖级人物，被誉为我国水利事业的先驱和“大禹之后”，他亲自主持兴建陕西四大四小水利工程，史称“关中八惠”，树立了我国现代灌溉工程的样板，陕西人民受益尤大。他提出了影响至今的治理黄河新思维，创办了我国第一所水利工程高等学府和多所院校，出任西北大学校长，先后在北大、清华、交大、同济、中山大学担任教授。更为传奇的是，他的父亲李桐轩是

社庆的日子

同盟会会员、剧作家，辛亥革命后曾任省修史局总纂、西安易俗社首任社长。伯父李仲特是数学家，曾任川汉铁路工程师、同盟会陕西分会会长。1906 年，同在北京京师大学堂读书的李仪祉和其兄李约祉，就是由井勿幕介绍加入同盟会的。因此，当时就有“一家人四口，革命人两双”的赞誉。令人扼腕的是，李仪祉于 1938 年 3 月英年早逝于西安，安葬于泾阳县郑国渠畔。

不仅如此，在王、井、杨、李之后，在为着民族解放和捍卫国家尊严的行列里，蒲城人也有一马当先者，国民党将领王峻和共产党将领包森，他们浴血奋战，抗击日寇，战绩卓著，一个战死中条山，一个牺牲在野虎山。

新中国的“双百人物”榜上，除了杨虎城，还有一位根系蒲城的“金牌工人”、中铁一局的窦铁成，从普通工人到学者型专家，创造了铁路行业的神话；还有轰动全军全国的“学雷锋模范”李润虎……

这些蒲城人身上，淋漓尽致地展现了大气豪迈、家国情怀、勤劳勇敢、吃苦耐劳、敢为人先、勇于担承、疾恶如仇、铮铮铁骨、身处福地而心忧天下的精神风骨，他们身上所迸发出的豪迈情怀，惊天地，泣鬼神，气贯长虹，彪炳中华。

义士重江湖，英雄轻故乡。更令人动容的是，在这些蒲城优秀儿女身后，他们大多埋骨他乡，未能马革裹尸还。井勿幕、杨虎城葬在了长安，李仪祉与他修建的泾惠渠同眠……他们热爱故乡，思念故乡，却将满腔的故乡情融入民族情、家国情。这种献身于民族和国家的博大情怀，使人在感慨和唏嘘的同时，生出无限的敬仰。

蒲城人大气豪迈的品格绝非一日而成，她是长期积淀和教化的结晶，也是经历了无数奋斗和牺牲之后的收获。她是蒲城 80 万儿女身上活灵活现的展示，也成为蒲城人民愈来愈鲜明的精神标识。

大气蒲城，豪迈人生；将相故里，家国情怀。

蒲城，是我赖以自豪的精神故园；

蒲城，是我魂牵梦绕的灵魂圣殿。

我骄傲，我是一个蒲城人；

我也惭愧，我是一个蒲城人。

在函谷关吊桥

赤血丹心抒写家国情怀

——品读韩秀峰《掀过一页》之“家国情怀篇”

孟少猛

怀着崇敬、激动和紧张的心情，我品读了韩秀峰老师的《掀过一页》之“家国情怀篇”。崇敬和激动，是因为这是韩老师的著作，一本凝结着一名新闻工作者30多年的心血与追求的智慧之作；紧张，是因为作为一名通讯员我太需要从中汲取养分！

在今年4月的陕西日报第83期通讯员培训课上，韩老师向我们讲授了《通讯的采访与写作》，这是我第一次有幸与老师近距离接触，受益匪浅，记忆犹新。

为了读懂文本，我一口气读了十遍，不断地沉浸其中，不断地咀嚼味道，同时也在不断地透过字里行间，寻觅着作者独特的思维方式和行文轨迹。

《掀过一页》之“家国情怀篇”共收录了韩老师的十多篇多体文章，包括《毛泽东的光辉》、《英雄儿女民族魂》、《雷锋　仍然温暖着我们的心》《你来了　以共和国的名义》、《沿着烈士倒下的方向走》、《国家的纪念是国家的清醒》、《我们永远在路上》、《泪水噙满眼眶　我们不哭》、《大海边　一个背影的年》、《写给西安上空的云》、《我们在一起》以及《家国情怀里的豪迈人生》等，这是他厚积薄发之下的“家国情怀记录”，作者博古通今，才华横溢，激扬文字，挥斥方遒，通篇著作淋漓尽致地展现了作者关注国家与社会的男儿使命感，以及重情重义的责任感……

在文章的编排上，作者颇为精心地设计了一条时空由远及近、角色由彼及我的暗线，使得全书得以串联成一个有机整体。至于内容，我已完全被带入书中，心随文动，情随文涌，不得不承认，我已完全被作者“俘虏”。

阅读韩老师的著作，我很畅然！常言道：“书中自有黄金屋，书中自有颜如玉。”韩老师的这几篇文章，结构新颖，不落俗套，风格独特，文笔简练，行云流水，寓意深刻，使我深刻感受到，他的书是精神的食粮，是知识的源泉，读他的书是人生的一大乐趣，我从中寻得一方净土。

阅读韩老师的著作，我很振奋！纵观全辑，每一篇作品都体现了作者的真心真情。作者从一个普通的新闻干事到名震军营的如椽巨笔，从一名铁骨军人到党报高级记者的华丽转身，我们不难看出，无论是讴歌祖国、讴歌英雄，还是纪念友情，无不体现着他的爱国爱家情怀，无不浸透着他的军人特质。

开篇《毛泽东的光辉》以气势恢宏的排比歌颂伟人毛泽东的光辉，排比四

写生照

句，字字珠玑，角度各异，每一句都是对毛主席的高度概括和评价，好似亿万中华儿女站满东南西北四方，依次向伟大的毛主席鞠躬行礼，如此浩大，如此庄重。文中所说：“毛泽东的精神蕴含着走过五千年风雨的中华民族精神的骨髓，代表了亿万人民精神的最高境界，是中国人民受用不尽的‘食粮’。”全文用激昂的文字透视和闪现着毛泽东的光辉，在此号召生活在当今时代的我们，要重读毛泽东，不忘毛泽东精神，学习毛泽东精神，发扬毛泽东精神。

《你来了　以共和国的名义》中写道：“你来了，伴随着东方欲晓的曙光，在 28 响的礼炮声中，向世界昭示中国人民站起来的万丈豪情”，我深知，正是有无数先烈的前赴后继、奋勇献身，才有我们国家今天的繁荣富强、文明进步，我们国家设立烈士纪念日，就是为了缅怀烈士的丰功伟绩，弘扬爱国主义精神，激发实现中华民族伟大复兴“中国梦”的精神动力。《用激情点燃新闻的天空》中写道：“不论是酷暑难耐还是风雪弥漫，辽阔平原还是荆棘山涧，披星戴月还是饥肠辘辘，三秦大地都是我深深的依恋，她是我生命的家园，也是我灵魂的依托；她洗涤着我沧桑的灵魂，滋养了我匮乏的营养，点燃了我蓄积于心的激情。……余生所想，只剩下走遍三秦大地，歌唱三秦大地……”使我感受到，新闻工作是一件辛苦的差事，作者在新闻的天空下，经历过从军旅到地方、从战争到和平的不同领域，跋涉了无穷山水，饱尝了无限苦辛，鏖战了无数日夜，付出了无尽思考。最终带给你的是成就，是光荣，是骄傲。

文章如此振奋人心，以至于往后品读的每一篇文章，都能怀持着与读首篇同样的热血澎湃，我想每一位读者都会产生共鸣吧！

阅读韩老师的著作，我很感动！《泪水噙满眼眶　我们不哭》这首 1400 多字的现代诗歌里，我们看到灾难面前，我们如此脆弱的生命在废墟中呼喊，令人感动的是百万抗震救灾英雄争分夺秒火速救援；感动的是灾难面前无国界，八方支援，全国人民心手相连；感动的是总书记第一时间发出的救人号令、救灾现场总理苍白了头发疲惫了身影……

《我们在一起》是一首诗，是作者献给他在三秦都市报时的姐妹兄弟们的，诗中共出现26次“我们在一起”，每一次的出现都是一次爱的表达，一次心灵的触碰，一次情感的升华。我们在一起，曾经长相守，曾经长相依，从此长相望，从此长相忆……

笙箫叹，悲歌泣，别离苦，最是泪千行！

阅读韩老师的著作，我们需要重新审视自我！在《雷锋　仍然温暖着我们的心》中写道：“雷锋精神是永恒的，也是博大精深的，它和党的十八大倡导的社会主义核心价值观一脉相承，仍然是共产党人的追求典范和终极目标，爱国、敬业、诚信、友善的个人要求，无一不在雷锋精神的涵盖之中。”在《国家的纪念是国家的清醒》中写道：“我们应当有所忧患，我们必须有所忧患，在忧患中拓展我们的工作内涵，翻新我们的工作形态，如当年的年画般温馨温暖，当好党政军的爱心使者，使军民更团结，长城更牢固。”……我们可从中感受到，作者的每一句话都是重点，都发自肺腑，都能够戳中读者内心深处，使人掩卷深思。

当今物欲横流的浮躁社会，我们需要重新审视自己是否心存家国情怀。每一个中华儿女都应该有家国情怀，每一名共产党员更须有家国情怀。“知责任者，大丈夫之始也；行责任者，大丈夫之终也。”责任和担当，乃是家国情怀的精髓所在。从毛泽东“奉献了自己的终生和6位亲人的生命”，到王成“向我开炮”，再到雷锋“把有限的生命，投入到无限的为人民服务之中去”……他们都将爱家的情意深凝在对他人的大爱、对国家的责任和担当上。而《掀过一页》之“家国情怀篇”告诉我们，心有家国情怀，我们要做的，就是用我们的责任和担当，弘扬民族精神，践行社会主义核心价值观。

韩老师将时间和精力投入在新闻事业上，将心血与追求倾注在这些佳作里，将真诚与大爱播撒在读者心田中。如果人生是一座山连着一座山，那么韩老师便是通过自身不懈努力和坚忍不拔的意志勇攀高峰，最终走向了成功。

相信他的新著也会像他的事业一样辉煌。

云雾下的太白城

后记

向敌人鞠躬　为人民俯首

——写在《掀过一页》最后的话

韩秀峰

韩秀峰

爱憎分明的近代文豪鲁迅在愈来愈年轻的人群中渐行渐远，战天斗地的盖世伟人毛泽东也被所谓的“受害者”泼遍了脏水。这个社会已经被装裱得没有了阶级，没有了敌我，没有了好坏，没有了优劣，甚或没有了罪有应得，剩下的只是茫然下的和谐。

这也好像人一样，进入五十岁，就像进入了滑行的人生，靠惯性甚至偷懒在过日子，得过且过，直等到灰飞烟灭的那一刻。

不是么？

你看，人过五十，好像什么都变了。

眼睛花了，看着世界也顺溜了；遇到不平的事，也不会那般愤慨了；看见过去的敌人，点点头就过去了；谈论问题，也很少坚持自己的观点甚至默不作声了；碰见横冲直闯的年轻人，也早早就躲让了。

人过五十，好像什么都明白了。

你大可以俯首甘为，但绝不可以横眉冷对。即使是过往的“敌人”、对头甚或给过你小鞋穿的人，可能也只是相逢一笑而过了。

于是，少了激情，也很少激动，不与人抢，不与世争；沉稳了，豁达了，沉默了，也自然了。

其实，世界什么都没变，是你的心灵变了，沧桑之后的裂变，经历之后的嬗变，壮志未酬之后的蜕变，也是随着混沌世界的必然颓废。

老了，所以也服了。

难怪拜伦说：爱我的，我报以叹息；恨我的，我付之一笑。

也许还会有什么奇迹从天上掉下来砸在自己身上，但已不殷殷期待了。没有，也不会去争，认命罢了；有了，也权当是放羊娃拾酸枣，额外赚的。

就我等这般草民百姓而言，到了五十岁，秤也就定了，也就是说基本盖棺定论了。而不像伟大人物一般，起码要争个几十、几百、几千年，还定不了论。因为这个年龄段的凡夫俗子们，不论是平台还是圈子、品性还是能力、作用还是影响，社会已经给你定格了，你再折腾也好不了多少，你再懈怠也坏不到哪儿去。死了之后，基本上除了儿女和特别贴心的亲戚，其他人连你的坟上也不会去，充其量借此到殡仪馆浪一圈，你的后人就感激涕零了。所以，你的墓修得再好也还是逃不脱草根的归宿。

人常说，五十岁是知天命的年龄，其实，真实的五十岁你什么都得知，即使不知也得装知，只不过默然面对而已。因为在外人眼里，你是成功人士；在父母眼里，你是全部的依靠；在儿女眼里，你几乎是参天大树。你还敢说你什么都不知么？那他们怎么活，如何老吾老，又如何幼吾幼？

过了五十岁的人，不管处于什么形态，都得是一座山，或者像一座山，别人可以仰慕你，父母可以依靠你，儿女可以挖掘你。

所以，过了五十岁的人，是这世上的可怜一族。不信你回忆一下，不管是平常还是节日，见了你的人大都是问老人的身体、娃的工作或婚事，而你呢，往往不在问询之列。充其量临别捎带一句，注意身体哦！

由此可见，对凡夫俗子来说，五十岁是人生的一个重要节点。称定了，也就不会再有多大的出息。作为一个已过了五十岁的人，我也知了天命，也知了不会再有什么回光返照甚或额外的出息，所以便有了《掀过一页》这本书的出版。

也许她并没有多少存世的价值，但她毕竟贯穿了我生命的过程，她是我年轮的记忆、沧桑的见证、人生的回忆。

因为已没有了炫耀的兴致，所以，在本书的包装中，没有达官贵胄的装点，也不想借老虎的情面，只有作者的赤裸，只有同事朋友、兄弟姐妹。有几张照片，所拍也只是为了记忆。

办公室

过了五十，好似一切归于来路，归于平常，自然也就没有了仇恨的斗志。所以昔日的敌手也好对手也罢，或使过绊子或拍过黑砖，全都已释然于怀。故此我说，向敌人鞠躬，也是真真的发自内心。感谢他们使我知道了人生不仅有阳光和鲜花，还有风雨和黑砖，还有炼狱和煎熬；感谢他们使我难忘自己的出身，即使在身居虚位时也不敢忘了初心与根本，不曾放下手里的笔，不曾荒废我赖以生存的专业；感谢他们使我虽然一路艰辛却不曾懈怠青春、抛洒生命，而是不断地在劳动中证明着自己生命的存在。

当然，一个人如果仅有敌手而无朋友，那也是很可怕的一件事。不过这一般是不可能的，因为一个连朋友都没有的人可能也没有敌人，要么就是对敌人的侮辱。对常人而言，应当说有敌人就有朋友，反之亦然。没有朋友的人还有一个可怕的结果，就是你处于“敌占区”时，感受不到温暖，看不到希望，更没有救援。

过了五十的人是释然的也是坦然的，过了五十的人心中已无敌人。所以，借此《掀过一页》出版之时，作者在向敌人鞠躬的同时，也俯首于朋友，俯首于人民：感恩我人生路上所有的朋友，感恩五十余年间所有给予我温暖的人，也感恩在这段共同交织的生命历程中，我眼中与心中所有的遇见……

感恩风雨，感恩风景，感恩五十岁的人生来路！

2016 年 8 月 16 日于西安

在家乡的热土上